中国社会科学院
老年科研基金资助

中国社会科学院老学者文库

明清小说论赏撷粹

孙一珍◎著

中国社会科学出版社

图书在版编目（CIP）数据

明清小说论赏撷粹/孙一珍著 . —北京：中国社会科学出版社，2017.3
（中国社会科学院老学者文库）
ISBN 978 - 7 - 5203 - 0445 - 0

Ⅰ.①明…　Ⅱ.①孙…　Ⅲ.①古典小说评论—中国—明清时代　Ⅳ.①I207.41

中国版本图书馆 CIP 数据核字（2017）第 096638 号

出 版 人	赵剑英
责任编辑	武兴芳　慈明亮
责任校对	张依婧
责任印制	戴　宽

出　　版	中国社会科学出版社
社　　址	北京鼓楼西大街甲 158 号
邮　　编	100720
网　　址	http://www.csspw.cn
发 行 部	010 - 84083685
门 市 部	010 - 84029450
经　　销	新华书店及其他书店

印刷装订	北京君升印刷有限公司
版　　次	2017 年 3 月第 1 版
印　　次	2017 年 3 月第 1 次印刷

开　　本	710 × 1000　1/16
印　　张	27
插　　页	2
字　　数	353 千字
定　　价	118.00 元

凡购买中国社会科学出版社图书，如有质量问题请与本社营销中心联系调换
电话：010 - 84083683

鹧鸪天　奉和贫字词

孙一珍

斗室蜗居世外身，不知今日何为贫。粗茶一盏陶陶乐，淡饭三餐寂寂春。　　厌扰攘，做愚人。书山瀚海觅甘辛。构思伴影霜染鬓，泼墨挥毫或警尘。

作于 1989 年，实为 80 年代论文写作时的生活写照

（原载《中华诗词》第 1 辑，中国民间文艺出版社 1990 年版）

目　　录

明　代　篇

清 代 篇

明 代 篇

《水浒传》主题辨

　　《水浒传》究竟是一部什么小说，新中国成立三十年来，众说纷纭。"文化大革命"前大多誉之为农民革命的史诗或农民革命的教科书；自从"四人帮"利用批《水浒传》搞阴谋以来，有些人却把《水浒传》贬为宣扬投降主义的反面教材。截至目前，有的评论者仍把《水浒传》的主要人物宋江看成是投降派的典型，予以否定。遵循"实践是检验真理的唯一标准"这个马克思主义基本原理，从《水浒传》的艺术实践出发，结合作品产生的历史条件和作者的思想实际，进行分析、探索，以期对上述问题作出实事求是的估量，这对于廓清历史的迷雾，正确对待古典文学遗产，无疑是有着重要意义的。

　　《水浒传》是一部优秀的中国古典小说。它真实、具体地描绘了北宋末年鲁、冀一带崛起的一场包括农民在内的广大人民群众反奸抗暴的武装斗争。这支在斗争中逐渐壮大的人民武装，以梁山泊蓼儿洼为根据地，在晁盖、宋江等首领的统率下，共举"替天行道"的义旗，开展了一系列反抗奸佞、贪官的英勇战斗。小说成功地塑造了众多有血有肉、栩栩如生的英雄形象，生动地揭示了这场斗争从发生、发展到灭亡的全过程，深刻地暴露和抨击了封建社会的黑暗和腐朽。

《水浒传》写的是什么样的矛盾冲突

《水浒传》的作者，不可能以阶级斗争的观点营垒分明地描写农民与地主的矛盾；也不可能从路线斗争的角度来判断是非。运用历史唯物主义的观点分析《水浒传》，不等于生搬硬套地用阶级斗争和路线斗争的框子要古人就范。从小说的实际出发，它是从"官逼民反"入手来展示这场轰轰烈烈的人民武装起义的。这里所指的"民"不限于穷苦农民。我们从作品中看到许多庄园主，像宋太公、晁盖、柴进、李应、孔太公、穆太公、毛太公、祝朝奉等。其中除祝朝奉为专门与梁山泊作对的反动武装头子，毛太公是欺骗解珍、解宝的恶霸外，大多数庄园主都先后上了梁山。看不出这么多地主与庄客、长工之间有什么尖锐的矛盾；相反地，在一般情况下，绝大多数庄客都是以庄园主的意志为转移的。这些都可以明显地看出作者笔下的农民同一般地主的矛盾并不那么突出。

从百回本的《水浒传》全书着眼，它所写的是亡国之君宋徽宗统治时期，蔡京、高俅等贪官、奸佞、权势和广大人民群众的矛盾冲突。其中包含着强暴对弱小的欺压，奸佞对忠良的排挤，邪恶对正直的陷害。小说鲜明的倾向性在于歌颂那些敢于向强暴、奸佞、邪恶势力作斗争的英雄豪杰，并且巧妙地指出强暴、奸佞、邪恶势力的总后台，便是当时的皇帝宋徽宗。小说开始就交代了宋徽宗的身世和特点，他"是个聪明俊俏人物。这浮浪子弟门风，帮闲之事，无一般不晓，无一般不会，更无一般不爱"。《宋史》中关于宋徽宗赵佶宠信和骄纵蔡京、童贯等奸臣、宦官也记载分明。童贯、杨戬等宦官为了"求上宠媚"，从全国各地罗致大量的珍贵木材、奇花异石，运往京城，名曰"花石纲"，连"士民家一石一木稍堪玩"的都不放过。多少人家为此卖儿鬻女，家破人亡。蔡京等趁机搜刮，奢侈无度。蔡京"私家所藏，多于府库"，据传说他家做一碗羹汤，就用数百只鹌鹑。徽宗赐蔡京一所宅第，用钱达百万贯。

从小说的艺术形象来看，贪官、奸佞、权势的重要代表人物是殿帅府太尉高俅。他本来是个无赖帮闲，因踢得两脚好毬，受到有同样作风和爱好的徽宗赏识，从而平步青云，爬上高位。这号人一旦大权在握，就要施展淫威，官报私仇，陷害异己，无限度地扩张自己的权势。北京大名府中书梁世杰，为了庆贺丈人蔡京的生日，搜刮十万贯金珠宝贝分装十一担，送上东京，美其名曰"生辰纲"。高俅的叔伯兄弟高廉在高唐州做知府，怂恿小舅子殷天锡横行霸道。无为军黄文炳企图走蔡九知府的门子爬上去，极尽阿谀奉承、讨好诌媚之能事，蝇营狗苟，屡屡出谋划策，陷害宋江。

蔡京、高俅、童贯、杨戬等四大奸佞，互相勾结，沆瀣一气，致使国政极端虚弱、黑暗、腐败。异族经常侵犯边境，却无能抵御。小说写到北方辽国兴兵十万之众，侵占山后九州所属县治，蔡京、童贯等人为了贪图辽国贿赂，不惜出卖祖国利益，终于沦为民族的败类。上述描写，表明了蔡、童、高、杨之流，正是封建统治阶级中最黑暗、最腐朽、最反动的势力。

广大人民群众，包括统治阶级内部一些有爱国心、有正义感的人，对这些谗佞之徒、误国之辈早已恨入骨髓。他们是权势和金钱的结合体。广大人民有苦无处诉，有冤无处申，有理无处讲。奉公守法的禁军教头林冲，尽管逆来顺受，还是被他们害得夫妻离散，家破人亡。无辜的王进，被逼得逃亡异乡。孤苦的金老父女被迫沿街乞讨。连大周皇帝嫡亲子孙柴进，也被逼得走投无路。人民要想生活下去，只有啸聚山林，起来造反。有的图霸称王，想取而代之；有的高擎"替天行道"的旗号，惩恶扬善。反抗的矛头直指蔡、童、高、杨为代表的当朝奸佞，旁及依仗他们横行霸道的贪官污吏、土豪恶霸、地方反动武装等。

　　小说中所描写的梁山泊的英雄豪杰，作为人民群众反奸抗暴的中坚力量，和蔡、童、高、杨等奸佞、贪官的矛盾冲突，鲜明地贯串全书始末，成为《水浒传》的故事情节从发生、发展、高潮再到结局的一条主线。其他非主要情节，如金老与郑屠的矛盾，武大郎与西门庆的矛盾，施恩与张团练的矛盾，等等，也无一不是围绕着这一基本矛盾冲突来安排和设置的，如同一条长河上的许多支流，最后汇合一起。越到后来梁山泊英雄与蔡、高等奸佞、贪官的矛盾越集中，越明朗。经过几番较量，梁山英雄战胜了奸佞、贪官，有条件地接受招安，看来这个矛盾似乎解决了，给人造成小说分成两截的印象。实际上招安后这个矛盾继续发展，斗争更加曲折、微妙。四大奸佞不断密谋排挤、迫害梁山英雄，直到八十二回童贯出面上奏皇帝，妄想把一百单八将一网打尽，激化了的矛盾达到剑拔弩张的地步。作为故事情节的主线发展到新的高潮。宿元景从旁揭穿阴谋，保举宋江等人北征大辽，矛盾又得到暂时的缓和。宋江班师回来，蔡京等人又百般刁难、排挤，梁山泊英雄自吴用以下都有再反上梁山之意，情节的主线又形成一个大的浪涛。

　　小说的最后一部分写梁山泊英雄南讨方腊，可视为全书的尾声。在这后九回里，逐次交代了一百零八个好汉的悲惨结局。每一回末都要特别点明去掉哪几个英雄，情调异常凄凉。即使梁山英雄以十去其八来报答赵官家，幸存的几个仍然逃脱不了被御赐毒酒鸩死的下场。"可怜忠义难容世，鸩酒奸谗竟莫逃。"读到这里，怎不令人掩卷太息——这是多么不公平的世界呀！在那个奸佞当道的黑暗社会里，哪有什么真理可言？"自古权奸害忠良，不容忠义立家邦。"这个主旨，作者已多次点明，第八十五回借罗真人之口预言"忠心者少，义气者稀。幽燕功毕，明月虚辉。……"第九十九回又借燕青之口说："……岂不闻韩信立下十大功劳，只落得未央宫前斩首。彭越醢为肉酱，英布弓弦药酒。"作者的立意，分明是通过《水浒传》人物不平凡的斗争经历和浓重的悲剧色彩告诫人们，在那个"权奸害忠良"的黑暗时代，根本没有真正的"忠义"可言；皇帝重用奸佞、贪官，诬陷忠臣，摧残良将，镇压人民的反抗，便是引狼入室，招致亡国的直接原因。《宋史》说得好：因为这位昏君徽宗"恃恃其私智小慧，用心一偏，疏斥正士，狎近奸谀。于是蔡京以猥薄巧佞之资，济其骄奢淫佚之志。溺信虚无，崇饰游观，困竭民力。君臣逸豫，相为诞谩，怠弃国政，日行无稽。及童贯用事，又佳兵勤远，稔祸速乱。"① 这才招致了"国破身辱"的可耻下场。

　　作者选择、概括这样的矛盾冲突，给作品带来了鲜明的现实主义特色。就整个封建社会而言，农民阶级和地主阶级的矛盾是基本矛盾。但在不同的历史条件下，矛盾的表现形式又不尽相同。自北宋末年、南宋到元，正是《水浒传》故事广泛流传的时期。这时，激烈的民族矛盾和阶级矛盾交织在一起。与此相应，在国内爱国忠良和卖国奸佞的斗争也极其尖锐。在这段历史上涌现出多少可歌可泣的仁人志士、民族英雄：有的在朝内与权奸抗争；有的在山林乡里组织"忠义军"，抗击北方异族的统治。同时也出现过一些遗臭万年的卖国贼，贪赃枉法的民族败类。特别是宋徽宗统治年代，由于皇帝昏聩，权奸贪官专权，造成半壁河山沦丧，在中国历史上写下可耻的一页。广大人民群众，目睹种种屈辱事件的发生，亲身尝到国土沦亡之痛。他们从实际生活中懂得了"木必先腐而后虫生"的朴素道理。追本溯源，自然而然把丧权辱国之恨倾泻到亡国之君身上。但是，人们又深受正统观念的影响，总想把皇帝和奸臣、贪官加以区别；尤其在民族存亡之际，更是把皇帝看成国家、民族的象征。于是传统的"忠义"观念便成为

---

① 《宋史》卷二十二《徽宗本纪四》。

英雄人物的灵魂。这就是《水浒传》选择宋徽宗时代作为典型环境，而主观上不反皇帝，又在一定程度上对皇帝做了某些揭露的历史原因。这个矛盾，同时也造成反抗者的复杂性格：他们一方面坚决反对奸佞、权势、贪官；另一方面又接受招安，北征大辽，南讨方腊。这一切，固然有作者思想认识上的局限性，更重要的是反映了那个时代错综复杂的矛盾。

《水浒传》写的是什么样的英雄人物

　　《水浒传》所颂扬的梁山泊一百单八将，是北宋末年到南宋这一特定历史时期，广大人民群众理想的英雄人物，很难说他们单纯属于农民阶级。艺术的真实反映了历史的真实，但二者之间毕竟不能画等号。据《宋史》记载："淮南盗宋江等犯淮阳军，遣将讨捕，又犯京东、河北，入楚、海州界，命知州张叔夜招降之。"① 又说："蒙上书言：'江以三十六人横行齐魏，官军数万无敢抗者，其才必过人，今青溪盗起，不若赦江，使讨方腊以自赎。'"② 但《水浒传》不是历史，而是经过民间流传和作者多次艺术加工而创造出来的一部艺术珍品。它所讴歌的宋江等梁山英雄人物，不同于历史上横行齐魏的宋江等三十六人，而是宋徽宗统治时代官逼民反、外患频仍这个典型环境中的典型人物。在他们身上集中地概括了为当时广大人民群众所具有的诸如反压迫、反侵略等优秀品质。这些品质当然不是农民所仅有的。

　　会聚在梁山泊的英雄们，来自四面八方，包括各个阶级、各个阶层乃至各行各业的人物。他们当中既有农民、渔翁、猎户、樵夫、艄公、车夫、屠户这样一些劳动者；又有铁匠、银匠、造船匠、雕刻匠、裁缝等手工业工人。既有酒家、生药贩、盐贩、

---

① 《宋史》卷二十二《徽宗本纪四》。
② 《宋史》卷三百五十一《侯蒙传》。

羊马贩、水银贩、鱼牙子等商贩；又有教员、秀才、落科举子、医生、兽医等知识分子。既有提辖、都头、牌军、教头、统制、都监、知寨、团练使等一般武官、武职；又有和尚、道士、相扑者、耍枪棒卖药的闲汉、赌徒、小偷、流浪汉等各种无业游民。既有孔目、押司、管营、押牢节级、刽子手、小牢子等官府衙门中的各种吏役；又有农村富户、城市大户、庄园主、大周皇帝嫡派子孙等剥削阶级的人物。他们共同的命运，就是被蔡、童、高、杨为代表的奸佞、贪官组成的反动统治集团逼得走投无路，终于忍无可忍，只好铤而走险、上梁山共聚大义。在皇帝昏庸、奸佞专权的那个时代里，被迫走上革命道路的，不只是破产的农民及其他劳动者，而且连统治阶级内部一些在不同程度上同情受压迫者的人、有正义感和爱国心的人，也不可避免地受到排挤和诬陷而不得不投靠到革命队伍里来。这样便形成了一支以梁山泊为根据地的浩浩荡荡的人民革命武装。

这些来自五湖四海的梁山泊好汉，由于生活道路不同，教养不同，他们的秉性也迥然有别。在号称一百零八个好汉当中，写得活灵活现、神情毕肖的不下数十人，其中的任何一个人都是具有鲜明、独特性格的"这一个"，诸如鲁莽憨直的李逵，沉着精细的石秀，豪爽洒脱的鲁智深，淳朴浑厚的林冲，英俊彪悍的武松，灵活机变的燕青，足智多谋的吴用，雍容大度的柴进，心直口快的阮小七，老成持重的阮小二，等等，无不呼之欲出，跃然纸上。作为成功的艺术典型，从来不是单纯强调写共性所能奏效的，而是要求寓共性于个性之中，从而达到个性和共性的完美统一。梁山泊蓼儿洼如此众多有血有肉的人物形象，正是作者借助于典型化的艺术手法，通过对个性的生动描绘表现了他们共同的性格特征：即同情弱小，反抗强权，为真理和正义而斗争的精神。他们为人光明磊落，大义凛然，重然诺，轻生死，因此处处遭到蔡京、高俅为代表的邪恶势力的打击、诬陷和迫害。他们求生不能，反抗乏力，于是啸聚山林、团结战斗便成了唯一的出路。

从全书看来，这些英雄人物性格的形成大都有一个发展的过程。在逼上梁山前，他们主要凭靠个人的正义感、武艺和胆量，与邪恶势力作对。例如鲁达为救护受凌辱的金氏父女逃出火坑，三拳打死恶霸镇关西；继则大闹野猪林，一直把风尘知己林冲护送到沧州。武松怒杀恶霸西门庆为屈死的哥哥报仇：醉打蒋门神，为施恩夺回快活林。李逵"吃醉了时，却不奈何罪人，只要打一般强的牢子"。可谓"路见不平真可怒，拔刀相助是英雄""禅杖打开危险路，戒刀杀尽不平人"。他们还有一个共同点，就是扶危济困，仗义疏财，如宋江向孤独贫穷的人们施舍棺木，柴大官人常常资助流配来的犯人，史进送银子给萍水相逢的金老等。

在当时那个黑暗的社会里，个人式的反抗，必然为反动统治阶级所不容，从而受到不同形式的打击、诬陷和迫害。不甘屈服又要坚持斗争，只有上山"聚义"，才是唯一的前途，这就是梁山泊英雄性格发展的必然结果。为了有力地反抗官府、豪强的压榨、掠夺和迫害，他们三五成群汇集在一起，占山为王，杀富济贫。晁盖等好汉就是"七星聚义"智取生辰纲，而后上梁山的。每座山头实际上就是人民武装起义建立的一个根据地。《水浒传》有声有色地着重表现了梁山泊的发展和壮大，同时又疏密相间地描写了其他许多山寨。"聚义"是在仗义的思想基础上组织起来进行斗争的战斗旗帜，是维护团结、一致对敌的思想准则。桃花山头领李忠、周通经不起官军凌厉的攻势，便求助于二龙山。二龙山头领鲁智深不计前嫌和个人恩怨，亲自带兵下山支援，与桃花山协同作战，抗击官军，仗的是个"义"字。为了解救陷入囹圄的孔明及其叔父孔宾，二龙、桃花、白虎等三山人马联合起来攻打青州，当孔亮去梁山泊求救时，晁盖表示："既然他两处好汉尚兀自仗义行仁救叔，今者三郎（指宋江）和他至爱交友，如何不去！"同样仗的是个"义"字。"赖有宋江豪侠在，便将军马救危亡。"

晁盖在这里所说的"仗义",虽然已经从同情弱小,抱打不平的个人式的反抗发展到山寨与山寨之间的联合抗暴,但是基本宗旨还是"行仁",即爱民。晁盖曾经说过:"俺梁山泊好汉,自从火拼王伦之后,便以忠义为主,全施仁德于民。"宋江攻克东平府,将程太守家私,依散居民,并张贴告示晓谕百姓:"害民州官,已自杀戮。汝等良民,各安生理。"梁山爱护老百姓的声誉,甚至在江南父老中也广为传诵。王定六的父亲说,"宋江这伙端的仁义,只是救贫济老,那里似我这里草贼。若得他来这里,百姓都快活,不吃这伙滥污官吏薅恼"。梁山泊好汉在历数慕容知府、刘高等贪官的罪行中,都少不了残害良民这一条。姑且不论历史上的宋江等三十六人起义是否爱民,小说如此突出梁山泊英雄爱民这个特点,无疑是当时人民的利益、愿望和要求在作品中的反映。

"仗义行仁"又是维系山寨内部人和人之间关系的指导思想和行动准则。"交情浑似股肱,义气真同骨肉",从聚义那天起,他们就过着不怕天,不怕地,"论秤分金银,异样穿绸锦,成瓮吃酒,大块吃肉"的日子。这样一种自由、平等、和谐的世道,虽然只是作者的美好憧憬,但是,同时也反映了封建社会广大被压迫人民(包括农民、手工业者、城市平民、底层的知识分子等)的一种朴素的平等观念。

各个小山头的力量,对付不了更强大的敌人,于是他们便自动焚毁了小山头,归并到梁山泊大寨里来。众英雄人人戮力,个个同心,生死与共,患难相扶。梁山泊"列两副仗义疏财金字障,竖一面替天行道杏黄旗"。英雄们的共同誓言是:"共存忠义于心,同著功勋于国,替天行道,保境安民。"意味深长的是,梁山泊总是把"替天行道""共存忠义"和"保境安民"联系在一起。如果说"忠义"是这次人民武装起义的灵魂,"替天行道"是他们的政治纲领,而"保境安民"则是他们的目标和落脚点。正是这个共同的意志激励他们在反强权、反压迫的斗争中两胜童贯,三败高俅，充分显示了他们叱咤风云、威武雄壮的英雄气概。后来写他们接受招安，北征大辽，从反对民族侵略来说，应予以充分肯定。至于最后南讨方腊的情节，则是由于作者的阶级局限性和历史局限性所致，不能因此苛求于古人。小说深刻的悲剧性就在于作者没有回避严酷的历史的真实，令人信服地展示了理想的幻灭：尽管梁山泊好汉忠心耿耿，战功赫赫，不惜以生命实践其保境安民的宏愿，到头来仍然免不了受奸佞、贪官的排挤、诬陷和暗算。他们当中除非退隐林下，方能苟全性命于乱世，而绝大多数的结局则是非常凄惨的。

梁山泊英雄从仗义、聚义到共存忠义，都没有离开一个"义"字。那么在他们中间有没有阶级斗争和路线分歧呢？有的评论者牵强附会地说什么晁盖的"七星聚义"是农民阶级的义，标志着革命路线；而宋江的"呼群保义"则是地主阶级的义，只能代表投降主义路线。有的则断言宋江把聚义厅改为忠义堂，一字之差意味着对革命路线的篡改。这种说法是完全不能令人信服的。所谓"路线斗争"是对无产阶级政党内部而言的，用于古人则根本是风马牛不相及。揆诸实际，宋江和晁盖心目中的"义"含义相同，并无二致，而且第一个提出"忠义"这个口号的并非宋江，却恰恰是晁盖（见《水浒传》四十七回）。被划入革命路线之列的阮氏三雄，最早唱出"酷吏赃官都杀尽，忠心报答赵官家"的歌声。由此可见，梁山泊的"义"和"忠"是密不可分的，既非宋江的篡改，更谈不到在宋、晁之间有什么"路线分歧"。

基于上述对"义"的分析，可以看出为梁山泊英雄所身体力行的"义"，其含意是异常丰富的。事物总是相比较而存在、相斗争而发展，小说在肯定和歌颂梁山泊英雄们的仗义事迹时，总是同否定和批判权奸、贪官、恶霸的不义行径相对照。"有比较才能鉴别，有鉴别有斗争才能发展。"梁山泊英雄所从事的人民武装起义正是在同当朝的权奸等邪恶势力做斗争中间发展起来的。这里的"义"和"不义"自有其特定的历史内容，包含着彼时彼地关于正邪、是非、真伪、善恶、美丑的对立和斗争。列宁指出："在分析任何一个社会问题时，马克思主义理论的绝对要求，就是要把问题提到一定的历史范围之内。"① 因此，"义"也绝非亘古不变的永恒概念。它在不同的历史范围内有着不同的内容。不加分析地把梁山泊的"义"同春秋时代儒家所谓的"义"等量齐观，一律冠以反动的孔孟之道而大批特批，这只能视作"四人帮"肆虐甚烈、风行一时的伪科学。

坚持历史唯物主义观点正确地对待古典文学作品，就是按照毛泽东同志早就明确指出的"首先检查它们对待人民的态度如何，在历史上有无进步意义"② 这个原则。毛泽东同志还说过："人民这个概念在不同的国家和各个国家的不同历史时期，有着不同的内容。"③ 分析梁山泊英雄人物的"义"，也只能以当时人民的是非观、爱憎和好恶为依据。凡是反映当时人民群众的利益、愿望和要求而多少带有人民性的美好事物，我们都应当在不同程度上予以历史的肯定，实事求是地作出评价。在不同的时代里，人民的范畴不同，人民判断是非的标准和爱憎也不完全相同，例如《水浒传》中的高唐州知府高廉，仰靠叔伯哥哥高俅的权势做官；高廉的小舅子殷天锡，又倚仗姐夫的权势在高唐州作威作福，他霸占柴皇城的花园，并将柴毒打致死。这里爱憎分明，是非皎然，广大人民同情的自然是被欺凌而含恨死去的柴皇城，痛恨的当然是仗势欺人，霸产害命的殷天锡之流，因此不能以所谓地主阶级内部的派别斗争，来混淆是非；更不能沿袭"四人帮"的观点，把柴皇城看得比殷天锡还要坏。像他们那样以唯心主义、形而上学对待古典文学作品，势必导致上下两千年的封建社会只有一个

---

① 列宁：《论民族自决权》，《列宁选集》（第二版）第二卷，第512页。

② 毛泽东：《在延安文艺座谈会上的讲话》。

③ 毛泽东：《关于正确处理人民内部矛盾的问题》。

农民战胜地主的主题可写。如果这种帮规能够成立的话，像《三国演义》《红楼梦》等传世之作，李白、杜甫这样伟大的诗人等，该将置于何地呢？灿烂的中国古典文学遗产岂非成了一片"空白"？

在分析和判断古典作品人物的英雄属性问题上，是不是必须以对待皇帝的态度，作为衡量的标准呢？具体而言，是否只有反皇帝才是真英雄，只反贪官不反皇帝就是搞修正主义的投降派？持这种观点的人，往往以鲁迅在《流氓的变迁》一文中的话作为依据："一部《水浒》，说得很分明：因为不反对天子，所以大军一到，便受招安，替国家打别的强盗——不'替天行道'的强盗去了。终于是奴才。"其实鲁迅这篇文章是针对1928年的中国社会和文坛状况而写的，引文中的话意在批判那些奴性十足的文学家，并非指责《水浒传》。倘若忽视全文的精神实质，孤立地用这段话去要求几百年前的《水浒传》，并抓住不反皇帝这一点否定全书，从而定为宣扬投降主义的反面教材，这样做显然是不恰当的。根据鲁迅在《中国小说史略》等著作中对《水浒传》所作的诠释，他是把《水浒传》作为我国古典小说名著来充分加以肯定的。而为鲁迅所不齿的却是俞万春反《水浒》之意而撰写的反动小说《荡寇志》。

在封建社会里新的生产关系没有产生以前，人民群众即使被压在最底层，革命性最强的阶级或最先进的思想家，他们的最高理想也就是要个"好皇帝"，此外不可能出现更先进的社会理想。《水浒传》不反皇帝并不奇怪。像黄巢、朱元璋和李自成等反皇帝的农民革命领袖，归根到底也不过为了自己当皇帝而已。文学作品如果以反皇帝为主题固然好，《水浒传》不反皇帝，也无可指责，这完全是历史的局限使然。

《水浒传》的主要人物——宋江是
什么样的人物形象

如何评价宋江，是关系到如何看待《水浒传》的一个关键性问题。新中国成立以来对宋江的评价，值得注意的有两种截然不同的说法：一种肯定宋江是农民起义杰出的领袖；一种则把宋江看作投降派的典型而予以否定。我认为宋江是作者精心塑造的特定历史条件下全忠仗义的典型形象，也是当时人民群众理想中反奸抗暴的英雄。宋江是梁山泊英雄的首领，从《水浒传》第十八回出场直到小说的结尾，他是作为贯串全书的主要人物刻画的。作为梁山泊人民起义的领袖宋江一生的是非功过，大体上可分为四个阶段来分析。

从宋江出场到被逼上梁山，是第一阶段。在宋江出场时小说对他的性格曾做了如下的表述：因他"面黑身矮"，"又且于家大孝，为人仗义疏财，人皆称他做孝义黑三郎"。又说"他刀笔精通，吏道纯熟，更兼爱习枪棒，学得武艺多般。平生只好结识江湖上好汉：但凡有人来投奔他，若高若低，无有不纳，便留在庄上馆谷，终日追陪，并无厌倦；若要起身，尽力资助。端的是挥霍，视金似土。人问他求钱物，亦不推托。且好做方便，每每排难解纷，只是阋全人性命。如常散施棺材药饵，济人贫苦，赒人之急，扶人之困。以此山东、河北闻名，都称他做'及时雨'"。这段话取其大略，对宋江从外貌到人品都作了简明扼要的介绍，使读者对他的为人有个初步的了解。接着又描写这个以仗义疏财、扶危济困闻名的宋江如何赒济孤独，穷困的阎婆和王公都受到他的无私济助。晁盖等好汉黄泥冈事发后，作为刀笔小吏的宋江，深知事件的严重性，当此生死攸关之际，他不怕牵连，担着血海也似的干系，飞马来晁保正庄上报信，并为晁盖等人出谋划策：

"三十六计，走为上计。"从此，宋江就把自己和"七星"的命运连在一起了。

为了掩饰梁山泊和他的联系，宋江一怒杀了阎婆惜，从而逃亡江湖，流落异地。从柴大官人的庄园到孔家庄，又去清风寨，一路上结识了许多英雄豪杰。在清风镇由于遭到赃官刘高及其婆娘的诬陷，宋江一度当了囚徒，并使花荣也受到株连。清风山的好汉燕顺等人设法救出他们，接着又协力打败了前来追捕的青州兵马，活捉秦明，计赚黄信。然后在宋江的动员下，这些好汉一并奔上梁山。从这些情节来看，宋江早在上山前，就为梁山泊起义做了许多有益的工作。

宋江和梁山泊英雄早就结下了深情厚谊，但是这位人称"孝义黑三郎"的宋江，他自己却没有上山。他在途中看到弟弟宋清伪称"父亲已死，停丧在家"的书信，便不顾一切地回家奔丧去了。在"孝""义"发生矛盾的情况下，"孝"成为他性格的主要方面。宋江第二次当了囚徒，在刺配江州的路上，被梁山泊好汉劫上山寨。宋江本应就此入伙，由于他不愿违背父命，执意不听劝告，仍拒绝入伙。《水浒传》在塑造典型形象上采取的现实主义手法，就在于严格遵循从生活出发，从人物性格出发的艺术规律，从而揭示了宋江迟迟不能上山的内在原因。

宋江在浔阳楼上"临风触目，感恨伤怀"，在壁上题词曰："自幼曾攻经史，长成亦有权谋。恰如猛虎卧荒丘，潜伏爪牙忍受。不幸刺文双颊，那堪配在江州。他年若得报冤仇，血染浔阳江口。"又道："心在山东身在吴，飘蓬江海谩嗟吁。他时若遂凌云志，敢笑黄巢不丈夫。"此诗集中地抒发了宋江满怀的愤懑和仇恨，表述了他的反抗精神和个人抱负。在蔡氏家族直接控制下的江州，这就不能不遭到更大的迫害，宋江果然第三次陷入囹圄。当他被绑赴法场临刑的危险时刻，梁山泊英雄大闹江州，劫了法场，破了无为军，活捉黄文炳，使他终于上了梁山。宋江在逼上梁山以前，这些引人入胜的情节，如此丰富、曲折，归根结底，也是从性格的矛盾来着眼的。

宋江上梁山后到接受招安，这是他一生中最重要的一段经历。他先辅佐晁盖，坐第二把交椅，后又接替晁盖的尊位，做了梁山泊的统帅。宋江多次统领大军攻州打县，取得了辉煌胜利，充分显示了他的军事指挥才能：如三打祝家庄、破高唐州、攻打青州府、踏平曾头市、智取大名府、攻打东平府与东昌府等；并且多次击败官军的剿捕和围攻，两赢童贯、三败高俅。宋江的军事才能，绝非匹夫之勇，而是一个兼有文才武略的杰出的指挥者。写得最出色的要算三打祝家庄。打祝家庄表面看来由时迁偷鸡引起，实际上祝家庄是一股专门与梁山泊作对的反动武装，他们的旗帜是"填平水泊擒晁盖，踏破梁山捉宋江"，因此这一战役是不可避免的。梁山泊战胜祝家庄，和石秀侦察盘陀路分不开。但在如何对待杨雄、石秀、时迁的问题上，小说绘声绘色地刻画出宋江的广阔胸怀。杨雄、石秀刚刚说出时迁被捉的前后，晁盖便怒喝道："孩儿们！将这两个与我斩讫报来。"宋江慌忙劝道："哥哥息怒！两个壮士不远千里而来，同心协助，如何要斩他？"在晁盖看来，杨雄等人以梁山泊好汉的名目去偷鸡吃，玷辱了梁山泊的名誉。必须先斩了这厮两个，才能保持山寨的豪杰光彩。宋江则认为不是杨、石等人玷辱了山寨，而是祝家庄一心与梁山泊作对，如果斩了新来入伙的兄弟，反而助长了敌人的威风。他主张立即点齐人马，亲自统领兵将，扫平村庄，搭救时迁，并争取李应等人上山。宋江不但劝住了晁盖，而且安抚了杨雄、石秀，鼓励他们在战争中立功杀敌。宋江对情况了如指掌，知己知彼；处理问题时，敌我、是非分明，入情入理，令人心悦诚服。尤其是通过同晁盖的鲜明对比，宋江招贤纳士的统帅风度，更是令人神往。这正是梁山泊克敌制胜的重要原因之一。

宋江一向对上山入伙的豪杰义士谦恭备至，相敬如宾；对山上众头领又能量才录用，尽量发挥人之所长。所以每次调兵遣将都能相得益彰，出色地完成任务。宋江处处为他人着想，对弟兄们体贴入微，做事又通情达理，令人感到亲切、自然、饶有人情味：例如秦明入伙后，妻子被青州知府杀害。宋江便做媒把花荣的妹妹嫁给秦明。又如活捉了扈三娘，宋江就派上几个老实可靠的小喽啰把她送到宋太公那里去。人们都以为宋江要娶这个女人，结果却是宋江好心成全王英，将扈三娘与他做了配偶。弟兄们上山后，宋江总是千方百计地帮助他们把一家老小搬来团聚，这些措施都深得人心。宋江对别人关心爱护，对自己则要求严格。有一次，李逵误认宋江抢了刘太公的独生女，便大发雷霆，砍倒了杏黄旗，把"替天行道"四个字扯得粉碎，并举起双斧径奔宋江。宋江不但不怪罪李逵，而且陪他到刘太公庄上去分辨真假，叫李逵在事实面前认错服输。宋江心胸宽广，不拒细流，善于团结众弟兄，一致对敌。因此使英雄闻名而来，让敌人闻风丧胆，从而为梁山泊聚义大业的兴旺发达做出了不可磨灭的贡献。

宋江爱慕人才，对人宽厚，连官军阵营里也都知道。每逢两军对阵，宋江看到对方刀马娴熟的将士，总是从心眼里喜爱，不忍轻易伤害。对待俘虏，则一向采取优抚政策，一律以礼相待。许多武艺高强而有正义感的将官，都为之感动而心甘情愿地投诚入伙，这也是梁山泊的实力得以迅速壮大的一个重要原因。而小说的实际也恰恰证明了作者的高明之处：这样写既表现出在梁山泊英雄正确政策的感召下，统治集团的营垒是可以分化的，说明一小撮误国奸佞十分孤立，不得人心；同时又反衬出梁山泊起义的正义性：那些多少对权奸不满的军官，在一定的条件下，也是可以争取到人民这一边来的。宋江等梁山英雄一再揭穿假招安的骗局，并且三番五次地战胜高俅、童贯之流的血腥镇压；梁山泊起义的革命形势不可谓不好，为什么作者要梁山泊英雄接受招安？宋江对受招安为什么又是如此热衷、积极争取呢？过去有不少评论文章常常沿用菊花会上宋江即席赋词《满江红》中的最后一句"望天王降诏早招安，心方足"，来证明宋江是个死心塌地的"投降派"。如果我们不是寻章摘句，而是从这首词总的倾向来看，便可以发现，宋江之所以望招安，仍然是和保境安民的初衷分不开的。"中心愿平虏，保民安国。日月常悬忠烈胆，风尘障却奸邪目。"边患日亟，不接受招安，便无从"平虏"，也就达不到"保民安国"的目的。这首词就是对宋江"永存忠义"的肝胆写照。另外，浓厚的忠君思想，使他一直看不透天下无道、国力衰微的罪魁祸首正是当朝皇帝。这也是宋江带领梁山英雄接受招安的思想基础。

但是，将梁山泊受招安的责任完全归咎于宋江显然是不公平的。换句话说这支人民武装终于接受招安是有其历史必然性和深刻的思想渊源的。第一，梁山泊武装起义不可能超越"皇权思想"的制约，例如公认革命性最强的李逵，在既反贪官又反皇帝这个意义上和宋江虽有所不同，他口称"杀去东京，夺了鸟位"，也不过是让晁盖做个大宋皇帝，宋江做个小宋皇帝，众弟兄做个将军，乐得快活。由此可见，李逵和宋江的分歧不在于要不要皇帝，而在于让谁当皇帝。归根到底，在"皇权主义"这个基本点上二者却是完全一致的。李逵固然有反大宋皇帝的一面，也有粗暴任性的一面。他动不动就抢起两把板斧，不分青红皂白地排头砍去，杀得尽管痛快，也就不可能团结更多的人上梁山了。这样，不但反不了皇帝，恐怕连贪官也反不成：甚至最后非闹得只剩下孤家寡人不可！作者这样刻画李逵和宋江，着眼点在于性格上的差异，根本谈不上"路线斗争"。第二，从统治阶级的最高代表人物这个意义来看，皇帝俨然是国家的象征，在当时民族矛盾异常尖锐的历史条件下，忠义观念又是和爱国主义紧密联系在一起的。国之不存，家将焉附?! 宋江"中心愿平虏，保民安国"的理想也只有在受招安以后才有可能实现。正是基于爱国主义这个重要因素，才使得梁山泊英雄一起接受招安。第三，从北宋末年到南宋，由于统治阶级的反动和腐朽，对外屈膝投降，对内则交替使用残酷镇压和招降的反革命两手，使此起彼伏、波澜壮阔的人民武装起义都先后归于失败。《水浒传》之所以把受招安的结局写得异常凄惨，这正是历史真实的生动反映，同时也是现实主义的胜利。反动文痞姚文元胡说什么，只有战斗不屈而死才算英雄；宋江受招安，自然是万劫不复的叛徒了。这种形式逻辑是不值一驳的。如果按照这位"灵童"的异想天开去写，让梁山泊英雄们在与官军的战斗中都是不屈而死，那么，小说势必要塑造比梁山泊英雄更"英雄"的人物，出来与之相周旋，直到一方把另一方斩尽杀绝才善罢甘休。但是，如此一来，《水浒传》岂不混同于大煞风景的《荡寇志》了吗？还是让这种居心叵测的伪科学见鬼去吧！

　　宋江第三阶段的生涯，就是征辽。从艺术角度来说，这部分写得不够精彩，情节也比较单纯。但是这对进一步展现宋江性格，揭示和深化《水浒传》的主题是十分必要的。尽管宋江等人抱着满腔的爱国热情接受招安，仍然逃脱不了权奸的暗箭和陷害。小说以其春秋之笔巧妙地揭露了皇帝的昏庸和颟顸无能：宋徽宗明知蔡、童、高、杨一伙有欺君误国之罪，亦奈何他们不得，至多只是给了宋江等好汉以履行"保国安民"职责的机会而已，这就算是皇恩浩荡了。

　　小说通过征辽的全过程集中地讴歌了宋江的民族气节。宋江等率领的宋军齐心御敌，一连夺回许多州县，出奇制胜、以少胜多地打败了辽国兀颜统领的二十万军马，直逼燕京，终于迫使辽国国都竖起了降旗。这些情节不仅表现了梁山泊英雄在反对民族侵略的正义战争中建树的赫赫军功，而且也是一曲嘹亮的民族正气歌。辽国失败后，派丞相褚坚来到宋江帐前，许以"金帛玩好之物"意欲收买。宋江却义正词严地斥责说："两国交锋，自古国家有投降之理。准你投拜纳降，因此按兵不动。容汝赴朝廷请罪献纳。汝今以贿赂相许，觑宋江为何等之人！再勿复言！”“再勿复言”！多么斩钉截铁，又是多么光明磊落！

辽国丞相仍不死心，又带上十车金银宝贝、彩缯珍珠去东京活动。与宋江这个草莽英雄的浩然正气成为鲜明对比的是，满朝上下，几乎无官不贪。蔡京、童贯、高俅、杨戬一伙权奸自不消说，省院大小官僚也都无例外地接受了辽国的贿赂，纷纷到皇帝面前为辽国说项。宋江等人忠贞保国的事迹，被金銮殿的一片恶浊空气所消融。正义战争的胜利成果，一旦付诸东流，只落得退归辽国州县，休兵罢战。“非是宋某怨望朝廷，功勋至此，又成虚度。”一叶知秋，这声喟然长叹，委婉而又深沉地表达了宋江忧国忧民，兼以忧虑个人前途和怨愤难抒的情怀。

征辽的胜利，不仅没有给宋江带来喜庆和欢乐，相反的却是一片愁云惨雾，使他感到无限的凄凉和烦恼。在凯旋的归途中，宋江触景生情，“因复感叹燕青射雁之事，心中纳闷”，便赋词一首：“楚天空阔，雁离群万里，恍然惊散。自顾影，欲下寒塘，正草枯沙净，水平天远。写不成书，只寄的相思一点。暮日空濠，晓烟古堑，诉不尽许多哀怨！拣尽芦花无处宿，叹何时玉关重见！嘹呖忧愁呜咽，恨江渚难留恋。请观他春昼归来，画梁双燕。”顾影自怜，其中寄托着多少悲哀忧戚之思！宋江心目中作为“至圣至明”的皇帝偶像一霎时变得黯淡无光了。“不着一字，尽得风流”的艺术境界，固然显得失实，不尽可信，但从提倡以少胜多的意蕴来讲，却又是可取的。小说对此时宋江的心情描绘得多么真实，又是多么含蓄。唯其真实才使人更加理解他，同情他；唯其含蓄，又使人对皇帝的昏庸更加痛恨。

让我们再看看宋江等胜利归来的遭遇吧！紧接着皇帝给他们传令嘉奖的就是一道禁令，把他们封锁在离东京城几十里的驿站。被软禁的屈辱使英雄们按捺不住胸中的怒火，纷纷要求扯起造反的旗帜，大闹东京，重返梁山。心怀悲愤戚楚之感的宋江，本当和众弟兄一拍即合，为什么竟一反常态连军师吴用的话也不听了呢？他一边向吴用表白："若是有弟兄们但要异心，我当死于九泉，忠心不改！"一边立即召集众将领集会，明令制止。这时宋江已经准备以死殉国了。"你们众人，若嫌拘束，但有异心，先当斩我首级，然后你们自去行事；不然，吾亦无颜居世，必当自刎而死，一任你们自为！"众人听了宋江之言，俱各垂泪，设誓而散，并且有诗称赞："堪羡公明志操坚，矢心忠鲠少欹偏。不知当日秦长卿，可愧黄泉自刎言。"这里弦外之音难道不是对这个时代所有卖国奸臣们的批判吗？宋江那种"矢心忠鲠"的"志操"难道不是对宋、元之际许多忠臣良将形象的集中和概括吗？

作为宋江一生中最后阶段的主要事迹，便是打方腊。作者让宋江去打方腊，仍然为了突出宋江的"忠"。在这个基本点上作品的倾向性是很明显的，即褒宋江，贬方腊。"本是同根生，相煎何太急"，作者把两支起义队伍加以区别，爱憎、厚薄都大相径庭，这也可以证明作者的立意不是一般地歌颂农民起义。宋江等人权且啸聚山林，是为了全忠仗义，保国安民。而方腊却被写成称王图霸的人物。书中反映方腊在江南称王以后，那里的人民生活并不安定。作品还三番五次地描写方腊对人民的危害："那时百姓都被方腊残害不过，怨气冲天，听得宋军入城，尽出来助战。"方腊所属地区的好汉费保等人，不愿与方腊合作，却甘愿为宋江出力。这样写虽然反映了作者对方腊的错误看法，但在一定程度上也透露了某些历史的真实。

无论如何宋江征方腊是错误的。这场战争的实质是人民革命队伍的相互残杀。小说浓重的悲剧性还在于宋江以及梁山泊英雄当时还不可能懂得这一点。宋江把征方腊视为保国安民的必要之举，这就酿成他一生中最大的、不可饶恕的错误。常言说"金无足赤，人无完人"，对于封建时代文艺作品中的宋江又怎能求全责备，要求他不犯一点儿错误呢？事实上在征方腊这场悲剧性的战争中，宋江的心绪是十分复杂的。当韩滔、彭玘在常州被打死后，宋江大哭道："谁想渡江以来，损折我五个兄弟。莫非皇天有怒，不容宋江收捕方腊，以致损兵折将？"像宋江这样一个人物，他的结局决然不会是美妙的。他的晚年也只能在极端痛苦，经常因啼哭而晕倒，内心十分矛盾中度过。随着理想的幻灭，他目睹众弟兄一个个惨绝人寰地死去，最终，宋江在凄凄惨惨地当了几个月楚州安抚使兼兵马都总管以后，也未能逃脱可悲的下场。综观《水浒传》的宋江，从人物总的倾向来看，可以说他的一生是全忠仗义的一生，为实现其保国安民的愿望而英勇奋战的一生。几百年来，广大读者并没有抓住接受招安和征方腊这两件事而对宋江全部否定。这足以说明人民，只有人民，才是评说千古功罪的权威！宋江作为特定历史时期人民群众理想的英雄之一，虽然有浓重的封建思想和许多弱点，甚至犯过严重错误，但是瑕不掩瑜，《水浒传》仍然不失为一部永世不朽之作。

（原载《文艺研究》1979 年第 3 期）

从比较中看《三国志演义》塑造典型人物的手段

一部文学作品的力量和寿命，往往取决于艺术形象的典型意义。罗贯中的《三国志通俗演义》又称《三国志演义》（以下简称《通俗演义》），之所以具有强大的生命力，是和作品中不朽的艺术典型分不开的。《通俗演义》，虽然取材于陈寿的《三国志》和裴松之的注，并且从《三国志平话》、元代三国戏曲中汲取了丰富的营养，但是活在人们心目中的典型人物，却是作者遵循艺术规律进行再创造的结晶。从塑造艺术典型来讲，这部小说和三国题材的其他作品，特别是和元代三国杂剧相比，有哪些成功的经验呢？现仅就与杂剧相应的若干片断，从比较中进行一些探讨。

一

《通俗演义》和元代杂剧比较，更善于从人物性格的互相映衬中刻画人物形象。在这部小说里，经常出现"棋逢对手，将遇良才"的布局，从不同性格或近似特点的对比和衬托中，无论是主要人物或次要人物，正面人物或反面人物，都具有鲜明而突出的个性。而三国杂剧却不然，它们为突出主要人物，往往将反面人物或次要人物写得很低，或脸谱化、行当化、简单化。像无名氏杂剧《刘玄德醉走黄鹤楼》，为了表现诸葛亮的智慧和预见，把周瑜写得很愚蠢，居然在请刘备赴宴的酒会上，喝醉了酒，睡大觉。诸葛亮派关平借送暖衣，拄拂子带来令箭，姜维扮作渔夫，面传密计，周瑜全然不知晓，直到刘备逃出黄鹤楼，周瑜尚在酣眠。这里的周瑜又呆又笨，是个迷迷糊糊的人物。《通俗演义》没有吸收这部分内容，和这出杂剧的人物形象不够成功有直接关系。

无名氏杂剧《诸葛亮博望烧屯》、高文秀的杂剧《刘玄德独赴襄阳会》等，在不同程度上也存在着类似的弱点。

《诸葛亮博望烧屯》中的夏侯惇是一个行当化的人物，很缺乏个性描写。作者为了适应杂剧行当的需要，又将他写得很滑稽，且有愚昧、卑贱之嫌。他在上阵作战之时，自称是赵云的"重孙累孙"，直呼张飞为"三叔"，又自称"您孩儿"。这个人物的行动也是自相矛盾的，当他率领十万大军进攻新野时，于途中被诸葛亮用计打得一败涂地，骗了张飞而逃之夭夭，后来他只带一百残兵又怎敢到新野索战呢！从剧情发展来看，夏侯惇再次讨战起到了为张飞解斩首之危的作用，而人物性格却是前后矛盾的。况且杂剧对夏侯惇索战的结局未作交代，也有损于诸葛亮、张飞等形象的深化。《通俗演义》这段情节中夏侯惇的形象，虽然笔墨简洁，个性却是鲜明的。他是一个雄心勃勃，能征善战的大将。他在曹操面前立下军令状，发誓要生擒刘备和诸葛亮，气势汹汹地带领十万人马杀奔新野。他又刚愎自用，过分相信自己，不肯听取李典、于禁等人的意见，过分轻敌，这才中计上当。诸葛亮面对十万雄兵、忠勇战将，尚能以少胜多，才愈显示其运筹帷幄，决胜千里的英才。

杂剧《刘玄德独赴襄阳会》中的次要人物刘表，也未能展开描画。他只出场一次，点出他在立长还是立庶问题上的犹豫不决。优柔寡断的性格虽有所表现，但尚不够充分。《通俗演义》与杂剧《刘玄德独赴襄阳会》相应的内容是"刘玄德襄阳赴会"等四节。

以前两节来说，既写刘备，又写刘表。这两个人物并非从针锋相对的斗争中互为衬托，而是作为截然不同的两种性格，在互相依存中彼此映衬，即在同一场合，围绕着同一件事，使两个人物性格形成强烈的对比。

一是对"的卢马"的态度。刘表见刘备所骑之马"极骏"，便称赞不尽，"玄德会其意"，将马送给刘表。刘表得此马十分满意，一旦听到"的卢马"妨主的说法，立即将马还给刘备，并且加深了对刘备的怀疑。刘备则相反，听了伊籍告知真情后，毫不介意，根本不相信"马妨主"之说，依然爱马如故。刘备广阔坦荡的胸怀和刘表自私狭窄的心地，自然形成对照。

二是对立谁接替荆州牧的态度。刘表长期犹豫不决，自相矛盾，一方面认为立长子刘琦名正言顺，一方面又偏爱次子刘琮，且又惧怕蔡氏的势力，因而举棋不定，为此愁苦。刘备在对刘表家庭中的矛盾不了解的情况下，就贸然建议立长不立庶，同时赞美刘琦，为此险招杀身之祸。这就使刘备敢于决断，直言不讳的秉性和刘表不明事理、优柔寡断的特点相映成趣。

三是要不要乘曹军北伐之时去袭击许昌。刘备向刘表献计，趁曹操远离许昌之机，于荆州出奇兵，许昌自会一鼓而下。刘表则表示"吾坐据九州足矣，安可别图"，一旦曹操班师回来，有吞并荆州之心，却又后悔未听玄德之言。刘备胸怀大志，善识战机和刘表安于现状，目光短浅形成明显的反衬。

四是二人之间的关系。刘表一时信任刘备，便想让荆州牧，把刘备当作知心，倾吐肺腑；时而又听蔡夫人的谗言把刘备派往新野。他相信蔡瑁诬陷刘备写了反诗，怒气冲冲地想杀刘备；顷刻，又清醒过来，意识到有人离间，可是他从不深究是非。而刘备对刘表，则始终如一，既尊重又信赖。刘备的宽厚诚恳和刘表的反复无常恰好形成对比。

通过以上几件事写出两个人不同的想法和做法，各自所持的不同态度，从而塑造出两个皎然有别的形象。刘表的狭隘、软弱、少谋寡断恰恰和刘备的宽厚、坚毅、多谋善断互为反衬。两个人物虽然不处于针锋相对的矛盾地位，但却表现出两种完全对立的性格。这两种对立的性格集中在一起，让他们对同一件事，同一个问题，表现出相反的认识和行动，形成一种互相依存的关系。如不写甲，则显不出乙；如不写乙，则显不出甲，他们彼此之间从同时并存的和谐统一当中得到反衬，因而个性更加鲜明，两个性格都得到强化。这是艺术创作中的辩证法。罗贯中对此深有会心，故能以精练的文字，创造出众多丰满而鲜明的性格。从塑造典型人物来说，这对三国题材的其他作品是个较大的突破，在丰富和发展我国小说艺术方面作出了重要的贡献。

　　杂剧《单刀赴会》的艺术成就集中表现在关羽这一英雄形象的塑造上。第一折，从乔公的口中介绍关羽的英雄事迹；第二折，司马徽吟唱关羽如何英雄；第三折，关羽自述过去的英雄壮举；最后一折才从关羽和鲁肃的斗争中刻画关羽。它将关羽的一生集中到有限的篇幅内，从不同角度来吟唱，文字优美，艺术上比较成熟。尤其是第四折以抒情笔法描写关羽豪迈、雄伟的英雄气概，更加令人击节叹赏。杂剧和《三国志平话》相比，鲁肃的形象也更加丰满，充实了。在这里鲁肃再不是伏地祈求的弱者，而是一位执意要求索还荆州的将领。如将杂剧和《通俗演义》相比，在塑造人物的手段上还有差异。这一方面和文学体裁有关，另一方面《通俗演义》在汲取杂剧精华的基础上，又有所创新。

　　《通俗演义》中与杂剧《单刀赴会》相应的内容是"关云长单刀赴会"这一节，情节比较精练集中。这里取消了鲁肃同乔公、司马徽等人的冲突，围绕着争夺长沙等三郡，集中描写鲁肃和关羽的矛盾，从针锋相对的斗争中以互为衬托的手法塑造两个人物，大有水涨船高之势。鲁肃既不是伏地祈求的弱者，也不单是执意索取荆州的将领，而是一位能言善辩的外交家。杂剧中鲁肃似乎对关羽的英雄业绩及其为人尚不了解，这就有损于作为外交家的形象。在《通俗演义》中，鲁肃不但为这次会晤做好各种准备，而且在面对面的论辩中，直接指责关羽不讲信义，对恪守信义的关羽来说，大有攻心的架势。这样就将一位谦恭而强硬的外交家的形象，刻画得恰到好处。在论辩上关羽只能应付，推脱。先说"此国家之事，筵间不必论之"，后又说"此皆吾兄左将军之事，非某所宜预也"。鲁肃又紧逼一步："某闻昔日桃园结义誓同生死，左将军即君侯也，何得推托乎?"鲁肃不仅善于攻心，而且能敏捷地抓住对方的弱点，步步紧逼进攻，从政治上、舆论上、道义上击败了关羽，从而取得谈判桌上的胜利。

"棋逢对手，将遇良才"，《通俗演义》把鲁肃写成外交上的强者，并不等于削弱了对关羽的描写。在罗贯中的笔下，关羽的形象更加集中，更加理想化了。小说既没有过场人物介绍的烘托，也没有关于宝剑的神奇描写。主要是从尖锐的矛盾冲突中，用关羽的言行来塑造他的形象。作品中的"主要的东西是指让人物行动起来，通过行动来显示人物的性格特征"[1]。小说首先用关羽回答关平、马良的话，显示关羽的内心活动。他在赴会之前对此行的危险性一目了然，深知一贯倾向蜀吴联合的鲁肃已动了杀机，但是他想到渑池会上的蔺相如，毅然要赴"狼虎之穴"，"既已许诺，不去失信"这句普通的对话却从"重然诺、讲信义"的角度深化了关羽的形象。他赴会以前做了周密的安排，令关平"选快船十只，藏善水军五百，于江上等候。看吾认旗起处，便过江来。"我们还看到关羽善谋略，且又做事精细的一面。作品妙在不是孤立地描写关羽的行动，而是从对方的眼中看他的气派。从各方面做了充分准备，坚决要杀害关羽的鲁肃，却预料不到关羽究竟怎么来，早就令人在岸上遥望："辰时后，见江面上一只船来，

---

① 莱辛：《拉奥孔》（1766），人民文学出版社 1979 年版，第 62 页。

艄公水手只数人，一面红旗，风中招展，显示雪白一个大'关'字来。船渐近岸，见云长青巾绿袍坐于船上，旁边周仓捧着大刀，八九个关西大汉，各跨腰刀一口。"这幅色彩斑斓的画面，由远到近逐步向前移动，随着画面的推近，一位威风凛凛，气宇轩昂的英雄走过来了。"鲁肃惊疑"，到接入亭中仍"不敢仰视"；而关羽却"谈笑自若"，从互为映衬中，使特定情境中关羽那心怀坦荡、胸有成竹的气度又得以烘托。以有限文字寓多种艺术功能，包含有绘画美、雕塑美和戏剧美，真可谓生花妙笔，巧夺天工。

接着描写关羽和鲁肃论辩的情景，表面看关羽是理屈词穷了，实际上关羽深知鲁肃本意并不在于口头上分清是非，而是要动真刀真枪，预谋加害于他。所以关羽不屑与鲁肃论辩，只等待时机，离开"狼虎之穴"。面对鲁肃振振有词的质问，关羽先是应付，继而"不答"，然后"变色"，"夺周仓所捧大刀，立于亭中"，"以目视之"。这一连串惊人的独特行动，将这位顶天立地英雄，气贯长虹的神威呈现在读者面前。事先做好各种准备，在论辩中又占了上风的鲁肃，无可奈何地被关羽"将至江下"，他以"魂不附体"的精神状态，亲自送走了这位"贵客"。小说处处以实力、辩才、外交上的强者来衬托关羽，在针锋相对的斗争中使两个人物的性格步步深化。这也是符合塑造典型人物的辩证规律的。这样写要比从过场人物口中介绍，更符合小说的要求。

这里因限于和有关杂剧比较，只提到以上两段对立性格的反衬和差异性格的互衬。从《通俗演义》全书来看，无论是写人叙事状物，常常采用映衬手法，使其特征愈突出，彼此的区别更加鲜明。曹操有谋有断，广开言路和袁绍多谋寡断、不纳忠言形成明显的对比，吕布的见利忘义和关羽的重义如山遥相对比，周瑜的胸襟狭窄和诸葛亮的胸怀坦荡互相对比，这都属于对立的性格特点互为反衬。近似的性格特点互为衬托，愈加显露各自的不同，如智对智，显得智者愈智；勇对勇，勇者愈勇；辩才对辩才；胆量对胆量……周瑜乃东吴一大"智慧"，周瑜的所有计谋，又都被诸葛亮识被，显得诸葛亮更高明。司马懿足智多谋，他的行动都经过精心策划，孔明处处胜他一筹，即使街亭失败，也要写出诸葛亮的智慧和谋略超过司马懿。这些都采用"棋逢对手，将遇良才"的正衬法。

二

《通俗演义》和元代杂剧比较，有关情节的增减更符合人物性格发展的必然逻辑，这是值得重视的艺术经验之一。只要将《至治新刊三国志平话》有关千里独行的情节，元代无名氏杂剧《关云长千里独行》和《通俗演义》中同样内容章节加以比较，就会看得十分清楚。

杂剧《千里独行》明显地表现出对《平话》的继承关系，其基本情节和《平话》一致。但因作者作了较大的艺术加工，杂剧的情节更加丰富了：一是加了过场人物张虎，他在全剧的结构上起到了穿针引线的作用。二是加强了甘、糜二夫人的活动，其中甘夫人的唱腔颇多，像关羽在灞陵桥拒不下马接盏、受袍，都是甘夫人从旁提醒关公的。关羽听嫂嫂的劝告，才未饮毒酒。三是曹操在关羽的谦让下，自饮毒酒，又吃了张辽早已准备好的解药。这从戏曲结构的要求来看，杂剧人物的唱腔丰富了。甘夫人的性格更加具体、突出了，但和《通俗演义》比较，却有不少的纰漏，其主要之点就是人物言行不符合人物性格。当曹操施展第三条计谋，以赠锦袍引诱关羽下马时，关羽居然有这样的自白："我待下马去，则怕中他的计策。我待不下马去，可惜了一领锦袍。"封金挂印的关羽怎么能贪图一领锦袍呢！曹操自饮毒酒也是不合情理的，奸诈、权谋的曹丞相怎能自饮害人的毒酒呢！另外，张辽带领十万人马去追赶关羽也不合乎张辽的性格。杂剧连关羽寻找刘备的路线也未交代清楚，似乎是从许昌直接到古城的，如关羽不先往河北，又怎能称之为千里独行呢！

且看《通俗演义》是怎样进行再创造的。首先，它比《平话》、杂剧《千里独行》更符合历史真实。有关这段本事历史记载比较详细："建安五年，曹公东征，先主奔袁绍，曹公禽羽以归，拜为偏将军，礼之深厚。"① 关羽解白马之围后，"曹公即表封羽为汉寿亭侯。初，曹公壮羽为人，而察其心神无久留之意，谓张辽曰：'卿试以情问之。'既而辽以问羽，羽叹曰：'吾极知曹公待我厚，然吾受刘将军厚恩，誓与共死，不可背之。吾终不留，吾要当立效以报曹公乃去。'辽以羽言报曹公，曹公义之。及羽杀颜良，曹公知其必去，重加赏赐。羽尽封其所赐、拜书告辞，而奔先主于袁军，左右欲追之，曹公曰：'彼各为其主，勿追也。'"② 由此可以看到：一、关羽曾经被曹操俘虏过；二、曹操待关羽甚厚；三、关羽深知曹公的好处而感恩不尽；四、关羽终不忘同刘备誓同生死之义，无论曹操怎样待他好，也不肯留在曹营；五、关羽封其所赐而走，曹操并未追赶。

《通俗演义》从历史的真实出发，紧紧地把握住人物性格的基本点，围绕人物性格的深化，进一步丰富情节。"刻画'性格'，应如安排情节那样，求其合乎必然律或可然律，某种性格的人物说某一句话，作某一桩事，须合乎必然律或可然律。"③ 这里没有像张虎那样多余的人物，作者集中笔墨刻画关羽和曹操。关羽性格的核心是义勇，小说采取多方面铺垫的方法，反复揭示关羽重义的素质，在什么情况下，都不忘桃园之"义"。关羽为曹操解白马之围以后，又领兵向汝南进发，在汝南和孙乾相遇，关羽得知

---

① 《三国志·蜀书·关张马黄赵传第六》。
② 同上。
③ 亚里士多德：《诗学》，《〈诗学〉〈诗艺〉》，人民出版社 1962 年版，第 49 页。

刘备在河北的消息，他向孙乾表示："吾见兄长一面，虽万死不辞。"这不仅将关羽如何得到刘备的信息写得比杂剧更加入情入理，而且具体地描写出关羽此时的心情："寻思去计，坐立不安"，唯恐走漏消息，连在两位夫人面前都未敢说明。关羽正在为如何走心绪不定的时刻，曹操派张辽来探虚实。作品借助关、张二人议论《春秋》里的人物，让关羽向张辽表明，"吾与玄德公结生死之交，生则同生，死则同死，非管、鲍之比也。"这是第二次写到关羽执意不负前言，并托张辽向曹操转达他的意思。接着关羽又向代刘备传书的陈震说："人生天地之间，无始终者，非君子也。"他在如此人生信念的支配下，宁死也不肯留在曹操那里。所以关羽在给刘备的信中再一次表示"义不负心，忠不顾死"的"大丈夫"之志。

　　关羽心志如此坚决，但并非内心没有矛盾。他的矛盾不在走和留，而在于如何才对得起曹公。这同样是受他脑子里故有的"义"的观念所支配。他在留给曹公的信中说得明白："三思丞相之恩，深如沧海；返念故主之义，重若丘山。去之不易，住之实难。事有先后，当还故主。尚有余恩未报，候他日以死答之，乃某之志也。"这并非虚辞应对曹操，而是关羽的肺腑之言。一方面反复描绘他矢志忠于刘备，另一方面又写出关羽不愿辜负曹公。这都是集中刻画关羽的"义"。对于重义如山的关羽来说，这样的内心矛盾是必然的。但是无论关羽如何感谢曹操，他也不肯背桃园之盟。所以关羽一旦听到刘备的消息，便执意离开许昌，去寻找刘备，虽万死不辞也是必然的。《通俗演义》和杂剧比较，它将人物内心的复杂性和人物性格的丰富性，写得恰到好处，这才使情节的丰富曲折和人物性格的深化达到和谐的统一。

　　"一个真正的人物性格必须根据自己的意志发出动作，不能让外人插进来替他决定。只有在根据自己的意志发出动作时，他才能对自己的行动负责任。"① 当前面充分交代了关羽誓死寻找刘备的 决心后，再写关羽为了到河北和刘备相会，冲破重重险阻、过五关斩六将的壮举，便自然顺理成章了。而像杂剧那样，临时让甘夫人从中劝说关羽，就显得有些蹩脚了。关羽过五关斩六将的情节，虽系罗贯中的创造，然而这是合乎人物性格的可然律和必然律的，又是按人物自己的意志发出的行动，所以才使关羽的形象如此成功，成为千古不朽的艺术典型。

　　从《通俗演义》全书来看，曹操性格的基本点是奸雄，可是《平话》杂剧等作品，只写曹操"奸"的一面，对曹操如何英雄却写得不够。然而《通俗演义》的这段情节，主要渲染作为英雄曹操的"王霸之度"。在这里并不是从曹操和关羽的对立中刻画曹操，也不是围绕一件事刻画两种对立的性格，而是从曹操自身地位和行动的矛盾来表现曹操。从曹操的地位来说，本是关羽这次独行的最大阻力，实际上他的行动却促成了关羽的这次壮举。小说采用层层递进的反逼法描写曹操的行动，愈显得曹操与众不同。关羽走后，蔡阳挺身而出自告奋勇去追杀关羽，曹操不但阻止了蔡阳，反而赞扬关羽说，"事主不忘其本，乃天下之义士也；来去明白，乃天下之丈夫也。汝等皆可效之。"这是第一层，程昱说关羽此去其罪有三，若放他归袁绍，"是纵虎伤人也。不若遣蔡阳赶上诛之，绝此后患"。曹操不但不纳程昱之言，反而决定进一步结交云长，做个人情，于是亲自去送行。这样便将《平话》、杂剧中曹操听取张辽的计谋，于途中谋害关羽的写法完全翻过来，以锦袍为诱饵改成以赠袍留念，这是第二层。曹操进一步为关羽着想，有意成全关羽这次独行，一连三次派遣使官到关隘传送公文放行，明知关羽连斩数将仍不加害于他，这是第三层。曹操为了表示真心放行关羽，第四次又派深知自己用心的大将张辽出面去说服夏

---

① 　黑格尔：《美学》第一卷，商务印书馆 1979 年版，第 308 页。

侯惇，劝说蔡阳。如此多层次地从反面逼近人物的行动，在清人评点派中称为反逼法。其实，这里含有两种意义上的反逼，一是众将愈献计杀关羽，曹操则愈称赞、愈结交、愈放行关羽；二是关羽愈背离曹操，曹操则愈支持他。即使在《通俗演义》里，这种写法也不多，只有在充分展示曹操的宽宏大量和笼络人心的本领时，才更显得曲尽其妙。不仅极写曹操的"王霸之度"，也写出曹操善于识人的眼力。这是在群雄逐鹿的局面下，曹操取得胜利的重要内因。曹操之所以对关羽那么优待，就是为了笼络住关羽的心。他一看关羽果然"封金挂印"不辞而走，首先是"大惊"，随后就来个一百八十度的大转弯，从设法挽留关羽变成坚决放行。曹操随机应变和着眼未来的特点也得到微妙的表现。

这里如此刻画关羽、曹操和张辽，为华容道义释曹操作了情节上的铺垫和性格上的准备。关羽、曹操、张辽在华容道狭路相逢的情节，纯系罗贯中的天才创造，也是三个人物性格发展的必然结果。如果像《平话》、杂剧那么写，不仅和史料大相径庭，而且违背了人物性格发展的必然性和可能性。既然曹操早在灞陵桥就有谋杀关羽之意，在华容道上岂不是仇人相见吗？又怎能称得上恩公呢？尤其是张辽多次出谋献策杀害关羽，华容道上曹操和张辽的出现又怎能打动关羽呢？从《通俗演义》这段情节的增减来看，作者对关、曹、张三个人物的再创造，突出地体现了他从塑造艺术典型出发来设置情节的非凡才能。

三

"人物性格要根据他的处境来决定。"[1] "如果人物的处境愈棘手愈不幸，他们的性格就愈容易决定。"[2] 罗贯中巧妙地为笔下的

---

[1]　狄德罗：《论戏剧艺术》，《文艺理论译丛》1958 年第 1 期，第 185 页。

[2]　同上。

人物设置处境，让人物在尖锐的矛盾中或独特的困境中去行动，使人物性格愈加明朗、丰满。刘备和孙权的妹妹成亲在《三国志·蜀书·先主传第一》是有所记载的。《平话》以"吴夫人欲杀玄德"，"吴夫人回面"两节来讲述这个故事：周瑜想出一计，以孙权之妹孙安小姐为诱饵，"暗囚卧龙"。吴夫人事先同意这样做（插图的标题也强调吴夫人要杀玄德），而和孙权没有矛盾。鲁肃陪同小姐到荆州，在筵会上小姐"带酒应周郎计"。小姐也想杀玄德，因见皇叔金蛇盘于胸上，才不忍下手了。玄德和小姐回到东吴，吴夫人一见刘备仪表堂堂，有帝王相，也同意小姐嫁皇叔为妻，他们兄妹、母子之间从未发生什么矛盾。《平话》对此还只限于记录过程，尚谈不到刻画性格。

元代无名氏杂剧《两军师隔江斗争》，结构完整，语言精练，人物形象比较鲜明。基本情节和《平话》相似。吴夫人欣然答应周瑜的用计，以女儿为夺取荆州的诱饵。吴夫人和周瑜，孙权等人完全一致。孙安小姐对自己的终身大事态度含糊。先是责备哥哥不和自己商量，接着又有这样一段唱词："这里劝哥哥要三思，怕瞒不过诸葛亮那军师，万一被他识破有参差，可不把美人图干着使。"似乎小姐同意把自己当钓饵，只担心诸葛亮识破，当孙权说出下一步的计谋时，她才明确表示不同意："我只道你甚机谋节外生枝，原来只要我转关儿将他刺死。我本待诵睢鸠淑女诗，怎着我仗龙泉行剑客的事，你只怕耽误了周元帅在三江口，哎！怎不想断送我孙夫人一世儿。"这里已经接触到孙权和小姐的矛盾，可惜未曾充分展开，更未能在矛盾发展中，在为人物设置的困境中塑造性格。孙权一生气，小姐就答应了，好像小姐屈服于哥哥的威势，如此描写，人物的性格特征就不能得到充分的表现。

《通俗演义》以"周瑜定计取荆州"、"刘玄德娶孙夫人"、"锦囊计赵云救主"、"诸葛亮二气周瑜"四节的篇幅描写这段内容。将小姐去荆州改成刘备到南徐入赘。围绕入赘这一中心事件展开人物之间的矛盾冲突，使出场人物彼此设置困境。无论是主要人物，还是次要人物，都能在矛盾的错综发展中和棘手的处境中，充分地展示性格特征。

在罗贯中笔下，周瑜听了细作报告"甘夫人新丧"，心生一计：以吴侯妹妹为诱饵，赚刘备到南徐，从而"幽囚在狱中"，把刘备当人质讨还荆州。这一计谋属于军事绝密，东吴内部也只有极少数人知道，吴夫人也无从得知。这就在孙权、周瑜和吴夫人、小姐之间埋下矛盾。这个矛盾和吴蜀争夺荆州的矛盾交错发展，使故事情节益加丰富而合理，带出一连串戏剧性的冲突，为人物的性格展现，开拓出更加广阔的天地。

首先是周瑜、孙权等人为刘备制造了棘手的处境。诸葛亮能够预见到刘备将要面临的困境，他以运筹帷幄的才智，利用东吴内部的矛盾为刘备解围，按照矛盾发展的进程，交给赵云三个锦囊。这样，充分展示了诸葛亮知己知彼的军事才干和料事如神的睿智。杂剧里的刘封纯系跑龙套的角色，颇有庸俗趣味，又和矛盾发展相游离，这样写对诸葛亮的形象也有所损害。《通俗演义》就大不同了，取消了《隔江斗智》中诸葛亮派刘封直接把暖衣送到筵席上，并教刘备佯醉丢信的情节。以赵云作为诸葛亮派到南徐的虎将，从极大的困境中将刘备一步步地解脱出来。刘备去南徐等于自投囚牢，连他自己也不能判定吉凶祸福，因为他对军师无比信任，只好依计而行。作品一方面为刘备设下棘手的处境，一方面给诸葛亮出难题，这里的赵云，乃是作为诸葛亮的替身到东吴去的，而诸葛亮则是一个未入困境便能战胜困境的人物，从而更显得他神机妙算。同样是在棘手的处境中，刘备和关羽不同。关羽在"单刀赴会"的时刻，世处在极大的困境，然而关羽心中明白，有充分的精神准备和周密的作战部署。他以手举宝刀、臂挽鲁肃到江边的惊人行动，战胜困境，从而显示出他那智谋超群、英勇过人的英雄气度。刘备在困境中能取得胜利，主要不是靠自己的谋略和勇敢，而是靠虚心和兼听，因为他对诸葛亮、赵云的信赖，所以他到南徐后，一切都是按诸葛亮的预谋行事的。他以谦恭的风度、正确的策略很快就把乔国老、吴国太、孙小姐争取到自己这边来，从而化险为夷。

《通俗演义》不但将主要人物写得栩栩如生，即使次要人物也能写出鲜明的性格。围绕着孙氏母子的矛盾，刻画吴太夫人和孙权的性格同样是成功的。儿子孙权背着国太将其爱女许给刘备，这当然是对母亲的大不敬。一旦刘备促使乔国老把这一秘密揭穿，母子的矛盾便公开化、尖锐化了。孙权将国太置于难堪的窘境，所以国太一见到孙权，就"捶胸大哭"，一边哭一边质问："你直如此将我看承得如无物！我姐姐临危之时，吩咐你什么话来？"国太没头没脑的哭闹，把孙权蒙在鼓里，这样吴太夫人又为孙权设置了尴尬的处境。随着矛盾的发展，两个人物互相设置困境，自然而然地深化了人物性格。孙权出于封建孝道，只好将责任推给周瑜。此时，插入国太骂周瑜，妙在传神，"周瑜匹夫！汝做六郡八十一州大都督，直恁无条计策取荆州，却将我女儿为名，使美人计。杀了刘备，便是望门寡，明日再来说亲，须误了我女儿一世……"一方面她真心疼爱女儿，不能容忍周瑜这个有辱小姐的所谓计谋，另一方面她又希望周瑜能辅佐儿子取回荆州。通过特定情境中人物的口语，使吴夫人神形俱现。最后她决定亲自看了刘备再拿主意，一见刘备便对乔国老赞扬说："真吾婿也！"当机立断把小姐嫁给刘备。寥寥数笔便把一位慈爱而又尊严，明智而又果断的老夫人写得活灵活现。

孙权和吴夫人的矛盾又引出孙权内心的矛盾，即权势欲和孝的矛盾。《隔江斗智》等作品只写了孙权的权势欲，他一心想夺回荆州，未曾想到妹妹的归宿，更谈不到孙权内心的矛盾冲突。《通俗演义》通过人物彼此设置窘境，刻画出人物的内心世界，所以人物形象才愈显得丰满、逼真。孙权为了孝顺母亲，依从吴太夫人主张，弄假成真以后杀刘备之心仍然不死，后来，他决定连妹妹一起杀掉。这样，既生动地刻画出孙权性格的复杂性，又真实地揭示出封建政治的残酷性以及"孝悌"的虚伪性。

小姐出场不多，但在关键的时刻，在棘手的处境中她前后几次露面，却给人留下鲜明的印象。当刘备听了赵云假报荆州危机时，左右为难，进退维谷，不知何去何从。孙夫人主动表示："我已嫁事于君，君所去处，我愿随之。"并且向刘备献策："正旦拜贺时，推称江边祭祖，不告而去……"刘备几次身处前有截阻，后有追兵的危急中，她亲自喝退追兵，大骂东吴将领和周瑜，为刘备解围。在错综复杂的矛盾中，在动荡颠沛的处境中，一位刚烈而柔顺、智慧而勇敢的孙夫人便脱颖而出。

从以上截取《通俗演义》的某些段落和有关杂剧进行的比较来看，我认为很能说明问题。《通俗演义》是历史演义小说的佼佼者，以后出现的大量同类小说"大抵效《三国志演义》而不及"①，显著的标志之一就是它塑造出许许多多有血有肉的典型人物形象。在这些典型形象的塑造过程中，作者留给我们的经验是十分丰富的。只要我们细细地剖析，就会从中获得真知，尤其是和三国题材的其他作品比较，就更能清楚地看到罗贯中"特殊的才情"和"强大的创造力"。

（原载《中国古典文学论丛》1984 年第 1 册，人民文学出版社出版）

---

① 鲁迅：《中国小说史略》，《鲁迅全集》第八卷，人民文学出版社 1957 年版，第 121 页。

《水浒传》艺术论

　　"《水浒传》写（一百八人）性格，真是（一百八）样，若别一部书，任他写一千个人，也只是一样，便只写得两个人，也只是一样。"① 这虽系对《水浒》有偏爱的夸张说法，但《水浒传》中人物形象个性鲜明是有口皆碑的。究竟作者采用哪些艺术技巧使得小说引人入胜，人物形象如此栩栩如生呢？据传说，施耐庵请高手画师画了宋江等三十六人的图像，挂在房内，每天对画琢磨，久而久之，这些人物的音容笑貌，便在作者的脑子里成熟了。虽然这一说法不尽科学，但其可取之处在于说明作者必须对人物十分熟悉，才能写出个性。《水浒传》塑造英雄人物的成功，首先以作者对当时社会生活和笔下的人物极其熟悉为前提条件，"非世上先有是事，即令文人面壁九年，呕血十石，亦何能至此哉"②！在作家掌握了丰富的生活素材的基础上，如果有正确的思想作指导，人物塑造的成功与否，便取决于艺术修养和艺术技巧。本文试图从艺术规律上对《水浒传》的艺术技巧作些探讨。

一

　　"艺术的目的是表现事物的主要特征，表现事物的某个凸出而

---

① 金圣叹：《读第五才子书法》。
② 怀林：《〈水浒传〉一百回文字优劣》，明容与堂刻《水浒传》卷首。

显著的属性，某个重要观点，某种主要状态。"① 如果在艺术作品中不断将人物和事件进行比较，就会使彼此的特点愈加鲜明，这虽然是许多人通晓的常理，但却很少有人提高到艺术规律的层面上来看。恩格斯明确指出过："把各个人物用更加对立的方式彼此区别得更加鲜明些"②，实际上充分肯定了从比较中表现人物特征的方法。《水浒传》熟练地、普遍地运用这种手法来描写人物，是值得重视的。像武松和武大郎从外貌到气质、性格都自然形成对比：一个"身长八尺，一貌堂堂"，一个"不满五尺，生得狰狞"，一个是强悍峻拔的英雄，一个是软弱无能的懦夫。如此互相映衬，使兄弟二人的形象愈加鲜明，作者的感情也从中自然流露。《水浒传》描写梁山众多英雄人物，经常采用反衬法，如鲁达和史进初次在渭州相遇，作者将两人的衣着、鞋帽等通身打扮，从颜色到样式都经过精心设计，着意加以区别，索超和杨志在大名府比武时，从盔甲、武器到坐马，都形成鲜明的对比。吕方、郭盛互相争夺对影山山头，一红一白相映成趣。李逵和张顺在清波碧浪中翻滚搏斗，一个露通体霜肤，一个显得浑身黑肉。这一幅幅色彩绚丽的图画，无不给人以明朗、壮观的美感享受，同时将人物外貌的区别互相映衬，给人以鲜明的印象。金圣叹在评点时说过："凡接写两人全身打扮处，皆就衣服制度、颜色、互相照耀，以成奇景。"其实，如此从外貌上以比较的方法加以描绘，并非单纯追求形式美，更主要的是以此衬托英雄武艺高强和气势雄伟。从对比中显示梁山英雄的共同特征和个性差异。

　　红白的对比反衬固然使红的愈红，白的愈白。倘以两种红颜色作正衬，就能显出它们之间的细微差别，正像看一场势均力敌的球赛，双方在难分难解中分出高低，这将紧紧抓住观众的情绪，较比球技悬殊的两队更能表现出各自的优点和缺点。一个高明的

---

① 丹纳：《艺术哲学》，人民文学出版社 1982 年版，第 23 页。
② 恩格斯：《致斐·拉萨尔》（1959 年 5 月 18 日）。

作者不仅善于从彼此对立中反衬特点，还要巧于从相同或近似中找到差别，表现各自的特点。梁山泊一百零八名好汉，自然给人以成双成对的感觉。像武松和鲁智深，朱全和雷横，石秀和杨雄，解珍和解宝，吕方和郭盛，董平和张清……在众多英雄中，似乎某两个人有近似之处。这正是作者运用比较的手法，从同中写异的结果。朱全和雷横二人都是郓城县都头出身，这两人经常同时出场。他们一同去追捕晁盖，都有私放晁盖之心，他们一齐去追捕宋江，又都有放宋江之意。从相同之中又写出二人的不同，亲自放走晁盖和宋江的都是朱全，与雷横相比，朱全做事更加巧妙，既放走了晁、宋，又在两个人面前讨了人情。后来，朱全因怜恤雷母的孤老，成全雷横的孝，又释放了雷横，甘愿自己替他受罪。从三次设计放人的情节中，着重刻画朱全的机智和重义，对于雷横，则侧重描写他对老母的孝和不甘屈辱的性格。这样，使两个英雄人物，既有相似之处，又能互相区别。

　　不是经常同时出现的人物，也能巧妙地从比较中得到表现。从一个角度这两个人形成近似相比，从另一角度那一对彼此互衬，或者几个人进行连锁比较。以比本领来说，杨志和索超比过武，"斗到五十余合，不分胜败"，因而得到梁中书的赏识，并赢得众官军的"喝采不迭"。杨志和林冲也对过真刀真枪，两口朴刀，神出鬼没，"斗来半晌没输赢，战到数番无胜败"，受到梁山头领的称赞。鲁达在赤松林和史进较量过后，又去二龙山路上与杨志对垒，因此，这些英雄的武艺高强不言自喻。作者极力写柴进的慷慨好义，有意结交天下好汉，招揽四方豪杰。凡是发配到沧州的囚徒无不受到柴进的接济，梁山最早的三个头领都受过他的恩惠，尤其是对林冲的敬慕和馈赠，更显得他仗义疏财。但是以柴进同宋江相比，则有所不同。在武松的心目中，柴进的为人有始无终，有冷有暖，这恰好映衬出宋江的豁达大度，始终如一。因为宋江的仗义疏财是一贯的，无条件的，所以他在江湖上比柴进更有威望。晁盖是天下闻名的义士，使刘唐等人纷纷前来投奔，但在对待杨雄和石秀的态度上，则愈显得宋江胸怀宽阔，更能招揽人才。

同一场合，围绕同一件事，人物之间互相反衬或比较，这固然是《水浒传》常用的艺术手法。在不同的时间，不同的地点，类似的情境下，也促成人物行为遥遥相比。江州劫法场，为了救宋江，李逵飞下楼来，一个人"抡两把板斧，一味地砍将来"；北京劫法场，为了救卢俊义，石秀应声大叫，"梁山泊好汉全伙在此""从楼上跳将下来，手举钢刀，杀人似砍瓜切菜。"前者确有梁山泊众好汉从中配合，李逵全然不理会，"火杂杂地抡着大斧，只顾砍人"，后者并无梁山泊好汉在场，石秀却煞有介事地大喝一声。前面写黑大汉李逵的突然出现，意在表现其憨直，勇猛而又粗鲁。后面写石秀飞身下楼，虚张声势，意在刻画其临危不惧和急中生智的机敏性格。第八回"……鲁智深大闹野猪林"和第六十二回"放冷箭燕青救主"，虽然情境似曾相识，但是各有其用笔的动机。野猪林在于表现鲁智深救人须救彻的朋友之义。放冷箭意在描写燕青对主人的耿耿忠心。与此同时，又使鲁智深和陆谦，燕青和李固从遥相对比中得到反衬。金圣叹讲："董超、薛霸押解之文，林、卢两传，可谓一字不换，独至于写燕青之箭，则与昔日写鲁达之杖，遂无纤毫丝粟相似，而又一样争奇，各自入妙也。"《水浒传》之所以常常出现"各自入妙"的境界，正因为作者十分熟悉事物、人物之间的细微差别，真正做到了从同中写异。

随着周围环境的变化，人物的情绪、行动、口气也会发生变化。从事态的发展中将其前后表现作比较，则是刻画人物心理状态的好方法。阳谷县令听了何九叔和郓哥的诉说，见了两块酥黑的骨头和十两银子，接受了武松的讼词和物证，对武松说："你且起来，待我从长商议，可行时便与你拿问。"第二天武松再上厅禀告时，县官却回出证物并改口说："武松，你休听外人挑拨你和西门庆做对头。这件事不明白，难以对理。圣人云：'经目之事，犹

恐未真'。背后之言，岂能全信？不可一时造次。"知县的态度发
生了陡然变化，是因为西门庆贿赂了银子，从前后判若两人的比
较中这位贪官的嘴脸便自然而然地描绘出来了。宋江计赚秦明后，
带领花荣、燕顺等人投奔梁山。一路上又收了吕方、郭盛，高高
兴兴，一心想入伙。恰巧在酒店里遇到石勇。宋江听说寄来家书，
"大喜"，当宋江看了家书之后，便捶着胸脯自骂，又哭得昏迷，
立即改变主意，连夜独自回家。一封报丧家书使宋江的情绪发生
突变，他的行动相应地发生了根本的改变，这是突出宋江的孝。
宋江急急忙忙回到家中，听说父亲尚在，从大悲又转为大怒，怒
斥宋清一顿。等他见到宋太公后，又转怒为喜，听了父亲一席话，
把上梁山的心全冷了。从宋江前后不同的情绪，揭示出他上梁山
和尽人子之孝的矛盾心理状况。"人的行动，人的喜怒哀乐的感
情，是人的心理活动的外在流露和形式所谓情动于中而形于
外……"① 这里具体而细致地描写了宋江情绪和行动的多种变化，
正是为了深入地刻画人物的内心世界。宋江上梁山的最大思想阻
力就是"孝"，当"孝"在他头脑里占上风时，他对宋太公喋喋
不休的说教，只能唯命是听，改变了上梁山的初衷。如此前后比
较使宋江的形象更加丰满、真实、可信。

　　艺术创作中的比较法，不是可有可无的单纯的一种手法，它
是和艺术表现事物的特征这一基本法则相适应的艺术规律之一。
如果作家能自觉地掌握它，运用它，就能写出个性鲜明的人物形
象，这是我们从《水浒传》中得到的启示之一。

二

　　社会生活本身的丰富性、复杂性决定了艺术手法的多样性。

---

　　① 　侯金镜：《短篇小说琐谈》，《侯金镜文艺评论选集》，人民文学出版社 1979 年
版，第 11 页。

文学作品若要真实地反映生活，就不能只用一种艺术手法。只有经常变换写法，不落窠臼，才能将人物形象写得生动、丰满。同样的内容，如果在写法上不雷同，就会使人感到新鲜，引起人们的探索；从而给人带来审美的愉快和享受。《水浒传》中描写比武、战争、个人较量的次数最多；然而从不雷同，各有特点。《封神演义》描写战争的篇幅颇多，有关斗法的场面几乎形成一种程式，例如申公豹挑拨殷洪、殷郊的情节，从构思到手法完全一样，显得重复，令人殊感乏味。《水浒传》则不然，同样是枪对枪、刀对刀，却处处翻新，笔笔有别。又如写发配也都各具特点。林冲发配沧州，写得波澜曲折，从而描写出正直、善良的林冲，从逆来顺受走向反抗的性格转变过程；杨志发配到北京，写得简洁明快，从而刻画杨志敢作敢为的性格和因祸得福的命运；武松发配到孟州，写得淋漓酣畅，显示了武松的豪杰气质和精细性格；宋江发配江州，则写得跌宕起伏，以此来渲染宋江仗义疏财已四海扬名，为大闹江州作了铺垫。一百零八人都是被逼上梁山的，但每个人上山前的不幸遭遇又大相径庭。作品在具体描写上决不平均使用力量，而是有主有次，有先有后，有明有暗，有曲有直，有详有略，有实有虚，有单独一人上山，也有成群结队入伙；有被官府逼上梁山，也有为好汉巧计赚进水泊。阮氏三雄上山的情形似乎相同，其实也有不同，阮小二有家室妻小，阮小五和老娘在一起，阮小七却独自单身。更主要的是从笔锋的变化中写出不同的气质和禀赋。当吴用问到为何近梁山泊反而打不到鱼时，阮小二叹了口气道，"休说"，他心里有看法不想说，阮小五则不然，他想告诉吴用真正原因，但说了几次仍未说到点子上。只有阮小七心直口快，一语道破。在是否参加晁盖等人劫取生辰纲的问题上，态度最鲜明的也数阮小七。他当即表明："若有人识我们的，水里水里去，火里火里去，若能够受用得一日，便死也开眉展眼。"同是心甘情愿入伙的三弟兄，随着作者笔调的转换，分明呈现出三种不同的性格：阮小二老成持重；阮小五心直嘴慢，阮小七快人快语。

《水浒传》描写吃酒不下千百次，英雄与酒仿佛结下了不解之缘，除公孙胜外，几乎无一例外。但就性格描写而言，却无一处雷同。两两同饮的情景固然迥异，即使一人独酌在不同的场合也绝不重复。宋江、戴宗和李逵同桌吃酒，便是三种路数：宋江、戴宗把盏互敬，李逵却兀自用大碗牛饮，宋江以鲜鱼汤来醒酒，鱼汤不鲜不吃。戴宗则说："腌了的不中吃"。李逵却不管不顾，不仅"把手去碗里捞起鱼来，和骨头都嚼吃了"，而且伸手将宋、戴碗里的鱼也捞去吃了。"滴滴点点，淋一桌子汁水"，自不消说。刚把三碗鱼汤连鱼带骨头一扫而光，捻指间又吃了二斤羊肉。作品在这里稍加点染，宋江的文雅，戴宗的知礼，李逵的憨直、粗野便跃然纸上。

即使写一人吃酒，也是回回不同、而不失英雄本色。以武松作例，第一次写他在柴进庄上，同柴进、宋江兄弟一起吃酒，表现了相见恨晚的喜悦心情。以后写武松多次饮酒；只用"宋江每日相陪"一笔带过。第二次写武松在官道上的小酒店里，同前来送别的宋江一直饮到红日半西，并由此结拜为兄弟。此处写吃酒，借以描写英雄惜别的深情。作品通过以上武松和宋江一起吃酒的描写，生动地表现了彼此友谊的发展过程。

作者着重渲染的是第三次武松在景阳冈打虎前的吃酒。妙在以工笔勾勒和浓墨重彩相结合，丝丝入扣，笔笔精细，貌似状摹武松的海量，实际处处为打虎做铺垫。武松来到这家酒肆门前，与众不同的是它的幌子：上书"三碗不过冈"五个大字格外引人注目。这个特别的招旗，正是这篇奇文的眼睛。走得又急又渴的武松，进门就叫："主人家，快把酒来吃。"主人应声而出，一下子端出三碗酒。武松一口气吃完了三碗酒，尽管敲着桌子叫个不停，酒家却不再进酒。从酒家的口中再一次提出"三碗不过冈"

的悬念。据云："这酒叫做'透瓶香'，又唤做'出门倒'；初入口时，醇酽好吃少刻时便倒。"一般人能吃上三碗就算到顶了，武松吃了三碗却全然不动，以此点明武松与常人酒量的不同。店主人这才筛了第二遍酒。武松喝了"两个三碗"，吃得口滑，还只顾要吃。酒家无可奈何，只好又筛了六碗酒，武松前后共吃了十八碗酒。这里着意描写酒家和武松的矛盾，酒家一再强调酒的醉力，正是为了反衬武松的海量，极力写武松的酒量，又是为了烘托武松如何超群绝伦。一般人"三碗不过冈"，武松却吃了六个三碗，偏偏要过冈。武松走上景阳冈，才解开"三碗不过冈"的悬念！原来景阳冈有虎伤人，此时过冈有性命危险。武松不但未曾醉倒，而且并未被虎吓住。实写武松的海量，正是为了虚衬武松的胆力。如果不写武松这次吃酒，打虎英雄的气质就不能得到充分表现，文势也显得单调、平板、突兀，吃酒和打虎乃是不可分割的整体。

第四次描写武松当了阳谷县都头以后，被武大请到家中吃酒。在和睦的家庭气氛笼罩下，兄弟之间相敬相爱，久别重逢自有一番欢乐。潘金莲格外殷勤，兄弟二人都未曾觉察。特意写了"武大叫妇人坐了主位，武松对席，武大打横"这个细节，都是为了表现武松的爽直和武大的善良。

第五次描写暮雪时节，潘金莲在炉旁以酒为媒来勾引武松，武松义正词严地教训了这位不知羞耻的妇人。这便从另一侧面显示了英雄高尚的精神境界和凛然正气的品格。

第六次描写武松同何九叔到巷口小酒店里吃酒。武松请客却又不肯开口，气氛沉闷，宛如暴风雨前阴沉的天，使人压抑。陡然一转，好似电闪雷鸣，使人震惊。"只见武松揭起衣裳，飕地掣出把尖刀来插在桌上"。二人对面饮酒，却出现了剑拔弩张的局面。武松那寻根究底、一定要弄清是非、誓死报仇的精神在此得到表现。

第七次描写武松邀四邻吃酒，又是一番景象。先前武松请何九叔吃酒，何九叔对武松此举早有心理准备，几次启迪武松，想主动揭开请他吃酒之谜。这次武松殷勤邀请四邻，入席者均不知何意。事出有因，尽管都闷着头吃酒，每人心头却似悬着十五个吊桶，七上八下。三杯两盏下肚"却似吕太后一千个宴筵"。武松越以礼相待，这些人越是心神不定，如坐针毡。这次设筵与其说武松请客，倒不如说武松为哥哥复仇，义审潘金莲和王婆请来了见证人。妙在借此渲染氛围，铺排场面。"吃酒"正是"杀嫂"的前奏，这里着意烘托了武松胸有成竹、敢作敢为的正义气质。

　　第八次描写武松在十字坡酒店吃酒，此处笔法轻松、幽默，格调诙谐、有趣。武松初遇孙二娘，以假意挑逗激出蒙汗药酒。武松不但未上当，反而占了孙二娘的上风，由此刻画出武松性格中机敏和精细的一面。

　　第九次描写武松吃酒，别有一番天地。它是又一座崛起的高峰，同上景阳冈前的吃酒形成两山对峙，遥相对照，在武松上山前的生活道路上竞放异彩。但见他边走边吃，走一路，吃一路。"无三不过望"和"三碗不过冈"一样，作为这次吃酒的引子，武松从孟州城到快活林约莫经过十来处酒肆，共吃了三十六碗酒，比上景阳冈多吃了一倍。他找到蒋门神有意寻衅，分明"带着五七分酒，却装作七分醉的，前颠后偃，东倒西歪"，如此夸张的描写，不仅为了揭示武松肝胆照人，急公好义的品质，而且更加有助于刻画他那疾恶如仇、好打抱不平的豪侠性格。

　　第十次描写武松应邀在鸳鸯楼吃酒，时值中秋，金风送爽，明月当空，又有美人相陪，如此佳境在作品中并非虚设，而是凭借这种柔情弥漫、歌声悠扬的环境气氛，为尔后血溅鸳鸯楼的复仇壮举作反衬。欢娱亲昵的背后，竟是张都监等人毒设的骗局，从而越发显现出其人的阴险奸诈，也就越能激发读者的愤恨。武松一连杀了十五口，不免诛杀无辜，固然有过分之嫌，但是，从武松的性格和深仇大恨出发，也并非不能理解。所谓相反相成，这正是艺术的辩证法使然。

　　武松吃酒夭矫多变、千姿百态的笔法，服膺于艺术典型的塑造。艺术作品贵在创新，重在发现。深入社会生活的底蕴，对重大社会矛盾冲突的把握和理解，对各种人物的性格和命运的熟悉和了解，决定了艺术方法的多样性。黄河九曲，不拒细流，历史画卷，波涛万状。只有从生活出发、从人物性格出发，才能做到艺术的创新，塑造出具有独特个性的鲜明生动的典型形象。"法外求法，乃为用法之神。变中更变，方是求变之道。"① 《水浒传》的作者，正是"法外求法"，"变中更变"的艺术大师。

三

　　《水浒传》善于在不同的矛盾发展中，通过不同的人物处境刻画不同的性格。如果说"戏，就是冲突，没有冲突就没有戏"的话，《水浒传》中的矛盾冲突恰好以富于戏剧性的特征而著称。作者总是把人物置于尖锐、复杂的社会矛盾中，使人物性格在不同的困境中得以逐步显现和渐趋明朗。从全书来看，从高俅、蔡京等奸佞为代表的最反动最腐朽的封建强权势力和以梁山泊群英为代表的广大人民的冲突为贯串始终的主要矛盾。围绕着这个主要矛盾又有许多纵横交错的次要矛盾和具体矛盾。主要矛盾尽管开宗明义就提出来了，但它并不采取单一的、直线的发展形式，而是曲曲折折，时隐时现，一张一弛地次第展开。关于矛盾冲突的丰富内涵构成《水浒传》一书的特殊结构，这里不拟赘述。我要阐明的是，正因为矛盾冲突的丰富性和矛盾表现形式的多样性，各种不同的性格才能脱颖而出。

　　从尖锐、复杂的矛盾冲突中刻画人物性格，这是小说和戏剧

---

　　①　沈宗骞：《芥舟学画编》，《画论丛刊》（上），第377页。

的共同点。《水浒传》艺术的独创性在于通过具体矛盾发展的不同方式或不同侧面，刻画出不同的人物性格。下面试以林冲、鲁智深、宋江三人为例，略加分析。

林冲一出场，就置身于尖锐的矛盾之中。高衙内在光天化日之下公然调戏林冲的妻子，若凭林冲的本领，即使有十个高衙内也不是对手。但是当他刚要发作，抓过那后生一看，却是"本管高太尉的螟蛉之子"，林冲便把伸出去的拳头缩了回来，"先自手软了"。这里虽然没有直接描写林冲的内心活动，但是透过人物的举止，他那复杂的心情是完全可以体会到的。是可忍，孰不可忍！但是他终于忍让了。显然，畏惧强权报复的思想一时占了上风，他只能忍受屈辱而妥协。

高衙内通过陆谦将林冲妻子骗到陆谦家里，使林冲和高衙内的矛盾趋于激化。陆谦卖友媚上的阴险嘴脸和高衙内丧心病狂的淫乱行为，勾起了林冲的反抗情绪。如果此时再和高衙内相遇，林冲的拳头是不会缩回来的，然而高衙内却偏偏逃跑了，林冲在盛怒之下，将陆谦家里砸得粉碎。回来后又买了一把解腕尖刀，以便寻找陆谦报仇。林冲强把一腔怒火压在心头。

此后，高俅亲自参与策划阴谋，妄图仗权倚势陷害林冲，将他置于死地，达到护己子霸人妻的卑鄙目的。这样作品便将林冲"安置在尽可能大的困境之中"。"如果人物的处境愈棘手愈不幸，他们的性格愈容易决定"[1]，明枪易躲，暗箭难防，只准备以尖刀拼命的林冲，万万料想不到自己却被高太尉等人的暗算推向死亡的边缘。皇帝的亲信、新发迹的当朝太尉，动用封建政权来对付一名无辜的教头，何啻踩死一只蝼蚁！然而林冲和高俅的矛盾，是被压迫者同压迫者、正义与邪恶的你死我活的斗争。即使在黑暗的封建社会，同样是得道者多助：从开封府断案、野猪林暗算，

---

① 狄德罗：《论戏剧艺术》，《文艺理论译丛》1958 年第 1 期。

到草料场放火，林冲在好心人的帮助下得以多次死里逃生。一次又一次的阴谋陷害，激起了林冲最强烈的反抗，他终于向封建的反动腐朽势力宣战——亲手杀死陆谦等三人。林冲性格的成长和发展，是在同高俅等人的矛盾斗争中刻画出来的。离开这种矛盾冲突的特殊表现形式，人物就失去了棘手的处境，从而也就不能塑造出如此鲜明的典型性格。

鲁智深的形象同样是从尖锐的社会矛盾中来刻画的。不同的是他的性格历史却并非由贯串始终的一对矛盾来构成。起初鲁智深只是一个被卷进矛盾中的局外人。他往往出现在矛盾十分尖锐的时刻，并且总是旗帜鲜明地伸张正义，站在受欺凌的弱小者一边。如金老父女和郑屠的矛盾，林冲和高俅的矛盾，刘太公和周通的矛盾，崔道成、丘道人和瓦罐寺众老僧的矛盾等。这诸多矛盾彼此尽管没有直接的关联，但矛盾的性质却有其共同点，而且都存在着紧密的内在联系：或邪恶迫害善良，或强权欺凌弱小，或非正义压制正义。作品以鲁智深疾恶如仇、抑强扶弱的禀性和行动作为一条红线，将这些矛盾串联在一起，因此，读来毫无分散、多余之感。换句话说这一系列矛盾，只有围绕着鲁智深路见不平，拔刀相助的性格刻画加以连缀、发展和深化，才能成为整个作品的有机体。如果离开鲁智深的性格特征，这些矛盾将变成分散的，孤立的。林冲的性格是在一对矛盾几张几弛的发展中塑造出来的，鲁智深则是从若干矛盾的内在联系中来刻画的，而这些分散的矛盾和作品的主要矛盾又有着这样或那样的内在联系。武松的性格也是从几对彼此不相干的矛盾中来显示的。他虽然不是矛盾的一方，却和受欺压的一方存在某种直接联系：或是同胞兄弟，或是恩人。因此，武松和鲁智深的个性描写却是同中有异。

宋江的性格也是在错综复杂的矛盾发展中显现的。宋江的对立面并非一下子就能准确地把握住。开头宋江和阎婆惜的矛盾发展到不能并存的地步，才导致"宋江杀惜"，因而引起官府的追捕。宋江不得不浪迹江湖，逃避官司；宋江从杀惜到上梁山，风波迭出，险象环生，前后经历了多少次尖锐的矛盾冲突。

其一，宋江因杀惜激化了他和阎婆的矛盾，被唐牛儿救了。

其二，官兵到宋家追捕，由于朱全的释放，从而化险为夷。

其三，宋江路过清风山误中绊脚索被绑上山去，燕顺待要取他的心肝做醒酒汤，一听宋江的名字，这才放了。

其四，宋江在清风寨观灯，被刘高拿住，后被打得皮开肉绽，为花荣救回。

其五，宋江第二次被刘高捉住，打入囚车，为清风山豪杰所劫。

其六，宋江和燕顺、花荣等人一同打青州府，头一遭和官府抗衡。

其七，上梁山途中，宋江接到家书引起了内心矛盾。

其八，宋江回到宋家庄被赵得抓走，再次写宋江与郓城县衙的矛盾。

他在发配江州的路上又发生多次冲突，一是在揭阳岭李立酒店被蒙汗药麻翻后搬入人肉作坊，险遭丧命。二是在穆家庄因资助薛永与穆弘兄弟发生冲突。三是在船上被张横打劫硬逼着跳下江去。待到浔阳江畔酒楼吟诗，又直接和江州官府发生矛盾。

与梁山泊列位英雄的性格历史相比较，数宋江的生活道路最曲折。尽管矛盾和险阻层出不穷，但是归根结底，对宋江性格的形成和发展具有决定意义的无非是一主一次，一明一暗两对矛盾。宋江和阎婆惜之间的矛盾，以及由杀惜引起的一系列冲突，属于次要矛盾。作品以实写虚，明写次要矛盾，是为了虚衬或暗写宋江和蔡京集团这一主要矛盾。宋江一出场就暗地里站在以晁盖为首的草莽英雄一边。在劫取生辰纲这个重大关目中，他冒着生命的危险维护了晁盖等人。刘唐月夜送书促使宋江把自己的命运和梁山泊紧紧连在一起。他之所以杀惜，主要是为了防止他和梁山泊关系的暴露。既保护自己，也掩护了梁山好汉。江州犯案的来由，一是宋江题写的反诗，二是东京流传的童谣。宋江在蔡京心目中无疑是头等叛逆者。在宋江的生活道路上无论遇到多少波折（亦即小的冲突），也都是从主要矛盾的本干上派生出来的枝权，因而在宋江性格的历史发展中自然构成一个复杂的矛盾网。恰似一片新叶，主脉是宋江和蔡京集团之间的矛盾，由此显示了宋江性格的主要特征是叛逆，而叛逆的思想基础则是江湖兄弟聚在反奸佞旗帜下的义气。各个支脉又从不同的方面烘托和揭示了宋江性格的这一本质特点，宋江多次逢凶化吉；都是基于这个共同的思想基础为英雄好汉所帮衬而来。也正因为如此，"及时雨"、"呼保义"才得以四海扬名，致使那么多绿林英雄闻名而起敬，见人而下拜。宋江性格的丰富性及其魅力正是从主次和明暗两对矛盾的交叉和映现中显示出来的。其间的主要矛盾也并非全是暗写，而是时隐时现地和次要矛盾交错发展，越来越趋于明朗化。另外，随着情节的延伸，作品又添写了宋江自身义与孝、叛逆和顺从的矛盾。这就从心理活动的多层次上进一步描写了宋江性格的复杂性。

由此可见，在矛盾的发展和变化中刻画人物性格，切忌拘于一格。着重点在于凭借社会矛盾的多样性和复杂性为人物设置不同的处境，让人物在特定的处境中，按着自身性格的必然逻辑去行动，在不同的性格对比和性格冲突中，巧妙地完成艺术形象的塑造。《水浒传》的作者深谙此中三昧，笔下人物自能形神俱现，名垂千古。

四

《水浒传》擅长于白描手法铺陈特定的场面。所谓场面，即主题思想的需要，将事件的矛盾纠葛、时间、地点和人物都集中在特定的场景中，让人物在一定的社会关系中行动。注重场面描写，对于渲染环境气氛，刻画人物性格具有重要的意义。《水浒传》中每个英雄人物的性格历史，都离不开一系列惊心动魄的场面描写。打虎、杀嫂、醉打蒋门神、大闹飞云浦、血溅鸳鸯楼，等等，为武松提供了独特的活动场面。拳打镇关西、醉打山门、大闹桃花村、倒拔垂杨柳、威震野猪林，等等，则是鲁智深大展身手的另一种场面。尤其脍炙人口的是英雄群像龙腾虎跃的那些大关节、大场面，例如智取生辰纲、大闹江州、元宵节攻打北京城、三打祝家庄等。这许多有声有色威武雄壮的大场面，莫不经过作者的匠心独运。从静态看，宛如千幅色彩绚丽、构图严谨的长卷，从动态看，却又各自构成一出出引人入胜的戏剧：场面宏伟、层次分明、主宾相衬得体、远近安排适宜，非大手笔，焉能望其项背！

　　《水浒传》中的场面描写并非平铺直叙，猝然完成，而是从远到近迤逦写来。就像长江九派，汇往东海，从不同的方面收拢来再聚集到一个地方。譬如"吴用智取生辰纲"的大场面，偏从前四回写起，话分三头：一条线写杨志，如何在汴京卖刀，杀死泼皮牛二；如何发配大名府，被梁中书看中；如何在北京比武，从而受到重用等。第二条线写晁盖等七人，先写刘唐醉卧灵官殿，东溪村认义，再写吴用说三阮，东溪村七星聚义等。第三条线写梁中书如何置办礼物，物色人选，打点行装，挑选军汉。最后这三方面的力量都集中到黄泥冈来较量。众军汉和杨志的矛盾，经几起几落，至此已达到剑拔弩张的地步。吴用一伙与杨志等人的矛盾虽未正面交锋，实际上彼此都暗自憋着劲儿，一碰便要碰出火花来。上述错综发展的矛盾，都将要在此地引爆并求得解决。在这种场合，不仅主要人物吴用的沉着稳健，指挥若定，以及晁盖等七人的配合默契，协调动作写得丝丝入扣，滴水不漏，而且次要人物杨志对梁中书的效忠和遇事精细也都写得活灵活现，恰到好处。红花有赖于绿叶的陪衬，越写杨志的精干、警戒，越发显示吴用的睿智、高明。作者好比一位才华洋溢、理丝有绪的导演，尽管自己不必出场，而他的创作意图和爱憎感情却全部借人物的行动和语言得到完美的体现。这也正是《水浒传》的情节富于戏剧性的魅力所在。

　　如果说智取生辰纲是谐趣横生的文场，那么大闹江州便是大动干戈的武场。作者对于这个惊心动魄的场面却先从静态构图写起：在市曹十字路口"宋江面南背北，戴宗面北背南，两个纳坐下"，身旁插着犯由牌。以这两个人为中心，外面"团团枪棒围住"，"知府勒住马，只等报来。"再写外层的观众，在观众中又着重网开四面：东边一伙弄蛇的丐者；西边一伙使枪棒卖药的；南边十伙挑担的脚夫；北边一伙客商；推两辆车子过来。他们都想挤进来，一时喧嚣四起；人声鼎沸，连监斩官蔡九知府也维持不住。法场的布局一层层安排妥帖，战场的阵势也就自然摆开了。这里虽然着力写静，但静中有动，监斩官愈想使周围观众肃静以维护法场的秩序，四面八方就越是骚动不止。

　　然后笔锋一转着重写动态，只听"报道一声'午时三刻'，监斩官便道：'斩讫'。小锣儿几声响，四面八方杀将起来"。但是最惹人注目的，却是"十字路口茶坊楼上，一个虎形大汉，脱得赤条条的，两只手握两把板斧，大吼一声，却似半天起个霹雳，从半空跳将下来。手起斧落，早砍翻了两个行刑的刽子，便往监斩官马前砍来。"继则写"丐者"如何，"使枪棒的"如何，"脚夫"如何，"推车的"又如何……在这惊天动地的场面中，梁山众好汉为主体，围观的百姓做陪衬，主中之主却是虎形黑大汉李逵。像众星拱月似的烘托这位草莽英雄。"他第一个出力，杀人最多"。这场战斗的指挥者晁盖也不得不跟着他往前闯。英雄有用武之地，方能显示英雄本色。作品中"主要的东西是指让人物行动起来，通过行动来显示人物性格特征"①。像大闹江州这样的场面，正是为李逵以及梁山英雄群像施展本领，显示性格来设置的。《水浒传》中的所有场面描写，归根到底都是为了展现人物行动来铺陈的，而人物的行动又是为了显示人物的性格特征。

《水浒传》中的"巧合"往往出人意表，而又在情理之中。它的出现对于引出英雄行为、推动情节的发展和刻画人物的性格无疑具有重要的契机作用。陆谦和富安来到沧州同差拨、管营密谋陷害林冲的场所，恰好落脚在李小二酒店中，当即被李小二夫妇看出破绽。这是第一个"巧合"。陆谦等三人火烧草料场的当天，大雪偏偏将两间草屋压倒，林冲不得不挪到山神庙去住，这才侥幸躲过了一场灾难。这是第二个"巧合"。林冲权且在山神庙里安身，耳边突然听到必必剥剥的爆响。当他从壁缝中瞥见草料场失火，却待开门救火，又听到门外有人说话。伏在门边听清了三人的自供状，这才明白了其中的究竟。这是第三个"巧合"。如此环环紧扣，步步逼近，才使得仇人相见，分外眼红。林冲力歼三仇的动人场面才依次构成，杀死这伙帮凶乃势所必至，理所当然。大义凛然的英雄性格至此臻于成熟。

惟其巧而不诞，贵在自然，"风雪山神庙"方能撼人心魄，传诵千古。揆诸情理，一是写出了必然中的偶然。高俅千方百计谋杀林冲，林冲无论走到哪儿都有人跟踪暗害，这由高俅的反动本性所决定，因此是必然的。但是正义在林冲一边，加上他平时为人慷慨，仗义助人，他在危难之中有人相助也是必然的。高俅等人伤天害理，阴谋迟早要败露，这是必然的。林冲被逼得夫妻离散，有家难奔，几度陷入绝境。即使像他这样委曲求全的人，为了一己的生存也只得奋起反抗，这也是必然的。林冲和高俅派来的帮凶狭路相逢，一定要拼个你死我活更是必然的。在事物发展

① 莱辛：《拉奥孔》，人民文学出版社 1979 年版。

的必然轨道上，出现了山神庙仇人相遇的巧合，不仅不使人感到荒诞，反而更符合艺术的真实。

二是作者准确地把握了欣赏者的审美心理活动。林冲作为无辜受害者一方，他的家庭原是美满幸福的。天外飞来横祸，必然激起读者的同情和义愤。高衙内仗势欺人，高俅千方百计想把林冲置于死地，一再引起读者的切齿痛恨。早在东岳庙高衙内调戏林冲妻子时，读者就希望林冲和鲁智深教训他一顿，在白虎节堂前，更恨不得从太尉府抓出那两名"丞局"为林冲洗冤，林冲在野猪林遇难时，如果鲁智深的铁禅杖能打死那两个牢什子就更解气，沧州城内林冲怀恨寻觅陆虞候，读者唯愿快快找到给他一尖刀！读者对林冲报仇雪恨早已迫不及待了。因此写到山神庙的巧遇，由林冲亲手杀死这三个贼子，正和读者的心理合拍。

三是巧合写得自然，有赖于细节描写符合生活的真实和人物性格的必然逻辑。李小二基于知遇之恩，对发配沧州的林冲自是特别关照，前面有李小二为林冲拆洗衣服、送羹送饭等描写，再写李小二出于对林冲的关怀，特别留意东京口音的顾客也显得很自然。尤其是来人的诡秘行迹更加引起他的疑虑。李小二一方面设法探听虚实，另一方面又怕林冲性急牵连到自己。在这样的情境下运用巧合自然顺理成章了。

综观《水浒传》一书，在艺术技巧上有许多宝贵的经验。无论采用比较法，或是变换方式，无论是设置处境，或是安排场面，集中到一点，都是为了成功地塑造典型环境中的典型性格。因人设事，因人择法，因人取境，这一切都是为了让笔下的主人公说完他要说的话，做完他应该做的事，从人物的言谈和人物的行动中揭示人物的精神境界，从而塑造出丰满而生动的典型形象。

（原载《水浒争鸣》1985 年第 4 期）

试论《三国志通俗演义》的主题

  《三国志演义》一书，今所见较早的本子，是明嘉靖壬午（1522）刊大字本《三国志通俗演义》（以下简称《通俗演义》）①。这个本子虽不能肯定为罗贯中原本，但涉及小说《三国演义》的思想主题问题，却是不可忽略的。本文仅就嘉靖本探讨一下这个问题。

  《通俗演义》以特定历史时期错综复杂的矛盾、尖锐激烈的斗争为题材。它通过扣人心弦的矛盾冲突和惊心动魄的战争场面，揭示了东汉覆灭、三国形成和消亡的远因和近因，总结了封建王朝兴衰、成败、得失的历史经验，从而讴歌了知人善任、胸怀韬略、宽仁爱民的首领和忠贞不渝、深谙兵法、智勇超群的将相、贤才；鞭挞了那些残暴荒淫、狠毒奸诈、昏庸懦弱、不识贤愚、见利忘义以及无谋少断之辈。

  这部作品虽然满腔热情地歌颂了诸葛亮、刘备、关羽和张飞等蜀汉方面的代表人物，但并非任何时候都倾向这一边的。如对蜀汉亡国之君刘禅持批判态度，同时又夹杂着怜悯和讥讽；对刘备在伐吴战争中的固执己见和违反兵法、关羽的刚愎自用、张飞的"暴而无恩"也是持批评态度的。曹操在作者笔下是一个有褒

---

  ① 此外，还有一个和嘉靖本内容完全一样而只缺修髯子引的刻本，题名弘治甲寅（1494），因此，最早的刊本是弘治还是嘉靖，尚有分歧，此文暂不涉及。

有贬的人物，而肯定又多于否定。对曹丕有所肯定，有所否定；对曹叡否定多于肯定。作者对东吴孙策则赞扬多于批评，对孙权主要是颂扬。对孙权以后的吴主孙亮等人有所怜惜、有所批评，亡国帝王孙皓却是完全否定的人物。然而对司马懿父子的作为、才智则持肯定态度。

《通俗演义》在竭力颂扬诸葛亮鞠躬尽瘁的同时，也真诚地赞颂了王允、吉平、田丰、沮授、辛评、许褚、典韦、黄盖、阚泽、诸葛谨等人的忠；在极写诸葛亮胸怀韬略、指挥若定的天才的同时，也充分肯定了曹操、周瑜、鲁肃、陆逊、郭嘉、荀彧、程昱、刘晔、司马懿、司马昭、邓艾、钟会等人的军事才干。在尽情地赞扬关羽、张飞、赵云等人忠勇善战的同时，也以赞赏的笔调描写了孙策、吕布、夏侯惇、张辽、许褚、徐晃、太史慈、甘宁、凌统、黄盖等人的勇猛善战或武艺高强。在褒奖刘备求贤若渴的同时，也充分肯定了曹操、孙权等人广泛结纳天下贤才的事迹。它不是采取单纯地肯定某一集团，否定某一集团，以褒刘贬曹贯串始终。仅此而言，这个本子和毛宗冈本也有较大的出入，它既不是以人的脸谱化来区分正反面形象，也不是以阵营来划分是非、决定臧否的。显然它是以历史上的成败、得失和作者信奉的道德准则，兵法原则来进行褒贬的。

表面看去，《通俗演义》和其他讲史小说一样，时间的推移便是串联一切事件的线索。它给人以明晰的史的概念。贯串小说始终的内在思想主线是：在动乱的年代，只有尊贤礼士、广泛纳谏、安民恤众、熟谙兵法的德者，才能夺得天下，反之就必然会失败。作品反复交代，在这个英雄辈出、群雄角逐的时代，不但君择臣，而且臣也在择君。谁能延揽贤才、良将，谁就能王天下。织席卖履的刘备，本来一无所有，即使他是刘汉的后裔当时也无人知晓。自从和智勇绝伦的关羽、勇猛无敌的张飞结拜以来，破黄巾、讨董卓，驰骋南北，最后当了独霸一方的帝王。刘备的成功、一是靠诸葛亮这一奇才，二是靠关张赵马黄的忠勇。小说尽情地渲染了刘备三顾茅庐、求贤若渴的虔诚以及他对孔明"言必听，计必从"的信赖，他认为"自得孔明，如鱼得水"，形象地表明孔明在他心目中的地位和作用。刘备和关羽、张飞更是亲若兄弟，彼此建立了共患难同生死的情谊，同时他对手下的其他将领也是十分信赖和尊重的。"正凄惶嚎啕之时，忽见糜芳面带数箭，跪于马前……'反了常山赵子龙也！投曹去了！'玄德叱之曰：'子龙是吾故人，安肯反也？'张飞曰：'他知我等势穷力尽，反投曹操，以图富贵。此乃常理也，何故不信？'玄德曰：'子龙与吾相从患难之时，他心如铁石，岂以富贵能动摇乎？'糜芳曰：'我亲眼见他引军投操去了。'"刘备依然不信，并斩钉截铁地说："子龙必有事故。再说子龙反者，斩之！"果然，不出刘备所料，赵云正是驰骋在千军万马中冒死营救阿斗。赵云对蜀汉的事业坚贞不渝，忠心耿耿，几番出生入死，立下了不朽的功勋。他也像诸葛亮一样，为了报答刘备的知遇之恩。刘备作为一位明主，最重要的品德就是善于识别贤愚，对贤者充分信任、推心置腹。他把贤才、良将当作知交、兄弟，甚至比生命、皇位看得还重。因此，才能使他周围的人忠者愈忠，勇者愈勇，为了蜀汉事业虽万死而不辞。

　　曹操讨董卓失败以后，势力单薄，只是靠多方招贤，才使自己由弱变强。在这方面不仅四世三公的袁绍相形见绌，即使刘表、公孙瓒等诸侯也不能望其项背，袁术、吕布之流更是等而下之。拿刘备相比，也有不及之处。小说中对此所作的生动描绘，足以令人心折。"操在兖州，招纳贤士，有叔侄二人来投操，乃颍川颍阴人也。其叔济南荀昆之子，姓荀，名彧字文若，人称王佐之才，时年二十九岁，旧从袁绍，见绍非成大事之人，因此投曹操。曹操一见，遂与谈论兵书战策，当世急务。曹操大喜曰：'吾之子房也。'以彧为行军司马。其侄乃汉末海内名士，何进拜黄门侍郎，见董卓专权，弃官归乡，后与叔事曹操，姓荀，名攸，字公达。

操以为行军教授。曹操得此二人，朝暮讲论不倦。"从此荀劝操"纳士招贤，卑礼厚币，四方求之"。于是遣人从乡中招来程昱，程昱又荐郭嘉，郭嘉再荐刘晔，刘晔荐满宠、吕虔，满、吕二人共荐毛玠。接着又有于禁引军数百来投，"操每日称于禁之能"，夏侯惇才把典韦献上。曹操一见称为"天神""'古之恶来也！'遂命为帐前都尉，解身上细白锦袄，骏马雕鞍以赐之。"正因为曹操如此爱才惜将，得以"文有谋臣，武有猛将"，所以势力越来越大，从而威震山东。曹操不但敏于识人，而且善于用人。这与吕布形成反衬，吕布自称"吾匹马纵横天下"，但他一意孤行，骄横专断，陈宫献出多少谋略，他均不纳，因而惨遭失败。而曹操对众谋士则能从谏如流。例如刘备为陶谦求和，曹操看了书信大骂，要斩来使，但是由于郭嘉的劝说，他当即改变了态度。

　　曹操对能征善战的将士，随时进行表彰。许褚飞马出阵，连斩李逻、李别兄弟二人，双挽人头回于阵前，无人敢追。曹操拍着许褚的背，赞赏备至地说："当世之樊哙也！"曹操看到对方的良将，总是不忍以力拼之，而要想方设法招谕过来，对徐晃就是如此，他为了得到智勇超群绝伦的英雄关羽，前前后后煞费苦心。曹操对赵云的爱慕写得更加感人。曹操在长坂坡景山顶上，"望见一大将军横在征尘中，杀气到处，乱砍军将；所到之处，威不可当。操急问左右是谁……"并连声赞叹道："世之虎将也！吾若得这员大将，何愁天下不得乎？可速传令，使数骑飞报各处，如子龙到处，不要放冷箭，要捉活的。"因此赵云在长坂坡才能脱险。"青梅煮酒论英雄"一节表现了曹操的雍容大度。他点穿了天下英雄属于刘备和他自己，但对刘备并未轻易加害，这是由于考虑到"方今正用英雄之时，杀一人而失天下之心"。所以程昱等人称赞他有王霸之才，对他倍加钦敬。

　　东吴孙氏之所以崛起于江东，不仅因为孙策，孙权胸怀壮志，有图霸称王的宏愿，而且同他们不遗余力地延揽人才有关。孙策俘虏了太史慈以后，请入帐，邀之上坐，待以酒食。策对慈曰："今既与相处，勿忧不如意也，愿教我进取之术。"慈曰："败军之将，不足论也。"策曰："韩信昔日求于广武君，策今愿决于仁者，公何辞焉？"慈曰："刘君新破，士卒离心，倘若分散，难复合聚，欲自往收拾，少助明公，恐不合尊意。"策长跪曰："诚本心所望也。明日日中，望公来还。"当时众人都不相信太史慈会回来，慈果然按时到来。孙策对太史慈的信赖和敬仰是众将不能理解的。正是这种英雄的气度帮助他为开创东吴的霸业奠定了基础。孙策在临终前向吴太夫人和孙权力荐张昭和周瑜，同样能说明他的卓识远见。而孙权比孙策则更高一筹，正像孙策对孙权所说的那样："若举江东之众，决机两阵之间，与天下争衡，卿不如我；举贤任能，各尽其心以保江东，我不如卿。"孙策还对其母讲："吾弟胜我十倍，江东必然无失。"事实如此，孙权接替父兄的事业以后，"亲贤贵士，纳奇录异"，"开设宾馆于吴会，令顾雍、张纮接待诸宾，连年以来，你我相荐，遂得数十人……"由此"江东人物天下称之"。难能可贵的是他在决策前，总要反复权衡，例如面对曹军八十万是战是降等重大问题，孙权虽自有主张，却仍要先听取众人的议论。尤其是对来投者，更是不计前嫌。一见甘宁到来，他高兴地说："吾得兴霸，大称心矣，岂有记恨之理也？"初会面便请谋划破黄祖之策，称赞甘宁之言为"金玉之论"，并加以重用。后来，他大破黄祖与这一点有重要关系。孙权待鲁肃更是尊若兄长，与鲁肃谈论"终日不倦"。有时与鲁肃共饮，"同榻抵足而卧。……共论天下大计"。当"人报鲁子敬先至，权远远下马而待之。肃见权立于马傍，慌忙滚鞍下马施礼。众将亦至，见权如此待肃，皆大惊异。权请肃上马，并辔而行"。孙权不止尊敬鲁肃、信赖周瑜，对其他文臣武将也同样爱护和尊重。吴、曹两军大战于合肥，孙权折了大将宋谦，放声大哭。长史张纮对他进行了尖锐的批评："今日宋谦死于锋镝之下，皆主公轻敌之故也。"孙权答曰："孤之过也，从今改之。"能如此诚恳地接受臣僚批评的帝王，在历史上也是罕见的，但他也并非胸无主见的君主。在吴蜀夷陵之战中，孙权不顾众大臣的反对，毅然接受阚泽的推荐，破格起用"孺子"陆逊为统兵之帅，从而打败了刘备七十万大军。

小说以情节的丰富性和人物描写的生动性揭示了"得人者昌，失人者亡"这个朴素的真理。用曹操的话来说就是"吾任天下之智力，以道御之，无所不可"。这也是魏蜀吴在群雄角逐、风云际会的形势下，终能鼎足而立的主要原因。

曹操死后，曹丕、曹睿继续重用司马懿，方能长期与诸葛亮对峙，从容不迫地对付吴、蜀联盟。刘禅前半生遵循遗训，尊孔明为相父，言听计从，靠诸葛亮南征北战，才能苟安蜀都。一旦废贤失助，沉湎酒色，宠信宦官黄皓之流，他便走向灭亡，孙权去世，东吴迭经内乱，君臣相戮，国势大为削弱。孙皓当政，暴虐无道，虽有长江天堑也不免社稷倾覆。刘备也是如此，在征讨东吴前，由于他拒不采纳赵云、秦宓和诸葛亮的正确意见，一意孤行，所以才有猇亭之役的惨败。

从小说所总结的反面历史经验看得愈加清楚。东汉灭亡的直接原因乃是灵帝昏庸，贤愚不分，十常侍专权，天怒人怨，由此导致了黄巾起义，董卓之乱以及诸侯争霸，从而天下大乱。曹操挟天子令诸侯，汉室终归覆灭。袁绍的败绩也是如此，他"空有俊杰三千客，漫有英雄百万兵"，也遭到土崩瓦解的下场。其主要原因就是他不识贤愚，奖惩不明，内部不和，主帅不能决断。在官渡之战中，袁绍因人废事，不纳许攸"差拨轻骑，乘虚袭许昌，首尾相攻"之策，以至把许攸推到曹操那边。而曹操一听说许攸私奔到寨，"不及穿履，跣足出迎之。遥见许攸，抚掌大笑曰：'子远远来，吾事济矣！'"一边叙旧情，一边拜于地，共同定下破袁之计。从曹操和袁绍的鲜明对比中，典型地揭示出一成一败的根本原因，形象而充分地表明，谁能擢用贤才、虚怀纳谏、采用良谋妙计谁就能成功。反之，就会遭到惨败，曹操对人才和纳谏的态度先后变化很大。他战胜马超从长安归来，"傲睨物表，自谓得志，不以天下为念，每日饮宴……"西川使者张松，等了三天方通姓名，左右侍者都要贿赂才能引见曹操。操见了张松先是以貌取人，就有五分不喜，后又因张松揭了他的短处而大怒，下令斩首，在杨修、荀彧的苦谏下，仍令乱棒打出。这和刘备又成为极好的反衬。张松离开曹操，刘备特命赵云到界口去迎接，给以真诚、热情的款待。张松为刘备情意所感而披沥肝胆，出谋划策，并且献上原带给曹操的西川地图，从而为刘备顺利地进取西川，做出了重大贡献。

《通俗演义》中爱贤才和恤百姓是互为补充的两个方面，在宽厚弘毅的刘备身上得到很好的统一。他既是求贤若渴的典型，又是恤民、爱兵的代表人物。他在任何艰难困窘的情况下，都不忘百姓，他和人民患难与共，到处受到人民的欢迎：在徐州深受徐州百姓的爱戴；到新野，"军民皆喜，政治一新"。在曹军百万之众追逼之下，他仍不弃两县人民，携民渡江。

"若济大事必以人为本"。这话虽从刘备口中说出，却是作者从蜀魏吴三国成功中总结出来的重要思想。不论东吴孙氏和曹魏都不同程度上有恤民的一面："孙策聚数万之众，游于江东，安民恤众，投者无数。江东之民但呼策为'孙郎'……及策军到处，并无一人敢出掳掠，鸡犬菜果分毫不动。人民皆悦，赍牛酒到寨劳军，策以金帛答之，欢声遍野……江南之民闻仁政谁不仰之、羡之。由是形势大盛。"孙权掌权以后，继续实行"仁政"，才使东吴愈加强大。曹操虽善于诡术，有凶残的一面，但也有怜恤百姓的一面。小说中描写他收复河北以后，深得当地人民拥护。此时操引得胜之兵，陈列于河上，有土人箪食壶浆，以迎王师。操见父老数人，须发尽白，皆拜于地，便请入帐中赐坐，并且和老者交谈。老者曰："袁本初重敛于民，民皆生怨。丞相兴仁义之兵，吊民伐罪，官渡一战，破袁绍百万之众，正应当时殷馗之言，北方可望太平矣。"曹操之所以在北方成其大业，与董卓、袁绍相比更得人心，是由于他为了济大事而在自己统治的范围内推行某些利民政策的原因。

在这个矛盾纵横，战争频仍的时代，最后的胜负要靠军事来解决，所以兵法韬略就显得特别重要。小说充分肯定孙子兵法在战争中的作用，它以满腔热情颂扬兵法和胸怀韬略的将领。在作者笔下凡是有王霸之度的首领，贤才和胜利者，都是熟谙兵法的，诸如诸葛亮、曹操、周瑜、鲁肃、陆逊、姜维、司马懿、邓艾、钟会，等等。这些人运用兵法纯熟，无论安营下寨，进军退师，布阵用兵，或攻或守，以致研讨对策、统一思想都以兵法为依据。

举凡英雄人物的出场，总要介绍其兵法韬略如何。例如概述曹操时说："用兵仿佛孙吴，胸内熟谙韬略。"诸葛亮未出场前，反复介绍他自比管仲、乐毅。刘备对诸葛均说："备闻令兄熟谙韬略，日看兵书。"作者介绍周瑜说："胸藏纬地经天之术，腹隐安邦定国之谋。"周瑜推荐鲁肃时说："此人胸怀韬略，腹隐机谋。"他还借王朗的口赞司马懿说："深明天文，熟谙韬略，善晓兵机。常有一匡天下之心。"吕蒙向孙权保荐陆逊说："此人内藏韬略，不露于外。"其实，作者对人物的这一特点，并没有停留在口头的介绍和概括上，而是把它作为具体描绘、刻画性格的重要组成部分，通过众多叱咤风云的人物的所作所为生动地显现出来。所谓诸葛亮的智慧，并非泛指的智慧，其具体的内容集中表现为懂韬略、善计谋。

君臣、将领之间在战略策略上发生矛盾时，往往以孙子兵法说服对方。刘备开导张飞，"知己知彼，百战百胜。知己不知彼，一胜一负。不知己，不知彼，百战百败。此万古不易之理也。"刘晔曾批评曹叡："臣只道陛下饱看兵书，原来陛下实不知也。昨日臣劝陛下伐蜀，乃大谋密事，常恐梦寐之中泄露此机，以益臣罪，当敢向外人谈论？"接着又引用兵法"兵者，诡道也，事未发切宜密之"来启发这位皇帝。有一次钟繇向魏主奏曰："凡为将者，知过于人，则能制人。孙子云：'知彼知己，百战百胜。'臣量曹子丹虽久用兵，非诸葛亮之对手也。"曹叡褒奖司马懿说："卿之学识至于孙吴矣！"司马懿能够揆诸事理，灵活运用兵法，因此才能同深谋远虑、善于出奇制胜的诸葛亮相抗衡。他以坚守对付孔明的进攻，直到孔明疲劳致死。在失街亭前王平和马谡曾发生过争论：王平不同意马谡把兵屯于山上。谡大笑曰："汝真女子之见！兵法云：'凭高视下，势如劈竹。'若魏兵到来，吾教他片甲不归也！"平曰："吾累随丞相经阵，每到之处，丞相尽悉指教。今观此山乃绝地也，若魏兵断其汲水之道，军不战自乱矣。"谡曰："汝莫乱道，孙子曰：'置之死地而后生。'若魏兵绝吾汲水之道，是自取死耳！吾军岂不死战，以一可当百也？吾读兵书，深通谋略……"马谡想以兵法说服王平。只因马谡不从实际出发，对兵法作了机械的、形而上学的解释，所以王平不服他的"高论"。街亭的失败也正是言过其实的马谡乱用兵法，且又违背丞相的指挥造成的。司马懿有一次训斥诸将说："汝等不知兵法，只凭血气之勇，强欲出战，致有此败。"可见，当时是否真懂兵法、并结合实际灵活运用兵法，乃是决定胜负的关键。

小说中有声有色地描绘了决定三国鼎立至结束的三大战役，都体现了孙子兵法的胜利，同时也是实战中以少胜多，以智胜勇的典范。官渡之战，袁绍占据黄河以北幽并青冀四州，先后集中七十五万人马向官渡进军，"东西南北连营，周围联络九十余里"，曹操尽数起兵才有五万人马，从许昌北上迎敌。两边实力悬殊，操军因北军声势浩大而惶恐不安。战争开始曹军一直处于不利地位，人马疲乏，粮草缺乏，连曹操本人也犹疑不决，进退两难。此时曹操采纳了荀彧的意见，学习古人以弱胜强的战例，利用对方的弱点，发挥自己的优长，再用许攸计，烧了乌巢粮草，使袁绍由优势转入劣势，从而决定了官渡之战的胜负。

如果说"官渡之战"是曹操实现统一北方的转折点，那么，"赤壁之战"则为三国鼎立揭开了序幕。小说对这次战争的描写，可谓大开大合，不同凡响。三方的主要人物，尤其是诸葛亮和周瑜更是才华纷呈，风采各异。小说还恰如其分地揭示了面对强敌的吴、蜀双方互相利用的军事策略和胜利的原因。一则利用北军不惯水战的弱点，充分发挥自己的优势，二则因周瑜成功地运用了反间计；三则靠火攻。他们共同创造了火烧曹军百万兵的历史奇迹。

在夷陵之战中，刘备一心为关张二弟报仇，不顾一切地亲领七十万大军攻打东吴。这次行动完全违背了联吴的战略方针，又不听诸葛亮等人的忠告，犯了兵法之忌，所以陆逊能针对刘备的弱点，等待他"兵疲意阻""出奇制胜"。正因为陆逊在实践中纯熟地运用兵法，才能在夷陵之战中做到以少胜多。孺子领兵居然击败称雄一方的皇帝。所以小说作了如此颂扬："坐帐谈兵按《六韬》，安排香饵钓鲸鳌。三分自是多英俊，又显江南陆逊高。"曹丕从旁观的角度，也曾加以评论："刘玄德不晓兵法也！岂有七百里营寨而可拒敌乎？包原隰阻屯兵者，此兵法之大忌也。玄德必遭东吴陆逊之手，朕故知其死也……"刘备安营下寨违反兵法，也是诸葛亮所未料到的，但却来不及纠正了。

作品崇尚兵法的作用，不仅从大战役的铺叙中看得分明，而且也可以从无数次小的战争描写中得到佐证。孔明二出祁山，暗取陈仓，众将皆惊讶。他自己讲述了取陈仓的过程后，总结了千句话："兵法云，'出其不意，攻其不备。'正谓此也。"陈珪问司马懿，为什么破公孙渊的战争和攻上庸打法不同，懿说明究竟，又大笑曰："你虽为司马，不知兵法……兵法云：'兵者，诡道也；战者，逆德也，善因事变。'"这说明他根据兵法的原理注意战术的灵活多变。孟达起义未成，死于司马懿之手，这原是在孔明预料之中的。当马谡感到意外，孔明作了这样的回答："兵法云，'攻其不备，出其不意。'岂容孟达一月之期也？"以上诸例，都表明了孙子兵法在当时战争中的指导地位及作者对兵法的重视。

孙子兵法是古代战争经验的总结，它阐发了许多战争的基本规律，包含着朴素的唯物主义和丰富的辩证法。《通俗演义》借助于形象肯定了兵法在实践中的价值和作用。这部作品与其他描写战争的历史小说的区别在于既不是简单地、肤浅地写斗勇和斗术，也不是借助于神魔之力取胜，而是出神入化地描写具体战役的成功和失败，着重塑造运筹帷幄、决胜千里的英才、谋士，同时以"将者，智、信、仁、勇、严"的标准来褒贬历史上的将领。

综上所述，举贤良、恤百姓和善兵法，乃是动乱形势下获得成功的三大法宝，也是作者从三国时代总结出来的兴亡、成败、得失的可贵经验。应该说这就是《通俗演义》的主题歌。这部小说之所以饶有永久的艺术魅力，是和它那耐人寻味的主题密不可分的。《通俗演义》的副主题，就是歌颂忠、义、孝、信、勇等道德情操。小说中"忠"的内容是丰富多样的，它所嘉许的首推诸葛亮以及他那种"鞠躬尽瘁，死而后已"的精神。他之所以忠心耿耿，一心维护蜀汉天下，一是报答刘备的知遇之恩，二是不辜负先主托孤之重任。因此诸葛亮、赵云等人对刘备的忠，是忠于信任和知己。关羽、张飞对刘备的忠则主要和结义之情连在一起，意味着忠于自己的信义和友情。这里还赞颂了王允、吉平等人对汉献帝的忠，田丰、沮授对袁绍的忠，许褚、典韦、曹洪等人对曹操的忠，周瑜、黄盖、阚泽等人对孙权的忠，还有辛宪英等人对曹爽的忠等各式各样的忠。作品概括忠的内涵说："臣事主当存义，赴难持危全尽忠。"这显然是传统的忠君思想。例如曹爽兄弟三人，为人愚昧而又淫逸，桓范骂他们"真豚犊耳"。诚然，作者对他们采取否定和批判的态度："曹爽浑如井底蛙，痴心恣意享荣华。不知身死钢刀下，犹自贪图作富家。"但对辛宪英出谋令其弟辛敞奋不顾身地保曹爽兄弟又加以颂扬，这显然是不足取的愚忠。

王允忠于东汉的内涵就比较复杂。表面看也是愚忠，其实却又有值得肯定的地方。一是含有忧国忧民的思想感情；二是他敢于向董卓为代表的强暴邪恶势力作斗争，含有反抗精神；三是在"群臣见者栗然"的情况下，他能够挺身而出，含有大义凛然的牺牲精神。所以作品将王允定计除董卓写成为国为民除害；将王允的死，写成为国捐躯，悲壮感人。作者所接触到的"义"，内容十分广泛。其一，桃园结义的"义"，刘关张三人都有共同的政治理想，即"同心协力，救国扶危，上报国家，下安黎庶"，为此他们结成同生共死的兄弟。其二，十八路诸侯"聚义兵"共讨董卓，并盟誓曰"……凡我同盟，齐心戮力，以致臣节"，"纠合义兵，并赴国难"。但是因为他们"军合力不齐，踌躇而雁行。势利使人争，嗣还自相戕"，所以未能，也不可能实现盟约，从而造成分崩离析的大动荡局面。其三，从关羽、刘备、曹操三者之间的关系来看"义"，分明含有恩义之意。"丞相之恩，深如沧海；返念故主之义，重若丘山。去之不易，住之实难。事有先后，当还故主。尚有余恩未报，侯他日以死答之，乃某之志也。"关羽作为"义"的化身来描写，不论曹操怎样优待，都不能动摇他对刘备的忠心。但他对曹操的恩情同样要报答，所以华容道关羽义释曹操便成为性格发展的必然："曹公兵败走华容，正与云长狭路逢。盖为当初恩义重，故开金锁放蛟龙。"其四，张飞义释严颜的"义"字，含义又有所不同。严颜被张飞俘虏以后，不跪、不降，反而呵斥张飞说："贼匹夫，砍头便砍，何怒色也？"张飞见严颜声音雄壮，面不改色，忙大笑下阶，喝退左右，亲自解其缚，取衣与之，扶在正中高座，低头便拜。这里所谓的义，含有尊贤和感化的意思。其五，用仁义形容用兵，"孙策用仁义之兵，（严）白虎乃暴虐之众……"这里的义和仁连在一起，是和暴虐相对的，有安民恤众之意。

从小说中关于"不义"的描写，可进一步了解"义"的内容。例如曹操杀吕伯奢，陈宫指出："知而故杀，大不义也！"这是说情理难容，那么"义"就含有做事要合乎情理之意。刘表说："吾与黄祖心腹之交，舍之不义。"这里的不义指忘掉友情、故旧，与桃园结义比较，内容相近。当陶谦再三让徐州之尊时，刘备不肯受，并说："孔文举令备来救徐州，以义之故。今却据守，人不知者以为大不义也。"在刘备看来，以援救之名而取得别人的地位是不义的。这里的"义"含有正大光明的意思。曹操在张绣投降后，将张济之妻据为己有。张绣认为这是对他的侮辱，因此是不义的。那么"义"则意味着尊重他人和讲究廉耻。孙权劝告刘备说，徐庶乃奇才，又了解我军的虚实，不能让此人归曹。"曹操见庶不去，必斩其母，庶知母死，必与母报仇，力攻曹操也。"玄德曰："不然，使人杀其母，吾独用其子，乃不仁也；留之而不使去，以绝子母之道，乃不义也。吾宁死，不为不仁不义之事也。"这里的不仁不义，含有为己害人之意。显然《通俗演义》中所赞颂的"义"之内容极其丰富。不能一一列举。

其次，像孝、信等道德行为也是被作者充分肯定的。诸如徐庶的孝，太史慈的孝，孙权的孝等。"信"一般指"重然诺，讲信义"，它是和仁、义、忠相联系的。那么忠、义、孝又是什么样的关系呢？作者借人物的口回答了这个问题。张辽说："曹公，君父也；云长，弟兄也。以兄弟之情瞒君父，此不忠也，宁居不义，不可不忠。"因此，他将关羽要走的打算禀告曹公。又如诸葛谨前来劝说孔明同事东吴效伯夷、叔齐，二人有一段对话，"孔明曰：'兄之所言者义也。义与忠、孝，三者何重？'谨曰：'人以忠孝为本，义不可缺也。'孔明曰：'弟教兄全忠全孝，若何？'谨曰：'何为也？'孔明曰：'弟与兄，皆汉朝人也。今刘皇叔乃中山靖王之后，汉景帝阁下玄孙，只能弃东吴而事刘皇叔，此全忠也。

想父母坟墓皆在北方，兄若归江北，早晚得拜扫祭祀，此全孝也。以此忠孝为重与弟同扶孤弱之主，此全义也。"这里作者对忠孝义三者关系所作的诠释是和传统的道德观念完全一致的。全忠全孝全义是最理想，最高尚的。一旦忠义、孝义发生矛盾，理应先忠次孝，再次是义。但是如果择明主而弃暗主，也是大义凛然的行动，忠义又可得到新的统一。关羽义释曹操，忠和义就发生了不可调和的矛盾：对操讲义便不能对备尽忠，关公终于择义未尽全忠。为什么作者以情有可原的态度对待关羽呢？作者既要尊重曹操并未死于赤壁之战的史实，又要渲染吴、蜀的胜利和诸葛亮的指挥天才，从而使历史的真实和艺术的真实得到高度统一，这是其一。前面已经描写了关羽封金挂印、过五关斩六将、千里走单骑等一系列英雄壮举，充分地显示关羽对刘备的无限忠诚，从他一贯的行为来看，自然对关羽不能过分指责，这是其二。"重然诺，讲信义"的关羽，早有必报曹公的诺言，放走曹公也是人物性格逻辑发展的必然结果，这是其三。这些显示了作者炉火纯青的艺术构思。

　　"忠"体现了臣事君的道德准则，尤其是在臣可择君的时代，其中包含着人们的信念和理想，它和奸佞相对而言倍受颂扬。"义"是处理人与人关系的道德准则，它和利相对而言使人崇尚。《通俗演义》正是在这个意义上肯定、讴歌忠义等道德行为的。难能可贵的是，作者并未将忠义等道德观念绝对化。当传统的道德观念和历史发展的现实发生矛盾时，他一方面对不忠之臣曹操之辈作了淋漓尽致的揭露，但是终归还是肯定了顺应历史前进的胜利者，并且为他们找出理论上的依据："天下者，非一人之天下，乃天下人之天下，惟德者居之。"这里的德者，就广义而言，指的是那些真正尚贤、恤民，精通韬略的历史推动者。因此，笔者认为总结历史成败、兴衰、得失的经验，是这部小说的正主题，歌颂忠义孝信则是副主题。

　　《通俗演义》主题的形成，首先和明初的社会现实有直接的关系。明朝建国后，宠信宦官达到无以复加的地步。到明成祖朱棣以后，皇帝长期不见朝臣，皇帝和朝臣之间的联系都要通过宦官，从而使宦官得以享有一切特权。宦官专权，严重地堵塞了贤路，社会腐败不堪。作者借历史题材，抨击现实，抒发自己的理想，这是不容置疑的。其次与《三国志》等史书有极其密切的关系。"夫史，非独纪历史之事，盖欲昭往之盛衰，鉴君臣之善恶，载政事之得失。观人才之吉凶，知邦家之休戚。"① 小说署名晋陈寿撰、罗贯中编次是有道理的，因为书中的情节本事、人物性格、对话以及某些细节都直接来源于《三国志》和裴松之的注。它的主题不可能离史书太远。再次与我国军事科学的发展有关。中华民族的历史是充满矛盾和斗争的历史，并且不断发生战争，不仅每次改朝换代都经过激烈的争夺战，各朝代中间也经常有内战，或不同民族之间的战争。尤其东周后期诸侯战争频繁，从实战中总结出用兵作战的全套经验，即《孙子兵法》。在"天下大乱，豪杰并起"的年代，《兵法》便成为指引英雄人物用兵作战的理论武器。战争的胜负和对《兵法》的精熟程度相关，所以描写战争的小说，必然写到《兵法》在战争中的作用。四是和传统的道德观念相关，在传统的观念中，像尚贤、宽仁、忠贞、信义等几乎成为中华民族理想中的美德，而凶残、奸诈、昏庸、懦弱则为人所不齿。历史上多因最高统治者的昏庸、腐败、残暴、忠奸不分、贤愚不辨给人民和国家带来无情的灾难。人们总希望有位是非分明、知人善任的皇帝，重用贤才、良将共同恤民爱国。这种强烈的民族心理也影响到这部历史小说的主题。

（原载《文学遗产》1985 年第 1 期）

---

① 弘治甲寅庸愚子的序。

桂林一枝　昆山片玉
——《侯官县烈女歼仇》赏析

　　《侯官县烈女歼仇》这篇小说出自白话短篇小说集《石点头》，该集为明末清初一位署名天然痴叟的作家所撰写。天然痴叟的真实姓名、身世无从查考。《石点头》辑有短篇小说十四卷，内容比较丰富：有的揭露贪官污吏鱼肉乡民的丑恶嘴脸；有的痛斥恶霸地痞谋妻霸女的卑劣行径，有的暴露封建科举制度的腐朽，有的描写市井小人物的命运，也有的从不同角度颂扬义士、孝子、贤妇、烈女。这部小说集笔调轻快、明朗，描写得生动、风趣，具有浓郁的生活气息和强烈的人情味。

　　《侯官县烈女歼仇》为《石点头》中比较优秀的作品之一。无论思想深度或者艺术功力，都可与同时代《三言》《二拍》中的名篇相媲美，堪为明末白话小说中的佳作。

　　《侯官县烈女歼仇》描写烈女舍命为夫报仇的故事：恶霸方六一妄图夺人之妻，收买媒婆姚二妈，贿赂官府，勾结大盗，千方百计害死秀才董昌。董昌之妻申屠希光为了给丈夫报仇，假意允婚，在洞房之夜杀死仇家五口，自己在丈夫的坟茔边自经而死。

　　这篇小说在有限的篇幅内成功地塑造了六七个有血有肉，栩栩如生的人物形象，尤以女主人公申屠希光更为丰满动人，犹如桂林一枝，昆山片玉，小说亦赖以成为传世之作。

　　申屠希光是一位才貌双全、德才兼备的女性。小说多次渲染她的外貌美：除着力于肖像描写外，还借彭教谕的赞赏，姚二妈的端详和转述、以至方六一的觊觎等方面来烘托她那"令人一见销魂的美丽"。在众人的眼里她"娉婷风韵"恰似"月里嫦娥"，天仙织女临凡。

这位美人既有沉鱼落雁之容，又有超凡越圣之才。从小聪明伶俐，长大才华洋溢，颇富才学的哥哥申屠希尹自叹不如，父亲视若掌上明珠。她"学富五车，才通二酉"，即兴吟咏，出口成章。她的诗文珠圆玉润，衔华佩实，不但哥哥无以奉和，即使世间的须眉男子也都相形见绌。

这位"才色兼全，世上无双，人间绝少"的女子，还是一位举止端庄、知情达理、孝敬婆婆、忠于丈夫的贤妇。尤其在知人论事上，往往超过"才学超群"的丈夫。当方六一殷勤送礼、曲意奉承董昌时，她不仅不为所惑，而且目光锐利，能作出独到的分析：当今世情，何人不趋炎附势，见兔放鹰，谁肯结交穷秀才，且又素不识面，骤至厚礼，可疑者一；前日姚二妈不过小言，又无深怨，此人即系两姨之子，也何消他来请罪，可疑者二。并以"君子不饮盗泉之水，岂可轻易受人之物"的处世箴言来规劝、警戒丈夫。

董昌虽然善良，有才华，但年少智浅，只从表面看人，好听阿谀奉承之言。因此，他对方六一毫不置疑，并认为"看此人情辞诚笃，料无他意"。他误将狼心狗肺之徒，当成推心置腹的良友，错把黄鼠狼给鸡拜年当成"物色英雄于尘埃之中"，直到被方六一诬陷至死，仍不醒悟。董昌不识真假，不辨忠奸，甚至把仇人看作恩人，正是他为人处事的致命弱点，也是导致悲惨结局的内在原因。董昌同申屠希光互相映衬，愈显出希光目光敏锐，明辨是非。她之所以具有超人的见识，能辨别良莠，与她善于从细微之处，发现对方言行的破绽是分不开的。姚二妈劝她改嫁的一番"良言"，使申屠希光觉察到方六一就是谋杀丈夫的罪魁祸首。

　　作者在这里匠心独运，借助一段细腻的心理描写，来刻画申屠娘子为人的精细。"申屠娘子闻言心中大怒，暗道：'这老乞婆，不知把我当做甚样人，敢来胡言乱语。'便要抢白几声，又想这婆子日常颇是小心，今忽发此议论，莫非婆婆有甚异念，故意叫他奚落我么，且莫与他计较，看还有甚话。"申屠希光不但精细、多思，而且稳重、沉着，她将内心深处的想法隐藏起来，不露声色地曲意周旋，试探对方。姚二妈果然当场出彩，一口供出"我外甥想慕花容月貌多时了，若得娘子共枕同衾，心满意足"的真情。申屠希光细味其言，领悟了这多半是出于方六一的奸谋，心里咬牙切齿地骂道："方六一，我一向只道你是好人，原来是兽心人面。我叫你阖门受戮，方伸得我官人这口怨气。"表面上却满脸堆笑地佯说："不好自家主张，须请问我婆婆才是。"虑事精细，处事机敏正是她性格素质上的主要特征。红花需要绿叶陪衬，作者不仅以鬼斧神工之笔，通过正面描绘将一个光风霁月、刚烈心细的女性写得力透纸背，而且还从旁以刘家姐姐的憨厚相衬托。尽管刘家姐姐明晓事理，然而她却弄不清姚二妈说话的真谛，看不透妹子慨然愿嫁方六一的用心所在。当申屠希光见徐氏不在门外，低声道出"将机就机，前去报仇雪怨"的衷肠时，她仍然表示怀疑。她以"媒婆口，没量斗"的成见看待姚二妈，认为这个媒婆"只要说合亲事，随口胡言，何足为据"。申屠希光对刘家姐姐的好心相劝并非不予考虑："见此话说得有理，心中复又踌躇。"作品将人物深思熟虑的心理活动描写得多么真实而又丰富。虽然"宝剑长啸"的细节不足凭信，作品以此象征天怒，一则促成申屠希光复仇的决心，二则增加作品本身的传奇色彩，却是显而易见的。凡此种种，都说明申屠希光的歼仇壮举是有着充分的内心准备的。

　　从作品的横截面来看，申屠希光的性格，是在同希尹、董昌、刘家姐姐等几个人物的对比和映衬中显示出来的。作者善于运用烘云托月的手法着重刻画女主人公的内心世界，从而使人物形象愈益丰满。人物的行为虽然壮烈而又崇高，但读来不仅不感到突兀、荒诞，反而觉得符合生活的逻辑，也更加饶有人情味。

　　从全篇纵的发展来看，申屠希光的性格，就像登彼泰山，经过艰险的攀高，最后达到顶峰，从而出现了大奸仇的悲壮结局。"人格的伟大和刚强只有借矛盾对立的伟大和刚强才能衡量出来，心灵从这对立矛盾中挣扎出来，才使自己回到统一；环境的互相冲突愈众多，愈艰巨，矛盾的破坏力愈大而心灵仍能坚持自己的性格，也就愈显出主体性格的深厚和坚强。"[①] 人物性格和矛盾冲突之间是相辅相成的关系。人物性格的形成，发展离不开矛盾冲突，反之，矛盾冲突的发展、变化又是为了表现人物性格。这篇小说首先着眼于董昌家庭中继母和晚子之间的矛盾，这在生活中是普遍存在，而且为人们所司空见惯的。但是作品并没有将矛盾一般化——像许多同类作品中那样都去描写继母虐待晚子，而是把重点放在两代人的性格冲突上，着意突出矛盾的独特性。继母徐氏把董昌从三四岁抚养成人，只是一笔带过，至于这个过程中是否虐待，作品根本不去触及。饱学书生董昌，善良、直率、勤奋、拘礼，但年少智浅，不谙世情。徐氏原是富家女子，习性骄傲，加上"贪食性懒，不肯勤苦作家""结拜几个十姊妹"好在"花朝月夕""开筵设席"，遇着节日，妆饰打扮，到处去摇摆。如此这般地行人情，赶分子，及时及景的寻求快活。性格的差异导致关系的紧张。在这位埋头苦读，勤俭持家的穷秀才眼里，徐氏显然不是循规蹈矩的妇道人家，对其所作所为既看不惯，又无可奈何，因而只好敬而远之。董昌和申屠希光成婚以后，夫妻生活美满和谐，遂为不甘寂寞的继母所嫉妒。徐氏自此日逐寻事聒噪，撒泼要赖，使母子之间的矛盾一发不可收拾。

[①]　黑格尔：《美学》第一卷，商务印书馆1989年版，第227—228页。

　　"如果人物的处境愈棘手愈不幸，他们的性格就愈容易决定。"① 在家庭发生的矛盾中，申屠娘子尽管不是矛盾的直接一方，然而她的地位却很难处，她的性格也随着尴尬的处境逐渐明朗化。知书达礼的新媳妇，既尊重婆婆，又爱护丈夫。她既要和颜悦色地安慰婆婆，又要温情脉脉地体贴丈夫。在这里她那贤惠、温柔的禀性得到了初步的体现。世间的事物都是在一定条件下互相联系的。董昌和继母之间矛盾的发展，又引出董昌和姚二妈的矛盾冲突。姚二妈是个走千门踏万户，卖花朵兑首饰，花言巧语，拨弄是非的老虔婆，她来到董家，引起了徐氏的大哭大闹，致使董昌很反感。作品围绕董昌和姚二妈发生口角的情节，进一步表现了申屠希光既要安抚婆婆，劝解姚二妈，又要劝说丈夫向婆婆赔礼的尴尬处境和贤淑本性。小说由此又引出董昌和方六一的矛盾冲突。作品由一个普通家庭母子之间的性格冲突逐渐发展到两种社会力量的矛盾冲突，从而使作品具有较为深广的社会意义和认识价值。方六一其人，"家私钜万，谋干如神""奸诡百出，造恶万端"，他勾结官府，买通衙门，纠连闽浙两广亡命之徒及海洋大盗，杀人劫财，奸淫成性。他爪牙四布，一呼百应，是个独霸一方，无恶不作，臭名昭著，为众人切齿的"公行大盗，通天神棍"。他从姚二妈那里得知董昌的妻子人才出众，便顿起邪念，妄图杀人之夫，谋人之妻。这个恶棍表面上筵请送礼，百般殷勤，暗地里却栽赃诬陷，机关算尽，直到把一个无辜的董秀才断送于刀下。

　　在董昌和方六一的冲突中，申屠希光又是双方矛盾的焦点，她那敏感而又贤惠的性格特征，在矛盾的纠葛中逐渐地显豁起来。在此之前她不过是个知书达理的贤良女子。

　　作品最精彩、最吸引人的部分，莫过于描写申屠希光和方六

---

　　① 　狄德罗：《论戏剧艺术》，《文艺理论译丛》1958 年第 1 期。

一的直接矛盾。如前所述，申屠希光初期尚处于矛盾双方的中间地带。从矢志复仇开始她才上升为矛盾的主导方面，她的性格也由此跃然纸上。董昌含冤被刑之后，申屠娘子按捺住无限的悲愤，她买得尸首，亲自设祭盛殓。此时此际她只有报雪黑冤的满腔怒火，却没有一滴眼泪。当她依靠自己的敏悟和沉着，从姚二妈前来说亲的话中套出仇人就是方六一时，她便筹划杀此贼子为丈夫报仇。一个孤苦无告的弱女子要想向声势煊赫的恶霸复仇谈何容易！作品以纡折有致的笔调，通过对复仇过程中人物举止行动的具体描写，使得申屠希光有胆有识、足智多谋的独特个性和一往无前的刚勇气概得以有声有色而又层次井然地展现在我们面前。她假意允婚，向姚二妈提出依她"与我官人筑砌坟圹，妥为安葬"等三件事才"重新嫁人"，继而断剑磨剑，并拜托刘成夫妇为董门抚育后代，以示义无反顾，这一切都是为歼仇做准备。乘在坟头料理安葬事宜的机会，她将往还路径一一牢记在心，又专访了方六一居住前后巷陌街道之路。把所有衣饰尽付刘成，抚养儿子；其余田产房业，都留与徐氏供膳，她离开董家前对死者和老小都做了妥善安排。然后集中笔墨描写洞房歼敌的壮烈场面：审时度势，借"喜筵"先将房内外四面观看，再将老泼贼姚二妈灌醉；此为一层。时及三鼓，堂中客散，诸事停当，乘对方不备，先将恶贯满盈的仇人方六一刺死；此为二层。为怕走漏消息，再将两个随身使女搠死；此为三层。最后斩草除根，连同方家八岁的儿子和姚二妈一并诛掉；此为四层。申屠希光连夜背了仇人首级径奔坟前祭奠，大仇已报，从来不曾下泪的烈女，这才为君一哭，"于是放声一号，泪如泉涌，万木铮铮，众山环响"。哭罢旋即解下红罗自尽于坟前大荣木上。如此层层写来，丝丝入扣，既有细针密缕之功，又有探骊得珠之切。作品所展现的一幅幅宏观而壮烈的图景，使一个娴雅文静，荏弱沉稳的娘子，顿时一变而为智勇兼备、气贯长虹的烈女形象。真称得上因难见巧，可歌可泣。

在读者的心目中，如果说因董昌之死激起了怜悯、同情和悲愤的情感，申屠希光之死，则令人肃然起敬，给予人们庄严、崇高和激奋的心理感受。两个人物虽然同属悲剧的结局，但是前者悲惨，而后者悲壮。"惨"和"壮"固然都有其社会历史的根源，小说却着重表现彼此性格构成的异同，借以揭示形成各自悲剧的内在原因。

申屠希光这一形象的深刻意义，在于作者紧紧抓住时代的特点，塑造出特定历史环境中的独特个性。任何性格都不是凭空产生的，而是一定社会环境影响的产物。作品表明，这一撼动人心的故事乃是发生在北宋末年，靖康之耻前不久，六贼（蔡京、王黼、童贯、梁师成、李彦、朱勔）乱政的年代。以宋钦宗（赵桓）为首的封建统治集团，互相倾轧，极端腐朽。四方起义风骤云涌，女真族侵凌不断加剧，干戈不息，人民涂炭。有抱负而又无从实现的志士仁人只好隐遁山林海上。申屠希光之父申屠虔，就是一位秉性正直的秀才。他有鉴于时事不可为，"遂绝意取进，寄情山水，做个散人"。申屠希光的哥哥申屠希尹年纪才得二十来岁，就看透了世情，"他料天下必要大乱，不思读书求进，情愿出居海上，捕鱼活计，做个烟波主人"。豺狼当道，真正有才华，有正义感的人隐退。蔡京等奸佞的爪牙，遍布各地。像贪婪昏庸的侯官县令之流，他们肆意搜刮民财，草菅人命，整个社会暗无天日，民不聊生。无辜者受欺侮、被迫害，死于非命，亦无人过问。而方六一这样无恶不作的地痞豪强却横行霸道，害死人命，也能逍遥法外。申屠希光为了报仇雪恨，只好凭自己的胆识和智慧，与恶霸同归于尽。因此，申屠希光和董昌的悲剧乃出于时代的必然。小说在哀悼董昌惨死和颂扬申屠希光勇烈气概的同时，也就鞭辟入里地揭露了封建统治的黑暗和腐朽。

申屠希光智歼方贼的举动写得大义凛然，令人拍手称快，但绝不显得突兀。这篇小说的现实主义力量就在于不仅表现在她做什么，而且表现在她怎样做，从而赋予人物行动以性格发展的必然逻辑。作品除鲜明地描绘了历史时代的特点外，还充分地揭示了特定环境对性格形成所起的作用。申屠希光生长在诗礼之家，父亲申屠虔是一位有才学、有见识的秀才。他"不信阴阳，不取谶语"，有所抱负、指望上进。由于官场黑暗，累试不第。他不满现实，而又无能为力，这才走上超脱世俗的道路。他珍爱子女，即使中年丧妻，也不续娶，而是尽心尽力将爱女希光培养成"学富五车，才通二酉"的才女。申屠虔亲自为女儿择婿，一旦相中董昌才称其貌，他就于愿已足，并不要纳聘下礼，当即欣然许亲，"只教选定吉日良时，竟来迎娶便了"。家庭的教养和影响，使申屠希光成为一个有思想、有胆识的女子，这使她后来的复仇成为可能。而当董昌蒙受不白奇冤时，董门宗族没有一个着力的人肯出来打听谋干。申屠希光的父亲又远游他方，哥哥避居海上，纵使侯官县的彭教谕和学官秀才有所不平，但他们在如狼似虎的官府面前却无可奈何。继母徐氏平素把董昌看成眼中钉。如今董昌身系囹圄，她却幸灾乐祸。处于孤立无援状态的申屠希光，除了写信央求古田刘家姐夫打探谁人陷害、何人主谋外，只能靠自己在逆境中挣扎。"人创造环境，同样环境也创造人。"[1] 环境给予申屠希光的思想和行动以深刻的影响。她性格上的成长、变化，也会对特定环境里的事物发生作用。正因为作品对特定环境和人物性格的相互关系作了细致的描写，这才使人们感到希光的所作所为都是那么自然，她歼仇后的悲剧结局完全符合她性格发展的必然逻辑，同时，也是具体环境所使然。

　　这篇小说塑造的反面人物方六一，同样是成功的。作为口蜜腹剑，人面兽心的恶霸，在那个时代颇具典型性。这个形象

---

　　[1]　马克思、恩格斯：《德意志意识形态》，《马克思恩格斯选集》第一卷，人民出版社 1972 年版，第 43 页。

的刻画，主要靠表里映衬的手法来完成。为了达到夺人妻子的卑鄙目的，他设下谋人性命的毒计。表面装出一副斯文模样，假托"通家眷弟""敬仰高才绝学"的名义，诱以厚礼，待以酒筵，从而使董昌上钩，结为"相知"。继则日亲日近，竟为"莫逆之交"。一旦有机可乘，便施展奸计，陷董昌于死地。

作者通过对方贼翻手为云，覆手为雨的暴露，极其鲜明地勾画了他的伪善嘴脸和险恶用心，淋漓尽致地剖析了这个具有两面派、阴谋家特点的灵魂。为了陷害董昌，他采取了三个步骤：一是到泉州买通衙役监门，嗾使与他原是一党的海盗，合伙诬陷董昌为阴图叛逆的主谋。二是使人吹风到大尹耳内，散布董昌"素行不端，结纳匪人"的流言蜚语；三是假捏地方邻里人具公呈，伪称董昌"日与异服外方人往来，行踪诡秘，举动叵测"，县尹差人密拿董昌，方贼欲乘人之危一睹娘子姿色，又与心腹差役做成圈套，吩咐："连妇女都要到官，待我来解劝，方才释放。"分明是方六一暗地上下其手，使用卑鄙毒辣的阴谋手段加害无辜，而当董昌一家人被捕之际，他表面又假意失惊，从中出力周全，显见他好处，使人不疑，俨然是一位急公好义的正人君子，以为后日图妻留步。董昌在公堂上被打得皮开肉绽，鲜血迸流，关进牢中，晕去几遍。方六一却以患难之交的名义前去探监，好言安慰，监中使费饮食之类都一力承担。暗地又叮咛禁子，不让董昌家人出入，通递消息；并使差人执假票，扬言访缉董昌党羽，吓得宗族中个个潜踪匿影，无人敢为董昌出力。他还托着董昌的名义传言送语，向申屠希光假效殷勤。当他发现侯官县的学官秀才都出来分辨，怕有变故，又使钱买通当案孔目将董昌急急申解本州，转送泉州。方六一布置停当后才来通知并假意宽慰申屠娘子，表示亲自陪董昌同去泉州，一应盘费使用都由他担负，从而把自己打扮成慷慨仗义的知交。董昌被打入死囚牢里，方六一随人探视，假意呼天叫屈。董昌奄奄一息，直到临刑前还错把仇人当成患难相扶、始终周旋的大恩人。生活中的善恶美丑，作家自己的爱憎感情，都强烈地体现在对反面形象的暴露和批判上。

《侯官县烈女歼仇》运用白描、烘托、对比、照应等多种艺术手段，在环环相扣的矛盾冲突中，使登场的人物形象逐渐鲜明起来。小说中的几个主要人物都写得绘声绘色，呼之欲出，使作品具有一定的认识意义和较高的审美、鉴赏价值。但是作品却把方六一和历史上农民革命的领袖方腊相攀附，反映了作者对农民起义的偏见。此外在描写董昌应对申屠虔所出对联时，"言神言鬼，其实不祥"。由"不是佳兆"派生出后来的悲剧结局，显系受宿命论的影响。这是时代和阶级的局限，不必苛求古人。

（原载《古代白话短篇小说鉴赏集》，人民文学出版社 1986年版）

谈《于少保萃忠全传》

　　《于少保萃忠全传》全书十卷，四十传。过去的文学史都将它列入历史演义，实际上它以纪传体明显地区别于《三国志演义》《东周列国志》等历史演义。历史演义总是在宏观的意义上概括某一特定历史时期的全貌，艺术地表现这个历史时期的重大矛盾和斗争。举凡这个时期的主要人物事迹，尽管都一一作了形象的描绘，但是任何一个人都不能作为贯串全书始终的主人公来对待。《于少保萃忠全传》则不然。这部小说以主人公于谦的一生为主要线索，着重描述个人的品德、业迹、交往，旁及其他。尽管作品涉及永乐、洪熙、宣德、正统、景泰、天顺、成化等前后七代六帝的历史演变，但是它的整体构思毕竟是围绕于谦这一个人的命运和遭遇来展开描写的。作品从他的出生写起，顺序次及幼年、青年，直到他含冤而死以及死后历代皇帝对他的昭雪和封谥。就作品的内容、结构和叙述形式而言，这部小说理应跻于传记文学之林。

　　然而它又不同于一般的传记文学。我国从《史记》问世以来历代的传记文学篇幅较短，往往运用朴素、洗练的文字，记述人物的生平、人品和事迹。这类作品重在历史实录，很少虚构、夸张和渲染。《于少保萃忠全传》的主要情节均有所本，但对于谦为人及其事迹都作了具体、生动的描述，有些关节还进行了绘声绘色的渲染，并伴以一定的虚构、想象和夸张。就篇幅而言，则远远超过了一般的传记文学。因此可将它列为长篇传记文学。

《于少保萃忠全传》还摄取了公案小说、神魔小说的某些写法，例如"于公断冬青树叶案"和"三两银子案"，均与明代流传的公案小说类似。又如"储衍家产案"在同时代的几部公案小说中大都拥有同样的案例，这就不一定依据历史记载，而是为了表现于公的清正廉明有意从其他公案小说中移植过来的。另外，像徐有贞张湫治水、徐武功被勘作法、桂树精现形等故事，乌全真、老和尚等人物，都带有浓厚的神魔色彩。从某种意义上讲，这部小说融会了历史演义小说、公案小说、神魔小说和传记文学的特点，出脱为一种新的小说形式，即长篇传记体小说。它在我国古代小说发展史上具有一定的意义。小说发展到明代万历年间，不同的流派、风格相互渗透，各种样式、手法，相互影响，彼此融合、蔚为奇观的现象是值得研究的。

为当代人立传，写当代人的事迹乃是《于少保萃忠全传》区别于一般历史演义小说的又一个显著特点。正如《英烈传》一样，这两部小说都产生于明史的著述之前。它们并非根据明史演绎而来，而是为明史的修撰提供了丰富的感性材料。就当代人写当代人的长篇传记来说，《于少保萃忠全传》在文学史上也属首创。

小说的作者孙高亮，以真挚的情感和鲜明的笔触描述了于谦的一言一行。他对主人公的人格、品德充满了爱慕和敬仰。透过朴实无华的文字，许多场面和片段都写得真切郁折，感人肺腑，像于公含冤而死的情景，肃穆壮烈，催人泪下，悲愤之余，令人扼腕。嗣后人民悄悄进行悼念、祭祀的描写，亦复哀思绵邈，沉郁顿挫，悲慨之情，油然而生。又如范广侍妓的忠贞、侠义，同样令人难忘。

小说的成就，集中地表现为成功地塑造了一个睿智廉洁、爱国恤民的清官形象。他平时为官体恤人民的疾苦，想方设法为人民消灾弭难。他对僮、瑶同胞十分尊重、体谅，为安定边远地区、和睦兄弟民族作出了可贵的贡献。于谦是个著名的清官，同时又是保国安民、力挽狂澜的民族英雄。土木之变，英宗被俘，京都危在旦夕。徐珵等人倡议南迁，朝廷内外一片混乱。于谦挺身而出，力排众议，驳斥了南迁的主张。随即部署兵马，鼓舞士气，身先士卒，共赴国难。他在人民的支持下，亲率将士保卫京城，稳住了局面。与此同时，他又辅佐郕王登基，安定人心，并不顾个人安危，亲诣边防要塞，激励士气，对瓦剌族的入侵，给以迎头痛击。他日理万机，夜宿朝房，然而个人的生活却十分清苦。作品着意把他写成文天祥转世，不仅外貌酷似文天祥，而且气质和精神也与文天祥的遗风相同。作者将于谦与文天祥、岳飞等英烈并提，旨在树一楷模，昭示千秋。就艺术形象的内在吸引力及其真实性而言，这个创作意图可以说已经得到了较完美的体现。

于谦的英雄气质同他刚直不阿的独特个性是分不开的。作者把握住人物的性格特点，通过与一般趋炎附势、见风使舵之流的鲜明对比，便愈显其正气凛然。他既不向当朝显要乃至皇帝阿谀谄媚、随声附和，也从不接受他人的逢迎讨好和金钱贿赂。他一向秉公办事，从不考虑个人的得失。他那凛凛威颜和浩然正气，使迷惑总兵石亨多年的桂花精都不敢正面相觑。作品中的拟人化和艺术夸张，虽然纯属作者虚构，但对于渲染和反衬于谦高洁的品格，却是神来之笔。

作为这部小说的反面人物，像王振、喜宁、石亨、徐珵等，大都有史可考。由于不是写明代历史演义，该书只是择取与于谦有关的人和事加以描写。即使是作为于谦的陪衬角色，他们都自有其不同的品貌、性格，并非脸谱化的人物。徐珵曾是于谦的同窗好友，也是一介名士。他不仅学识渊博，而且善于治水。他有一套笼络人的办法，且又善于谋划。国难当头，他表现怯懦，力主南迁。一旦身居要津，就变得心狠手辣，不顾信义，直到置于谦于死地而后快。石亨不仅仪表堂堂，"生有异状，方面伟躯，美髯及膝"，而且具有"诛千骑""破万难"之勇威。他屡建战功，在巡边大将中仅次于杨洪。当也先侵犯京都时，他受到于谦的重用，并以德胜门伏兵诱击，旗开得胜，一跃而为"大将军"。景泰病笃之际，石亨主谋迎立英宗复位，以首功爵进忠国公。但是，他却醉心于结党营私，花天酒地。他排斥异己，冒功受贿，诬陷忠良，从骄横跋扈、势焰熏灼，一直发展到野心勃勃、谋篡帝位。小说对石亨的臧否虽与历史记载相一致，但作者的爱憎是十分鲜明的。像石亨、徐珵之辈，在明代官僚中并非罕见。作者深入这层人物的神髓，通过艺术手段使之现形于众，是有一定的典型意义的。

王振、喜宁等阉宦、内奸，或恃宠专权，或投敌叛国，乃明代一大隐患。这些人巧言令色，从博取皇帝欢心进而内控皇权，贪赃枉法，无恶不作。小说真实地反映了正德年间王振专权给社稷、民族造成的危害和不幸，对今天的读者仍有一定的认识价值。

《于少保萃忠全传》，中国社科院文研所藏本题"后学孙高亮怀石甫纂述"，文前载"万历辛□林从吾序"。孙高亮，字怀石，钱塘人，生卒年不详，只知其祖先和于谦是朋友，又是方里。该本后几传残缺部分较多，依据北京图书馆藏道光十五年于谦十二世孙士俊重刊本校补。例如，于谦遭害前吟诵的那首诗，底本缺四句，现已按照这个重刊本补上。同时还将重刊本中所载于谦十二世孙于灿的跋和十三世外孙朱增惠的跋一并收入。底本中明显的错别字。从少字和少跋来看，文研所藏本当先于道光本。孙楷第先生在《中国通俗小说书目》中提及这本小说时，曾表示有"明万历刊本，未见"。文研所藏本很可能是清人根据明刊本所刻。

底本林从吾序的写作年代因"辛"字下面为空白。孙楷第先生在《中国通俗小说书目》一书中注明乃"辛巳"。北图所藏道光本、咸丰本亦为"辛巳"。这个问题至此得以解决。但是这部小说第三十九传，四十传记叙了浙江巡抚傅孟春至于公祠致祭的情景，祭文开头，却是"万历十八年十有六日，皇帝遣都御史傅孟春谕祭太傅兵部尚书于谦，谥'忠肃'"。接着又描述了万历十八年后三年之事。由此推算，这部小说已接触到万历二十一年的历史内容，那么，它问世之年无论如何也不能早于万历二十一年。既然小说写于万历二十一年以后，万历九年（"辛巳"）作序便是不可能的。因万历在位四十八年逢"辛"有四，即万历九年，辛巳，万历十九年辛卯，万历二十九年辛丑，万历三十九年辛亥。而二十一年后只有辛丑和辛亥。所以我认为"辛巳"应为"辛丑"或"辛亥"之误。小说第四十传尚有两处亦可作为佐证。一处提到礼部尚书田以儁（即田一儁）。据明史第二百十六《田一儁传》记载："居正殁，起故官，屡迁礼部左侍郎。"按张居正殁于万历十年，田一儁充当礼部尚书显系万历十年以后之事。另一处提到"都御史钟化民，力陈忠肃公勋烈忠节。朝廷复加恩典。"据明史第二百七十《钟化民传》记载，钟化民充当都御史是在万历二十四年以后。这些都有力地证明了《于少保萃忠全传》的问世，乃辛卯年之后。所谓"辛巳"作序实际是不可能的。但此说业已传讹多年，兹特作此考据予以更正。

1985 年 10 月于北京

（原载《明清小说研究》第 5 辑）

《金瓶梅》的艺术特色及其历史地位

清人张竹坡①评《金瓶梅》为"第一奇书"。《金瓶梅》奇在何处呢？张氏在其长达十几万字的评点中回答了这一问题。这部小说不以人物的奇特、情节的离奇、风格的奇谲、题材的猎奇来诱人。所谓"奇"系指它在当时文坛上独树一帜，突破了历史演义、英侠传奇、幻化神魔以及抒写爱情等小说的程式，走了一条创新的路子，以独特的面貌出现，使人耳目一新。《金瓶梅》的创新是多方面的。

一　题材和描写手法的创新

《金瓶梅》选择了和已有长篇小说不同的题材，它不像历史演义小说那样，从各种史著中寻求帝王将相的功过得失；也不在刻画英雄豪杰的慷慨壮举上下功夫；既不写虚幻中的神妖鬼怪，也不写青年男女互相倾心、互相爱慕的悲喜剧。《金瓶梅》第一次选取家庭生活为题材，它以恶霸、奸商、官僚西门庆的家庭为中心，拓展开来，触及当时社会的各色人等。从太师太尉、尚书巡按、皇亲贵戚、太监管家、状元进士到知府御史、守备知县、

---

① 张竹坡（1670—1698），名道深，字竹坡，徐州铜山（现江苏省徐州市）人。除《彭城张竹坡批评金瓶梅》外，还有《幽梦影》《东游记》等评语。

招宣都监、提刑团练、县丞主簿、通判推官、典史皂隶、衙内公子，以至帮闲恶棍、门子保甲、倡优鸨妓、医巫卜算、商人大户、工匠小贩、流氓打手、乞丐小偷无所不备。这里没有圣君贤相、良臣勇将的功业；从不铺陈金戈铁马、惊天动地的场面；找不到神仙道土翻山倒海的奇迹；也没有娓娓动听的忠贞爱情。它写的是市侩豪门那种纸醉金迷、繁杂琐细的日常生活：什么妻妾争宠、夫妻斗气；什么喝茶饮酒，戏谑耍笑；什么吵嘴骂人，学舌传话；什么下棋摸牌，观灯看景；什么吃斋拜佛，念经烧符；求医问卜，算命打卦；偷情养汉，嫖妓买娼；拉线保媒，婚丧嫁娶；亲朋往来，人情送礼；攀亲认义，卖身求财；打奴骂婢，栽赃暗算等，无一不使读者历历在目。它使长篇小说更贴近现实生活，成为生活的一面镜子。"艺术是生活的镜子，若是生活丧失意义，镜子的把戏也就不会令人喜欢。"①《金瓶梅》的价值正在于它所写的这些平凡琐细的生活并未丧失意义，恰恰是从这些琐细中展现了整个时代的风貌和上层社会醉生梦死、奢侈淫靡的腐败状况。官府如此黑暗，官僚如此贪婪、凶残、愚蠢和野蛮。然而庞大的国家、善良的人民就被这些酒囊饭袋所统治，岂不令人深思？

《金瓶梅》在手法上的创新是与题材的选择完全一致的，它采用生活中鲜活的语言和白描技法摹写日常琐细，使每个人的音容笑貌、衣饰打扮、起居饮食、喜怒哀乐如实地、原原本本地、不加夸张地得到表现。如三十四回：

　　　　这里两个正饮酒中间，只见春梅掀帘子进来。见西门庆正和李瓶儿腿压着腿儿吃酒，说道："你每自在吃的好酒儿！这咱晚，就不想使个小厮接接娘去？只有来安儿一个跟着轿

---

① 《列夫·托尔斯泰》，转引自罗大冈《论罗曼·罗兰》，上海文艺出版社 1979 年版，第 135 页。

子，隔门隔户，只怕来晚了，你倒放心！"西门庆见他花冠不整，云鬓蓬松，便满脸堆笑道："小油嘴儿，我猜你睡来。"李瓶儿道："你头上挑线汗巾儿跳上去了，还不往下拉拉！"因让他："好甜金华酒，你吃钟儿。"西门庆道："你吃，我使小厮接你娘去。"那春梅一手按着桌儿且兜鞋，因说道："我才睡起来，心里恶拉拉，懒待吃。"……西门庆道："你不吃，喝口茶儿罢。我使迎春前头叫个小厮接你娘去。"因把手中吃的那盏木樨芝麻薰笋泡茶递与他。那春梅似有如无，接在手里，只呷了一口，就放下了，说道："你休教迎春叫去，我已叫了平安儿在这里，他还大些，叫他接去。"西门庆隔窗就叫平安儿。那小厮应道："小的在这里伺候。"西门庆道："你去了，谁看大门？"平安儿道："小的委付棋童儿在门上。"西门庆道："既如此，你快拿个灯笼接去罢。"

这些朴素的白描中，不但显示了春梅对潘金莲的忠诚和关心，还表现了她在西门庆心目中的特殊地位：她绝不是个一般的奴才，而是早被西门庆收用过的极受宠爱的"使女"。同时，在寥寥数笔中写出了春梅那种故作高傲、自命不凡、与主子平起平坐、连李瓶儿也不放在眼里的心态。下边接着写潘金莲坐着轿子和打着灯笼的平安儿、轿夫张川的对话，更是出神入化，"读之，似有一人亲曾执笔在清河县前西门家，大大小小，前前后后，碟儿碗儿，一一记之，似真有其事，不敢谓为操笔伸纸做出来的"。[①] 难能可贵的是它产生了以小见大、以浅寓深、从平凡琐细中反映社会本质的艺术效果。

① 张竹坡：《批评第一奇书金瓶梅读法》六十三。

二　《金瓶梅》是一部讽刺意味深长的小说

"'讽刺'的生命是真实。"① 因为当时社会上层的生活是丑陋的，作品只要如实地、逼真地摹写生活，必然蕴藉着强烈的讽刺。《金瓶梅》的作者很少站出来耳提面命地指责，也从不以锋利语言来挖苦；他就像导演一样站在背后，巧妙地让演员登台表演来体现他的意图：《金瓶梅》的人物酷似喜剧演员，全凭自己的言行举止进行讽刺和揶揄。不但讽刺的效果微妙，而且讽刺手法多样。

（一）借人物之间互相戏谑进行嘲笑讽刺

如第十二回谢希大在丽春院当众讲了泥水匠的故事，最后点题说："泥水匠回道：'这病与你老人家病一样，有钱便流，无钱不流。'"这里借"留"与"流"的同音来嘲讽老鸨娘，惹恼了妓家，跟着桂姐也讲了个老虎吃客人的故事，讽刺谢希大、应伯爵之流"不晓得请人，只会白嚼人"，连他们自己都觉得难堪，马上凑钱请客。表面看是写作品中人物互相戏谑，实际上借此嘲讽这两种人。李桂姐等妓女与应伯爵等帮嫖之间随时随地会发生这类嚼舌头、耍贫嘴的舌战，讽刺意味就在其中。

（二）内外对照进行讽刺

西门庆当了千户副提刑后，专门开辟了一间宽敞的书房。书房里不但笔砚琴书之类俱全，而且"放着六把云南玛瑙、漆减金钉藤丝甸矮矮东坡椅儿，两边挂着四轴天青衢花绫裱白绫边名人的山水，一边一张螳螂蜻蜓脚一封书大理石心壁画的帮桌儿，桌儿上安放古铜炉、流金仙鹤，正面悬着'翡翠轩'三字。左右粉

---

① 鲁迅：《什么是"讽刺"？》，《鲁迅全集》第六卷，第 258 页。

笺吊屏上写着一联'风静槐阴清院宇，日长香篆散帘笼'"。从书房的外表和陈设看这里是多么典雅、幽静，似乎真是潜心读书的好地方。然而对认不得几个字的西门庆来说，这书房却别有用途。在"彩漆描金"的书橱内盛的却是"送礼的书帕、尺头……"书篋里面装的全是与达官贵人攀附往来的书柬拜帖、礼物的账簿，从蔡老爷、朱太尉到周守备以及刘、薛二内相都建立了专门的"档案"，就藏在这书房里。这岂不是莫大的讽刺吗？读者不会忘记，秋菊曾从西门庆的书篋内来往书简拜帖间找出一只用纸包裹着的大红绣花睡鞋的情节。不仅如此，这书房还是西门庆狎昵猥亵书童的"宝地"，其讽刺效果自在不言中。

（三）　言行对照产生讽刺效果

第二十回，应伯爵、谢希大等人拉着西门庆在大雪天去丽春院嫖娼。应伯爵对西门庆说："哥，咱这时候就家去，家里也不收我每，知你许久不曾进里边看看桂姐，今日趁着天气落雪，只当孟浩然踏雪寻梅，咱望他望去。"把嫖娼说成踏雪寻梅，这本身就是讽刺。西门庆到妓院后，因发现李桂姐接了新的嫖客而大发雷霆，命令手下人砸了丽春院。这种野蛮的行径与"踏雪寻梅"的意境所形成的反差，怎不令人作呕。

（四）　在前后不同的情境中，凸显同一人物前后矛盾的举止

吴典恩就是作者采用这种笔法进行讽刺的人物之一。当他与来保押送生辰担进京跪在蔡京面前时，连自己的真实身份都不敢说。他因冒充西门庆的舅子，骗到一个驲丞之职。回来后又托应伯爵向西门庆借了一百两银子应酬，才走马上任。西门庆死后，平安儿偷了解当库的头面去宿娼，被吴典恩拿住，吴典恩却教唆平安儿诬陷月娘与玳安有奸，罗织月娘出官。小说对其恩将仇报的嘴脸做了辛辣的讽刺。又如淫荡成性的春梅也曾在李铭面前大

喊"调戏良家女子"。西门庆在月娘面前批评王三官放着官儿不干，家中丢着花枝般的媳妇去嫖娼，当场被月娘奚落一番，都是绝妙的讽刺之笔。

（五）借助韵文直接进行讽刺

如第十二回描写应伯爵、谢希大、孙寡嘴、常时节等人在丽春院宴请西门庆的嘴脸：

> 众人坐下，说了一声动箸吃时，说时迟，那时快，但见：人人动嘴，个个低头。遮天映日，犹如蝗蚋一齐来；挤眼掇肩，好似饿牢才打出。这个抢风膀臂，如经年未见酒和肴；那个连三筷子，成岁不逢筵与席。一个汗流满面，却似与鸡骨秃有冤仇；一个油抹唇边，把猪毛皮连唾咽。吃片时，杯盘狼藉；啖顷刻，箸子纵横。杯盘狼藉，如水洗之光滑；箸子纵横，似打磨之干净；这个称为食王元帅，那个号作净盘将军，酒壶番晒又重斟，盘馔已无还去探。正是：珍馐百味片时休，果然都送入五脏庙。

这可能是当时流行的讽刺"食客"的一篇现成文字，放在此处讽刺这伙帮嫖，增加了滑稽效果和幽默感。类似这种写法很多，如第三十回，来保和吴典恩进京送生辰礼物。蔡京看了"寿礼揭帖"和礼品甚是满意，就在朝廷钦赐的空名告身札付上给西门庆安了个"理刑副千户"之职。在翟管家帮助下来保办完一切手续，星夜回清河县报喜。在此用了一个现成的对句"正是：富贵必因奸巧得，功名全仗邓通成"。小说中借用现成韵文进行讽刺的地方颇多，从这里可看到作者鲜明的是非观，作者的态度并不是纯客观的。综上所述，《金瓶梅》在明代长篇小说中开创了讽刺的先河是不难理解的。

三　从日常生活细节中刻画人物性格

张竹坡说：

> 《金瓶梅》妙在善用犯笔而不犯，如写一伯爵，更写一希
> 大，然毕竟伯爵是伯爵，希大是希大，各自的身分，各人的
> 谈吐，一丝不紊。写一金莲，更写一瓶儿，可谓犯矣；然又
> 始终聚散，其言语举动，又各各不乱一丝。写一王六儿，偏
> 又写一贲四嫂；写一李桂姐，偏又写一吴银儿、郑月儿；写
> 一王婆，偏又写一薛媒婆、一冯妈妈、一文嫂儿、一陶媒婆；
> 写一薛姑子，偏又写一王姑子，诸如此类，皆妙在特特犯手，
> 却又各各一款，绝不相同也。①

这里所谓"善用犯笔"，就是指同中写异。同中写异的方法在
《水浒传》刻画英雄人物中已发挥了巨大的作用，《金瓶梅》对此
方法虽有发展，但绝非独创。从明代小说发展的趋向来看，《金瓶
梅》在刻画人物性格方面所作的贡献就是从日常生活的细节描写
中刻画人物性格。所谓日常生活细节，当然不是轰轰烈烈、可歌
可泣的业绩，也不是重大的、激烈的、尖锐的矛盾；而是写人物
的衣食住行，并且在"细"字上下功夫。

（一）为人物设计活动场所，精心细致地进行描述

所有的日常生活，衣食住行基本上都发生在宅院之中，就像
今天的室内电视剧一样，它的界定范围有限。在西门氏这座深宅
大院里，每个人物都有自己的坐标，又有不定型的轨迹，从前厅

---

① 张竹坡：《批评第一奇书金瓶梅读法》四十五。

到后院，从解铺的门面到厨房，从吴月娘的正房到孟玉楼的西厢房，从孙雪娥的正房到西门大姐的东厢房，从潘金莲的三间两层楼到李瓶儿的三间两层楼，从花园 的卷棚到书房，从藏春坞到翡翠轩……都给读者留下了深刻的印象。西门庆一妻五妾以及一家奴仆就在这里生活着，来往穿梭、吃喝玩乐、嬉笑怒骂。《金瓶梅》的人物以这个院落为基本活动场所。跟着主人公西门庆的足迹作者又具体描写了王婆的茶房、武植家的小楼、杨布商的大院、隔壁花家的大院和狮子街的小院、对面乔亲家的院落、韩道国原来那狭窄简陋的房子和狮子街的新房、王招宣府、贾四的宅子以及丽春院等妓院。小说还具体细致地描写了东京龙德坊前那赫赫巍然的太师府。这些静态的院落描写，不但为人物提供了活动场所，而且也是刻画人物性格不可缺少的笔墨。且看西门庆第一次进招宣府的描写：

　　这文嫂一面请西门庆入来，便把后门关上，上了拴，由夹道进内，转过一层群房，就是太太住的五间正房。旁边一座便门闭着……文嫂导引西门庆到后堂，掀开帘栊而入。只见里面灯烛荧煌，正面供养着他祖爷太原节度邠阳郡王王景崇的影身图，穿着大红团 袖蟒衣玉带，虎皮交椅坐着观看兵书，有若关王之像，只是髭须短些。旁边列着枪刀弓矢。迎门朱红匾上"节义堂"三字；两壁书画丹青，琴书潇洒；左右泥金隶书一联："传家节操同松竹，报国勋功并斗山。"

通过对招宣府房屋陈设的具体描写，不但描述了林太太的家室、出身，而且巧妙地衬托出林太太假孝、假节，其人是如何虚伪。

（二）　细腻地描写人物的衣着打扮及家什器皿
以前的小说对人物的肖像衣饰一般只作一次亮相性的描述。

《金瓶梅》中，人物的衣饰打扮经常随着他们的礼仪往来和四季变化、不同的节日发生变化。小说对每个人头上的冠戴、首饰、珠翠，身上的裙子、裤儿、袄儿、袍儿、比甲以至鞋子的色泽、质地、样式、花纹都做了细致的描绘。不仅写了穿在身上的时刻，而且写出衣服、鞋子是怎么做成的，首饰是怎么打的，珠翠是怎么买的，绫罗绸缎等衣料是哪里来的。如写宋惠莲第一次出场"他鬏髻垫的高高的，梳着虚笼笼的头发，把水鬓描的长长的"，"穿着红绸对衿袄，紫绢裙子"。到元宵节跟着走百媚儿"换了一套绿闪红缎子对衿袄儿，白挑线裙子，又用一方绢金汗巾搭着头，额角上贴着飞金关面花儿，金灯笼坠子"。当惠莲与月娘等人打秋千时，"被一阵风过来，把他裙子刮起，里边露出大红潞绸裤儿，扎着脏头纱绿裤腿，好五色纳纱护膝，银红线带儿"。对这身打扮，连玉楼都惊讶，指给月娘看，月娘骂了声"贼成精的"。宋惠莲从借玉箫的裙子穿到时装打扮，不但写出她勾搭上西门庆以后的变化，而且也写出她爱俏、爱虚荣、好卖弄的性格。

日常生活离不开家什器皿，《金瓶梅》不但善于描写喝茶、饮酒、筵宴，详尽地交代各种酒、茶、果品、菜肴；而且常精细地描写碟儿、碗儿、匙、钟、杯、盘、壶、盏。这些描写不仅渲染了人物的生活情趣，展示了当时当地的风俗习惯，而且表现了人物的爱好和追求。尤其是作者善于捕捉富于象征意义的小道具加以细致的描写，对刻画人物性格，往往起到以一当十的作用。如西门庆的淫具、金穿心盒、马鞭子；吴月娘的素斋、经卷、佛香、佛像；潘金莲的大红睡鞋、琵琶和狮子猫；李瓶儿的春宫画、金华酒、精细的果盒、楼上箱笼等；应伯爵帽檐上的剔牙杖等。

（三）细针密线钩织成一个网状剖面

从纵向发展来看，《金瓶梅》是写西门庆从发迹变态到衰败死亡的过程，从横剖面来看，却好似一个密密麻麻的网络。主轴线从西门庆放射开来：一条是与妻子吴月娘的关系；一条是与潘金莲的关系；此外与孟玉楼、李娇儿、孙雪娥、宋惠莲、书童、众仆从、丫鬟各占一条，形成一个中心圈。向外放射又有几条线：一是妓院，一条线上三个叉；一是奸妇，这条线上又是三个叉；一是帮闲，这条线上更是枝权繁茂；一是清河县的同僚，这条线也是错综复杂；一是东京，这条线更加盘根错节。如此，《金瓶梅》组成了一张网状的大剖面。

（四）常常从人物的一言一行、一笑一颦中达到发隐摘伏的目的

譬如三十二回，潘金莲听到官哥儿哭，便走到李瓶儿那边，见李瓶儿不在，便

> 笑嘻嘻的向前戏弄那孩儿，说道："你这多少时初生的小人芽儿，就知道你妈妈？等我抱到后边寻你妈妈去！"……一面接过官儿来抱在怀里，一直往后去了。走到仪门首，一径把那孩儿举得高高的。不想吴月娘正在上房穿廊下，看着家人媳妇定添换菜碟儿；李瓶儿与玉箫在房首拣酥油蚫螺儿。那潘金莲笑嘻嘻看孩子说道："大妈妈，你做什么哩？你说，小大官儿来寻俺妈妈来了。"月娘忽抬头看见，说道："五姐，你说的什么话？早是他妈妈没在跟前，这咱晚平白抱出他来做什么？举的怎高，只怕唬着他。他妈妈在屋里忙着手哩。"便叫道："李大姐你出来，你家儿子寻你来了。"那李瓶儿慌走出来，看见金莲抱着，说道："小大官儿好好儿在屋里，奶子抱着，平白寻我怎的？看溺了你五妈身上尿。"

这段描写巧妙地揭示出三个人的隐秘内心：潘金莲在无人之处故意把刚满月的孩子举得高高的，显然不怀好意；吴月娘看到这一举动心中不满，而又着急；李瓶儿心中埋怨潘金莲却用溺尿掩饰

过去。如果一部小说只写家长里短、琐言碎语、细枝末节就会犹如一簿流水账；能从琐细中揭示出人物内心隐私，才是成功所在。可惜，《金瓶梅》在这方面尚有一些遗憾，不过毕竟它在小说史上具有开拓意义。

四　《金瓶梅》独特的审美作用

《金瓶梅》中正面人物、肯定人物、美好的人物实属凤毛麟角；而反面人物、否定人物、丑陋的人物比比皆是。那么，如何理解《金瓶梅》的审美作用呢？

生活中的丑可以转化成艺术美，并非丑变成了美，而是经过作者一系列的艺术加工，使生活中的丑变得更丑了。揭示、暴露丑的真面目，帮助人们确切地认识、鄙夷和摒弃丑的本质，才是艺术的目的。其中关键的一环就是"真"，唯有真实才是艺术的生命。《金瓶梅》的审美价值就在于它如实地、逼真地摹写生活，而且通过生活的真实反映了社会本质的真实。明代从嘉靖以来，世风日下。嘉靖皇帝长期不理朝政，沉湎淫逸。陶仲文等人以进"仙药"得宠。达官贵人贪欲无度，一味追求权势、金钱、美色，从肉体到灵魂都腐朽透顶。上行下效，市井小民以至奴隶、仆从，坑蒙拐骗，习以为常。真可谓如入鲍鱼之肆，久而不闻其臭。民风颓败，世风丑陋。作者兰陵笑笑生以精细的观察力、深广的生活积累、大胆的思辨力和艺术家的勇气把生活中的丑陋、罪恶变成艺术美。"他那渗透细微的普通目力所无法透入的关系和契机的深处的鹰隼一样的眼力，只有盲目的浅薄之徒，才看到那是琐屑和无聊，却不知道就在这琐屑和无聊上面，呜呼！——转动着整个生活的幅度。"① 兰陵笑笑生的功绩就在于他把当时丑陋的社会

---

① 别林斯基：《别林斯基选集》，时代出版社1953年版，第474页。

生活，赤裸裸地暴露在光天化日之下。

美和丑是对立的统一体，没有丑就没有美，世界的发展需要美，也需要丑的刺激。恩格斯说：

> 在黑格尔那里，恶是历史发展的动力借以表现出来的形式。这里有双重的意思，一方面，每一种新的进步都必然表现为对某一种神圣事物的亵渎，表现为对陈旧的、日渐衰亡的但为习惯所崇奉的秩序的叛逆，另一方面，自从阶级对立产生以来，正是人的恶劣的情欲——贪欲和权势欲形成历史发展的杠杆。①

可见，丑恶可以刺激人们，使人们的心灵为之震颤，头脑清醒地去否定应该否定的东西，追求真正的美和善。

无可讳言，《金瓶梅》在艺术剪裁和艺术概括方面，还存在一定的弱点，不过它毕竟是小说史上重要的一环。

1988 年于北京

（原载《明代小说简史》，辽宁教育出版社 1992 年版）

---

① 恩格斯：《路德维希·费尔巴哈和德国古典哲学的终结》，《马克思恩格斯选集》第四卷，第 233 页。

邓志谟论

  在我国历史的长河中存在这样一种文学现象：许多在文学艺术领域有过重要贡献的人，如果他不是进士出身，又没有一官半职，便很少有可能被载入史册。更无人为他们树碑立传，因此后人对他们的生平事迹往往苦于无从查考，甚至连生卒年都没法确定。然而他们却留下了丰硕的精神产品，流传后世，永飨读者。明代就有许多这样的通俗小说家、戏曲家，邓志谟便是其中的一位。

  邓志谟，字景南，别号竹溪散人（又作竹溪散生，竹溪风月主人），百拙生。邓志谟究竟是哪里人呢？说法不一。孙楷第先生所著《中国通俗小说书目》一书说："邓志谟……所著书多自署饶安人，今不详为何地（疑江西饶州府安仁县）。"查《室名别号索引》，上载"百拙生：明饶安邓志谟""竹溪散生：明饶安邓志谟"。又据《古今地名词典》和《中国古代地图》，饶安系今河北省沧州船山县，并非饶州安仁县（今余江县）。而且邓志谟的著作也并非都署饶安。有的题：安邑竹溪散人，有的题：云绵竹溪散人，有的题：饶安百拙生，有的题：云锦百拙生，有的题：豫章竹溪主人，等等不一。《丰韵情书》二卷《情札·与晏友代妓小红寄笺》介绍说："邓百拙生晏景静俱豫章人，相与为友……"其次，邓志谟在《丽藻》旧序二中说："因阐吾宗之济美云尔，翰林院编修豫章济寰邓士龙……"。考《南昌县志》，邓士龙为万历乙未（1595）进士。这便确凿地证明了邓志谟是豫章（今江西南昌县）人。为什么他的撰著中又题署那么多的地方呢？从《精选故事黄眉》署名中我们可以得到启发："此书辑于云锦，邓百拙生校于羊城，毛伯公萃庆堂余氏则绣梓焉。"这表明当时作者著于、校于何地，就题署何地，并非一律题原籍。从而还可推断邓志谟到过许多地方，如安邑、云锦、羊城、饶安等，在以上诸地都从事过著、编、校的工作。

　　邓志谟生于明嘉靖三十三年左右，卒于天启四年以后。他在青少年时代刻苦攻读，但应试不第，便外出游历。"无为（今安徽省安庆市）、信阳（今河南省信阳市），上下吴、楚间各一岁。及还，操觚就试，不幸失所怙。"父亲的突然逝世，给他带来无限的悲伤。"悻然在疾，罹阂疾者复三岁。"害疟疾整整三年，"有奇忧与恙并体，尫然若翳桑饿夫也"。病痊不久，"遽殒所慈。风木摇摇，徒有鸟咽尔！血泪未干，爱肠且割。室中无偕老妻，膝下有早折子"。他的生活境遇太不幸了。真可谓"雁行判影，紫荆憔悴。""此不安之苦，苦于越之蓼，卫之荼。"此时，他"力支数丧，贫如膏肓！是始有可为之时，习尚幼。既有欲奋之志，变代作今，则发之将短。阻于时，扼于贫，虽欲伛偻凝神，纪诸养虚，末繇也"（引文均见《丰韵情书序》）。邓志谟青年时代所承受的种种精神和肉体的折磨，对他一生的影响极其深远。他之所以放弃仕途，从事著书、编书、教书无不与此有关。

　　他的著述颇丰，仅神魔小说就有《晋代许旌阳得道擒蛟铁树记》《唐代吕纯阳得道飞剑记》《唐代萨真人得道咒枣记》；寓言小说与诗词合集有《山水争奇》《风月争奇》《花鸟争奇》《童婉争奇》《蔬果争奇》；戏曲著作得以流传至今的如《百拙生传奇》，含《并头花记》《玛瑙簪记》《风头鞋记》和《八珠环记》，此外还有《艺林晋故事白眉》十二卷，《精选故事黄眉》十卷，《事类捷录》十五卷，《一札三记》，《丰韵情书》六卷，《丽藻》六卷，

《洒洒篇》六卷，《古事苑定本》等，由于对他生平事迹所知甚微，我只能透过作品的曲直探讨其为人。

邓志谟笃信道家思想。他笔下小说中的主人公，像许逊、吕纯阳、萨守坚等都是传说中道家的重要人物。他们经过几世磨炼，得道成仙而变为真人，而且都是道家鼻祖太上老君的后代。这和《西游记》的作者吴承恩、《下西洋》的作者罗懋登颂扬佛教的倾向截然不同，他主要是倡导道家学说。

道乃万物之本的观点在这里得到更通俗的诠释和形象的体现。道家创始人老子认为"道生一，一生二，二生三，三生万物"（《道德经》卷二）。"一"即"道"，归根结底道生万物。邓志谟在《铁树记》开篇中说："太上老君，乃元气之祖，生天生地生佛生仙。"他的这一思想，乃是贯串着几篇神魔小说的精髓。在他笔下，道可孕生万物，可攻天换地，可降妖服怪，可预知未来，可消灾弭祸，可解除世上一切灾难。老君未卜先知，早在四百年前就预见江西四百年后要出异人，必须授与道法，使其能成为群仙之首。许逊接受了道法，就能不畏艰难，历尽险阻，追逐妖孽，斩尽蛟党；萨真人得道，便能上天堂，入地狱，遨游人世间，救苦救难，起死复生，改恶从善，化腐朽为神奇；吕纯阳得道后，便能变白发为娇娥，飞剑斩妖魔，拯救百姓于水火之中，度凡体入仙班。

但是，"道"并非任何人都能修得，而必须是具有仙风道骨、德行纯真的"道真"兰期或"女真"谌母。正像《道德经》中所讲的，"道生之，德育之，修之身，其德乃真"。也就是说，"道真""女真"一靠个人的苦修，二靠先世的宿缘，三靠前人的积善。老子本身就是太上老君转世，更何况其他真人呢？萨真人前世，坐怀不乱，拾金不昧，这才托生到具有三代善根的萨家。他今生又一心行善，如此方能修炼成道。许真人父、祖两代高风亮节、罄家资救四方饥民于灾荒之中。世代种下善根，才有许逊这样的仙体降临其家。吕洞宾更是经过钟离子的七试，验证其道心坚定不移后，才授以黄白秘方与内、外丹之法；予以素书数卷，并引至终南山碧天洞让他修心炼形豹。邓志谟在小说中积极倡导"以善化人"，"与物无忤"，而"孝"又居善的首位。他借孝悌王现身说法："孝至于天，日月为之明；孝至于地，万物为之生；孝至于民，王道为之成。……上自天子，下至庶民，孝道所至，异类皆应。孝之义大矣哉！"（《铁树记》）他又说："忠孝廉谨，宽裕容忍，忠则不欺，孝则不悖，廉而罔食，谨而勿失，修身如此，可以成德。"可见，"孝"在修养中占有何等重要的地位。兰期（《铁树记》）全家百余口精修孝行，孝悌王才传予孝悌之旨，并预告四百年后将为孝道之宗、众仙之长。萨真人得道后便到鄨城去访母。总之，举凡他笔下出现的真人，都是至诚至笃的孝悌者。

　　"圣人无心，以百姓心为心"的道家思想，在邓志谟的神魔小说中得到充分的展现。邓志谟命途多舛，一生被科举制排挤在外，从而长期置身在社会下层，与平民百姓接触较多。他又是一位农村的医生，对天灾、疾病与邪恶势力给人民带来的祸殃、饥馑和不幸非常熟悉。他晚年创作的小说主人公虽然都是真人，着眼点却在百姓的生死存亡、安危好恶、饥寒温饱。作品大都从为民除害、为民解忧、为民谋福、利民爱物的角度来颂扬仙道。因此与《下西洋》中的郑和为帝王取宝，《封神演义》中的姜子牙等人为贤君效力迥然有别，这当然是"以百姓心为心"的升华，所以在邓志谟笔下，许逊的祖父许琰，身为太医官，为人豁达大度，耿直厚朴，急民所急。当饥荒威胁着人们的生存时，便慨然罄其家资，置救饥丹，在饥饿的人群中广为散发，一丹可饱四十日，因而从死亡线上搭救出许多人。这种可饱四十日的救饥丹，在现实生活中当然是不存在的，但是作者善良的愿望、美好的想象，却显现出一颗急于救民的拳拳之心。许逊担任旌阳县令时，为官清廉公正，待百姓亲如兄弟，处处事事为百姓排忧解难。由此深获群众拥戴，家家户户敬若神明。临别依依，百姓赍粮食送至数百里之外，有的送出千里以外，有的甚至一直送到许逊的家。许逊还专门建造房屋给这些送他到乡的百姓去住，官民之间这种鱼水情自然是作者美好理想的象征。而这一理想同样是建筑在以民心为己心的思想基础上的。许逊回乡后之所以挺身而出，和孽龙誓不两立，不畏艰险，历经七次鏖战直至全歼，就因为孽龙横暴肆虐，蹂躏黎民，或奸淫良家女子；或兴陆地之波涛，毁房、覆舟，淹没良田，或食人精血，掠人珠宝。总之，蛟族已成为人间一大祸患，而且生蕃极盛，族众甚多。他们简直要把江西变成汪洋大海，"若然，则民而鱼也"。因此，许逊师徒才立志根除孽龙及其党羽。而千辛万苦斩尽蛟党的出发点，依然是保民安民维护百姓的利益。

《飞剑记》的主人公吕纯阳也是百姓的救星，一心为百姓除灾弭祸。无论是飞剑斩蛇，还是飞剑劈白虎，他都是为了解救百姓的困厄。他遨游天下，所作所为，概括起来就是"为民除害"。

《咒枣记》中的萨真人，同样是一位具有三世善根的仙品。早在前世他就有超凡的品格：一是坐怀不乱，严拒少女的诱惑，二是他挖得窖金五百两，全部分给了鳏寡孤独和伤残病弱者。转世以后，他无论当刀笔小吏，或行医治病，都是为了救人。在生活的煎熬下，他发现任何一种职业都有失误伤人的可能性；因此，他最终走上了求仙修道之路。对萨真人来说，只有这条路才能为百姓解除痛苦。为此他不惜长途跋涉，艰辛备尝，以求天师。精诚所至，感动了道长，使他获得道家三种法宝。他以道家"不善者吾亦善之"的态度对待丑恶，使之改恶从善。在十二年的风雨历程中，他走遍四方，轻财重义，以礼待人，拾金不昧，助人为乐，处处以百姓的利益、他人的幸福为行动的准则。所以连决心与萨真人为敌，想乘隙杀害他的广福王王恶也为之折服，甘心改邪归正，并且拜萨真人为师，跟随他为民除害。

　　道家思想并非一成不变，而是随着时代的更迭，各家思想的渗透、融合而不断地得到补充和发展的道家创始人老子的思想发展到明代，道教内容和崇信道家的程度均有所变化。从明太祖朱元璋到明孝宗朱佑镗，连续十帝，历时一百三十余年都是崇尚佛教。洪武四年，诏征高僧，广荐佛事。成祖永乐二年，擢僧道衍为太子少保；永乐十七年，颁布佛经佛曲。洪熙元年，皇帝朱高炽赐释智光号大国师和金印。景泰三年，建大隆福寺，耗京师费数万。正统十年，赐大藏经于甘露寺。成化四年，封西僧为法王、佛子、国师。成化十年"敕建塔葬大衣法王，拨官军四千供役"①。到武帝正德年间，法王、禅师、国师之名，响遍京师。多年来，由于皇帝的推崇、经营和礼重，佛教一跃而为明代最受宠遇的宗教。道教不得不屈居次位。《下西洋》一书中，代表道教的天师处处逊于代表佛教的国师，这就是明前期对佛、道两教的信仰模式在小说中的反映。

　　但是，到嘉靖年间，信仰却来了一个一百八十度的转折。世宗朱厚熜，笃信道教。"世宗嗣位，惑内使崔文等言，为鬼神事，日事斋醮。谏官屡以为言，不纳。嘉靖三年。徵（邵）元节入京，……大加崇信，俾居显灵宫，专司祷祀"②，并封邵为"清微妙济守静修真凝玄衍范志默秉诚致一真人"。令其统辖朝天、显灵、录济三宫。总领道教，赐金、玉、银、象牙印各一。朱厚熜对其生父、生母、妻子也都封以道号。自称"灵霄上清统雷无阳妙一飞元真君"。后又加号"九天宏教普济生灵掌阴阳功过大道思仁紫极仙翁、一阳真人、元虚玄应开化伏魔忠孝帝君"。再号"太上大罗天仙紫极长生圣智昭灵统三元证应玉虚总掌五雷真人、玄都境万寿帝君"③。由于嘉靖皇帝对道教的笃信和提倡，隆庆到万

----

① 《明史》卷三百七。
② 同上。
③ 《明史纪事本末》卷五十二。

历年间道教的香火仍很盛行。朱厚熜拔擢道士邵元节、陶仲文等人声闻遐迩，四方奸人乃趁机以道家蛊惑皇帝。嘉靖帝移居西宫，日求长生。郊庙不亲，朝讲尽废，君臣不相接，独仲文得时见。"凡此诸人，口衔天宪，威福在手，天下士大夫靡然从风"，仙书秘方一时纷纷进呈。这些人为了讨封讨赏伪造诸晶仙方、养老新书、七元天禽、护国兵策，与所制金石药并进献上。皇帝不分真伪，一律赏赐玉冠、玉带、玉珪、银章等宝物。道士、羽流加号真人、高士者甚众。虽然道教泛滥，泥沙俱下，众道之言，纷然淆乱，但是原始的道家思想也得到发展和推进。

　　万历皇帝既不特别待道，也不过分信佛。儒、释、道三水分流，并行不悖，各家本色得以显露，彼此的精华交相渗透、互为补充，从而有利于教义的相互沟通。如此融会贯通，儒释道同源的学说得以产生。然而释道两家却又不断发生争端。如围绕着寺址产权问题，彼此争执不休。明代前十代皇帝尊佛的同时亦重儒，即使是农村政策的制定，也不惜以儒家的伦理道德取代法制。儒家的伦理道德观反过来又丰富了道教的内涵，甚至连佛家的观点也可以用来解释道家。这就使道家思想发生了变异。

　　通过以上对诸教价值取向和发展趋势所做的概要回溯，我们就有条件对邓志谟的思想历程作一番科学的考察了。我认为邓志谟是万历年间尚道、习儒、尊佛的代表人物之一。他青年时代的作品受儒家思想影响较深，如果说"学而优则仕"是他向往的人生道路，那么金榜题名、状元及第、光宗耀祖、封妻荫子也就构成了他所追求的理想境界。他在创作中所崇尚的人物，除太上老君、老子、张天师、汉钟离、吕洞宾、许逊、兰期、郭璞、萨真人、谌母等传说中的道家显赫人物外，还有儒家所尊奉的大舜、文王、姜诗、王祥等。他所倡导的"忠孝廉谨，宽裕容忍，忠则不欺，孝则不悖，廉而罔食，谨而勿失"的修身秘诀，熔儒道为一炉。他所标榜的道行，也往往以儒家的伦理为准绳。至于他一贯颂扬的"仁民爱物",分明就是儒家思想的一部分。

在邓志谟的作品中我们可以发现,佛教的因果报应和轮回学说,往往与道家思想和儒家伦理观糅合在一起,例如《咒枣记》一书中萨真人前世当屠户的时候,前半生杀生害命不计其数,后半生念佛修行,迁善改恶,这才托生到富贵之家,又修来前世巨富。他因拥有坐怀不乱和拾金不昧的善行,再转世才有可能当神仙。当然他落生的萨家父母还必须有善根。由此可见,在邓志谟的文学观念里,成仙得道和信佛行善二者是一致的。萨真人成仙后,立即去酆都城游历,为的是一来探母,二来拯救被他误伤的冤魂。他在阴间看到的情景,完全是按佛家所谓的地狱模式来描写的。什么望乡台、火焰山、枪刀山、独木桥、奈河桥、八层地狱、枉死城,等等,此外还伴随各种面目狰狞的恶鬼。而阴间惩恶扬善的具体内容却是完全按儒家的观念来编排的,如"赏善行台"内分"笃孝""悌弟""忠节""信实""谨礼""尚义""清廉""纯耻"八府。"罚恶行台"也有八府:即"不孝""不悌""不忠""不信""无礼""无义""无廉""无耻"等。这些府第分司奖善和惩恶之职。上述这些描写所呈现的竟是道、佛、儒三家的浑然一体,而且随着时间的推移还不断地发展和变异。

道、佛、儒作为思想体系,都不是一成不变的。经过反复的提倡、选择与排斥,彼此不断地融合,又不断地分解。凡是适合多数人生存需要的内容,或者适合维系人际关系的部分,便易于为人们所理解和接受。有志之士采取文艺形式或论著形式加以倡导,反过来再去影响人们的观念和行动。从而逐渐地形成传统的褒贬意识、道德观念和审美理想,诸如惩恶扬善、扶危救困、扶正祛邪、轻财仗义、勤劳勇敢、克己奉公、孝悌廉谨等传统的美德,已获得全民族的认同。但是,愚忠愚孝、封建迷信等不健康的意识也相伴而来,潜入人们的灵魂。邓志谟和其他有贡献的古代思想家、作家一样,对中华民族优秀传统的形成与不健康思想的传播所产生的积极作用和消极影响都是不可忽视的。

邓志谟是一位埋没在民间的才子，他知识丰赡、学问渊博，不仅谙道、知佛、习儒，而且精通医道和药理，同时他又是一位才华横溢的戏曲家。他既有山川河流、日月星辰、历史古籍、占相卜易的广博知识，又有蔬菜、果木、花卉、鸟兽、游乐、斗牌等多方面的爱好。丰富的知识，赋予他的创作以独特的风采。如《丽藻》类似百科全书，内容如下：金策：天文、地舆、君道、官品、人品、性情；石策：女子、法教、岁时、宫室、伦道、身体、德器；丝策：百花、百木、飞禽、走兽、昆虫、水族、文具、武具；竹策：音乐、杂具、饮食、果实、珍宝、衣服、吉事、凶事。作家的知识领域之宽广可想而知。

从《百拙生传奇》四种来看，论情节结构并无新奇之处，不过是敷衍才子佳人悲欢离合这一类老题材老故事，最后又都以金榜题名时、洞房花烛夜的大团圆老套子结尾。但是作者的独创性却在于将鸟类、花类、药类、牌类的有关知识恰到好处地溶入传奇中。《并头花记》开篇先列举一百五十六种花名，并注明"以上花皆传奇词语引用"；《凤头鞋记》则列出一百五十六种鸟名，无一遗漏地运用到作品里。《玛瑙簪记》收录了三百七十七种药名，这众多药名一味不少地出现在传奇中。《八珠环记》以九十四种骨牌命名，作为戏编的基础。这许许多多现成的药名、花名或鸟名，在作品中居然运用得那样自然熨帖，天衣无缝，简直令人叹为观止。如果作者不在篇首标明，读者要做到一一发现几乎是不可能的。更何况任谁也不容易掌握如许事物的众多名称。可见作者不但知识面广，而且用心良苦，倘事先不经过深入的钻研，引不起对事物的妙悟和敏感，是很难达到如此水乳交融的境界的。

百多种花名，百多种鸟名，以至数百味药名，怎么能恰如其分而又不露痕迹地一下子都装进传奇中去呢？这真是匪夷所思的难题。试问在古今中外作品中有谁见过类似的例子吗？谁也未曾见识过！邓志谟可谓独占鳌头。他的招数一是在作品中的人名上下功夫，如《并头花记》中所有的人物，无论性别、主次、正反面角色，一律采用"花名"：男主人公名宜男生（即忘忧草的别名），其好友为荼有蘼。女主人公名水仙子，另一女子为蕉葩。强盗或名墙茨，或名园棘。此外，在作品中用于抒情描写的唱词，以及人物的上场诗也有意援用这些名称。所谓运用得当，自然贴切，当然不能靠堆砌名词奏效，这就需要作者事先对花类、鸟类、牌类、药类的属性稔熟在心。当他基于一定的创作意图把花、鸟、药、牌人格化的时候，剧中人还要充分显示出他们作为物的属性，比如《凤头鞋记》中的老鸹鸰（乌鸦）就有好说善辩的特点。难度更大的是，他摈弃袭用花、鸟、药、牌的真名，而是尽可能吸取前人诗词歌赋中对花、鸟、药、牌的借用名。正因为如此，作者在精通和博采历代有关这方面描绘的同时，倾注了自己的爱憎感情和思想倾向，他那番艺术的熔裁和升华的功力也是同样令人惊叹不止的。

　　"争奇"类作品则从另一方面显示了作者的才华，正如强大佐在"叙风月争奇"中所说"……盖景南他所著述，予不暇羡极。其风韵潇洒，一如花鸟奇，又如风月奇奇，字奇、语奇、篇奇，噫嘻！景南诚亦为奇人乎哉。然知景南无一拙，而自谓百拙，予不知其何谓也"。每种"争奇"都分三卷。第一卷是一篇寓言体小说，第二、三两卷则分别汇编历代有关的诗词歌赋和戏曲。分卷看是以"山水""风月""花鸟""童婉""蔬果"为内容，即某种文本的集子，各卷都像是一部分类的艺文汇编。以"山水争奇"为例，在寓言小说中经过艺术的加工，把山和水予以拟人化、神化，通过山神和水神的自述，来表现山容水貌如何雄伟、壮观，风神飘逸，变幻多端。作品还借助于二神争奇斗异、争强显胜、争长竞短显示出各自给人类带来的益处和害处。小说将与山水有关的典故几乎全都囊括进来，在具体运用上同样做到贴切、自然。

邓志谟不仅拥有丰富的书本知识，而且深深懂得各种自然现象对人类的生存发展给予何等的影响。这类作品立意在于警谕人们如何对待山水花鸟，如何把它们对人类的不利因素转化为有利的条件。从这个角度统观他的"争奇"类作品总集又像是一部艺术化的百科全书。

对一位作家来说，知识无疑是创作素材的宝库。知识积累丰厚的作家在大脑皮层储存的表象较多，易于唤起丰富的联想和想象因而构思的路数多，构思的领域开阔，构思的精巧度高，再加上才、学、识方面的优异条件，才能创作出具有独特风格的作品。相反，知识贫乏，在作家大脑皮层储存的表象少，思路狭窄，联想能力势必相对减弱。正是渊博的知识、出众的才华和丰富的经验三者有机的结合，使邓志谟的创作产生了奇特的联想和绝妙的构思。

一是他把无知觉的客体（如山水、花鸟、果蔬、风月），经过想象的加工，幻化成能知能觉、反应灵敏，并且能言善辩，具有争强意识的主体（神或人）。

二是他凭借丰富的想象使自然界社会化，科学艺术化，专门知识通俗化，从而使单调枯燥的名词术语，变得风趣和幽默，增加了形象性和生动性。

三是他借助于相似、相近、相反等多种联想方式把物的自然属性与人的某种性格类型化。使他创造的艺术形象既有物的属性，又有人的性格特征，貌似写物实则写人。

以传奇《风头鞋记》为例，上述诸特点便一目了然。在这里老鸹鸧（乌鸦）扮演着鼓唇弄舌，挑拨是非的小人角色。他出于诒媚的动机，偷了雪衣娘的风头鞋，送给鹃将军，这就破坏了金衣公子和雪衣娘的美满婚姻。鹃将军则是一位肆行逆乱、抢男霸女、凶顽残暴的山大王。他掠夺雪衣娘、逼死巧妇、杀害寒皋，劣迹昭彰，天理难容。南天观音大发慈悲，遂遣斗黑序率五百罗汉诛鹘贼。而鹰将军比鹘将军更加残暴，他来势凶猛，誓为兄弟鹘将军报仇。作者借乌鸦聒噪的特点，鹘、鹰凶顽、捕食小鸟的本性，寒皋（八哥）善学人言、好群居的特征，把鸟类世界社会化，把众鸟拟人化，使它们多具人性，并由此派生出种种矛盾和纠葛。这些矛盾又恰当地体现了鸟类世界弱肉强食的真实景象，而立意无非是为了警世。作者构思精巧由此可见一斑。

综上所述，可以推断，邓志谟是明代一位有造诣的作家，他思想开明，能兼收各家之长，形成自己的体系；在艺术上独辟蹊径，且知识根基深厚，堪称通今博古的学者。他以巧夺天工之笔把自然人性化，创造出一系列寓意深刻而独具风格的作品。无论是神魔小说，"争奇"寓言，还是传奇剧作，其惩恶扬善、扶弱济困、除暴安良的主旋律始终不变。从他的文品可推知他的为人：他勤学，一生孜孜不倦；他善良，同情受苦受难的平民百姓；他疾恶如仇，从不攀附权贵；他才华横溢，把毕生奉献给文艺事业。

但是，值得玩味的是，他的作品却鲜为人知。仅《飞剑记》中的一卷，"斩释黄龙"的情节被冯梦龙编入《醒世恒言》卷二十一，改名《吕洞宾飞剑斩黄龙》；《铁树记》改编为《旌阳宫铁树镇妖》，收入《警世通言》。而且这两篇也只是改写后以短篇小说的面貌出现，才得以广泛流传的。其他许多作品却鲜为人知，像《咒枣记》《丽藻》《洒洒篇》以及"争奇"类大多数作品，都流失国外，一直未被国人所见。邓志谟这位在万历年间多产的作家更少有人论及。遍览国内诸家所著《中国文学史》，唯郑振铎先生的《插图本中国文学史》一书中有简短的一段，提及邓志谟。长期以来，一方面因为资料匮乏，一方面受种种思潮的影响，或苛求古代作家，或简单否定民族文化遗产，邓志谟便一直未能登上文学史之堂奥。其实，如果我们要真正还文学史以本来面貌，各种流派、各种风格、各种思想的作家都应该有他们的一席之地。无疑，邓志谟堪称具有独立见解，完整思想体系，独特艺术风格的作家。他的许多作品，至今仍有借鉴意义、认识作用和审美价值，是我们撰写明代文学史、小说史不容忽略的一位有成就的作家。

1989 年 9 月

（原载《海峡两岸明清小说论文集》，海河大学出版社 1991 年版）

明代小说的横向胜揽与正名

从中国文学史的发展来看，各个时代都有一种比较繁荣兴旺的文学样式。如唐代的诗、宋代的词、元代的曲等。到了明代，诗、词、曲虽然仍在衍续和发展，但因袭多于独创，论其艺术造诣，则远远不如盛世了。然而，明代中叶以降小说却出现了百花争艳、万紫千红的绚烂景象。

多少年来，凡论及明代小说，所列举的似乎仅仅是少数长篇和三言、二拍，其中大量作品不仅读者陌生，而且有些研究者也未加瞩目。甚至连小说史、文学史等著作也涉及有限。的确，明代号称"四大奇书"的《三国志通俗演义》《水浒传》《西游记》和《金瓶梅》，从问世起就不胫而走，引起人们极大的兴趣。历代评论绵延不绝。新中国成立后，特别是思想活跃的新时期，对这些名著的钻研，日趋深入，各自形成阵势不小的研究队伍。然而，任何现象都不是孤立的。在明代出现的小说奇迹自然和那个时代的氛围、小说全貌密不可分。关于小说在明代的进化历程，我将另文探讨。这篇文章试图对明代小说的盛景作一横向胜揽，即从宏观的角度对明代小说进行大略的总体考察和必要的艺术审视。

明代小说从篇幅来说，短篇中最短的有二十四个字，这便是笔记小说《仙媛记事》中的《梅姑》。而长篇则有长达百万字的《水浒传》和《金瓶梅词话》等。至于八九十万字的长篇并不罕见。在明代也不乏中篇小说，像《钟情丽集》等，只是当时尚未正名而已，这些中篇早已陆续被人们传抄并汇集刻印面世。像《鼓掌绝尘》这样的中篇小说集也绝非凤毛麟角。

就语体而言，明代小说既有文言，又有白话。还出现了一种文白交杂，从文言逐渐向白话过渡的形式。这种语言形式具有通俗易懂的特点，又掺杂了许多文言句法、词语，吸收了文言洗练明确、句式简短等优点。不论文言、白话，长篇、短篇，都时兴在情节的描述中或多或少地穿插若干诗词。有的作为入话，借以引出正文；有的用来抒发人物的情愫；有的靠它烘托环境；有的则是作者的旁白，意在对某种行径、某个事件加以褒贬。还有许多小说用诗词歌赋状写人物的衣装打扮，或者以诗词作为联结情节发展的纽带。总之诗词在小说中几乎成了不可或缺的有机组成部分。

明代的长篇小说，繁花似锦，各种流派竞相媲美。前人对此都曾作过不同的概括和评价。令人心折的是鲁迅先生在著名的《中国小说史略》一书中所作的科学分析；孙楷第先生在《中国通俗小说书目》一书中也有较细微的分类。这些分析和分类，不但拥有充分的依据，而且具有相当的认识价值。他们在不同的领域为后人研究中国古典小说做出了可贵的贡献。为了进一步研究明代小说繁荣的始末究竟，笔者在学习《中国小说史略》等前辈学者论著的基础上，试图对明代的长篇小说流派，作如下的分类和评述，从而进行全景式的比较和估价。我认为从题材和写法着眼可分为历史演义、英侠传奇、幻化神魔、长篇传记、宫闱秽史，状丑摹俗、抒写爱情、猥亵实录、时事小说等九类。需要说明的是，任何分类都是相对的。作为在不断发展变化中的文学现象，由于各种风格、流派、类别的相互渗透、相互影响，是很难截然分割的。尤其是万历以来，各种流派、类别互相融合，取长补短，彼此吸收，有的就更难归类了。况且我国古代小说不似现代小说在创作前作家就有明确的理论意识，自觉或不自觉地按某种文艺理论来写作。其实，即使有理论指导，也可能在创作实践中悖逆。如法国自然主义的理论大师莫泊桑，依然写出伟大的现实主义作品。所以今天对明代小说的分类和正名，只能从既有的作品面貌出发。

历史演义小说：包括罗贯中的《三国志通俗演义》《隋唐两朝志传》《残唐五代史演义传》；熊大木的《唐书志传》《全汉志传》《南北两宋志传》（实际是写北宋赵匡胤成功的历史）；余邵鱼的《春秋列国志传》，杨尔曾的《西晋演义》和《东晋演义》；徐渭的《英烈传》；甄伟的《西汉通俗演义》；谢诏的《东汉十二帝通俗演义》；钟惺的《有商志传》《有夏志传》等。这类小说在明代盛极一时。一部书反复刻印。有的加图，有的加评，有的加序，有的只改一下书名。总之，稍加变化，就去翻印。镌刻最多的是《三国志通俗演义》，仅万历年间，就有二十几种刻本。可是内容却没有多少变化。这类小说大体上具有以下几个特征。

第一，它基本上忠于历史记载，举凡小说中的主要人物，情节，故事发生的时间、地点，乃至人物的某些语言，都源于正史，更有许多直接移植现象，《春秋列国志传》为突出的代表。同时参照或吸收野史、稗史的有关记载。毋庸置疑，它是从史书演绎而来的。

第二，它以某个朝代的酝酿为起始，以某个朝代（或某代皇帝）的统治结束而告终。即小说的始末与朝代的更迭一致。有关这个时代的主要矛盾、重要人物、重大事件，以至著名的战争，在小说中都有所反映，有的则绘声绘色地作了艺术的叙述。由于跨越的时间较长，涉及几代人的功过，人物更迭出现，即使主要人物，也只能活跃一时，却不能贯串始终。例如《三国志通俗演义》中的周瑜、袁绍、曹操、关羽、张飞等，仅在小说前半部扮演主要角色。《春秋列国志传》中的伍子胥、管仲、齐桓公、廉颇、蔺相如也只占有限的篇幅。它与历史著作不同的是，从小说的整体结构和典型化的手法要求出发，作者在叙事上决不平均使用笔墨，为了突出某些人和事，在剪裁、详略上颇下功夫。不足之处是不谙于反映日常生活。

第三，历史的纪实性超过虚构。这类小说的大关节，主要依据史书生发、演绎而成。作者尊重历史纪实远远超过他想象中的虚构。在这一点上它和讲史话本、民间故事、历史戏剧有着明显的区别。后者爱憎倾向鲜明，偏重于夸张、虚构，由作者想象而补充历史的内容更多。有时为了吸引听众，则借历史作由头，任意添枝加叶。而历史演义则不然，尽管它需要作者想象，不排斥虚构，但是它的想象是有限的。虚构受历史记载的制约，只能在历史真实的基础上适当地运用集中、夸张、熔裁等艺术手段。作者的态度比较冷静、客观；对人物的褒贬、臧否也主要依据历史。这一点从《三国志平话》（元治至本）与《三国志通俗演义》的比较可以看得十分清楚。而许多研究者往往认为前者为后者唯一的渊源，未免失之片面。其实，历史演义小说对讲史话本虽有继承关系，而创作上却纯属两个流派。前者从传说、故事，经由艺人口头演唱，讲说，再到刻本问世。后者则从史著直接演绎过来。通过作家主体的再创造，从而成为全新的艺术作品，因此，它既不能和话本等同，又不同于史著。正如前人所说："或谓小说不可紊之以正史，余深服其论"①。

第四，这类小说时间观念很强，往往在卷首标明从某年某月到某年某月，而且以时间的推移作为全书的发展线索。它像史书一样信实，对重大事件、著名战役、主要人物的生卒都要标明真实的具体年月。即使是某些细节的渲染和虚构，也要有与历史真实相符的时间标记。如《东晋演义》谢安与王羲之对棋游乐的细节，就是在真实的淝水之战之际。

---

①　熊大木：《精忠录》序。

第五，历史演义小说主要演绎、记叙某个时代特定历史时期的帝王将相、仁人志士的行状和故事，通过对他们在建功立业上的成败、得失的叙述，褒奖圣君、贤相、谋臣、良将；谴责昏君、奸相、佞臣、懦夫；颂扬恤民、任贤、施仁政的德者，反对残民、宠佞、施暴政的无德之辈。

历史演义小说的繁荣，和我国历史著作的成就密切攸关。到了明代，已经有各代及时著录的二十三史和《资治通鉴》。这些史书大都仿照《史记》的体例，按纪、志、表、传来编排，多以个人传记分篇，采用文言写成。所谓"演义"，就是在个人分篇的记传基础上，按年代先后为序列，改编成宏大的统一结构的整体篇章。它将一系列重大事件加以连贯、穿插，从不同事件的发展和各种矛盾的冲突中刻画人物；以通俗易懂的文学语言，说话人的口气，撰写成情节连贯、结构完整的长篇巨著。历史演义小说中人物形象的生动性和历史著作本身所拥有的文学性分不开。所以说历史演义小说的繁荣离不开卷帙浩繁的历史著作。

英侠传奇小说：包括施耐庵的《水浒传》，纪振伦的《杨家将通俗演义》，袁玉韫的《隋史遗文》，无名氏的《北宋志传》（《杨家将传》），方汝浩的《禅真逸史》《禅真后史》，陈忱的《水浒后传》，无名氏的《孙庞斗志演义》等，鲁迅先生曾将《水浒传》归为讲史类（即和《三国志演义》等同类）。其实，这类小说并不等同于历史演义小说。两相比较，泾渭分明。

第一，英侠传奇着重描写英雄、豪侠之辈惊天动地的伟业壮举，而不是从头至尾演绎某一历史时代形成、发展的始末。这类小说或塑造除暴安良，卫国安民的一代英雄志士；或描述某个家族几代人的英雄业迹；或刻画几个志同道合的豪侠、义士扶危济困、锄奸扶正、为民除害的英雄行为。总之，它主要表现英雄、豪侠的气概和命运，而不受历史改元起止的年代所限。通常人物的结局也就是作品的终篇。

　　第二，在创作中以想象、虚构为主。这类小说虽然也以历史记载为依据。如宋江等三十六人横行河渭，杨业的事迹，等等，在正史上都有所本。但是从小说的整体来看，它的主要情节、艺术结构、主要人物的活动乃至人物性格的形成，无一不是出自作者的虚构和再创作。任何艺术创新都离不开继承和借鉴，而继承、借鉴正是为了创新。如果说一部百回本的《金瓶梅词话》即使有十回左右的文字截自《水浒传》，我们仍然将《金瓶梅词话》看成作家个人的创作。那么，在《大宋宣和遗事》中有关宋江等三十六人起义的内容才六千字左右，一部长达百万字的《水浒传》怎么就不能归入作家个人创作呢？从创作的主体性来看，作者在英侠传奇的创作过程中所发挥的主体作用大于历史演义，而且，作者表现主体作用的形式也不同于历史演义。后者的创造性侧重在统一结构、穿插、布局、剪裁和对历史真人的活现上。而英侠传奇的创造性，则主要表现在对人物活动、人物性格、人物情趣、人物的历史命运的描述，围绕着人物命运的发展进行结构和布局，从人物出发去创造、安排一系列的事件以及供人物活动的场面。

　　第三，英侠传奇具有更加广阔的创造天地。历史演义在创作过程中往往要受到历史著作、历史年代、历史人物的诸多制约，这就注定每个时代不可能涌现许多作品，否则就势必流于抄袭或重复。这类小说的使命就是反映历史的嬗变，只需将各个历史时代的基本内容演绎完毕，这类小说的创作任务也就大功告成。比如明代已经基本上完成了既往各个朝代的历史演绎，只有南北朝演义这一空白留待清人来填补。其他历史演义只能进一步润饰、改编，以求艺术上臻于完美，也更适合清人的小说风气和阅读口味。英侠传奇虽然在数量上赶不上历史演义，但是由于它完全脱离了对历史著作的依存性，因而为作者提供了无限的想象境域，也就具有更加宽广的创作前景。

　　第四，英侠传奇小说在讴歌英雄、豪侠壮烈言行的同时，也不时穿插对人情世俗的描绘。它不乏铁马金戈、可歌可泣的战斗场面，同时也充斥乡土市井日常生活的旖旎情境。艺术上追求精雕细刻，写英雄更加形神兼备，较历史演义小说，更饶有生活气息。

　　幻化神魔小说：在明代盛极一时，创作数量上远远超过历史演义。流传至今的有：罗贯中的《三遂平妖传》，余象斗的《五显灵官大帝华光天王传》和《北方真武玄天上帝出身志传》；吴承恩的《西游记》；吴元泰的《上洞八仙传》；杨致和的《西游唐三藏出身传》；邓志谟的《晋代许旌阳得道擒蛟铁树记》《唐代吕祖纯阳得道飞剑记》《五代萨真人咒枣记》；许仲琳的《封神演义》；朱名世的《牛郎织女传》；杨尔曾的《韩湘子传》；沈孟拌的《钱塘渔隐济颠禅师语录》；罗懋登的《三宝太监西洋记通俗演义》；方汝浩的《扫魅敦伦东度记》；朱星祚的《二十四尊得道罗汉》；董说的《西游补》；无名氏的《钟馗全传》《开辟演义》等。这些小说到万历年间呈现出五色杂陈，争奇斗妍的局面。其中有一些名传遐迩、历久不衰的名篇。鲁迅先生在《中国小说史略》一书中称为神魔小说，孙楷第先生则划归灵怪类。笔者之所以取神魔外加"幻化"二字，意在不限于单纯从题材着眼，同时也力图在类别名称上体现出艺术的表现形式。这类小说主要凭借作者丰富的想象、联想和海市蜃楼式的幻化手法而创作的。它不但有别于演绎法，而且也不同于"传奇"。总的来说有以下几个特点。

　　其一，主人公悉为神仙、精灵、鬼魅、魔怪。其中有些虽有历史和现实人物的影子作依托，像《封神演义》袭用武王伐纣的故事为由头；《下西洋》以明永乐年间郑和出使海外为依据。但它毕竟不是写历史，而是凭借离奇的想象进行虚构，通过倏忽变形进入创作，表现在作品中的大都是充满神奇色彩的形象。这些艺术形象具有亦人亦仙、亦人亦魔、亦道亦精、亦僧亦神的特点。

像孙悟空、哪吒、华光、顺风耳、千里眼、土行孙、二郎神、济颠、织女、吕祖、真人等，真是数不胜数。作为艺术形象堪称不朽；作为历史或社会的人又是不存在的。这些幻化的形象，完全不受时空的制约：或上天入地，变化莫测；或性灵入圣，预知未来；或武艺超凡，神出鬼没，或魔法无边，千变万化；或力大无穷，移山倒海。总之，从形体到气质都充满了神奇色彩。

其二，借瑰奇的想象和多变的幻化形式，曲折地反映现实。这类小说往往留给人们以广阔的联想，足以丰富人们的想象力，启迪人们对美好事物的追求，予人以独特新奇的审美享受。它显然是具象化了的抽象艺术，但是象征的多义性排斥了单纯的影射某种事物的可能性。

其三，寓有一定的哲理、道德评价和思想意义。透过幻化的艺术形象的外观，细加品味，便不难发现这类小说的底蕴旨在弘扬人性中某种正面素质，譬如坚强、正义、勇敢、善良、纯真，同时鞭挞那些反面素质，诸如懦弱、虚伪、邪恶、奸诈等。这类小说尊崇高尚的情操，暗示人们只有坚持不懈的进取，不怕艰难险阻才有可能臻于真善美的理想境界。

其四，这类小说与佛教、道教关系密切，且同古老的神话、志怪小说、神仙道化戏曲、说经、说参请的话本一脉相承。它所创造的众多艺术形象大都来源于神话传说，而作者非凡的想象力显然从佛家经卷中得到启发。佛教、道教在我国可谓历史悠久，源远流长。佛教自汉代传入中国后，就给予文学艺术以深远的影响。在中国文学史上不仅从此出现了志怪小说，而且佛教的思想和文化意识几乎渗透到各种文学形式中。从那时起，佛教就同文学结下了不解之缘。明代佛教香火特盛。开国皇帝明太祖朱元璋即是和尚出身。据《明清佛教》记载：明初京师就有佛寺千余所，到成化年间，僧尼达五十来万人。明宪宗（朱见深）本人便是虔诚的佛教徒。僧人继晓等倍受恩宠，"宪宗时，以秘术因梁芳进，授僧录司左觉义。进右善世，命为通元翊教广善国师。日诱帝为佛事，建大永昌寺于西市，逼徙民数百家，费国帑十万"①。当时，法王、佛子、大国师、国师、禅师等封号，充满京师。嘉靖皇帝则笃信道教，"帝益求长生，日夜祷祠"②。自封"灵霄上清统雷元阳妙一飞玄真君"等三个道号。宠臣也封为"高士""真人"等许多道号。道家思想文化获得空前的提倡和发展。嘉靖以后，佛、道两家并驾齐驱。理解了这一点，幻化神魔小说繁荣昌盛的有关问题便迎刃而解了。这类小说不可避免地带有浓厚的宗教迷信色彩，往往宣扬佛法无边，如来主宰一切的思想，道祖和佛祖又是互相配合的形象。

长篇传记小说：包括孙高亮的《于少保萃忠全传》，熊大木的《大宋演义中兴英烈传》附会纂《宋岳鄂武穆王精忠后集》（也称《大宋中兴通俗演义》附《精忠录》或《大宋中兴岳王传》），邹元标的《岳武穆精忠传》，陆云龙的《辽海丹忠录》等。鲁迅先生和孙楷第先生均列为讲史类。有的文学史归之为历史小说或历史演义小说。其实，将这些小说笼统地归入历史演义小说之列并不十分贴切。像《于少保萃忠全传》中的主人公于谦和《辽海丹忠录》中的毛文龙都是明代人，《辽海丹忠录》在毛文龙逝世后不久就刊行了。谓为历史小说已是不妥，何况在写法上二者也存在明显的差别。历史演义或演一个时代的全貌，或演某帝王建国勋业的某段历史，并着重刻画其中卓有贡献的人物，尤其是前种作品无论帝王、将相、英雄、伟人都不能作为贯串全书的中枢，而长篇传记则不同。

长篇传记的描写中心只有一个，即主要人物的毕生功过。作为书中的重大历史事件及其有关内容只能围绕主要人物的描写来安排。有的作为社会环境，有的作为活动背景，有的作为主要人

---

① 《明史》卷三百零七。
② 同上。

物的衬托等。如明史上有名的土木之变，在《于少保萃忠全传》一书中并非正面、详细的描述，而是作为显示主人公在危难中为国捐躯的背景来写的。长篇传记往往从主人公出生的社会背景、家室、出身写起，然后逐渐推移到描写个人的品德、志趣、活动、交往以至主要业绩。由于尊重事实，故称为传记。但它并不排斥适度的夸张和符合人物性格发展逻辑的虚构，其中充分地渗透着作者的思想倾向和艺术想象力。因此，我把这类作品称为长篇传记小说，以示与短篇传记文学、历史演义有所区别。

长篇传记旨在缅怀和褒奖那些为国为民作出巨大贡献的贤臣良将。他们或是名垂青史的英雄，或是功在社稷的伟人。然而由于帝王昏庸、奸佞当道，功绩横遭抹杀，奇勋反成罪状，致使小丑弹冠相庆，而英雄却含冤九泉。但是历史是最公正的，奸佞祸国不免遗臭万年；英雄忧国忧民，最终流芳千古。而这类小说之所以感人至深，恰恰是和英雄人物的高风亮节、铮铮铁骨分不开的。

文字朴实无华，感情充沛真挚正是这类小说的重要特征。作者怀着满腔热忱讴歌英雄的光明磊落，又以无限悲愤鞭挞刽子手的卑鄙无耻。风格特色在于沉郁悲慨。它是正义的呐喊，民族魂的颂歌，足以激发美好的情操，砥砺崇高的精神，因此，至今仍有珍贵的认识意义和审美价值。

抒写爱情类，其中包括才子佳人小说。明初以短篇居多，有的采用文言写成。如《杜丽娘慕色还魂》《渭塘奇遇记》《张于湖宿女贞观》《失记章台柳》等。这时，民间还翻刻了许多来自唐传奇和宋元话本中的爱情小说。不久，又出现了抒写爱情的中长篇小说，而且在内容与写法上都有变化。中篇有邱琼生的《钟情丽集》，卢梅湖的《怀春雅集》，无名氏的《申厚卿娇红传》（《拥炉娇红传》）《白潢源三妙传》《寻芳雅集》《尤会兰池全录》《李生六一天缘》《祁生天缘奇遇》等。当时，这些中篇爱情小说，近乎普及读物在社会上广为流传。除简庵居士集入《风流十传》外，在起北赤心子编的《绣谷春容》，何大伦的《燕居笔记》，谢有可、吴敬所合编的《国色天香》中都重复收入。中篇还有《鼓掌绝尘》中的风集和雪集。长篇有佩衡子的《吴江雪》，天藏花主人的《玉娇梨》（作者的多数作品写于清初，唯此篇系明末之作）等。抒写爱情的长篇小说绝大多数出现在清初，并形成才子佳人的格局。但这类作品和明代流传最广的爱情小说分不开，或者说这才真正是爱情小说的开端。

这类中篇小说一般在三万字左右，亦多用文言写成。情节较为单纯，大都以描写青年男女的爱情纠葛为主线，他们才貌双全，品学兼优，并雅擅吟诗填词，出口成章。在一次偶然的机缘中相遇，便一见钟情或慕名而倾心，间以诗词传情。然而好事多磨，爱情的发展几经曲折，或受门第所限，或碍以礼教的束缚，或因贫富悬殊，或遭父母反对，或被他人干涉，或系环境发生变故，两情无由得谐以后又是几番风雨，终于否极泰来。男主角功成名就，荣归故里，或奉旨完婚，作成为天凑良缘、荣华富贵大团圆的结局。也有少数悲剧例外，无名氏的《申厚卿娇红传》，则是以男女主人公双双殉情而终篇的。

这类抒写爱情的小说极少讴歌男女之间专一纯真之爱，而是兴味盎然地倾注于一男多女，至少是一男二女，有的多达几十名女子（像《祁生天缘奇遇》），多角性爱关系的描写。至于作品中小姐贴身使女，不言而喻自然成了侍妾。这些不同身份的美人往往因互相倾慕而互相促成，并能彼此和睦共处。在抒写两性关系中多杂以猥亵之笔，几乎成为这类小说的通病。凡此不仅显示了作者审美情趣的低下，而且也反映了当时日趋淫靡的时代风气和封建的一夫多妻制的荒谬性。

在情节的发展中穿插大量的诗词，"几若以诗为骨干，而第以散文联络者"① 乃是这类小说结构的一个显著特色。从内容看，这些诗词不外是吟风弄月，佳期相约，或渲染男欢女爱，或抒发离情别绪。这类诗词多系俚俗鄙陋之作，但是在情节发展中却起到不可或缺的连缀作用。

值得注意的是，这类小说和元明戏曲关系至为密切。几乎每篇小说在戏曲中都可找到同样或近似的内容。有的几度被改编为不同的戏目。有的小说作者和戏曲作者就是同一人。仅从诗词在小说中所占篇幅之多，也足以说明它和元代"乐曲系"演唱文学的渊源关系。此外，这类小说在促进《金瓶梅词话》等长篇巨著的出现也是有一定积极作用的。有的作品刻画少女的心理颇为细腻，反映了封建礼教压抑下的精神状态和人的正常情感的矛盾。在这点上又对封建礼教和当时的婚姻制度有所揭露。

宫闱秽史类：像艳艳生的《昭阳趣史》，齐东野人的《隋炀帝艳史》，长安道人国清编次的《醒世阴阳梦》，无名氏的《梼杌闲评》均属此类。

这类小说专以描写宫闱内幕为能事。举凡帝王、后妃、阉宦的秽闻、劣迹、丽情、艳事莫不加以铺排渲染。后妃之间，阉宦之间或互相勾结、互相利用，夺权弄势；或互相倾轧、互相残害、争宠斗艳，最后走向毁灭的绝境。

一般以小说主人公一两个人为中心展开广阔的社会画面，侧重记述主要人物一生的所作所为。在叙事方法上大都以时间为顺序，从主人公的家室出身、发迹变泰一直写到生命的终结。其中的头尾还要交代生前的由来和死后的报应。阴骘阳间，来龙去脉，写得了了分明。

从它侧重单个人的命运为中心来安排情节这点来看，类似传记体长篇小说。所不同的是，后者对主人公清白磊落的一生持褒

① 孙楷第：《日本东京所见中国小说之书目》，第 170 页。

奖和颂扬的态度，而这类小说的作者都以暴露并夹有欣赏的笔调展现人物的秽闻丑史。

文笔委婉细腻，描述具体而有层次感，能够揭示在炙手可热的权势欲支配下，小说主人公的病态生活和变态心理。在这种被扭曲了的变态心理支配下，他们无限度地扩张权势，把自己沉溺在更加腐朽、更加荒淫无耻的糜烂生活里。疯狂的权欲和无厌的肉欲终于把他们送进了坟墓，而留给国家和民族的却是巨大的、深重的灾难。

由于小说所揭露的是最高层的隐私，对读者有较大的吸引力，客观上具有一定的认识价值。至于有的作品在描述中掺杂了某些猥亵、淫秽的笔墨，这是被描写客体和时代风气使然。

状丑摹俗类：诸如笑笑生的《金瓶梅词话》，西周生的《醒世姻缘传》，《鼓掌绝尘》中的花集和月集，《玉娇李》等皆属此类。鲁迅先生称《金瓶梅词话》为世情书，又将它和才子佳人小说统归为人情小说。这种说法一直被研究者所沿用。从高度概括的角度来看，《金瓶梅词话》不愧为世情书；就广义而言它确实是人情小说。然而以此归类似乎失之宽泛。因为凡是描写人的社会生活，人的七情六欲的均可纳入人情小说的范畴，而且无论哪个流派、何种题材都离不开人情，比如《聊斋志异》虽然写了许多鬼狐灵怪，但是将它归为人情小说亦无不可。离开人情、世情的刻画，就谈不到文学创作。当然《金瓶梅词话》不同于历史演义小说和幻化神魔小说，它侧重描绘和再现明代社会生活中丑恶庸俗的人和事，故称为状丑摹俗小说。这里用"状""摹"二字，意在与"演义""传奇""幻化""抒写"等以上几种样式的小说，从艺术手法上加以区别。这类小说主要借助于白描来摹写当时社会的颓风陋俗，丑行败德。明代自嘉靖以来，颓风邪气，衰败景象比比皆是。从整个社会结构看，虽有善良、美好、健康的因素，但颓败、淫乱、奢侈的风气很盛，尤其是上层社会和市井商贾，更是格调低下，精神颓废，丑不堪言。这类小说正是以白描手法摹写现实中的丑行陋俗的。

它们往往借古喻今，从表面上看，写的是宋代或明初，乃至更久远的故事，有些显赫人物却又袭用真名真姓，如蔡京、高俅之流，实际上所针砭的乃是作者所置身的那个社会。所谓皮里阳秋，有意采用隐喻和曲笔做文章。所以《金瓶梅词话》一旦问世，就有人说这部小说是影射和诅咒严嵩父子的。

这类小说以平凡琐细的家庭生活为描写的中心，这和历史演义、英侠传奇、幻化神魔等小说比较，更接近现实生活，更富有人情味，但是缺乏理想和丰富的想象。从一个家庭的发迹变泰到一败涂地的兴衰过程中，充分暴露其主人公的丑恶卑劣行径和骄奢淫糜的生活情状。它如实地摹画下属与上司之间，小官僚与后台之间，朋友之间，亲戚之间，邻里之间，主奴之间，妻妾之间，夫妇之间种种互相利用，互相倾轧的关系，展观出一幅幅人情冷暖、世态炎凉的众生相，诸如卖官鬻爵、贪污贿赂、坑蒙拐骗、敲诈勒索，以至霸人妻女、宣泄兽性等秽行劣迹，模拟得愈加细致真实，而又是那么冷漠虚妄，暗淡灰色。总之，给人的印象是：那个时代丑的东西太多了！即使是婀娜多姿的潘金莲，潇洒矫健的西门庆，聪明精干的陈经济也唤不起人们丝毫的美感。因为深层次的美感从来是和善连在一起的。而这些人物恰恰是以内在的丑和俗著称于世。作品的客观效果却使人们像是嗛了一只苍蝇似的感到一阵阵恶心，从而激起无限的憎恶。所以这类作品的艺术价值在于从否定丑恶之中引起对美和善的追求。

至于贯串其中的因果报应观念也是显而易见的。当然，此类封建意识同样存在于其他样式、题材的作品中。作者的思想境界因时代的局限也只能如此。然而在这类小说中因果报应却是用来显示惩恶劝善的初衷的。

等而下之的，还有一类猥亵实录式的长篇小说，如吕天成的

《绣榻野史》、无名氏的《浪史》等。这些作品一味热衷于性行为、性关系的露骨描写，几乎通篇都是围绕主人公与不同女性发生性行为的肉麻场面和色情渲染。主人公只是作为性的符号、无休止地发泄兽欲的工具而存在。不仅形象苍白，情节单调，而且语言平庸，艺术拙劣，毫无审美价值可言。仅有的意义就在于这是认识特定社会一隅的哈哈镜。它曲折地反映了明代社会一方面是物质生活的安定和富裕，另一方面是精神生活的贫乏和低下。

　　在明代不仅长篇小说品类繁盛，技艺精进，而且短篇小说同样是异彩纷呈，蔚为大观。数量最多的是笔记小说。据初步统计，已汇辑成集的达五百五十余种。其中有许多出自名流学者、诗文大家之手。如王世贞、刘基、袁宏道、陈继儒、屠隆、冯梦龙等人都曾编撰过笔记小说。这类小说在我国源远流长，历史悠久，到明代流传得更加广泛了。它以文言写成，篇幅较短，题材却极其广阔，举凡天文、地理、奇闻轶事、民间传说，以至社会见闻，几乎无所不包。有些则按类别编排。如王世贞的《艳异编》、杨尔曾的《仙媛记事》、冯梦龙的《智囊》《情史》等。《仙媛记事》乃记述道家女仙的故事。按仙女的系列为体，将全书分成九号，世上升天之仙又有九品：第一号上仙，九天真皇；第二号次仙，三天真皇；第三号，太上真人；第四号，飞天仙真人；第五号，灵仙；第六号，真人；第七号，灵人，第八号，飞仙；第九号，仙人。九号以外加补遗。每号有若干篇，全书共一百八十三篇。诸如金母元君、九天玄女、蚕女、嫦娥、织女等都在其中。

　　《智囊》主要记述前人有关智慧、谋略和才能的故事。在体例上分为上智、明智、察智、胜智、捷智、术智、语智、兵智、闺智、杂智十部。每部下辖数类，各类又有若干篇。全书共九百篇。

　　还有一些笔记小说属野史、稗史类。像李逊东的《三朝野史》，王圻的《稗史汇编》，吴应箕的《启祯两朝剥复录》，无名氏的《东林事略》等。而更多的是杂记，如陈继儒的《见闻录》

等。这些浩如烟海的笔记小说，是构成我国文化积累的宝藏之一。它不仅在丰富知识、开阔眼界、启迪智慧、锤炼文笔等方面具有其他小说不可代替的作用，而且为后来的小说、戏曲再创造提供了可贵的资料。目前，这里仍是一块辽阔的荒原，开垦者尚不多。按今天小说观念来要求，其中许多未必能称得上小说。

文言短篇小说集，如瞿佑的《剪灯新话》（四卷二十篇），李昌祺的《剪灯余话》（四卷二十篇），邵景詹的《觅灯因话》（两卷八篇）。从《晁氏宝文堂书目》看当时流传的这类小说相当可观，计有《秉烛闲谈》《剪烛清谈》《书斋夜话》《客窗夜话》等二十余种。

这类小说与笔记小说、唐宋传奇之间存在着嬗变的血缘关系，但又自有其特点。它比较讲究词句的锤炼，却又失之雕琢；追求奥博、典雅，而在文中加入大量诗词，有些却游离于情节之外，不免有炫耀才学之嫌。明人曾称誉这些小说"矧夫造意之奇，措词之妙，粲然自成一家……自非好古博雅，工于文而审于事，曷能臻此哉！①"也就是说，这类小说作为当时盛行的流派，其独特风格是不容抹煞的。

它以题材的多样化颇引人瞩目。有忧国忧民的隐士，有超凡入圣的道士，有文人义士的慨叹，有纨绔子弟的败落；有的揭示诈骗者的报应，有的抨击人世间的不平，以至捉妖降鬼，奇人轶事，世情多变，不一而足。其中多数是描写爱情的。"余话"类小说对唐宋传奇模仿痕迹明显，还保留着笔记小说的写法，艺术上创新不突出。

公案小说集。这类小说在明代并非长篇，它往往将某位著名清官，或几位清官察案、断案的片断汇辑成集，每桩公案都独立成篇，所以笔者将它归为短篇。计有清虚子编纂的《合刻法林灼

---

① 凌云翰：《剪灯新话·序》。

见》（又名《廉明公案》），安遇时的《包龙图判百家公案》，李春芳的《海刚峰先生居官公案》，余象斗的《皇明诸司廉明奇判公案》，葛天民、吴沛泉合编的《名公神断明镜公案》等。就体例而言，一般都分类编排。计有人命类、奸情类、盗贼类、争占类、骗言类、威逼类、拐带类、坟山类、婚姻类、债负类、户役类、斗殴类、继立类、脱罪类、执照类、旌表类等，每类含数节到数十节，一节即一短篇。每篇长短不等，长达几千字，短到几百字。《海刚峰先生居官公案》《包龙图判百家公案》都是以几百个案例故事，来颂扬一位官员的清廉、公正、精细、智慧和为民请命的好品德。《皇明诸司廉明奇判公案》则是多名官员断案的合集，其中包括推官、主簿、知县、知府、察院、巡按等各级各类官员办案的故事。意在褒奖、传颂清明、廉洁、公正者。

每篇公案故事通常由四部分构成：即上告、诉讼、案情和判决。有的无诉讼，仅由上告、案情和判决三部分组成。有的无告，无诉，仅有案情和判决两部分。

这类小说和一般小说相比最大的不同在于它不注重表现情节中的人物，而侧重多角度地表现判者的才华。案情愈错综曲折、引人入胜，就愈能表现判者的智慧和精明，也愈能表现判者认真负责、力求公正的精神。有些片断则蒙上魔幻神奇的帷幕，靠梦的启示和鬼神的点化才使疑团冰释，冤狱大白的。这类小说语言质朴，不重修饰，有的则显得粗疏。

值得注意的是，在不同的集子中有案情雷同现象，只是将人物姓名稍加改动而已。可见互相仿抄的风气在当时已不罕见。但是这类小说却为后来长篇公案小说的创作提供了很好的素材和构思的模式，它在小说史上的意义是不可抹杀的。

所谓话本和拟话本，即明代白话短篇小说。话本小说最初以单篇镌刻的形式流传于世，然后由洪楩汇辑成集。"盖洪（楩）

氏当时，搜罗所及，便为梓行，别类定卷，初未之计也"①。当时号称《六十家小说》，含《雨窗集》《长灯集》《随航集》《欹枕集》《解闲集》《梦醒集》等六集，每集十卷，共六十篇。保留至今的，包括残缺不全的在内，仅有二十九篇。因系清平山堂刻本，故后来影印时乃题名为《清平山堂话本》。

从目前仅存的篇目来看，当初的刊刻者，悉依旧版，付梓时并未作统一加工，因此在体例样式上仍保留了原来的面貌，多样化为其突出的特点。在这些驳杂多样的短篇集内，多数采用白话体。开篇有入话诗或与正文类似的小故事引入，终篇仍以诗结尾。通常篇末还刻有"×××记终"的字样，有的则缀以"话本说彻，权作散场"的结束语。其中有少数篇章显然沿用《唐宋传奇》和《剪灯新话》的体例，乃以文言写成。

正文的写法也很不一致，有的以诗为经，以散文为纬，穿插连缀而成。如《张子房慕道记》全文仅一千六百余字，诗却多达二十六首。诗篇大多出自主要人物之口，而又是情节发展不可缺少的重要内容。有的诗则以顺口溜的形式出现，如《快嘴李翠莲》。这些顺口溜写得伶牙俐齿、快人快语，反倒成为刻画女主人公性格的重要组成部分。有的习惯在文中穿插多首商调"醋葫芦"。开头一首有"奉劳歌伴，先听格律，后听芜词"的字样，以后数首则必然答以"奉劳歌伴，再和前声"。这显然保留了有主演和伴唱参与的演唱文学痕迹。有的文字通俗明快，入话诗和文中诗都酷似民间歌谣谚语。如《合同文字》中的入话，"吃食少添盐醋，不是去处休去。要人知重勤学，怕人知事莫做"便是一例。

这些小说题材广泛，涵盖古今。从记述前人轶事，到描画弄妖作怪，从抒写爱情到颂扬孝义，种种情状不一而足。还有一些

---

① 马廉：《清平山堂话本卷目》。

是从不同侧面真实地再现平民生活的。诸如商人妇的离情别绪、工艺人的悲欢等。总之，这类小说从集子名称、作品内容到表现形式都浸透了平民的生活情趣和审美理想。正因为这样，它自然成为那个时代不同层次的读者雨窗灯下或随航欹枕时解闲醒梦的精神伴侣。

另有一种白话小说集是以风光旖旎的名胜地区命名的。如《西湖二集》《西湖一集》（现已失传）。《西湖二集》作者周清原的原籍即杭州。这是一部个人创作的短篇小说集，具有统一的编排格式和独特的艺术风格，其中的入话一般多于别的话本，有的篇章甚至以三四段与正文内容相近或相反的小故事作为入话。

这部小说在行文上侧重记叙而摒弃讲述，同样是白话书面语言，风雅有余，活泼不足。因此，在语言风格上与《清平山堂话本》有明显的区别。

作者擅长用隐喻、含蓄的艺术手法针砭时弊，并借以宣泄个人的愤懑和不平。或寓今于古，以古讽今，或含沙射影，旁敲侧击，阅读时只有将全篇前后连贯起来，细加品味，方能窥见作者真情。有的篇章如"巧技佐夫成名"在巧妙运用讽刺手法于鞭挞腐朽的科举制度、嘲弄愚昧的试官上，可谓亦庄亦谐，已经有了《聊斋志异》的味道。

这部小说浓重的地方色彩自在不言中，作者笔下所写的都是同杭州有关的人和事。自然风光、亭台楼阁、历史轶闻，知名人物以至风土习俗等，无不笼罩着浓郁的西湖特色。

题材虽丰富多样，却是处处流露着作者鲜明的爱憎。凡是贤君圣主、忠臣义士、刚烈女子都在颂扬之列，昏君、卑鄙小人，乃至科举弊端，莫不予以揭露。写循环报应的有之，讽喻人情冷暖的也有之。从中既可见出作者忧愤的深广，也能明显地看到作者思想的局限和感情的压抑。

就单篇而言，因入话较多，加上烦琐的旁征博引，有时显得结构松散。

历史人物故事集如《七十二朝人物演义》共八册四十卷，托名李卓吾撰；《古今列女传演义》六卷，托名冯梦龙撰，都是依据历史记载改编的个人创作集。从全书看，艺术上比较平庸，缺乏创新，但有些篇章也颇有声色，故事生动、有趣。每篇讲述一个人物的一个故事或几个故事片断。

《七十二朝人物演义》标题一般为摘自四书的一句话，故又名《七十二朝四书人物演义》。开篇的入话不再明确标出，也不一定都以诗的形式出现。有的先发一番议论，或讲一个类似的故事，间或配诗。唯篇中每逢描写环境景物，形容人物的音容笑貌或装束打扮时却常用韵文。

以警世喻人的词语题名的短篇小说集在天启、崇祯年间大量涌现。真可谓琳琅满目，斑驳陆离，如在山阴道上，令人目不暇接。其中声名卓著，影响最大的计有冯梦龙的《警世通言》四十卷、《喻世明言》四十卷和《醒世恒言》四十卷，凌濛初的《初刻拍案惊奇》四十卷和《二刻拍案惊奇》四十卷。以上号称"三言""二拍"。此外，还有鲁东狂生的《醉醒石》十五回，陆云龙的《清夜钟》八本十六回，天然痴叟的《石点头》十四卷，梦觉道人的《幻影》八卷三十回，渔隐主人的《欢喜冤家》二十四回，华阳散人编的《鸳鸯针》，无名氏的《人中画》，独醒人的《笔獬豸》等。这些小说集在不同层次上也都达到了一定的艺术造诣，并不乏出类拔萃之作。

这些小说集的书名反映了作者的创作意图具有某种惊人的相似之处，那就是：他们都希望自己的作品能够对世人产生警诫、劝谕、促进醒悟的作用。"自昔浊乱之世，谓之天醉。天不自醉人醉之，则天不自醒人醒之。以醒天之权与人，而以醒人之权与言。"《醒世恒言》序中的这段话，正好透露了此中的消息。

这类小说说古道今，爱憎分明，从题材的多样性及其反映社会生活的广阔性来看，都是前所未有的。其中最具特色的是爱情的悲喜剧。其他如家庭离散、朋友信义、兄弟友悌、仗义疏财、怜贫济孤、孝子烈女报仇、诚心感动天地、拾金不昧终得好报以及坑蒙拐骗、草菅人命、仗势欺人、卖官鬻爵、重利盘剥、忘恩负义、世态炎凉、人情冷暖等，应有尽有。

作品中人物形象的多样性也颇令人瞩目（姑且撇开历史名人以及神仙鬼怪不论）。透过其中身份不同、良莠不齐的主人公形象，我们就仿佛窥视到生活在那个社会的各色人等。什么商人工匠、剑侠义士、秀才举人、贫士富翁、医巫道士、尼姑和尚、官吏盗贼、豪绅恶霸、媒婆红娘、娼妓老鸨等，五行八作、三教九流，莫不各臻其妙。与过去的小说纵向比较，这类小说中出现的人物形象的确更加丰富多彩了。尤其是市井商贾、平民百姓已成为作品的主要描写对象。这类小说的开拓和创新在我国小说发展史上所作的贡献是有口皆碑的。

着意塑造人格，乃是这类小说显著的特点之一。它用精细的笔致通过一个个活生生的艺术形象表现人们的精神世界，显示出人们心灵深处的品格，寓褒贬于真伪、善恶和美丑的对比之中。举凡忠厚、诚实、本分、勤劳、节俭、信义、谦让、克己、助人、怜贫、扶弱等美德善行，都在赞赏之列。而奸刁、欺诈、贪婪、阴险、诬陷、诽谤、背信弃义、损人利己等丑德恶行必然受到惩处。它以一种非凡的人格力量陶冶人们的精神，从这点来说，堪称之为人格小说。有些作品不可避免地笼罩着循环报应、天理昭彰的迷信色彩。从科学的角度来看，自然是不足为训的，但是这里面浸透着作者"善有善报，恶有恶报"的善良愿望。

虽然当时称这些作品为拟话本，但实际上，它们已摆脱了说唱文学的模式，只是在行文叙述中仿照说话人的口气而已。青出于蓝而胜于蓝，拟话本虽系模仿话本，但更加注重文学语言的提炼和修饰，在取材、谋篇、构思和人物形象的刻画上都具有鲜明的独创性。它标志了我国古典白话小说发展的又一艺术高峰。

明代小说有些未能保留下来，这是一大遗憾，有些书的原版或孤本尚在国外，本人未能看到，也是一大遗憾。仅从现有资料已可见明代小说繁荣景象：各种风格、各种流派、各种样式的小说相继出现，异彩纷呈，在题材的开拓性，艺术构思的创造性，人物形象的丰富性，语言表达的多样性等方面都取得了辉煌的成绩。明代小说是明代社会的镜子，它从不同角度反映了当时社会各阶层的生活状况、人际关系、风俗习惯、道德观念以及审美情趣，至今仍葆有较高的认识价值和审美价值。我们必须珍惜这份宝贵的遗产，进行更深入的研究，寻找其发展规律，从中挖掘出更多的东西，这对繁荣社会主义新文学是十分必要的。

（原载《俞平伯先生从事文学活动六十五周年纪念文集》，巴蜀书社 1992 年版）

明代小说的艺术观照

　　明代小说有一些共同的特点。就一部小说来看，尽管侧重方面不同，但从整体上来说，这些特点是不容置疑的。

一　史传性

　　以司马迁的巨著《史记》为榜样，卷帙浩繁的史著，便成为我国文化史上独具特色的文化现象。这些史著的"本纪""世家""列传"都采用以人立传、按年记事的写法，而且很讲究文采，有的传记列为文学作品毫不逊色。它们和章回体小说有着密不可分的关系。章回体小说固然和民间传说、故事、话本、野史稗乘、戏曲有因缘，然而决不能忽略浩如烟海的史著对小说的深远影响。从明代看，史著既是丰富的小说素材库，又为小说的写作提供了经验。可以说如果没有陈寿的《三国志》，便没有《三国志通俗演义》。《三国志通俗演义》署名"晋平阳陈寿史传""后学罗贯中编次"便充分证明了这一点。林瀚在《隋唐志传通俗演义序》中也说："遍阅隋唐诸书所载英君名将忠臣义士凡有关风化者悉为编入，名曰《隋唐志传通俗演义》……"可见，小说与史著的关系是极不寻常的。

　　小说的编创者，自然而然地接受了流传已久的史传的叙述模式：强调明确的时间观念，注明真实的地点、人物身份、经历、家室，从头至尾按时间自然序列叙次。甚至某些小说明白采用"按鉴"的记事法。无论长篇、中篇、短篇，无论写多少人物，总要有一两个主要人物，主要人物的活动和命运像一中轴线贯串始终。如果是跨度较长的小说，主要人物有所更变，依然采用有头有尾，按年叙事的方法，使小说的轴线相继不断。采取选用系列典型事件刻画人物乃是明代小说的特点之一，像大家所熟悉的《水浒传》中通过打虎，杀嫂，醉打蒋门神，血溅鸳鸯楼写武松，《三国志通俗演义》通过桃园三结义，温酒斩华雄，诛颜良，文丑，千里独行，过五关斩六将，义释曹公，单刀赴会，刮骨疗毒，败走麦城等典型事件来刻画关羽，《隋史遗文》通过路救李渊，潞州困店，二贤庄卖马，武南庄烧批文，杀宇文惠及，义放李密等一系列事件来表现秦琼的侠义气质和英雄风度。

明代很多小说人物，采用真名真姓，历史演义自不必多说，连虚构为主的小说，许多人物也是如此。《金瓶梅》对宋徽宗、高杨童蔡四个奸党的叙述都近乎历史记载，仍葆有史传的痕迹。它大大增强了小说的真实感。在神魔小说中，主人公本是神灵，或把神人化，或把人神化，也要将人或神或灵怪的来历、命运、结局写得清清楚楚。如《五显灵官大帝华光天王传》中的华光，本是如来佛法堂前一盏油灯妙吉祥，因犯戒被贬出佛界。他多次转世，几番易名，从佛界到上界，从上界到中界，从中界到下界。天上、人间、地下他无所不到。然而这一形象的史传脉络却十分明晰。

短篇小说也是如此，它和外国短篇有显著区别。外国和中国五四以后受外国小说影响的短篇主要是写生活的横断面。明代的短篇，更多却是写纵剖面，即人物一生中某方面的生活。或爱情婚姻，或真挚的友情，或经商的奇遇，或仕途的坎坷，总有"传"的影子，以某时某地为起点，必然要全面地概述过去，并且交代其一生的终结，甚至儿孙祸福。

　　明代小说的史传性，还表现在它所写的内容符合历史的真实或现实的真实。就历史演义小说来讲，可以说篇篇符合历史真实，自然不必赘言。有的小说借历史年号反映现实真实，如《金瓶梅》，表面写宋徽宗时代，实际上所描写的却是明代嘉靖到万历年间上层商贾兼官僚发迹变泰的过程。像《铁树记》《东度记》《韩湘子全传》等神魔幻化小说，虽然主人公系神仙、佛祖、道士，它们反映的朝廷变化无常，官场互相倾轧，民间的疾苦与灾难，人世间的各种纠纷，都从不同角度表现了历史的真实或现实的真实。其中的玉帝、阎王也都是现实中帝王形象的折光反映。实际上宣扬道教、推崇佛祖本身就是明代社会生活所决定的，如果没有道、佛二教的昌盛，神魔小说很难在明代形成一股洪流。

　　值得重视的是，明代产生了大量直接描述当代人物，反映现实生活的小说。如《承运传》《英烈传》《于少保萃忠全传》《皇明大儒王阳明先生出身靖难录》《续英烈传》《辽海丹忠录》《皇明中兴圣烈传》《魏忠贤小说斥奸书》《镇海春秋》《平虏传》《警世阴阳梦》《祷杌闲评》《新编剿闯通俗小说》等。这一系列长篇小说，均以传记体的方法演绎当朝当代人物的行迹，传记体和现实感得到和谐的统一。它以人物为中心，真实地、广阔地反映了明代社会的各个方面，以史学家的态度，客观地、冷静地描述了一系列重大事件的演变过程。并对当时的政治、经济、军事、战争、帝王、权臣、将领、英雄、志士、奸佞直接抒发见解，对复杂的人物关系作出合乎情理、公正的评价。其中的虚构、渲染和夸张，也是在不违背历史真实的基础上进行的。以小说《平虏传》为例，对当时的重要人物崇祯皇帝、袁崇焕、毛文龙等人的描写和评价接近公正。"群众纷纷议论，敌兵之所以入境，都只因杀了毛文龙，海上无阻，他们才可能如此横行。连被毛文龙关在狱中的可可孤山也逃出来行凶，更引起人们对毛文龙的怀念。"又写到"崇祯三年正月初一，皇帝（指崇祯）召袁崇焕列其失职前四款、后四款而处置，虽然毛文龙死得冤枉。但目前袁崇焕仍在抗敌，斩袁崇焕又是崇祯失策"。这样，既体现了当时民族情感，又对三个有矛盾纠葛的、复杂的人物做出了实事求是的科学的评价。

明代小说的史传性特点，还表现在讲究塑造人物内在的美丑，而对人物外在的美丑，不费更多的笔墨，带有树碑立传的味道。

二　神奇色彩

Ⅰ．神奇的形象：如孙悟空、哪吒、华光、许逊、萨守真、吕洞宾、铁拐李、济颠、土行孙、雷震子、达摩老祖、观音菩萨、韩湘子等。这些形象具有亦人亦仙，亦仙亦怪的特点，外貌奇特，或外貌普通，但神通广大，不受时间、空间的制约，可上天，可入地，变化莫测，能知过去未来，从形体到气质都充满了神奇色彩。即使历史上有记载的真人，也在作者笔下神奇化，比如诸葛亮、关羽、吴用、宋江、张良、项羽、林澹如、薛举、瞿琰、秦琼等超凡形象，外观未见得怎么奇特，但作者凭借想象，合理夸张，都写得神乎其神。这就是理想化，或者说充满浪漫主义色彩。如张飞桥头三声吼，吓退曹军八十万，诸葛亮借东风，刘备跃马跳檀溪，鲁智深倒拔垂杨柳，韩信明修栈道暗度陈仓，瞿琰焚黄符救活数万生灵等都是。

Ⅱ．情节的神奇化。几乎每部小说都有富于神奇色彩的情节。神魔小说不必说，像《于少保萃忠全传》属于传记体小说，但第二十七传写到桂精化美女，乘邪而入，迷恋石亨，见于谦正气凛然，不敢相见，便现了原形，化作桂树。《隋炀帝艳史》本来也是一部写实的小说，但其中有许多神奇的情节，如隋炀帝为了修饰銮舆仪仗，收尽了天下羽毛。江南乌程地方，百丈高的松树上有一雀巢，被寻羽毛的人看见，欲砍其树，大鸟为了保护巢穴和幼子，竟把美丽的毛氅拔下来，纷纷坠到地上，这一切使得明小说呈现出五色斑斓的神奇色彩。

Ⅲ．神奇的构思。所谓构思，即孕育作品过程中的一系列形象思维活动，它包括对作品整体的框架设计，矛盾冲突序列的进程及人物活动和人物之间的关系构建等。在明代大量的小说追求整体构思的神奇化。或以历史记载为影子，像《封神演义》《西游记》《三宝太监西洋记通俗演义》等，或以神话传说为依据，如《牛郎织女》《开辟衍绎通俗志传》《盘古至唐虞传》等，或以有关佛、道的记载为根由，如《达摩出身传》《二十四尊罗汉》《南海观音菩萨出身修行传》等。无论哪部作品，都显示出作者构想奇特，甚至荒诞无稽的特点。而这些构想的依据则是佛教或道教本身所具的怪异性。道教观念和思维模式是我国固有的。佛教虽属舶来品，但到明代早已中国化了。特别是万历年间，逐步走上佛、道、儒相结合的道路，便形成我国民族一种特有的思维模式，它反映了人们对现实以外的理想境界的追求，也反映了人们要求改变现实的一种美好愿望，佛乡、仙境便是最超然、最美妙、最理想、最有希望的所在。这个所在和人间是相通的，仙和人，佛和人能互相转化，人们只要潜心修炼，使灵魂净化，按儒家的道德观念来修养，便能超凡入圣，便能超越时空的限制，达到无限美妙，自由自在，充满神奇的境界。

这使得明代作家，创造了一系列叱咤风云、改天换地的艺术形象，至今对我们仍有很大的启迪。

Ⅳ．与神奇相连的便是巧思。我国小说讲究无巧不成书，把一连串的"巧"贯串在一起，如巧遇、巧合、巧机就形成一篇奇文，《水浒传》中高俅的发迹，就适逢几个"巧"字。王驸马派他到九大王府中送玉狮子和玉龙笔架，正遇上端王与三五个小黄门相伴蹴气球，这是一"巧"。高俅立在众人背后，一个球踢过来，端王接不着，球从人丛中滚到高俅身边，这又是一"巧"。高俅一见球，踢个鸳鸯拐，踢还端王，显示了他的球技，受到端王赏识，这是三"巧"。不到两个月，哲宗晏驾，端王被文武百官奉为天子，立刻抬举高俅做太尉，这是四"巧"。由一连串的"巧"，构成一篇奇文。虽不具神奇色彩，却是神奇之笔。既出人意表，又在情理之中。既是偶然的，又是必然的。在明代小说中，神奇之笔比比皆是。

神奇色彩浓重的小说出自富有想象力的作家。表现想象的手法各个时代各个民族都有自己的特点，从明代小说看，作家表述自己想象的手法有以下几种。

其一是描写梦境，早在《搜神记》中就有了写梦的传统，梦日入怀生孙策，梦月入怀生孙权。唐人传奇中有若干通篇写梦境的小说。如李公佐的《南柯太守传》，沈亚之的《异梦录》《秦梦记》。明代戏曲中也不乏写梦的作品，像汤显祖的"玉茗堂四梦"（《牡丹亭》《邯郸记》《南柯记》《紫钗记》）。小说中写梦境已成为普遍的方法，尤其表现名人志士、贤才良将、帝王后妃出生的情景，更多写梦。《海刚峰居官公案》写海刚峰因母梦白麟至庭而生。《英烈传》写皇觉寺的和尚梦见此地将有真龙出观，明太祖朱元龙（璋）便生在寺中。《于少保萃忠全传》写于谦父彦昭梦一神人红袍金幞（文天祥）立于面前说："吾感汝祖父侍奉之诚，顷当为汝立嗣，汝宜勿泄。"自此谦母刘氏有孕而生于谦。《隋炀帝艳史》写隋炀帝梦见陈后主、张丽华为他歌舞《玉树后庭花》不久，隋便灭亡。

用科学的眼光解释，梦是生活的折射反映，也可称心理状态的具象化。在小说中写梦就是写人的潜意识，表现人物的一种追求或心愿。在许多作品中写梦明确点出是梦，有的却写出一种恍惚迷离的精神状态，似梦非梦，借以表现虚构的生活内容。

其二，奇兆：借奇兆表达想象，渲染小说的神奇色彩，为明代小说家惯用的手段之一。写奇兆在史著中很常见，如《三国志·先主传》"舍东南角篱上有桑树高五丈余，遥望见童童如小车盖，往来者皆怪此树非凡，或谓当出贵人"。《三国志通俗演义》中保留了这一情节只把"往来者"改作"相者说"。《隋炀帝艳史》中写道，"明霞院玉李树一向不开花，昨一夜，忽然花开茂盛，杨梅也开了满树花。但玉李颜色鲜艳，大有神气，杨梅花蕊稠密精采，却似发泄太尽，终不如玉李繁茂"。这里以玉李比杨梅繁茂来预兆李唐将兴，杨隋将衰。

这是把自然界已发生的现象，经过作者想象，视作吉祥祸福的兆头，渲染出神奇色彩。

其三：幻化，即以人物的幻觉表现想象，这与梦境不同，梦境点明在做梦，幻化并非梦境，而是一种迷离恍惚的境界，写出人物在某种情境中的幻觉意识。《隋炀帝艳史》中写萧后的幻觉，萧后抬头看时，只见月边团团地拥起几百条彩云，红黄辉映，就如五色的罗绮一般，霎时间忽见一片彩云，团团如盖，从月中飘飘漾漾，飞将下来，将到面前，再一看时，不是彩云，却是一个仙女，骑着一只彩鸾，竟往院中飞下，不多时，正正落在席前。炀帝淫心动，仙女遂去。对这段描写作者归结为"意荡花作祟，情痴目亦迷"。这不是仙女下凡，也不是妖孽作怪，而是人物精神境界的再现。淫荡成性的隋炀帝，终日与萧后沉浸于花天酒地之中，见花有意，见月生情，这样描写正是从人物性格出发，惟妙惟肖地表现人物此时此地的心态。

《韩湘子全传》等小说中，对这种手法更加运用自如，但与肖后、炀帝等作品人物的幻觉不同，而是湘子利用道家法术，使在场人物产生幻觉，看到仙女降临，看到顷刻花盛开，听到仙乐、仙歌。湘子指点众人走过仙桥，步入仙境。这不是作品人物的幻觉，而是作者加给道家的幻化手段。但归根到底都是小说家以幻化的手法来丰富人物性格，充实小说的内容。

三　动态中的曲折美

英国哲学家荷加兹在《美的分析》一书中谈道，"曲折的小路，蛇形的河流和各种形状，主要是由我所谓波浪线和蛇形线组成的物体……在观看这些时，也会感到同样的乐趣"。接着他又说："它引导着眼作一种变化无常的追逐，由于它给予心灵的快乐，可以给它冠以美的称号。"这就是说曲折是一种美。我国明代小说具有各式各样的内在美和外在美，其中曲折美尤为突出。

明代小说主要从人物动态描写中显示曲折美。明代小说很少见静止地刻画某人某物某环境，而总是写人物的动态。环境往往从人物眼所见、耳所闻中去表现，很少见静止的、平面的描写。因为擅长写人物的动作，动词特别丰富。以《水浒传》"张都监血染鸳鸯楼"为例。

"谁想四个人倒都被武松搠死在飞云浦了。当时武松立于桥上，寻思了半晌，踌躇起来，怨恨冲天。"立于桥上虽属静态，但欲静不止，头脑在激烈盘旋，一连用了三个动词，"寻思""踌躇""怨恨"。得出"不杀得张都监，如何出得这口恨气"的结论，接着写他一系列的动作，武松"便去死尸身边解下腰刀，选好的取把将来跨了，拣条好朴刀提着，再径回孟州城里来……当下武松入得城来，径踅去张都监后花园墙外……武松就在马院伏着……正看之间，只见呀地角门开，后槽提着个灯笼出来，里面便关了角门。武松却躲在黑影里，听那更鼓时，早打一个四点，那后槽上了草料，挂起灯笼，铺开被卧，脱了衣裳，上床便睡。武松却来门边捱那门响。后槽喝道……武松把朴刀倚在门边，却掣出腰刀在手里，又呀呀的推门。那后槽那里忍得住，便从床上赤条条地跳将起来，拿了搅草棍，拔了栓，却待开门，被武松就势推开去，抢入来把这后槽劈头揪住……"仅仅二百多字，便写了后槽与武松27个动作，用了27个动词，无一重复，并且贴切、准确，表现力极强，把人物的每个具体姿态描摹了出来，写出了一个活生生的，动态极强的艺术形象。这一系列动作，贯串起来，便形成一条蜿蜒曲折、波浪起伏的"蛇形线"，给人一种曲折美的享受。明代小说几乎每个成功的人物形象都呈现出如此美妙的曲状线，不论主要人物，或次要人物，不论作者歌颂的人物，还是贬斥的人物。武松是如此，林冲亦如此。诸葛亮、孙悟空、西门庆，隋炀帝、秦琼，魏忠贤也皆如此。

如果从作品整体情节的发展轨迹来看，每部小说都是蜿蜒起伏，曲曲折折，好似长城，宛如黄河、长江。明代小说之所以富有曲折美，主要在它能恰当地处理好几种关系。

Ⅰ．张弛得体。无论是金戈铁马，激昂悲壮为基调的《水浒传》，还是烟粉淫逸、状丑摹俗为特长的《金瓶梅》，无论是清新细腻、描绘奢靡著称的《隋炀帝艳史》，还是神奇诡谲，扬正抑邪为主旋律的《封神演义》，其共同点都是注意处理好张弛的关系。以《水浒传》为例，武松打虎为一张，接着写武氏兄弟相会，叙手足阔别之情这是一弛。潘金莲雪天拥炉调戏武松又一张，武松外出，潘金莲与西门庆偷情又一弛。同时，酝酿着一场剑拔弩张的杀嫂场面，当然是更大的张。《金瓶梅》与《水浒传》风格情调不同，同样在张弛方面下功夫。前面紧锣密鼓地写潘金莲与西门庆的勾搭，如胶似漆，以致暗杀武大，这当然是一张。笔锋一转，用舒缓的笔法写起了孟玉楼的身世，直到把孟玉楼娶过来，这段描写可谓浪之谷。而这段情节本身又有小的波澜，即孟家舅爷撒野阻婚。凡写小说最忌一味地张，这会令读者精神疲劳，又忌一味地弛，那将会使人感到松散疲沓。只有张弛得体才能引起人的愉悦与追求，产生美感享受。

Ⅱ．宾主相衬。明代小说尤其是长篇小说，往往在一部小说中描写众多人物，有的达千人以上。但它从不眉毛胡子一把抓，而是在情节发展进程中注重摆好主与宾的位置。《封神演义》贯串全篇的主要人物是姜子牙，商汤多少忠臣良将，申屠豹等的邪魔妖术，全都败在他手下。愈写对方的忠心赤胆、能征惯战、魔法无边，就愈显得姜子牙指挥若定，深谋远虑。他的伟志奇才是从上下、左右、前后、远近各种宾位中烘托出来的。从某段情节看，宾主是可以易位的，主位也是不断更换的。例如从 12 回至 14 回，以哪吒为主位，李靖为宾位。19 回伯邑考为主位，纣王、妲己为宾位。写妲己的淫荡、险恶和纣王的昏庸、残忍，正反衬出伯邑考的忠耿、正直、笃孝及视死如归的品格。

Ⅲ. 疏密相间。明代小说往往采取多枝杈、多线索的叙述方法。常用的表现方法即花开两朵各表一枝。这条线正在细针密线地展开，甚至缝织到最密集的时刻，插入另一条线，两条线，甚至多条线，总是在疏密相间中进行。这也形成小说多波澜，多曲折，婉转多姿的特点，像《封神演义》两条主线，一是西周的兴盛，一是商汤的腐败，而后又结合成一条线。《三国志通俗演义》为三条线，形成此疏彼密交错进展的形式。

Ⅳ. 动静结合。这里的动静指场面而言。明代小说善于铺陈各种各样的场面，许多场面描写相当成功。有的惊心动魄，像《水浒传》李逵大闹江州。值得注意的是，有些小说在描写场面时动静结合做得很出色。如《金瓶梅》第二十回："西门庆大闹丽春院，描写西门庆在李桂姐家大打出手，掀翻桌子，把碟儿、盏儿打得粉碎，连门窗壁帐全打碎了。"接着二十一回便写"吴月娘扫雪烹茶"，在悄无人声的院落里，在白茫茫的雪景陪衬下，吴月娘一个人焚香祈祷，这冷冷清清的静场与前面热热闹闹的动场自然形成对比。小说情节在如此变化多端中进展，这也是一种"蛇行线"，使读者获得曲折美的享受。

四　师戒作用

师者，楷模也，即写出可歌可泣的人物让人们去效仿。戒者，警戒也，即写出可恶可厌的人或事，让人们警戒，警戒人们不要如此。明代小说，包括长篇、短篇、中篇。无论是有意的劝世之作，还是文人雅士愉悦消遣之作，甚至书贾为了赚钱所刻的一些作品，大多数都有作者自己的倾向。从总体上看，他们要宣扬贤者、德者、仁者、义者、信者、孝者、烈者，要以忠厚、诚实、智慧、勇敢、气节、豪侠、清廉、公正、俭朴、勤奋、恤民、助弱等道德情操和行为准则来影响人们。凡是奸诈、残暴、凶狠、毒辣、丑恶、卑劣，坑蒙拐骗、仗势欺人、奢侈淫乱、愚昧昏庸、阴险刁猾、图财害命等种种败德劣行的描写，都希望引起人们的警戒。"今余此编，虽于世教民彝，莫之或补，而劝善惩恶，哀穷悼屈，其亦庶乎言者无罪，闻者足以戒之一义云尔。"[1] 劝善惩恶的文学观念从明初开始就十分明确。以后诸多序言都一再地阐述这一观点，修髯子在《三国志通俗演义引》中说："欲天下之人，入耳而通其事，因事而悟其义，因义而兴乎感，不待研精覃思，知正统必当扶，窃位必当诛；忠孝节义必当师，奸贪谀佞必当去，是是非非，了然于心目之下，裨益风教广且大焉……"吴承恩在"禹鼎志序"中说："虽然吾书名为志怪，盖不专明鬼，时纪人间变异，亦微有鉴戒寓焉。"

欣欣子在"金瓶梅序"中说："吾友笑笑生为此，爰罄平日所蕴者，著斯传，凡一百回，其中语句新奇，脍炙人口。无非明人论，戒淫奔，分淑慝，化善恶，知盛衰消长之机，取报应轮回之事，如在目前始终，如脉络贯通，如万系迎风而不乱也，使观

---

①　瞿佑：《剪灯新话·序》。

者庶几可以一哂而忘忧也。"徐如翰在"云合奇踪序"中说,"诚足鼓吹盛明而揄扬圣武者矣"。

综观明代小说,在共同重视师戒作用的前提下,可粗略分成三种类型。

1. 主要写正面人物让人们去仿效。如《三国志通俗演义》《于少保萃忠全传》《云合奇踪》《岳武穆精忠传》《水浒传》等。这类小说,令人"读到古人忠处,便思自己忠与不忠,孝处,便思自己孝与不孝"①。作者按照当时最理想、最崇高的道德观念,塑造典型形象。虽然这些小说中主人公的事迹本身就震古烁今,但是经过作者的艺术加工,人物形象更加集中,更加完美,更加感人心脾。

2. 用佛家循环报应意识来劝戒人们勿行恶,这在明代是极其普遍的。一般以当时社会上种种丑恶现象为小说内容,而令恶人、丑角遭到报应。如《金瓶梅》《警世阴阳梦》《绣榻野史》《痴婆子》《醒世姻缘传》等。像《绣榻野史》是一部充斥着淫秽描写的小说,通篇人物、情节都围绕着性关系展开。不但写一男多女淫乐,而且写同性恋,写乱伦,甚至以母换妻,格调低下,不堪入目。但在结尾处作者却令三个人物因淫逸过度而早逝,死得痛苦而凄惨,并且托生为猪、骡,在阴司和下世受尽屈辱和折磨。男主角从梦中得知后,幡然醒悟,出家为僧。正像憨憨子在序中指出,"余将止天下之淫,而天下已趋矣,人必不受。余以诲之者止之,因其势而利导焉,人不必不变也"。这被明人视作因势利导的教育方式。

明末一大批短篇集子的书名也透露了作者劝世的初衷。什么《喻世明言》《警世通言》《醒世恒言》《醉醒石》《石点头》《清夜钟》等。他们编撰小说的目的很明确,即希望人们从这些故事

---

① 愚庸子:《三国志通俗演义序》。

中警醒，吸取教训。但是他们受时代的局限，只能以当时的道德准则来感化人或以佛家循环报应的观念来警戒人。在《醒世恒言序》中，可一居士明确地说："忠孝为醒，而悖逆为醉，节俭为醒，而淫荡为醉，耳和目章，口顺心贞为醒，而即聋从昧，与顽用嚚为醉。人之恒心，亦可思己。从恒者吉，背恒者凶。"由此可见，明代重视小说的师戒作用是自觉的、一贯的。所谓自觉，即有理论指导，所谓一贯，即从明初到明末，几乎所有小说都重视这种作用。

3. 寓教于乐。虽然明代许多小说家已意识到小说的师戒作用，但小说毕竟和"为万世大经大法"的经典不同，也和那些直接敦伦证教的著作有别。小说按照自身的特点，借活生生的人物、有趣的故事、神奇的想象、巧妙的构思、优美的语言来吸引读者，以发挥师戒作用。明代的小说理论家和作者也从不提倡耳提面命，而是要求"寓教于乐""因势利导"。所以也有一些作者，自称为娱乐，为消遣，为消除苦闷，为发泄愤懑而作。像"雨窗""敧枕""随航""醒梦""解闷""长灯""剪灯新话""秉烛清谈"等集子的名称，就清楚地标明了他们的意图。小说的师戒作用，寓于形象之中。

明代重视师戒作用，已成为小说的民族传统之一，今天仍需发扬。它的可取之处在于：它所谆谆告戒的某些道德观念和行为准则中有许多是祖先民族积累下来的处事做人的经验，是值得发扬的，如勇敢、智慧、忠诚、仁慈、勤劳、俭朴等。对于今天作者来说，古典小说重视师戒作用的传统理应继承，师戒的内容可以提高、可以改变，但小说的师戒作用不能削弱。

明代小说家，无论是长篇还是短篇，却给我们留下了一笔宝贵的遗产。他们所显示的创造力、生命力为我国小说的发展开拓了广阔的天地。我国史著比较发达，戏曲文学丰赡，说唱文学普及，诗歌传统辉煌，佛教、道教、儒学文化氛围浓烈，这一切对明代小说的内容和形式都有着深远的影响。我们研究小说的民族传统特点时，绝不可忽略。

（原载《明清小说研究》1992 年第 1 期）

《西游记》的版本考证及其发展轨迹

一

学术界众所周知《西游记》保存下来三种明本：即朱鼎臣本（以下简称朱本），杨致和本（以下简称杨本），吴承恩本（以下简称吴本）。究竟这几种版本谁先谁后呢？它们又是如何发展演变的呢？却众说纷纭。郑振铎先生在 1934 年发表的《西游记的演化》一文中断定：吴本为最早的版本，朱本、扬本都是从吴本删节、改写的简本。从此，学术界都沿袭这一结论。鲁迅先生在《中国小说史略》《日译本》序文中也称赞说："郑振铎教授又证明了'《四游记》中的《西游记》（即杨本）是吴承恩《西游记》的摘录，而并非祖本。'这是可以订正拙著十六篇中所说的，那精确的论文，就收在《佝瘘集》里。"此后，各家文学史都采用郑氏的说法。八十年代有些学者提出质疑尤其人民文学出版社编审陈新先生整理了朱本和杨本，又撰写了《〈西游记〉版本源流的一个估计》等文章，重新论证三种版本的关系，是很有见地的。我在写明代小说史过程中对此问题加以研究，并将三个版本进行对照，悟出了一点东西，特写此文，参加讨论。

从三种版本的内容对照来看，明显地看到这样一条线，即杨本—朱本—吴本。杨本应该是《西游记》最早的版本，而绝不是吴本的删节。

先看开篇诗，杨本、朱本、吴本基本一致。

杨本：混屯未分天地乱　　茫茫渺渺无人见
　　　自从盘古破鸿蒙　　开辟从兹清浊辨
　　　复载群生仰至仁　　发明万物皆成善
　　　彼知造化会元功　　须看《三藏释尼（厄）传》

朱本：混屯未分天地乱　　渺渺忙忙（茫茫）无人见
　　　自从盘古破鸿蒙　　开辟从兹清浊辨
　　　复载群生仰至仁　　发明万物皆至善
　　　欲知造化会元功　　须看《西游释尼（厄）传》

吴本：混屯未分天地乱　　茫茫渺渺无人见
　　　自从盘古破鸿蒙　　开辟从兹清浊辨
　　　复载群生仰至仁　　发明万物皆成善
　　　欲知造化会元功　　须看《西游释厄传》

这首诗共有四个地方改动：

第二句：杨本：茫茫渺渺无人见
　　　　朱本：渺渺茫茫无人见
　　　　吴本：茫茫渺渺无人见

第六句：杨本：发明万物皆成善
　　　　朱本：发明万物皆至善
　　　　吴本：发明万物皆成善

第七句：杨本：彼知造化会元功
　　　　朱本：欲知造化会元功
　　　　吴本：欲知造化会元功

第八句：杨本：须看《三藏释厄传》

　　　　朱本：须看《西游释厄传》

　　　　吴本：须看《西游释厄传》

　　从第二句和第六句看杨本和吴本相同，而第七句和第八句则朱本和吴本一样。

　　结论是：吴本有和杨本相同的地方，又有和朱本一样的地方，吴本和这两个版本都有密切的关系。

　　杨本第一则开篇："盖闻一元之气有阴阳，阴阳之气有轮回。且以子丑寅卯辰巳午未申酉戌亥之十二时以论，天地大数，若到戌会之终，天地昏蒙；再交亥会之终，天地黑暗，故曰混屯。直至亥末子初，逐渐开明，天始有根。正当子会，轻清上腾，有日月星辰之四象。故天开于子，又至子近于丑，逐渐坚实，地始凝结。正当丑会，重浊下凝，有金木水火土之五形。故地辟于丑。当丑会终寅会初，天气下降，地气上升，一派正合，群物皆业。"

　　朱本第一则开篇："盖闻盘古开辟，三皇治世，五帝定伦，世界之间遂分为四大部洲。东胜神洲，西牛贺洲，南赡部洲，北俱芦洲。这本传单表东胜神洲海外有一国土，名曰傲来国。因近大海，海中有一座名山，唤为花果山。此山乃十洲之祖脉，三岛之来龙，自开清浊而立，鸿蒙判后而成。真个一座好山，四时有不谢之花，八节有长春之景。有赋为证：……"

　　吴本第一回开头"诗曰"，即前面所引八句诗纳入第一回。

　　诗曰：……盖闻天地之数，有十二万九千六百岁为一元。将一元分为十二会，乃子丑寅卯辰巳午未申酉戌亥之十二支也。每会该一万八百岁。且就一日而论：子时得阳气，而丑则鸡鸣；寅不通光，而卯则日出；辰则食后，而巳则挨排……戌黄昏而人定亥。譬于大数，若到戌会之终，则天地昏朦而万物否矣。再去五千四百岁，交亥会之初，则当黑暗，而两间人物俱无矣。故曰混屯。又五千四百岁，亥会将终，贞下起元，近子之会，而复逐渐开明。"邵康节曰："冬至子之半，无心无改移。一阳初动处，万物未生时。"到此，天始有根，再五千四百岁，正当子会，轻清上腾，有日，有月，有星，有辰。日月星辰谓之四象。故曰天开于子。又经五千四百岁，子会将终，近丑之会，而逐渐坚实。易曰："大哉乾元，至哉坤元，万物资生，乃顺承天。"至此，地始凝结。再五千四百岁，正当丑会，重浊下凝，有水，有火，有山，有石，有土。水火山石土，谓之五形。故曰：地辟于丑。又经五千四百岁，丑会终而寅会初，发生万物。历曰："天气下降，地气上升；天地交合。群物皆生。"至此，天清地爽，阴阳交合。再五千四百岁，正当寅会，生人，生兽，生禽，正谓天地人，三才定位。故曰，人生于寅。

　　感盘古开辟，三皇治世，五帝定伦，世界之间，遂分为四大部洲：曰东胜神洲，曰西牛贺洲，曰南赡部洲，曰北俱芦洲。这部书单表东胜神洲，海外有一国土，名曰傲来国。国近大海，海中有一座名山，唤为花果山。此山乃十洲之祖脉，三岛之来龙，自开清浊而立，鸿蒙判后而成。真个好山，有词赋为证。赋曰："……"

杨本开篇所论及的是，阴阳轮回，十二时辰变化和明暗关系，简单明了。

朱本则直接讲东胜神洲傲来国，海中的花果山，并用赋加以形容铺陈。

吴本将杨本有关阴阳轮回的文字，展开加以叙述，将不到二百字，扩展到五百多字。加进对子丑寅卯辰巳午未等具体时刻的具体解释，和明暗关系的说明。第二段又和朱本开篇文字相同。

不同之处，在于缺少了"四时有不谢之花，八节有长春之景"
两句。

从这一比较中发现，在开篇的文字中吴本兼有杨本和朱本两者
的内容。以杨本开篇为第一段，展开叙述；以朱本的开篇为第二
段，删除两句，这两句包容的意思又从下面的具体描写中体现出来
了。这就明确地表明吴本在其他两个本子之后，而不可能两个删节
本各取其一段作为开篇。

再从《魏征梦斩老龙》的有关描写来看三个版本的关系：这
个故事最早鉴于《永乐大典》一万三千一百三十九卷送字韵
"梦"字头，标题为"梦斩泾河龙"。杨本：卷一第九则标题为
"魏征梦斩老龙"。朱本：卷五，一至四则标题如下："袁守诚妙
标无私曲""老龙王拙计犯大条""太宗诏魏征救蛟龙""魏征弃
棋斩蛟龙"。吴本（世德堂本）第九回标题为"老龙王拙计犯天
条""魏丞相遗书托冥吏"。从这些标题看，杨本最接近《永乐大
典》。朱本扩展到四则；其中第四则"魏征弃棋斩蛟龙"，将
"梦"字换上了"弃棋"，将"泾河龙"改成"蛟龙"，"老龙"
又变成"老龙王"。从吴本仍可看到修改的痕迹，其中有一句和朱
本完全一样，即"龙王拙计犯天条"。如果不限于标目的比较，进
而仔细对照其内容，还可以发现吴本中依然保留了"梦斩泾河老
龙"的字样。"却说魏征丞相在府，夜观乾象，正若室香，只闻得
九霄鹤唳，却是天差仙使，捧玉帝金旨一道，着他午时三刻梦斩
泾河老龙。"由此可见，吴本从标题到内容，都继承了以前诸本的
写法。

倘进一步对照比较上述四种版本的有关叙述，这一点就更加
清楚了。《永乐大典》开头如下："长安西南上，有一条河，唤作
泾河。贞观十三年，河边有两个渔翁，一个唤张梢，一个唤李定，
张梢与李定道：'长安西门外，有个卦铺，唤神言山人。我每日与
那先生鲤鱼一尾，他便指教下网方位，依随着百下百着。'李定

曰：'我来日也问先生则个。'这二人正说之间，怎想水里有个巡水夜叉，听得二人所言，'我报与龙王去。'"

杨本写道："此表大唐太宗皇帝登基，改元十三年，岁在己巳不提。却说长安城外，泾河岸边，有个渔户，名唤张稍，每日提鱼街头货卖，沽饮而归。路逢樵子名李定，问道：'张稍哥，这几日生意如何？'张稍道：'这几日生意好，我因得长安城里西门街上有一个卖卜的先生，我每日送他一尾金色鲤鱼，他便与我卜课，百下百着。今日我又去买卦，教我在泾河湾头东边下网，西边抛钓，定获满载而归。明日提鱼入城，卖钱沽酒，相请老兄坐叙。'二人从此别去。正是说话之间，草里有人。原来泾河府有个巡海夜叉，听见说百下百着之言，急转水晶宫，详以上项事回奏龙王。'"

朱本："却说大国长安城外，泾河岸边，有两个贤人：一个渔翁，名叫张稍，一个樵子，名唤李定。他两个都是不登科的进士，能识字的山人。一日，在长安城里卖了肩上柴，货了篮中鱼，同入酒馆之中，吃了半酣，顺泾河岸边徐步而回。张稍道：'李兄，我想那争名的因名丧体，夺利的，为利亡身，受爵的抱虎而眠，承恩的，袖蛇而走。算起来还不如我们水秀山青，逍遥自在，甘淡薄随缘而过。'李定道：'张兄说得有理。'张稍道：'但只是山青不如我水秀，有一首《蝶恋花》为证：张、李各一首《蝶恋花》，各一首《西江月》。"彼此竞相形容、美化钓叟、樵翁的生活，共赞水秀山青的景色。从中寄托了山林隐士的情感和对名利场的批判。

吴本："却说长安城外泾河岸边，有两个贤人：一个是渔翁，名唤张稍；一个是樵子，名唤李定。他两个是不登科的进士，能识字的山人。一日，在长安城里，卖了肩上柴，货了篮中鲤，同入酒馆之中吃了半酣，各携一瓶顺泾河岸边，徐步而回。张稍道：'李兄，我想那争名的，因名丧体，夺利的为利伤身，受爵的，抱虎而眠，承恩的袖蛇而走。算起来还不如我们水秀山青，逍遥自在，甘淡薄随缘而过。'李定道：'张兄说得有理，但只是你那水秀，不如我的山青。'张稍道：'你山青不如我的水秀。'有《蝶恋花》词为证。词曰……"下面张李各填《蝶恋花》一首，《鹧鸪天》一首；又加《天仙子趴》《西江月》《临江仙》各一首，七言律诗一首，二人合吟一首七言长诗，计有七十句。还加了一段二人互相打趣、谐谑，来彼此警戒山中虎豺之凶险，并感叹山中捉摸不定的生涯。这才引出张稍说：'这长安城里，西门街上，有一个卖卦的先生，我每日送他一尾金色鲤鱼，他就与我袖传一课。依百位百下百着。今日又去买卦，他教我在泾河湾头东边下网，西岸抛钓，定获满载鱼虾而归。明日上城来，卖钱沽酒，再与老兄相叙。'二人从此叙别，这就是'路上说话，草里有人。'原来这泾河水府有一个巡水夜叉，听了百下百着之言，急转水晶宫，慌忙报于龙王道：'祸事了！祸事了！'……"以上四种版本对照中说明了什么呢？

第一，从标题看，杨本最接近《永乐大典》，只有"泾河龙"和"老龙"之差。朱本和吴本有一句是完全相同的。即"老龙王拙计犯天条"。但"梦斩泾河老龙"的原句式已在吴本叙述内容时出现，可见，吴本与朱本更近。吴本也吸收杨本和《永乐大典》等本子的内容。

第二，从内容描述来看：长安城外，泾河岸边，有两个人，一个叫张稍，一个叫李定，这是四种版本共同的。永乐本：有两个渔翁，杨本里有一个渔翁，名唤张稍，路逢樵子名李定。朱本也是一个渔翁，名唤张稍，一个樵子，名唤李定。杨本和永乐本基本相同，只有较小的改动：一是李定从渔翁改成樵子；二是将张梢改为张稍；三是加了"张稍道：'这几日生意好……'"引出西门街上卖卜的先生；四是把"我每日与那先生鲤鱼一尾"改成"我每日送他一尾金色鲤鱼。他便与我卜课"；五是将"他便指教下网方位"，改成"教我在泾河湾头东边下网，西边抛钓"由此可见，杨本和永乐本相比，加了一些修饰。如"金色""东边""西边"等。加强了具体描写，改变了直白式的叙述。

朱本和杨本比较，有更大的改动：一是对张、李二人的身份写得非常明确，把渔翁、樵夫变成两个贤人，他们两个都是不登科的进士，能识字的山人。一日在长安城里卖了肩上柴，货了篮中鱼，同入酒馆……这就不再是普通的渔樵，而是以渔樵为消遣和寄托的隐士。二是加强了描述当时二人相遇的情景，卖了柴，货了鱼，在酒馆吃个半醉徐步河边。同时，也描绘了二人此时此刻消闲、轻松、愉快、自在的心情和自得其乐的神态。他们过着世外桃源式的生活，漫步在河边，互相吟诵。一连吟了八首词，两首诗。这完全是文人雅士之举。三是加了二人对争名夺利的蔑视和批判。张稍道："李兄，我想那争名，因名丧体，夺利为利亡身，受爵的抱虎而眠，承恩的袖蛇而走，算起来不如我们山青水秀，逍遥自在，甘淡薄随缘而过。"四是去掉了"贞观十三年在己巳"这样的年代标记。袭用了杨本"稍"和一个渔翁，一个樵夫的写法。

吴本和朱本基本一致，也有以下的改动。一是朱本："李定道：'张兄说得有理。'张稍道：'但只是你山青不如我水秀。'"吴本则改为："李定道：'张兄说得有理，但只是你那水秀不如我的山青。'张稍道：'你山青不如我水秀。'"这一改动使朱本在叙述逻辑上和对话口气不合理的地方得到纠正。朱本中李定的话没说完，即使说完了，也无反驳张的意思，无法引出张稍的话来。吴本中把两句话都让李定说出来，张稍才能再提一句，进一步自然引出诗词来，就显得更顺理成章了。二是吴本多了两组词，一首七言长诗，加重对田园景色、渔樵生活的赞美。

这一段比较的结论是。

1. 四种版本一脉相承。永乐本最早，杨本次之，朱本再次之，吴本最晚。《永乐大典》版中的核心内容、重要词语，四个本子都保留了。如"张李二人","西门里有个卦铺","每日送一尾鱼","指教下网方位","百下百着","巡水夜叉回报龙王"等。无论朱本和吴本添了多少文字,扩大了几十倍的篇幅,这几句核心词语未少一句。因此,这四种版本不是孤立的、互不相干的,而是相袭相传,在前者流传的基础上,修改加工才有了后者。

2. 从文字和内容以及叙述方法等诸方面看,杨本更接近永乐大典。从这点又说明杨本在朱本、吴本的前面,而在永乐版之后。很可能在永乐年间就有了最早的《西游记》,只不过至今仍无其他资料佐证而已。吴本和朱本更接近,吴本比朱本的叙述更合乎逻辑,并且加重了对争名夺利的批判,增强了对渔樵生活的歌颂。

3. 朱本和杨本又有着直接的联系。可以从李定、张稍二人的身份改变看到,"稍"字为杨本改定,以后再无改动。从以上几点断定《永乐大典》、杨本、朱本、吴本的先后次序。

二

关于唐僧身世的描述,也就是有关江流父母《陈光蕊夫妻》上任遇难以及江流报仇的故事来看几个版本的关系。杨本无此内容,朱本却用了四卷八则的篇幅详尽地描写这一情节。吴本也无此内容。同时,我们还可以从元明间杨景贤的杂剧《西游记》中看到,在六本长的杂剧中第一本的四出写的就是这个故事。从篇幅上占了六分之一,是相当重要的内容。杂剧按时间顺序描写,陈光蕊遇难在贞观三年,唐僧取经归来再次点明时间,未见明显的差误。唯江流长到十八岁冒名顶替陈光蕊当官的刘洪,从未被发现疑点,也无任何变化,这样写是经不住推敲的。但在明初流行的短篇故事中常常有此毛病。朱本在描述这个故事时,不但在内容上依然存在不能令人信服的地方。同时,在时间上出现了更大的漏洞。陈光蕊遇难的时间为贞观十三年，江流儿十八年后报仇，报仇后又去取经十四载，加起来共三十二年，唐僧回朝时仍是贞观二十七年，这显然差了十八年。

从这里可作出如下推断，朱本无疑吸收了杂剧的内容和明初流传的有关江流的故事。朱本前面叙述的详细、具体，这和它继承杂剧相同部分内容分不开，吴本未采纳这一内容。显然是作者觉察到了其中时间的差误，无法处理。如果朱本是吴本的简化本，怎么能又加入这样多的，吴本根本不存在的而又不合理的内容呢？朱本在吴本之前是不容置疑的。

三

从小说的体例、标目也可以看出它们的前后排列次序。杨本系分卷不分回，每卷有不同数量而又相差不多的分则。每则结尾处有一首诗，总括本则的主要内容。这种体例是明代早期小说通常采用的形式。像《唐书志传》就是按这种形式编写的，尤其是每则结尾，以正是引出四句或六句诗与杨本《西游记》毫无二致，譬如"正是：修仙得道孙悟空，勒取宝贝闹天空。手持铁棒打幽府，名列仙班宝录中。"这样"结回"又类似元代杂剧每本末的正名，以此来概括全本的主要内容。由此可见杨本与明早期小说、元代杂剧更接近。

现存的朱本共有六十七则，杨本有四十则，其中有十八个标目全同。

朱本卷八第二则
杨本卷二第八则　标目全同即唐三藏被妖捉获

朱本卷九第二则
杨本卷三第二则　标目全同即唐僧收伏沙悟净

朱本卷九第三则
杨本卷三第三则　标目全同即猪八戒思淫被难

朱本卷九第四则
杨本卷三第四则　标目全同即孙行者五庄观内偷桃

朱本卷九第五则
杨本卷三第五则　标目全同即唐三藏逐去孙行者

朱本卷九第六则
杨本卷三第六则　标目全同即唐三藏师徒被难

朱本卷九第七则
杨本卷三第七则　标目全同即猪八戒请行者求大师

朱本卷九第八则
杨本卷三第八则　标目全同即唐三藏师徒被妖捉

朱本卷九第十则
杨本卷三第十则　标目全同即孙行者收伏妖魔

朱本卷十第一则
杨本卷四第二则　标目全同即唐三藏收妖过黑河

朱本卷十第二则

杨本卷四第四则　　标目全同即观音老君收伏妖魔

朱本卷十第三则

杨本卷四第六则　　标目全同即孙行者被弥猴紊乱

朱本卷十第四则

杨本卷四第八则　　标目全同即三藏过朱紫狮驼二国

朱本卷十第五则

杨本卷四第九则　　标目全同即三藏历经诸难已满

朱本卷十第六则

杨本卷四第十则　　标目全同即三藏见佛求经

朱本卷十第七则

杨本卷四第十一则　　标目全同即三藏取经团圆

标题只有个别字改动的如下：

朱本卷九第一则　　孙行者收妖救师

杨本卷三第一则　　孙悟空收妖救师

朱本卷八第三则　　三藏收伏猪八戒

杨本卷二第七则　　唐三藏收伏猪八戒

朱本卷七第六则　　为孙行者降伏火龙

杨本卷二第五则　　唐三藏收伏龙马

朱本卷七第四则　为三藏授法降行者
杨本卷二第四则　唐三藏收伏孙行者

标题有部分改动的如下：

朱本卷一第四则　祖师秘传悟空道
杨本卷一第二则　悟空得师传道

朱本卷二第六则　大圣搅乱胜会
杨本卷一第五则　如来收压齐天圣

杨本卷一第六则　真君收捉猴王，这两则为朱本一则的内容

朱本卷三第五则　为如来收压齐天圣
杨本卷一第二则　悟空得仙传道

朱本卷三第八则　观音奉旨往长安
杨本卷一第八则　观音路降众妖

朱本卷五第四则　为魏征弈棋斩蛟龙
杨本卷一第九则　魏征梦斩老龙

朱本卷五第六则　唐太宗地府还魂
杨本卷一第十则　唐太宗阴司脱罪

朱本卷六第二则　刘全舍死进瓜果
杨本卷二第一则　刘全进瓜还魂

朱本卷六第八则　　为三藏起程陷虎穴

杨本卷二第三则　　唐三藏被难得救

标目全同的共十八则，个别字有改动的四则，这二十二则的内容完全一样，也可以说就是一个本子。二十二则占了杨本二分之一的篇幅。这表明杨本和朱本有一半以上文字完全相同。至于部分标目改动的，其内容也大致一样，只不过朱本扩充了文字。有的在杨本为一则，到朱本便成了两则，例如杨本卷一的一二两则，到朱本就发展成四则。更有甚者，朱本将杨本的一则扩展到两则以上或更长。如杨本卷一，三至七则的五则内容，在朱本就有十三则之长。又如杨本卷一第九则，到朱本展开为卷一，一至四则共四则的篇幅。

总起来看，朱本和杨本有着极其密切的因缘承袭关系。具体地说，可得出如下结论：

其一，朱本七卷以后的标目和内容，基本上和杨本相同，连叙述口气，表现方法都完全一样。

其二，朱本的卷一二三五六，为杨本的扩展，基本内容没有增加，更多的是文字渲染。从两个本子的文字对照比较来看，可以肯定朱本的渲染是以杨本为基础的。

其三，朱本第四卷，有关陈光蕊及第、被害，江流报仇的故事，杨本无此内容。这显然是朱本在以杨本为底本的同时，又参考了杂剧《西游记》和当时流传的故事，特吸纳进来的。

其四，朱本比杨本少了几个故事，从标目上看缺失如下：唐三藏梦鬼诉冤，孙行者收伏青狮精，唐三藏收妖过通天河，昴日星官收蝎精，显圣郎弥勒佛收妖。唯此则只缺标题，内容并未少。前面四则标目、内容全没有。这是为什么？这决不能说明朱本在杨本之前。朱本所缺的内容都在后半部，可判断为刻印时的脱落。

之所以说是刻印时的脱落有以下几点佐证：第一，朱本中缺了"唐三藏收妖过通天河"这一则，可在"唐三藏取经团圆"这则中，明明保留着再次过通天河的情节，而且两个版本的写法完全一样。因唐僧一行少了一难，菩萨令金刚把师徒四人放在通天河西，第二次踏着老鼋背过河，老鼋问唐僧："师父，替我问如来寿数么?"三藏茫然不知所答的描述依然如故。这可有力地证明前面过通天河的缺失，为刊刻时丢页造成的。第二，"孙行者降伏青狮精"这则的结尾诗还保留，却并到"孙行者收伏妖魔"这则中，并且改了一个字，即将"狮转玉台山上去"改为"妖"转……去'使这则出现了两首结尾诗，而且是和杨本基本一样的。这就进一步证明了因脱页而少了两则故事情节，只剩下四句诗，才出此下策匆忙刻印时只改动一个字，就并到前一则去了。第三，在朱本最后一则仍保留着九九八十一难的提法，也可证明因刊刻时所缺偶然造成，而不是故意删除的。第四，所缺字的行数大体上为公倍数，也可算刊刻时缺页的一个旁证。

根据以上实况阐述和分析作出如下判断：即朱本依据杨本而来，作者原打算做些文字上的渲染。但只加工到第六卷，后半部未再改写，就照杨本原样刻印了。一种可能是因作者的生活或时间不允许他继续改写了；另一种可能是作者有意只改写前半部，只是为了显示自己的《西游记》是全新的版本来招揽读者，后半部采用了偷工的方式，不再改写了。

四

从具体文字的描写和改动来看三种版本的关系。

（一）关于猪八戒的描写

杨本	朱本	吴本
太公请进尊坐。行者道："先前得闻盛价说，你家有个妖婿，你可把妖怪始末说与我听，我好替你拿他。"高老道："老汉无子，只生三女，长名香兰，次名玉兰，三名翠兰。那两个从小配与本庄人家。止有小的招得一婿，说是福陵山人，姓猪，初来是一条黑汉，后来变了一长嘴大耳朵，脑后有一溜鬃毛，身体粗糙怕人，头脑似猪样子，食肠却又甚大，要吃三五斗米饭。"	太公请进尊坐。行者说："先前得闻令价说，你家有个妖婿，你可把妖怪本末说与我听，我好与你拿妖。"高老道："老拙无子，只生三女，长名香兰，次名玉兰，三翠兰。两个从小配与本庄人家，止有小的招得一婿，说是福陵山人，姓猪，初来是个俊子弟，后来变一个长嘴大耳朵，脑后有一溜鬃毛，身体粗糙怕人，头脑似猪模样，要吃三五斗米饭。"	坐定，高老问道："适间小价说，二位长老是东土来的？"三藏道："便是，便是。贫僧奉朝命往西天拜佛取经，因过宝庄特借一宿，明日早行。"高老道："二位便是借宿的，怎么说会拿妖？"行者道："是因借宿么顺便拿几个妖怪？要要的。动向府上有多少妖怪。"高老道："天哪！还吃得有多少哩！只这一个怪女婿，也被他磨慌了！"行者道："你把那妖怪的始末，有多大手段，从头儿说说我听，我好替你拿他。"高老道："我们这庄上自古至今，也不晓得什么鬼祟魍魉，邪魔作怪，只是老拙不幸，不曾有子，止生三个女子，大的唤名香兰，第二的名玉兰，第三的名翠兰，那两个从小配与本庄人家，止有小的一个，要招个女婿，指望与我同家过活，做个养老女婿，撑门抵户，做活当差，不期三年前，有个汉子，模样倒也精致，他说是福陵山上人家，姓猪，上无父母，下无兄弟，愿与人家做个女婿。我老拙见是这般一个无根无绊的人，就招了他，一进门时，倒也勤谨：耕田耙地，不用牛具；收割田禾，不用刀杖。昏去明来，其实也好；只是一件，有些会变嘴脸。"行者道："怎么变法？"高老道："初来时，是一条黑胖汉，后来就变作一个长嘴大耳朵的呆子，脑后又有一溜鬃毛，身体粗糙怕人，头脑就像个猪的模样。食肠却又甚大，一顿要吃三五斗米饭。"

从这段描述看，朱本和杨本的文字基本一致，字数相差无几，只有个别词语有所不同。一、"盛价"改成"令价"；二、"始末"改成"本末"；三、"我好替你拿他"改成"我好与你拿妖"；四、"老汉无子"改成"老拙无子"；五、"初来是条黑汉"，改成"初来是个俊子弟"；六、"头脑似猪的样子"，改成"头脑似猪的模样"；七、删去食肠却又甚大这句。

吴本和两个版本比较，字数多出两倍以上，基本语序和核心词保持原貌，所增加的文字均属具体描写和渲染。和两种版本有关的词语改动如下：（1）"始末"与杨本相同；（2）"老拙"与朱本一样；（3）"模样倒也精致"，"模样"二字和朱本相同，精致和俊接近；（4）"黑胖汉子"，接近杨本；（5）"猪的模样"，与朱本相同；（6）"食肠甚大"与朱本一致。总起来说明以下几点：第一，朱本与杨本极其密切。第二，吴本既吸取了朱本的文字，也吸取了杨本的写法，吴本是在杨本和朱本的基础上形成的。第三，吴本改动之处，更接近朱本。第四，吴本增加了两倍多的篇幅。致力使人物更加生动、形象；语言更加通俗、活泼；人物对话更加传神。同时，改了一些古老的词语，如杨本中的"盛价"，朱本改为"令价"，到吴本变成从高老头口中说出的"小价"，从这些细微的地方，也可以看出杨本、朱本、吴本向通俗化、口语化递进的过程。

通过对以上这段文字的比对，进一步帮助我们判断三种版本的先后序次应为杨本、朱本、吴本。

（二）孙悟空遇樵夫的一段对照杨本

杨本	朱本	吴本
猴王听了，道曰："神仙原来藏在这里。"即忙跳入里面，仔细看来，原是樵子，举斧砍柴。猴王近前叫道："老神仙，弟子稽手。"那樵汉慌忙回礼道："我樵汉怎敢当'神仙'二字?"	美猴王听得此言，满心欢喜道："神仙原来藏在这里。"即忙跳入里面，仔细再看，乃是一个樵子，在那里举斧砍。猴王举手近前道："老神仙弟子起手。"那樵汉忙丢了斧，转身回礼道："不当得，不当得！我拙汉衣食不全，怎敢当'神仙'二字?"	美猴王听得此言，满心欢喜道："神仙原来藏在这里。"即忙跳入里面，仔细再看，乃是一个樵子，在那里举斧砍柴。但看他打扮非常：头上戴箬笠，乃是新笋初脱之箨。身上穿布衣，乃是木绵招就之纱。腰间系环绦，乃是老蚕口吐之丝。足下踏草履，乃是枯莎搓就之爽。手执谆钢斧，担挽火麻绳。扳松劈枯树，争似此樵能。猴王近前叫道："老神仙，弟子起手。"那樵汉慌忙丢了斧，转身答礼道："不当人！不当人！我拙汉衣食不全，怎敢当'神仙'二字。"

1. 朱本和杨本比较

其一，朱本在猴王前加一美字。其二，杨本原句"樵子举斧砍柴"，朱本则为"乃是一个樵子，在那里举斧砍柴"。其三，杨本"猴王近前"，朱本改为"猴王举手近前"；杨本"那樵汉慌忙回礼道"，朱本为"那樵忙丢了斧，转身回礼道"。其四，杨本"我拙汉怎敢当'神仙'"朱本改成"我拙汉衣食不全，怎敢当'伸仙'二字"。

从这几处不同，可总结出以下规律。

第一，杨本简，朱本较繁，仅这一段就扩展出三分之一的文字。

杨本六十三个字，朱本九十个字。

第二，朱本增加的文字，表现出从一般陈述向具体描写方面发展的趋势。

第三，朱本比杨本更加注重修饰。

2. 吴本和朱本比较

其一，吴本与朱本的文字基本相同，只在形容樵子的打扮时加了一段韵文。

其二，吴本比朱本更注重文字修饰和推敲。例如"猴王举手近前叫道"，将"举手"二字删去，因为下面还有"老神仙，弟子起手"的字样，如果保留着"举手"，难免有文字重复、啰唆之嫌。又将"回礼"改为"答礼"，这就更加口语化。还把"不当得，不当得！"改成"不当人，不当人！"。这不仅用语更加准确，同时表现了人物说话时的口气、神态，使这段文字愈发活泼、逼真，增强了文采。仅这段文字的变化，再次证明了朱本的前半部是在杨本的基础上修改的；吴本据朱本，参考杨本又进行了一番较大的、全面的加工和润色，吴本更讲究文字的修饰和字斟句酌。可见，从杨本到朱本再到吴本，有一个由简到繁的发展过程。杨本在吴本之后，乃吴本删节本之说从内证来看，是不能成立的。

五

从某些诗词韵文的改动，看三者的关系及先后年代。

（一）形容花果瀑布的诗

杨本：

　　一脉白虹起　千寻雪浪花　海波吹不断　江山态还依
冷气分青嶂　余波润翠微　潺渊名瀑布　真似挂帘帏

朱本：

    一派白虹起　千寻雪浪飞　海风吹不断　江月态还依
冷气分青嶂　余波润翠微　潺渊名瀑布　真似挂帘帏

吴本：

    一派白虹起　千寻雪浪飞　海风吹不断　江月照还依
冷气分青嶂　余波润翠微　潺渊名瀑布　真似挂帘帏

头一句杨本"一脉"，在朱本和吴本中为"一派"，这可能是刻印时的差误。第四句"江山态还依"，朱本为"江月态还依"，吴本为："江月照还依"，这显然是改动的。虽然是一字之别，前者更合乎情理；后者更富有诗的意境。三种版本比较看，越来越完美。杨本、朱本、吴本形成递进的艺术魅力。这也充分证明杨本为最初底本，朱本依杨本加工，吴本又在朱本的基础上作了艺术渲染。

（二）描写铁板桥景色的韵文

杨本：

    翠藓堆蓝，白云浮玉。乳窟龙倚挂，萦回满地奇葩。又见那一竿两竿修竹，三点五点梅花。几树青松常带雨，浑然象个人家。

朱本：

    翠藓堆蓝，白云浮玉。光摇片片，虚窗静室，滑凳板兰

花。乳窟龙珠倚挂，萦回满地奇葩。锅造傍崖存火迹，樽罍
靠案见肴渣。石座石床真可爱，石盆石碗更堪夸。又见那一
竿两竿修竹，三点五点梅花。几树青松常带雨，浑然象个
人家。

吴本：

　　翠藓堆蓝，白云浮玉，光摇片片烟霞。虚窗静室，滑凳
板兰花。乳窟龙珠倚挂，萦回满地奇葩。锅灶傍崖存火迹，
樽罍靠案见肴渣。石座石床真可爱，石盆石碗更堪夸。又见
那一竿两竿修竹，三点五点梅花。几树青松常带雨，浑然象
个人家。

　　杨本只有八句，朱本和吴本却有十五句。所增加的诗句乃是
后边将要叙述的内容。更值得注意的是，吴本在"光摇片片"后
面又加了"烟霞"二字，较比朱本愈加完美。这又一次证明朱本
前半部和吴本很接近。而吴本比朱本有较大的发展。而绝不可能
是朱本对吴本的删节。
　　从以上对三种版本的选段比照来看，已经足以证明这样的事
实：即杨本先于朱本和吴本，朱本的前半部是以杨本为基础的修
改本。后半部就是杨本的翻版，因无任何加工痕迹。不过在翻印
时又脱漏了某些故事。吴本乃是在杨本和朱本的基础上的再创作。
即使有原本作参照，吴承恩的伟大创造作用也是不可轻视的。他
的功绩在于诙谐、幽默、精细之笔，刻画出一系列栩栩如生的艺
术形象。这将另写论文，此处不赘。

各有千秋　一枝独秀
——明末四部魏阉小说之比较

明末出现四部同属演魏忠贤一生行状的小说，四部小说依次为：一、《魏忠贤小说斥奸书》四十回，明崇祯元年（1628）刊本，题"吴越草莽臣撰"，卷首有崇祯元年盐官木强人序，同时有吴越草莽臣自序，罗刹狂人序。二、《警世阴阳梦》十卷四十回，明崇祯元年刊，题"长安道人国清编次"，卷首有戊辰砚山樵元九序。三、《皇明中兴圣烈传》五卷四十则，题"西湖主士述"，卷首序署"西湖野臣乐舜口"，最迟不过崇祯二年付梓，清刻本书名改为《魏忠贤轶事》。四、《梼杌闲评全传》五十卷五十回，附总论一卷，不题撰者，又名《明珠缘》，成书于南明时期。

一

为什么在这样短的时间内有关魏忠贤的小说就连续产生了四部之多呢？要说明这个问题，首先必须对魏忠贤其人作一番考察。据史书记载："魏忠贤，肃宁人。少无赖，与群恶少博，不胜，为所苦，恚而自宫，变姓名曰李进忠。其后乃复姓，赐名忠贤云。忠贤自万历中选入宫。"[1] 通过夤缘，得到皇长孙母王才人典膳之

---

[1] 《明史》卷三百五。

职。又谄媚大太监魏朝，受到总管王安的重视，并与长孙乳母客氏相结。光宗崩，长孙嗣立，为熹宗。魏忠贤与客氏均日益得宠。"未谕月，封客氏为奉圣夫人，荫其子侯国兴、弟客光先及忠贤兄钊俱锦衣卫千户。忠贤寻自惜薪司迁司礼秉太监，提督宝和三殿。忠贤不识字，倒不当入司礼，以客氏故，得之。"① 魏忠贤仗着皇帝的宠信，欺上瞒下，结党营私，屡封魏氏子弟，连褟褓中的孩童都封为公侯。魏忠贤自任司礼监秉笔太监兼管东厂，"东厂如总宪"，于是"内外大权一归忠贤"。朝臣呼其为九千岁，又称其为"翁父"。

作为一个赌徒、恶棍、大字不识的文盲，竟能居此高位，这绝非偶然，而是明代宦官破例掌权恶性发展的必然结果。明开国皇帝朱元璋，汲取前代教训，"置宦官不及百人"，并严格规定：宦官"不得兼外臣文武衔，不得御外臣冠服"。甚至"尝镌铁牌置宫门口'内臣不得干预政事，预者斩。'"但到明成祖朱棣南征，宦官频频传送建文皇帝朝廷机密，而朱棣攻破南京迎降的宦官又众多，故在明成祖的心目中宦官是有功之臣。在永乐年间，也确有宦官作出了重大贡献。如三保太监郑和不负所托，率领庞大的海船下西洋，出使数十国，累建奇功，于是，朱元璋对宦官的限制无形中解除了。到英宗朱祁镇正统年间，宦官王振狡黠异常，颇受皇帝恩宠，擅自专权，乃开明代宦官专权之先河。从而致"土木之变"，英宗当了俘虏，瓦剌族首领也先直攻到京城。此后，宦官的势力又几度膨胀。成化年间有汪直弄权，正德当政时刘谨更猖狂。刘谨因"慕王振之为人，口进鹰犬、歌舞、有牴之戏，导帝微行"，讨得武宗欢喜，他便乘机窃权、专横跋扈，残害忠良，并且贪赃枉法，大发其财，成为巨富。"逆（刘）谨用事，贿赂公行，凡有干谒者，云馈一千，即一千之谓，云一方，即一

---

① 《明史》卷三百五。

万之谓。后渐至几千几方，世道益颓矣。"① 万历初年，太监冯保内依皇太后，外结张居正，声势赫赫，气焰嚣张，连当时的小皇帝都怕他几分，"帝有所赏罚，非出保口，无敢去者"。冯保为人贪得无厌，一次"尽籍其家，保金银百余万，珠宝瑰异以万计"。②

在明代宦官之所以能逐步窃权的一个重要原因，是宰相制的废除，集权于皇帝一身，许多事情皇帝管不过来，自然落到宦官身上。宦官的最高机构司礼监，"无宰相之名而有宰相之实"，司理监"掌印掌理内外章奏及御前勘合，秉笔随堂掌章奏文书，照阁票批朱"和"宣传谕旨"③ 凡是大臣的章奏文书，皇帝能躬亲批示的毕竟有限，绝大多数均由太监代笔。从正德年间司礼监刘谨开始，就胆大妄为，擅自改易"阁票"，"用朱笔批行，遂与外庭结交往来"④。天启时魏忠贤更是变本加厉，有恃无恐。皇帝朱由校十五岁即位，乳母客氏趁机谄媚取宠，把持宫闱。魏忠贤勾结客氏，专门看着皇帝的眼色行事，"明熹宗在宫中，好手制小楼阁，斧斤不去手，雕镂精绝。魏忠贤每伺帝制作酣时，辄以诸部院章奏近，帝辄麾之曰：'汝好生看，勿欺我。'故阉权口重，而帝卒不之悟。"⑤ 魏忠贤不仅是实际上的宰相，而且已经完全代替了小皇帝。他的势力延伸到各个领域，从军事到经济、税收、采矿概莫能外，京城到郡邑、卿相、武弁中充满魏门亲信。凡有异议或不肯依附者，便设法陷害。天启五年，矫诏颁布的"东林党人榜"，共有三百零九人之多，凡列入其中的，"生者削籍，死者追夺，已经削夺者禁锢"⑥，于排除异己的同时，他又到处安插自己

---

① 陈洪谟：《继世纪闻》卷二。
② 尹守衡：《明史窃》卷七十一。
③ 《明史·职官志》卷七十四。
④ 《明通鉴》卷十九。
⑤ 王士祯：《池北偶谈》。
⑥ 侠名：《酌中志余》卷上。

的党羽，致使群小盈朝，一呼百应，使阉宦专权达到登峰造极的地步。引得举国上下，同声愤慨，全国各地不断激起民变。朱由校一死，各地的弹劾奏章就如雪片飞来。崇祯皇帝果断地处置了这伙奸逆，这无疑是件大快人心的事。看来，在魏忠贤失势后短短的时间内，接二连三出现的反映魏阉的小说，与国人对宦官专权现实的强烈不满，对宦官擅权导致国事衰败的愤懑有极大关系。作者们是想借此以总结教训，唤醒最高统治者。因此，对魏忠贤其人其事作出客观的、真实的记述，并给予一定的历史评价，是前三部小说共同的特点，具体说：首先，讲究事件和人物的真实性，采用真实姓名反映重大现实生活。"从邸报中与一二旧闻演成小传，以通世俗，使庸夫凡民亦能披阅。而识其事共畅快，奸逆之报，歌舞尧舜之天矣！"① 作品的主要人物魏忠贤、客氏、崔呈秀等，包括与之斗争的正面人物杨涟、左光斗、魏大中等，都以真人真事出现，毫不掩饰、影射。其次，作者爱憎分明，为无辜的受害者伸张正义，对祸国殃民的魏党充满了愤慨、轻蔑和鄙夷，对横遭屠戮的忠良之士则寄予无限的崇敬，并给予高度的颂扬。第三，小说反映现实的及时性使它富有鲜明的新闻色彩，颇似今日之报告文学，它比一般长篇小说更负有特殊使命，以浓郁的政治色彩、批判意识和纪实性发挥了特有的教化功能。其四，以质朴的直白的叙述语言，按时间自然顺序表述，而对前三部小说来说，其宣传教化作用则更超过审美娱悦功能。

二

　　虽然四部小说都是从人和时代的关系着眼，以魏忠贤为谴责、揭露和鞭挞的对象，但在整体构思上具有史传性的特点，即以魏

---

① 乐舜日：《皇明中兴圣烈传序》。

忠贤一生的经历作为主线，按时间顺序来叙述。素材的选取也很相近，都是依据当时的"邸报"等纪实资料和传闻，组织、连缀、结构而成。凡重要关节或重大事件在每部小说中都有所表现：如魏忠贤的家室，青年时代浪荡生活，中年自阉进京当太监，与皇长孙（朱由校）的乳母客氏互相勾结，天启即位后二人得宠，魏忠贤位高权重、结党营私、排除异己、无恶不作，直到崇祯即位才被参、自尽，从而结束了罪恶的一生。但在具体叙述中又有详略、主次之分，渲染的重点各有不同。《魏忠贤小说斥奸书》对魏忠贤父母未作具体描写，开门见山就写魏忠贤好赌，灾荒年代，生活艰难。因借钱被打产生羡慕宦官权势的念头，于是自行休妻阉割去当宦官。《警世阴阳梦》则以"涿州聚党"开篇，直截了当地记叙魏在涿州与李贞、刘峋结义，一同进京的情形。较详尽地描写了魏忠贤在京敲诈、嫖娼、吃官司以及落魄涿州、因梅毒发作沦为花子太监的丑行。《皇明中兴圣烈传》开篇增添了对魏母刁氏的描述，刁氏"丰美好淫"，"靠掼舞翠盘，扒高竿，又善跑马走索，弄猴搬戏……走川广间市钱养家"，在这里将其母走江湖的艺人形象已勾勒出来。为了丑化魏忠贤这个无赖，特意渲染母与狐交而生，有意把他写成狐类的后代。更不惜笔墨写他的浪荡生涯：自幼不受父母约束，青年时代，大开赌场，整日沉醉于花街柳巷，"打拳蹴踘，走马戏场"无所不为。《梼杌闲评》对魏忠贤父母的描写，占了较多的篇幅。其母侯一娘随夫魏丑驴浪迹江湖，靠要杂技为生；一娘与戏班旦角魏云卿偷情而生忠贤，从而把他写成私生子。这显然是在《皇明中兴圣烈传》有关情节的基础上进行艺术加工而撰写的一篇娓娓动听民间艺人浪漫史。一娘母子被强盗所虏，魏忠贤曾以强盗为父，十年后为寻亲父逃出寨，因路上拾珠而与客氏联姻。这些虚构的情节极富传奇色彩。尽管几部小说在开篇与虚实方面有明显差异，但作者流露在字里行间的对魏忠贤的轻蔑与憎恶之情却是共同的。

　　在对魏忠贤从落魄到发迹的描述过程中，四部小说的情节提炼和细节的取舍都各有千秋。《魏忠贤小说斥奸书》对客氏在宫里的活动稍有展开，作品不仅牵涉客氏如何收买皇帝的贴身宫女，以便让魏忠贤及时了解皇上的一言一行，而且还具体描述了她矫旨逼死有孕的裕妃以及谋害冯妃等罪恶行径。《警世阴阳梦》和《皇明中兴圣烈传》则将客魏勾结谋杀数名后妃的情节加以浓缩扼要地予以概述，《警世阴阳梦》以较多的笔墨渲染忠贤在涿州当花子太监时，沿街乞讨和被性病折磨的卑琐困窘处境。其中涉及魏忠贤捉毒蛇治疗梅毒使容颜发生蜕变的过程，正是其他几部小说未曾写过的。《斥奸书》中有关崔呈秀投靠魏忠贤的情景历历如绘，具体到连礼单都一一罗列；《阴阳梦》对此却一笔带过。《圣烈传》则着意揭示崔呈秀的工于心计和攀附心理。他艳羡魏忠贤声势赫奕，便私厚魏之门人、心腹，先投其所好，而后认魏作父。这三部小说在情节的设置上虽然详略互见，渲染的侧重点也有所不同，但叙述方式却基本一致。大都采取第三人称和叙述中夹说明的表现方法，少用人物对话和细节的具体描写。《梼杌闲评》则从整体上呈现出较大的变化：不但情节愈趋丰富，而且更注重细节的运用，文笔更加细腻，以描写叙述代替了说明，主要人物的典型化程度也有了较大的提高。篇幅更长了，文字增加了近两倍，从而生动地反映了同题材的长篇小说的艺术演变。这也是中国古代小说在自身发展中一个独特的现象，古人无所谓版权法，也谈不到作家的专利，后人往往借助前人的作品进行再创作，从而写出艺术上更加完美之作。情节愈加丰富或完善，细节和具体描写更加强化，篇幅大大拓展，虚构和想象使其浮翠流丹。冯梦龙"三言"中许多作品如此，《东周列国志》《东西汉演义》《隋唐演义》《三国演义》《隋炀帝艳史》《隋史遗文》概莫能外。如果将这一现象视作中国古典小说发展的规律之一，并不过分。《梼杌闲评》的问世，正是循着这一规律的。

　　从叙述的角度着眼，《阴阳梦》以鲜明的禅宗意识统率全篇，从而明显地区别于其他三部小说。作品除叙述魏忠贤在阳世的诸般罪恶之外，还另增"阴梦"来强化他在阴间的轮回报应。其中贯串阴阳两梦的关键人物就是相士，他在小说中的三次出现，标志了魏忠贤一生两世的三个焦点。当魏忠贤贫病交加之时，是相士倾囊相助，医好他的病疮并扶植他跻身仕途。三十年后，魏已发迹变泰，到了极盛之时，相士特点化他。魏怕相士揭出他的丑史，遂恩将仇报，将相士绑送镇抚司严究。相士第三次出现于阴梦中，他亲眼目睹魏忠贤被凌迟的情景及其在阴间的报应，便以知情人的身份前来"说梦"，借助虚幻的人物把阳世阴间两大块衔接起来，在结构上起到承上启下的重要作用。小说的基调是现实主义的，但又是一部浮想联翩，神奇色彩浓郁的警世小说。它以阴间的是非皎然、赏善罚恶、扬忠惩奸来警戒后人。由此体现的佛家意念，恰恰是其他几部小说点到而未能形象地阐发的。《圣烈传》从中兴的角度以一定的篇幅展开描写崇祯登基，群臣弹劾魏忠贤和忠良复职的兴盛景象，着意颂扬崇祯皇帝的英明，这与小说的书名是相符的。

三

　　过了几十年以后出版的《梼杌闲评》与其他三部小说比较，从艺术上确有很大提高。无疑，这是同题材的小说，经过反复创作和一定时间的酝酿，逐渐臻于成熟的表现，到了晚清，有的评论家把《梼杌闲评》与《金瓶梅》《红楼梦》《儒林外史》相提并论："《金瓶梅》之写淫，《红楼梦》之写侈，《儒林外史》《梼杌闲评》之写卑劣，……皆深极衷痛，血透纸背而成者也。"①

---

　　①　王无生：《中国历代小说史论》。

　　《梼杌闲评》虽以魏忠贤一生卑劣为中心情节，但却更广阔、更深入地从多方面反映了那个时代的社会现实，堪称明末社会的历史画卷。它比之前三部小说的时间跨度更长，延伸到嘉靖末年，涵盖了隆庆、万历、天启乃至崇祯数十年的沧桑。明代社会的一个突出的问题，就是阉宦专权。万历后期，由于皇帝偏宠，宫廷内部储位、权力之争渐趋激烈，因而引起了一连串的著名案件。所谓"妖书""梃击""红丸""移宫"等。这都与宫廷内讧直接关联，宦官也由此形成派系。《梼杌闲评》不但对以上重大历史事件的前因后果作了详尽的描述，而且将阉宦之间的派系倾轧写得深入骨髓，惟妙惟肖。小说第八回写道：司礼掌朝田太监的外甥程士宏，仰其鼻息卖官，乃至凡要巴结其舅者都要与他来往，所受馈赠终日不断。田太监一旦去世，他便寸步难行，干什么都不灵了。有人向他行贿一万两银子讨个陕西织造驼绒的差使，迟迟两个月不批。行贿者改为通过李皇亲走小李娘娘的内线，旨意当天就下来了。程士宏大为恼火，以万两白银贿赂东厂殷太监，打通郑娘娘的关节，转瞬间便谋得清查湖广矿税钱粮的美差。第二十回描写"妖书"一案发生后，殷太监乘机栽赃，妄图嫁祸东林诸贤，便勾结郑皇亲陷害平日与其有隙的周家庆，并株连周的亲朋好友，上挂次相沈龙江，意在摇撼东宫太子朱常洛。在审问周的过程中，东宫一边的李太监向镇抚司求情宽缓；郑妃一边的殷太监则向镇抚司施加压力，出谋严刑拷打周之妻妾，周家庆等三人终于无辜问斩。"梃击"一案，虽系"疯人"张差所为，幕后却是万历宠妃郑娘娘，因万历皇帝不愿深究，于是不了了之。为了杀人灭口，唆使张差的太监庞保、刘成不能逃脱郑贵妃的魔掌。正如《明史》所总结的："故论明之亡，实亡于神宗，岂不谅欤。光宗潜德久彰，海内属望，而嗣服一月，天不假年，措施未展，三案构争，党祸益炽，可哀也夫。"①

　　潜德久彰的光宗朱常洛即位一个月猝死，长子朱由校匆忙登基，因皇帝年幼庸懦，以致"妇寺窃柄，滥赏淫刑，忠良惨祸，亿兆离心"。② 封建世袭制在我国由来已久，制造了一幕又一幕的社会悲剧。魏忠贤勾结客氏挟制皇帝，形成最高权力枢纽，就是众多历史悲剧中最卑劣、最黑暗、最腐朽的一幕。《梼杌闲评》形象而细微地描写了魏、客密结群奸、排除异己、祸国殃民、扩张权势的全过程。他们一方面残害忠良、弄权祸国；一方面贪赃枉法，敲诈勒索。随着权力的膨胀，财富源源而来。当魏忠贤靠阿谀谄媚窃踞东厂宝位时，田尔耕马上意识到魏的前景，便备了份重礼：金壶二执，玉杯四对，玉带一围，汉玉钩绦一副，彩缎二十端，纱罗各二十端，另加黄金二百两。前来贿赂魏忠贤，并表示"情愿投到老爷位下，做个义子"。依据小说中的人物关系，田尔耕乃魏妻的表兄，岁数比魏大，这种悖逆于常礼的举动连魏忠贤都认为"太过费了"。在田尔耕心中，却是"顺理成章"，一本万利的交易，田氏家族要靠此而飞黄腾达，其侄田吉立刻得以充当峄县知县。田吉借机为尔耕报仇，仅一起案件就敲诈了三千两银子，同时抓人治罪。这些富有典型意义的描写，深刻地揭露了权钱交易、互为转化的关系。大凡派系、党锢之争，往往集中到一个"权"字上，而权力作为商品在一定的条件下又是可以和金银财宝交换的。官职越高，权力越大，发财的机会就越多。在天启年间维护权钱互易关系运转的机制就是以魏客为中心的庞大派系网。这张网无形地笼罩全国，从宫廷到内阁，从京城到州县，从兵部到藩镇，从皇家宝库到地方税监，竟无一漏网。

　　《梼杌闲评》多侧面反映了明嘉靖以来工商业、手工业发展和受挫的具体状况。到嘉靖末年像杭州、苏州、扬州、沙市、武汉、

---

① 《明史》卷二十一。
② 《明史》卷二十二。

临清、蓟州等城镇，交通发达，来往客商和坐地经商者很多。纺织、冶炼、采矿等业相继发展，粮商、盐商、布商、绸缎商穿梭来往。当时经营规模较大的工商业往往与官府有千丝万缕的关系，或官僚操办，或太监插手，或官方投资，或仰仗某种权势。小说中写到魏忠贤的生父魏云卿，原在戏班唱旦角，后托门子买了个地方官，在广东一任赚银数万两，便作为本钱向扬州各机房、缎店投资。官商勾结已是普遍现象，不足为奇，这正是封建社会工商资金积累发展的必由之路。因为孱弱的工商业只有靠宦官的权势和资本才能有竞争力，从而在根深蒂固的封建社会得以伸展和滋长。而另一方面野蛮的横征暴敛又使发展起来的工商业遭到极大的破坏。魏党借口兴建三殿，向各地硬派官税，使众多商民倾家荡产，家破人亡，把"扬州繁华之地，直弄做个瓦砾场"。

明末社会贿赂公行，颓风日渐，在小说中也有所反映。当时办事都离不开银子，办大事要大宗银子，办小事也得花小钱，人际关系完全以金钱和利害为准绳。卖官鬻爵的现象愈演愈烈，书生进学，必须"有分上"，童生纷纷拜太监为师，每一拜都要送许多礼品。户部公开捐贡例，秀才固然要拿银子加贡。监生进一步加捐，等到上京廷试，便央人代考，"只拼银子讨科道翰林的分上"。明目张胆地讲铨选价目："一千两选通判，二千两选知县，三司首领，州同、州判皆有定价。"用钱买来的官再去敲诈勒索，制造冤案。不但文官明码买卖，武官武职也同样悬价出售。正如作品所描写的，崔呈秀在兵部任职的年代，广州一个副将要升总兵，开价三万两银子，经讨价还价，崔看在宠妾之弟的面子上，实要一万五千两，外加价值三千两的珍珠。所以许多官僚都是酒囊饭袋，吃喝嫖赌，乃至玩弄男妓，无所不为。统治者的腐朽窳败，倒行逆施，势必激起人民的强烈不满和反抗。小说也从侧面生动地描绘了社会动荡、苏州民变和白莲教起义的情景。人祸天灾相伴而生，水、旱、蝗灾、地震纷至沓来。魏党专权的历史谬误及其给无辜者带来深重灾难的悲剧性，这正是整体形象的认识意义所在。

艺术表现的对象，归根结底是作为现实关系总和的人。脱离这个现实对象就谈不到艺术，因此小说总是以人物形象塑造为基本标志。《梼杌闲评》与其他三部小说比较，在人物形象的塑造上确有较大的创新。

一是增添或强化了次要人物的描写，在魏忠贤之外增加了一系列人物，而且都写得有血有肉，仅"绣像赞语"所列就有十六名之多，如秋鸿、傅如玉女母、魏云卿、侯氏家族、客氏家族等。这些人物不仅大大丰富了情节，在小说中起到烘云托月的作用，而且使整体艺术品位有了全新的面貌。像秋鸿原系客印月的陪嫁丫鬟，属新添人物。在蓟州侯家对魏客偷情，起到穿针引线的作用，同时也被魏忠贤狎弄。后来虽然嫁给侯七，仍为客印月的臂膀，帮助抚养客子侯国兴，并为客家总管。秋鸿长得不俗，眉清目秀颇有姿色；开朗、爽直，且伶牙俐齿，善戏谑。一方面对客印月忠心耿耿，一方面有独立见解。她对魏、客沆瀣一气胡作非为看不下去，常用打情骂俏、嬉笑谐谑的方式嘲讽魏忠贤，也曾好言劝说客印月回头，都无济于事。她只好与丈夫离开京城，回乡种地。这个人物占去许多篇幅，她以其鲜明的个性跃然纸上，使小说平添了幽默、风趣、辛辣而又明快活泼的风采。

客印月在《梼杌闲评》中的地位、作用仅次于魏忠贤。但在前三部小说中却未能展开描写，甚至有姓无名，只用"客氏"称呼，未免形象模糊，乃至概念化。而在这里却分明是一个具有独特个性的反面形象。她本是农家姑娘，却天生丽质，绝世无双。然而她的婚姻不幸，先是许给魏忠贤，因魏杳无音信，便远嫁蓟州布商之子侯二。侯二长得又矮又丑，呆头呆脑，人称"铎头瘟"，自然与乖巧伶俐的客印月不配。侯七贪杯嗜酒家道中落，生活转趋贫困，这才迁至京城。托故旧李永贞夤缘，客印月得以进宫当了皇长孙的乳婆。客氏行为放荡，早在蓟州时便与魏忠贤、侯七私通，入宫后又和几个太监关系暧昧，在奉圣府帐中还藏有十六七岁粉妆玉琢的小郎。由于她在宫中所处的特殊地位、权势和私欲造就了她性格上的贪婪、偏狭、狡诈和狠毒。她内控小皇帝，压制后妃；外结魏忠贤，拨弄是非；怂恿子侄、家人为非作歹；陷害忠良骨鲠，打击皇亲国戚；政治野心步步膨胀。客印月势倾朝野，直接左右皇帝，连魏忠贤也要惧她三分。乳媪窃权，勾结阉宦，纵横捭阖，无恶不作，这在中国历史上实属罕见。《梼杌闲评》所塑造的这一女性形象，在中国小说史上堪称一绝。

二是对主要人物魏忠贤的写法有了较大的突破。一方面真实地描写了大奸性格形成的过程；一方面充分地展示出人物性格的复杂性。生活中好人并非毫无瑕疵，坏人亦非从一生下来就一件好事未做过。《梼杌闲评》之所以用了五分之二的篇幅详尽地描写魏忠贤的身世和其母一娘的境遇，就是为了艺术真实地揭示他个人性格的秘密，即只有通过他所经历的特殊生活道路才赖以形成的那种精神特点。魏忠贤乳名辰生，原名进忠，系杂技女艺人侯一娘和昆剧旦角魏云卿的私生子。他在颠沛流离中度过了自己的童年，一娘与丈夫魏丑驴走江湖卖艺，在投奔泰安州的途中不幸遇盗，丑驴遭害，一娘和辰生被虏上山，由此辰生认贼作父，自然受到强盗的熏陶。十年后母子逃出山寨，进京寻找魏云卿，苦寻未见，母子生活十分艰难。辰生为了谋生，十五岁就当了程中书的长随兼男妓。他小小年纪不但学会了吃喝嫖赌，而且熟谙人情世故，精于谄媚讨好，曾为程中书出谋划策，连东厂太监都称他"乖巧"。青年时期的魏忠贤，虽有奸诈、挥霍、昧心、油滑的一面，也有性格的另一方面。他曾有过慷慨侠义之举，搭救过遇难少女傅如玉。此壮举大大感动了傅母，将其招赘为婿，于是他有了温馨的小家庭，善良的妻子和岳母都给他以真诚的爱。安宁的生活和真情的感召，使魏忠贤天良发现，流下思念生母的眼泪。

为此，他不辞辛苦，从峄山村到临清、蓟县等地，千里迢迢四处寻母。在他困顿涿州、贫病交加、走投无路的时刻，也曾眷恋妻子的深情，向往回家，重温美满的田园生活。即使在他窃据东厂掌事以后，弄权之余，仍有时自惭欠下妻子的太多了，可见这个大奸大恶也绝非生就如此。

小说的艺术魅力恰恰表现在不回避堕落过程中人物灵魂深处的丰富性和复杂性。由于魏忠贤一味醉心于权势的扩张、地位的显赫、财富的聚敛，被扭曲的人性中善良的闪光点才逐渐泯灭。小说的后半部再也看不见他有丝毫天良发现，更谈不到有任何侠义行为。为了巩固和扩张既得的利益，他谋杀王安、残害六君子、制造"东林党"等一系列冤假案，以消除异己。并勾结、利用客印月，掌握宫廷内情，毒害后妃，打击皇帝。凡对他篡权误国有异议的人，都先后葬身于他的阴谋之中。他还唆使许显纯之流滥施酷刑，害死许多无辜。无止境的贪欲，使他觊觎更高的权力，终于发展成为集凶残、狠毒、奸险、霸道于一身的大权奸。从魏忠贤这个典型的反面形象可以清楚地看到，封建制度发展到天启年间是何等腐朽，何等没落！

《梼杌闲评》的作者凭借丰富的想象，娴熟地运用了创造形象的多样化艺术手法，使这部小说凌驾在同一题材的其他三部小说之上，而成为明末具有较高艺术水平的作品之一。

其一，强化了细节的具体描写和人物心态的刻画。围绕主干情节增枝添叶，在具有典型意义的细节上下功夫，把概括的描述化为生动的具体描写，而且写得入情入理、生动逼真，乃是《梼杌闲评》成功的奥秘所在。有关客魏勾结陷害张国纪的情节，在其他三部小说中都比较简略，唯独《梼杌闲评》却进行了多层次的描写。先写：客印月在皇帝面前谎称张皇后有病，故意阻拦皇帝去中宫，事发，被皇后赶出宫去。她为此记恨在心，总想找机会报复。次写：魏良卿伙同侯国兴在光天化日之下公然调戏李监生之妻吴氏，并抢回府去。魏侯二人先后逼吴成亲，李监生也因此身陷囹圄。吴氏与张皇后系嫡亲表姊妹，张皇后之父张国纪出面保释李监生。魏遵客氏之命诬陷张国纪"主使招客商，私收皇税，代为透漏，侵肥入己。监生李某，倚势害人，包揽各衙门说事过贿，与张国纪均分。"以加罪张国纪来震慑中宫；并处死李监生。再写：客氏在皇帝查阅弹劾张国纪的假奏章时从旁谗言。第四层写：皇帝幸中宫时将张国纪"包揽被劾始末"说知皇后。皇后提议让张国纪回籍，以免惹事；皇帝首肯，据以降旨。如此层层烘托，步步深入，不但把事件的来龙去脉，前因后果描述得清晰明白，而且还借重细节和具体描写使人物声态并作，各具个性。如客印月那恶狠狠的复仇心态；魏忠贤明知缺理，既怕得罪客氏，又怕陷害皇亲惹出事端的矛盾心理；皇帝不究奏章真伪，却又尊重皇后的稚气和憨直，都写得恰到好处。

其二，渲染神奇色彩，增加作品的趣味性。开头结尾互相呼应，虚构了朱工部治水误伤赤练蛇一族的故事，作品设计魏忠贤和客印月乃雌雄二蛇转世，其余党羽皆二百余蛇族所化，这便将一个纪实性很强的严肃题材纳入轮回报应的范畴，并给它披上了神奇的外衣，就全篇而言也穿插了许多神奇情节，虚构了若干神奇人物，如空空儿、孟婆子、摩天顽僧等。这些人物不仅外形奇特，生活方式与凡人迥异，而且出没无常，预知未来，有超然物外之功力，他们往往出现在小说矛盾的转折时刻，作者借以宣泄其倾向性。如孟婆子戏弄、恐吓、斥责魏忠贤，强化了对权奸的憎恶之情。至于空空儿消灭白莲教的情节，则表现了作者对农民起义的不理解。典型的神奇化情节，莫如魏忠贤入灵崖遇老僧，采药，吃了松脂化的"贮影"，"疮疤都落尽了，一身皮肉变得雪白"，从而治疗了自己的毒疮。类似这样构思，纯属作者的想象，明显地受了幻化神魔小说表现方法的影响。但是这也并非向壁虚构，和我国传统的文化记载有关，早在《搜神记》《抱朴子》《酉阳杂俎》《宣室志》等著述中就有"松脂能治疮""茯苓可使人返老还童""树中有物类狗状"的记载。所以作品中有"贮影"似狗状，由"茯苓"变来，而"茯苓"又由松脂变化，深埋树下等描写都能从古籍中找到依据。

其三，场面的描写更加立体化、动态化，更加富于层次感，例如魏忠贤庆生辰的场面，在其他三部小说中大都采取概括的手法和平面表述方式，一笔带过。这种写法虽简练有余，却失之粗疏。这里从主要人物的性格出发，在场面描写上做了适度的铺陈，由点到面放射开来，自远而近推移到读者面前，贺筵上举凡贺仪之隆重，酒席之丰盛，陈设之精奇，女乐之华诞，都是从不同侧面、不同角度表现魏忠贤的穷奢极侈，至于拜寿、送礼、争宠，更是群丑毕呈，百姿百态。凡此种种，莫不为了烘托魏忠贤之权重势倾，炙手可热。

这四部表现权阉魏忠贤的小说，虽各有千秋，但《梼杌闲评》不愧为佼佼者。从此看到明代小说发展的一个重要现象，即同一题材前后，乃至同时可以出现几种小说，而艺术上趋于成熟都是经过若干年之后。随着时间的推移，经过作者反复酝酿，不断扩展想象的天地，构思的自由性越来越大，虚构的内容越来越多，艺术表现手法越来越多样，语言文字越来越精美，逐渐地从纪实性向典型化蜕变，艺术上臻于完善。无论长篇或者短篇都有无数这样的实例，可视作中国古代小说发展的规律之一，值得进一步探讨。

（原载《明清小说研究》1994 年第 3 期）

《型世言》校点前言

　　顾名思义,《型世言》是以树"型"于世来晓谕、警醒世人的小说。这部白话短篇小说集早于明崇祯五年（1631）左右问世,乃明末大量喻世警人的小说集之一。它在中国小说史上的地位和价值,可与冯梦龙的《喻世明言》《警世通言》《醒世恒言》,凌濛初的《拍案惊奇》《二刻拍案惊奇》相媲美。法籍华人陈庆浩教授并称之为"三言"、"二拍"、"一型",乃确当之论。

　　《型世言》在国内迄无藏本,这是陈庆浩先生在韩国发现的孤本。台湾中研院中国文哲研究所于1992年影印出版时,由陈先生加了"导言"。陈先生这一珍贵的发现,就像当年王古鲁先生在东京发现《二拍》原版一样,对保存和发掘古籍、弘扬民族文化遗产、扩大明末小说研究视野,都作出了重大的贡献。料想在古典小说界将会引起一定的轰动效应。本人有幸被邀为四川文艺出版社校点此书,使这部沉埋在异国他乡达数百年之久的小说秘籍,得以与祖国的广大读者见面,真是件令人十分兴奋的事情。

　　根据陈先生的考证,《型世言》正是《幻影》《三刻拍案惊奇》《别本二刻拍案惊奇》的祖本。《幻影》在北京图书馆存有七回残本,第一回缺前半部,第七回缺后半部,每回均署名"明梦觉道人、西湖浪子辑"。《三刻拍案惊奇》计八卷三十回,现存北京大学图书馆。其中第十三回到第十五回有目无文,因此实有二十七回。其中又有十一回的篇末文字佚失,每回都有许多残损缺漏的字词。从《幻影》仅有的二至六回回目和回序看，与《三刻》完全相同，连署名以至每页的行、字数也都一样，唯《三刻》版框外上方题有《型世奇观》的字样。这两部小说与《型世言》比较，仅存的篇回，内容完全一样，只是回目和回序有所改动。《日本二刻拍案惊奇》仅在法国国家图书馆和日本大分县佐伯市佐伯文库各存一部。1985年台北天一出版社据法国藏本影印出版，共三十四卷。前十卷采自《二刻拍案惊奇》，后二十四卷和《三刻拍案惊奇》相同，少部分有出入，个别如第二十四回文字改动较大，由此可知，《型世言》不但是最早的刻本，而且还是最完好、最权威、最可信赖的本子。

《型世言》的作者陆人龙，字君翼，浙江钱塘（今杭州）人。他的哥哥陆云龙，字雨侯，是明末卓越的出版家、编辑、作家和书法家。据孙楷第先生的《中国通俗小说书目》及其他有关书目著录，由陆云龙主持的峥霄馆，编选刊刻的书前后达数十种之多，而且许多书都由陆云龙亲自加序，《型世言》也是由该馆刊行的。陆云龙和陆人龙都写过长篇小说。《魏忠贤小说斥奸书》即云龙所撰[1]，《辽海丹忠录》则为人龙所撰[2]。陆人龙的生卒年月虽然尚待考证，但他活动在启祯年间却是无疑的。从他的作品和有关资料可以了解到他们兄弟早年丧父，生活清苦，由亲母和嫡母抚养成人。尽管刻苦攻读，学识渊博，终因科举制弊端丛生而落第。陆人龙对情操、品格尤加注重。他还是一位爱国忧民，具有强烈民族感情的文士。他受儒家思想影响较深，重视传统的伦理道德，向往清明的政治，对魏忠贤窃权专制固然十分不满，对明末腐败的官场、凋敝的社会风气尤为深恶痛绝。因此，对崇祯皇帝一举

---

① 关于《魏忠贤小说斥奸书》的作者，学术界有两种说法，一是冯梦龙，一是陆云龙。本人原同意前说。因《型世言》的发现，经陈庆浩先生考析当为陆云龙。

② 《辽海丹忠录》的作者也有两种说法，一是陆云龙，一是陆人龙。《型世言》的发现证明为陆人龙所作无疑。

清除魏党，振兴朝纲非常拥戴。

《型世言》原名为《峥霄馆评定通俗演义型世言》，每篇都有峥霄馆主人陆云侯所加的"小序"、总评和眉批。为了不影响读者的全面理解，一律保留，并作点校，仅个别不清楚或残失或难辨认的字以□示存疑。

《型世言》绝大多数篇章取材于明代社会生活，只有一篇写南宋，最晚的一篇写到崇祯元年（1628），即第二十五回，"凶徒失妻失财，善士得妇得货"，描述了该年七月浙江沿海一带因遭巨风、海啸而发生特大水灾的情景。这在明史上曾有记载："壬午，浙江风雨，海溢，漂没数万人。"① 在《型世言》四十篇小说中，多数篇回的内容都有所本，若不见于史料，就依据稗乘，有的早在笔记小说中已露端倪。如第一回"烈士不背君，贞女不辱父"，第七回"胡总制巧用华棣卿，王翠翘死报徐明山"，这两篇可见于明人王世贞编撰的《艳异编》。《艳异续编》卷之六"妓女部·铁氏二女"就是《型世言》第一回的雏形。明代有关铁铉、高贤宁的记载很多，二人在《明史》都有正传，这些都为小说提供了真实的素材。第七回不但和《艳异续编》卷之六"妓女部·王翘儿"的内容一致，而且在《智囊全集·闺智部》"雄略卷二十六·王翠翘"篇，已经具奋了较完整的故事情节。显然，"胡总制巧用华棣卿，王翠翘死报徐明山"是在此基础上加工、润色、扩大篇幅演绎而成。像第六回"完令节冰心独抱，全姑丑冷韵千秋"，可在《明史》卷三百一"烈女传·唐贵梅"中找到依据。小说女主人公唐贵梅至死不扬婆母丑名的事迹，作为烈女早已在实录性文钞中有所记载。第三十四回"奇颠清俗累，仙术动朝廷"演颠仙的故事，其间虽多涉荒诞，但《明史》中却有"周颠传"②，而

———————

① 《明史》卷二十三《本纪二十三·庄烈帝第一》，虽然《明史》为清人编写，但关于灾害的记载早在明就有实录。

② 《明史》卷二百九十九。

且篇末注明"洪武中，帝亲撰《周颠仙传》，纪其事"。可见，这篇小说是以朱元璋亲自撰写的传记为据。第二回"千金不易父仇，一死曲伸国法"，第九回"避豪恶懦夫远窜，感梦兆孝子逢亲"，均见于记载，后又入《明史》。第二回男主人公王世名，第九回主人公王原，被著录《明史·孝义烈传》，笔记小说《情史》"王世名妻"篇，正与《明史·王世名》巧相呼应，分别记述夫妻二人孝义、贞烈之举："夫忍五载而死孝，妇忍三岁而死节"的千古奇闻。这些封建礼教的忠实卫道者，在当时曾受到旌表，成为家喻户晓的楷模，所以在正史、野史、笔记中都不乏记述。然而在陆人龙的笔下，不唯歌颂节、孝，且具体地描绘出富欺贫、调解人从中谋利、官员迂腐等社会现实，就其认识意义而言更属难能可贵，但应对愚忠愚孝、盲目死节的封建内容仔细分析，有所扬弃。

《型世言》多方位地展示了明末的社会画面、世俗情趣、人情风貌，并且刻画了众多形形色色的人物形象。它比《三言》《二拍》以及明末其他警世喻人的小说集所反映的社会层面更加广阔。其中不仅有市井乡镇的民情民俗，也有贫困农民在天灾人祸面前的痛苦和不幸；不仅有商旅经营运贩的苦厄，也有科举包考、代考的弊端；其他如娼门女子的辛酸、男宠龙阳的怪诞、官场的尔虞我诈、吏道的盘剥克扣、忠臣贤士的舍身保国、流氓地痞的坑蒙拐骗，以及道观寺庙内的种种罪恶、街坊邻里之间吵嘴斗殴无不一一纳入其间。一方面是忠臣、勇将、贤良、孝子、义仆、良师、益友、清官、侠士、烈女、真仙、童僧；一方面是贪官、污吏、恶棍、盗贼、奸商、纨绔子弟、诈骗犯、教唆犯、帮闲……由小说展示的众多世相可见明末社会风气颓败之一斑。

《型世言》和《三言》一样，有统一的表述方法。因四十篇小说由一人连续写成，故每篇前面均缀以陆云龙的小序，正文以诗、词开篇，然后作者就全篇的中心提出一个问题展开议论。这点和长篇小说《辽海丹忠录》的叙述方式相一致，表明作者已形成自己的表述习惯。议论过后才是小说情节的开始。以"议论"作为入话，这是和明末其他短篇小说的不同之点。其他拟话本小说往往以与正话相近或相反的小故事为入话，这里却以"议论"为入话，显然增强了作者倾向性的表白，但也削弱了形象本身的客观意义。各回在情节进程中，主要依靠人物对话和作者叙述展示矛盾，因此人物对话的人情味、世俗气便成为这部小说集的特点之一。如第三十五回"前世怨徐文伏罪，两生冤无垢复仇"，吴婆对徐文所讲的一段话就很有代表性："吴婆道：'徐老爹，虎毒不吃儿，仔么着实打他？这没规矩，也是你们娇养惯了，比如他小时节，不曾过满月，巴不得他笑，到他说叫得一两个字出，就教他骂"老奴才"、"老畜生"、"老养汉"、"小养汉"骂得一句，你夫妻两个快活。抱在手中常引他去打人，打得一下，便笑道："儿子会打人了！"做桩奇事，日逐这等惯了，连他不知骂是好话，骂是歹话，连他不知那个好打，那个不好打。也是你们娇养教坏了他，如今怎改的转？……'"这里，不仅写出了人物的神情、口吻和见地，而且选择了父母溺爱幼儿，以教他骂人、打人为乐这一典型的生活现象，从邻居老太太的口中说出，自然既真实、平易，又亲切、贴近生活。又如第五回，当邓氏回娘家向姐妹们诉说丈夫只知吃酒，不懂夫妻间欢乐时，"大姐道：'这等苦了妹儿，岂不蹉跎了少年的快活？'二姐道：'下老实捶他两拳，怕他不醒！'邓氏道：'捶醒他，又撒懒溜痴不肯来。'大姐道：'只要问他，讨咱们做甚来？咱们送他下乡去罢！'二姐道：'他捶不起，咱们捶得起来，要送老子下乡，他也不肯去，条直招个帮的罢！'邓氏道：'他好不妆膀儿，要做汉子哩！怎么肯做这事？'大姐道：'他要做汉子，怎不夜间也做一做？他不肯明招你却暗招罢了。'邓氏道：'仔么招得来！姐，没奈何，你替妹妹招一个！'二姐笑道：'姐招姐要，有的让你？老实说，教与你题目，你自去做罢！'"这段闺中私房语，就展示了三个女性的内心奥秘以及各自对付丈夫的不同招数。从小说的情节发展来看，又为邓氏以后主动勾引耿埴做了铺垫。人物对话在这部小说集中至关重要，许多矛盾冲突、人物纠葛的产生、发展和解决都通过人物对话完成。其中不少的对话都写得如闻其声，如见其人。如第三十六回，吴尔辉和王秀才的对话，就像剥笋一样把一场骗局一层层剥开。值得注意的是许多具体细节的描述也通过人物对话来完成。如第三回"悍妇计去孀姑，孝子生还老母"，便从周于伦的口中说出他到外边做生意的一系列细节，总之，《型世言》中的人物对话颇富于艺术表现力。

《型世言》四十篇中，有十五篇含有公案小说的因素。诸如冤案、奇案、无头案、诈骗案、人命案、争斗案、婚姻案、拐骗案、偷盗案、可谓洋洋大观。但它显然高于一般公案小说，其结构形式也不落窠臼，从艺术造诣上看，更是远远超过了明代社会广为流传的公案小说。第三十六回"勘血指太守矜奇，赚金冠杜生雪屈"，便堪称一篇典型的昭雪辨冤的小说。写的是住在处州府内公解的冯外郎家失盗，金冠、银器等贵重物品和银两被窃。因冯夫人在衣箱里发现盗者包手指的布套，便怀疑邻居杜外郎家的奶娘金氏和小厮阿财。知府先用酷刑逼供，把杜外郎打成窝主，将阿财夹成残废。当真盗张三偶然被发现后，知府就幡然认错，甘愿拿出银子为阿财治病，并主动恢复了杜外郎的名誉和职务。这篇小说的立意并不在颂扬包公、海瑞式的清官，仅如实描绘了知府先严刑逼供，后知错能改和有关案例，作者在篇末总结为官断案之理曰："做官要明要恕，一念见得是，便把刑威上前，试问已死的可以复生，已断的可以复续么？故清吏多不显，明吏子孙不昌，也脱不得一个'严'。故事虽十分信，还带三分疑；官到十分明，要带一分恕，这便是己事之鉴。"一般公案小说往往从不同的角度颂扬清官，这篇小说写知府却是先靠屈打成招，冤枉无辜，后因别人发现赃物才追出真盗、纠正错判。显然，作品以人为鉴，对知府做了委婉的批判，这就写出了为官为人的复杂性。

第二十三回，"白锒动心交谊绝，双猪入梦死冤明"，所塑造的殷知县的形象，更接近包公、海公。人称殷青天的知县一日梦见两个猪，醒来却见十余只乌鸦咿咿哑哑对着他叫："也有在柏树上叫的，也有在屋檐边叫的，还有侧着头看着下边叫的"，皂隶赶出门，乌鸦飞向学中尊经阁，这才发现了朱恺的尸首，于是一桩无头案得以立案、侦询，直到真凶缉拿归案。《包龙图百家公案》中有"鹊鸟也知诉其冤"，《海刚峰先生居官公案》也有"乌鸦鸣冤"，构思皆与此类似。由梦预示断案是公案小说常见的手法，死者朱恺是一猪（谐音），凶手姚明属猪，这便与"双猪"之梦相吻合。《型世言》中类似公案小说的篇章虽吸收了其他公案小说的表现方法，但在艺术造诣上，诸如情节的曲折性、细节的生动性、人物对话的个性化以及细腻的心理刻画等方面却又超过了明代公案小说。

《型世言》中另有几篇以精怪、变异为题材的小说，寓意至为深远。貌似怪诞，实则寄托着作者尖锐的政治见解。第三十七回"西安府夫别妻，郃阳县男化女"，这篇小说写男变女的故事，可谓荒诞奇特。陕西西安府禾善村李良雨，"生得媚脸明眸，性格和雅"，娶妻韩氏，两相和睦，并生过一女。为了给其弟良云完婚，良雨偕同村吕达外出经商。偶然因嫖妓身染梅毒，百医无效，遂患"蛀梗"，烂去阳物，嫣然变成女子，原有的男性特征悉皆退化变异。梦见神人暗示他本应为李家女子因在阴间贿嘱书吏将女变男，阴曹不准行贿，故仍将其为女性，嫁与吕达为妻。小说生动而又具体地描写了李良雨变女后与吕达相处的忸怩之态以及他羞于见兄弟、羞于回乡、羞于会朋友等种种复杂的情状和心态。陆云龙在篇末总评中说："妖不遽兴，必有其征。今红紫载道，丈夫而女子，其饰妖冶自好；丈夫而女子，其容至谐媚、承顺；则丈夫而女子，其心浸而士林，浸而仕路，浸而一雌奸乘政，群雌伏附之，阴妖遍天下矣，直一李良雨哉！李良雨知羞而朝野不知羞，反又良雨不若，使非圣明应河清风见麟游之期，一新朝宁，妖不胜书也。" 此评说得明白，这篇小说的寓意，乃借由男变女的怪异，针砭阉宦魏忠贤专权造成的朝纲紊乱、官场黑暗、儒林窳败、阴妖遍天下的丑恶现实。作品以李良雨知羞反衬并讽刺了妇寺窃权，祸国殃民却毫不知羞的狰狞嘴脸和厚颜无耻，同时颂扬了崇祯皇帝歼除魏党，使朝政一新之举。第四十回"陈御史错认仙姑，张真人立辨猴诈"，写猴精惑人的故事。这猴修炼达七百年，"气候已成，变化都会"，有时变成美丽的少女，引诱青年男子上钩，以采其元阳；有时变成老太婆，以说善恶、讲休咎、卜未来、算祸福骗取人们的信任。猴精还利用陈御史会见张真人之机，妄图诓骗真人一印，以便就此入天门跻于仙班之列。没料到他那张假白绫汗巾的猴皮，早被张真人识破，结果未得成仙反害了自己。这篇小说的寓意在于警告那些"为恶不悛、巧思弄人"的沐猴而冠者：自作聪明往往害己。为了保存全书原貌，本人在校注时一律不加删削。在校点中每逢字迹有缺损不清处，皆分别与《幻影》①《三刻拍案惊奇》②《别本二刻拍案惊奇》③ 核校，现已基本上补齐。如二回、三回、十一回等。其中十六、十七两回全文系首次发现，无本可参校。还有大多数篇回因其他本子早已缺失，亦无法查对。原文中凡出现多字，丢字，或异体字之处，均一一予以纠正，原文中有个别文字系后人补抄，亦照录用，并不作注文，敬请谅解。

（原载《型世言》，四川文艺出版社 1993 年版）

---

① 北京图书馆藏本。
② 北京大学图书馆藏本。
③ 台北天一出版社 1985 年影印本。

陆云龙评选学的时代意义

陆云龙，字雨侯，生活在明代天启、崇祯年间。幼年丧父，家境贫寒，由嫡母和生母抚养成人。其《选十六家小品序》中说："盖其具已，独恨家俭而目亦因之，不能大括燕、赵、邹、鲁、洛、蜀、滇、粤诸奇；又恨目穷而家又穷之，不能大梓诸先生之雄文，仅剖行其一二。……"又何伟然在《十六家小品序》中也提到，陆云龙编好十六家小品后，寄语何氏时曾说："此余竭数年心力，乃今始得捃十六先生之珍奇灵隽，而聚之简编，抉剔爬搔，别具手眼，尔必有以评我。且余贫，度未能行其鸿章大篇于世，姑以其小品行。"又说："吾为贫使，无暇及其他焉耳，嗟呼！贫也！使人有搜求之识，采撷之材，不得吐气于人……"可见，家境的贫寒对他的生活的影响。

他青少年时代，一直刻苦攻读，才学渊博。一度曾寄希望于科举仕进之途，但由于万历末到天启年间，科举制已腐朽，社会窳败已极。像他这样穷苦人家子弟，既无钱无势，又正直耿介，在这方面是不可能成功的。因而早在天启末他就已对科举仕进心灰意冷，转而从事编选刊刻工作，在崇祯年间非常活跃。现将已知他以翠娱阁或峥霄馆的名义镌刻的书名列举如下。

出版年代	书名	卷数	陆氏的工作	说明
天启五年（1625）	合刻繁露太玄大载礼记	三卷	辑校加序	
崇祯元年（1628）	魏忠贤小说斥奸书	四十回	陆云龙撰	笔名吴越草莽臣
崇祯二年（1629）	禅真后史	六十回	刊刻、加序	
崇祯三年（1630）	辽海丹忠录	四十四	陆人龙撰	笔名孤中
崇祯四年（1631）	翠娱阁评选文奇	四卷	选、评、刊、序	
崇祯四年（1631）	翠娱阁评选文韵	四卷	选、评、刊、序	
崇祯四年（1631）	翠娱阁评选行笈必携（包括诗最、词菁、书隽、文奇、文韵、四六俪、小札简、纪游、清语、格言等十种）	二十一卷	选、刊、评、分序、总序	兄弟二人分工作序
崇祯四年（1631）	翠娱阁评选词菁	二卷	刊、评、序	
崇祯五年（1632）	翠娱阁评选袁小修先生小品	二卷	刊、评、序	全汝栋先生选
崇祯五年（1632）	翠娱阁评选黄贞父先生小品	二卷	刊、评、序	丁允和选
崇祯五年（1632）	翠娱阁评选李本宁先生小品	二卷	选刊、序	陶良栋评
崇祯五年（1632）	翠娱阁评选小品四种（包括屠赤水、汤若士、黄贞父、陈眉公）	八卷	选汤、评陈；写屠、汤、黄、陈四分序	汤为江之淮评、陈为梅羹选、屠为何伟然选

出版年代	书名	卷数	陆氏的工作	说明
崇祯五年（1632）	翠娱阁评选小品四种（包括张侗初、袁中郎、袁小修、钟伯敬）	八卷	选袁、钟；评、张；作四分序	张为丁允和选、袁中郎为梅鬺阅，钟为梅鬺评
崇祯五年（1632）	翠娱阁评选名家四种（即袁小修、徐文长、陈眉公、虞德园）	八卷	选徐、作评虞、作四分序	虞为丁允和选，徐为陶良栋评
崇祯五年（1632）	翠娱阁评选诸家小品五种（即王季重、汤若士、张侗初、袁中郎、钟伯敬）	十卷	评王，作各家分序	王为冯元仲选
崇祯五年（1632）	翠娱阁评选诸名家小品六种（即董思白、文太青、钟伯敬、曹能始、陈眉公、李本宁）	十二卷	评董、选文、曹，作各家分序董为丁允和选曹为陆府治评，文为陈爕明评	
崇祯五年（1632）	翠娱阁评选诸名家小品十种（即徐文长、虞德园、李本宁、屠赤水、黄贞父、张侗初、董思白、曹能始、钟伯敬、汤若士）	二十卷	选、评，各家分序	选、评、序，与前同样
崇祯五年（1632）	翠娱阁评选诸名家小品十二种（即徐文长、黄贞父、董太史、陈眉公、汤若士、李本宁、张侗初、袁中郎、袁小修、文太青、曹能始、陈明卿）	二十四卷	选、评、各家分序	陈明卿、陈嘉兆评

出版年代	书名	卷数	陆氏的工作	说明
崇祯五年（1632）	翠娱阁评选诸名家小品十三种（即袁中郎、王季重、虞德园、李本宁、屠赤水、黄贞父、张侗初、黄思白、曹能始、钟伯敬、汤若士、陈眉公、徐文长）	二十六卷	选、评、各家分序	参与选评者与前同
崇祯五年（1632）	翠娱阁评选明十四家小品（即虞德园、黄贞父、袁中郎、徐谓、袁小修、陈明卿、董其昌、曹能始、汤若士、陈眉公、文太青、王季重、钟伯敬、李本宁）	二十八卷	选、评，各家分序	参与评选者与前同
崇祯六年（1633）	皇明十六家小品（即屠赤水、徐文长、董思白、陈眉公、王季重、虞德园、汤若士、陈明卿、李本宁、张侗初、袁中郎、袁小修、钟伯敬、文太青、曹能始、黄贞父）	三十二卷	选、评、刊，分序、总评	另有何伟然一总序
崇祯五年或六年（1633）	峥霄馆被评定通俗演义型世言	四十回	陆云龙作各篇序、跋、眉批	陆人龙撰
崇祯六车（1633）	钟伯敬先生选注四六云涛		选、序	
崇祯七年（1634）	翠娱阁近言	文三卷、诗一卷	陆云龙撰、刊、自题	

续表

出版年代	书名	卷数	陆氏的工作	说明
崇祯七年（1634）	五经提奇		编、选、序	此三种书未见，据《翠娱阁近言》提供
崇祯七年（1634）	五谷提奇		编、选、序	
崇祯七年（1634）	四先生文选（即李本宁、张侗初、钟伯敬、王季重）		编、选、序	
崇祯八年（1635）	近思录	十四卷	刊	
崇祯八年（1635）	明文归	三十四卷	选、评、刊、序	
崇祯九年（1636）	明文奇艳	二十卷	选、评、刊、序	另有李清序
崇祯九年（1636）	翠娱阁评选钟伯敬先生合集	文十一卷、诗五卷	选、评、眉批、刊、序	
崇祯十年（1637）	李映碧公余录	二卷	辑、刊、评、序	
隆武年间（1645）	清夜钟	十六回		据陆工先生考证为陆云龙著
年代未注明	皇明八家集（即屠赤水、徐文长、汤若士、袁中郎、黄贞父、董思白、陈眉公、陈明卿）	十六卷	各卷分序	有钟伯敬和陆鸣鳌的序，扉页有钟伯敬编的字样。"文集"二字为改版，其它版式和十六家小品完全一样

　　值得注意的是，他所编辑、评选、刊印的这些书一般都是由少到多，由单行本到多人集。如《诸名家小品》，先有单行本《袁小修小品》等，而后又有四家本、五家本、六家本、十二家本、十三家本、十四家本，次年才出了《皇明十六家小品》，可谓集大成之作。以十二家本同十三家本对照，重复收入的有九家，十二家本有三家不重复，十三家本有四家不重复，加起来恰好是后来出版的这十六家。这些本子，其版式、内容完全一样，只是纸张质地、用墨颜色深浅不同而已。可断定这十六家小品，早在崇祯五年都已刻好，并且前后多次以不同的册数印刷刊行，由简至繁最后衍生为十六家，并加了总序，送给好友何伟然看，请何加序。《翠娱阁选评行笈必携》十种也是如此，起初单行本有《翠娱阁评选文韵》《翠娱阁评选文奇》《翠娱阁评选词菁》等单行本，后来才有《翠娱阁评选行笈必携》，将《文韵》《文奇》《词菁》都包揽进去，又增加了《诗最》《书隽》《四六俪》和《小札简》四种。而后又有集大成的十种本，增加了《纪游》《语清》和《格言》。《翠娱阁评选钟伯敬先生合集》也不例外，先在《文奇》《文韵》《诗最》《词菁》中选入钟伯敬的诗文，继而又选了《钟伯敬先生小品》，过了四五年，才镌刻了钟伯敬先生的诗文合集。可见，凡经他手出版的集大成之作，都有个随选随出，慎重总辑的过程。其中有的也可能因保存佚失，不一定有那么多种小品集。

　　另外，应该特别指出的是，陆云龙除从事选编刊刻外，每种经手的书都自己加序加评，据现有资料他所写的序多达近百篇，几乎每篇诗、文、小说都有眉批，所有的小说和绝大部分诗、文有篇末评。这些序、评、批点，颇富独到见解，对明末文学批评所作出的贡献功不可没。这里仅就个人的一点研究心得，将他在评点中显示出的文艺标准归结为新、真、实、简、巧五个字，希望得到方家教正。

　　所谓"新"，即他要求作品的立意、构思、语言要创新。创新是文学的生命，没有创新就谈不到文学。早在南北朝时，萧子显在《南齐书·文学传论》中就说过："习玩为理，事久则渎，在乎文章，弥患凡旧，若无新变，不能代雄。"大理论家刘勰也多次讲到创新，如《文心雕龙·通变》云："文律运周，日新其业，变则其久，通则不乏，趋势必果，乘机无怯。"唐人李德裕在其《文章论》中也说："辞不出于风雅，思不越于《离骚》，模写古人，何足贵也？余曰：'譬诸日月，虽终古常见，而光景常新，此所以为灵物也。"这些论述道出了一个共同的真理：即文学作品必须创新。

　　可是明代文坛上却出现了以"前后七子"为代表的复古主义倾向，他们主张"文必秦汉"，"诗必盛唐"，要求文章"无一语作汉以后，无一字不出汉以前"。他们认为古文已有成法，今人作文只要"琢字成辞，属辞成篇，以求当于古之作者而已。"这些拟古的论调在文坛影响既深又广。公安派代表袁氏兄弟，尤其是袁宏道大胆地对复古主张给以挑战式否定，其《云涛阁集序》云："古有古之时，今有今之时，袭古人语言之迹而冒以为古，是处严冬而袭夏之葛者也。"《与丘长儒》又云："近代文人，始为复古之说以胜之。夫复古是已，然至以剿袭以为复古，句比字拟，务为牵合，弃目前之景，撼腐滥之词，有才者诎于法，而不敢自伸其才，无才者拾一二浮泛之语，帮凑成诗。智者牵于习，而愚者乐其易，一唱亿和，优人驺从，共谈雅道。吁！诗至此，抑可羞哉！"同时，他提出文学的"性灵"说，并在许多文章中都体现了创新精神，这便在理论和实践两个方面为明末文学的健康发展开辟了宽广的道路。

　　陆云龙不但在选刊中高度重视公安派的作品，而且在各种序、评中发表了一系列推崇文学创新的理论。他在《叙袁中郎先生小品》中说："夫人无事不欲行其胸臆，至文字动思摹古，曰：'如是方合某格，如是方同某人。'句程字仿，日变月移，以就之且踵艰深之习，辄作葛獠学庄严之派，便为翁仲。生旦丑净日受世转，不解有我，良可痛矣!"他在这篇序文中重申袁中郎的文学主张说："不知文章亦自抒其性灵而已，揉直作曲，圆成方，一种灵气。"又说："中郎叙《会心集》大有取于趣，小修称中郎诗文云率真，率真则性灵现，性灵现则趣生。即其不受一官束缚，正不蔽其趣，不抑其性灵。"在《文奇》卷三评袁中道《李温陵传》曰："卓老立论不顾世人肉眼，小修之传其亦不惧世之白眼乎! 爽切淋漓，下字、句俱有深意。"又在《袁小修先生小品·阮集之诗序》中评说："学孔非孔，最恨是袭迹者。"从以上所引评述看，不难发现，陆云龙一贯提倡文学创新，大力支持开新风的作家作品。在他看来，一个真正的作家，不应顾及世俗的肉眼凡胎，不要人云亦云；要敢于和困扰着时尚的文风挑战，敢于打破复古、因袭的僵化的文风，举凡立意、构思，乃至遣词用字都要有自己的特点，决不能受抑、拘泥于古人，因循守旧。这样，才"能开一时之风气"。

这些真知灼见，虽然受时代和条件的限制，还不能系统的、完整的写成长篇专论，但如果将其集中起来，放到明末特定的历史条件下去看，自会发现陆云龙有关文学创新的观点，是何等鲜明。

为了叙述方便，我们拟将"真"和"实"合起来讲，其中包含着两层意思：一是作品要体现真情实感；二是作文要言之有物。我国第一篇诗学著作《诗大序》就完整地提出"诗言志"说："诗者，志之所之也，在心为志，发言为诗。情动于中而形于言，言之不足，故嗟叹之；嗟叹之不足，故永歌之；永歌之不足，不知手之舞之，足之蹈之也。"这就是说诗乃志的外化，在心为志，用语言表达出来为诗。志在内心产生一种真情冲动，才急切地要以言表现。这一理论因符合文学创作的特殊规律，一直为我国理论批评界所重视，并且在各个历史时代，许多人从不同角度，用近似的语言加以阐释。王充《论衡·超奇》说："文由胸中而出，心以文为表。"钟嵘《诗品序》说："气之动物，物之感人，故摇荡性情，形诸舞咏。"宋人张戒在《岁寒堂诗话》中进一步联系作家作品状况说："诗文字画大抵从胸臆中出，子美笃于忠义，深于经术，故其诗雄而正；李太白喜任侠，喜神仙，故其诗豪而逸；退之文章侍从，故其诗文有廊庙气。"西方诗学鼻祖柏拉图则推崇："把真善美的东西写到读者心灵里去。"认为"诗人是一种轻飘的长着羽翼的神明的东西，不得灵感，不失去平常理智而陷入迷狂，就没有能力创造，就不能做诗或代神说话。"① 这里所说的"灵感""迷狂"显然和我国古代人所说的"摇荡性情""文由胸中而出"是一致的。19 世纪末 20 世纪前的英国大作家毛姆说得更精当："作品是能泄露一个人的真实思想和感情。"② 这一观念之所以成为中外大理论家、大作家的共识，是因为它道出了文学创作的真谛。文学虽源于生活，但并非凡生活都能化为文学作品，必须经过作家自身的感受，激起情感的火花，才能创作出文学作品。所以只有表现作者的真情实感，作品才会有独创性，才会有个性。

到了明代，前后七子的理论恰恰违背了这一真理，他们的许多倡导，正与文学自身的规律相悖。"夫文与字一也，今人模临古帖，即太似不嫌，反曰能书。何独至于文，而欲自立一门户邪？"③ "文必有法式，然后中谐音度。如方圆之于规矩，古人用之，非自作也，实天生之也。今人法式古人，非法式古人也，实物之自则也。"④ 又说："西京之后，作者勿论矣。"⑤ 他们这些复

---

① 《柏拉图文艺对话集》。
② 毛姆：《月亮和六便士》。
③ 李梦阳：《再与何氏书》。
④ 李梦阳：《答周子书》。
⑤ 李梦阳：《空同子论学上篇》。

古、临摹、法式等主张，完全抹煞了作家主体的创作意识，取消了作品的个性，所以给明中叶以来的文坛笼罩了团团迷雾。

李贽的"童心说"，徐渭、汤显祖等人的理论与创作都与复古主义的理论针锋相对，为文坛带来清新的、鲜活的空气。而公安派的"性灵说"更深受李贽"童心说"的影响，和古已有之的"诗言志"的观点一脉相承，一扫复古主义的颓风，以率真代替涂饰，以个性代替法式，以独创代替临摹，在当时文坛上起到了积极的作用。

陆云龙稍晚于汤显祖、袁宏道等人，显然他十分推崇这些具有独创精神的大家。他选的许多诗文都充满了真情实感，并把真情实感作为文评的重要标准之一。《文奇》卷四评杨继盛《祭易州杨王文》云："慷慨激烈，故是椒山分本色，情至之文，其思愈出而语愈痛，何必镂刻，作喁喁儿女泣。"《文韵》卷二评汤显祖《张氏纪略》云："叙述凄绝，说痛不过一二语，披览不觉涕之无从，然陈情一表，犹谱自己至情，此却能曲写他人之痛，真妙绝传奇乎。"《文奇》卷四评徐渭《祭张太仆文》云："肝肠痛裂，语格格而不能放，满纸诼词，何如此痛快。"评钟惺《祭同年彭用九文》云："一片生相规、死相恤的深情，依然纸上，可想见伯敬先生平日与人真肝胆真意气，莫谓叔季无友朋也。"又在《翠娱阁评选钟伯敬先生合集》中收入此文，与《告雷何思先生文》《告亡儿肆夏文》三篇合评时再次阐明这点，"可与陈情出师表共传，真非一切座主门生所得至也。深疑晦，惨疑秋，想笔端楮上应有千点泪痕。合三篇观之，皆情生之文，故能酷之如此，然使非文人，恐有情痛，又不能出之亹亹也，语甚思而甚痛。"《文奇》卷二评钟伯敬《孙昙生诗序》云："就无年立论，委宛关发，莺声咽柳，嘹呖争新，丝影因风，游扬尽能，行文全以情胜……"从以上评语中，我们可以发现，他不仅把"至情"即发自肺腑之言作为衡量文章的首要，而且他自己的评点也是充满激情的。他与作者共"思欢怒愁",共"惋惜悲愤",共爱恨褒贬。每篇小序、每篇评语都是情真意切的好文章。如果将他所有的小引、序文、评语汇集成册,一定是一部情意真挚、文风清新、评点贴切、文笔简练,别具特色的评论集。

陆云龙不但重视作品的情真、情切、情深,而且对作品要求言之有物。其《文奇》卷一评归子慕的《王孟夙母魏孺人六十序》云:"作文须就人就事发论方切,若几句谀词是八寸三帽子,予窃羞之,转折百出,又复高洁。"这篇为魏孺人祝寿的文章,用质朴的文字,表达作者的真情,并写出作者与魏孺人的特殊关系,从生活原貌出发,没有一般应酬文章的套式,所以陆云龙充分肯定了作者"就人就事"作文的路子。他在《李映碧师公余录叙》中进一步申述这一观点:"先生为文,取致尝别,疏疏落落中,正见其不妄誉人。尝阅作文者,扬微颂德,类如俳人,涂面献谀,良可恨且笑。高为自己位置,不轻扬诩人,予甚快先生诸序。"这说明他之所以为其师李映碧先生辑文出版,所推崇和珍惜的正是因人因事而作,不"涂面献谀"的文风。在这一点上,他的要求是很高的,如《翠娱阁评选钟伯敬先生合集》卷九评《李少翁传》云:"摹写诊脉处宛然图画,其写翁之静一处,亦冷然可绘。"《文奇》卷三,对卢硕唐"古之治"的评曰:"肖历代之治乱,若镜之照物。"当然,这不等于陆云龙要求作者做到"以镜照物"式的"实",而只是对言之有物的一种比喻,对反映生活真实的一种强调。他评袁小修的《游西山记三》云:"山中不可无点缀,不可过点缀,不点缀则荒凉,过点缀则俗,此应是过去点缀者。""照物"与"点缀"的关系他是很清楚的,既不要单纯的"照物",也不要过分的点缀,这就是他对客体与主体的精彩见解。

陆云龙的评论观自然影响到他的弟弟陆人龙。他们兄弟在自己的创作中都体现了从客体出发的精神。云龙在《辽海丹忠录》

的序中说："至其词之宁雅而不俚，事之宁核而不诞，不剿袭陈言，不借吻于俗辈，议论发抒其经纬，好恶一本于大公，具眼者自鉴之。"毫无疑问，这也是陆氏兄弟其他作品的创作原则。《型世言》四十篇小说，几乎篇篇取材于明代社会生活。有许多篇的故事甚至就是不久以前发生的，如第二十五回，"凶徒失妻失财，善士得妇得货"，描述了崇祯元年七月浙江沿海一带遭台风、海啸而遭受大水灾的情景。多数篇回的内容都有所本，不见于明代的邸报，就依据野史稗乘，他所着笔的某些事迹，在《明史》中都可以印证，足见其素材的真实性。陆云龙对《型世言》的评论，也着重于作品的内容、思想情感和作者的创作意图，有意引导读者挖掘小说的深层内涵。如第三十回评："虎败于猰，官败于门蠹，甚矣。刚之易柔，而藏刚狠于柔，正莫遏也，窒欲防微，敢为当道借筹。"借各级官员因龙阳之好，而坏于小门子之手的故事，阐述了富有哲理的箴言，画龙点睛式，启人醒悟，发人深思，促人警觉。又如第二十八回评："秀才不会自取功名，假钱财，借权要，甚而乞灵和尚，羞之极矣。愚受局，而贪得死，都可作今笑柄。"这里径直嘲笑了那些不图进取，而迷信钱财和权势，甚至乞灵于和尚赐官的愚蠢行为，秀才终于因愚昧而受骗，和尚则因贪婪致死。评论者从这一则故事中，演绎出极其深邃的、具有普遍意义的惊世之言。文学的生命在于真实，真实就是美，只有真实才能感染人。罗丹说："在艺术所谓丑的，那就是虚假的，做作的东西。"比罗丹早两个世纪的陆云龙，无论是评点，或者是创作，已经把作家状物、叙事、写景的"真"与"实"，作家的真情实感，视为作品的灵魂，堪为明末一位卓尔不群的评论家。

　　所谓"简"，则包含着三层意思，即简而博，简而明，简而动人。陆云龙在编选文集时，面对浩如烟海的文库，偏爱小品、小札简等短小精悍的文章。他在不同的序中多次声称，因为家贫目穷，"又恨目穷而家又穷之，不能大梓诸先生之雄文"。其实，这

里有很大谦虚的成分。他选小品，并非"目穷"，而是他"爱之
所钟"。确切地说，他是从文学作品的特点出发，要求自己所选的
作品，文字精练，内容丰富，更有代表性、概括性，更富于典型
意义，起到"以一当十"的作用。正像他在《汤若士小品序》中
所说："予谓欧阳转卑弱之气，开雅醇之先，为春；曾、王掣敛气
多为秋，为冬。而先生则为夏，当递王而为君不与学士骚人争旦
久声也。抑能夏则大，而独取其小将无不尽其才欤。予曰'芥子
须弥，予正欲小中见大'。""芥子须弥""小中见大"才是他的真
意。《翠娱阁评选行笈必携》就是从大量文章中精选出来的"所
收几盈寻累丈""削十之九"衷辑而成。他认为"百炼成金，不
必多多益善耳"。"寸瑜胜尽瑕，语刺刺而不休，何如片言居要。
况乎损尺牍为寸笺，亦宜敛长才为短劲。故敛奇于简，当如'米
颠卷'，石块峦而具有岩鹫；敛锐于简，当如徐夫人匕首纵锋而是
制死命；敛巧于简，当如棘端之猴，渺末而具诸色相；敛广于简，
当如一泓之水涓滴而味饶大海。铁骑三千，横行江汉，简精劲而
用之，胜多多益善者。"① 他又说："谁谓短幅残缣不与拱璧争价
哉？王右军之遗墨，残缣剩幅，一字一金；薄右丞之点染，小碛
寒沙，一景一绝。即与长公小品共读之，为一为两，当亦无从辩
者。"② 这里，对他所提倡的"简"，做了最全面、最精彩、最深
刻的诠释。

　　陆云龙所选的许多小品、小札简等文章，都属于短小精悍而
又有特色之作。在《小札简》中选入的白乐天《与元九书》，只
有二十一个字。然而，这并非最短的信札，还有十八个字的，如
张结《与孔文举》："虞仲翔颇为论者所侵，美玉雕磨益光，不足
以损。"最短的当属陈眉公《寄友》："湖光潋滟，新柳如发，青
雀紫骝，何处不得。"仅区区十六字。毫无疑问，这便是最恰当的

① 《小札简小引》。
② 《叙董太史小品》。

"损尺牍为寸笺"了。

　　如果耐心地翻阅陆云龙的评语、眉批，就会发现他把"简"作为一个重要的标准。《文韵》卷三评江淹《袁友人》云："简傲中有致，只数语留人于不朽，何事累牍连篇。"《文韵》卷之二，对汤显祖的《张氏纪略》评者赞叹云："说痛不过一二语"，就表达了深沉的、无限的情感。《文奇》卷三载周武王的《仗铭》："恶乎，危于忿万虿。恶乎，失道于嗜欲。恶乎，相忘于富贵！"陆云龙评曰："三语之中，多少提醒，真言简而情长！"《文韵》卷之四评《感梦祭嫡母文》云："不留许字耳，多少宛转，多少悲酸，正所云动人不许多也。"《翠娱阁评选钟伯敬先生合集》卷之十，《堂祭本生父奉政二府君文》篇末评云："数语极简劲，所云动人惨人者，固不在多也，想运笔时阮生之血随呕矣！"同卷《堂祭嗣母陈宜人文》后又评曰："简赅妙处，字字皆有陨珠，烹炼苦心，发声皆惨。"《文韵》卷之四"米南宫墨迹""夏硅山水卷""朱太仆十七帖"，眉批曰："简而明"，三篇文后总评曰："书跋以简为贵，刺刺不休，意殊压之，如此米家石一卷中曲尽玲珑森秀之致，亦人所难！"由上几段评语可知，"简"不是目的，不是为简而简，更不是简单、简陋。言短情长，言微旨远，言简意赅，才是陆云龙的本意。我国有着悠久的诗文传统，向来讲究语言的锤炼、推敲，有"如矿出金，如铅出银"的推崇，又有"画龙点睛"之约定。大理论家刘勰讲过："文以辩洁为能；不以繁缛为巧，事以明核为美，不以深隐为奇。"① 所以"简洁美"乃是传统的审美情趣之一，删繁就简已成为古往今来作家的共识。但像陆云龙这样，从理论到批评实践，把"简"提到美学高度，而且对"简"作出如此全面的剖析的作家并不多见。他自己的评论文风也堪称"简洁"的典范，对《型世言》及所有选文的评

---

① 《文心雕龙·议对》。

论，一般多用眉批，只几个字，乃至一两个字便抓住文章的关键。《型世言》的篇末评一般不过三四十个字，只有第一回和第二回等少数几回超过百字。但第一回用雨侯和木强人两个名字；第二回则以孝廉、草莽臣、雨侯三个人分段评，所以也不显冗长。这些简短的评论，都起到"画龙点睛"的作用。

所谓"巧"，其内容更加丰富。从谋篇布局到遣词造句，乃至一个字的运用；从作者直抒胸臆的议论到作品呈现的气势都离不开"巧"。在这些方面，陆云龙有一系列的独到见解，在他的评语和眉批中，不乏有关谋篇布局的精彩评点。《书隽》卷一评曾巩《寄欧阳舍人》云："起伏照应，大有脉法，而气服复沉雄，允为大家。"《翠娱阁评选钟伯敬先生合集》卷十一评《园通卷募缘疏》云："小小结构，亦复照应，体故紧严。"评《孙昙生诗序》也提到"如远山层出，叠叠堆青，然其脉络回环，连属不乱。"《评选袁中郎小品·寿邹南皋先生六十序》眉批曰："一转更奇。"又曰："收妙极。"《逍遥游》文后评曰："奇奇怪怪，令人不可辩诘，故应有此以志奇。纵横跌宕，出入玄墨，可与郭象抗衡。"《游华山记》眉批曰："转折顿挫，如峰峦之隐现。"文后评："折折出奇，其水穷云起之致。"《与吴敦之书》眉批："忽叙王泄胜处处文法错综。"总评曰："吴越山水人文，只以数言谱之，又复重以品骘，错综变幻，极文情之变。"《型世言》第十一回一眉批曰："布置绝妙。"第十二回一眉批曰："为髻鬟坠钗埋伏。"第十九回一眉批曰："铺排绝是。"第二十七回眉批："伏案也好。"又一眉批则说："或先或后文情煞是错综。"第二十回一眉批道："埋个要钱的脚根。"这类评点不胜枚举。仅从以上数段可知，陆云龙对一篇作品的结构、脉络、照应、伏笔、铺排、层次，如何编织，如何穿插，如何布局十分关注，是否精心巧作，都要进行剖析、评点。这一切又都是作者在谋篇构思时要全盘考虑的问题。只有每一环都做到"巧"，整个作品才能既跌宕多变，又条分缕析，成为层出迭起、和谐有致的有机体。陆云龙的这些见解，深深地影响着其弟陆人龙。所以《型世言》四十篇小说，篇篇符合陆云龙的要求，真正做到了首尾照应、伏线巧隐、铺排错落、脉络清楚、结构严谨。

"巧"和"简"是紧密联系的，只有"巧"，才能做到"简"。陆云龙作为大选家，用心极细，善于逐字、逐词、逐句的评点。《翠娱阁评选钟伯敬先生合集》卷十一，《荐先嗣父母本生母二亡弟疏》文后评曰："句有刻镂，字字飘动。"卷十一附录评谭元春的《通谷先生墓之铭》曰："冷面热肠，沉心劲骨，业已为之揭掀矣，而其词之新颖秀琢，更似绘事之精。"卷八评《摘黄山谷题跋语记》曰："山谷人品学问，俱有所得，故其落笔自不涉文人计，巧谤多境地。得先生一指点，画龙可飞。"《型世言》第十一回一眉批曰："摹画精工。"第二十回一眉批曰："有此几句，前面就非闲话。"又一眉批："形容极尽。"《评选袁中郎小品·云峰寺至天池寺记》眉批："就叙事中置形容，丰姿袅袅。"《游满井记》眉批："形容雅倩。"文后评曰："写境亦如平芜，淡色轻阴，令人意远。"所有这些，都是从用字、遣词的精美、巧妙、新颖、脱俗、简明的角度加以肯定，同时从人物语言，作者的描写、渲染等多侧面所作的点睛式的评点。

陆云龙的选、评、序、引、跋以及眉批，不但数量惊人，而且有许多与众不同的、新鲜的见解，的确是明代文学宝库中一份珍贵的遗产，可惜散漫在数十种文集中，而且以前未被研究者所重视。随着《型世言》的发现，陆氏兄弟将被载入文学史册。如果能系统地整理有关评点，进行更深入的研究，将会进一步丰富中国美学理论的内容。

（原载《文学研究》1997 年第 5 辑）

《寻芳雅集》并非《怀春雅集》

叶德钧先生在《戏曲小说丛考》下册卷中536页中说："《寻芳雅集》（又作《怀春雅集》）《宝文堂书目》卷上子杂类著录两部：一题《怀春雅集》，一题《怀春杂集》（疑为'雅'字误）。"第538页又说，"《寻芳雅集》又作《怀春雅集》"。接着他用了《金瓶梅词话》首欣欣子的序中所说的："吾尝前代骚人，如……卢梅湖之《怀春雅集》……"提出"不知何据"的疑问，然后又引《百川书志》（六）补充了另一种说法："三山风池卢氏表著，又称秋月著"与此同时叶先生介绍了《怀春雅集》的主要情节："这篇叙述元人吴廷璋和王娇鸾等婚媾事，和《情史》卷十六周廷璋条及《警世通言》卷三十四《王娇鸾百年长恨》所叙元周廷璋事的时代及男女主脚姓氏都相同（仅改吴作周），虽然结局相异，（这篇是一男两女大团圆），情史则以悲剧收场，疑是一事两传。"从这里的论述和考证来看，显然是把《寻芳雅集》和《怀春雅集》当成一部小说了，而误把《寻芳雅集》的内容说成《怀春雅集》的内容了。

晁氏《宝文堂书目》前后共著录三部《怀春雅集》，其中之一是《怀春雅集》（把杂当作雅），确无《寻芳雅集》。据《绣谷春容》卷一、二和《国色天香》卷之四所载，《寻芳雅集》又题《吴生寻芳雅集》。描述吴廷璋字汝玉号寻芳和王娇鸾、王娇凤姊妹二人的爱情故事。娇鸾、娇凤共同爱上吴生，遭到其叔王士彪的反对，王士彪欺嫂私嫁侄女，因此娇凤逃出家中去寻找吴生。廷璋领乡荐，又中左榜，选为翰林，承旨归娶。娇凤不肯先和吴生结合，并说："人情处安乐，不可忘患难"，要求与吴生归家后，姊妹共花烛。的确写的是一男二女离合悲欢，以大团圆结尾。

据何大伦《燕居笔记》卷之九、十所载，《怀春雅集》系另一故事。男主人公苏道春字国华号牡丹主人。文武双全，才貌兼备，琴棋书画无所不精，后来立了赫赫战功，一直当了元帅。苏道春元宵佳节偶然和小姐潘玉贞相遇，一见钟情。潘玉贞名碧拱，号海棠红。其父为谢事家居的通政大夫。玉贞受过良好的教养，聪明秀慧，貌似天仙，是一位善吟咏的才女，有诗章数百首，名曰《海棠集》。

苏、潘二人以诗词相赠，互相传送爱慕之情。全文共有诗词二百余首。潘氏有咏兰花、梅花等诗十六首。苏生便相和吟海棠、杜鹃等诗十六首。这些咏花诗既描写出各种花的个性特征，又表达了人对花的美好感情；既充分赞颂了大自然的盎然生气，又蕴藉着青年男女纯真质朴的爱慕之情。这篇传奇小说在艺术上有一定的审美价值。遗憾的是缺最后几页，不知他们的结局。

《怀春雅集》是描写苏潘的故事，还可从明人吕天成的《曲品》和祁彪佳的《远山堂曲品》得到佐证。《曲品》"忠节"条说，"此小说中《怀春雅集》也，风情而近古板者。此君学甚富，每以古人姓名叶韵，不一而足，亦是别法。"《远山堂曲品》"忠烈"（疑'烈'字系'节'字之误）条说："传苏道春者凡三，以此为最下；然尽去风情，独著忠烈，犹不失作者维风之思。"《怀春》条说，"此亦传苏道春者，位置亦自楚楚，但用韵颇杂；而炼字琢句之工，不及'忠节'多矣。"《罗囊》条说："高汉卿之于继母，酷肖鸾钗；其后之节于异域，不似《怀春雅集》所称苏道春者，词虽有杂韵，而质甚古。"

以上事实说明，《忠节》《怀春》《罗囊》三出戏曲，都以小说《怀春雅集》为本，是讲苏道春的故事，而绝不是描述吴廷璋和王娇鸾的故事。《小说丛考》所引的正是《寻芳雅集》的本事，而并非《怀春雅集》的情节，《寻芳雅集》绝不是《怀春雅集》。

（原载《光明日报》1984 年）

清代篇

《聊斋志异》的积极浪漫主义特色

从创作方法来看，我国优秀古典文学历来有两大传统，一是现实主义传统，一是积极浪漫主义传统。但是"在伟大的艺术家们身上，现实主义和浪漫主义好像永远是结合在一起的"①。郭沫若同志也说过：从反映过程来说，艺术的本质是现实主义的；但如果从创作过程来说，艺术的本质可以说是浪漫主义的。可见，具体到某些作家或作品，浪漫主义和现实主义又很难截然分开。《聊斋志异》这部文言短篇小说故事集，基本上是属于现实主义的，其中不少篇章也具有积极浪漫主义特色。

《聊斋志异》的作者蒲松龄，生于明末，长在清初。当时阶级矛盾和民族矛盾都趋于尖锐化。以李自成为代表的农民起义军以摧枯拉朽之势推翻了明朝末代皇帝崇祯的统治，北方女真族贵族和汉族地主阶级互相勾结，窃取了农民起义的胜利果实，建立了中国最后一个封建王朝。清朝入主后，康熙皇帝虽然采取了一些有力的措施，曾使封建社会一度出现过回光返照的繁荣景象，但是，清王朝毕竟是依仗野蛮的屠杀和残酷的镇压而建立和发展起来的，阶级矛盾和民族矛盾并没有因此得到缓和。腐朽的八股取士科举制和残暴的文字狱，就像绞索一样，紧紧地套在士人的脖子上。生活在穷乡僻壤的蒲松龄，尽管智慧过人，学识渊博，青

---

① 高尔基：《谈谈我怎样学习写作》。

年时代就崭露头角，但是，十九岁中了秀才以后，却屡屡落第，郁郁不得志，直到七十多岁的风烛残年才成为岁贡生。他一生坎坷，在农村当塾师三十多年，目睹当时"雨不落，秋无禾；无禾犹可，征输奈何？吏到门，怒且呵，宁鬻子，免风波"① 的社会现实；亲身体会到"日盼盈高廪，收不满十斛，粜尽官税完，陶然捧枵腹"② 的贫困生活。他对劳苦人民的不幸遭遇怀有深切的同情，他又有深厚的生活基础和精湛的创作技艺。因此，他的作品能广阔而又深刻地描写社会现实。《聊斋志异》中有不少篇章尖锐地揭露了官虎吏狼的丑恶嘴脸；有不少作品无情地鞭笞了腐朽的科举制度；有的作品有力地批判了封建买卖婚姻；有的作品深刻地揭示了封建社会人与人之间那种尔虞我诈的社会关系。有些作品中的人物虽然表面看起来是花妖、鬼魅、神仙、狐狸，实际上却是按照现实生活的样子来塑造的，显示了强烈的典型意义。这些作品，"除开它的和谐、美丽——美学上的价值——以外，对于我们它还具有着一种不可辩驳的历史文献的价值。"③ 就此而论，蒲松龄不愧为我国明清之际杰出的现实主义作家之一。

　　然而，蒲松龄又是一个富于理想的作家。他善于通过丰富的想象，塑造理想人物，描绘理想的境界，借助大胆的幻想，设置铺叙离奇的情节，运用奇特的夸张塑造非凡的艺术形象。这一切，恰恰说明蒲松龄又是一位浪漫主义的艺术大师。高尔基说："如果在从客观现实中所抽出的意义上面再加上——依据假想的逻辑加以推测——所愿望的、可能的东西，并以此使形象更为丰满，——那么我们就有了浪漫主义。这种浪漫主义是神话的基础，而且是极其有益的，因为它有助于唤起人们用革命的态度对待现

---

① 《蒲松龄集》（上）。
② 同上。
③ 高尔基：《果戈理论》。

实，即以实际行动改造世界。"① 这段话对于帮助我们理解《聊斋志异》的浪漫主义特色是有一定指导意义的。

那么，蒲松龄究竟有什么样的理想和愿望呢？由于作家所处的时代条件和生活道路不同，蒲松龄的理想和外国积极浪漫主义作家的理想当然也就不一样。就一般情况而论，西方资产阶级积极浪漫主义作家往往通过塑造"救世主"式的个人英雄主义人物，或描写绝对自由的"乌托邦"来表现理想，其理想的实质就是资产阶级自由、民主、个性解放的思想。中国封建社会发展十分缓慢，在蒲松龄那个时代，还没有新的生产力和生产关系，没有新的阶级力量，资产阶级自由、民主、个性解放的思想不可能作为革命的主流出现。可是在处于中国封建社会最底层的勇敢、勤劳、智慧的广大劳动人民中，却积蓄着强烈的反抗情绪和朴素的民主思想。蒲松龄长期生活在农村，饱尝世事艰辛。他憎恶当时那些不合理的社会现象，又从劳动人民身上汲取了精神力量，并且继承了我国古代积极浪漫主义作家那种遗世独立、孤傲不群的反抗性格。他的内心激荡着强烈的反抗精神和正义感，他渴望黑暗、腐朽、邪恶、贪婪势力得到严厉的惩罚，祝福受苦人苦尽甜来，希望被污辱被损害的善良人、正直人能过上幸福生活。蒲松龄的理想虽然带有浓厚的虚幻性，但是他的美好愿望和热烈追求，却在一定程度上曲折地反映了中国劳动人民那种朴素的民主思想和平等观念。难能可贵的是，他和劳动人民的思想情感是相通的。

作者在那些美好愿望支配下进行创作，所以他的作品不完全拘泥于反映现实，揭露现实，有许多地方借助瑰丽的想象补充了现实，丰富了现实。《聊斋志异》为读者展现的许多艺术形象，不仅是现实主义的，而且也是理想化的。

塑造敢于和封建势力作殊死斗争的人物形象，是《聊斋志异》

---

① 高尔基：《苏联的文学》。

所具有的积极浪漫主义特色之一。《席方平》中席方平是个突出代表。他为了替父报仇，历经千辛万苦，受尽迫害，但是，他百折不挠，坚持斗争，终于取得胜利。

这篇小说一开始就明确地把矛盾的性质揭示出来了。席方平的父亲为人质朴而不善言辞，生前与富人羊氏有隙，羊氏先死，在阴曹地府贿嘱狱吏，鞭打席父致死。席方平魂赴阴曹，向城隍告状。席方平的为父申冤不单纯是一般个人意义的报仇，实质上，是一场正义与邪恶，穷与富，被压迫者反抗压迫者的斗争。席方平这个人物刚一出场，就赢得了读者深切的同情。

席方平那种不屈不挠的性格，在一系列斗争中随着情节的发展而逐步刻画出来。他先去城隍那里告状，城隍被羊氏贿通，反而说席无理无据。席气愤填膺地走了百多里路再向郡司告状，结果又不容分说被打了一顿。席方平申冤告状遭到一连串的失败，但并不灰心，决心到阴曹的最高统治者——冥王那里上诉。两个鬼官进而贿通了冥王，致使席方平在斗争中遇到了更强大的敌人。

席方平那种不惧威权的性格，在同冥王的再三较量中得到生动的表现。冥王乍登堂，就不容置辩地下令打他二十大板。席方平厉声问道："小人何罪？"冥王漠若不闻，席在酷刑下愤激不平地喊道："受笞允当，谁教我无钱耶。"冥王又下令用火床烧他，使席"骨肉焦黑，苦不得死"。再拉席上堂，冥王威胁道："敢再讼乎？"席斩钉截铁地回答："大冤未伸，寸心不死……"席方平那种大义凛然、宁死不屈的品格写得可谓淋漓尽致。席还理直气壮地告诉冥王"身所受者，皆言之耳"。冥王使用"以锯解其体"等酷刑来恐吓和威胁，席亦无所畏惧，"锯方下，觉顶脑渐辟，痛不可禁，顾亦忍而不号"。席方平在种种酷刑面前那种从容不迫的气魄和坚韧不拔的精神，足以惊天地泣鬼神，冥王的血腥镇压也只能以失败告终。

席方平在严刑面前不屈服，在诱惑之下不动摇。他从斗争实践中认识到"阴曹之暗昧尤甚于阳间"。这时他对阴曹已不再存在幻想了，表面以"不讼"应付过去，实际上却把再讼的希望寄托在灌口二郎神身上。冥王为了使席不讼，又变换了另一种手法，他佯称为席父昭雪，用福寿双全为诱饵，许以"千金之产、期颐之寿"，送席再生。席方平一心想着明理申冤，决不被任何荣华富贵所惑。冥王迫其托生后，他"愤啼不乳"，过了三天就死了。精诚所至，金石为开。席方平的一缕幽魂，终于找到了二郎神，告倒了冥王、郡司、城隍、狱吏等各级鬼官，使沉冤得到昭雪。

　　席方平的胜利意味着被压迫者为正义而斗争的胜利。席方平真理在握，视死如归，不怕权势，不惧酷刑，不受利禄诱惑，他敢于和阴间一整套官僚机构斗到底，连阎王爷也全然不放在眼里。作者借阴间的斗争来比附人间，把席方平这个人物形象典型化了，理想化了，极力突出他那种斗到底的精神。席方平所表现出来的这种富贵不能淫、威武不能屈的思想品质，正是中国封建社会中广大人民群众硬骨头精神的集中和概括；在他身上也寄寓着人民的进步理想——通过不懈的斗争，找到不避权贵，刚正不阿的主宰，严惩那些贪赃枉法的官吏。毫无疑问，这是处在封建势力高压下，人民群众世世代代所幻想、所追求的"青天"。尽管席方平那种个人反抗并不能改变封建王朝的罪恶统治；层层上告，靠神仙来伸张正义的做法，也无助于从根本上改变被压迫者的处境。但是这个人物所表现的反抗精神，能给人以积极战斗的力量，鼓舞和激励人们向封建统治者作斗争的勇气，这便是积极浪漫主义的艺术效果。

　　追求爱情婚姻自由是蒲松龄在《聊斋志异》中所表达的另一美好愿望。在封建社会中，由于家族制度和封建礼教的桎梏，青年男女毫无恋爱结婚的自由，因而酿成了一幕幕凄恻动人的悲剧，便成了封建社会的历史罪证。追求婚姻自主，历来就是具有进步倾向的诗人和作家乐于撷取的主题。《聊斋志异》的这类作品和以往同类作品相比，不但感情更加热烈奔放，想象异常丰富，而且其中许多篇着重表现了作者的理想。从艺术上来说，更多的是采用夸张手法，创造离奇情节，的确是别具一格。

蒲松龄按照自己的美学理想，纵情讴歌自由婚姻的追求者。这些外貌秀美、灵魂崇高的青年男女，大抵处于社会下层，他（她）们当中，有的是浪迹江湖的渔家女（如白秋练）和艺人（如阿端和晚霞）；有的是沦入社会底层的妓女（如鸦头、瑞云、细侯等），有的是勤劳朴实的农家女（如孟芸娘）；有的是清贫孤苦的寒士（如贺生、乔生、满生等）。在这些想象瑰丽的爱情画廊里，尤其是那些身受四重压迫的弱女，她们机智、灵巧、热情、纯朴，敢于向封建势力作斗争，经过生生死死的曲折过程，终于获得自由和幸福。

"每个人都是典型，但同时又是一定的单个人，正如老黑格尔所说的，是一个'这个'。"① 积极浪漫主义的艺术作品也应该塑造出共性和个性统一的人物形象。《聊斋志异》中那些理想化的"有情人"都是个性鲜明的人物形象。他（她）们对美好的生活都有着热烈的向往和执着的追求，但是由于不同的经历和遭遇，他（她）们的志趣、爱好和秉性也就因人而异。连城是史孝廉的爱女，善刺绣，懂诗书，出"倦绣图"题诗、选婿。当她选中了德才兼备的乔生时，史孝廉嫌贫爱富，自食其言，把女儿另许给盐商的儿子王化成。连城钟情于乔生，她不顾封建礼教的束缚，托人带钱给乔生，助其灯火，但是她毕竟无力违抗父命，因而病入膏肓。因为医治连城的病需要男子膺肉，史孝廉找王化成商量遭到拒绝。为了抢救女儿，他只好发出愿献肉者为婿的诺言。乔生得知，自割膺肉献出。残忍而愚蠢的史孝廉，惧于王家权势，再次自食其言，妄想以千金堵住乔生的嘴。乔生义正词严地斥责

---

① 恩格斯：《致敏·考茨基》。

说："仆所以不爱膺肉者，聊以报知己耳，岂货肉哉！"说完拂袖而走。史孝廉无视连城与乔生的爱情，硬逼着连城嫁盐商之子，致使连城旧病复发而死，乔生也因恸哭连城而绝。他们为了友谊和爱情，为了自由和幸福，双双死去，他们是被封建势力逼迫而死的。他们的死，深刻地揭露了封建社会的残暴。诚然，这是充分现实主义的描写。但是这篇小说并非只限于揭露现实而写"死"，而是把"死"作为向封建礼教抗争的一种形式来写的，以"死"来突出他们宁死不屈的性格。作者在以极大的愤懑控诉了没有自由，没有信义，没有幸福的人世阳间的同时，又通过丰富想象，让主人公死后的灵魂，在朋友的帮助下相遇、相爱，自由结合。作者幻想离开残酷的现实社会以后，有友谊、爱情、自由和幸福，像这个既有友谊和爱情，又有自由和幸福的境界，正是蒲松龄所追求、向往的理想境界。它是通过作者驰骋的想象来实现的。它如《晚霞》等篇也都采用了类似的艺术表现形式。

　　自由和幸福是靠主人公历经艰辛和折磨而获得的。连城、晚霞是如此，瑞云、鸦头也是这样，这都是挣扎在封建社会最底层的女性。她们性格倔强，不甘心受人凌辱，为了摆脱这种卑贱的非人生涯，追求人身解放和幸福，她们以种种巧妙的办法进行了顽强的斗争。瑞云受尽劳累和折磨，终于借助仙侠的力量，与意中人贺生结合。鸦头则逃出勾栏，径自与诚笃的王文结婚，过着自食其力的生活。好日子没有多久，她又被凶残的老鸨抓回人间地狱，在十八年的囚禁中，尽管受够了严刑毒打，她始终不屈服，直到儿子长大成人才把她救出苦海，使她重获新生。在那个时代，封建制度和个人爱情幸福的矛盾是不可调和的，在封建制度和封建礼教的桎梏下，这些追求自由和幸福的青年只能是悲剧的结局。蒲松龄继承了《离魂记》等这类作品积极浪漫主义的传统，进一步展开想象，让他的主人公以"逃"来挣脱牢笼，甚至不惜以"死"与封建势力斗争到底。"逃"与"死"或借助神仙鬼狐的力量，在作者心目中都是作为反抗封建势力的某种方式和手段而取舍的。在主人公的艰苦抗争中倾注了作者美好的理想，所以，这些作品能够在精神上给人一种向上的力量。正如高尔基所说："积极的浪漫主义则企图加强人的生活意志，在他心中唤起他对现实和现实一切压迫的反抗。"① 这类作品正因为葆有如此激励人的艺术魅力，而愈益显示出积极浪漫主义的特色。

《聊斋志异》中还描写了许多具有豪侠之风的神奇形象，有的是神仙，有的是鬼怪，有的又似乎是人间侠义之士，他们都具有扶弱抑强，扬善惩恶的性格特征。像红玉、虬髯阔颔的大丈夫（《红玉》），娇娜、皇甫公子（《娇娜》），舜华（《张鸿渐》），三官（《三官》），侠女（《侠女》）以及《瑞云》中"觅之已渺"的客人等。这些鲜明生动的艺术形象，从不同角度，表现了作者同情贫穷、弱小和善良的思想倾向。狐女红玉飘然而来，多次热情地帮助冯生，先是怜悯冯相如与冯翁双双鳏居"井臼自操"，帮助冯生娶了美妻卫氏；后来冯生吃了官司，她为冯生抚养婴儿，并让其父子团聚；又设法使冯家"灰烬之余，白手再造"。作品处处突出其助人为乐的性格特征。在《红玉》这篇小说中另一个神奇的形象，便是虬髯阔颔的大丈夫。邑豪宋御史贪图卫氏貌美，妄想霸占，冯翁奋起反抗，被恶棍打死。卫氏被掠去不屈而死。冯生蒙受杀父夺妻的不白之冤，怀抱婴儿悲愤上告，一直告到督抚都不予理睬。在这深仇难报的日子里，虬髯阔颔的大丈夫挺身而出，自请代庖，当夜杀了宋御史一家。县官不分青红皂白，逮捕了冯生，弃儿山间，革其秀才，并屡加酷刑。正当冯生临危之际，县官夜里听到"有物击床，震震有声，大惧而号。举家惊起，集而烛之，一短刀锋利如霜，剁床入木者寸余，牢不可拔。令睹之，魂魄丧失。荷戈遍索，竟无从踪迹"。县官害怕了，这才释放了冯

① 高尔基：《谈谈我怎样学习写作》。

生。如此绘声绘色的描写，主要是刻画虬髯阔颔大丈夫那种路见不平、拔刀相助的豪侠气质。再如皇甫公子同情孔雪笠"落拓不能归"的潦倒处境，而仗义相助。狐女娇娜冲破男女授受不亲的清规，为孔雪笠治愈毒疮。舜华从危难中搭救含冤受屈的张鸿渐，并且帮助他一次又一次地脱离险境。这类人物形象的共同特点，是不怕艰险，不畏强暴，甚至不惜生命去帮助那些遭受天灾人祸的小人物。他们神出鬼没、不受任何社会、自然条件的限制，无论在什么情况下，帮助别人都能达到目的。他们身上这种美德和神奇力量，正是作者美好理想的艺术再现。

当时的社会现实是残酷的，类似冯相如、孔雪笠、张鸿渐这样遭遇的人相当多。蒲松龄由于不满现实，痛恨现实，而迫切希望改变现实；又由于他接近人民，了解人民，同情人民而热烈地希望给人民以友谊和援助。他以饱满的激情，塑造了红玉、虬髯阔颔的大丈夫、娇娜、舜华等助人为乐的艺术形象，赋予他们神奇力量，把他们描写成不受空间时间制约的神人，让他们任意地去惩恶扬善，锄奸助弱。他借助这些艺术形象，来表现自己的希望：他希望含冤者能报仇雪恨；受难者能转危为安；遭灾者能消灾弭祸；穷困者变富有；孤独者得到友谊和爱情，流亡者能回到家乡。在庞大的封建统治者面前，这种靠个人勇敢献身的精神帮助别人是无济于事的。但是，作者的出发点在于改变被压迫者、被欺凌者的处境，因而，我们说这种追求和假想是有一定的进步意义的。

众所周知，关于豪侠的故事，早在春秋战国时期就有过许多记载，《史记》中又专有"游侠列传"，唐朝大诗人李太白曾写过《侠客行》，他赞扬朱亥、侯嬴等侠义之士为："千秋二壮士，炬然大梁城。纵死侠骨香，不惭世上英。"北宋李昉等人编撰的《太平广记》中有豪侠类四卷二十五篇，描写了各式各样的豪侠，像虬髯客、侠女这样的形象，已经写得很具体了。但不能说凡是写豪侠的作品，都表现了积极浪漫主义的特征。只有通过豪侠之风的形象来体现作者的进步理想时，才能作为积极浪漫主义的特色提出来。李白的《侠客行》表现了作者蔑视权贵、渴望自由的积极向上的思想感情，从而显示出积极浪漫主义的特点。蒲松龄笔下的虬髯阔颔大丈夫，勇敢地诛除鱼肉乡里霸占人妻的乡宦，警诫草菅人命、残民以逞的县官。他所表现出的扶危济困、疾恶如仇，保护被压迫者，打击封建势力的可贵品质，寄托着作者的美好愿望，所以才作为积极浪漫主义的艺术形象提出来。至于后来的一些侠义小说里所写的那些专门充当统治者保镖的侠客，和《聊斋志异》中的这些豪侠却是迥然有别的。

《聊斋志异》还有聪明、公正的神的形象。《席平方》篇的灌口二郎神就是一个典型例子。这个被作者美化了的神，铁面无私，体恤下情，能为含冤者昭雪；严惩那帮贪赃枉法的狱吏、城隍、郡司和冥王。在《王者》篇中，作者假想在那人迹罕至的远方，有城郭环山，城内有辕门、府制衙署，内有"王者珠冠绣绂南面坐"，这个神通广大的王者，能知官吏们贪污了多少金银财宝，靠着神机妙算，把湖南巡抚六十万金银的赃款，没收入库以儆贪官。作者笔下的聂政（《聂政》）英姿勃勃地大显神威，忽然从坟墓中跳出来，吓破豪绅恶霸的贼胆，使他们从此不敢再为非作歹。在《于去恶》中，作者又幻想大公无私的桓侯翼德，经常显圣："三十年一巡阴曹，三十五年一巡阳世，两间之不平，待此老而一消也。"明察秋毫的桓侯，处治了瞎眼考官，清除鸟吏鳖官。《鸰鸟》篇中，作者想象更加奇特，他理想中的勇敢少年，直闯县令官邸，痛斥贪婪成性的赃官后，"跃登几下，化为鸰，冲帘飞去，集庭树间，回顾室中，作笑声。主人击之，且飞且笑而去"。这类具有浓厚神话色彩的形象，不是靠精雕细刻来表现的。艺术上虽然尚欠丰满，但这却是作者理想的象征。它不仅激发读者疾恶如仇的感情，而且给人一种美的享受，引起人们对美好事物的向往和追求。因而我们也把它作为积极浪漫主义的特点提出来。

　　作者这一惩恶扬善、除暴安良的理想，绝不是封建文人的想入非非，而是人民群众渴望改变现实的美好愿望的形象化。在那暗无天日的封建社会，贪官污吏、土豪劣绅，比比皆是。清初贪污之风极盛，历史上记载："地方官吏，剥民媚上，督抚司道，又转馈政府，会推徇私，将帅扣饷，刑官鬻狱，豪右鬻奸，百姓困苦已极，而大臣家益富。"① 广大人民群众对这帮赛过瘟神的官吏、豪强，切齿痛恨，希望有一种超然的力量，来严惩那些贪官污吏、豪强恶霸，改变不合理的现状，就像原始社会的人们幻想以神的意志来改造自然一样。蒲松龄依靠驰骋的想象，虚构了这些全知全能的神，幻想通过他们来打击邪恶，驱逐贫困和黑暗，伸张正义，给人们带来光明和温暖。作者的思想倾向，显然是同情广大的受压迫、受欺侮的劳动人民，所以说这是具有进步意义，而值得充分肯定的。

　　《聊斋志异》的积极浪漫主义特色，还表现在作者善于运用精巧独特的构思，诡谲万端的幻想，设置丰富多彩的离奇情节。痴情的孙子楚，灵魂附着于鹦鹉，飞到意中人阿宝身旁。他不但得近芳容，而且衔绣履为信物，从而感动阿宝，使有情人终成眷属（《阿宝》）。伍秋月死后三十年，阴魂钟情于正直勇敢的王鼎。她在鬼城帮助王鼎诛除污吏，救回无辜被害的哥哥，又不惜为王鼎坐牢。后来，尸体居然复苏，和王鼎结为美满夫妻（《伍秋月》）。向杲换上道士给的二件布袍后，"忍冻蹲若犬，自视，则毛革顿生，身化为虎"。一旦仗势欺人的庄公子出来，便"于马上扑庄落，龁其首"。（《向杲》）少年艺人阿端死后犹生，最后和娇妻爱子全都回到寡母身边（《晚霞》）。商三官女扮男妆，假充优伶，杀死邑豪，为父报仇，自缢后，尸体有灵，抵御了暴徒的凌辱，

---

　　① 　魏象枢：《寒松堂集》。

置之死地（《商三官》）。这些作品正如鲁迅先生所指出的："描写委曲，叙次井然，用传奇法，而以志怪，变幻之状，如在目前；又或易调改弦，别叙畸人异行，出于幻域，顿入人间……故读者耳目，为之一新。"①

综观《聊斋志异》一书，其故事情节，的确是光怪陆离，千变万化。其中虽然也有少数属于荒诞无稽的编造，但是许多精彩篇章恰恰是以典型化的方法，曲折地反映了封建社会普遍存在着的矛盾和斗争。王鼎与污吏的斗争，晚霞与龙窝君的矛盾，向杲与庄公子较量，商三官与邑豪的对抗等，无一不是集中和概括了那个社会现实中最常见的被压迫者与压迫者之间的矛盾和斗争。蒲松龄善于从纷纭复杂的社会生活中，敏锐地抓住这些带有本质特征的矛盾冲突，作为安排故事情节的基础。因此，诸如人变鹦鹉，鬼变人，人化虎，阴魂复仇等离奇情节，貌似虚幻，实则具有强烈的真实感。如果现实生活中没有统治者对艺人自由恋爱的摧残；没有皇宫、王府的豪华富丽的排场；没有艺人们不惜以生命争取自由和幸福的斗争，《晚霞》这篇小说中变幻莫测的离奇情节，便失掉了真实意义，也就失去了积极浪漫主义的基本立脚点。

离奇情节不等于荒诞和向壁虚构，其分野在于是否从现实生活出发，但仅仅做到这一点，还不能由此判断一篇作品就是积极浪漫主义的。从生活出发这是现实主义和积极浪漫主义都必须遵循的一条基本原则。着重表现作家的进步理想才是积极浪漫主义的灵魂。《促织》《石清虚》等名篇，它们都真实地、深刻地概括了生活中的矛盾，故事情节确实离奇、曲折、出人意表。尤其是《石清虚》，全篇以一块顽石为情节发展的中心线索，作者不仅把石头人格化，使之懂善恶、知爱憎；而且赋予它超人的智慧和能力，使之神出鬼没。整个故事围绕这块顽石得而复失，失而复得

---

① 鲁迅：《中国小说史略》。

的不平凡的经历，充分显示了封建社会里一个带有普遍意义的现象：统治阶级不允许普通老百姓有所爱和所好，那些有钱有势的人们要想方设法把美好的东西霸占为己有。这篇小说情节跌宕起伏，波澜万千，处处显示了绚丽的神奇色彩。但是我们只能认为《石清虚》这样的作品，具有积极浪漫主义的色彩，而从创作方法的主要方面看，它仍然属于现实主义的范畴。因为这篇作品没有明朗地表现作者的理想，着重点在于揭露现实的本质。相反地，在《晚霞》《向杲》《席方平》《罗刹海市》诸篇中，不但情节离奇，而且塑造了理想人物或者描绘出理想境界，主导的方面在于表现理想，将它们列入积极浪漫主义之林，谁曰不宜。

离奇情节固然增加了作品的神奇色彩，更能引人入胜，但是作者绝不是单纯地为了追求猎奇，哗众取宠，而是为了更好地表现其理想境界或理想人物，从而深化主题。像《罗刹海市》全篇充满了诡谲的幻想：首先勾画出一个美丑不分的罗刹国，那里的人奇形怪状，越丑越受到重用，人妖颠倒，贤愚不分，是非不明，这诚然是作者以折光的形式对现实的无情批判。进而笔锋一转，又描绘出另一美丽的城市，这里不仅自然环境幽美，到处是珍珠玳瑁，玉树琼楼，而且能用人唯贤，用人唯才，人与人之间彬彬有礼，互相敬慕。通过前后对照，使生活和理想，现实和幻象，真实和虚构都统一在作品之中。虽然篇末也流露了一些消极情调，但作者在此所展现的理想确实是建立在反抗黑暗现实的基础之上，因而我们说这个理想境界的主导方面是积极的。

奇特的夸张是积极浪漫主义必不可少的艺术手法。无论是外国文学的积极浪漫主义或者我国古典文学的积极浪漫主义，都离不开夸张。伴随丰富的想象，借助夸张的手法用以表现作者的理想，这样的作品在《聊斋志异》中是为数不少的。而匠心独运，精彩别致，当首推《小猎犬》。这是一篇仅有四五百字的寓言，通篇异想联翩，生动活泼，奇趣横生，寓意深刻。读后令人于拍案叫绝之余，仍回味无穷。其主要艺术手段，就是巧妙地运用了奇特的夸张。开头写山西卫中堂为诸生时，假斋僧院，苦于室中臭虫、蚊蚤甚多，夜不成寐。有一天，饭后在床上休息时，见"一小武士，首插雉尾，身高两寸许，骑马大如蜡，臂上青韝，有鹰如蝇；自外而入，盘旋室中，行且驶。"一会儿又进来一小武士，"腰束小弓矢，牵猎犬如巨蚁"。紧跟着又有"步者、骑者、纷纷来以数百辈，鹰亦数百臂，犬亦数百头。有蚊蝇飞起，纵鹰腾击，尽扑杀之。猎犬登床缘壁，搜噬虮蚤，凡罅隙之所伏藏，嗅之无不出者，顷刻之间，决杀殆尽"。一会儿，又有"着平天冠，如王者"的黄衣人，"登别榻"检阅了小武士们猎获的战利品。作者幻想出现黄衣人这样的王者，消灭社会上的一切害人虫。在他指挥下的小武士们，威武雄壮，一个个生龙活虎。打起仗来，这支队伍动作迅猛，机动灵活，战斗力很强，"顷刻之间"就把害人虫"决杀殆尽"。黄衣人一呼百应，当他登上小辇班师回朝时，"卫士仓皇，各命鞍马；万蹄攒奔，纷如撒菽，烟飞雾腾，斯须散尽"。

（原载《河北师范学报》1979 年第 2 期）

蒲松龄的为人及其思想

　　蒲松龄生于明崇祯十三年（1640），殁于清康熙五十四年（1715），是我国清朝初年的一位杰出的作家。他不但以文言短篇小说集《聊斋志异》名震中外，而且还奋笔撰写了大量不同文学样式的作品；就现今流传于世的有诗词七卷，一千数百首，赋十一篇，戏剧三种，通俗俚曲十四种，文十三卷，四百多篇。他的许多作品至今仍葆有审美教育作用、认识作用和艺术借鉴的意义。一个作家在创作上所取得的成就，除了生活基础和艺术技巧之外，和他的为人有直接关系，尤其和他的思想密不可分。本文拟从几方面探讨一下蒲松龄的为人及其思想。

一

　　在我国古代的著名作家中，蒲松龄可以数得上在农村生活时间最长的一个。他的一生基本上是在家乡山东淄川农村度过的。康熙九年（1670）、十年，正当他三十一岁、三十二岁的光景，曾应同乡孙蕙的邀请到江苏宝应和高邮两县当过一年有余的幕宾。除此之外，几十年间，他一直在农村过着塾师生涯，其中在西铺（今淄川王村）毕际有（刺史）家教书达三十年之久。不在毕家时，便设帐于当地缙绅之家。他对我国北方农村风土人情的熟悉，对农民生活疾苦的了解，固然使许多古代著名作家相形见绌，而

他那种同情劳苦农民命运的可贵情感，更是一般文人雅士所不能
理解的。

中国封建社会的广大农民，经常处于风、雹、旱、涝、虫等
自然灾害的不断侵袭和威胁中。蒲松龄不仅目睹了天灾在农村造
成的种种凄惨情景，而且亲身体验到由此给自己家庭生活带来的
苦难。凡此种种，在他的一些诗文中都有着真实、动人的反映。
据《淄川县志》记载："康熙四十三年谷贵人贱民饥。六月初八
日得雨，禾苗茂盛。七月蚜生，遍地如蚁，继之以蝗虫，岁
歉。"这些灾害给当地农民带来了无穷的灾难。蒲松龄的《康熙四
十三年纪灾前篇》《秋灾记略后篇》等文，《流民》《离乱》《饭
肆》《纪灾》《五月归自郡，见流民载道，问之，皆淄人也》等诗
篇，就宛如一面面时代灾难的镜子，记载了当时"尸横路衢"
"垂髫女才易斗粟"① 的悲惨情景，并以沉痛的心情喊出："百里
童童野草枯，人饥牛马少青刍，于今半绝秋田望，再旱十辰豆亦
无！"② 深刻表达了作者"愁旱心煎烹"的思想感情。同时作者又
写道："大旱已经年，田无寸草青。大风折枯蓬，垅头黄埃生……
流民满道路，荷篦或抱婴。腹枵菜色黯，风来吹欲倾。饥尸横道
周，狼藉客骖惊。"③ 这又是一幅大旱以后，人民生活濒于绝境的
图画。树枯枝焦，尘埃弥漫，逼得人们四处逃亡，饿殍狼藉，请
看这是多么凄惨啊！

久旱望甘霖，偶尔降雨，作者心田上掀起的一阵阵喜悦和慰
藉："梦醒初闻零雨声，恍疑殊死得更生。床头爽气清馀睡，坐听
高檐滴到明。""六月无苗热似焚，老农无望复耕耘。久忘夜雨声
何似，淅沥如从隔世闻。"④ 如果说杜甫的《春夜喜雨》，表现了

---

① 《蒲松龄集（上）·康熙四十三年纪灾前篇》。
② 《蒲松龄集（上）·旱甚》。
③ 《蒲松龄集（上）·五月归自郡，见流民载道，问之，皆淄人也》。
④ 《蒲松龄集（上）·六月初八夜雨》。

作者对春雨降临及时，滋润万物生长的喜悦心情，成为传诵千古的名篇，那么，这首描写夏雨使禾苗复苏，从而给耕者带来无限欢乐的诗篇，却为蒲松龄所独创。倘若没有长期农村生活的经历，不懂得农民的喜怒哀乐，就不可能如此真切地表现农民的思想感情。

作者对农村生活比较熟悉，在他笔下，对于各种自然灾害给人民带来的种种危害，都有充分描写。如《蝗来》一诗描写蝗虫遮天蔽日而来，人们如临大敌的情景历历在目："蝗来蔽日影纵横，下上扰扰如雷轰。风骤雨急田中落，垂垂压禾禾欲倾。"人们奔走相告，乡里一片混乱："老农顿足何嗟及，唇干舌燥瞠双睛，老妇解破襦，竿头悬结为旗旌，稚子无所计，破釜断作双鸣钲。"可是"戈矛还未已，禾黍无半茎"。① 转眼之间，禾苗光秃，农民一年的辛勤劳动只落得一场空。作家忧心忡忡地为我们记录了这一荒凉的场面。

福无双至，祸不单行。天灾和饥饿如同一对凶恶的孪生子，它们向贫困的农民袭来，对豪绅、恶霸和官府而言，却是又一次横征暴敛，敲诈勒索的良机。在旧社会天灾人祸的双重摧残压榨下，广大农民的命运是十分悲惨的。蒲松龄靠课徒所得毕竟有限，家庭境遇尽管比农民好过，但同样不得不在饥寒线上挣扎。"吾家妇子三十口，丰岁不免瓶罍虞。况有累弟老无力，四壁圮尽半垅无。"② 生活负担沉重，这位老塾师怎能不发出"家书入览愁不寐，但闻蛩声唧唧泣向隅"③ 的哀叹！蒲松龄的困境和广大农民的命运有共同之处。因此农民的灾难和痛苦能激起他广泛的共鸣。他不仅满怀怨恨地对"苍天"发出质问："千古灾并见，天与我

---

① 《蒲松龄集（上）·捕蝻歌》。
② 《蒲松龄集（上）·霪雨之后，继以大旱，七夕得家书作》。
③ 同上。

何仇?"① 而且敢于向黑暗的社会现实掷以投枪:"于今盛夏旱如此,晚禾未种早禾死,到处十室五室空,官家追呼犹未止,瓮中儋石已无多,留纳官粮省催科。官粮亦完室亦罄,如此蚩蚩将奈何?"② "雨不落,秋无禾,无禾犹可,征输奈何?吏到门,怒且呵。宁鬻子,免风波。"③ 官吏趁机敲诈勒索,逼得人们卖儿卖女。"公庭亦有严明宰,短绠惟降曳饿人!"④ 遭殃受罪的都是平民百姓。更加使他愤慨的是,官府趁火打劫,人为地制造新钱与旧钱的矛盾,致使物价飞涨,贪官从中渔利。"是年因未得霖雨,六郡皆饥,粟暴贵,腊将近,麦粱斗七百,菽粟五百,而钱之选也苛。"⑤并且官谕以新钱代替旧钱,"久之,新钱不下,携千钱并不能籴升米,胶、莱间多有抱钱而饿死者,上下官又严刑驱迫。"⑥ 钱制紊乱直接给人民带来灾难。靠"口耕笔耘"赚来束脩买粮的老塾师,对此更有深切的体会。所以蒲松龄的诗文中凝聚着同情人民的血泪,也饱含着对官府横征暴敛的愤怒。从而,我们可以进一步了解作者的为人,看到他关心人民的思想品格。

　　正因为蒲松龄在生活上受过和农民一样的煎熬,所以他的思想情感有和农民相通之处。他热切地渴望改善自己和农民的处境,便身体力行尽量做一些有益于农民的工作。他用通俗文字,编写了《药祟书》《农桑经》《日用俗字》等普及性的书。《农桑经》广泛搜集了务农的若干经验,包括选种、积肥、养蚕和植桑等方面内容。它很像今天的农业种植经验总结,又像科学普及读物,易懂易记,便于文化水平不高的农民传诵、掌握。《日用俗字》是为广大农民编写的识字课本。内容包括生理常识、饮食卫生、农

①　《蒲松龄集(上)·忧荒》。
②　《蒲松龄集(上)·日中饭》。
③　《蒲松龄集(上)·灾民谣》。
④　《蒲松龄集(上)·离乱》。
⑤　《蒲松龄集(上)·康熙四十三年纪灾前篇》。
⑥　同上。

桑经验、各种手工业生产技术，有关动植物的知识和风俗，等等。作者的编写目的是很清楚的，例如他在《药祟书》自序中说"疾病，人之所时有也，山村之中，不惟无处可以问医，并无钱可以市药。思集偏方，以备乡邻之急，志之不已，又取'本草纲目'缮写之，不取长方，不录贵药，检方后立遣村童，可以携取"。由此可见，他编写这类书籍的意图很明确，就是从廉价易找，又能解决问题出发，处处为穷苦农民着想。蒲松龄在短促的一生中为广大农民代笔言事、普及科学文化知识、除灾治病、推广种植经验等方面做了大量有益的工作。在我国古代文学史上，像他这样真正和农民休戚相关的作家并不多见。

　　为农民做好事，是蒲松龄平生为人的一个主要方面。从作家的角度来看，他还善于向人民群众学习，从而吸取必要的营养，为著书立说积累创作素材。这是蒲松龄和农民关系的另一个显著的特点。众所周知，《聊斋志异》的不少题材便是从"豆棚瓜架""街头路口"听来的。《聊斋志异》中许多小说曾特意交代故事的来源，或开头点出听某人讲（《鸲鹆》），或结尾说明是某人"所目触"（《捉鬼射狐》），或在篇末借"异史氏曰"中论及。如《祝翁》篇说："翁弟妇佣于毕刺史之家，言之甚悉"。《张诚》篇称："余听此事至终，涕凡数堕……"这些例子也足以表明《聊斋志异》的创作根源和作者的生活态度。

　　从蒲松龄在《聊斋志异》中对劳动人民所作的丰富、生动的描写来看，同样反映了作者和农民的关系是相当密切的。例如，拥有丰富的实践经验并勇于和狼斗争的屠户（《狼三则》），巧计抗官兵而免于蹂躏的农妇（《张氏妇》）；智斗豺狼为父报仇的青年（《于江》），善于灭狐弭患的农民（《农人》）等，这些故事作为口头文学长期在民间流传。只有像蒲松龄这样既有丰富的农村生活积累，又熟悉农民生活，并懂得他们思想感情的作家，才会雅爱搜集，并经过提炼，集中和概括，然后写出具有如此神奇艺术魅力的作品。

在研究蒲松龄同农民的关系时，特别值得注意的是，他对农民起义的态度。《聊斋志异》中以农民起义为题材，或涉及农民起义的作品，计有八九篇之多，诸如《公孙九娘》《小二》《白莲教》《邢子义》等。有的明显地流露了作者对农民起义的同情和惋惜，有的则肯定了起义者劫富济贫的行为，有的给农民起义笼罩上神奇色彩，把起义将领神化，有的则渲染他们揭竿而起的声势如何惊人。但从总的倾向看，作者对农民起义军还不够理解，有时称之为"盗贼"，有时将起义军写成以"道术惑人"，甚至将他们的头领描写成利用妖术掠人妻女的歹徒。所以他笔下的起义者往往以失败告终，这都反映了作者对农民起义抱有消极、悲观、失望的感情。不过，蒲松龄到了晚年，对农民起义的看法有所前进。他在六十五岁以后写的《磨难曲》中，出人意表地塑造了救人苦难、反抗官府的农民领袖的形象。作者以热烈的感情、明朗的态度，颂扬了智勇双全的三山大王任义，从与官府的鲜明对比中肯定他处处为民除害、为民申冤的义勇精神。由于起义者能伸张正义，为人民解除苦难，因而受到人民的爱戴和拥护，肯定了起义者和广大人民之间的鱼水之情。从此，可以看到作者思想的飞跃。但由于历史条件的制约，蒲松龄依然让起义者走招安的道路。

二

蒲松龄是一位面对现实的作家，他敢于直面惨淡的人生。他在《聊斋志异》中以惊人的胆识和勇气，把批判的锋芒首先指向皇帝。《促织》篇开头便点出"宣德间，宫中尚促织之戏，岁征民间"。结尾处异史氏曰："故天子一跬步，皆关民命，不可忽也。"头尾呼应，表明作者对皇帝颇不以为然。那位为了缴一头促织而险遭家败人亡的无辜者成名，竟因一头促织陡然变成"裘马过世家""楼阁万椽，牛羊蹄躈各千计"的大富翁。透过作家的曲笔，人们自然会想到，促织为什么有这样大的神通呢？只因它是皇帝所好。小小的昆虫竟然关系到普通老百姓的生死存亡，这背后是多么荒唐、多么野蛮，又是多么专权的统治啊！《席方平》中那位贪赃枉法的冥王，实际上也是影射封建社会的最高统治者。

集中揭露皇帝的作品，还有俚曲《增补幸云曲》。这篇长达数万字的通俗文学，描写的是明武宗朱厚照到大同宣武院嫖妓的浪荡生活。通篇运用诙谐、幽默而轻松的笔调，有声有色地描写皇帝走出深宫到外埠吃喝嫖赌、挥金如土的腐朽生活。这篇作品对皇帝暴露得如此巧妙而大胆，是历代作品中罕见的。《唐宋传奇》中也有过一些描写帝王生活的小说，像《开河记》《迷楼记》《隋炀帝海山记》等从各个角度反映了隋炀帝的豪华、淫逸和享乐。《赵飞燕别传》曲折地描写了皇宫内部后妃之间争宠吃醋的斗争；《李师师外传》则直接记叙皇帝嫖妓的秽闻。以《增补幸云曲》同具有类似内容的作品相比，就可清楚地看到，蒲松龄对皇帝的嘲讽和揭露更加辛辣、明显，批判和挖苦的倾向性渗透在字里行间。

作品中有许多地方借人民群众的口直接咒骂、嘲弄这位真龙天子。大同府修路民工骂道："北京城里浪荡皇，听说他要出来撞。三宫六院娇娥女，陪着自在何等强，这个朝廷精混帐，只管他闲游闲耍，哪知道百姓遭殃。"皇帝三次出京做了三件"好"事：第一次收了内欺天子，外压群臣的奸佞江彬，二次出游收了妓女佛动心，三次出京到扬州游山玩水。作品处处描写皇帝唯我独尊，有至高无上的权力，实行封建专制。作品中的人物凡是对皇帝百依百顺的，就一步登天，青云直上，高官厚禄，唾手可得。谁要违背了皇帝的旨意，就难免人头落地，顷刻之间化为齑粉。皇帝自称天下头一条光棍，实际上却是天字第一号流氓。他吃喝嫖赌，样样精通。正如作品中所描写的："那正德爷非等闲，天生下只好玩，贪花恋酒偏能惯。上殿懒整君王事，诸般技艺都学全……"论赌博能胜过大同城内有名的赌徒，论弹琵琶可超过众妓女，论嫖妓猜拳，一般的纨绔子弟更是望尘莫及。作者对这样一位在寻欢作乐上具有非凡才能的皇帝，可谓极尽暴露和嘲弄之能事。

蒲松龄在他的小说、诗歌等作品中对各级官吏的揭露和批判更加淋漓尽致，《聊斋志异》里著名的《梦狼》篇，对官吏的贪婪和残暴进行了有力的鞭挞。"窃叹天下之官虎而吏狼者，比比也。——即官不为虎，而吏且将为狼，况有猛于虎者耶？"官府衙门内白骨成山，人肉庖厨，难道不正是官虎吏狼造的孽吗？潞令"莅任百日，诛五十八人"，湖南巡抚敲诈民财六十万金银；某亲王买一只鹌鹑就花费六百两银子。怀庆王和宋御史之流，公然抢人妻女，堂堂尚书竟仗势掳人所爱。从县衙门到皇宫，各级官吏手脚都不干净。作者怀着十分憎恶的情感加以暴露，把这些贪得无厌之徒斥为祸国殃民的败类、民族的渣滓，认为可杀而不可留。他期待着"虬髯"这样的豪侠斩尽世上的贪官。他希望有王鼎这样的壮士杀绝天下的污吏，"'凡杀公役者，罪减平人三等。'盖此辈无有不可杀者也。故能诛锄蠹役者，即为循良"①。

蒲松龄对封建社会的认识达到了相当高的深度，他已经意识到官吏的凶残、贪婪绝不是什么个别、孤立的现象，而是官官相护，上下勾结的整个官僚体制所造成的。小说《席方平》以阴喻阳的手法着重对官僚机构进行无情的揭露：吏狱大兴酷刑有赖于城隍的支持，城隍作恶则因背后有郡司的庇护，郡司肆虐更是仰仗着冥王的鼻息。封建社会的不合理，不在于一官一吏的贪贿和狰狞，而在于那一整套上下串通的统治机构。

---

①　《聊斋志异·伍秋月》。

　　这位作家思想深刻之处，还在于他能够揭示出政治压迫和经济剥削是相互为用的。官吏们为什么为非作歹得以通行无阻？靠的是"钱"能通神。没有层层贿赂，也就谈不到官官相护。冥王开始准了席方平的呈状，后来又变卦了，那是因为他被郡司和城隍用一千金买动。小说揭示出贪赃是枉法的根源，枉法又要靠封建专权给以保障，这便是贪官污吏普遍存在于封建社会的症结所在。下级官员为什么不顾人民死活，而一味媚上？小说这方面也有所点破：官员的晋升，既不凭真才实学，也不看老百姓是否拥护，而是完全由上台说了算。小官为了维护既得利益和继续往上爬，必然要千方百计地逢迎大官。《梦狼》中那个县官白甲对其弟说得分明："弟日居衡茅，故不知仕途之关窍耳。黜陟之权，在上台不在百姓。上台喜，便是好官，爱百姓，何术复令上台喜也？"作者借这位贪官的自白，切中肯綮地提出封建社会里带根本性的重大矛盾，升官和爱百姓是永远也不能调和的，这里足见蒲松龄的胆识。就其艺术概括的广度和深度而言，作为今天反对封建残余来讲，仍有高度的认识意义。

　　蒲松龄针砭时弊不留情面。对皇帝尚且敢于顶撞，更遑论贪官污吏。当然作家的社会理想不可能超出他那个时代生产力和生产关系的制约，从而导致对整个封建制度的否定。他只希望统治者为民着想：减轻人民的负担，改善人民的生活条件，为民除害，为民申冤。他幻想"秦镜有高悬之日""仁人君子"当道，"俯询颠末，剪恶扶良，则直道犹存"。譬如他所肯定的吴令，即是一个刚介清正，造福于民的清官形象（《吴令》）。《公孙夏》篇异史氏讲了一个故事，说郭华野先生为官清鲠，途中惩治了一个作威作福的县令。作者心目中所推崇的就是如吴令、郭华野先生这样正直、清廉的官员。正如他在《十一月初五日，官征漕粮》一诗中所写的："冬闲应得万农欢，白著增加措备难。时值太平终岁苦，惟翘白首望清官。"

蒲松龄作为一位清醒的文学家，已经看出当时社会的许多痈疽，并且勇敢地掷以投枪，但是他并不要求彻底改变这一社会制度。他揭露坏皇帝，却把希望寄托于好皇帝身上，他反对横征暴敛，依然拥护"合理"的封建剥削，他斥责封建统治者，却希望有公正不阿的官员出现。这是作家的时代局限，我们不可苛求。

三

蒲松龄出身书香门第。他的高祖蒲世广是邑廪生，"少聪慧，才冠当时"①。蒲松龄认为蒲氏文学自他高祖开始。曾祖蒲继芳，邑庠生。父亲名槃，字敏吾，"少力学而家苦贫。操童子业，至二十余不得售，遂去而贾"②，经过若干年，家庭经济情况才有所好转。在经商的同时，蒲槃仍不忘苦读。他学识渊博，非当时一般儒生所能望其项背。到了晚年，家境凋敝，乃亲执教鞭。松龄自幼博学强记，过目成诵。在他父亲的教诲下，学业精进。十九岁（1658）参加县、府、道考试，连获三个第一名，中了秀才。当时著名的文学家施闰章，称赞他"观书如月，运笔如风"。青年时代的蒲松龄名声很大，他除了每年按例接受学台大人检查学业的岁试之外，每逢子、卯、午、酉年都要到济南府乡试。但屡试不第，心情郁闷，"嗒然垂首归去"，"然自析箸，薄产不足自给，故岁岁游学，无暇治举子业"。③ 直到四十五岁那年（康熙二十三年），会当甲子秋闱，他又去应试，仍旧落第而归。四十八岁再试，又名落孙山，回来写了一篇《责白髭文》。开篇说："丁卯秋自稷门铩羽归，揽镜怆然，弥增感愤。"他感叹自己"蹉跎岁月，四十无闻"，仍然过着"朝沾糜粥，暮挫煤烟"的清苦生涯。五十岁继

---

① 《蒲松龄集（下）·蒲氏世系表》。
② 同上。
③ 《蒲松龄集（下）·清故显考岁进士、候选儒学训导柳泉公行述》。

续投考，未等考完就被黜名了。他回来填了两首词，一首《大圣乐》，注明为"闱中越幅被黜，蒙毕八兄关情慰藉，感而有作"，流露了"千瓢冷汗沾衣，一缕魂飞出舍，痛痒全无"的沮丧情绪和"何以见江东父老乎"的惭愧心情。另一首《醉太平》写道："风檐寒灯，谯楼短更，呻吟直到天明。伴侣强老兵，萧条无成，熬场半生。回头自笑溙腾，将孩儿倒绷。"此时此刻作者的心境是十分复杂的。《述刘氏行实》一文有所透露："先是，五十余犹不忘进取。刘氏止之曰：'君勿须复尔！倘命应通显，今已台阁矣。山林自有乐地，何必以肉鼓吹为快哉？'松龄善其言。"作者对刘氏这番箴言，似有共鸣，他并非完全相信命运，实际上由于生活的挫折，他那自青年时代就热衷于功名的心，开始冷却下来了。几十年命运多舛的教训，使他对腐朽、黑暗的社会现实有了一定的认识，从而意识到像他这样的人是不会"命运通显"的。

科举制度到了明朝已经流弊百出，科举场中以关节进者，大有人在。"至清初而益甚，各分房官之所私许，两主考官之心约，以及京师权要之所密属，如麻如粟，殆千百人。"[1] 所谓闱中考试，不过是卖官鬻爵的一种形式而已，考中的在试前根据关节和行贿的多少早已内定好了。"间取一二孤寒，以塞人口。"[2] 这样的科举考试连作为升官发财的敲门砖的意义都不存在了。康熙十三年，又实行捐纳制，规定用银子或粮食可以买到一定的官职：或虚衔、或实授。条款很多，归纳起来，就是钱花得越多，买到的官职就越大、越及时，实际上把卖官鬻爵制度化、公开化，比考试行贿更进了一步。《僧术》中假借冥间十千得第，一千准贡的情节，表现了作者对捐纳制的强烈不满。官职既然靠钱买，官员一上任就势必竭力搜刮民脂民膏，大发其财。小说《公孙夏》《局诈》对此所作的揭露就相当辛辣、透辟。这类小说告诉人们，

---

① 许大龄：《清代科举考试制度》。
② 同上书。

各种形式的卖官鬻爵，正是产生贪官的直接原因之一。

至于主考的帘官，自然都是花钱买来的美差。他们眼瞎、手长，贪欲无度，净是些"数十年的游神耗鬼"，他们愚昧而又凶残，无知而又贪婪，经常以最野蛮的办法对付考生。无钱行贿的穷秀才，只好受尽种种凌辱。作者在《历下吟》一诗中，生动逼真地描写了读书人投考时的种种凄惨情景："黑鞭鞭人背，跋扈何飞扬，轻者绝冠缨，重者身夷伤，退后迟嗷应，逐出如群羊，贵倨喜嫚骂，俚媟甚俳倡，视士如草芥，而不齿人行。"名落孙山，囊空橐尽，只落得"踵决衣带断，乞食在郊郭"。有家难归，漂泊异乡，正是书生沦落的写照。少数人凭关节和行贿飞黄腾达，更多的人被黜落，逼得走投无路，"旋里无颜色，志士死不存。河伯如不怒，到海亦不浑"。不少有真才实学的读书人往往成为科举制度的牺牲品。叶生怀才不遇，气恼而疾，贫病交加，最终丧命（《叶生》），俞恂九被不公平的考试一气而亡（《素秋》）；久困场屋的王子安，为考试弄得神魂颠倒，梦寐思念高捷南宫，一旦喜报临门而发疯（《王子安》）。名士兴于唐被黜落、愤懑而卒，至阴司执卷控告，"同病死者以千万计"，群起响应（《三生》）。但明伦指出："自唐历宋、元、明以来，被黜落而愤懑以卒者，何可胜数，宜其状一投而万声响应也。"面对这种是非颠倒的社会现实，作者以沉郁、愤怒的心情，进行了深刻的批判。

科举制是封建社会的罪恶之一。在蒲松龄所处的那个时代，知识分子被禁锢在八股取士的名缰利锁中，变得呆头呆脑，思想僵化，只会按一定的模式去想问题。考试给他们带来的往往是漂泊、死亡或疯狂。精神上和肉体上不断地被戕害和摧残，也会使少数人逐渐清醒过来，认识到这一制度的腐朽性和欺骗性，蒲松龄就是其中之一。他从热衷于仕途到心灰意冷，乃至自觉不自觉地否定走科举的道路。他五十五岁时写的《示儿》一诗，便透露了此中消息。"肥地无多犹种黍，荒庭虽隘亦栽花"，又云"读书元不求温饱，但使能文便可嘉"，这时他已经不屑于把读书和做官联系在一起了，所以他谆谆嘱咐自己的儿子读书不必追求做官。他这种看法显然来自仕途坎坷，对于"学而优则仕"的传统观念来讲，则意味着背叛。年逾花甲，他写了一首《自嘲》，诗中流露出来的不为做官而读书的思想倾向更加明显了。"皤然六十一衰翁，飘骚鬓发如枯蓬。骥老伏枥壮心死，帖耳嗒丧拼终穷。"他无望于仕途，一心想归隐山林了。在《示诸儿》一诗中表达得尤其明确："人生各有营，岂必皆贵官，但能力农桑，亦可谋豆箪。"这一看法，蕴含着作者平生的酸辛、愤懑和不平，同时也说明了蒲松龄是一位敢于正视人生、有所觉醒的作家。比起同时代的一般随波逐流的利禄之辈，他的思想确实高明多了。

　　他欣赏陶渊明"不折腰于荣利，而会心于七弦"的清韵（《清韵居记》），羡慕陆游受贬后的清贫生活，"清贫如放翁，乐哉复何须"（《读〈剑南集〉有感》）。凡是富于人民性、经得起历史检验的古代作家，首先必须是一个倾听人民的呼声，有正义感，敢于为真理而斗争的人。陶渊明、陆游尽管相距八百年之久，艺术风格也迥然不同，他们却有共同点，即不向权贵低头。心向往之的蒲松龄也正是这样一位狷介耿直、有骨气、有见解的作家。因此他才能在《聊斋志异》及其他作品中，对邪恶、贪婪和欺骗等痼弊，给予无情的揭露和针砭；对官僚、政客、显要等权贵予以大胆的否定；对仗势欺人之辈、阴谋害人之徒、投机取巧之流、贪财忘义之人，都分别给以嘲笑和鞭挞。只有那些不畏强权，敢于为真理而献身的小人物，他才寄予满腔的同情，并给予热烈的讴歌。在他看来，不论是致力农桑，还是经营小商，都要靠辛勤的劳动，靠自己的真本事谋生。在《黄英》篇借陶生的口对人生表述了这样一种见解："自食其力不为贪，贩花为业不为俗。人固不可苟求富，然亦不必务求贫也。"由此可见，他又是一个不图虚名，旷达务实的人。

　　像蒲松龄这样思想性格的作家和当时的社会现实显然是不合拍的。即使偶然跻入官场，也难免为权贵所不容，被奸佞所排斥。出路也只能是急流勇退，走陶渊明归隐田园的道路，或者被黜还乡，郁郁而终。否则将必然招致杀身之祸。蒲松龄生不逢时，他那光明磊落的为人，只有在今天才能得到历史的公正的评价。当然，蒲松龄到了晚年仍有企求官禄和富贵的思想，但那毕竟是很次要的。

四

　　妇女问题是个重要的社会问题。我国妇女在封建社会处于最底层，身受封建宗法制、封建礼教和传统观念等多重羁縻，没有自己的独立人格和人身自由。蒲松龄则一反历来对妇女的非人待遇和陈腐的传统观念，把妇女作为《聊斋志异》主要的描写对象。

　　值得注意的是，他以火一般的激情塑造了许多勇于冲破封建礼教的束缚而又个性鲜明的女子的形象。她们大都聪明、智慧，执着地追求人身自由和个性解放，她们爱憎分明，对美好的事物和幸福的生活有着热烈的向往。像天真烂漫、憨直坦率、不拘礼节的婴宁；雅爱戏谑，不受翁姑约束、不畏权势的小翠；风趣诙谐、善于在谈笑中揶揄轻薄者的狐娘子；感情奔放、主动地向意中人袒露心曲的白秋练等，无一不触犯封建的闺范，也无一不呼之欲出。

　　否定单纯从外貌来衡量女性美丑的世俗观点，是蒲松龄在美学思想上高人一筹之处。如在《乔女》这篇作品中，乔女不仅"黑丑"，而且生理有缺陷，"壑一鼻，跛一足"。但是她善良纯朴，为人光明磊落，对朋友忠诚，愿为死去的知己献身。作者对这位有德无貌的女子做了充分的肯定。尽管这种德的内涵中具有某些封建因素，但是作者从他所能达到的思想高度着眼，极力刻画人物的高尚品质，来讴歌女性的灵魂美，却有独到之处。

历来封建闺范崇尚女子无才便是德，蒲松龄就不信这个邪。他从实际生活出发，按照自己的美学理想，塑造了众多富于独特个性的女性形象。她们才华洋溢，智慧而聪颖。其中有的善刺绣，有的能织纴，有的擅长赋诗，有的工于绘画，有的琴技高超，有的舞艺精湛，有的医术高明，有的园艺出众。她们的才能不仅表现在持家有方上，而且更多的是通过急公好义的性格特征来体现的。仇大娘（《仇大娘》）就是这方面有典型意义的人物形象。她敢作敢为、有才干、有魄力，显然是一个顶得住门户的女性。蒲松龄描写女子的有勇有谋也是相当出色的。如张氏妇（《张氏妇》）急中生智只靠一根针、一把锥子，就能置敌人于死地。红玉（《红玉》）见义勇为、助人为乐，救冯生于危难之中，帮助他们父子团圆，家道兴旺。

蒲松龄所刻画的许多女性，不但才华出众，富于正义感，而且别具慧眼，有胆有识。《聊斋志异》中许多精辟的见解，往往出自女性之口，足以使须眉男子相形见绌。少女商三官对时弊的看法，显然超过两个哥哥。她看透了"人被杀而不理"的"时事"，不相信老天爷将为兄弟再讼"专生一阎罗包老"。因此她说服两兄葬父后，毅然决然地抉择了靠自己的智慧和勇敢杀死邑豪，为父报仇的道路。书生张鸿渐因同情被贪暴县令杖毙的范生，答应诸生代写讼词，并一起向巡抚上告。张妻方氏却颇不以为然，这位"美而贤"的女性，对"势力世界"和秀才所作的透辟分析，使张鸿渐不能不为之折服。她劝说丈夫："大凡秀才作事，可以共胜，而不可以共败：胜则人人贪天功，一败则纷然瓦解，不能成聚。今势力世界，曲直难以理定，君又孤，脱有反复，急难者谁也！"张鸿渐没有听下去，从而遭到一连串的迫害，完全证明了妻子观察问题的敏锐性和深刻性。妇人之见，居然如此高超深邃，这就把轻视妇女的旧观点来了个大胆的否定。

　　蒲松龄反对男女授受不亲的封建羁绊和彼此交往中的神秘观念。在《聊斋志异》中有一类作品的主题，就是男女友爱的颂歌。《娇娜》篇中娇娜与孔雪笠之间的友谊正是在彼此尊重，互相关怀的基础上建立起来的。孔生身罹困境时，娇娜一家不仅从经济上援助他，而且亲自为他治愈毒疮，帮助他恢复健康。当娇娜一家遭灾时，孔生亦不避风险，舍命加以保护。这种患难相助、生死与共的友谊，与同性之间的友谊毫无二致。将异性的友谊写得那样无私、纯洁、高尚，恰恰表现了蒲松龄思想的叛逆性与进步性。

　　在恋爱婚姻问题上，蒲松龄反对父母之命、媒妁之言的封建包办婚姻和以财产为先决条件的买卖式婚姻，主张恋爱自由，婚姻自主，提倡美好的爱情要附丽在共同的志趣爱好和彼此敬慕，相互了解的基础上。对嫌贫爱富的史孝廉（《连城》），王进士（《青梅》）和以金钱财富择夫的李家姐姐（《姊妹易嫁》），他分别给以辛辣的嘲讽和批判。《连琐》中的主人公连琐和杨生都喜欢吟诗、下棋和弹琵琶。共同的爱好把他们吸引到一起，"剪烛西窗，如得良友"，并逐渐由友谊生发出爱情。《连城》篇连城倾心乔生，是因为她知道乔生"为人有肝胆"，肯为朋友做出牺牲，同时又欣赏乔生应征献诗，不仅文采斐然、才气纵横，而且能够和她的感情相呼应。乔生把连城引为"知己"，则因为从《倦绣图》得知连城手巧，而且不嫌自己贫寒，"矫父命，赠金以助灯火"，是真心爱自己。他们之间的感情在与封建势力的斗争中弥加深笃。这样生死不渝的爱情经得起严峻的考验，几经波折，直到殉情后才如愿以偿。他们的结局，既和传统戏曲中的男方进京赶考、衣锦还乡团圆的旧公式有区别，也和某些现实主义的作品把婚姻自主单纯处理成悲剧不同。蒲松龄在他的作品中着重描写的是主人公对美好事物的追求和向往，为幸福生活而斗争的顽强意志。这就为爱情题材带来了积极浪漫主义的鲜明特色，这样写可以给人以战斗的力量，启示读者要敢于为自由和幸福去斗争。表现作者这一积极思想的作品，在《聊斋志异》中为数不少，是我们研究蒲松龄的思想时值得重视的问题。

蒲松龄描写家庭生活也寄寓了自己的美学理想。他认为恩爱夫妻必须以牢固、持久、深挚的爱情为基础，夫妻之间要平等和睦，互相敬重，男"卖酒贩浆"，"女作披肩，刺荷囊"（《鸦头》），"闭户相对，君读妾织"，共同担负自给自足的劳动。作者十分反对靠权势、欺骗等手腕建立起来的所谓家庭，所以他让细侯（《细侯》）果决地"杀抱中儿"，离开"衣服簪珥，供给丰侈"的富商，去和真正的爱人满生相结合。对见异思迁、喜新厌旧的武孝廉（《武孝廉》）、姚安（《姚安》）之流，则给以有力的鞭挞和惩罚。他认为爱情要渗透在家庭生活中，爱得诚笃，可感动天地，如《香玉》篇。互相猜疑，只会削弱爱情，失掉幸福，从而破坏家庭生活（《葛巾》）。恩格斯指出："当事人双方的相互爱慕应当高于其他一切而成为婚姻基础的事情，在统治阶级的实践中是从古以来都没有的。至多只是在浪漫事迹中，或者在不受重视的被压迫阶级中，才有这样的事情。"① 蒲松龄在妇女、爱情、婚姻、家庭等问题上的一系列进步思想，充分说明了这位作家在思想上和广大人民有密切的联系。

蒲松龄大胆地歌颂了妇女的自由和解放，表现出一个天才的思想家和艺术家的勇气，这是我们理应充分肯定的。同时我们也要看到作者在妇女问题上的历史局限性，他在《连城》《寄生》《陈云栖》等篇，尤其是俚曲《禳妒咒》中，表现肯定一夫多妻制，认为多妻制固属正常，婢仆为妾也是理所当然。丈夫因妻子不能生育而纳妾，更是天经地义。以妒妇著称的连氏（《段氏》），临死前还不忘对女儿及孙媳谆谆嘱咐："汝等志之：如三十不育，便当典质钗珥，为婿纳妾。无子之情状实难堪也！"这是彼时彼地

---

① 恩格斯：《家庭、私有制和国家的起源》，《马克思恩格斯选集》第四卷。

现实社会的写真。但也反映了作者的以男子为中心的思想。

五

蒲松龄的孝、悌、信、义等传统伦理观念是根深蒂固的。他本人就是个名副其实的孝子,这方面的记载很多,请看其子蒲箬的称颂:"庚申,我祖母病笃,气促逆不得眠,无昼夜皆叠枕瞑坐。转侧便溺,事事需人。我父扶持保抱,独任其劳,四十余日,衣不一解,目不一瞑;两伯一叔,唯晨昏定省而已。"① 他不仅对父母极尽孝道,而且还写了许多颂扬孝道的作品。即使像《席方平》《商三官》《侠女》等《聊斋志异》中的上品,也和孝紧紧连在一起。作为封建伦理观念的孝悌信义,对中国人民的影响是深远的。对蒲松龄的道德观,必须结合作品的主题思想和人物形象放在特定历史的环境中做具体的分析,不能简单地全盘否定。

从向往和追求人和人之间真挚的感情着眼,兄友弟悌未尝没有可取的一面。《张诚》篇写少年张诚,因看不惯母亲虐待前母所生之兄张纳,同情哥哥的处境,尽自己最大的力量去帮助受苦的哥哥:或自己辍学替哥哥打柴,"以手足断柴助兄","指已破,履已穿",或偷家中的面请邻居做饼给哥哥吃,都逼真地表现了弟兄之间纯真的情感。《斫蟒》叙胡姓兄弟二人进深谷打柴,遇到巨蟒,走在前边的哥哥被蟒咬住,弟弟从蟒口中把哥哥生生拽了出来。后人但明伦在夹评中批曰,"如此弟弟,乃真弟弟"。从蒲松龄的许多诗篇中,我们也可以看到作者尊兄长爱弟妹的真情实感。五古《怜妹》对妹妹的不幸遭遇表示深切的同情:"汝生何不辰,坎坷遭沛颠!……兄妹皆沦落,相对一潸然!"七古《寄弟》对生活艰难的弟弟,给以怜爱和关怀:"我方书空心如剸,闻尔萧条

---

① 《蒲松龄集(下)·清故显考岁进士、候选儒学训导柳泉公行述》。

愁不卧。"他的哥哥不幸去世，他写了题为《哭兄》的组诗，抒
发了他对死者的真诚怀念："昔日我归家，解装见兄来，今日我归
家，寂寂见空斋。谓不知我至，惆怅自疑猜。或云逝不返，泪落
湿黄埃。除夕话绵绵，灯昏剪为煤……"悲痛过度，夜不成寐，
旋又作祭兄文："死者复何知，生者摧肝肠！乃知人世间，存者不
如亡。中夜独挑灯，愁灯暗无光。俯仰念生平，气结填胸吭。搁
笔随断漏，涕堕不成章！"① 作者同他的兄弟妹妹，有着深厚的情
感，这种感情又是建立在同艰苦、共忧患的基础之上的。所以在
这些诗文中充满了人情味。大抵生活贫困、命运坎坷的人，都有
着相似的情感。像这样情真意挚的友悌自然是非常可贵的。

　　《田七郎》篇描写田七郎对武承休的"义"，也有感人肺腑的
力量。作者借田母之口表达了他对"义"的理解："受人知者分
人忧，受人恩者急人难。富人报人以财，贫人报人以义。"田武二
人相处的过程中，就是按这个道德标准行事的。富有的武承休以
金钱周济田七郎的急难和贫困——田妻酌病医死葬。田七郎以生
命为武承休报仇雪恨。作品感人之处，在于田七郎不怕权势，同
不分是非，只讲关说和贿赂的县宰同归于尽。"义"和反抗强权联
在一起，才产生了强烈的艺术感染力。

　　蒲松龄对于那些把年迈父母看成累赘，兄弟无情，不讲孝义，
不懂友悌的现象持清醒的批判态度。俚曲《墙头记》以幽默的笔
调讽喻人情世态。张大张二两兄弟，把老父的财产瓜分一空，对
老人百般虐待。一旦获悉尚有金银可图，又争先向老人献殷勤，
竞相孝敬。小说《二商》《胡四娘》等篇对不顾兄弟情谊，但问
利害关系的炎凉世态进行了无情的揭露和辛辣的嘲讽。

　　对蒲松龄所倡导的孝悌信义等道德规范不能一概否定，但对
于作者道德观念的复杂性，也要给予足够的估计。诸如席方平、

---

① 《蒲松龄集（上）·夜作祭兄文，悲不成寐》。

商三官那种舍身为父报仇的"孝"，田七郎以生命为朋友报仇的
"义"，张诚那种纯洁的"悌"，都是同伸张正义，反对封建压迫
和强权势力联系在一起的。在这些孝义的观念中，包含了人民大
众疾恶如仇的正义感和亲人之情，带有民主的色彩，不同于那种
单纯的封建意义上的孝义，因此应该给以一定的历史评价。恩格
斯在《反杜林论》中指出：一切以往的道德，"它或者为统治阶
级的统治和利益辩护，或者当被压迫阶级变得足够强大时，代表
被压迫者对这个统治的反抗和他们的未来的利益。"在阶级社会
里，道德是有阶级性的，不同阶级的人们，对孝悌信义的理解是
不尽相同的。以上列举的孝悌信义等道德观念富有人民性，和封
建统治者空喊的孝悌是有本质区别的。

　　封建时代的孝悌信义观念，虽为统治阶级所确立，但他们并
不身体力行。即使在某种场合或特定情势中遵循这些信条，也不
过是为了装潢门面。封建统治阶级人和人的关系，乃是被权势和
私欲所支配的一种互相利用的关系。尔虞我诈、弑父弑君这一类
互相倾轧的斗争，经常发生在宫廷内部和官宦之间，哪有什么孝
悌和信义可言！而真正懂得父子之情和兄弟友爱的，却往往是包
括下层知识分子在内的广大人民。蒲松龄就是他们中间的一员。

　　毋庸讳言，蒲松龄所提倡的孝悌信义，也有许多属于封建糟
粕，他的作品在这方面大体上有三种情况：

　　1. 基本倾向是健康的，同时夹杂有封建的东西。例如《张诚》
篇刻画兄弟俩的至诚友爱是相当感人的，但是他们对悍母的愚孝却
是应予扬弃的。

　　2. 精华和糟粕参半，这就需要在阅读和欣赏时认真加以分辨。
如《青梅》《曾友于》《马介甫》等篇，都反映了作者道德观的复
杂性。《青梅》篇描写婢女青梅有眼力、有胆量。她钦佩一贫如洗
的张生人品好，便竭力为小姐作伐，并且敢于向嫌贫爱富的王进
士分辩和抗争，这是值得肯定的。然而她那根深蒂固的主贵婢贱

的观念，却是不足取的。联系其他作品看，蒲松龄往往以主贵婢贱的封建名分来理解主奴关系。《循良政要》中有一条禁奴死讼主的规定，也和蒲松龄所提倡的"义仆"思想一致，《曾友于》中的主人公曾悌（字友于）身上，也体现了作者道德观的复杂性。

一方面描写了曾友于对兄友对弟悌的善行，另一方面又把他写成毫无原则的弱者，竟然是非不分、一味忍让，甚至被其兄屈打以后还去请罪。对这样一个委曲求全的庸人，作者却采取了歌颂的态度，从而暴露了蒲松龄道德观上的弱点。

3. 封建伦理的形象说教，基本上属于封建糟粕。《珊瑚》就是其中较有代表性的一篇。作品中蛮横、凶悍的婆母沈氏，对儿媳百般刁难、折磨。安大成则一味地迎合母亲，对妻子珊瑚无故打骂。珊瑚被逐后，"纺绩自度"，暗中仍不忘以"甘旨""佳饵"馈遗母亲。作者从宣扬封建愚孝的角度，着重赞颂珊瑚这样的贤妇，殊不足取。

如果说《珊瑚》对沈氏的凶悍、臧姑的无礼进行了某种程度的揭露，尚有一定的积极意义，那么《邵女》篇则纯属封建糟粕。作品刻画了一个恪守封建嫡庶关系的邵女。虽然柴廷宾的妻子金氏害死了二妾，她仍心甘情愿为柴做妾。邵女对金氏谦恭备至，低声下气，而金氏却凶残已极，经常"握发裂臂"，横施鞭挞，并烧赤铁烙邵女面，欲毁其容。邵女居然忍受酷刑，毫无怨言，依旧朝朝事嫡。作品以邵女深谙循环报应来解释她甘心受屈辱受折磨的思想基础。这不仅宣扬了腐朽的封建伦理观念，而且为封建道德观找到宿命论的遁逃薮。这类作品的主导倾向，明显地表现了蒲松龄道德观上带有浓重的封建意识。

六

蒲松龄的创作实践，表明他的思想是很复杂的，但是总的来看，他有比较浓厚的朴素的唯物主义思想。他总是按照生活本来的面貌来摹写生活，坚持朴素的唯物主义的反映论。这一点从《聊斋志异》和诗词曲赋中都可得到验证。

一部《聊斋志异》概括而又具体地从彼时彼地的不同角度描写了人民的生活和思想感情，构成了一幅幅鲜明的社会图景。蒲诗感情真挚，不崇尚华丽的辞藻，几乎每首都是作者生活和人民灾难的实录。研究蒲松龄的编年诗，不仅可以帮助我们了解作者的坎坷处境和人民的生活状况，而且便于考察那个时代的灾情史。围绕康熙四十二年、四十三年发生的特大灾荒，作者写了四十多首诗，生动地描述了连续性的旱、涝、虫灾给人民带来的苦难，如实地反映了灾情的严重景象。"六月初雨田始青，好坊蜿蜒大如蚓。禾垅聚作风雨声，上视丛丛下蠢蠢。"① "细虫蠕蠕满平田，遥望禾苗亦俨然。一亩芟来无斗粒，奇荒何处吁青天？"② 在蒲诗中以灾荒为题材反映人民疾苦的诗篇不胜枚举，从诗歌写实这个特点来看，在我国古代诗史上也是罕见的。

蒲松龄精心创作的十一篇赋，同样以强烈的现实主义力量使人为之心折。这位文体的革新家，勇于突破赋体专事铺陈帝王宫苑气象、渲染狩猎欢乐的樊篱，而用来描写平凡的社会生活、宣泄人民的思想感情，更是充分地表现了蒲松龄文艺观的唯物主义性质。《屋漏赋》细腻地描写了山村老屋的主人"夏霖滴漏，丁丁夜闻，将呼灯而移案，限重门之巨津"的窘境。《蝗赋》则是对丙寅五月淄川境内蝗虫蔽天而来，农民群众如临大敌，与蝗虫奋战的真实记录。《煎饼赋》先是摹写了煎饼的形状、颜色、大小、厚薄以及制作过程，极言煎饼之美味；再写凶荒年月，用野菜、树叶代替米豆烙成煎饼，农人依然甘之如饴的情状。类似如此充满生活气息而又洋溢着家乡自豪感的作品，倘若作家没有深

① 《蒲松龄集（上）·纪灾》。
② 《蒲松龄集（上）·蚩虫害稼》。

厚的生活根基，缺乏对生活的细致观察和深入体验，是无论如何写不出来的。

　　毫不例外，蒲松龄的戏曲创作，所反映的也都是社会生活中人和人的矛盾与冲突。甚至有些作品到今天看仍葆有浓郁的生活气息和真挚的人情味。从蒲松龄各种样式的创作和生活的关系来看，他作为一位朴素的唯物主义作家是当之无愧的。

　　蒲松龄的唯物主义思想，在一部分有关宗教迷信的作品中，有极其鲜明的反映。例如《妖术》中的于公对于"卜者起卦"，预言他"三日当死"根本不予置信。他连续三次战败了妖魔，从而"方悟鬼物皆卜人遣之，欲致人于死，以神其术也"。耿生（《青凤》）面对披头散发、面黑如漆的凶鬼，毫无惧色，"研墨自涂，灼灼然相与对视。鬼惭而去"。孔生（《娇娜》）不避风险，以身赴难，终于战胜了"雷霆之劫"。这种无论是妖、是鬼，人都能战而胜之的思想，是无神论的一种折光。

　　蒲松龄在《〈婚嫁全书〉序》等文章中对"周堂"提出怀疑。他质问道："不论节候交否，但以为逢若吉，逢若凶，此何理也？"又说："明知其妄，而用以除疑，亦甚便也。"作者对迷信风俗从怀疑到否定，写进《婚嫁全书》中去，用意也在于消除人们的迷信思想。《耳中人》对导引之术持否定的态度。迷恋道术的谭晋生，自以为"丹将成窃喜"，可是事实恰恰相反，他不但未炼成丹反而得了癫狂病。道术根本不能解救他，最后还是"医药半年，始渐愈"。作品含蓄地暗示人们，只有医药科学才能治病，迷信导引之术则是无济于事的。《日用俗字·堪舆章》对看风水也表示否定。"福祸吉凶在后日，状元台阁尽胡撞。不比医药眼前效，日久无从问罪名。"看风水的人到处招摇撞骗，借以赚钱，根本没有真学问，"地理从来虽有道，世上几人传授精？"所谓风水宝地都是堪舆人编造出来的。"只见公卿来看地，上坟何曾见公卿？善人偶得儿孙贵，术士尽夸地脉灵。葬后死绝无后代，当年也说旺人丁。"一针见血地戳穿了风水先生的鬼把戏。

　　蒲松龄反对宗教迷信的思想倾向,从《日用俗字》中可以得到进一步的验证。《日用俗字》全文三十一章,多偏重传授生产经验和科学常识,涉及封建习俗的只有"堪舆""纸扎"和"僧道"三章。作者对僧侣道士和迷信习俗一概持批判态度。"纸扎章第二十一"尖刻地揭露殡葬中"纸扎"的虚伪性:"纸草荒唐混世人,苇为筋骨纸为身。不敢挈挈已破碎,如何轿马可驮魂?""纸扎只待一声哭,费尽千金一火焚。"扎纸人纸马完全是无谓的消耗,所以他奉劝世人"不必典卖作虚文"。"僧道章第二十二",对和尚道士更是极尽嘲讽之能事,他认为和尚道士都是些不爱劳动、无所适从的闲人。这些人借口为亡灵超度,嬉戏玩耍,混饭吃,骗钱财。表面上看来是在"请天神""宣佛号""诵经文""说宝偈",搞得玄乎其玄。实际上"撮猴挑影唱淫戏,傀儡场挤热腾熏。幡头哀杖齐瞧看,并无一念到亡亲。暂借灵柩为笑耍,难同僧道见天尊"。至于那些云游僧道,实乃可鄙的赌徒、淫棍而已,"布食(施)银下场中注,抄化钱买被底春。"这章结尾说得尤其痛快:"不为皇家养济院,钟磬经箱尽可焚。"① 蒲松龄重视科学,蔑视僧道的精神,在他所处的时代确实是难能可贵的。

　　从上述几个方面来看,蒲松龄具有朴素的唯物主义观点。但是,他也接受了佛教的若干消极影响,往往堕入因果报应的泥坑。他想惩恶扬善而不可得,佛家所谓善有善报、恶有恶报,近在自身、迟在儿孙的因果报应,轮回不爽论,便易于为他接受。《聊斋志异》中的许多作品谋篇命意盖出于此。《金永年》中的主人公年逾不惑,膝下无子。后因贸贩平准,天赐一子。这里写的是现世报应;更多的作品则是着意宣扬报于来世或儿孙。《钱卜巫》借巫婆的口教诲说:"先人有善,其福未尽,则后人享之,先人有不

_____
① 《蒲松龄集(上)·日用俗字》。

善，其祸未尽，则后人亦受之。"豪富夏东陵，"侈汰，每食包子，辄弃其角，狼藉满地"，因暴殄天物，遭到上天的惩罚，不仅自己冻饿而死，而且连累他的儿子一直受苦到五十多岁。但是为人子者倘能安分守己，诚朴无二，躬耕自给，不做亏心事，自有时来运转，否极泰来之日。类似循环报应的说教，在俚曲中也不少见。蒲松龄对人间社会从有所追求到不满，进而向往超凡仙界。他笔下的菩萨形象大都圣洁而又崇高。他敬仰菩萨，推崇吕祖。俚曲《磨难曲》中写吕祖等八仙下凡为人间祝福庆寿，《聊斋志异》中某些作品对修仙炼道行为的肯定，都表明他也接受了道家的消极影响。

　　总之，蒲松龄的哲学观中充满矛盾。这只能从当时社会历史条件和作者的生活实践中探索原因。

七

　　以上从蒲松龄同农民的关系，对统治者的态度，蒲松龄在科举道路上的浮沉和思想变化，对妇女婚姻问题的看法，以及蒲松龄的道德观、哲学观等诸方面分别考察了他的思想及为人。我们清楚地看到，无论哪个方面，在他的头脑中进步思想都是占主导地位的。那么，什么是蒲松龄进步思想的核心呢？有人概括为伟大的人道主义，有人则认为是中小地主阶级的不满，有人认为反满的民族思想为主导。这些看法都有一定的根据，但又不够贴切。从蒲松龄思想面貌的实际出发，我认为他的进步思想实质上是朴素的平等观念。"平等思想是农民运动中最革命的思想，这不仅因为它是政治斗争的促进因素，而且因为它是从经济上清除农业中农奴制残余的推动力。"[①] 蒲松龄的朴素平等思想和农民中的平等

---

　　① 《俄国革命的长处和弱点》，《列宁全集》第十二卷。

思想是一致的。它不同于资产阶级上升时期标榜的自由、平等、博爱。资产阶级人道主义作为资产阶级革命的思想前驱，其斗争的锋芒指向整个封建主义制度，并以建立资产阶级专政为终极目的。蒲松龄的平等思想则植根于中国封建社会的土壤中，在一定程度上反映了当时广大被压迫人民的利益、愿望和要求。由于历史时代和阶级的局限，这种平等思想虽与专制主义相对立，但是毕竟不可能从根本上否定整个封建社会。

对蒲松龄生活状况和经济地位作一番考察，有助于理解他的平等思想产生的物质基础。蒲松龄自谓"五十年以舌耕度日"，一生以教书为业。设帐乡绅家或为刺史毕际有家"西席"，其实就是在官宦人家或殷实人家当塾师。他的社会地位和生活境况都很低下。小戏《闹馆》和通俗文学《学究自嘲》就是对塾师生活的一种谐谑的反映。蒲松龄把塾师比作"长工"和"仆人"，纯属写实，并非夸张："暑往寒来冬复秋，悠悠白了少年头。半饥半饱清闲客，无锁无枷自在囚。课少东家嫌懒惰，工多子弟结冤仇。"他半是自嘲，半是寒心："墨染一身黑，风吹胡子黄，但有一线路，不作孩子王。"塾师大都"家道贫寒"，"别无生意"，只好饿着肚子找主顾，为他人作奴仆。对这种"自在囚"式的生活，他实非所愿，也是情见乎辞的。

蒲松龄长期在毕家设帐，境况可能比一般农村塾师好一些，其一，毕家藏书甚多，治学条件比较优越；其二，接触和了解上层人物的机会较多，有助于扩大生活视野；其三，物质生活稍优于一般学究。但是就社会地位而言，却依然是寄人篱下。无论严寒或酷暑，他都要骑着毛驴，"冲风冒雨"，往返于百里之遥的奂山道中。从《绰然堂会食赋并序》一文中，我们可以对他在毕家的生活领略一二。他并非毕家的上宾，只不过以家庭教师的身份陪着少爷们用餐。在众儿"脱一瞬兮他顾，旋回首兮净光"的争食氛围中，他这位老塾师常常是"筋高阁、饼干咽，无可奈何，呼葱觅蒜"。由此可见，他在毕家的生活并非像有人想象的那么愉快、平等。这种非客非仆、亦客亦仆的生活处境，其中包含着多少辛酸！更何况这种生活又是靠舍弃自己的幼子，把经营家务和教子读书的重担全部留给夫人的代价来换取的。作者在《子笏》一诗中说得明白："我为糊口芸人田，任尔娇惰实堪怜，几时能储十石粟，与尔共读蓬窗前。"遗憾的是，此心拳拳，迄古稀之年，仍未能实现。

蒲松龄之所以"岁岁游学"，是因为家中生活困窘，"薄产不能自给"。维持家庭生计一靠他教书所得，二靠妻子刘氏的辛勤劳动，刘氏持家有方，省吃俭用，"四十六年中，涉历遍愁境。食指日已繁，家贫赖节省。游人不顾家，汲深劳短绠"①。这位勤劳的夫人，"持家则安贫守旧，纪理井井。雅不喜侈靡；衣游濯，但不至冻，食饘粥，但不至馁。量入为出，助以纺绩"②。夫妻二人在贫贱的生活中相濡以沫，艰辛度日。

蒲松龄的一生经常在愁税、愁债、愁荒、愁病中度过。他在《田间口号》一诗中哀叹："日望饱雨足秋田，雨足谁知倍黯然。完得官税新谷尽，来朝依旧是凶年！"饱雨给他带来的喜悦竟是如此短暂！他忧愁的是官粮和新的灾荒。蒲松龄三十四岁写的《日中饭》，反映了灾荒年月中他的生活境况，"黄沙迷眼骄风吹，六月奇热如笼炊。午时无米煮麦粥，沸汤灼人汗簌簌。儿童不解燠与寒，蚁聚喧哗满堂屋，大男挥勺鸣鼎铛，狼藉流饮声枨枨，中男尚无力，携盘觅筋相叫争，小男始学步，翻盆倒盏如饿鹰。弱女踯躅望颜色，老夫感此心惇惇。于今盛夏早如此，晚禾未种早禾死，到处十室五室空，官家追呼犹未止！瓮中儋石已无多，留纳官粮省催科。官粮亦完室亦罄。如此蚩蚩将奈何？"作者以蚩蚩小民自况的困窘遭际，历历如绘，令人慨叹！

---

① 《蒲松龄集（上）·二月二十三日，询内人病》。
② 《蒲松龄集（下）·清故显考岁进士、候选儒学训导柳泉公行述》。

蒲松龄兄弟四人分家时，他自己曾分到薄田二十亩，"农场老屋三间，旷无四壁，小树丛丛，蓬蒿满之"。据有关记载："刘氏薙荆榛，觅佣作堵，假伯兄一白板扉，大如掌，聊分外内，出逢入者，则避扉后，俟入之乃出。""一庭中触雨潇潇，遇风喁喁，遭雷霆震震谡谡，狼夜入则坫鸡惊鸣，圈豕骇窜……"① 他这一家的居住条件竟是如此简陋，长期得不到改善。

在四十九岁以前，蒲松龄为筑新居而奔波劳碌。艰难情状，溢于字里行间："人畜赴涧谷，挥汗运陶砖。瓮罄错囊涩，日夜心忧煎。"② "茅茨占有盈寻地，搜括艰于百尺楼。"③ 灾荒岁月，民不聊生，他的处境即使比"嗷嗷携儿女，死徙离故乡"的穷苦农人略好一些，也只能过着"百钱易斗糠"和食不果腹的贫寒日子。太平年月不太平。迫于生计，他经常靠负债、典当度日。他有一首诗，题为《薄有所蓄，将以偿所负，又为口腹耗去，深愧故人也。慨然有作，情见乎辞矣。寄怀王如水》。其中表明作者常靠向朋友借贷才能维持生活，攒一点儿钱想还债，又为吃饭耗去，"恨为啼号累，数载不能偿"。窘迫之状，如在目前。

蒲松龄尽管长期肩负着生活的重担，仍然不辞辛苦地为乡里亲友代笔。在万籁俱寂的深夜，他独自伴孤灯、对孤影，"无端而代人歌哭"。正如《戒应酬文》中所描述的那样："尔乃坐枯寂，耐寒威，凭冰案，握毛锥，口蒸云而露湿，灯凝寒而光微，笔欲搦而管冷，身未动而风吹，吟似寒蝉，缩如冻龟，典春衣而购笔札，曾不足供数日之挥。"写作生活之清苦，实属罕见。

蒲松龄到晚年有感于当时普遍存在的贫富不均的社会现象，对封建统治阶级的奢侈作了尖锐的针砭："口腹喜新皆厌频，人生丰约何不均？贫家一饱犹未足，富人弃掷不复陈。君不见：何相

---

① 《蒲松龄集（上）·述刘氏行实》。
② 《蒲松龄集（上）·磊轩落成示箸》。
③ 《蒲松龄集（上）·荒园小搆落成，有丛柏当门，颜曰绿屏斋》。

万钱买食具，犹自云无下箸处！"① 在他六十五岁那年，经受了严重灾荒的袭击，他感同身受地写了一首首反映饥寒生活的血泪诗篇；抒发了"愁随白发添千丈，饮断荒年益一痴"②"或疑是病贫非病，人未言愁我欲愁"③ 的愁苦之情。这位作家的生活境遇，一直处于穷愁潦倒之中。到了七十三岁，他又写了《老惰》一诗发出慨叹："年来肉食贵，久绝肥甘想。日斜腹枵鸣，藜羹美无两。"这正是对其困顿生活的自嘲。

　　作者一生清贫，以上所引有关诗文的记载皆可佐证。总其奔波劳碌的一生和拮据困窘的处境，他显然不属于中小地主阶级，而同那些在饥寒线上挣扎的广大农民、小商、手工业者更接近。就其本人的经济地位来看，与其说他是中小地主阶级中的一员，还不如说他是一位愤世嫉俗、郁郁不得志的下层知识分子更贴切些。他的"孤愤"和"不平"，更多地代表了清初下层知识分子和广大人民的呼声。

　　"人创造环境，同样环境也创造人。"④ 蒲松龄正是中国特定历史时期所出现的一位杰出的文学家，他的思想和那个时代环境有直接关系。蒲松龄生在明末清初，随着资本主义因素的增长和城市繁荣，明中叶以后，工商业迅猛发展，市民文学蔚然兴起。清朝虽然对资本主义发展有所抑制，但是江浙一带商业依然很活跃。北京为政治中心。山东正当南北交通必由之地，这里饶有悠久的文化传统、知识分子荟萃，经商往来频繁。《齐天大圣》篇描写"许盛，兖人，从兄成，贾於闽。"《白秋练》篇中的慕蟾宫，从小聪明，喜欢读书。但是，"翁以文业迂"，十六岁就"使去学贾，从父至楚。"《聊斋志异》涉商的篇章颇多，仅卷一接触到商贾生活的就有七篇。这些作品从不同的侧面反映了当时南北往来

---

① 《蒲松龄集（上）·青鱼行》。
② 《蒲松龄集（上）·重阳前一日作》。
③ 同上。
④ 《德意志意识形态》，《马克思恩格斯选集》第一卷。

贸易兴旺，弃学经商已是普遍的社会现象。蒲松龄的父亲走的就是这条生活道路。济南、淄川一带适当交通要道，人们的思想比较开化，亦学亦商、亦农亦商的人较多。商学、商农的结合，为蒲松龄朴素的平等自由思想的产生提供了适宜的土壤和条件。但是，在他的作品中对大商贾的抨击（如《细侯》等篇）和对小商的同情（如《王成》等篇），又是有区别的。

　　清朝统治者在政治上的腐败、反动和黑暗，使作者头脑更加清醒。清廷内部，结党营私、卖官鬻爵、贪贿风行。各级官吏，凡事腠削，百姓遭殃。科举制度已日趋腐朽，而封建统治者对知识阶层疑忌尤甚：一则怀柔收买，加紧控制；一则大兴文字狱，频颁禁毁之令，箝制言论，束缚士林，禁止会盟结社，聚集讲论。稍有触犯者便横遭镇压，许多人被迫害致死。压迫愈深，反抗愈烈。蒲松龄这样有骨气的人物，是不肯向强权屈膝的，这正是促使蒲松龄朴素平等思想发展的重要因素。

　　朴素的平等思想，是蒲松龄进步思想的核心，他为人善良、耿直、胸怀磊落，爱憎分明，富于同情心。他对亲友情深义重，待乡邻诚笃谦恭。他心地纯正，同情弱小、贫困和不幸的人们，想方设法为改变这些人的处境而效力。反之，他疾恶如仇，蔑视强暴、腐败和邪恶的势力，恨不得将他们连根铲掉。因此蒲松龄对汉朝名将灌夫的刚直不阿尤其倾心。他在《灌仲孺记》一文中满腔热情地颂扬灌夫不畏权贵，敢于使酒骂座的刚烈行为。"不骂他人而独骂武安，是其意中只知其人之当骂，而并不知其为武安也。"蒲松龄恰恰具备这种不肯折腰事权贵的刚直气质和不屑同流合污的高尚情操。封建统治者政治上的高压政策不能使他屈服，贫困低下的经济地位，辛酸坎坷的生活经历更加砥砺了他的平等观念。因而他才能代表下层知识分子和广大劳苦人民仗义执言，宣泄自己的孤愤和不平，勇于向封建的黑暗王国投枪。

（原载《柳泉》1980 年第 2 期）

评但明伦对《聊斋志异》的评点

　　《聊斋志异》问世以来，评论颇多，常见的著名评本有四家。一是王士祯评本，他誉满文坛，其评论虽极简略，但影响较大。二是冯镇峦评本，完稿于嘉庆二十三年（1818），但是直到七十三年以后的光绪十七年（1891），才由四川合阳喻煜刻出。三是何守奇评本，现有道光三年（1823）的经纶堂刻本。四是但明伦评本，传世的有道光二十二年（1842）但氏自刻本。几家评论，各有特点和所长，其中以但、何评本流传最广，尤其是但明伦的评本较诸家更全面、细致、深刻，也更接近作品的原意。但明伦不仅有总评，而且有夹评、眉批，不仅从篇章、句式、遣词、用字、写作技法等方面作了独辟蹊径的品评，而且对思想内容也作了较深入的分析和论述。

　　但明伦字天叙，号惇五，一字云湖，清朝乾隆末年生，咸丰三年（1853）卒。贵州广顺（现贵阳西，安顺附近）人。他的父亲但彬是个增广生员，又是个学识渊博的塾师。但明伦早在幼年就秉受严格的家教，嘉庆二十四年（1819）中了进士，当过庶吉士、编修，又擢御史。道光辛巳（1821）、戊子（1828）典湖南、浙江乡试，癸未（1823）分校礼闱。曾任过山西、山东、两淮盐运使。但明伦不仅是一个能为民着想，深受百姓拥护的清官，而且还是一位有爱国思想，并在抵抗英国侵略中战勋卓著的民族功臣。

"任监司历湖南、北，山东、西十数年，所致政成民和颂声载道。"①
一八四二年二月，但明伦任两淮盐运使。在此期间，他曾经组织
民众，打击敢于入侵的英船，保卫扬州以至江淮流域，作出了一
定的贡献。在抗英期间，他做主打开国家仓库分赈饥民，安抚百
姓，鼓舞士气，甚至连柴米油盐都作了恰当的安排，因此受到扬
州人民的爱戴。据记载当他重新回到扬州时，"扬民闻复来，迎至
黄河北岸者以千计。既至扬焚香罗拜者，夹道欢呼。妇孺咸歌舞
于途，谓重睹再造之天"。② 盛况空前，可以想见。

　　在但明伦的一生中，"著述甚富，所为诗、古文、辞、奏疏，
并批阅史鉴诸书，已刻未刻者，兵燹后大半散失"③。保存下来的
有五言诗十五首，多系描绘贵州山川的风景诗，《贻谋随笔》两
卷，内容大抵为训谕子弟以及有关处世、修身的经验谈。其中以
宣扬封建的伦理观念居多，但也不乏某些人生哲理的真知灼见。
另外，就是对《聊斋志异》的评点，这应该是他的传世之作中具
有较高学术价值的部分。他在《聊斋志异新评自序》中提到，
"忆髫龄时，自塾归，得《聊斋志异》读之，不忍释手"，又说：
"屈指四十余年矣，岁己卯，入词垣，先后典楚、浙试，皇华小
憩，取是书随笔加点。载以臆说，置行箧中。"可见，他评点《聊
斋志异》绝非一朝一夕之功，而是经过长期的酝酿、反复的思考
和不间歇的劳动才完成的。由于采用评点方式，他的不少独到见
解散见于各篇，因此显得较零碎。为了更好地批判继承这份文化
遗产，现谨从思想内容和艺术技巧两方面作些归纳、论述，以便
使之集中，系统化。

---

① 《广顺州志》。
② 同上。
③ 但文恭：《贻谋随笔序》。

一

　　《聊斋志异》中许多脍炙人口的名篇，多寄寓着反贪官污吏的思想。但明伦在评点时经常与之发生共鸣。无论蒲松龄是托鬼神论人世，还是借梦幻讽现实，但明伦大体上都能将作品的思想倾向揭示出来，并有所发挥。《席方平》的总评中说道："赴地下而诉，至冥王力已竭矣。冤可伸矣，乃关说不通，而私函密进，钱神当道，木偶登堂。……独怪俨然王简者，为彼私函，枉兹律法。移恶人之鬼，加孝子之身。送之归而料其不归，速之讼而禁其勿讼。饵之以足愿之事，赚之以不备之生。酷而又贪，奸而且诈，较之城隍、郡司，罪又甚焉……"论残酷贪婪、狡黠奸诈，小说中的冥王，比城隍、郡司更胜一筹。在那个幽冥世界里，钱能通天，贿赂成风。各级官员贪赃枉法，胆大妄为，通过私函密信、黄金白银，互相勾结。平民百姓，像席方平这样正直的人，只落得有冤无处申，有理无处诉。据理力争换来的却是百般刑讯，直至含冤以殁。蒲松龄对这种社会现象深恶痛绝。不平则鸣，处在他那个地位上，直言是危险的，因此他只能以幻想的形式借鬼神之力，把官虎吏狼狠狠地惩治一下，为善良的百姓包括作者自己出出冤气。在整个封建官僚集团里，但明伦是个清官，对贪官、昏官也心存不满。他比蒲松龄晚生一百几十年，这时正是封建社会濒临瓦解的前夕，各级官吏的种种弊端愈演愈烈。只要还没有丧失民族自尊心并懂得自重，就不能不为之深表愤慨。但明伦在文字狱的威胁下，敢于冒着风险评点《聊斋志异》，并亲自精心刻印，这不单是出于欣赏的需要，或是皇华小憩用来开心解闷，而是寄托了和作者相通的衷情。如果我们稍加注意，就会发现，评点者并非每篇都加总评，从加总评的篇章也可以看到但氏的思想倾向。他对《席方平》这样的作品给予了足够的重视，并能着重从思想内容方面开掘。这正是但明伦比一般评论者略高一筹之处。

除《席方平》以外，在《梅女》《促织》《潞令》《梦狼》《张鸿渐》等篇的评点中，都鲜明地流露了评点者反对贪官污吏、揭露强梁世界的进步思想倾向。《梅女》篇写一昏聩贪婪的典史，接受盗贼的贿赂，制造冤案，草菅人命，逼得梅女自尽。作品借鬼妪之口大骂典史："汝本浙江一无赖贼，买得条乌角带，鼻骨倒竖矣！汝居官有何黑白？袖有三百钱，便而翁也，神怒人怨，死期已迫……"但明伦旁加夹评，又写眉批："有三百钱便尔翁，则人尽翁也。骂尽天下贪鄙贼。有三百钱便尔翁，且有不必三百而亦翁者。"这说明但明伦与蒲松龄有同感，对贪官污吏是非常憎恶的。

但明伦反贪官污吏的思想倾向，与关心人民疾苦的进步思想紧密联系，互为表里。但明伦在一生中，确实做了不少爱民利民的好事。当他在湖北荆州襄阳任盐法道期间，听说荆州万城附近江汛猛涨，便移驻堤旁防护，连续苦斗三昼夜，终于使大堤无恙，保住荆州。后来在扬州为了抵抗英船的入侵，他决定"移城外盐义仓谷子城中，分赈贫穷，全活亿万。……每亲骑马历各城门，妥为安抚。凡民间日用必需，如盐米柴诸铺，皆令勿闭"[1]。他身为封建官长，能在百姓急难之时，挺身而出，是相当罕见的。这些事迹说明但明伦有关心人民疾苦，顾惜百姓的一面。因此，他对《聊斋志异》中无论以何种形式，表现作者扶弱抑强的思想倾向，都能洞幽烛明加以引申，并能结合自己的体会论证阐明。《促织》篇描写老实忠厚的书生成名，被狡猾的里胥报充胥正役以后，多方设法不得摆脱。他自己又不肯嫁祸于人，不到一年，便把微薄的家产赔进去了。作品写到"会征促织，成不敢敛户口，而又无所赔偿，忧闷欲死"时，但明伦夹评道："微虫耳，而竟使民倾

---

① 《广顺州志》。

产丧生若此哉！岂果爱民不如一促织？特以上既有所好，有司逢迎恐后，遂流毒无已，致民命不如一虫耳。故为人上者，无论物之贵贱，皆不可有所好也。"针对作品中人命微贱，甚至不如一促织的思想加以发挥，并警告皇帝不要因玩物而不顾人民的死活。

　　成名的儿子年仅九岁，无意中把那只"留待期限，以塞官责"的促织放跑了，吓得当即跳了井。成名夫妻痛不欲生之际，发现孩子还微微有气，俟至"半夜复苏，夫妻心稍慰。但蟋蟀笼虚，顾之则气断声吞，亦不敢复究儿"。但明伦在此作夹评，提出一连串的质问，表现出他关心百姓生死疾苦的思想感情。"声吞气断，不复以儿女为念，谁实使之然哉？""而俨然为之父母者，方且于宴歌之暇，乘醉登堂，严限追比。小民至死将谁诉耶？"再感叹反诘道："甚而鬻妻卖子，以足共盈。而卓异之荐，大吏陈书，缎马之荣，九重赐命。悠悠苍天，民则何辜，而忍使之至此？""况乃以嬉戏微物，甚于赋役之殃民乎？"为了区区一小虫，折腾得老百姓倾家荡产，家破人亡，这是谁的责任呢？这一点从作者到评论者是彼此心照不宣的。虽然作品开头交代了这是明代宣德皇帝的事，但在"异史氏曰"的一段议论中却明确地概括为普遍现象，"天子偶用一物，未必不过此已忘，而奉行者即为定例。加以官贪吏虐，民日贴妇卖儿，更无休止。故天子一跬步，皆关民命，不可忽也"。这里的"天子"不再单指宣德皇帝，乃是泛称，任何天子一跬步都关系到民命，当然也包括清朝皇帝——蒲松龄那个时代的天子。

　　正因为但明伦对蒲松龄的思想倾向心领神会，所以他才提出一系列的质问，再三强调这一问题的重要性，以示警诫。过去有的文章只抓住但明伦以下一段话："幸逢盛世，凡声色狗马嬉戏之弊，取鉴前朝，即户役钱粮，亦皆斟酌尽善。有牧民之责者，上存体国之心，下尽保赤之道，太平之福，亿万斯年矣。"企图说明但明伦评《聊斋志异》是"为统治阶级涂脂抹粉，开脱罪责。"

这显然是不公道的，而且也不完全符合他的思想实际，颇有断章取义之嫌，既没有联系但明伦对本篇小说的全部评点，又未能和但明伦对其他作品的评点结合起来看。如果我们把这段文字和前边一连串的反话联系起来，就可以发现评论者对那些为嬉戏之微物而坑害人民的统治者是很反感的，当然也包括皇帝在内。在这个问题上评点者和作者的思想感情有相通之处，应予以肯定。但明伦毕竟考中进士，又做了几十年官。尽管但明伦是个清官，他的处境、地位同蒲松龄相差悬殊。要他向蒲看齐，明显地把当今皇帝也放进质问的行列是不可能的。另外，在清朝盛行文字狱的时候，但明伦亲自评点刻印《聊斋志异》，很难预料会遭到什么迫害，多加一段表白性的文字也是可以理解的。

如果进一步联系《梦狼》等篇的评点，我们就会发现但明伦不仅较准确地把握了作品的本意，而且从某一点进行了开掘，并生发开去，有助于认识的深化。《梦狼》中那个熟谙升官诀窍的县台某甲，大言不惭地开导他的弟弟说："弟日居衡茅，故不知仕途之关窍耳。黜陟之权，在上台不在百姓。上台喜，便是好官，爱百姓，何术能令上台喜也？"但明伦从另一个角度对此作了别出心裁的评论："生死之权，在百姓不在上台；百姓怨，便是死期，媚上台，何术能解百姓怨也？"百姓在但明伦的心目中占有举足轻重的地位。正因为他能够正视人民力量，所以他经常从关心人民的角度评论《聊斋志异》中的人和事，这也就是但明伦的高明之处。同是《梦狼》篇，某甲父见一巨狼衔一死人来招待他，乃聊充庖厨。但明伦评道："尔俸尔禄，民膏民脂。下民易虐，上天难欺。"白翁刚一进某甲的官署，则见巨狼当道。在这里但明伦作了尖锐的眉批："巨狼当道，则不狼者无路可通，而狼者且引类呼朋而并进矣。至堂上堂下，坐卧皆狼，墀中白骨，何可数计乎？堂内所衣，皆巨狼衔来之死人皮也，所食皆巨狼衔来之死人肉也。未尝不扬扬自鸣得意，以为禄能养亲也，以为禄可遗后也。设有不安于是而欲含之以去者，狼且群焉阻之，必令其进退无所依据而后止。……"值得注意的是，这样的评论不仅见识过人，而且感慨良深，笔端往往带有真情实感。他从实际生活中认识到在巨狼当道的社会里，如不肯做"狼"，就谈不到有什么出路，还会遭到饿狼凶虎的威胁，使其进退不得。唯有那些豺狼之辈，才能假虎威而狼狈为奸。这一独到的见解，的确反映了官场人物中清醒的有识之士不肯同流合污的苦衷。其中自然包括评论者自己深切的体会。

反对科举制、捐纳制、卖官鬻爵，是《聊斋志异》中又一个突出的进步思想。有许多名篇，无情地揭露了这类残酷的社会现实。从但明伦的评点看，他对作者的这个思想倾向是加以肯定的。但明伦不是出身于什么豪门望族，他全靠刻苦攻读考中了进士，跻入官场。他当过主考官，目睹了官场中的虚伪和贪赃，因而对考生历经艰辛有所体验。但明伦为人正直，清廉自守，所以他对科举制有所不满，对自己也有所警惕。据史书记载他当主考官校阅试卷时，曾亲笔在墙壁上写下"曾是当年辛苦地"七个字，来勉励自己认真选拔，不要埋没人才。在但明伦的评论中流露出对考生的无限同情。《考弊司》篇，穷秀才向"少年负义，愤不自持"的闻人生介绍："吾辈悉属考弊司辖。司主名虚肚鬼王。"但明伦旁加评点："名奇。写主名甚奇，其实不足奇也，凡居民上面睃人以生者，其肚之虚，较鬼王尤甚，断非髀肉一片所能餍矣。"作者煞费苦心地为考弊司的司主取了个寓意深刻的名字，准确而又形象地概括了这些贪官的特点。但明伦能够点破寓意，切中肯綮地加以评点确属难能可贵。比如作品写到考弊司"堂下两碣东西立，绿书大于栲栳，一云'孝悌忠信'，一云'礼义廉耻'"，但氏夹评："门面却是好看。"写到堂内官员"鬈发鲐背，若数百年人"，评曰"气象不雅观"。进而写官员"而鼻孔撩天，唇外倾，不承其齿。"再评曰："是官样。"继写"从一主簿吏，虎首人身。"又评曰:"是吏样。"接着写"又十余人列侍,半狞恶若山精。"评点:"是侍者样。"又加眉批"官吏侍从,皆奇形怪状,欲攫人而啖者,见之能不骇极。然今之各衙门如此者亦复不少,特另装一副假面孔,在外面充好人耳。"蒲松龄的本意,就是要以冥间的考弊司为典型,对现实社会上任意刮割穷秀才髀肉的官府衙门痛加针砭。但明伦能参透作者的用心,具体指出何种丑态为官、何种怪象为吏,乃至何种奇形者是侍从。总之,从官到吏,都是丑恶无比,奇形怪状的吃人者。评点者更加大胆地愤怒斥责现实社会中的官府,如何虚伪,以外表肃穆壮观来掩盖凶残、吃人的本质,明确地将小说与现实联系起来。接着评点者又颇有感慨地说:"遍告市人,真是秀才迂见,然而苍苍蓝蔚,欲诉无由,惨惨世界,尽填虚肚矣。"

《三生》中描写"名士兴于唐被黜落,愤懑而卒",到阴司去告状,写到"此状一投,其同病死者以千万计",但氏夹评说:"孙山外无数冤鬼。"可谓一语道破作者用意。他又作眉批加以引申:"试士盛于唐代,此兴于唐之所以命名也。则自唐历宋、元、明以来,被黜落而愤懑以卒者,何可胜数。宜其状一投而万声响应也。"看来但明伦对科举制摧残人才这事实是敢于正视的。《叶生》篇写叶生"文章词赋,冠绝当时,而所如不偶,困于名场"。但明伦即以眉批大发感慨:"文章冠世,而困顿名场,不知场内诸公所赏鉴者,是何物事?"评点者不但对科举考试中的流弊不满,并对叶生遭受的不公平待遇寄予深厚的同情。他在"时数限人,文章憎命"这八个字旁夹评说:"我读之为之大哭。"复加眉批:"八字中屈煞英雄不少。"只有对科举考试中营私舞弊的黑幕怀有痛切之感的人,才能"为之大哭"。但明伦从这条路上走过来,饱尝了其中的辛酸和苦涩。他与蒲松龄的境遇不同,但是他并没有忘记艰辛的过去,对科举制的弊病还是有所觉察的。

从但明伦对《聊斋志异》的评点中,我们还可以看到,他对仗义救人、扶危济困的侠士给予热情的赞扬，而对见利忘义，欺世盗名之辈则充满蔑视。《贻谋随笔》一书表明但明伦是一位很讲究情操和修养的人，当然他所讲的修养是以封建道德观为准绳的。但是其中也有些为中华民族多少世代积累下来可贵经验，或作为一个善良人、正直人的基本公德。《聊斋志异》中就有不少这样的作品，从不同的角度讴歌见义勇为的侠士、不怕鬼的健儿、谦虚好学的书生、纯朴善良的平民等。但明伦对《红玉》《聂政》《田七郎》这类作品表示击节赞赏，从路见不平，拔刀相助的意义对虬髯、聂政、田七郎等侠义之士极力加以推崇。《聂政》篇中写怀庆潞王仗势强抢王生妻。王生只好悄悄地躲藏在坟墓旁，巴望着与妻子遥遥一别。王妻一旦瞥见丈夫，便"大哭投地。王恻动心怀，不觉失声"。潞王随从把王生拽到一边正要施加毒打之际，"忽墓中一丈夫出，手握白刃，气甚威猛，厉声曰：'我聂政也！良家子岂容强占！念汝辈非所自由，姑且宥恕，寄语无道主：若不改行。不日将决其首。'"但明伦在夹批里特加称道：誉聂政"凛凛有生气。至其完璧归赵，不戮一人，鹰犬丧威，荒淫夺魄。昔年之义侠，此日之阎摩。"

《红玉》篇描写虬髯大丈夫一出面，便鼓励冯生报杀父、夺妻之恨。但明伦即在旁批中大加赞美说："侠士其犹龙乎？用笔亦有神龙夭矫，不可挟制之势。"虬髯将"一短刀，铦利如霜，剁床入木者寸余，牢不可拔"，使县令看了，丧魂落魄。但明伦读后颇有感慨地加了这样一段议论："锢弊之牢不可破者，即以利刀之牢不可拔者破之，安得各官床面皆有此一刀！"由此可见，评点者和作者的心是相通的。他渴望出现如此"侠士"，抱打人间的不平，破除牢不可破的锢弊，用以警戒和整治那些贪赃枉法、草菅人命的命官。

但明伦对《田七郎》篇主人公的义勇行为也作了较高的评价，不仅在夹评中赞扬他："孝子义士，凛然如生"，而且还写了洋洋洒洒的一大段总评，一再感慨"叹天下知名士何太多，如田七郎者又何太少也"。具有侠义之风的田七郎，是蒲松龄塑造的理想人物中较有代表性的"这个"。从作者到评论者对田七郎的肯定虽然都没有超脱"孝与义"的传统观念，但是这个人物形象之所以感人至深，却恰恰因为"孝义"之中所蕴含的正义和勇敢。扶弱抑强、除奸抗暴才是他性格中的本质特征。他舍命杀死的是贿赂官府、仗势欺人的恶霸。小说写他"僵卧血泊中，手犹握刃""尸忽崛然跃起，竟决宰首"。如此奋不顾身，除恶务尽的英雄气势，才真正令人肃然起敬！同时这也才是"凛然如生"的真实含义。

但明伦对见利忘义、欺世盗名之徒表示深恶痛绝，持严厉的批判态度，这与蒲松龄的创作意图也是吻合的。在《真生》篇的总评中指责贪婪无厌的贾子龙说："已足用矣，而又求赢余，是果贪心未净也。"接着又挖苦说："奈何靦然人面，敢妄作孽累，而自爱不如狐！"但明伦在《武孝廉》的总评中明确表示，像武孝廉这样"豺狼之心，蛇蝮之行，不惟不可与久居，并不可使之复留于人世矣"。尤其对《劳山道士》中那位不肯吃苦，却又企图侥幸获取成果的王生，表示莫大的鄙弃。但氏评道："亦以见学问之途，非浮慕者所得与。虽有名师，亦且俟其精进有得，而后举其道以传之；苟或作或辍，遂欲剽窃一二以盗名欺世，其不触处自踬者几希！"但明伦刻苦自励，是一个能独立思考、有真才实学的书生，同时又是一位关心民间疾苦、廉洁奉公的清官。因此他打心眼里厌恶和鄙视像武孝廉、贾子龙、王生这一类道德败坏、品行不端的人，是容易理解的。

但明伦生活在封建社会里，思想上不可能不深深地打上封建主义的烙印。他在评点《聊斋志异》时表现出来的宿命论、循环报应思想和陈腐的封建伦理观，也是不容忽视的。这既是《聊斋志异》自身的缺陷和不足，也反映了但明伦思想上的局限性。《聊斋志异》中有一部分作品正面地不加批判地宣扬某些带有浓厚封建迷信色彩的事物。但明伦对这些作品有时加以肯定，有时加以强调。有些地方经过评点反而较原作更为有害。例如《库官》篇虽有借"人世禄命，皆有额数"以警告贪官之意，但毕竟表现了作者福禄天定的宿命论观点。但明伦的评论，基本上符合作者原意。总评说："余观此一则，低徊于心而不能去。尝举之以劝人曰，人知禄命有定数，则无妄求心，省却多少憧扰，免却多少愁烦，顾得多少廉耻，留得多少品行，而且行得多少阴骘。如张公不过受馈遗耳，非受贿枉法之可比也，然犹且准其应得之数而折除之，况有甚于此者乎？谚有之：'君子乐得为君子，小人枉自为小人。'清夜思之，味乎其言。"但明伦在这里一方面以当官的身份接受了作品的警告，另一方面又将福禄有定数的观点引申为"君子""小人"命中定的证据，这当然是对作品中宿命论思想的进一步发挥了。此外但明伦对《聊斋志异》中一些宣扬封建伦理观的作品，也持赞赏的态度。《珊瑚》篇写一蛮不讲理的婆母对珊瑚百般刁难，肆意虐待。而作者却将珊瑚及其丈夫的逆来顺受，看成一种闺范和美德，实际上宣扬了封建的愚孝，这本来是《聊斋志异》中的糟粕，但明伦在评点中却表示首肯。《邵女》篇写邵女自度命薄福浅，情愿嫁与柴廷宾做妾，甘心忍受柴妻金氏的种种折磨。一次，"妻烧赤铁烙女面，欲毁其容"，又以"针刺胁二十余下，始挥之去"。邵女反而高兴地对丈夫说："君今日宜为妾贺，彼烙断我晦纹矣！"这篇作品不仅忠实地恪守封建的嫡庶名分关系，而且是一篇奴性十足、寓宿命论于形象之中的代表作，从思想内容来看，属于封建毒素较浓的作品，可是但明伦却在评点中说："薄命人能安命即是造命。"

从但明伦另一些作品的评价中，又表现出他同作者思想上的距离。《王子安》篇从表面看似乎在嘲弄那位落拓的书生，实际上却是深刻地揭露了科举制对士人的摧残。篇末异史氏概括的"七似"，则是作者指向八股取士这个腐朽制度的投枪。但明伦在夹评中说"七似""形容尽致，先生皆阅历备尝之言"，这是中肯而正确的。但是他在总评中又说："幻想所结，得意齐来，报马长班，无妨以不甚爱惜之虚名，暂令措大醉中一快心耳。乃欲出耀乡里，认假作真，狐亦怒而去之矣。缨帽如盏，留与穷骨子自笑耳。"这段话着重从对穷措大的嘲笑立论，未免失之皮毛，而且同作者的创作意图和作品的实际也不完全符合。

二

但明伦从艺术的角度对《聊斋志异》所作的评点，议论纵横，形象丰富，妙语连珠，警句迭出。迄今仍葆有借鉴的意义，我们理应给予应有的重视。首先他从具体作品的分析中提出了艺术创作的八大辩证关系。

一曰真与幻。"真"即生活的真实以及对社会生活的摹写，"幻"指的是作者的联想、想象和幻想。真与幻虽然是各自独立的，却又是互相联系的。没有想象就没有文学创作，作家才能的标志就是运用想象和虚构，把生活中的矛盾和斗争典型化，塑造活生生的个性化的人物形象。因此，真与幻的结合，指的就是在丰富的生活基础上产生的丰富的联想。所谓"精骛八极，心游万仞"[1] 艺术魅力就是从这里发源的。例如《王者》篇通过解官失金的事件，假托执法如山的"王者"对贪官实行惩治，就是真幻结合的出色之作。

小说写州佐奉湖南巡抚某公的差遣，押解六十万饷金赴京，途中遇雨，投宿古刹，"天明，视所解金，荡然无存"。这种事件在动乱的社会中是司空见惯的。《王者》篇之所以不同凡响，不仅

---

[1]　陆机：《文赋》。

在于事件的生活依据是真实可信的，而且还突出地表现在事件的解决充满了亦真亦幻的传奇性。作者对巡抚某公的贪赃秽行不作任何正面的描写，而是驰骋想象，通过幻想中自榜"能知心事"的瞽者和衣冠者的引导，使读者跟随州佐逐渐进入幻境。写王者只用了"珠冠绣绂"四个字，便可想见其端庄万千的仪容。州佐持王者的巨函回禀，巡抚大怒"命左右者飞索以缳"，写极贪官之横暴。妙在巡抚拆启未竟，就面如灰土，赶紧下令为州佐松绑，直到篇末才"抖出"巨函的秘密，原来在失金事件发生以前，王者即让巡抚的爱姬头发尽失，以喻割其所爱，"略示微警"。巨函在历数巡抚"自起家守令，位极人臣。赇赂贪婪，不可悉数"等劣迹后，告以已将饷银"验收在库"，勒令巡抚"自发贪囊，补充旧额"，并不得加罪于无辜的解官，附还姬发，以儆贪婪。作品构思奇巧，寓意深刻。但明伦在夹评中着眼于真幻结合的手法，从"神耶人耶？真耶幻耶？城郭非在异域，衣冠胡为汉制耶？姬发既可取，岂六十万金遂足以赎贪婪之首领耶"的提问入手，论述了《王者》的总倾向和积极意义就在于紧紧地把握住贪官"为利重心，视财若命"的个性特征，尖锐而饶有风趣地讽刺了他那"取彼多金，是即剜其心而索其命也"的贪婪本性。

二曰形与神。我国传统的绘画理论讲究形神兼备，寓神于形，绘形又要传神，从而达到形似与神似的统一。"盖写其形，必传其神，传其神，必写其心"。[①] 又说"作画形易而神难。形者其形体也，神者其神采也。凡人之形体，学画者往往皆能，至于神采，自非胸中过人，有不能为者。"[②] 蒲松龄正是这样一位"胸中过人"的艺术大师。无论状物，还是写人，都能传神。但明伦对此颇有会心，往往从形神兼备的角度作出适切的评论。《连琐》篇描写连琐去月余而复来，杨于畏于清夜独自饮酒，连琐悄然而至。

---

① 陈郁撰：《中国画论类编·藏一话腴论写心》。
② 袁文撰：《中国画论类编·论形神》。

"杨喜极曰：'卿见宥耶？'女涕垂膺，默不一言。亟问之，欲言复忍，曰：'负气去，又急而求人，难免愧恧。'"蒲松龄在这里仅用寥寥数笔，就使得连琐羞愧忸怩之态跃然纸上，同时将这个孤独无依的少女，受了欺凌后惶恐不安的心情和盘托出。笔墨简练，神采斐然。但明伦在夹评中先用"传神之笔"，以申其激赏之情，复加眉批予以赞叹："曲折缠绵，委婉动听，如闻其声，如见其形。"这些评语确能曲尽其妙。《任秀》篇状写任秀嗜赌成癖。但明伦就赌徒的动态、神情、心理作了如下一段精彩的夹评，"欲写骰声，先写水声、人声之聒耳。舟中不寐固是难堪，至更静而闻骰声，不且聒耳更甚哉？而入耳萦心者，偏觉其清越也。技痒而潜起，而捉钱，而回思，而束置，而复睡，而怔忡，而又起又解，如是者三，勃发不可复忍。写尽嗜博者之神魂，绘出嗜博者之形态。"也是从形神兼备着眼的一个典型例子。

三曰虚与实。但明伦所谓的"虚"，不是虚构，而是用虚笔，即虚写。《侠女》篇描写侠女突然飞出利剑，使一白狐身首异处。但明伦对此所作的评析说得分明："报仇是本文正面，剑术是报仇实迹，正面难写，而实迹又不可不写。乃于此处借狐以写匕首之神异，后之杀仇取头，只用虚写便足。"作品避开了正面写侠女如何杀仇人，而是采用了虚写，"夜将半，女忽款门入，手提革囊，笑曰：'我大事已了，请从此别。'"这样写既省笔墨，避免直露，能留给读者以发挥想象的余地，而且也可以产生实写的效果。因为前面铺写了侠女如何杀狐，读者对她高超的剑术已有所领教——这也就是但明伦所说的实迹。以实衬虚，以虚代实，虚实相间的表现方法，能使文章腾挪多姿，耐咀嚼。

四曰主与客。在文艺创作的布局中，主客关系至为重要。倘二者颠倒或位置不当，其艺术效果就会适得其反。国画六法中所谓的经营位置，即指恰当地处理主客关系而言，"凡画山水，先立宾主之位，决定远近之形。然后穿插景物，摆布高低。"① 构思画面固然要讲究主客位置，谋篇命笔又何尝是例外。鲁迅在谈到翻译作品时对主宾相互映衬的关系说得何等透辟："外国的平易地讲述学术文艺的书，往往夹杂些闲话和笑谈，使文章增添活气，读者感到格外的兴趣，不易于疲倦。但中国有些译本，都将这些删去，单留下艰难的讲学语，使他复近于教科书。这正如折花者，除尽枝叶，单留花朵，折花固然是折花，然而花枝的活气却灭尽了。"② 用枝叶和花朵比喻宾与主的关系至为恰当。《晚霞》篇由解姥之口点出主人公晚霞后，并非立即写晚霞及其所在的燕子部，而是铺陈舞乐场面，着意渲染龙宫的旖旎风光，由"尤窝君按部，诸部毕集。首按夜叉部"。但明伦在此加眉批曰："既出晚霞矣，却不即叙燕子部，而先以乳莺部衬之，是作者本意，乃又不肯遽写乳莺，更以夜叉部衬之，是乳莺部为正衬燕子部，而夜叉部又反衬乳莺、燕子两部也，主中有客，客中又有客，便令读者迷离惝恍，几不识其用意用笔之所在，而文章愈格外生新。"《晚霞》中描写龙宫繁华恢宏的舞乐场面，秩序井然，层次分明，即采用主客相互映衬的方法，使各部错综复杂的关系达到和谐的统一。

　　五曰分与合。指的是一篇作品描写多种人物或事件如何穿插的问题。从符合审美要求的角度如何做到穿插得体呢？但明伦在《白于玉》篇的眉批中回答了这个问题："只四人耳，先合写，中间分写，单写，双写，一写再写后，又合写。便令观者眼花缭乱，应接不暇。"这篇小说写了四个美人，先是合写："有四丽人，敛衽鸣珰，给事左右，才觉背上微痒，丽人即以纤指长甲，探衣代搔。"接着按照衣绛者，衣翠者，衣淡白软绡者，紫衣人的先后顺序分别描述。其中对淡白软绡者和紫衣人又采用双写法，然后再分写。继之，又合写四人："细视四女，风致翩翩，无一非绝世

---

①　李成：《中国画论类编·山水诀》。

②　鲁迅：《华盖集·忽然想到（二）》。

者。"从而再单写紫衣人。整个来看，通篇以紫衣人为主，在她身上着墨较多。分合中也有宾主关系，只是作品的开端使人们宾主难辨，而在合写分写的交叉变换中，逐渐显示出紫衣人所居的地位。

不论合写与分写，都是同中写异，使描写对象在细腻的描写中彼此更加鲜明地区别开来。《张诚》篇针对张诚兄弟三人及其母一同归里的情景，但明伦加眉批说，"只是兄弟同归见父耳，看他分作三样写法：见讷惊，惊其生还也。此一喜犹在意中也。又睹诚，则喜出望外，悲从中来矣，复何言，至闻千户母子至，不惟非意中，亦且非望外，不喜，不能，喜，亦不能，不悲，不能，悲，亦不能。未见时，唯愕然蚩蚩以立，既见后，亦坐立不知所为而已。用笔之妙，乃至于斯。"《张诚》固然写得有分有合，错落多姿，具有丰富的人情味。像但明伦在眉批中分析得如此透辟、真切，可谓作品的知音。

六曰起与落。文似看山不喜平。作品情节的发展有起有落，曲折跌宕，"处处为惊魂骇魄之文，却笔笔作流风回云之势"，如此方能引人入胜。《西湖主》篇立意在于宣扬人有恻隐之心必有好报，题旨殊平庸，然而它的妙处却正如但明伦在总评中所说的，不仅表现在"前半幅生香设色，绘景传神，令人悦目赏心，如山阴道上行，几至应接不暇"，而"尤在层层布设疑阵，极力反振，至于再至于三，然后落入正面，不肯使一直笔"。小说写陈弼教经洞庭遇难，险遭灭顶之灾。时西湖主猎首山。偶拾红巾，遂信手题诗一首于巾上。因迷路误入禁苑，被一女发现。先是惊问："何得来此？"又问他"拾得红巾否？""生曰'有之，然已玷染，如何？'因出之。女大惊曰：'汝死无所矣！此公主所常御，涂鸦若此，何能为地？'生失色，哀求脱免。女曰：'窃窥宫仪，罪已不赦。念汝儒冠蕴藉，欲以私意相全，今孽乃自作，将何为计！'遂皇皇持巾去。生心悸肌栗，恨无翅翎，惟延颈俟死。迕久，女复来，潜贺曰：'子有生望矣！公主看巾三四遍，鞕然无怒容，成当放君去。宜姑耐守，勿得攀树钻垣，发觉不宥矣。'"文势一起一落，宛如蝴蝶穿花，蜻蜓点水，但明伦在此夹评曰："极险峻处，忽作平静地步，妙在仍从险峻处望有平静处，不肯便说走到平静处也。"不言杀亦不言放，指的就是这种境况。陈生"徊徨终夜，危不自安"。正当他等待公主发落"眺望方殷"之际，"女子坌息急奔而入，曰'殆矣！'"真是"一波未平，又生一波"。原来是"多言者泄其事于王妃，妃展巾抵地，大骂狂伧"，陈生当听说"祸不远矣"时直吓得面如灰土。一霎时人声嘈杂，"数人持索"，气势汹汹地前来捉拿陈生。吉凶难卜，未免令人为陈生捏一把汗。接着作品又写道：其中有一婢女认出了陈郎，急忙制止了行凶，说是等禀报王妃以后再说。"少间来，曰：'王妃请陈郎入。'生战惕从之。"但明伦在此夹评曰："水尽山穷，忽开生面，令人心胆稍放，耳目一新。"如此数起数落，顿使奇境无穷，作者独具匠心，评点者可谓心有灵犀。

七曰伸与缩。伸缩与起落虽然总的都是讲情节的结构，二者的不同点在于伸缩指的是情节发展的趋向，起落指的是高潮出现前局部情节的波浪式的发展。例如《王桂庵》即用前法。该篇通过出身寒微的芸娘与豪门大族公子王桂庵的爱情纠葛，实际上反映了当时下层人民对富豪纳妾的不满。但明伦对这篇小说不作夹评，而是写了一篇总评，着重从篇法上对伸与缩的关系作了细致的艺术分析。他认为《王桂庵》之所以夭矫变化如生龙活虎，不可捉摸，归结起来为一"蓄字诀"。所谓"蓄字诀"，也就是伸缩的辩证法。"朗吟诗而女似解其为己，且斜瞬之，此为一伸，拾金而弃之，若不知为金也者，为一缩。覆蔽金钏，又伸；解缆径去，又缩，沿江细访，并无音耗，又再缩，复南而曩舟殊渺，半年资馨而归，又再缩，至于合欢有兆，佳梦初成，明探蕉窗，已呈粉黛，相逢在此，老父何来，此借梦中而又作一伸，又作一缩。重游京口，再至江村，马缨之树依然，舟中之人宛在，妖梦可践，金钏犹存，至告以妾名，示以父字，极力一伸矣，乃讯之甚确，绝之益深，来时一团高兴，不啻冷水浇面，又极力一缩。情冰矣，委禽矣，孟不以利动为嫌，女不以远婚为却，计已遂矣，礼已成矣，至此有风利不得泊之势，疑其一往无余矣，此则伸之又伸。试掩卷思之，欲再为缩住，真有计穷力竭，莫可如何者。乃展卷读之，平江恬静之际，复起惊涛，远山迤逦而来，突成绝壁。积数载之相思，成三日之好合，一句戏言犹未了，满江星点共含悲，此一缩出人意表，力量极大，极厚。往下看去，又生出一番景象，有如古句所云：‘山穷水复疑无路，柳暗花明又一村’者。”此段总评花费如许长的篇幅，在全书中尚不多见。好在分析精当，虽长而不觉其长，它的特点在于紧密结合作品，随着情节的变化和发展，指出何谓伸，何谓缩。伸缩处理得当，“文势愈紧，愈矫，愈陡，愈纵，愈捷”，“可免平庸、直率、生硬、软弱之病”。

八曰情与礼。《青凤》篇青凤对耿生说：“妾少孤，依叔成立。昔虽获罪，乃家范应尔。”但明伦评道：“一则以礼，一则以情，以礼制情，情当自屈。”“礼”，即“家范”，也就是封建伦理支配下的家规。“情”，即男女爱慕之情。但明伦认为情应该服从礼，而蒲松龄写这篇小说的原意却是以情胜礼。《聊斋志异》中许多提倡婚姻自主的作品，都讴歌了忠贞不渝的爱情，描写彼此倾心的青年男女，大胆地冲决封建礼教的罗网，历经波折而终于获得幸福。这正是蒲松龄的高明之处。但明伦在情和礼的关系上持异议，因此，对这方面的评论偏少。但是在另外一些以伦理为题材的作品中，他仍然主张以情动人。比如《张诚》篇描写的兄弟之情就颇为他所推崇。张诚母牛氏性悍且嫉，对丈夫前妻所生之子张讷百般虐待。作品写张讷一天上山砍樵，因值大风雨砍的不够数。回到家里，牛氏“怒不与食”。张讷“饥火烧心，入室僵卧”。张诚放学归来“见兄嗒然”，知其故，“愀然便去”。他窃家中的面请邻居做成烧饼，放在怀里送给哥哥吃，哥哥问明饼的来由，一边吃一边嘱咐弟弟不要再这样做，以免事情泄露弟弟受牵连。但明伦在此夹评曰："窃面饵兄，曰：'但食勿言'，是不虑其泄而累也。嘱勿复然曰：'饥当不死'，是不惟恐其累弟，抑且不知怨母也。至性至情，难兄难弟，读者至此，已涕不可忍。"一日，张诚被虎衔去，张讷未救回，"遂以斧自刭其项"。死二日复苏，拜父曰："行将穿云入海往寻弟，如不可见，终此身勿望返也。愿父犹以儿为死。"但明伦对如此至性至情的兄弟之爱是击节赞赏的，评曰："言言心血，字字泪珠。"这种兄弟之情早已超过了"兄友弟悌"的封建道德规范，更与对母的孝道相悖。但明伦的评点虽然在理论上强调情要服从礼，实际上又不能不被情所动，这正是作品的艺术魅力所致。

　　从但明伦对《聊斋志异》的评点中，我们看到他不仅精通艺术的辩证法，而且对塑造艺术形象的技法也是颇为重视的。概括地讲可归纳十种笔法。

　　一为反逼法。这是但明伦在《嘉平公子》篇总评中提出来的。作品开篇只说嘉平某公子"风仪秀美"，并非由公子本身的言行来表现，也不是作者直接描绘。而是极力写丽人对公子的主动追求，从丽人的眼中，丽人的行动反衬公子的貌美。但明伦在总评和夹评中都逐层分析丽人追求的过程："自微笑，自点首，自问寓居，自来奉访，自语小字，自言慕公子风流，自言愿奉之终身，且自冒雨而来，恐不知其情之痴而脱靴相示：一路均作满心快愿之语。……"至明知其鬼而两相爱好，以致百术驱遣而不得去。共分九层，层层逼近，在女子这边已写到"快足"的极限，"忽然转落正面"，描写女子偶然发现公子置于案上的谕仆帖，"中多错谬"，甚至连最普通的生活用字都不会写，将"椒"讹为"菽"，"姜"讹为"江"，"可恨"讹为"可浪"，女子这才意识到公子的"虚有其表"和自己以貌取人的浅薄，"作万分扫兴语"，而悄然离去。

二为挪展法。但明伦所说的挪展法，即先把要写的对象点出来，暂不作具体的描述，俟挪至适当的去处再进一步展开描写。这种方法类似相声的"包袱"，或戏剧中的悬念。例如《阿英》篇写到"一女曰：'秦娘子，阿英何不来？'"但明伦作眉批曰："此处却说阿英不来，方有中间两次在途问答言，此文字挪展法也。"阿英是本篇的主要人物，这里单提出询问阿英，而她又偏偏不到，给人留下一个悬念。后来甘珏途中遇见丽人，仍不点阿英。等到珏兄甘玉在途中也遇到阿英，她才自我介绍说："小字阿英，家无昆季，惟外姊秦氏同居。"使玉恍然大悟，原来弟珏所遇丽人，就是这位阿英。

三为暗点法。《阿英》篇的阿英原系鹦鹉，秦氏乃秦吉了。席地而坐三四女郎，皆为鸟类。但并不明写，而是以姊妹身份出现。正谈笑间，"忽一伟丈夫岸然自外入，鹘睛荧荧，其貌狞丑。众啼曰：'妖至矣！'仓卒哄然，殆如鸟散"。但明伦评："鸟散二字，是暗点法。"暗中点出悉为鸟类，这是《聊斋志异》描写花妖鸟怪经常采用的方法。鲁迅先生也说："使花妖狐魅，多具人情，和易可亲，忘为异类，而又偶见鹘突，知复非人。"[①] 偶言鹘突就是但明伦所说的暗点法。像《黄英》中的黄英醉倒后，忽然化为菊花，《白秋练》中的主人公离了湖水便日夜喘急，浸入湖水而得活，均用此法。

四为转笔法。即指笔法的变换。《葛巾》篇总评中专讲转笔法的好处："此篇纯用迷离闪烁，夭矫变幻之笔，不惟笔笔转，直句句转，且字字转矣。文忌直，转则曲，文忌弱，转则健，文忌腐，转则新，文忌平，转则峭，文忌窘，转则宽，文忌散，转则聚，文忌松，转则紧，文忌复，转则开，文忌熟，转则生，文忌板，

---

① 鲁迅：《中国小说史略》。

转则活，文忌硬，转则圆，文忌浅，转则深，文忌涩，转则畅，文忌闷，转则醒。"但明伦列举了转笔法这么多好处，未免有点儿夸张。但是转笔法毕竟是增加文采的好办法，《葛巾》篇之所以曲折动人和笔法多变是分不开的。

　　五为遥对法。这是在《婴宁》篇评点中提出来的。但明伦认为"此篇以笑字立胎，而以花为眼，处处写笑，即处处以花映带之。"而且花与笑遥遥相对来写："至入门而夹道写花，庭外写花，窗外写花，室内写花，借许多花引出人来，而复未写其人，先写其笑，写其户外之笑，写其入门之笑，写其见面之笑，又照应上元之言，照应上元之笑。许多笑字，配对上许多花字，此遥对法也。"写花写笑都是为了写人：女一出场，便写"捻梅花一枝，容华绝代，笑容可掬"。王子服寻到山林，未见女先见"墙内桃杏尤繁"，闻墙内娇音，方见一女子执杏花入。写花实则映衬女子之娇美。婴宁到王生家后，又相继写笑，母"闻室中吃吃皆婴宁笑声"。"母入室女犹浓笑不顾，母促令出，始极力忍笑，又面壁移时，方出。才一层拜，翻然遽入，放声大笑。"只因婴宁无忧无虑，终日孜孜憨笑，母亲才认为她憨直可爱。"然笑处嫣然，狂而不损其媚，人皆乐之。"不但母亲疼爱，而且"邻女少妇，争承迎之"。

　　六为钩连法。但明伦认为《莲香》篇运用的是钩连法。开头写东邻生与桑晓开玩笑说："君独居不畏鬼狐耶？"由戏引出妓，"借妓而出莲香，文势已不鹘突，已不疏散，乃出李女，而犹必牵合莲香，此钩连法也。通篇鬼狐并写，俱用此法，即所谓紧字诀"。这篇作品描写桑晓和鬼女李氏、狐女莲香之间的爱情纠葛，主要是刻画两个女子，作者双管齐下，处处穿插，事事照应。写李女连到莲香，写莲香又钩出李女，从而使作品文气连贯，文势紧凑，人物性格在相互对比和映衬中显得愈加分明。

　　七双提法。但明伦在《晚霞》的一段夹评中道："叙阿端之死，先插入吴门载美妓一笔，仍是暗用双提法。"这篇小说主要写了晚霞和阿端两个人物，阿端先出场，在写阿端的命运时又插入吴门载美妓，实际上点出晚霞，因为晚霞和阿端的命运同样是不幸的。阿端死后到龙宫，在歌舞场面中描写晚霞，不但不感到突然，而且使人自然联想到晚霞的身世。接着作品重点描写晚霞以及她和阿端的艺术生涯与爱情生活。

八以叙笔为提笔，以闲笔为伏笔。这是但明伦在《胡四娘》篇总评中提出来的。叙笔，指具体地叙述故事的发展。提笔，提挈的意思，即在叙述具体事件中提出要说明的主要问题。以闲笔为伏笔，即在看起来似乎是不关紧要的描写中，伏下重要的关节。《胡四娘》篇的主旨在于针砭人情冷暖，世态炎凉。程孝思困而好学，被胡公看重，招赘为胡四娘婿。诸兄弟鄙薄，甚至不与同食。仆婢揶揄，姊妹嘲笑。四娘的婢女桂儿为此鸣不平，都写得有声有色。后来，程生应顺天举，授庶吉士，人们对四娘的态度陡然大变。"申贺者，捉坐者，寒暄者，喧杂满屋。耳有听，听四娘，目有视，视四娘，口有道，道四娘也……于是争把盏酌四娘。"看起来笔调轻松，像叙家常一样，实际上却写尽了世态炎凉的人间相。尤其加入二娘及其婢女春香拿眼睛作赌注的插曲，使所要提挈的主旨更加深刻隽永。桂儿愤懑不平地质问那些嘲笑四娘为贵人的姐妹说：你们怎么知道我家程郎不能作贵官呢？作品是这样展开描写的："二姊闻而嗤之曰：'程郎如作贵官，当抉我眸子去！'桂儿怒而言曰：'到尔时，恐不舍得眸子也！'二姊有婢春香曰：'二娘食言，我以两睛代之。'桂儿益恚，击掌为誓曰：'管教两丁盲也！'"貌似笑谈的闲笔中蕴含着多少血泪！在旧社会，如果人穷，不仅亲不亲，友不友，即使奴婢也要仗势乘隙揶揄。真是人情世态，历历如绘。这段闲笔，为后来程生果为贵人、大郎登门拜访求助于贵人的情节，埋下了伏笔，可谓前后呼应，天衣无缝。

　　九为先断后叙法。《聂小倩》篇的开头即简要地介绍人物："宁采臣，浙人，性慷爽，廉隅自重。每对人言：'生平无二色。'"但明伦在夹评中点明"此先断后叙法"，并加分析"廉隅自重，则财不能迷，生平无二色，则色无可惑，性又慷爽，则剑客之御患，女鬼之倾心，皆从此出。"由此可见，先断后叙法即先将人物性格的主要特征点出来，然后再作具体描写。此法常参以他法，在《聊斋志异》中不时出现，致使境界迥异，目不暇给，自有其动人之处。

　　十为叙次忽断忽续。但明伦在《云翠仙》的一段眉批中说："叙次忽断忽续，如山势奔腾而来，突成绝壁，令人目眩心迷，中间烟笼雾合，仍一气接入对面，奇观哉！"该篇之受到但明伦的注视和称赞，与用此法攸关。这篇小说描写小贩梁有才放荡无行，害人害己：始则想方设法追求"跷香"女云翠仙，以"朴诚自表"骗得云母信任而很快与女结合。婚后靠女家供养，自己却一味与赌徒鬼混，甚至发展到与博党勾结将妻卖作官伎。女获悉后约梁同去与母告别。半夜抵母家又分三层写，一是双双上楼见母，告以梁鬻妻之不义。二是将黄金二锭还母，并说："幸不为小人赚脱"。三是历数梁的无行，痛斥梁不顾夫妻情义，从而激起婢妪的愤怒，女便率众下楼。作品至此文气似乎中断，接着就转入对梁有才尴尬处境的铺写："才坐听移时，语声俱寂，思欲潜遁。忽仰视见星汉，东方已白，野色苍莽，灯亦寻灭。并无屋宇，身坐削壁上。俯瞰绝壑，深无底。"他害怕极了，"身稍移，塌然一声，堕石崩坠。壁半有枯横焉，胃不得堕"。等到太阳升起，梁被打柴人用绳子搭救上来，已是奄奄一息。被抬回家里，才发现"家荒荒如败寺"，"惟有绳床败案，是己家旧物，另落犹存"。梁有才只好过着卑微的乞讨生活。这一来原已中断的文路衔接起来。因此但明伦称为叙次忽断忽续。在《薛尉娘》篇的眉批中另提"若断若续"："头绪极繁，笔无经纬，则以棼而治丝矣。鸟迹蛛丝，若断若续，经营惨澹，大费匠心。""忽断忽续"和"若断若续"两种说法实际上一种笔法。

但明伦从篇章结构的角度来研究和评点《聊斋志异》，其中也不乏真知灼见，颇引人注目。

所谓主意和主脑：但明伦在《连城》篇写道"生告媪曰：'士为知己者死'"时，旁夹评，指出这是"一篇主意"。在《霍女》篇的总评中又说："只是'吝则破之，邪则诳之'两语为一篇主脑。而叙次描摹皆极精致。"他所说的"主脑"或"主意"，即作品的主旨或主题。但明伦主张凡是作品总要有主脑或主意，它是贯穿全篇的中心思想。

《莲香》篇又提出"立意立胎"，开头作夹评说："一篇离奇变幻之文，皆从戏字生出，故作文之要在于立意立胎。"和这条夹评相互照应的是文章上复加眉批："鬼狐双提而以戏语出之，了无痕迹。"两段评语都指出"戏"字为本篇的立意立胎，换句话说，也即"戏"言是这篇小说故事情节的源头，举凡人物、事件均由此生发开去。文艺创作确定主脑以后，还要考虑立意立胎。主脑指中心思想，立意立胎则意味着确定具体情节的开端。但明伦的这番评点，至今仍富于启发意义。

脉络与点染：但明伦评点《连琐》也是费笔墨较多的一篇。其中一段眉批写道："始作蕉窗零雨之曲，继而晓苑莺声之调，上映流萤惹草之句，下伏青鸟鸣树之根。文之点染在此，文之脉络亦在此。"如果把写小说比为画树，脉络便是枝干，点染即指点缀叶、花与着色。脉络能使文章主次井然、条理清楚，点染则使作品文采斑斓，富于艺术魅力。《连琐》篇从"流萤惹草"之句到"青鸟鸣树"之调，意味着连琐从荒凉凄楚的孤独境遇过渡到春光明媚的爱情生活，这是小说发展的脉络。从"蕉窗零雨"之曲到"晓苑莺声"之歌，也起到了渲染气氛、点缀文采的作用。作品从连琐和杨于畏吟诗、续诗写起，间写琴瑟之友，而以青鸟双鸣结尾。诗曲便成为情节发展的脉络和点染。凡作品都要讲究脉络，脉络中又要区别主线、次线。但明伦在《宦娘》篇的评点中说："以琴起，以琴结，脉络贯通，始终一线。"《聊斋志异》中脉络互异，点染有别，所以才形成"一篇一境界，一花一精神"的艺术风格。

　　但明伦在评点中对文章的层次颇为看重。分析细致，推理严密，乃其所长。例如他将《续黄粱》篇中的三节作了层次分析，第一节自"进上而太师"始，计分八层："第宅壮丽一层，应诺雷动二层，公卿奔竞三层，恣意声歌四层，私恩必酬五层，睚眦必报六层，势吞民产七层，强占民女八层。""以学士参疏结之。""太师而充军是第二节。亦分八层：提问其子一层，褫服逮系二层，籍没资财三层，掠去赃妾四层，封志仓库五层，监押步行六层，挽妻登城七层，跪盗乞哀八层，以群盗斧挥结之。""与上一章相配，如玉山高并两峰寒也。"但明伦不像某些评论者凡分析层次，就把全文一律归并，面面俱到地进行层次分析。他只是重点把两节作了鲜明的对比和相应的分析。在第一二节之间包龙图上疏历数曾某罪状一大段落，则有意识地忽略过去。他所评点的，常常也就是作品的精彩所在。孤立地看这样评点似乎有点儿零散，实际上他将自己的独到见解都表达出来了，这也是我国传统的一种评论方式。

　　综上所谈，但明伦从艺术角度对《聊斋志异》所作的评点，是符合文艺的特点和创作规律的。有的从塑造人物和处理人物关系着眼加以评论，有的从构思、布局方面抒发己见，有的从情节、结构入手进行分析，有的从艺术技巧和用笔上予以肯定。总的来看，这些虽然还构不成系统的、完整的文艺理论体系，但是仅从以上概述的有关文艺创作的八对辩证关系、十种笔法和篇章结构的许多精辟见解而言，足资证明但明伦在文学评论上的确是一位具有深刻洞察力和高度鉴赏力而又富有个性，造诣极深的行家。

他不仅对作品的思想内容理解得深刻，善于挖掘题材的寓意；而且能够坚持从作品的实际出发，准确地把握篇章的特点加以评论。他的评点论点鲜明，分析精当，语言凝练，文字优美。特别是那些诗意浓郁的骈词俪句，新鲜而又贴切的比喻，诡谲奇特的联想，富于哲理的警句，往往能给人以美感，从而留下极其深刻的印象。为了丰富和发展当代的文艺理论，继续学习和钻研古典文论固然不可忽视，认真整理并着手研究古人对文学名著的评点同样十分必要。不言而喻，对但明伦评点《聊斋志异》也要一分为二。他与蒲松龄在思想感情上有相通之处，但也有一定的距离。我们不能苛求古人，在学习和批判地继承文化遗产上只有扬长避短，才是正确的态度。

1980 年 8 月

（原载《蒲松龄学术研讨会专刊》第 2 辑，1980 年）

蒲松龄心目中的皇帝与妇女

蒲松龄生于明崇祯十三年（1640），殁于清康熙五十四年（1715），是我国明末清初的一位杰出的作家。他不但以文言短篇小说集《聊斋志异》传诵后世，名震中外，而且还奋笔撰写了大量不同样式的作品：计有诗词七卷，一千一百余首，赋十一篇，戏剧三种，通俗俚曲十三种，文十三卷，四百多篇。他的许多作品至今仍葆有审美教育作用，认识作用和艺术借鉴的意义。一个作家在创作上所取得的成就，除了生活基础和艺术技巧之外，和他的为人有直接关系，尤其和他的思想密不可分。本文拟就蒲松龄的为人及其进步思想谈一两个问题。

封建制度的投枪者

在漫长的封建社会里，皇帝主宰一切，垄断一切。毛泽东同志指出："在封建国家中，皇帝有至高无上的权力，在各地方分设官职以掌兵、刑、钱、谷等事，并依靠地主绅士作为全部封建统治的基础。"[1] 对皇帝的批评，无论是直接、间接、曲折、隐晦或借古喻今都一概在禁绝之列。如果有人竟敢触犯皇帝，势必有诛九族之虞。所以在古代作家作品中，很少有说皇帝坏话的。到了

---

① 毛泽东：《中国革命与中国共产党》。

清朝，控制更加严密。残酷的文字狱一旦兴起，更无人以任何方式揭露皇帝。

蒲松龄是一位面对现实的作家，他敢于直面惨淡的人生。《聊斋志异》中就有明显地揭露皇帝的作品。《促织》篇开头便点出，"宣德间，宫中尚促织之戏，岁征民间。"结尾处异史氏曰："故天子一跬步，皆关民命，不可忽也。"头尾呼应，表明作者对皇帝颇不以为然。那位为了缴一头促织险遭家败人亡的无辜者成名，竟因为一头促织陡然变成"裘马过世家，楼阁万椽，牛羊千计"的大富户。透过作家的曲笔，人们会自然地想到，促织为什么有这样大的神通呢？只因它是皇帝所好，小小昆虫便成了关系到普通老百姓生死存亡的大事。这是多么荒唐，多么野蛮，又是多么专权的统治啊！《席方平》中那位贪赃枉法的冥王，实际上就是封建社会皇帝的化身。这位最高统治者，也正是所有贪官污吏的总靠山，总代表。作者笔下的"鬼官""鬼吏"都是现实社会魑魅魍魉的画像，皇帝只不过是个最大的贪官。作者虽然不可能明确地反对整个封建制度，但是从这里可以看出他对最高当权者是持批评态度的。

集中揭露皇帝的作品，还有俚曲《增补幸云曲》。这篇长达数万字的通俗文学，描写的是明朝第九代皇帝武宗正德（朱厚照）去大同宣武院嫖妓的浪荡生活。通篇运用诙谐、幽默而轻松的笔调，有声有色地描绘了皇帝走出深宫，到外埠吃喝嫖赌，挥金如土的腐朽生活。这篇俚曲对皇帝暴露得如此巧妙而大胆，是历来古代作品中罕见的。在《唐宋传奇》中也有过一些描写帝王生活的小说，像《开河记》《迷楼记》《隋炀帝海山记》等，从各个角度反映了隋炀帝的豪华、淫逸和享乐；《赵飞燕外传》曲折地描写了皇宫内部后妃之间争宠吃醋的斗争；《李师师外传》则直接描写皇帝嫖妓的秽闻。《水浒传》也有皇帝嫖妓的情节。以《增补幸云曲》和具有类似内容的作品相比，作者对皇帝的嘲讽和揭露更加辛辣、明显，批判和挖苦的倾向性渗透在字里行间。

　　作品中有许多地方借人民群众的口直接辱骂、嘲弄这位真龙天子。大同府修路民工骂道："北京城里浪荡皇，听说他要出来撞。三宫六院娇娥女，陪着自在何等强，这个朝廷精混帐，只管他闲游闲耍，哪知道百姓遭殃。"作品开头介绍这位皇帝"觜火猴临凡，光好贪耍"，三次出京做了三件"好事"：第一次收了内欺天子，外压群臣的奸佞江彬，二次出游收了妓女佛动心，三次出京到扬州游山玩水。作品处处描写皇帝搞唯我独尊，实行封建专制。对皇帝的态度成为衡量是非的唯一标准。作品中人物六哥和胡百万因为对皇帝百依百顺而一步登天，青云直上，什么花帽锦衣、荣华富贵都唾手可得。但是，谁要违背了皇帝的旨意，就难免人头落地，顷刻之间化为齑粉。皇帝自称天下头一条光棍，实际却是天字第一号流氓。他吃喝嫖赌，样样精通。终日骄奢淫逸，金豆子一把把往地上撒，并且口吐狂言说他家这种豆子多得很。正如作品中所描写的："那正德皇帝非等闲，天生下只好玩，贪花恋酒偏能惯。上殿懒整君王事，诸般技艺都学全……"论赌博能胜过大同城内有名的赌徒，论弹琵琶可超过众妓女，论嫖妓猜拳一般纨绔子弟更是望尘莫及。作者对这样一位在寻欢作乐上具有非凡才能的皇帝，可谓极尽暴露和嘲弄之能事。

　　皇帝荒淫无耻，必然导致奸臣弄权，这便是社会腐败、百姓遭难的直接原因。作者在他的小说、诗歌等作品中对各级官吏的揭露和批判更加淋漓尽致。《聊斋志异》里著名的《梦狼》篇，对官吏的贪婪和残暴进行了有力的鞭挞。"窃叹天下官虎吏狼者比比也。——即官不为虎，而吏且将为狼，况有猛于虎者！"这些凶恶如虎，狡猾似狼的官吏，靠噬人嗜血而养肥了自己。但见官府衙门内白骨成山，人肉庖厨，如此血淋淋的世界，难道不正是官虎吏狼造的孽吗？潞令"莅任百日，诛五十八人"；湖南巡抚敲诈民财六十万金银；某亲王买一只鹌鹑就花费六百两银子。朗朗乾坤，怀庆潞王和宋御史之流公然抢人妻女；清平世界，堂堂尚书竟仗势掳人所爱。从县衙门到皇宫，各级官吏手脚都不干净。作者怀着十分憎恶的情感加以暴露，他把这些贪得无厌之徒斥为祸国殃民的败类、民族的渣滓，认为可杀而不可留。他期待着"虬髯"这样的豪侠斩尽世上的贪官。他希望有王鼎这样的壮士杀绝天下的污吏："凡杀公役者，罪减平人三等。——盖此辈无有不可杀者也。故能诛锄蠹役者，即为循良。"①

　　蒲松龄对封建社会的认识达到了一定的深度，他已经意识到官吏的凶残、贪婪绝不是什么个别、孤立的现象，而是官官相护，上下勾结的整个官僚体制造成的。小说《席方平》着重对官僚机构逐级进行了无情的揭露：吏狱大兴酷刑有赖于城隍的支持，城隍作恶则因为背后有郡司的庇护，郡司肆虐更是仰仗着冥王的鼻息。蒲松龄在他那个时代当然谈不上是什么阶级论者，但是他从实际生活出发，却清醒地意识到，封建社会的不合理不在于个别官吏的狰狞可怖，而在于贪官污吏比比皆是，在于那一整套上下串通的统治机构以及封建专政的政治体制。

　　这位作家思想深刻之处，还在于他能够揭示出政治压迫和经济剥削是相互为用的。官官凭什么能够相护？为什么为非作歹得以通行无阻？靠的是"钱"能通神。没有层层贿赂，也就谈不到官官相护。冥王开始准了席方平的呈状，后来又变卦了，那是因为他被郡司和城隍用一千金买动。小说揭示出贪赃是枉法的根源，枉法又要通过封建专权才得以实现，这便是贪官污吏普遍存在于封建社会的症结所在。下级官员为什么不顾人民死活，而一味媚上？小说这方面也有所点破：官员的晋升，既不凭真才实学，也不看老百姓是否拥护，而是完全由上峰说了算。小官为了维护既得利益和继续往上爬，必然要千方百计地逢迎大官。《梦狼》中那

---

① 《聊斋志异·伍秋月》。

个县官白甲对其弟说得分明："弟日居衡茅，故不知仕途之关窍耳。黜陟之权，在上台不在百姓。上台喜，便是好官；爱百姓，何求能令上台喜也？"作者借这位贪官的自白，切中肯綮地提出封建社会里带根本性的重大矛盾，足见蒲松龄的有胆有识。就其艺术概括的广度和深度而言，作为今天反对封建残余来讲仍葆有以古鉴今的认识意义。

蒲松龄针砭时弊，不留情面。对皇帝尚且敢于顶撞，更遑论贪官污吏？当然作家的社会理想不可能超出他那个时代生产力和生产关系的制约，从而导致对整个封建制度的否定。他只希望统治者为民着想：减轻人民的负担，改善人民的生活条件，为民除害，为民申冤。他幻想"秦镜有高悬之日"，"仁人君子"当道，"俯询颠末，剪恶扶良，则直道犹存"。他在文章中经常提出改革主张，直接干预生活。在《循良政要》《章丘钟公寿序》等文中明确地阐述了他的政治措施。总的说来，他衷心向往和着意描写的仍然是廉吏、清官和好皇帝。譬如他所肯定的吴令，即是一个刚介清正、造福于民的清官形象（《吴令》）。《公孙夏》篇异史氏曰中讲了一个故事，说郭华野先生为官清鲠，途中惩治了一个作威作福的县官。先生曰："蕞尔一邑，何能养如许驺从，则一方涂炭矣！不可使殃民社，可即旋归，勿前矣！"这个只知道讲排场的县令还未上任，就被先生缴收了文凭。"世有未莅任而已受考成者，实所创闻。盖先生奇人，故有此快事耳。"作者心目中所推崇的就是郭华野先生这样正直、清廉的官员。正如他在《十一月初五日，官征漕粮》一诗中所写的："冬闲应得万农欢，白著增加措备难。时值太平终岁苦，惟翘自首望清官。"

蒲松龄作为一位清醒的文学家，已经看出当时社会的许多痈疽，并且勇敢地掷以投枪，但是他并不要求彻底改变这一社会制度。他揭露坏皇帝，思想上却仍然是个皇权主义者；他反对横行暴敛，可是对"合理"的封建剥削却表示赞成；他斥责贪赃枉法的统治者，却希望有公正不阿的官员出现。他推崇仁、明、健、清的官长。仁者，不加良民以桎梏；明者，要是非分明；健者，即处处留心，深入调查，掌握第一手材料，不冤枉无辜者；清者，即廉洁奉公，不接受贿赂，不营私舞弊。如果封建时代的官员能具备这几条，也许老百姓会有"太平岁月"。"四人帮"却鼓吹什么清官、仁政比暴政还要坏，这是彻头彻尾的形而上学。其实，当新的经济基础和新的阶级没有产生以前，新的思想体系是不可能有所附丽的。所以封建社会最高的理想，也超不出皇权主义。在那个时代一个作家能够从关心人民安危的角度提出问题，就已经是难能可贵的了。

妇女自由的歌手

　　妇女问题是个重要的社会问题。我国妇女在封建社会处于最底层，身受封建宗法制、封建礼教和传统观念等多重羁縻，没有自己的独立人格和人身自由。封建社会还制造了三从四德等闺范来钳制女子才智的发展。蒲松龄则一反历来对妇女的非人待遇和陈腐的传统观念，把妇女作为《聊斋志异》的主要描写对象。他不仅选取了和妇女的切身利益攸关、阻力也最大的爱情题材，而且从德、才、智、勇、健等角度揭示和颂扬了女性的灵魂美和人情美，借以抒发自己在妇女问题上的自由、平等思想。

　　值得注意的是，他以火一般的激情塑造了许多勇于冲破封建礼教的束缚而又个性鲜明的妙龄女子的形象。她们大都聪明、智慧、执着地追求人身自由和个性解放，她们爱憎分明，对美好的事物和幸福的生活有着热烈的向往。像天真烂漫、憨直坦率、不拘礼节的婴宁；雅爱戏谑、不受翁姑约束、不畏权势的小翠；风趣诙谐，善于在谈笑中揶揄轻薄者的狐娘子；感情奔放、主动地向意中人袒露心曲的白秋练，等等，无一不触犯封建的闺范，也无一不呼之欲出。

否定单纯从外貌来衡量女性美丑的世俗观点，正是蒲松龄在美学思想上高人一筹之处。外在美与内在美的统一，固然使人神往，但在实际生活中并不多见。相反地其貌不扬而灵魂优美的女子，在现实中却是所在都有的。乔生女儿不仅"黑丑"，而且生理有缺陷，"壑一鼻，跛一足"。但是她善良纯朴为人光明磊落，对朋友忠诚，愿为死去的知己献身。作者在《乔女》篇中对这位有德无貌的女子做了充分的肯定。尽管这种德的内涵中含有某些封建因素，但是作者从他所能达到的思想高度着眼，极力刻画人物的高尚品质，来讴歌女性的灵魂美，却有独到之处。

历来封建闺范崇尚女子无才便是德。蒲松龄就不信这个邪，他从实际生活出发，按照自己的美学理想，塑造了众多富于独特个性的女性形象。她们大多才华洋溢，智慧而聪颖。其中有的善刺绣，有的能织红，有的擅赋诗，有的工绘画，有的琴技高超，有的舞艺精湛，有的医术高明，有的园艺出众。她们的才智不仅表现在持家有方上，而且更多的是通过急公好义的性格特征来体现的。仇大娘（《仇大娘》）就是这方面有典型意义的人物形象。她敢作敢为，一次又一次打乱狡狯的魏名企图坑人的诡计；帮助孤儿寡母经营家业，告倒了那些欺凌弱小的恶棍，使一个凋敝离散之家，重新团聚，复兴。她有才干、有魄力，显然是一个顶得住门户的女性。蒲松龄描写女子的有勇有谋也是相当出色的，如张氏妇（《张氏妇》）急中生智，只靠一根针、一把锥子，就能置敌人于死地。红玉（《红玉》）见义勇为、助人为乐，救冯生于危难之中，帮助他们父子团圆，家道兴旺。这些作品不仅以情节的丰富性取胜，而且以人物形象的鲜明性、生动性征服了读者的心灵。

蒲松龄所刻画的许多女性，不但才华出众，富于正义感，而且别具慧眼，有胆有识。《聊斋志异》中许多精辟的见解，往往出自女性之口，足以使须眉男子相形见绌。例如少女商三官对时弊的看法，显然超过两个哥哥。商父被邑豪逼凶打死，两兄在"讼不得直，负屈归"的情境下，"谋留父尸，张再讼之本"。三官虽然同样感到悲愤，但是她看透了"人被杀而不理"的"时事"，不相信老天爷将为兄弟再讼"专生一阎罗包老"。因此她说服两兄葬父后，毅然决然地抉择了靠自己的智慧和勇敢杀死邑豪、为父报仇的道路。书生张鸿渐因同情被贪暴县令杖毙的范生，答应诸生代写讼词，并一起向巡抚上告。张妻方氏却颇不以为然，这位"美而贤"的女性，对"势力世界"和秀才所作的透辟分析，使张鸿渐不能不为之折服。她劝说丈夫："大凡秀才作事，可以共胜，不可以共败，胜则人人贪天功，一败则纷然瓦解，不能成聚。今势力世界，曲直难以理定。君又孤脱有反复，急难者谁也！"张鸿渐虽然善其言，但是就因为他终于还是起草了讼词，从而遭到了一连串的迫害，他那背井离乡的悲凉处境，完全证明了妻子观察问题的敏锐性和深刻性。妇人之见，居然如此高超精邃，这就从根本上把轻视妇女的传统观念来了个大胆的否定。在以男子为中心的封建社会里，女子被视为玩物。弱不禁风被看成美的标志，这显然是和妇女经济上不能独立相联系的。而蒲松龄却一反这种陈腐的偏见和习惯势力，在《农妇》篇中刻画了农妇勇健如男子的健美形象。她体魄壮硕，性格豪爽粗犷，俨然女中丈夫。她以贩陶器为业，和丈夫异县而居。分娩后不久即能负重担行百里路。这样的女子经济上能够自立，人格上懂得自重。与乡人相处，她乐于为他们"排难解纷"，"有赢余，则施丐者"；可是一旦听说与自己曾"订为姊妹"的尼姑有秽行，则"拳石交施"，也不能解其忿。这篇小说仅二百多字，但基调明朗，寄托深远，闪射着理想的异彩，充分显示了蒲松龄反对男尊女卑的鲜明倾向性。

蒲松龄反对男女授受不亲的封建羁绊和彼此交往中的神秘观念，在《聊斋志异》中有一类作品的主题就是男女友爱的颂歌。

《娇娜》篇中娇娜和孔雪笠之间的友谊，正是在彼此尊重、互相关怀的基础上建立起来的。孔生身罹困境时，娇娜一家不仅从经济上援助他，而且娇娜还亲自为他治愈毒疮，帮助他恢复健康。当娇娜一家遭灾之时，孔生亦不避风险，舍命加以保护。这种患难相助，生死与共的友谊，与同性之间的纯洁友谊毫无二致。将异性友爱写得那样无私、真诚、高尚，恰恰表现了蒲松龄思想的叛逆性与进步性。

在恋爱婚姻问题上，蒲松龄反对父母之命，媒妁之言的封建包办婚姻和以财产为先决条件的买卖式婚姻，主张恋爱自由，婚姻自主，提倡美好的爱情要附丽在共同的志趣爱好和彼此敬慕、相互了解的基础上。对嫌贫爱富的史孝廉（《连城》）、王进士（《青梅》）和以金钱财富择夫的李家姐姐（《姊妹易嫁》），他分别给以辛辣的嘲讽和批判。《连琐》中的主人公连琐和杨生都喜欢吟诗、下棋和弹琵琶。共同的爱好把他们吸引到一起，"剪烛西窗，如得良友"，并逐渐由友谊生发出爱情。《连城》篇连城倾心乔生，是因为她知道乔生"为人有肝胆"，肯为朋友做出牺牲，同时又欣赏乔生应征献诗，不仅文采斐然，才气纵横，而且和她的感情相呼应。乔生把连城引为"知己"，则因为从《倦绣图》得知连城手巧，而且不嫌其贫寒，"遣媪矫父命，赠金以助灯火"，乃是真心爱他。他们之间的感情在与封建势力的斗争中更加深笃。这样生死不渝的爱情经得起严峻的考验。乔生为了挽救沉痼不起的心上人，宁愿自割膺肉。他们二人的情义，几经波折，直到殉情后才如愿以偿。这个故事的结局，既和传统戏曲中的男方进京赶考、衣锦还乡大团圆的旧公式有区别，也和某些现实主义文学把婚姻自主单纯处理成悲剧不同。蒲松龄在他的作品中着重描写的是主人公对美好事物的追求和向往，为幸福生活而斗争的顽强意志。这就为爱情题材带来了积极浪漫主义的鲜明特色。这样写可以给人以鼓舞和力量，启示人们为自由和幸福去斗争。

　　蒲松龄对描写家庭生活也寄寓了自己的美学理想。他认为恩爱夫妻必须以牢固、持久、深挚的爱情为基础，夫妻之间要平等和睦、互相敬重。男"卖酒贩浆"，"女作披肩，刺荷囊"，(《鸦头》)"闭户相对，君读妾织"，共同负担自食其力的劳动，共同享受自给自足的劳动成果。他反对靠权势、欺骗等手腕建立起来的所谓家庭。所以他笔命细侯 (《细侯》) 果断地"杀抱中儿"，离开"衣服簪珥，供给丰侈"的富商，去和真正的爱人满生共同建立新的家庭。对见异思迁、喜新厌旧的武孝廉 (《武孝廉》)、姚安 (《姚安》) 之流，则给予有力的鞭挞和惩罚。爱情要贯穿在家庭生活之中，爱的诚笃，可感天动地，如《香玉》篇。互相猜疑只能削弱爱情，失掉幸福，从而破坏家庭生活，《葛巾》正形象地说明了这个道理。恩格斯指出："当事人双方的相互爱慕应当高于其他一切而成为婚姻基础的事情，在统治阶级的实践中是从古以来都没有的。至多只是在浪漫事迹中，或者在不受重视的被压迫阶级中，才有这样的事情。"① 蒲松龄在妇女、爱情、婚姻、家庭等一系列问题上有如此进步的思想，充分说明了这位作家在思想上和广大被压迫人民的密切联系，也表现了作者那种积极向上的浪漫主义精神，以及这二者之间的关系。

　　蒲松龄虽然才华洋溢、学识渊博、为人耿介正直，但他一生坎坷，在科举考试的道路上屡屡碰壁，精神上遭受了严重的打击。尽管在官宦或缙绅之家当了一辈子塾师，他毕竟在农村生活了几十年，既接触过社会上层，又有更多的机会接近平民百姓。由于饱尝人世间的辛酸苦涩，他的思想感情更倾向于受苦受难的劳苦大众。他恨透了那个风刀霜剑、尔虞我诈的黑暗社会，以无比的愤怒控诉和鞭笞贪赃枉法的统治者，并辛辣地嘲讽了社会上的种种丑恶现象。与此同时，他还以满腔热情讴歌了那些为争取自由

---

　　① 恩格斯：《家庭、私有制和国家的起源》。

和平等而奋不顾身的人们。他在困窘和压抑中憧憬着美好的生活。他的精神境界是高尚而坚强的。但他的社会理想终于跳不出封建社会的模式。他是被腐朽的封建制度所摧残、埋没的一位天才，也是当时社会广大人民群众哺育出来的，残酷的现实教训出来的一位杰出的作家。

（原载《山东师院学报》1980 年第 2 期）

一篇一境界　　一花一精神

——《聊斋志异》艺术技巧初探

　　《聊斋志异》这部杰出的文言短篇小说集，以其精湛的艺术造诣成为不朽的传世之作。它一问世就颇享盛名，而且对它的赞誉经久不衰。有人说："小说家谈狐说鬼之书，以'聊斋'为第一。"大批评家渔洋山人王士祯雅爱《聊斋》，相传"以百千市其稿"而未得。他为该书题词曰："姑妄言之姑听之，豆棚瓜架雨如丝。料应厌作人间语，爱听秋坟鬼唱时。"蒲松龄的好友、诗人张笃庆也欣然命笔："五夜燃犀探秘录，十年纵博借神丛。董狐岂独人伦鉴，干宝真传造化功。"《聊斋志异》得以"声名益振，竞相传抄"。后来有冯镇峦、但明伦、吕湛恩、何垠等十几家都为它写过序、跋或评注。冯镇峦在序言中说，"柳泉志异一书，风行天下，万口传诵……先生此书，议论纯正，笔端变化，一生精力所聚，有意作文，非徒纪事"。段骒也说："留仙志异一书，脍炙人口久矣，余自髫龄迄今，身之所经，无论名会之区，即僻陬十室，靡不家置一册。盖其学深笔健，情挚识卓，寓赏罚于嬉笑，百诵不厌。"影响所及，流传之广，由此可见。《聊斋志异》在中国短篇小说发展史上，堪称高峰，即使跻于世界古典短篇小说之林，也是独树一帜的。

花妖狐魅多具人情

　　《聊斋志异》俗名鬼狐传；顾名思义大多是写鬼狐精灵的。但明伦在序言中曾自述童年读《聊斋》的一段轶事："得聊斋志异读之，不忍释手；先大夫责之曰：'童子知识未定，即好鬼狐怪诞之说耶？'"但明伦历数了《聊斋》之妙处这位老人家才不由得消气解颐了。的确，《聊斋志异》曾被许多人误解为单纯是说鬼谈狐的，但真正了解《聊斋志异》的人却不这样看。正如鲁迅先生所推崇的："明末志怪群书，大抵简略，又多荒怪，诞而不情，《聊斋志异》独于详尽之外，示以平常，使花妖狐魅，多具人情，和易可亲，忘为异类，而又偶见鹘突，知复非人。"① 这一见解至为精辟。表面看去，《聊斋志异》似乎净写些神仙、狐狸、鬼怪和各种精灵，实际上作者着意描写的正是现实社会的各色人等。

　　既然写人，为什么又要借助鬼狐神怪呢？原来作者是另有寄托的。其一，我国自魏晋以来，就有志怪小说的传统，也算有先例可循，作者自云："才非干宝，雅爱搜神，情同黄州，喜人谈鬼。"从《聊斋志异》的思想内容和艺术技巧，都可以明显地看出它和志怪小说之间有着极其密切的继承关系。其二，清王朝入主后，大兴残酷的文字狱，借以钳制人们的思想，推行封建文化专制。作者心中有话不能明言，乃借谈狐说鬼抒发孤愤之情，用以鞭笞现实，策励后人。其三，作者怀着惩恶扬善的美好愿望，上下求索而不可得，只能驰骋想象，通过拟人化的鬼狐形象，曲折地表达自己的人生理想。

　　重要的问题，不在于作者写不写鬼狐，而在于如何写鬼画狐。蒲松龄在这些花妖狐魅身上，并不突出其物的属性特征，而是把

---

　　①　鲁迅：《中国小说史略》，《鲁迅全集》第八卷，人民文学出版社1957年版，第171页。

它们作为社会关系总和的人来描写。作者将这些幻化的形象，置于人类社会错综复杂的关系之中，寓意深远地摹写了各种人物的人性和人情。它们不仅具有普通人的形体、外貌和生活经历，而且具有丰富的内心世界和鲜明的个性特征。如《狐谐》中人称"狐娘子"的女主人公，一直没有露面，当然谈不到有什么肖像描写，但是她那呖呖的娇音，诙谐的谈吐，却给人留下了深刻的印象。她谈笑风生，若不经意，把那几个轻狂的客人，奚落得目瞪口呆，从而使一个爽朗、幽默、才华洋溢的女性形象脱颖而出。《青凤》中的青凤，尽管点出她是个怕犬的狐狸，终归还是把她当作大家闺秀来写的。她美丽、聪明，对爱情有着向往和追求。然而她又显得那么拘谨、矜持、温情脉脉。而青凤的叔叔儒冠叟——被猎人捕获的黑狐，则俨然是个道貌岸然的封建家长的形象。再如《白秋练》中的白鱀精、《黄英》中的菊花妖在当时社会生活中都可以找到各自的雏形。白秋练是个"十五六倾城之姝"，同母亲在水上漂泊度生。她雅爱吟诗，性格开朗，感情奔放，又能预知河水的涨落和物价的高低。针对商人慕翁的心思，她巧妙地排除妨碍婚姻自由的阻力，与慕生结婚。洞庭龙君欲选嫔妃，困白母索其女，使白母遭受了死里逃生的大难。老白鱀为女罹难的遭遇，分明是封建社会下层小人物被欺侮的真实写照。黄英姊弟，精明能干，讲究实际，既酷爱菊花，也善于培植菊花。他们种菊育菊不同于自命清高、单纯为了欣赏的马生，而且自种自卖，"卖菊亦足谋生"。他们自食其力，贩花为业，认为"人固不可苟求富，然亦不必务求贫也"。黄英既擅长经营，又富于美的情趣、雅善谈、能纫绩。作为现实生活中女性菊农菊商的形象写照，在她的身上同时也寄寓了作者的美学理想。

青凤、白秋练、黄英等形象，虽偶尔流露着狐狸、白鲤精、菊花精的痕迹，实则都是有血有肉，人情味很浓的"这一个"。这些形象和作品中的其他人物有着各种各样的社会联系：如爱情、友谊、亲眷，以至彼此之间的利害冲突，等等。总之，这一切都是以当时社会中的人物为模特儿。这些作品真实地再现了人物的生活环境和一定环境中的人物性格，做到环境和性格的统一。在封建礼教的长期熏陶下，青凤的性格显得温婉而又含蓄。她对耿生虽有爱慕之心，但又不能不屈服于叔父的家训。白秋练自幼浪迹江湖，没有受过什么严格的封建家教。她的母亲也比较开朗，对女儿自由选择意中人乐于赞助，甚至亲自为媒。因此白秋练的性格显得爽朗而又通脱，她熟知海上行情和商人的心理，对慕生的追求亦颇为主动。婴宁家居僻静山林，那里花红柳绿相映，豆棚瓜架满庭，俨然世外桃源。她在老母的娇惯下成长，既未受过封建礼教的拘束，也不懂得人情世故，甚至连爱情、婚姻都浑然不晓，笑声不绝，爱花如命，憨直娇媚之态跃然纸上。在这里，人物性格正是一定环境的产物。

　　"艺术的真正生命，正在于对于个别特殊事物的掌握和描述。"① 歌德对艺术生命所作的概括，对《聊斋志异》也是适用的。正如清人冯镇峦《读聊斋杂说》一文中所说："人各面目，每篇各具局面，排场不一，意境翻新，令读者每至一篇，另长一番精神。如福地洞天，别开世界，如太池未央，万户千门，如武陵桃源，自辟村落。不似他手，黄茅白苇，令人一览而尽。"作者在对个别特殊事物的掌握和描述上，能做到篇篇都有新鲜别致的题材和具有典型意义的矛盾冲突，人人自有其所处的特殊环境和不同的遭遇，从而为展现主人公在特定情境下的思想感情和爱憎态度，提供了充分的条件，有助于使人物形象的个性特征更加鲜明生动。

　　《聊斋志异》不下五百余篇作品，写了几百个熟悉的陌生人。他（她）们大都有自己独特的个性。就丰富人类的艺术宝库而言，

———————

　　① 《歌德谈话录》。

确实是个了不起的贡献。仅以具有进步思想意义和艺术价值的青年女性形象来说，即达几十名之多。像婴宁、小翠、商三官、侠女、红玉、娇娜、聂小倩、鸦头、瑞云、细侯、阿宝、连城、连琐、黄英、白秋练、晚霞、窦氏女、孟芸娘等。不仅她们的性格彼此不同，即使性格相近的婴宁和小翠，也仍然同中存异。作为天真烂漫的少女，她们都不受封建礼教三从四德的束缚，这是二者之间的共性。但是婴宁的憨直和质朴，小翠的坦荡和伶俐，却又绝不会混淆。至于娇娜和红玉，窦氏女与孟芸娘，晚霞与粉蝶，商三官与侠女，瑞云与鸦头，也都是有同有异，达到了共性和个性有机的统一。譬如瑞云和鸦头自幼沦入风尘，她们不甘于堕落，执着于追求人身解放和获得真挚的爱情，经过各自艰辛、曲折的斗争，终于如愿以偿。但是从她们所经历的崎岖生活道路和不同的抗争方式的描写中却显示了性格的差别。瑞云温柔而坚忍，以反抗保持洁白，慢慢自择意中人。被她选中的贺生又苦于无钱赎身，两人只好戚然暂别。作者借助于异术，晦其光保其璞而成全了他们。鸦头则倔强而执拗，始则为王文谋划，共同出奔，不幸被拘回，囚禁于幽室，"鞭创裂肤，饥火煎心，易一晨昏，如历年岁"。在十八年的非人折磨中，她宁死不屈。有情人皆成眷属，这是人民的善良意愿，但小说着意描写的正是成眷属以前各自从事的不同形式的抗争。从艺术创作的共同规律着眼，探索《聊斋志异》描写人物性格的多样性，以及如何做到复杂和单纯的统一，这对于提高社会主义文学创作的质量，仍然有着重要的借鉴意义。

动中传神

宋朝绘画理论家陈造说过："使人伟衣冠，肃瞻眂，巍坐屏息，仰而视，俯而起草，毫发不差，若镜中写影，未必不木偶也。着眼于颠沛造次，应对进退，颦频适悦、舒急倨敬之顷，熟想而默识，一得佳思，亟运笔墨，兔起鹘落，则气王而神完矣。"① 这段论述讲的是中国古典绘画画人物的宝贵经验：忌讳静止地描写外貌，讲究从动态中表现人的灵魂，也就是"动中传神"。

中国古典小说的人物描写也同样如此：它不像外国小说那样，往往凭借大段的心理描写，展示人物内心世界，而是侧重描写行为、动作，从而显示人物的心灵，塑造人物性格。人们的社会活动都是有意识、有目的，受一定的思想支配的。他们的思想感情和禀赋经常是通过自己的举止言行而自然流露的。因此文艺作品由动态入手揭示人物的内心世界不仅使作品的生活气息更加浓郁，而且也比较符合我国人民的欣赏习惯，读起来感到格外亲切。《聊斋志异》在这方面为短篇小说创作提供的经验是十分丰富而又弥足珍贵的。

人物的肖像描写，在《聊斋志异》中往往简练到惜墨如金的程度。例如状写少女的貌美，一般只用几个字，如"真仙品也"，"端妙无比"，"娇丽无双"，"无妆艳绝"，等等。虽然写法不尽相同，但是仍能留给读者以充分想象的余地。从全书来看，作者显然不那么渲染外貌的差异，而更多的是在那些有助于表现人物性格的动态上下功夫。

选择足以揭示人物内在的美或丑的举止行动，加以典型化，做到言简意赅、形象生动，这是动中传神的一个首要条件。人们的一举手、一投足固然都受思想支配，但并非任何行动和动作都能表现内在的美或丑。自然主义地描述人物的行动不可能成为真正的艺术品，只有从生活出发，选择那些具有典型意义的动作，加以提炼和概括，才能更好地塑造人物性格。《聂小倩》篇只写了宁采臣两个动作，就把他那"慷爽"和"廉隅自重"的性格特点显示出来了。宁采臣孤宿在寺庙中。有一天深夜，忽然有美丽如

---

① 《中国画论类编·江湖长翁集论写神》。

画中人的北邻女来到身旁，表示"愿修燕好"。宁采臣先是正容拒绝，进而叱之"速去"！接着北邻女又以黄金一铤来引诱，宁采臣仍不为所动。他一边说："非义之物，污吾囊橐！"一边把黄金扔了出去。叱女、掷金把宁采臣正直、廉洁的心地写得多么鲜明！如果画蛇添足地硬要加上一段心理描写，那就未免臃肿累赘而贻笑大方了。小说中的女主人公聂小倩因迫于夜叉的威胁被驱使来害人。当她看到宁采臣并非贪财好色之人，就向他披肝沥胆，讲了真心话："妾阅人多矣，未有刚肠如君者。君诚圣贤，妾不敢欺。"又告以"觍颜向人，实非所乐，今寺中无可杀者，恐当以夜叉来"。小倩把夜叉的害人诡计和盘托出，一方面反衬出宁采臣的刚直秉性，另一方面也表达了她那善良的灵魂。

随着境遇的变迁，人物的行为发生了显著的变化，从前后对比中映衬出人物的内心世界，乃是《聊斋志异》运用动中传神的一个重要经验。作者在塑造石某（《武孝廉》）这样一个具有虺蜮之行、豺狼之心的负心汉的典型形象时，就巧妙地采取了此种艺术手法。当他处于贫病交加、资粮断绝之际，对素昧平生、自愿助人的妇人"嗷然哀哭"，祈求帮助。那是一副多么可怜的面孔啊！妇人出于同情，终于使他起死回生，把病治好了。这时，妇人因"茕独无依"，提出"愿侍中栉"的要求。石某年仅三十余，恰恰"丧偶经年"，他不考虑妇人比自己大十多岁，就"喜惬过望"地接受了。一旦完婚，妇人的"藏金"到手，石某得以"赴都贳缘，选得本省司阃；余金市鞍马，冠盖赫奕"，他的态度便陡然发生变化。先是嫌弃"妇腊已高"，"因以百金聘王氏女为继室"；继则故意绕道上任，执意不和原配通音信，即使辗转收到妇信，仍"殊不置意"。嗣后当妇人茹苦含辛地找到任上托人捎话，他干脆来个"令绝之"。从"洒泣矢盟"到变脸毁盟，不用加一贬词，而"薄情郎"那肮脏灵魂竟是如此鲜明！妇人出于万般无奈，只好闯堂，搴帘入户，"石大骇，面色如土"。无须大事渲染，这样简练地勾画一笔，就把石某心亏理短、张皇失措的神情烘托出来了。在妇人义正词严的斥责下，石某只好"长跪自投，诡辞乞宥"，然而这只是他处在不利条件下的权宜之计。最后仍然要对妇人下毒手。图穷而匕首见，石某那蛇蝎之心才完全暴露。前后对比，跌宕有致，负心汉心狠手辣的性格特征，刻画得何等真实、可憎！

在解决矛盾的过程中，通过一系列合乎情理的行动描写，逐步展现人物性格，这是《聊斋志异》中经常采用的一种手法。《贾儿》篇围绕如何除祟救母的情节，具体地描写了贾儿一连串的行动。他"日效朽者，以砖石叠窗上"，俟"两窗尽塞"后，"乃合泥涂壁孔"，接着又"把厨刀霍霍磨之"。这些引起大人们讨厌的，貌似"顽皮"的行动，既富有儿童游戏、模仿的特点，又巧妙地烘托出这孩子人小心细主意多的个性。半夜时分，贾儿把刀揣在怀里，用瓢覆盖着灯。等到母亲说胡话时，他又"急启灯，杜门声喊"，继则离门，"扬言诈作欲搜状"。如此虚张声势，果然发现了"敌情"，但是当狐狸"突奔门隙"逃跑时，贾儿急切间却未能击中要害，只是砍下二寸长的尾巴。这里虽然没有描写贾儿如何一心想着救母除害，但是读者对此却是完全能够理解的。对一个天真未泯的孩子来讲，要战胜狡猾的狐狸当然不是那么容易。小说接下去写贾儿循迹跟踪，窥其动向。然后又引人入胜地描述了贾儿巧计除狐害；如何"牵父衣娇聒之"，使父亲回心转意为他买得狐尾，如何盗钱沽酒，如何到舅舅家窃取毒药；如何将药置酒中，伪装狐狸，骗取长鬣狐的信任，直到赠以药酒，假手于长鬣狐毒死祟害母亲的老狐狸。小说通过这一系列举止行动的具体描写，真实而又动人地塑造了一个胆大心细、聪明机智的少年形象。作者在这里并未添加任何心理描写，可是人物的个性却是如此突出，人物的心理活动又是那样的逼真！令人掩卷之余回味无穷。《聊斋志异》中如《妖术》《席方平》等名篇，都处处表现出这方面的高超技艺。

在诸矛盾的焦点上，铺叙人物的某个突出行动，有助于人物性格的明朗化。如《连城》篇刻画乔生便用此法。小说中设置了以下几种矛盾；一是连城与其父史孝廉的矛盾：连城坚持婚姻自主，选择有才貌又了解自己的人为夫婿，史孝廉则一心想为他的女儿找个有钱有势的人家。二是史孝廉自身的矛盾：即疼爱女儿的感情与嫌贫爱富思想的矛盾。当女儿处在生命垂危的时刻，"须男子膺肉一钱，捣合药屑"，才能起死回生．史孝廉发现自己所器重的盐商之子王化成对连城并没有真正的爱。这就使史孝廉和王化成也发生了矛盾。为了救女心切，史孝廉发出"有能割肉者妻之"的诺言。王化成极端自私，根本不懂爱情，连一钱膺肉也舍不得剜。在诸矛盾的交错发展中，谁自愿割肉合药便成为矛盾的焦点，而乔生，却"闻而往，自出白刃，刲膺授僧，血濡袍袴"。在尖锐的矛盾中，两相对比，乔生这个"少负才名"而且"为人有肝胆"的形象，通过"割膺"突出的行动而得以完成。

从人物的一颦一笑、一言一行中窥其内心，刻画性格，尤为蒲松龄所擅长。《聊斋志异》中这方面精彩的例子几乎俯拾皆是。《苗生》篇的苗生是个什么样的人物形象呢？只要看看他饮酒时说的一句话，采取的一个举动就清楚了。开篇写龚生初与之交，"以其不文，偃蹇遇之。酒尽，不复沽。"这时"苗曰：'措大饮酒，使人闷损。'起向垆头出钱行沽，提巨瓴而入。生辞不饮，苗捉臂劝本釂，臂痛欲折。生不得已，为尽数觥。"真是快人快语，一个粗豪而又犷达的汉子，岂不神采斐然！《婴宁》篇写婴宁的笑也是绝妙无比的。伴随婴宁出场的是"花"和"笑"，作者紧紧抓住爱花和善笑这两个特点，从不同角度，映衬和塑造人物性格。通篇笔酣墨饱，正如但明伦评语中所说："此篇以笑字立胎，而以花为眼，处处写笑即处处以花映带之。"花与笑反复并写，夹道写花，庭外写花，窗外写花，室内写花，借花引出人来，而未见人来，先写其笑。从燃花含笑，微笑，以袖掩口，笑不可遏，忍笑而立，倚树憨笑到浓笑，放声大笑，狂笑欲堕，笑极不能俯仰，等等，真是种种憨态，层见叠出，一片天真，无美不备。而妙就妙在无一意冗复，无一笔雷同。婴宁那"笑处嫣然，狂而不损其媚"的性格，从花和笑中自然呈现。言为心声，语言的性格化也是人物传神的重要因素之一。当王生以花寄情悄悄向婴宁求爱时，婴宁只晓得"葭莩之情"，而不懂得"夫妻之爱"。王生告她所不同的是"夜共枕席耳"。婴宁"俯思良久"，只说了一句："我不惯与生人睡！"事后她还把这个意思向老母亲学说："大哥欲我共寝。"类似这样有助于表现人物心理和人物性格的对话，的确使人如闻其声，如见其人。婴宁这个纯朴而又憨痴的姑娘，便栩栩如生地展现在读者眼前了。又如《续黄粱》中的曾孝廉，一听算命人说他可以当二十年的太平宰相，便意气扬扬地对同伴说："某为宰相时，推张年丈作南抚，家中表为参、游，我家老苍头亦得小千把，于愿足矣。"一句自白，把一个小人得志的神态，一心梦想升官发财，作威作福的卑劣内心刻画得可谓入木三分。

离奇而严密

高尔基说："情节，即人物之间的联系、矛盾、同情、反感和一般的相互关系——某种性格、典型成长和构成的历史。"[1] 那就是说文学作品中的情节和人物是密不可分的。人物性格的发展，决定情节的发展，相反地，离开情节，也就谈不到人物形象的塑造。《聊斋志异》中写了那么多栩栩如生，呼之欲出的人物，同情节的丰富性是分不开的。

在情节的提炼上，做到离奇不失其真，曲折不失其严，丰富

[1]　《和青年作家谈话》。

不落窠臼，这是《聊斋志异》引人入胜的重要原因之一。和人物形象的苍白相联系的，是情节的单调和雷同。这只能使读者感到厌烦和索然寡味。《聊斋志异》则不然，开卷即不忍释手，读来津津有味，掩卷仍耐人寻味。它那摄人心魄的艺术感染力，首先表现在情节的光怪陆离，神出鬼没：什么冤魂复仇、神仙下凡、鬼变人、人化虎，等等，真是变幻莫测，想象瑰丽，鸟鱼花卉以及狐狸的千变万化，更是如窥万花筒，无奇不有，令人目不暇接，叹为观止。孙子楚爱慕阿宝，既可以"魂随阿宝去耶"，又能变成鹦鹉。"生自念倘得身为鹦鹉，振翼可达女室。心方注想，身已翩然鹦鹉，遽飞而去，直达宝所。"窦氏女要报始乱终弃之仇，阴魂有灵，使新妇自缢死，又能搬尸扮新娘而来，直到欺侮她的南三复受到应有的惩罚。向杲亟欲为兄报仇，"则毛革顿生，身化为虎"，一口咬下仇人的脑袋。伍秋月死后三十年，颜色如生，其鬼魂陪着王鼎去冥中城郭，力杀向其兄王鼐"索贿良苦"的二吏，伍秋月为王鼎坐牢，王鼎第二次去阴间再杀二役，搭救秋月出苦海，秋月复活后与王鼎结为恩爱夫妇。类似这样富有浓重神奇色彩的情节，在《聊斋》一书中简直不胜枚举。

这些情节虽然是作者通过丰富的想象虚构出来的，但是它们不仅具有艺术的"美"，而且不失艺术的"真"，因此，离奇而又可信。艺术的"真"，固然离不开生活的"真"，但又不拘泥于简单地模拟或再现生活。它可以援用积极浪漫主义的艺术手法，描写出生活中似乎不可能发生的事。但从根本上讲，它恰恰又反映了本质的真实。在那暗无天日的封建社会里，强凌弱，富压贫，恶少欺侮贫女，奸官坑害百姓，互相倾心的青年人为男女授受不亲的道德观念所隔绝……这一切都是残酷的现实。作者基于对这些不合理的社会现象的深刻认识和不满，产生了反抗要求和变革现实的愿望。由于历史条件的局限，他只能凭借幻化的形象，以寄托彰善惩恶的初衷。还是鲁迅先生说得好："从喷泉里出来的都是水，从血管里出来的都是血。"① 孤愤之作，必然在一定程度上代表或反映了当时人民群众的利益、愿望和要求。这就是艺术所表现的本质的"真实"。换句话说，凡是本质上真实的艺术品，才能享有永久的生命力。

曲折不失其严。但明伦在评论《葛巾》时写道："此篇纯用迷离闪烁，夭矫变幻之笔，不惟笔笔转，直句句转，且字字转。"接着在评《王桂庵》时着重讲了"蓄字诀"，亦即"伸缩法"。他说"蓄字诀与转笔相类，而实不同，……盖转以句法言之，蓄则统篇法言也"。最后则用形象的比喻来总结："乃展卷读之，平江恬静之际，复起惊涛，远山迤逦而来，突成绝壁。"这既是但明伦对这两篇小说所作的分析，同时也生动地概括了《聊斋志异》艺术结构的共同特点。不论是"转笔法"还是"蓄字诀"，表现在小说情节的设置上，却是那样的跌宕多姿，波澜起伏，"伸缩"之笔，引人入胜。姑以《石清虚》为例，便可管中窥斑，以见全豹。这篇小说围绕一块佳石的得失展开故事情节。石头得而复失，失而复得，凡五起五落，每次起伏又都不是简单的重复，而是推波助澜，一浪推一浪地向前发展。到第四个起伏，故事情节发展到高潮。经过三次风波以后，主人公邢云飞更加珍惜这块石头了。"裹以锦，藏椟中，时出一赏，先焚异香而后出之。"但是，无论如何珍藏，也难以保住石头，贪婪成性的某尚书欲据为己有，许以百金为代价，邢则表示万金不易。尚书就倚仗权势将他投入监狱，并典质田产胁其就范，邢宁死也不肯交出石头。情节发展到这里陡然出现了不是人死，就是石亡的局面，在全篇中掀起了万丈狂澜。随即邢妻与子商量，向尚书献石，救邢出狱。邢回家得知真相，便"骂妻殴子，屡欲自经"。虽然每次都被家里人发觉而得救，但是仍然避免不了石亡人逝的趋势。情节至此似乎山穷水

---

① 鲁迅：《而已集·革命文学》。

尽，然而作者的笔锋一转：主人公夜梦一丈夫来，"自言：'石清虚。'戒邢勿戚：'特与君年余别耳。……'"并约他明年八月二十日到海岱门以两贯钱相赎。届时，果真因"尚书以罪削职，寻死"，邢廉价就赎回这一心爱之物。正是"柳暗花明又一村"！一如惊涛澎湃，陡然转入涓涓细流。精诚所至，金石为开。邢嗜石成痴，得此结局，尽管出人意表，却仍在情理之中。这是多么精彩的转笔法，又是多么新颖的艺术构思啊！

《石清虚》从结构上着眼，有一明一暗两条线拧在一起，贯串全篇，表面看自始至终都在写石头的得失，实际上却是处处描写主人公的命运。作品一开头就交代了主人公和石头相依为命的关系。"见佳石不惜重直"的邢云飞，偶然中网得一块"四面玲珑，峰峦叠秀"的石头，"喜极，如获异珍。既归，雕紫檀为座，供诸案头"。后来邢云飞在解决与老叟之间发生的石头属于谁的纠葛中，他以减寿三年为条件求得玩石归己。随着石头三番五次得而复失的遭遇，主人公的情绪也阴晴不定，几经变化：忽喜忽忧，几番高兴，几番悲伤，时而惊愕，时而愤怒。读者不仅为玩石的出没担惊，而且更为主人公的命运担忧。真正扣人心弦的恰恰在于后者。两条线索经纬交织，错落有致，使小说的布局和谐而匀称，情节曲折，结构严谨，几乎达到天衣无缝的地步。

丰富不落窠臼。《聊斋志异》中的故事情节，色彩斑斓，摇曳多姿，几乎篇篇都有独特的构思和新鲜的意境。举凡事件、场景、脉络、结局都不雷同。就拿以写爱情为同类题材的小说为例，虽有数十篇之多，然而各有别致的开头，曲折的故事和不同凡响的结尾。如《香玉》《葛巾》等篇，均写花妖与人恋爱，但情节迥然有别。先看看开头和主要人物的出场：《葛巾》以常生的癖好牡丹开篇，当他来到平素向往的以牡丹第一闻名齐鲁的曹州时，适逢二月天气，牡丹尚未开放。常生"惟徘徊园中，目注句萌，以望其拆，作怀牡丹诗百绝。"不久，花渐含苞，而常生身边的钱即将用完，把春衣都典当了，还舍不得离开曹州。一天凌晨，他去花所偶遇有老妪做伴的女郎，这便是女主人公葛巾。《香玉》篇的开头先描写环境："劳山下清宫，耐冬高二丈，大数十围，牡丹高丈余，花时璀璨似锦。""舍读其中"的黄生，有一天自窗中见女郎"素衣掩映花间"，刚追出去，就看不见了。从此女郎经常出现。于是黄生便"隐身丛树中，以伺其至"。不久，"女郎又偕一红裳者来，遥望之，艳丽双绝"。这就是香玉与绛雪。

《香玉》《葛巾》这两篇小说，人物的纠葛和故事的脉络也完全两样。常大用同葛巾几经周折，方成燕好。葛巾随常生私奔到洛阳，夫妻和谐，生活美好，并作伐将妹妹玉版为常生之弟续弦。后姊妹各生一子。而黄生与香玉邂逅不久，即如愿以偿。惜好梦不长。一夕，女惨然告别。次日，宫中的白牡丹被人掘移径去，"生始悟香玉乃花妖也，怅惋不已"。过了几天，听说移走的花"日就萎悴。恨极，作哭花诗五十首。日日临穴涕洟"。黄生的哀伤使红衣女绛雪深为感动，许为良友。花神亦复感其至情，使死去的牡丹复萌："花如大盘，俨然有小美人生蕊中，裁三四指许，转瞬间飘然已下，则香玉也。"至于两篇小说的结局就相去更远了。《葛巾》篇中的常生一旦疑女为花妖，葛巾即"蹙然变色"，"因与玉版皆举儿遥掷之，儿堕地并没。生方惊顾，则二女俱渺矣"。过了几天，"堕儿处生牡丹二株"，"当年而花，一紫一白，朵大如盘，较寻常之葛巾，玉版，瓣尤繁碎"。这里说的是爱情贵在专一，容不得丝毫猜疑。《香玉》篇中的黄生寄魂于花。一旦魂去，白牡丹和耐冬亦憔悴死。一去而两殉之，旨在讴歌爱情的坚贞。同类的题材在《黄英》等篇中却又另辟蹊径，情节无一雷同，其着眼点仍然是为了刻画不同的人物性格。

在情节的提炼上，要做到离奇而又真实、曲折而又严谨、丰富而又新颖，主要靠作家的真知灼见、坚实的生活基础和卓越的艺术技巧。才华洋溢的蒲松龄正是具备这三个要素的著名作家。

艺术的独创性和丰富的想象力分不开，而后者又离不开见多识广。生活是无比广阔，色彩缤纷的。作家只有深入生活，熟悉生活，努力提高认识生活和表现生活的能力，才能充分发挥想象力，通过情节的提炼创造出各种各样真实动人的典型性格。蒲松龄自述《聊斋志异》的创作过程时，曾说过他喜人谈鬼，"闻则命笔，遂以成编。久之，四方同人又以邮筒相寄，因而物以好聚，所积益夥"①。据后人考证"历二十年，遂成《聊斋志异》十六卷"②。这部名著之所以能做到"刻镂物情，曲尽事态，冥会幽探，思入风云"③，正说明作者在长期的生活积累中，善于将"耳目所睹记，里巷所流传，同人之籍录"④ 的大量素材，经过艺术加工，化为如此丰富的情节。天才等于勤奋，蒲松龄的重于艺术实践和严谨的创作态度，对于启迪后学都是颇有教益的。

以少胜多

蒲松龄在长期的创作实践中，深谙以少胜多的诀窍。我们在击节赞赏《聊斋志异》之余，可以发现作者无论写什么样的题材，都能做到篇幅短小，而容量宏大；人物集中，而性格鲜明；情节单纯，而离奇多变；语言精练，而蕴含丰富。

短篇小说要求由小见大，以少胜多。要做到这一点，首先是人物集中、事件集中。正如茅盾同志所说的："短篇小说主要是抓住几个富有典型意义的生活片断来说明一个问题或表现比它本身广阔得多、也复杂得多的社会现象的。"⑤《聊斋志异》就采用典型化的方法而言，和一般短篇小说是共同的：作者善于集中生活

---

① 《聊斋志异》"三会本"，第 1、2 页。

② 《新世说》。

③ 《聊斋志异》"三会本"，第 32 页。

④ 同上。

⑤ 《茅盾评论文集（上）·试谈短篇小说》。

中的同类人和事，取其精粹，经过提炼和虚构，使之化为人们熟悉而又陌生的典型事件和典型形象。但并非篇篇都写生活片断，有些则是描写人物一生中的某个生活侧面。无论写的是生活片断，还是生活侧面，总的看来，作者对于事件的选择和情节的提炼，都是以服从人物性格发展的必然逻辑为前提的。

《于江》《妖术》等篇均以生活片断构思。《于江》全篇不满三百字，围绕连毙三狼、卒报父仇这件事，集中刻画了一个勇敢、聪明、细心而又坚忍的少年形象。写于江前后三次打狼：第一次写得较细，第二次仅用了"又一狼来，如前状。又毙之"，极俭省的几个字一笔带过，足以显示少年"血诚"性格的却是着力描写的第三次——打死首害其父的白鼻狼。这次比前两次的处境更凶险：头一次，狼先是"逡巡嗅之"，继则"摇尾扫其额"，"俯首舐其股"，"既而欢跃直前，将龁其领"，而这一次却是狼先"啮其足，曳之以行。行数步，棘刺肉，石伤肤"。看上去人像是死了，这才"置之地上，意将龁腹"。极力描绘狼的狡猾，实则用以映衬少年的愈加沉着、老练。前两次都是"急以锤击狼脑，立毙"，这次却是"骤起锤之，仆，又连锤之，毙。"这其间疏密详略安排得如此妥当，加上遣词造句又是那样精练、富于表现力，足见作者艺术上炉火纯青、游刃有余。因此在缘事写人上才能做到以少胜多。

至于《叶生》《张鸿渐》这类作品，则是写人物一生中的某个侧面。叶生"文章词赋，冠绝当时，而所如不偶，困于名场"。多次应试，总是落第，最后乃含恨死去。是残酷的封建科举制戕害了他的生命。他的鬼魂借学生成名之"福泽"为文章吐气，表示"使天下人知半生沦落，非战之罪也，愿亦足矣"。这篇小说并不涉及叶生其他方面的生活，只是从怀才不遇的角度反映他的悲惨遭遇，以抒发"时数限人，文章憎命"之慨叹。纵断面的写法不同于横剖面，然而却与传记文学类似。

对于情节作恰当的剪裁，也是《聊斋志异》艺术上臻于完美和以少胜多的一个重要标志。《商三官》篇就是其中很有代表性的一个例子。将《商三官》与《席方平》两篇小说的情节熔为一炉写成的俚曲《寒森曲》，总计达四万五千字之多，而《商三官》篇只有八百多字。作者按照短篇小说的写法，去其芜杂，取其精粹，并且做了精妙的剪裁：先写商三官的父亲被邑豪嗾家奴打死。"两兄讼不得直"，谋留父尸作再讼的准备。三官叹曰："人被杀而不理，时事可知矣。"她说服二兄葬父之后，突然就失踪了。至于三官为什么要"夜遁"，如何失踪，人物的去向等，此类问题在书中一概未做交代，只给人留下一个个悬念。突然笔锋一转，便写邑豪府上庆寿辰，招优伶为戏。优人孙淳的弟子李玉于酒阑人散之际，伺诸仆去，杀了邑豪，然后自尽死；郡官原怀疑李玉为商家刺客，经调查和验尸方知李玉乃三官装扮。尽管其中有许多情节被删节了，由于作者理丝有绪，剪裁技艺高超，不但没有突兀之感，反倒给人以充分想象的余地。

蒲松龄善于选择最富于代表性的现象，着重刻画其特征。他笔下创造的各种各样的人物形象，都以鲜明的性格特征给读者留下深刻的印象。像孙子楚的痴情、乔女外貌奇丑而内心善良、苗生的粗犷、席方平的百折不挠、叶生的沦落潦倒、红玉的助人为乐、连诚对爱情的诚笃、杨万石的"季常之惧"以及其妻尹氏的奇悍、嘉平公子的胸无点墨、贾儿的胆大心细等，无不刻画入微，神情毕肖。前人评《聊斋志异》时指出，它兼有《左传》《史记》《庄子》诸书的优长，又不同于以往记人记事的散文和传记文学。"左传阔大，聊斋工细。其叙事变化，无法不备，其刻画尽数，无妙不臻。工细亦阔大也。""庄子惝恍，聊斋绵密。虽说鬼说狐，如华严楼阁，弹指即现；如未央官阙，实地造成，绵密实惝恍也。""史记气盛，聊斋气幽。从夜火篝灯入，从白日青天出。排山倒海，一笔数行，福地洞天，别开世界。亦幽亦盛。"这些论述说明《聊斋志异》既汲取了传记文学的长处，以写人物为主，又避免了传记文学的粗疏脱略，而且"描写详细而委曲，用笔变幻而熟达"①。既沿袭了记事文学的写法，将一件事情的始末交代得清清楚楚，又不局限于单纯的记事。写事是为了写人，"说妖鬼多具人情，通事故，使人觉得可亲，并不觉得可怕"②。既有《庄子》想象丰富这一特点，又能从生活出发作现实主义的描写。总之，正如杜诗所云，"转益多师是汝师"。蒲松龄是一位勤于博采前人所长为己所用的作家。他取精用闳的目的，又在于突出人物的性格特征。这才使《聊斋志异》成为一部著名的短篇小说合集而不是一般散文。

精心选择富于特征意义的细节加以具体描写，是以少胜多的重要因素。成功的细节描写，有助于个性化，使作品真实动人。缺少细节描写，人物形象就难免干瘪和苍白无力。《聊斋志异》中凡是个性鲜明的人物形象，都离不开特征鲜明的细节描写。《小翠》中为了刻画女主人公天真烂漫，无拘无束的性格，先写小翠以踢球为戏，逗着傻公子玩耍，"第善谑，剌布作圆，踏蹴为笑。着小皮靴，蹴去数十步，给公子奔拾之。公子及婢恒流汗相属。"再写小翠凑巧把球踢到王公脸上："一日，王偶过，圆硠然来，直中面目。女与婢俱敛迹去，公子犹踊跃奔逐之。王怒，投之以石，始伏而啼。王以告夫人，夫人往责女，女俯首微笑，以手刲床。"三写夫人离开后女仍"憨跳如故，以脂粉涂公子作花面如鬼"。这一连串的细节描写，把一个藐视"妇德""夫纲"等封建"闺范"的少妇形象写得多么生动！

细节描写固然是成功塑造人物形象和充分表达主题的重要条件，对于促进情节的发展，同样是不可缺少的。《促织》篇中的主人公成名，因届时交不上合格的蟋蟀挨了官府一百板子，被打得

---

① 鲁迅：《中国小说的历史的变迁》。
② 同上。

"两股间脓血流离，并虫亦不能行捉矣"，直落得"转侧床头，惟思自尽"。作者却出人意料地插进这样一段细节描写："时村中来一驼背巫，能以神卜。成妻具资诣问。见红女白婆，填塞门户。入其舍，则密室垂帘，帘外设香几。问者熟香于鼎，再拜。巫从傍望空代祝，唇吻翕辟，不知何词。各各竦立以听。少间，帘内掷一纸出，即道人意中事，无毫发爽。"成妻也如法炮制，"纳钱案上，焚拜如前人"。过了一会，"帘动，片纸抛落"，原来是一张启示成名去村东大佛阁寻捕异种蟋蟀的图画。这就为全篇情节的发展带来了大的转机，使陷入绝望中的成名产生了新的希望。驼背巫占卜，从科学的意义来说自属荒诞不稽，不足凭信。但作为彼时彼地，选择这样的细节，却恰好符合成名夫妇自身性格的逻辑，反映了生活的真实。

《聊斋志异》之所以能做到以少胜多，要紧的是语言的千锤百炼，以简洁、精练的文字，表现丰富、深湛的内容。"一夜，相如坐月下，忽见东邻女自墙上来窥。视之，美。近之，微笑。招以手，不来，亦不去。"（《红玉》）这是一幅多么逗人遐思的世俗风情画呀！只用了三十二个字，就把冯相如和红玉月夜初逢、一见钟情的情景，以及彼此默默无言但却心心相印的内心活动描绘得恰到好处，真可谓形神兼备，惟妙惟肖！写难状之景，含不尽之情，背后省略许多文字，留给读者细细揣摩，凭靠各人不同的生活经验去想象、去补充，这才是真正艺术品的魅力所在。倘若由作者一味加以铺排说尽，竭尽无余，即使不算败笔，那也会浮躁浅露，繁芜累赘，使人感到味同嚼蜡了。

用语生动形象，是《聊斋志异》语言艺术的又一特点。且看《口技》中的一段描写："遂各各道温凉声，并移坐声，唤添坐声，参差并作，喧繁满室，食顷始定。即闻女子问病。九姑以为宜得参，六姑以为宜得芪，四姑以为宜得术。参酌移时，即闻九姑唤笔砚。无何，折纸戢戢然，拔笔掷帽丁丁然，磨墨隆隆然；

既而投笔触几，震震作响，便闻撮药包裹苏苏然。"与其说这是出自一个女子的口技表演，毋宁说是语言大师的鬼斧神工使然。他把简单的事物描绘得如此丰富，把呆板的对象写得这样活泼。不仅用语准确、精当，而且整段文字曲尽其妙，富于音乐美，读起来铿锵有韵，琅琅上口。这的确表现了作者呕心沥血、雕肝琢肾之功！让我们再看看《晚霞》篇中描写龙宫的歌舞场面吧！"首按夜叉部：鬼面鱼服，鸣大钲，围四尺许，鼓可四人合抱之。声如巨霆，叫噪不复可闻。舞起，则巨涛汹涌，横流空际；时堕一点星光，及着地消灭。……命进乳莺部，皆二八姝丽，笙乐细作，一时清风习习，波声俱静，水渐凝如水晶世界，上下通明。……次按燕子部：皆垂髫人。内一女郎，年十四五以来，振袖倾鬟，作散花舞。翩翩翔起，襟袖袜履间，皆出五色花朵，随风飏下，飘泊满庭。"这段简短的文字，对龙宫歌舞作了绘声绘色、层次分明的铺叙和描写。各部的音乐形象和舞蹈形象显得那样鲜明生动：如夜叉部之犷悍、聒噪，乳莺部之轻盈、柔和，燕子部之飘逸、袅娜，都各具特色。这一来，龙宫内富丽、繁华而又统治森严的气氛，既为晚霞那娉婷娇娆的舞姿做了铺垫，又同她和阿端后来囚徒般的血泪生涯形成强烈的对照。

《聊斋志异》的语言，不仅简洁精练，生动形象，而且富于表现力和感染力。如描写叶生从考场再一次失败而归来的落魄情景："生嗒丧而归，愧负知己，形销骨立，痴若木偶。"科举制一次又一次对叶生身心的戕害和打击，以及叶生此时此刻的心绪，都在如此凝练的文字中得到深刻而逼真的表现，使读者于潜移默化中产生丰富的联想和会心的共鸣。"舍中一老僧，深目高鼻，坐蒲团上，偃蹇不为礼。"（《续黄粱》）几笔便把那老僧的肖像、神情和气质写得须眉毕现。《聊斋志异》卓越的语言技巧，是和作者熟悉生活，对生活有着敏锐的观察力和高度的概括力分不开的，正因为这样，他才能得心应手而又毫发不爽地表现出各色人等的性格特征。古人在评点《叶生》时，曾指出这篇小说"即聊斋自作小传，故言之痛心"。这种讲法虽不够全面，但也说明在叶生半生沦落的形象中，饱含着作者的辛酸和同情，这才能笔端带着激情写出如此感人至深的作品。

《聊斋志异》诚然是一座美轮美奂的艺术宝藏。但是截至目前，对它的开掘还只是刚刚开始。为了使这座宝藏的价值充分为人们所认识、利用，笔者特撰此文，聊作抛砖引玉之资，并借以求教于读者和专家。殷切地期待着今后有更多更好的探讨《聊斋志异》艺术技巧的文章问世。

1979 年 10 月初稿　1980 年 7 月改定

（原载《北京师院学报》1981 年第 2 期）

《聊斋志异》与《搜神记》

　　蒲松龄自谓"才非干宝，雅爱搜神。"这固然是自谦，但却透露了聊斋的渊源。难怪《清刻本聊斋志异例言》中开宗明义便指出："先生是书，盖仿干宝搜神，任昉述异之例而作。"蒲松龄的好友张笃庆在有关题诗中也作了类似的赞誉："董狐岂独人伦鉴，干宝真传造化功。"这都说明东晋干宝的《搜神记》和清初蒲松龄的《聊斋志异》，二者之间确实存在密切的联系。

　　《聊斋志异》作为中国文言短篇小说的高峰，是《搜神记》不可企及的。嫩绿的新苗自然不能和参天的大树相比，但是《聊斋志异》却分明是从萌芽状态的文言小说——《搜神记》发展来的。

　　魏晋六朝时期，产生了大量谈神说鬼的"志怪"小说和记录人物轶闻琐事的"志人"小说。在魏晋志怪小说中，以干宝的《搜神记》为代表。这部书内容庞杂而又奇特：举凡神仙道术、易巫占卜、梦境预示、奇闻逸事、牛精狗怪，蛇妖猪魅，等等，无奇不备。从这些内容看来，《搜神记》一方面继承了我国上古神话的传统，另一方面又掺进了道教、佛教等许多无稽之谈和封建迷信思想。另有一部分作品则偏重宣扬封建伦理观念，诸如孝子孝女、兄友弟恭、妇贤奴义等。这些与其说是文学作品，还不如说是图解封建道德的说教。《搜神记》上述消极的，甚至荒诞、反动的内容，在《聊斋志异》中也有所反映，其中涉及封建迷信，宣扬因果报应的，像《三生》《果报》《阎罗》《某生》，等等，不下数十篇之多，甚至某些艺术上较成功的作品，也难免有宣传封建伦理的糟粕，像《珊瑚》《江城》等皆属此类。

《搜神记》作为文言短篇小说的源头，其中最有影响，足以流传后世的，当然不是它的封建糟粕，而是那些寓意深远，饶有生命力的篇章，如第 440 条《李寄》①、第 393 条《宋定伯》等，写的都是机智斗妖和不怕鬼的故事。前者写平民少女李寄挺身而出，勇敢而又巧妙地杀死蛇妖，为民除了大害；后者写宋定伯不怕鬼，通过把自己伪装成鬼来迷惑鬼，达到制服鬼的目的，最后将鬼卖掉，还得钱千五百。蒲松龄显然从这里汲取了丰富的营养和现实主义的力量，使人定胜妖的主题在他的《聊斋志异》中得到进一步的深化。无论是对情节的提炼还是人物形象的典型化都更加富于艺术魅力，如《妖术》《于江》《贾儿》等。艺术上的造诣和功力都是《搜神记》所不能比拟的。

《搜神记》中还有像《三王墓》《韩凭妻》这类反抗强权的优秀作品。前者描述楚国巧匠干将莫邪为楚王铸剑反被楚王所害，他的儿子赤比，为报杀父之仇，遵父嘱找到雄剑，遇客后自刎，"两手捧头及剑奉之，立僵"。客把赤比的头献给楚王后，"煮头三日三夕，不烂，头踔出汤中，瞋目大怒。客曰：'此儿头不烂，愿王自往临视之，是必烂也。'王即临之，客以剑拟王，王头随坠入汤中．客亦自拟己头，头复坠汤中。三首俱烂，不可识别。"这一富于神奇幻想色彩的故事，在揭露封建统治阶级依仗权势、草营人命的残暴本性的同时，着重颂扬了被压迫人民奋起抗暴，宁愿同归于尽，也绝不苟且偷生的斗争精神。在《聊斋志异》中反抗强权暴力更成为鲜明突出的重要主题，《席方平》《商三官》《向杲》等脍炙人口的作品即是例证。《韩凭妻》通过"相思树"

---

① 本文所引的《搜神记》篇名，均据中华书局 1979 年本。

的动人故事，鞭挞了统治者的残暴，讴歌了韩凭夫妇坚贞不渝的爱情和宁死不屈的反抗精神。《紫玉》《王道平》等也是别具一格的爱情赞歌。蒲松龄在《聊斋志异》中从不同的角度表现了妇女争取婚姻自主这一主题，批判了门当户对、父母之命的封建思想。早在《搜神记》问世以前，《诗经》中就有了关于反抗强权压迫和歌颂忠贞爱情的主题。而在《搜神记》以后出现的许多戏剧、话本、小说，都历久不衰、常写常新地沿袭了这个主题，所以倘要研究《聊斋志异》与《搜神记》之间的关系，除着眼于立意外，还得从以下几个方面进行必要的比较和探讨。

　　一是故事轮廓相近。譬如《聊斋志异》中的《义犬》和《搜神记》中的《义犬冢》即属此类。它们描述的都是义犬救主的故事。《聊斋志异》中的《义犬》之一，讲潞安某甲的父亲，陷入狱中，快要死的时刻，某甲将自己所有的积蓄搜集起来，共得百金，带到郡司打通关节。当他跨上骡子出门的时候，所养的黑犬一直尾随在后，怎么赶它也不回去，某甲下骑失金。犬又赶来，似乎想要阻挡主人的去路，某甲以为不祥，盛怒之下硬是把犬逐回去了；傍黑到达目的地后，才发现钱丢了一半。当他第二天丧魂失魄地一路寻回来时，直到下骑的地方才看到黑犬为保护主人的失金而累死了。某甲"感其义"买棺材把犬埋葬了。人们称这个坟墓为"义犬冢"。《义犬》之二述说周村某商人去芜湖经商，赚了很多钱。在归途中看到屠户绑缚一犬，商人于心不忍就用高价将犬赎下。后来商人在船上遇难，被强盗"以毡裹置江中"；犬乃哀号投水，"口衔裹具，与共浮沉"，直到搁浅处，方使主人得救。后来犬又帮助主人擒获盗贼，收回裹金。这两篇《义犬》与《搜神记》中的《义犬冢》虽然情节有异，但是故事轮廓相同，甚至从细节到命意都有近似之处。《义犬冢》写的黑龙（犬）与《义犬》之一的黑犬特征相近：《义犬冢》的主人买棺葬犬，以示报答，《义犬》之一也是这样写的。《义犬冢》借太守之口发出：

"犬之报恩甚于人，人不知恩，岂如犬乎！"的感慨，《义犬》之二作者在篇末也直抒胸臆："呜呼！一犬也，而报恩如是。世无心肝者，其亦愧此犬也！"

二是运用同类题材。《聊斋志异》和《搜神记》都有不少以神仙道术，鬼狐精灵为题材的作品。《聊斋志异》中的《种梨》写乡人推了一车好梨到市上卖高价，遇到一个破巾絮衣的道士向他乞讨，卖梨人不但连一坏梨也舍不得，反而加以叱骂。道士却自言"出家人不解吝惜"，要请出佳梨供客，便当场作法种梨。在"万目攒视"下，覆土处瞬间萌芽成树，开花结果；道士随手将累累硕果全部分给众人。而卖梨乡人"引领注目，竟忘其业"。当他看到道士徐步而去，这才发现自己的货车竟是空荡荡的，连一个梨也未剩下。《搜神记》中的《徐光》，取材与《种梨》颇相近，都是写的道术幻化，不同的只是它写的是《种瓜》而已。"从人乞瓜，其主勿与。便从索瓣，杖地种之。俄而瓜生蔓延，生花成实，乃取食之，因赐观者。鬻者反视所出卖，皆亡耗矣。"二者相较，《种梨》不仅情节更加丰富了，而且讽喻吝惜者的倾向也更加鲜明了，特别是篇末缀以"异史氏曰"的那段议论，由乡人而引申开去，对于那种"太仓一粟，性命以之；一掷千斤，贱同粪土"（引冯镇峦评）的世人极尽讥嘲之能事。可见，作者在题材的开掘上也更见功力。

三是构思相似。鲁迅先生谈到《聊斋志异》时曾经指出过，"然书中事迹，亦颇有从唐人传奇转化而出者"①。在这里他列举了《凤阳士人》《续黄粱》等为例证。《续黄粱》同唐传奇的《枕中记》有极其密切的关系。后者写卢生在庙里枕着道士的枕头一觉醒时，"其身方偃于邸舍，吕翁坐其傍，主人蒸粟未熟，触类如故。生蹶然而兴，曰'岂其梦寐也'。"故后人称为黄粱一梦。蒲

---

① 鲁迅：《中国小说史略》。

松龄取题《续黄粱》盖出于此。与《枕中记》《续黄粱》相类似的艺术构思，早在《搜神记》已见端倪。《搜神记》佚文第28条叙杨林在玉枕梦中，入朱门琼室，得娇妻生贵子，醒来方知一切皆空。这个故事首创了人们在梦幻中悟出"宠辱之道，穷达之途，得丧之理，死生之情"的艺术构思，为后来的这类文学创作开辟了广阔的思路。从杨林的玉枕梦到曾孝廉的黄粱梦，鲜明地揭示了从《搜神记》到《聊斋志异》的历史发展线索。与《搜神记》相比，《聊斋志异》不仅篇幅增长，情节愈益丰富、曲折，更重要的是人物形象的典型性和多样性显著地加强了。上述佚文中杨林的艺术形象还比较模糊，不但谈不到个性化，甚至连人物的身份都未交代清楚。而《枕中记》的卢生作为一个封建士大夫的形象就比较鲜明，作品所体现的人生如梦的思想也相当明确。《续黄粱》的艺术造诣则更是超越前人。作品的构思和题材虽与《枕中记》类似，但就主题而言，却又迥然相异。该篇生动地塑造了一个封建文人中的反面形象，淋漓尽致地描写了曾孝廉梦想飞黄腾达，高官厚禄；一朝大权在握，便"荼毒人民，奴隶官府，声色狗马，荒淫挥霍"。这里貌似写梦幻，实则借此暴露了封建文人灵魂的肮脏，抨击了官场的黑暗。最后作者又铺写他在地狱受到的种种惩罚，从而抒发了他对权贵豪富疾恶如仇的感情。

四是具体情节有类似之处。 从《聊斋志异》同《搜神记》的比较中可以经常看到部分情节，或者某些具体情节的类似。例如《搜神记》第28条《董永》，写董永因至孝感动天帝。仙女奉命下凡为董永织布，助其偿债。《聊斋志异》中的《蕙芳》篇则写马二混为人诚笃，感动仙女降临，帮助马家"顿更旧业，门户一新"。《搜神记》第360条《河间郡男女》叙"河间郡有男女私悦，许相配适"。男的从军不归，女的被父母逼迫另嫁不久病死。"其男戍还，问女所在。其家具说之。乃至冢欲哭之尽哀，而不胜其情。遂发冢开棺，女即苏活。"喻"精诚之至，感于天地，故死而复生"。《聊斋志异》中的《连城》等篇，都有死而复生的情节，经过艺术上的提炼而创造了反对封建婚姻的名篇。《聊斋志异》的某些情节与《搜神记》同中有异，从异中可看出《聊斋志异》艺术上的成熟。《搜神记》第 463 条《邛都大蛇》写蛇通人性，认姥为母，知恩图报；《聊斋志异》的《蛇人》篇，虽然也有蛇恋恋不忘故人的情节，但是主题却深沉多了。《蛇人》采用拟人化的手法，以蛇来象征不忘故旧、从谏如流的人，从而谴责某些人对故知"下井投石"竟不如蛇。

五是《搜神记》为《聊斋志异》塑造多样化的人物形象提供了借鉴。《搜神记》限于记录轶闻琐事，除少数条目人物形象初具雏形（如李寄、紫玉、赤比等）外，就多数作品而言，人物大都成了故事的媒介。但是，作为志怪小说的发轫，《搜神记》赋予鬼狐以人情味，对于《聊斋志异》运用拟人化的艺术手法，借助花妖狐魅曲折地反映特定环境中人和人的社会关系，却又具有不可忽视的启迪和借鉴的作用。在蒲松龄的笔下，透过志怪所笼罩的迷雾，分明勾勒出一幅幅封建社会的风俗画，塑造出各种各样的人物。从贪赃枉法的王公大臣到贩夫走卒、痴男怨女、落魄书生、纨绔子弟，等等，可谓三教九流，几乎无所不包。尤其是妇女形象，更是个性鲜明，绚丽夺目。如商三官的敢作敢为，红玉的助人为乐，狐女的诙谐风趣，阿纤的沉默寡言，婴宁的憨直可爱，鸦头的坚强不屈，都在不同程度上达到或接近了典型化，从而标志着中国文言短篇小说的成熟。

六是就艺术手法的多样性而言。《搜神记》虽远不及《聊斋志异》，但它以丰富的想象伴随着夸张手法的运用，在少数篇章中表现得相当出色。如第 44 条《千日酒》描写刘玄石饮了千日酒，以致醉眠千日不醒。当初家人以为醉死，哭而葬之。三年后但见"塚上汗气彻天"，经发缘破棺，墓上人被酒气冲入鼻中，亦各醉卧三月。极言酒之醉力，可谓叹为观止。此种手法在《聊斋志异》

中被广泛采用。《搜神记》动中传神的手法亦为《聊斋志异》所发展。如第426条《宋大贤》写人与鬼斗的场面,通过人物的动作和人与鬼的对话,使大贤从容不迫、战而胜之的大无畏精神力透纸背。《聊斋志异》中的《妖术》篇描写于公斗鬼就更加精彩了。"青出于蓝,而胜于蓝"者有三:一是情节梗概更加丰富、曲折。于公斗鬼三战三胜,文势跌宕起伏,使人目不暇给。二是人物形象愈益丰满、鲜明。在一连串紧张激烈的较量中,使于公这样一个不信邪、不怕鬼的壮士形象脱颖而出。三是场面气氛越发有声有色。战斗的详略主次,错落有致,层次分明,剪裁得当,使人开卷欲罢而不可能。据此种种,《聊斋志异》堪称中国文言短篇小说的高峰,绝非偶然。

　　《聊斋志异》诞生于清初,而《搜神记》则问世于魏晋,二者相距千年,为什么还有如此密切的继承关系呢?我国封建社会源远流长,自魏晋迄清,社会的基本结构和经济基础大体相同,道德观念也没有什么差别。一个时代的文学虽然和经济发展存在着不平衡的现象,但是归根结底文学为经济基础所制约。文学与政治、宗教,哲学等意识形态关系密切,与道德观念的关系则尤胜。不论哪个时代的文学,都要自觉或不自觉地宣扬那个时代的道德观念。中外古今,概莫能外。孝、悌、信、义,在封建社会既然一直占统治地位,《搜神记》和《聊斋志异》都不乏封建伦理的说教,实乃势出必然。

　　《搜神记》中包含着大量鬼神、巫术等封建迷信内容,这当然和生产力低下、科学不发达分不开。"中国本信巫,秦汉以来,神仙之说盛行,汉末又大畅巫风,而鬼道愈炽;会小乘佛教亦入中土,渐见流传。凡此,皆张皇鬼神,称道灵异,故自晋迄隋,特多鬼神志怪之书。"[1] 可见志怪小说的产生与佛教传入中国,鬼神

---

① 鲁迅:《中国小说史略》。

之说盛行有直接关系。封建迷信在我国根深蒂固，即使像蒲松龄那样著名作家也不能摆脱这种落后思想的桎梏。

《搜神记》中有不少内容曲折地反映了汉末、三国和魏晋这段历史时期社会动荡的状况。这些作品对当时复杂的社会矛盾，尖锐的政治斗争，频繁的改朝换代，从天命论的角度作了解释，显然是仙佛救世的迷信宣传。写鬼狐仙怪，一方面反映了作者深受巫佛道的思想影响，在当时只能用子虚乌有来解释人们尚不能科学解释的自然现象和社会现象；一方面是作者借以针砭现实社会的弊端陋习，抒发心中的愤懑不平。《搜神记》以前者居多；《聊斋志异》则偏重后者。蒲松龄笔下的花妖狐魅几乎都是作为人的形象来描绘的。丰富的人情味和人性美，使《聊斋志异》富有鲜明的寓言性和讽喻性。因此《聊斋志异》和《搜神记》的一个根本不同点，就在于作者凭借幻化的形象真实地反映社会现实，表达对生活的美和美的理想的追求，从而使它成为现实主义和积极浪漫主义兼而有之的稀世珍品。

文学发展的历史继承性，不仅存在于同一社会形态的文学现象之间。不同社会的文学同样可以有所继承和借鉴。恩格斯在谈到经济和哲学、文学等关系时曾经指出："每一个时代的哲学作为分工的一个特定的领域，都具有由它的先驱者传给它而它便由以出发的特定的思想资料作为前提。"① 这个科学原理，对于研究《聊斋志异》与《搜神记》的历史继承关系同样是适用的。《聊斋志异》已经达到的思想深度和艺术高度，首先归功于作者对当时社会生活具有独到的观察力和概括力，但是绝不能否认其中也包含着文学遗产中的思想资料，为后来的文学创作提供了必要的前提。对蒲松龄这样一位"学深笔健，情挚识卓"的杰出作家来说，古代各种形式的优秀文学遗产对他都曾有所熏陶，特别是《国语》

---

① 《恩格斯致康·施米特》，《马克思恩格斯选集》第四卷。

《左传》《战国策》《庄子》等杰出的散文和《史记》这样的传记文学名著,对于他取精用弘,作为创作《聊斋志异》的借鉴,都起了重要作用。但明伦在《聊斋志异》序言中说得很分明:"惟喜某篇某处典奥若尚书,名贵若周礼,精峭若檀弓,叙次渊古若左传、国语、国策,为文之法,得此益悟耳。"至于《聊斋志异》从《搜神记》脱胎而来,更是不在话下了。

中国文学在不断发展的过程中有一个规律性的现象:一种新的文学样式出现后,并非不间断地直线发展,而是在创作的实践中,通过认识的积累和深化,到一个新的历史阶段又以一种崭新的面貌出现。例如我国诗歌的格律形式,《诗经》以四言为主的格式产生后,到了魏晋又以五言出现,不仅思想内容有了魏晋的时代特色,艺术形式也有了新的飞跃。散文的发展也是如此,春秋战国呈现了散文繁荣局面,经过若干年后,到了唐朝才形成又一高潮。唐代兴起的古文运动,绝不是对前人简单的模拟,而是以继承秦汉散文的优秀遗产为前提条件,从内容到形式来了一场全面革新,所以才涌现出韩愈、柳宗元这样的文学巨匠。明拟话本的繁荣,实际上也是宋话本的新发展。《聊斋志异》和相隔千年的魏晋志怪有着极其密切的血缘关系是不难理解的。文学史上这种带普遍性的现象,充分体现了事物发展的基本法则:"发展似乎是重复以往的阶段。但那是另一种重复,是在更高基础上的重复('否定的否定')。发展是按螺旋式而不是按直线式进行的。"①

基于事物发展的客观规律,魏晋产生的文言短篇小说,不可能作连续的直线发展,很快趋向成熟。高峰究竟在何时以何种形态出现,这需要看社会历史条件和作家本人的处境。封建社会发展到清朝,科举制以八股取士严重地钳制着士人的思想,使他们思想僵化,终日埋头典籍,为功名利禄而耗尽青春,加上残酷的

---

① 《卡尔·马克思》,《列宁选集》第二卷,第 584 页。

文字狱盛行，人们根本无言论自由可言。在封建专制主义的野蛮统治下，由于捐纳制的实行和卖官鬻爵成风，广大下层知识分子常常沦为封建制度的牺牲品。而坎坷的遭遇反过来又启发人们思考。"文士失职而志不平。"蒲松龄便是蒙受屈辱、郁郁不得志的知识分子群中的杰出代表。不平则鸣，正如南邨在题跋中所说的："聊斋少负艳才，牢落名场无所遇，胸填气结，不得已为是书。"① 既要自写其胸中磊块，鞭挞社会黑暗，势必要从前人的思想资料中寻求寄托和借鉴。"假干宝搜神，聊志一生心血"② 孤愤之说，即由此而来。《聊斋志异》问世，诸家纷纷评说，谈到对该书的评价及其和《搜神记》的历史继承关系时，值得重视的有这样一段论述：

> 其事多涉于神怪；其体仿历代志传；其论赞或触时感事，而以劝以惩；其文往往刻镂物情，曲尽事态，冥会幽探，思入风云；其义则足以动天地、泣鬼神，俾畸人滞魄，山魈野魅，各出其情状而无所遁隐。此山经、博物之遗，远游、天问之意，非第如干宝搜神已也。③

任何一个时代艺术高峰的崛起都不是凭空出现的。作为文言小说高峰的《聊斋志异》也不例外，本文侧重于研究这部杰作和《搜神记》的历史继承性，继承是为了创新，而《聊斋志异》就贵在创新。

[原载《山西师院学报》（社会科学版）1981 年第 2 期]

---

① 《聊斋志异·跋二》。
② 《聊斋志异·段嶭·序》。
③ 《聊斋志异·跋三》。

《聊斋志异》女性的心灵美

在男子为中心的封建社会，家务料理"变成一种私人的事务，妻子成为主要的家庭女仆"①，被排斥在社会生产之外。在中国又加上"夫为妻纲""三从""四德"等封建伦理观念的羁绊，女子更是处于苦井的最底层。因此，自古以来不少进步作家都描写过反映妇女悲惨命运的作品，塑造了许多动人的女子形象，借以表示对妇女的同情。元代杰出的戏曲家关汉卿，以非凡的艺术天才，为我们创造出窦娥、赵盼儿、谭记儿等令人难忘的妇女形象，深刻地揭露了封建社会对女性的戕害，致使他的剧作成为传世之作的一个重要组成部分。蒲松龄在《聊斋志异》中，描写了更多的女子形象，从更广阔的范围内真实地反映了妇女的遭遇和命运。作者以其锐敏的观察力和巨大的概括力，不仅揭露了封建社会的黑暗和腐败，而且显示了朴素的民主思想，在中国文学史上写下了重要的篇章。许多女性形象走上海内外舞台或出现在银幕上，为广大观众所熟悉和了解。人们钟爱这一类作品，除了渗透其中的人道主义精神等因素外，还和作者对人物所作的卓越的个性描写分不开。特别是当蒲松龄着意从妇女真挚的情感、美好的理想、高尚的品德和超人的才能等方面来揭示人物心灵美的时候，人们常常为作品中那种沁人心脾的艺术美而拍案叫绝。

---

① 恩格斯：《家庭私有制和国家的起源》。

一

对于封建社会的女子来说，爱情和婚姻是最大的问题之一。在这个问题上，出现过多少缠绵悱恻，甚至惊心动魄的故事。蒲松龄长期生活在农村，耳闻目睹了广大妇女们种种遭遇和命运。作为一位清醒的现实主义作家，他以细腻的笔触和丰富的想象力，表现了少女的真情实感和生活理想，精心绘制出一幅幅以人性的觉醒为主题的精湛图画。譬如《白秋练》《晚霞》《连琐》《连城》《阿绣》等，都堪称这类作品中的佼佼者。作者按照自己的美学理想，塑造了白秋练、晚霞、连琐、连城这样一些呼之欲出的艺术形象。尽管她们被描绘成鬼狐精灵，但是，有哪一位读者不把她们看作容貌绝世、品质纯净的少女呢？白秋练这位"十五六岁倾城之姝"，自幼即随着母亲漂泊江湖。她热情、开朗，晚上来到一位陌生男子的窗外徘徊，原来她被书生慕蟾宫吟诵的诗篇深深地吸引了。"诗"竟成了爱情的媒介。还在慕生浑然不觉中，白秋练就爱上了他。她爱得那么真挚，那么深沉，以致到"为郎憔悴"的地步。其母白媪亲自找到慕生，为女儿作伐，使慕生大吃一惊。她甚至趁慕翁外出之时，索性把病女儿送到慕生船上来。像这样热烈地追求幸福的少女形象，在《聊斋志异》以前的文学作品中的确是罕见的。即使传为千古佳话的《西厢记》，其中的官裔小姐崔莺莺也只能在心里悄悄地萌发着对爱情的向往，而不敢公开作任何表示。只是当老夫人向张生毁约后，她经历了异常痛苦的内心矛盾，特别是在红娘的悉心帮助下才逐渐坚强起来的。没有红娘的热情撮合，很难想象莺莺会在夜间一个人提心吊胆地去西厢私会张生。尽管《白秋练》篇也曾写过女主人公"望见生，急避去"的羞怯心理，但就她掌握自己命运的主动性来说，却远远超过了崔莺莺。

　　白秋练对爱情的主动追求，充满了"美"的憧憬。她那开朗的性格中，毫无粗俗之感。作品对他们的爱情描写，完全摆脱了"一见钟情"或"郎才女貌"的传统格式的局限。白秋练如此热恋着慕生，因为他经商而不忘读，有点儿空闲就朗诵诗篇。白秋练亦酷爱诗歌，他们有共同的志趣和爱好。这里也透露了作者的美学观点和生活理想。蒲松龄不喜欢大商贾，嫌弃他们为人狡黠、唯利是图，这从对慕翁及其他商人的描写中表露得很分明。他虽然认为被生活所迫弃学经商是正当的，但总认为不能太市侩气，商贾也要有知诗书的雅兴，所以学贾而不废读的人才值得赞赏和爱慕。在慕生身上既保持了读书人的风雅习性，也寄寓着朦胧的实业思想。这与作者的父亲弃学经商后使家道复兴有直接的关系。

　　晚霞和阿端之恋，也不是为爱情而爱情，而是以共同的志趣和各自娴熟的舞蹈艺术为基础。以后，悲惨的命运又将他们紧紧地连在一起。连城爱慕乔生则是因为他"为人有肝胆"，才华出众，并且同情他那贫困的处境。连琐同杨于畏，更是志趣相投、爱好相近的莫逆之交。他们之间建立起来的平等和互相尊重的友谊，是经得起时间考验的。他们肝胆相照，朝夕共处，历经曲折和生死的考验才终成眷属。连琐虽然是"鬼"，实际上是个孤独、寂寞的少女。未见其人，先闻其声："玄夜凄风却倒吹，流萤惹草复沾帏。"如此苦吟，开篇就把读者引向一种哀怨、冷清的境界。从凄婉的吟诗中透露了这是一个娴雅而又纤弱的女子。杨生百觅不见，却从荆棘中拾到一条紫带。既闻其声，又见其物，仍不见人。这就为连琐的出场作了富于魅力的铺垫。此时此境，当读者同杨于畏一样热切地盼望同这位不速之客相识的时候，我们影影绰绰地看到一位自草中出来，"手扶小树，低首哀吟"的女子，只是因为听到一声轻轻的咳嗽，便陡然入草而消逝了。这是作者想象中的鬼影，同时也是生活中孤独、胆怯的少女的幻化。听了杨生所读"幽情苦绪何人见？翠袖单寒月上时"的诗句后，连琐终于显身了。随着连琐的出场，作品由浅入深地渲染了那种寂静、荒凉，甚至阴森的情调，越来越清晰地显现出她的孤独和纤弱。她虽然身体单弱、处境孤苦，精神生活却是那么丰富，那么充实。由于彼此有着共同的志趣和爱好，连琐与杨于畏之间的友谊才显得如此深厚可贵。对杨生来说的确是"剪烛西窗，如得良友"。他们一齐论诗衡文，共同录诵词曲，或琵琶相伴，或棋局相持，常常"乐辄忘晓"。

连琐、白秋练、连城、阿绣这样一些痴情的少女，她们的美满生活和理想婚姻，并非一帆风顺或从天而降，而是经历艰辛曲折，战胜重重阻力才获得的。

作者尽管按照自己的美学理想，希望她们都有自己幸福的未来，但他毕竟是一位面向生活的作家，从不回避这些少女在争取婚姻自主的道路上所遇到的障碍。对幸福生活的执着，正意味着妇女们对掌握自己命运的由衷要求。白秋练遇到慕翁的反对，"而父以远涉，又薄女子之怀春也，笑置之"。在父命不可舛的世道下，这对青年男女是难以如愿以偿的。在对付慕翁的过程中，进一步展示了白秋练机灵、乖巧的性格。她深悉"商贾志在利耳"的心理状态，又具备"有术知物价"的本领，终于制服了慕翁。"幸少从女言，得厚息，略相准。"使慕翁改变了对他们自主婚姻所持的顽固态度。慕蟾宫又从死难中救出白媪，打破了龙君以困母进行威胁，妄图霸女做嫔妃的美梦。他们共同抵制了无耻老龙荒淫霸道的行径。经过这场反抗权势的巧妙斗争，他们的感情更加深厚，生活更加美好了。

连琐在争取婚姻自主的道路上所经历的曲折，情节更丰富，也更有吸引力。她和杨于畏亲密和谐的挚友生活，突然受到鲁莽的王生的干扰而中断。连琐离开杨生后，又遭到龌龊隶的威胁和逼迫。"然一线弱质，乌能抗拒?"杨于畏听了连琐的哭诉，愤怒地去找横眉立目的鬼隶复仇，王生拔刀相助，射死了龌龊隶，才使杨于畏和连琐幸免于难。经过患难与共的生死考验，杨生和连琐终于结成心心相印的恩爱夫妇。

《白秋练》写的是白鱀精，《连琐》写的是女鬼。一是被荒淫的老龙相逼，一是受狰狞的恶鬼迫害，这些矛盾曲折地反映了生活本质的真实。在封建社会里，一个女子想要寻求自由，掌握自己的命运，是十分艰难的。豪强权势任意霸占、掳掠和蹂躏女性，人们头脑中根深蒂固的封建伦理观念，以财产的多寡为联姻的条件等传统习俗，都是女子争取婚姻自主的强大阻力。连城向其父史孝廉所作的抗争，显示了人间女子无自由幸福可言。恩格斯指出，随着买卖婚姻的扩大，"不仅对妇女，而且对男子都规定了价格，而且不是根据他们的个人品质，而是根据他们的财产来规定价格的"。① 史孝廉为娇女连城择婿时，就充分表现了这种世俗观念。他宁可违背题"倦绣图"择婿的原意，放弃德才兼备的乔生，而另择盐商之子王化成。在史孝廉看来，乔生割膺献知己的情义，也可以用白银交换。像连城这样普通的少女，似乎是难以摆脱这种顽固势力的挟制的。

可是《聊斋志异》中许多动人的少女，为了争取婚姻自主，都敢于冲破权势和财产的羁绊热烈地追求所爱；他们全然不顾封建伦理的约束，而将相互爱慕看得高于一切。毫无疑义，这是作者在恋爱婚姻问题上的进步思想在创作中的具体表现。"当事人双方相互爱慕应当高于一切而成为婚姻基础的事情，在统治阶级的实践中是自古以来都没有的，至多在浪漫主义事迹中，或者在不受重视的压迫阶级中，才有这样的事情。"② 蒲松龄在这里所表现出来的思想深度，是值得我们充分重视的。

在封建社会的女性中，备遭蹂躏而又最受歧视的莫过于妓女。历代有不少文学作品以妓女的悲剧作为题材，像唐人白行简的

---

① 恩格斯：《家庭私有制和国家的起源》，《马克思恩格斯选集》第四卷。
② 同上。

《李娃传》，元代关汉卿的杂剧《救风尘》，明末冯梦龙的《杜十娘怒沉百宝箱》，都是杰出的例子。《聊斋志异》中的《鸦头》《瑞云》和《细侯》，同样也是正面描写妓女的佳作，尽管情节不同，人物性格有别，却都是以主人公为争取自由和建立理想家庭的强烈要求为侧重点。鸦头是个洁身自好、个性执拗的姑娘，她不甘任人蹂躏，"缠头者屡以重金啖媪，女执不愿，致母鞭楚。"可是一旦当她选中了老实憨厚的王文以后，却一反常态地主动向老鸨请命："母日责儿不作钱树子，今请，得如母所愿。"作品通过鸦头前后态度的变化，鲜明地揭示了她决心自己寻求幸福、竭力摆脱困境的坚强意志。在"欢爱甚至"的时刻，鸦头并没有丧失理智，她向王文提问："君倾囊博此一宵欢，明日如何？"为了获取美满的家庭生活，鸦头进一步启发王文同她一起出走，从而结成夫妇，共度自食其力的小康生活："门前设小肆，王与仆人躬同操作，案酒贩浆其中。女作披肩，刺荷囊，日获赢余，饮膳甚优。"即使后来被母强行"揪发提去"，"横施楚掠"，囚禁在"暗无天日"的幽室之中，忍捱着"鞭创裂肤，饥火煎心，易一晨昏，如历年岁"的莫大痛苦，她也宁死不屈。

以瑞云和鸦头相比，她们都有绝世之姿，性格却迥然不同。作者用来刻画人物的手法也不雷同。瑞云较文雅、柔顺。为了保持出污泥而不染的高洁品格，她对老鸨采用软磨的办法，以"接一奕，酬一画，留一茶"的方式为老鸨赚钱，自己则相机选配良缘。当看中了"才名夙著"的贺生时，她便以赠诗倾吐真情："何事求浆者，兰桥叩晓关。有心寻玉杵，端只在人间。"瑞云的感情比鸦头显得更加含蓄。她没有鸦头那种毅然出走的胆量，只能与贺生戚然相对。作者为了让瑞云也能过上幸福生活，特意加进秀才"晦其光而保其璞"的神奇情节，使瑞云同贺生终成患难知己、美满夫妻。

细侯更是以她特殊的方式表明了她对爱情的忠贞。她虽身为娼妓，却渴望自由、安定的夫妻生活。她并不介意满生仅有"薄田半顷，破屋数椽"，反倒向意中人表示："四十亩聊足自给，十亩可以种黍，织五匹绢，纳太平税有余矣。闭户相对，君读妾织，则以诗画可遣，千户侯何足贵！"这位烈性女子，当她得知诡计多端、为富不仁的商人对满生落井下石，使自己蒙骗受辱时，愤而杀抱中儿，毅然归满生，从而实现了她那贫贱夫妻长期相守的初衷。

这些堕入风尘的少女的命运，既不像痴心女子杜十娘那样，因不逢其人而以悲剧告终，又不似李娃，全凭男方金榜题名，把自己救出苦海，终于获得夫荣妻贵的大团圆结局。为了"人"的尊严和争取做人的自由和权利，她们几经艰辛，母女之情可以决裂，绝世姿容可以毁晦，替仇人生的儿子也可以杀掉。这里哪儿还有"花瓶""商品"或女仆的痕迹？我们分明感到的却是这些女性身上焕发出来的人格力量和对爱情的忠贞不渝。

二

在那个把女子视为男子附庸和玩偶的时代，公开赞扬女子的才能和智慧是犯忌讳的。中国封建社会所谓的"女子无才便是德"，正是统治阶级用以维护皇权、夫权、族权和神权的传统观念。讳言女子的聪明才智，恰恰因为任何时代都存在着千千万万有才能有见识的女子。在《聊斋志异》一书中，蒲松龄从不同的角度着意描写女子的才和智，取得了前无古人的成就。娇娜具有妙手回春的医术，晚霞却有卓尔不群的艺术天才。仇大娘的谋略和魄力，张氏妇的勇敢和智慧，都是出类拔萃的，颜氏的刻苦与才学使须眉男子相形见绌，辛十四娘善辩贤愚足以令人慑服。这些脱颖而出的妇女形象，萌发出追求男女平等的朦胧意识，凝聚着作者对女性的尊重和钦仰的感情。

　　陶黄英是按照作者的美学理想塑造出来的最富于魅力的妇女
形象之一。她是个绝世美人，"雅善谈"，"巧纫绩"，酷爱菊花，
既能辛劳栽培又善于经营管理。高雅的情操和务实的态度的统一
正是黄英性格的核心。

　　作品处处将黄英与马子才对照，两相对比，愈显得黄英的可
爱。马子才是一位自命清高的书生，世代酷爱养菊，"至才尤甚。"
他不惮千里寻求良种，养菊却纯为欣赏。黄英则不然；她不仅爱
菊，而且以贩菊谋生。马生从心里瞧不起陶家姊弟，并且毫不客
气地挖苦说："仆以君风流高士，当能安贫；今作是论，则以东篱
为市井，是辱黄花矣。"陶生却不以为然，他对何为高洁自有一番
见解："自食其力不为贪，贩花为业不为俗。人固不可苟求富，然
亦不必务求贫也。"陶生的贫富观，实际上同黄英的人生态度是一
致的。陶生南去年余未归，"黄英课仆种菊，一如陶。"

　　黄英姊弟经营菊花，"门嚣喧如市"，"市人买花者，车载肩
负，道相属也"，真是一片兴旺景象。马子才既厌恶陶家的"贪
婪"，想与其绝交，又嫉妒黄英"私秘佳本"，于是前去敲门，并
有所责难。作者善于揭示人物的独特心理，使马生自鸣"清高"，
而又心地偏狭的世俗气跃然纸上。而陶家姊弟对马生则是热情相
迎，佳肴款待。与马生互相映衬，陶家姊弟的谦恭、宽厚和务实，
恰恰形成鲜明的对比。

　　黄英与马生之间的性格冲突，来源于两种截然不同的人生态
度。黄英自食其力，凭借勤劳艺菊和经营有方，使家室越来越富
裕，马生反认为黄英牵累了自己三十年的"清德"："今视息人
间，徒依裙带而食，真无一毫丈夫气矣。"黄英理直气壮地反驳马
生说；"妾非贪鄙，但不少致丰盈，遂令千载下人，谓渊明贫贱
骨，百世不能发迹；故聊为我家彭泽解嘲耳。"一个人固然不可贪
婪，苟求不正当的财富，也不必自命清高，一味求贫。倘若靠自
己的辛勤劳动和正当经营，使日子过得宽余些，这原是无可厚非

的。分居的结果是：迂腐的马生，由于实际需要，只好违心地过着"东食西宿"的生活。在黄英的嘲讽面前，马生也感到自己好笑而无言答对，终于服输，仍与黄英合居。

黄英的豁达，体现了作者积极的人生态度。蒲松龄赏识陶渊明清廉、耿介的气度，在务实这个意义上又较陶渊明略胜一筹。人固然不必为"五斗米折腰"，但也绝不能坑蒙拐骗。可是凭自食其力致富与作者所谴责的"为富定不仁"是有区别的。清浊之分，不能单纯以贫富划界。清廉不等于贫穷，生活有盈余也不就是污浊。

从当时的具体历史条件着眼，蒲松龄的上述见解，应当得到充分的肯定。我国自明中叶以后，工商业有所发展，尤其是亦农亦商，或者手工业兼商业的经营方式蓬勃兴起，到清朝初年仍在继续发展。作者的父亲便是靠弃读经商使家道复兴的。所以在《聊斋志异》中写这类题材的作品也不少，像《王成》的主人公就是迫于穷途潦倒而后去学做买卖的。千里跋涉经商比在家坐吃山空自然要辛苦得多，赚一点儿钱是要付出一定代价的。《聊斋志异》的某些作品，反映了商人的崛起，但尚未形成一个以大工业为后盾的社会力量。然而当时亦农亦商或手工业兼商业往往是发家致富的道路。作者以现实主义的手法反映了社会结构的逐渐变化，并且热情地肯定了女子经营实业的才能。

谈到《聊斋志异》中女子的才干，我们不能忘记有胆量、有谋略、有魄力的仇大娘。《仇大娘》先以三分之一的篇幅展示仇家错综复杂的矛盾，为仇大娘的出场和显示才干作铺垫。一是其父仇仲在乱中为寇俘去；二是长弟仇福被仇人魏名勾引误入歧途，将田产输尽，又卖了妻子；三是继母邵氏被仲叔阴谋典卖，魏名又趁机造谣诽谤，败坏她的名誉，因而冤结胸怀，气病在床，以后又得知儿子不肖，更是"一号几绝"，命在垂危。可叹好端端的一家人被播弄得七零八落。

接着，作者用插笔介绍了这位仇大娘的经历。她自幼即丧母，因为性格刚猛，连父亲也不喜欢她，这才被嫁到远方。每次归宁，如果馈赠稍不如意，便忤逆父母，甩袖便走。由于路远，在娘家不受欢迎，因此几年不回一趟家。魏名乘邵氏垂危，托人怂恿仇大娘回来争家产，意欲将仇家彻底破败的希望寄托在她身上。

坏人总是错打了算盘，魏名想利用仇大娘，却并不了解仇大娘的内在品质。她刚进家门就看到幼弟侍奉病母的惨淡景象，"不觉怆恻"。这里作者虽然未作更多的描写，我们却由此联想到，过去她之所以顶撞父母，是因为那时家道兴旺，父母健在；现在她同情母亲，是由于寡母幼弟受到欺凌。仇大娘既刚猛又柔顺，心地十分善良。她对寡母遭遇的同情正是通过"因入厨下，蒸火炊糜，先供母，而后呼弟及子共啖之"的细节表现出来的。她绝不是投井下石、乘人之危捞一把的人。她对诱骗幼弟的赌徒、恶棍则毫不留情，亲自去县衙告状。这对当时的女流之辈来说，是非同小可的。正如冯镇峦评点所说的："血性人，敢作敢为，全无瞻顾，在妇女中尤难。"仇大娘见县台不能做主复去郡城上诉，她秉性刚猛，使赌徒恶棍败绩，她慷慨陈词，使郡司为之感动，终于打赢了这场官司。仇大娘刚烈耿直，敢作敢为，千载之下如见其人！

仇大娘对外不怕豪强，遇事挺身而出，对内"养母教弟"，持家井然有序，处理问题又周到精细，通情达理。她想到仇福的妻子姜氏因不肯给恶霸做妾自杀未遂，伤势很重，便经常派人馈赠食品，安慰姜氏安心养伤。小说运用对比的手法，以继母邵氏的怯弱怕事反衬仇大娘的刚强果敢。仇禄被魏名暗算，因祸得福。富豪范公子主动求亲，想招仇禄为女婿，两家贫富悬殊，门第不称。邵母不敢答应，仇大娘却一口应承了。在争取姜氏与仇福重归旧好的问题上，也是仇大娘撮合的。仇大娘不仅见义勇为，而且具有处理复杂问题的才能。她大胆泼辣，又洞悉人情，处理问题细致妥帖。情节的丰富性和细节的生动性，对人物的个性化起了重要作用。

《张氏妇》篇幅虽短，却塑造了一个智勇双全的民间女英雄的形象。她一不是武艺高强的豪杰，二没有兵器配备，仅靠一所厨舍以及日常使用的一根针、一把锥子，就一连消灭了三个强行非礼的兽兵。"三藩作反"，兵荒马乱之际，凡大兵所至，"鸡犬庐舍一空，妇女皆被淫污"。出于对大兵兽行的憎恶，为了捍卫人格的尊严，一个平凡的农家妇女激起充沛的勇气和智慧，与敌周旋。淫雨绵绵，"田中潴水为湖"。在老百姓无处藏身的情况下，张氏妇不愿跟随别的妇女"乘垣入高粱丛中"，那样反倒被兽兵"搜淫"。全村唯有她一个妇女公然在家，与其夫掘坎积茅巧设陷阱，居然连房子一起烧死两名前来逼奸的大兵，从而保护了自己的贞节。

卓越的个性描写，不仅表现在人物做了些什么，而且着重在怎样做。张氏妇凭着机敏和胆量，偏偏到离村数里、无树荫可遮的大道旁，坐在烈日中做活儿。这一来反倒"数日无患"！有一天，突然来了一个兵痞，妄图在烈日中污辱她，张氏妇只用了一针、一锥，即致敌于粉身碎骨的境地。这是多么慑人心魄的壮举啊！如果作者不是出于对女性独立人格的尊重，很难想象在他的笔下会出现这样"慧而能贞"的妇女中豪杰的生动形象。有的评论者把这篇小说列为表现蒲松龄民族思想的代表作，认为作品中的"大兵"指的就是清兵。作品无情地鞭笞了清兵的野蛮和淫虐，揭露了封建统治阶级残民以逞的反动本质，表达了对女真贵族推行民族高压政策的不满。这些当然是作者民族思想的具体表现。然而尤其可贵的是，作者竟把敢于斗争、善于斗争的品质集中在一位普普通通的农家妇女身上，却是饶有深意的。《红楼梦》中写女子的才华，大都超出"须眉浊物"。但是曹雪芹所颂扬的一般是未婚少女，多数为宦门小姐。正如贾宝玉所说："女儿是水做的骨肉，男人是泥做的骨肉。"在那个社会女人似乎比男人干净得多。但是《红楼梦》中的妇女形象中有才能的的确不多。蒲松龄则不然，他不仅写了少女的心灵美，也写了张氏妇、仇大娘、黄英等许多有见识有才干的妇女。这在蒲松龄以前的文学作品中也是罕见的。

三

《聊斋志异》中所描写的复仇女性，在以鲜明生动的形象揭示有深刻寓意的主题上，也是颇具特色的。她们当中有的生前向杀害其父的权势豪强讨还血债，有的死后化为冤魂向豪绅、恶霸报仇雪恨。在这些复仇女性身上莫不寄寓着作者疾恶如仇的情感，表达了作者强烈的爱憎倾向。《博兴女》全篇仅一百二十余字，在奇幻缤纷的神话色彩中，使复仇民女的形象活灵活现。写某势豪偶见平民王某的女儿姿色出众，便趁她出门时抢回家中。因逼奸未遂，势豪乃缢杀民女，并以石系女尸沉门外深渊中。王某觅女不得，正无计可施之际，天忽然下起雨来，雷电绕豪家，霹雳一声："龙下攫豪首去！"天晴，女尸竟从深渊中浮出，而手中捉的正是势豪的头，作品亦实亦幻，简练逼真。民女枉死，连尸骨都无从寻觅，岂不是那个人吃人的社会现实的真实反映吗？至于女变龙攫豪首的情节，则是作者基于强烈的爱憎所激发出来的艺术想象。是的，只有当人们被强大的势力所压迫，矢志定要降服自己的敌对势力，而又无能为力时，才会产生如此丰富而美好的幻想和想象。"想象是思维织成的锦彩。"① 借助于想象和联想这种情绪的推移，作者由黑暗的现实飞向神奇的幻境，用屈死者变龙复仇的幻化形式，暗示了惩恶扬善的寓意，从而给作品的悲剧美

---

① 艾青：《诗论》。

带来更加浓烈、悲壮和鼓舞的力量。蒲松龄在处理这类题材时，往往显示了积极的浪漫主义特色，一个重要的原因，就在于他拥有丰富的想象力和巨大的概括力。

民女的冤魂向豪强恶霸报仇雪恨，在《窦氏》篇中更加跌宕曲折，动人心弦。从南三复的始乱终弃到窦女的冤魂复仇，就艺术结构而言，《窦氏》和唐人蒋防的传奇《霍小玉传》较相近。不同的是，《霍小玉传》主要铺叙妓女的悲剧命运，近尾声处才写到复仇。《窦氏》则着重写冤魂复仇。它开篇就着眼于封建的门阀制度形成的等级观念，从男女双方社会经济地位的悬殊入手，在矛盾的发展变化中来刻画窦女的形象。南三复乃世家华胄，窦女却是农家女子，南三复在城内有府第，乡间有别墅，窦女却僻居小村，"其室如斗"。南三复作为这一带人皆威重的豪绅巨富，偶然来到窦家避雨，窦父对他又惧怕，又恭维。两家社会经济地位的霄壤之别，决定了他们是不可能联姻的。即使勉强撮合，这种婚姻也是不可能平等的。特别是窦氏女由于年幼无知，对南三复伪善残酷的卑劣品质一时还看不透，而又堕入情网，这就不能不给未来的命运蒙上一层深重的阴影。南三复乘窦父不在家时，对窦女强行非礼，窦女又羞惭又严峻地加以拒绝，并疾言厉色地警告说："奴虽贫，要嫁，何贵倨凌人也！"然而这个质朴而单纯的农村姑娘，在南三复的频频作揖和甜言蜜语的哀求下却变得心软了。接着，她又轻信了南三复的"指矢天日"，错把欺骗当成真心相爱。甚至当她有了私生子，受到父亲一阵暴怒的鞭打时，她还兀自相信南三复会娶她。直到她抱儿亲自登门而不纳、倚门悲啼、最终僵死于门前，才使她的冤魂认清了南三复的残忍本性。

《霍小玉传》中的霍小玉则是一位心比天高、命比纸薄的高级妓女。她姿才出众，地位卑贱，心慕才子，愿就高门；明知门第是成就美满婚姻的最大障碍，仍然希冀同"门族清华，少有才思"的世家公子相爱。囿于世俗偏见与她的心愿之间的矛盾，使她悒闷成疾，终于沦为封建门阀观念的牺牲品而含愤死去。小说中的李十郎和南三复亦有很大区别。李十郎作为风华正茂的名士，曾经为霍小玉的姿色而倾倒。由于无力突破封建门阀观念的樊篱，又不敢忤违母命，"太夫人素严毅，生逡巡不敢辞让"，以致"孤负盟约，大愆回期"。其中确实含有不得已的成分，"欲断其望"亦出于无可奈何。霍小玉死后，"生为之素缟，旦夕哭泣甚哀"，并亲诣墓所，"尽哀而返"。李十郎外惭清议终致"生离"，从而对"死别"不能不内疚神明，因此，人们尽管有理由责备他软弱、寡情，但就酿成悲剧而言，总还有令人惋惜之处。南三复则俨然衣冠禽兽。他对窦女先是欺骗、玩弄，继则"转念农家岂堪匹配"而抛弃。以下作品分六层，层层递进，极写南三复品质之恶劣。"女以体孕，催并益急，南遂绝迹不往"，一层；窦父榜女知真情，使人问南，"南立却不承"，二层；窦父弃儿，益扑女，女暗哀邻妇"告南以苦，南亦置之"，三层；女夜亡，抱弃儿以奔南，款关而告阍者曰："但得主人一言，我可不死。彼即不念我，宁不念儿耶？"南仍拒纳，四层；"女倚户悲啼，五更始不复闻"，五层；"质明视之，女抱儿坐僵矣"，六层。这个毫无人性、多行不义的南三复，正是戕害窦女母子的刽子手。他之所以如此肆无忌惮，视生命如草芥，就因为他有钱有势，屡次行贿，从而取得官府的庇护。《窦氏》篇不仅揭露了悲剧制造者在封建门阀观念支配下无情无义的残酷性，而且戳穿了封建统治阶级贪赃枉法的腐败和黑幕。

　　能爱才能憎。强烈的爱憎正是窦女前后性格的统一。如果说《窦氏》的前半截着重刻画窦女的质朴和痴情，那么作品的后半截在描写冤魂复仇的过程中，呈现在我们面前的窦女却分明是一个满腔悲愤的复仇者的形象。她一而再、再而三地缠住南三复不放，直到置之死地而后快。作品通过出人意表的情节和奇幻莫测的场面流露出来的倾向性，对于进一步理解作者"孤愤"的用心，同样是有帮助的。

在《聊斋志异》里，商三官和侠女都是为父报仇的少女。但两部作品的情节却毫不雷同。《商三官》篇经过作者妙手剪辑，集中于两个生活横断面，突出描写商三官的卓识与胆量。一是商士禹（三官之父）被邑豪打死，商家二弟兄告状遭到冷遇，准备停尸再告。商三官与众见地不同，她看透了现实中并无包公，决定走自己报仇的道路。二是女扮男装、巧饰优伶的三官，与邑豪同归于尽，亲自报了杀父之仇。由于作者别具匠心的剪裁，许多内容均未作正面描写，而是从前后情节的过渡与联系中唤起读者的想象，以补充情节，丰富人物形象，用极少的笔墨写出商三官这一有血有肉的人物。何守奇评为"可旌为孝烈"。一般封建文人都把商三官的行为表彰为最高的孝道。其实，商三官的艺术形象之所以感人，不只是由于"全孝"，更重要的是在她伸张正义为父报仇的壮举中，显示了一个少女对罪恶的封建统治者坚贞不屈的抗暴精神。在她身上蕴藉着以生命争人权，争平等的精神力量，寄寓了作者的民主思想。因此，比起属于封建道德范畴的孝子烈女来，商三官这一形象更富有创新的意义。

《侠女》也是写少女为父报仇。《阙名笔记》中说："当时吕晚村孙女某，剑术之精，尤冠侪辈，相传雍正即为吕女所杀。《聊斋志异》'侠女'一则，盖影射此事也。"这种说法未免有悖于历史的真实。蒲松龄于康熙年间写成《侠女》，而雍正被杀却发生在蒲松龄死后二十多年，"盖影射此事"的说法显然是后人的穿凿附会。

且不论这篇小说是否有其他重大历史事件为背景，就作品本身而言，侠女的形象比商三宫更富于神奇色彩。作品中对侠女的父亲为何被害，仇人是谁，均未作正面描写，只是在篇末用轻松的笔调点明她复仇归来的情景："夜将半，女忽款门入手提革囊，笑曰：'我大事已了，请从此别。'"在顾生急切追问之下才说明革囊的秘密："仇人头耳。"她身背仇人头来去倏然，究竟归宿何方，亦未作交代。而侠女的结局对读者来说永远是神秘的。《商三官》篇正面写复仇，明确地交代仇人是谁，为什么报仇，以及如何报仇，在报仇中刻画人物性格。《侠女》正面写报恩，侧面写报仇。在描写侠女对顾家感恩的过程中，与顾生交往中展示人物独特的性格。在顾生母子眼里，侠女是一个"艳如桃李，冷若冰霜""秀曼都雅，世罕其匹"的奇人，虽十八九岁的女子，见了陌生男子顾生，"不言亦不笑"，却给人一种凛凛然不可侵犯的感觉。她靠做针线赡养孤苦伶仃的老母，生活过得十分艰难。顾生怜悯其处境，亲自送米上门，女欣然接受，连一点儿谢意都不表示。每每周济，女郎从无任何表情。但是她内心是知情明义的，她主动到顾家帮忙"操作如妇"，"为母洗创敷药"，"不厌其秽"。顾家母子由同情到感激，由感激而敬爱。侠女虽然举止生硬，神情凛然，然而她对顾家母子之爱早已心领神会，更何况顾母说得十分明白呢，"且身已向暮，旦夕犯雾露，深以祧续为忧耳"。侠女为了报顾生体恤、爱慕之恩，甘愿不婚而为顾氏生子，以成全顾生之孝。在对顾生嫣然展笑，欣然交欢之余，经常是"冷语冰人"，使顾生望而生畏，爱而远之，并且说："枕席焉，提汲焉，非妇伊何也？业夫妇矣，何必复言嫁娶乎？"她所以如此，都是为了报仇，因为心中有一件大事未了，不能为儿女私情所牵连。她要以坚韧不拔的毅力，实现报仇的愿望。她对顾生的报恩，依然是为了报仇。

　　尽管她承认事实上顾生是自己的丈夫，但是她不肯受家庭的约束，男人的支配，也不允许自己做感情的奴隶。侠女为了完成报仇"大事"，拒绝了个人的幸福，献出少女的一切；她为了自己的生活理想，不辞辛苦，不怕疲劳，夜里独来独往，做了长期的准备，她为了了却这桩心事，随身携带"尺许晶莹匕首"，练就飞刀取头的高超本领。侠女已经被作者理想化了，"性格就是理想艺术表现的真正中心"①。仅就侠女性格的鲜明和独特来说，这篇小说达到了理想艺术的新境界。从通篇作品看，虽然作者尚不能摆脱封建孝道的规范，但以刻画女性自主，女性自由，女性自立来说，确实前无古人，在封建社会里也是后无来者的。

四

《聊斋志异》中那些扶危济困、成人之美的女性形象，尽管绝大多数带有理想的色彩，但归根到底还是彼时彼地现实生活中妇女美德的折光和幻化。

作品中这些集真善美于一身的女性，大都给我们留下了深刻的印象。譬如多情而又温顺的舜华，像幽灵一样多次搭救张鸿渐于危难之中；俏丽而聪慧的娇娜，无私地为孔雪笠治疗疮毒；勤劳而热情的红玉，给予冯生以真诚的支援；幽雅而柔情的宦娘，暗中成全了温如春与葛良工的美满婚姻；乖巧而知趣的假阿绣，悄悄地促成刘子固与真阿绣的结合，等等。在她们身上大都焕发着助人为乐，乃至自我牺牲的精神品质。车尔尼雪夫斯基讲过："美就内容而言，它和善相同。"换句话说，凡是"善的"，就必然给人以强烈的美感享受。以上列举的诸女性形象，往往以她们内心的善良和正直在潜移默化中产生感染人、陶冶人的性情的美的力量。

《韧针》篇中的夏氏，就是这样一个心地善良的妇女形象。夏氏听了范氏哭诉富室黄家指名要她的女儿韧针做妾抵债的原委，当即动了恻隐之心，"因邀入其家，款以酒食。慰之曰：'母子勿戚，妾当竭力。'"筹集范氏所需偿金，这对"虽有薄蓄"的夏氏来说自非易事。由于救人心切，她表示"当典质相付"，并以三日

---

① 黑格尔：《美学》第一卷，第300页。

为期。别后，夏氏"百计为之营谋，亦未敢告诸其夫"。到期后，"未满其数"，她又派人向母亲借钱。

这一切在蒲松龄的笔下显得那样亲切、自然，透过夏氏急人之难的举止，我们仿佛看到一颗比金子还珍贵的心灵。

善于运用渲染和反衬的手法，正是作者高明之处。范氏挥泪相告，中间插叙了她在急难中携女回娘家求助于"田产尚多"的两位亲弟弟，没料到"两弟任其涕泪，并无一词肯为设处"。范氏只好"号啼而归"。世态炎凉，使范氏母女"哭甚哀"。正在无计可施之际，遇到夏氏主动前来关心。夏氏以范氏"且诉且哭"而生怜，复因其女"绰约可爱"而"益为哀楚"。作者以亲骨肉的冷酷和悭吝反衬陌生人的热情和慷慨，可谓相得益彰，恰到好处。

美丽、勤劳、热情的红玉，则是在特定的情境中来刻画的。小说《红玉》多用侧笔，即不直接正面写红玉，而是通过充分展示冯生坎坷的遭遇加以烘托：先是写冯生孤苦的处境。冯翁为人正直，冯家婆媳相继去世，冯翁及其子相如"井臼自操之"，过着双双鳏居的生活。红玉主动爬梯越墙前来与相如绸缪，并非像白秋练那样单纯为了寻求幸福的爱情，而是真心诚意地帮助冯家父子。所以在冯翁的干预和叱责下，红玉只好飘然而去。她在临别前还赠银四十两，为冯生谋聘佳偶。其次在冯生处境最艰难的时刻，红玉两度前来助冯家复兴。冯家忽然祸从天降，因贪赃受贿"免居林下"的宋御史抢占冯生之妇，殴打冯翁致死。相如遭此大劫，愤而抱子告状，上至督抚，奇冤仍不得伸。不久，虽然大丈夫虬髯客为"冤塞胸吭"的冯生报了血海深仇，但是冯家此时已家破人亡，一片凄凉。"生归，瓮无升斗，孤影对四壁。幸邻人怜馈食饮，苟且自度。"正当冯生"悲怛欲死"，"竟无生路"之际，红玉却携儿归来，与冯团聚。她对冯生不仅真诚相助，而且患难与共。为了使冯生家道复兴，红玉"夙兴夜寐"，"剪莽拥彗"，"荷镵诛茅，牵萝补屋"，不辞辛劳。由于她的白手再造，使冯家于尘烬之余，刚过半年就出现了"人烟腾茂，类素封家"的兴旺景象。我国的传统文化一向把女子的勤俭操劳和男子患难与共视为美德。所谓"贫贱之交不可忘，糟糠之妻不下堂"而千古传为佳话，就是对这种美德的褒奖。

同是救人于危难的女子娇娜，在鲜明的个性描写上却又是突出的"这一个"。作者从表现异性之间纯真的友谊着眼，从铺叙孔生身陷困境中的一段奇遇入手，用委婉、细腻的笔调，充分展示了娇娜外在美和内在美的和谐统一。娇娜出场以前，先以"红妆艳绝"的香奴作为铺垫和陪衬，旋以皇甫公子笑孔生少见多怪。表示要为他"谋一佳偶"为悬念。娇娜出场时，作者异常省俭而又传神地用了"娇波流慧，细柳生姿"八个字正面描写其风度和仪表。继则通过身染重病的孔生治疗前后情绪的变化，极力渲染和烘托娇娜举止容貌的端庄、俏丽。孔生因胸间长毒疮，而"痛楚呻吟"乃至"益绝食饮"，"既见颜色"，则频呻顿忘，精神为之一爽。当娇娜为孔生割治肿瘤时，孔生"紫血流溢，沾染床席"，可是他却因"贪近娇姿，不惟不觉其苦，且恐速竣割事，偎傍不久"。疾愈后更是"悬想容辉，苦不自已"，从此"废卷痴坐，无复聊赖"。其实孔生既不是一味好色的登徒子者流，娇娜也不绝不止于外在的美。她之所以如此使孔生一见倾心，更重要的是她有一颗美丽而崇高的心灵。娇娜深深懂得，孔生和她哥哥的友谊，甚至比同胞兄弟还亲热，她要像哥哥所嘱咐的那样，精心地给孔生治病。作品通过娇娜"敛羞容，揄长袖"，"把钏握刃，轻轻附根而割"的具体描写，表达了娇娜的落落大方、细心和专注，还着重表现了她对生活无着、落拓异乡的孔生的深切同情和无私的帮助。正因为如此，她突破了"男女授受不亲"的封建礼教的束缚，悉心治疗，终于使孔生"沉痼若失"，帮助他解除了疾病的痛苦。在长期患难相助、相濡以沫的生死考验中，娇娜及其一家与孔生之间建立的友谊是平等的、无私的、真挚的。作者在他所处的那个时代，选择这样的题材来表现女性的心灵美，而且写得如此富于艺术感染力，确实难能可贵。

十娘（《粉蝶》）和同名小说的主人公翩翩，则属于超凡拔俗这一类女性。她们亦人亦仙，或卜居神仙岛，或遁迹仙人洞，过着不食人间烟火的生活。或琴韵幽雅，鲜蔬香美，或以云为衣，以叶为餐。所居石室，光明彻照，无须灯烛；门横溪水，清澈见底，能洗心愈创。作者虚构的仙境中的女性，也都具有普通人的人性。她们虽与人世隔绝、但又不能太上忘情。凡人遭受的苦难，使她们动了恻隐之心，阳曰旦遭飓风于海上，舟将覆，为十娘"飘一虚舟"所救；罗子浮误入歧途，沦为"败絮脓秽"，无颜入里门，为翩翩度入仙洞，浴疗创痍，得以新生。她们身居仙乡，却有着普通人的思想感情和对幸福的向往。十娘对乡土和亲人深深的眷恋，充分表现在她对阳生热情而周到的殷勤接待和授琴、选配、赠琴、备粮、授药，乃至"解裙作帆"、借南风送其还乡等细节上。翩翩倾心于罗子浮，用情专一，无奈罗生薄幸，又想乘隙勾引花城娘子。翩翩的柔情和嫉妒，正是通过使罗生身上穿的衣裳顿时化为秋叶的奇妙想象来表现的。一旦罗生收住妄心时，秋叶才又渐变为袍袄，从而使他"由是惭颜息虑，不敢妄想"。

值得注意和称道的是，作品中无论写的是人、是狐、是仙，无论是夏氏、红玉、娇娜或翩翩，她们所帮助和挽救的都是些弱小、善良、正直，或在困境中穷途潦倒的人。在封建社会的传统观念中，往往把扶危济困、除暴安良的品德赋予男子。《水浒传》的宋江，即以"赒人之急，扶人之困"而名扬四海，因此人们称他为"及时雨"；其他如"杀人须见血，救人须救彻"的鲁智深，仗义疏财、招贤纳士的柴大官人，等等，莫不流芳千古。但是在女性中除顾大嫂以外，能够做到扶危济困的却是凤毛麟角。特别是等级观念根深蒂固，专擅弄权者大有人在、买官鬻爵者比比皆是，从而趋炎附势、阿谀奉承成风。倘有人不甘与世俗为伍，而能从精神上、物质上给予处在困境中的弱者以无私的帮助，就会受到人们的颂扬。这类题材以它固有的人民性，得以在民间广泛流传。所不同的是，在《聊斋志异》的不少篇章中却把"安良""扶困"的美德集中在女性身上，这不仅表明了作者对女性的尊重，而且也在一定程度上反映了作者具有朴素的民主思想。"可贵者胆"，这也正是蒲松龄在中国古典短篇小说的造诣上高出同侪的一个重要标志。

真正的艺术品，都应该做到其中创造的"每一个人都是一个整体，本人就是一个世界，每个人都是一个完满的有生气的人，而不是某种孤立的性格特征的寓言式的抽象品"①。《聊斋志异》就是这样的杰作。尽管其中有相当篇目更接近寓言，或具有寓言的特点，但是，仅从以上列举的众多个性鲜明的妇女形象而言，其艺术成就却又超过了寓言，堪称中国古典短篇小说的瑰宝。而《聊斋志异》之所以获得如此盛誉，一个重要的原因就在于作者善于从卓越的个性刻画中揭示出女性的心灵美。

〔原载《中南民族学院学报》（哲学社会科版）1982 年第 1 期〕

_____

① 　黑格尔：《美学》第一卷，第 303 页。

从《富贵神仙》到《磨难曲》

　　我国 17 世纪著名的作家蒲松龄，以《聊斋志异》一书而蜚声于世。我国历来出版的中国文学史，在论述蒲松龄的成就时，往往重在介绍《聊斋志异》，而对蒲氏其余的作品却语焉不详，一笔带过。《聊斋志异》就其丰富的思想内容和精湛的艺术造诣而言，固然理应受到赞赏；但是，对他的俚曲也应给以一定的地位。作为蒲松龄文学创作的有机组成部分或重要方面，俚曲的成就同样是不容忽视的。

　　俚曲的命运似乎从来不如《聊斋志异》。后者的典雅和委婉，当时就受到王士禛等名家的赏识，后来坊间又竞相翻刻或评点，使之不胫而走。而俚曲却纯属俗文学，在清王朝统治者明文禁毁之列。仅康熙年间发出禁毁"淫词小说"的旨令前后就达十余道之多。且看 1714 年的禁令："康熙五十三年，甲午，夏，四月，乙亥，谕礼部，朕惟治天下，以人心风俗为本，欲正人心，厚风俗，必崇尚经学，而严绝非圣之书，此不易之理也。近见坊间多卖小说淫词，荒唐俚鄙，殊非正理；不但诱惑愚民，即缙绅士子，未免游目而蛊心焉……""凡坊肆市卖一应小说淫词，在内交与八旗都统、都察院、顺天府，在外交与督抚，转行所属文武官弁，严禁查绝，将板与书，一并尽行销毁……"① 如此严禁查绝，对

---

① 《大清圣祖仁皇实录》卷二百五十八。

俚曲自然不会格外开恩的。但是，富有浓厚地方色彩的俚曲，却以其顽强的生命力，依然在山东淄博一带的民间流传。

蒲松龄的俚曲国内现存十三种（《琴瑟乐》流入日本），约六十余万字。总的来看，这是一部具有鲜明的人民性和现实主义精神的文学作品。根据目前的材料可以判断大多数俚曲为作者晚年的作品。这部分遗产尽管瑕瑜互见，值得重视的是，与《聊斋志异》相比，有些俚曲从生活到思想都有新的开拓。

《聊斋志异》中的《张鸿渐》篇同俚曲《富贵神仙》《磨难曲》题材类似，都是讲穷秀才张鸿渐的故事。从这三部作品来看，《磨难曲》的写作时间最晚，与《富贵神仙》相比，它从思想内容到艺术形式都更臻于成熟。

从《磨难曲》反映的时代来推断，它似应写于康熙四十三年（1704）以后。据淄川县志记载："康熙四十三年谷贵人贱民饥，六月初八得雨，禾苗茂盛，七月好蚜生，遍地如蚁，继以蝗虫，岁歉。"蒲松龄在《康熙四十三年纪灾前篇》和《秋灾记略后篇》中，详细地描述了康熙四十二年、四十三年的严重灾情。同期，在他一系列反映人民灾难的诗歌中，也从不同角度描述了灾荒的情景。

《磨难曲》卷一第一回《百姓逃亡》中写道："不下雨正一年，旱下去二尺干，一粒麦子何曾见！六月才把谷来种，蚂蚱吃了地平川，好似斑鸠跌了蛋。老婆孩一齐挨饿，瞪着眼乱叫皇天。"显然是以康熙四十二年、四十三年连续发生的灾荒为背景的。既然《磨难曲》将这两年人民的灾难生活概括在作品中，它写于康熙四十三年以后，是毫无疑问的。此时，蒲松龄已年逾六十五岁，由于一生坎坷，加上从灾荒年代受到的启示，他的思想已有了显著的变化。因此，《磨难曲》可列为作者晚年的代表作，它标志着蒲松龄六十五岁以后所达到的思想高度。《富贵神仙》对康熙四十三年的灾荒只字未提，而且其中称进士为老爷，由此可断定为五十二岁以后到六十五岁以前的作品。

这两篇俚曲的相异之处，首先反映在回目上：《富贵神仙》共十四回。为了便于比较，现将具体回目抄录如下：第一回《楔子》，第二回《张生逃难》，第三回《中途逢仙》，第四回《佳人出狱》，第五回《闻唱思家》，第六回《愤杀恶徒》，第七回《泼妇骂门》，第八回《闺中教子》，第九回《再会重逢》，第十回《娇子秋捷》，第十一回《凶信讹传》，第十二回《春闱认父》，第十三回《衣锦归里》，第十四回《八仙庆寿》。《磨难曲》则分成四卷，共三十六回，篇幅扩充了将近一倍。在具体回目上除将第一回的《楔子》改为《百姓逃亡》外，还增加了第二回《贪官比较》，第四回《军门枉法》，第五回《大王打围》，十四回《按台公断》，十七回《钝刀斩佞》，二十九回《初讨三山》，三十回《鸿渐廷争》，三十一回《再征三山》，三十二回《招安三山》，三十三回《大王破敌》，三十四回《大王抗礼》，三十五回《御封三伯》等。这十二回的情节基本上都是新添的。其次将原来一回的内容补充为两回或三回，如《富贵神仙》的第三回《中途逢仙》，在《磨难曲》中变成两回：第七回《旅村卧病》，第八回《旷野逢仙》。《富贵神仙》的第四回《佳人出狱》，在《磨难曲》中扩充为三回：第九回《牢中报喜》，第十回《仲起报仇》，第十一回《贪官拿问》。这些新添的回目和扩充的回目表明，与《富贵神仙》相比，《磨难曲》不仅艺术愈益完善，而且内容更加丰富：一是生动地反映了灾荒年月人民的疾苦；二是热情地讴歌了扶危济困、反奸抗暴的三山大王，三是方娘子的个性描写渐趋鲜明，张鸿渐的形象塑造也更加丰满。本文拟从这三个方面的具体分析入手，对作者晚年的创作所达到的思想高度进行了一番探索。

一

《磨难曲》取消了《富贵神仙》第一回楔子中描绘的福寿双

全、荣华富贵的虚幻境界，而代以百姓逃亡。开篇就展现了一幅灾难深重、民不聊生的图景，饥馑、逃荒，人民在死亡线上挣扎。"孩子饿的吱要吱要，老婆待中巴焦，（快要瞎眼了）还为钱粮大板敲——宁死他乡不受大板敲。"贪官利用天灾对人民敲骨吸髓，由此造成了种种悲剧：老百姓交不出钱粮，被逼得背井离乡，四处乞讨，无辜者被凶残的县官横加蹂躏，枷打而死："昨日比较，打了我二十五板，及乎死了！俺一堆挨打的，一霎死了两个。不早些拿腿，只等走不得就晚了。""一担筐一屉瓢，上羊肠路一条，未曾举步泪先吊。半世生长一块土，今为荒年一旦抛！这回生死也难料。待要在家中死守，那官家枷打难招！"知县一声催逼钱粮，千家万户提心吊胆，人人看成"见阎王"，家家比作"闯鬼门关"，"好似死囚杀场，人人保不就存和亡。"在这种残酷的敲诈勒索面前，奉公守法的范秀才，想方设法才交了七成钱粮。他上堂请求宽限时日，巨料知县不容分说，草菅人命，当场就将范秀才乱棍打死。

作品深刻地揭示了人民难以生存的原因主要是社会本身的不合理。"世间公道不分明，惟只钱财最有灵。""如今只论钱和势，衙门里不合你辨青红。"这些画龙点睛之笔，可谓一语中的！权力是封建社会中人压迫人的枢纽，钱能通神，钱和权可以互相转化，而这种转化的实现又是以坑害老百姓为代价的，这就是《磨难曲》所提炼的思想之一。马知县依仗权势，肆意捕人、打人，残害生灵，目的就是为了尽可能多地搜刮钱财。"堂上有坐着的知县，堂下有站着的知县，还有走着的知县"，大小职责都化为仗势欺人、敲诈勒索的权力。如应捕头的职责本应依法逮人，实际上却变成肆意逮人。作品写王岗因父亲被人打死，向县衙告状。应捕头却带着二十个小应捕来到王家借机敲诈。每个应捕都要勒索三十两银子，就地赌博，要酒要肉，穷凶极恶，丑态百出。苦主忍气吞声，即使想撤销呈状也不可得。这帮应捕以追查案情为由头，硬是要逼索六百两银子。旧世道的黑幕，由此可见一斑。如此污浊，在晚清谴责小说中可谓比比皆是，不能算新鲜。但是生在康熙盛世的蒲松龄，能够做到剥其华衮，显露症结所在，倘不具备鲜明的爱憎、敏锐的观察力和概括力，却是难以做到的。

权力和地位的变化，反过来又给予人和人的关系以深刻的影响。作品的主人公张鸿渐，为他人捉刀代笔草拟了一张呈状而遭罪，被逼得足足有十五年流浪在外，有家难归。方娘子受株连系狱达三年半之久。然而方氏之兄方仲起一旦中举，马知县对方氏立即刮目相待，一心盼望着新举人能从中斡旋，以便为开释方娘子给自己找个台阶下。方仲起考中了进士，知县就越发紧张，忙不迭地打发轿子把方娘子乖乖地送回家去；并亲自登门拜谒方仲起。方仲起闭门不见。知县乃迁怒于方氏，并派出衙役想两次将她拘捕入狱。然而这次等待着衙役的却是一顿乱棍。这场谐谑剧似乎有点儿异想天开，但细加揣摩，却又是那样的真实！方仲起虽考中进士，但一时尚无实权。"我在芦龙做知县，方兴管辖着我甚么！"作品对马知县的心理可谓刻画入微。马知县怵有地位的人，但更怕有实权的上司。这位老爷没料到方仲起会借进士的阶梯，违心地高攀显贵，利用更大的权势给他以严厉的制裁。

权势成为一切关系的枢纽，而权势又唯有金钱可以买到。马知县因逼钱粮打死一百多人，闽学的生员联合递了呈状。主管其事的北直军门明知被告贪赃枉法，不仅不予查办，反而把他的罪行作为要挟的手段。马知县心领神会地用一万两银子买下了性命和权位，并且买了个倒坐。作品有一处细节描写，写得可谓入骨三分。马知县的弟弟马如飞，先送六千两银子，里边便问："若求两家无亭，便就收下，若要倒了原告，还得添添。"马如飞寻思："一不做，二不休，索性将一万两银子，都给他，把那秀才们问他个七死八活。也好在芦龙做官。"知县花一万两银子买通了上司，这是公开的秘密。难怪衙役们议论纷纷，"……多亏了那元宝千个，财帛耀眼，买透阎罗。上堂那论理和表，开开门只用嘴捆扨"。与此相映衬，一贫如洗的穷秀才仅仅为了伸张正义，为范生鸣不平，却死于非命，或被发配、充军。

《磨难曲》把握钱能通神这个本质特征，鞭辟入里地揭露了那个特定社会的弊病：权力压倒了真理，金钱扼杀了正义。作品一语道破，"如今是金银世界，甚么是公道良心"。有钱能使鬼推磨。金银和权力相互作用、相互转化的结果是：官职越尊，权力越大，索价就越高。这是封建社会司空见惯的一个怪现状，同时也是封建专制主义统治的必然产物。马知县尽管犯了弥天大罪，然而只要有六千两白银就能保住自身性命，如能付出一万两的代价则可以买倒原告。芦龙案发，北直军门被参三十二款，部拟问斩，得亏有白银十万两相助，才由死罪改判为充军。请看他这段自怨自艾的妙文："想当初凑十万两银子，送与严阁老，买他个孙子做做。那时他要二十万才肯收留，我当彼时割舍不的，连那十万省下。早知今日之祸，悔不当初。"卑劣的市侩心理和盘托出，这是多么辛辣的讽刺！寥寥数笔，就把封建社会的大千世相勾勒得如此鲜明！若非大手笔，焉能臻此境界。位极人臣，索价愈高，这个事实意味着他们手中掌握了更高的生杀予夺之权，也就有更多的机会进行搜刮。作品反映的是清初社会的真实，却有意用了一位明朝权奸的名字。作者把"严阁老"作为专权跋扈、贪得无厌的象征。即使是康熙盛世，"严阁老"的阴魂仍然在到处游荡。"严阁老"们千万两白银到手之日，正是多少范秀才人头落地之时。这就是《磨难曲》，深刻的认识意义。

二

《磨难曲》在增添的《大王打围》《钝刀斩佞》《初讨三山》和《御封三伯》等八回中，着重刻画了三山大王任义的豪杰形象，这是自《水浒传》问世以来在文学作品中出现的又一个农民起义领袖的动人形象。蒲松龄在他的作品中对这样的草莽英雄第一次持明朗的赞许态度。在《聊斋志异》中有几篇作品以于七、谢迁、白莲教等人民起义为题材，作者对其人其事只是隐晦地加以称赞、同情或惋惜。从《聊斋志异》到《磨难曲》，可以明显地看到作者的倾向性和感情的变化。这是蒲松龄晚年思想更接近人民的一个重要标志。

《磨难曲》的三山大王任义一出场，便亮明旗帜，出口不凡，且看他的定场诗："如何四海不清宁？只为奸臣日日生，对众发下洪誓愿，要将河海尽荡平！"接着作品借打猎的场面烘托人物的英雄气派："马儿齐鸣，人声一片，抖擞精神放辔加鞭。枪不寓手弓上弦，腰中都插雕翎箭。不拘队伍，不按营盘，野鹿獐麂，到手方才算。"作者形容任义身佩大刀百斤重，有万夫不当之勇，是一位能征惯战的英雄，同时又是一位用兵如神、智勇双全的头领。他的兵力迅速扩展，军威锐不可当，两三万人足以抗御十几万官兵。"那大王武艺又精，兵法又通"。当朝武将总兵和军门都是他手下败将。第一次被任义略施小计，活擒了金总兵，十万官兵只落得丢盔弃甲，败不成阵，第二次总兵赵勇的计谋为任义所破，副将刘奇的骁勇又为任义所克。尚书毛义凭乔装打扮，才免当俘虏。英雄的起义军直杀得"那将军心也服，那官兵骨也酥"。官军"折了兵将五六万，丢了朝廷百万银"。从此朝廷府库空虚，将领心怯，无人再敢出征。三山起义军所向披靡，逼使朝廷不得不变换策略，改用招安一策。

作品从扶危济困，爱护百姓的角度生动地刻画了这位三山大王的英雄本色。"只因路见不平，杀了恶人遭大虫"，才"逃到山中，召集天下豪杰"共聚大义，他有强烈的正义感，爱憎分明，疾恶如仇。听了几个秀才被马知县迫害的始末，便怒不可遏地跳起来喊道："有这样的事！气杀我也！快把那锁给我打开了。"任义同情秀才的遭遇，不仅把他们从苦海中解脱，而且还资助路费，帮他们回家团聚。三山大军深受人民的拥护，作品中写父老拄着拐杖，群众抬着酒肉，上山犒劳义军的场面是十分动人的。百姓有冤上告官府，半年无人过问。"上堂只把火耗打，使一个钱抽条筋，全无皂白只相混。若告在大王案下，立刻儿斩杀不留。"人民群众从自己的切身经历和比较中认定了只有三山大王才是自己的靠山。他们同义军之间建立了亲密的友谊。一旦任义为首的义军受招安要撤离，当地百姓便依依不舍，流着眼泪说："多亏了三山大王，给俺百姓除灾殃，大王若还从此去，俺尽死在山沟喂虎狼！俺要成群告御状，还留爷爷震东方。若是朝廷不肯许，你若行时俺断马缰。"人民对义军的深情，由此可见一斑。

为什么人民如此拥护三山义军呢？《磨难曲》中赞扬任义说："他又仁又义，只杀奸贼爱好人，不伤天理人心顺。"他处处为善良的老百姓着想，立誓杀尽天下贪官污吏，为民除害。"俺只爱雄兵百万，遍天下寻杀贪官，开刀先诛了严世蕃。一匹马扫清那金銮殿，奸臣杀尽，解甲归田，若能如此，方遂人心愿，"由于大王的威力和正义，使一方的官员都有所收敛，不敢大贪。在任义看来，凡仗势害人的贪官污吏皆在该杀之列。作品写他对解差的处理，真是斩钉截铁，说杀就杀，不像那几个秀才，刚从束缚中解放出来，又为解差讲情。

任义革命的坚定性，从对贪官的处置中表现得更加突出，北直军门用十万白银将死罪买成充军，在押解途中被喽啰捉到山上。任义愤怒地指斥北直军门，"八台做大官，把人命卖成钱，真真该碎尸千千段，久闻名酷贪，这怒气冲天，这怒气冲天，今朝一般也得相见。甚喜欢，此物下酒，何止两三罎？"当场下令用钝刀斩军门。眼看着为秀才们报了仇，大王才哈哈大笑，"你仇气也消，我怒气也消！"大王认为贪官绝不是个别的，"戴纱帽穿朝衣，都是些贪东西。"他不愿同流合污，更不屑与那些纱帽朝服者为伍，这是他开始不接受奸佞招安的思想基础。

英雄不亢不卑的反抗性格，在都督杨蕃出面招安的戏剧性场面中表现得尤其淋漓尽致。杨蕃亲率二十万大军作为招安的后盾。双方在辕门外会见，杨蕃大吼一声说："你就是任义吗？"三山大王挺身回敬说："你就是杨蕃吗？"杨蕃抽刀威逼："你怎么不磕头？"三山大王拔刀出鞘："你怎么不下跪！"杨蕃摆出一副都督架势，骄矜之态可掬，任义则俨然英雄气概，正气凛然。他正告杨蕃说："叫一声老杨蕃，又歪揣又奸贪，俺素常杀了勾几千万。原就知道你不成货，见了我老爷还装班，狠一狠砍你个稀糊烂！若不看张老爷劝解，我把你砍头连肩！"真是快人快语，令人赞叹！他这种敢于蔑视权贵的反抗精神，代表了人民的骨气，集中了民族的精粹；作为起义的首领，任义在团结义军、为民除害等方面与宋江有相同之处。但他的豪侠气质却使宋江相形见绌。

《磨难曲》中的任义，又是一位保家爱国的民族英雄。北兵侵犯边境，到处抢掠，给北宜人民带来无穷的灾难。"贼人到处血成河，杀的杀来掳的掳，更不寻思还得活。多少爷娘没了子，多少汉子没了婆！"北兵凶顽，百姓涂炭，处处兵火，百里外阒无人烟。都督杨蕃统领二十万大军与北兵相隔百里安营，竟然忍看百姓受难而不敢抵抗，相反对义军却虎视眈眈。与杨蕃成为鲜明的对照，作品充分显示了任义为保境安民，誓死抵御外来侵略的爱国精神。任义身先士卒，英勇善战。他引以自豪的是"俺在此十数年，他（指北兵）不敢正眼看，人民全不遭涂炭"。北兵根本不把官兵放在眼里。在他们看来，"武官""似群羊"，"都督元戎尽匹夫"。可是一听大王的名字，就丧魂失魄，乱成一团。与义军相较，充分显示了官兵的腐败和无能。"都督杨爷不救难，倒纵着兵丁害人家。官兵和贼无两样，强劫奸淫乱如麻。"而义军对百姓却胜似兄弟，亲如一家。百姓把义军看作救苦救难的菩萨。

任义这个豪杰形象的出现，标志着蒲松龄的创作思想升华到一个新的境界。在《聊斋志异》一书中，作者往往把伸张正义、救人于水火之中的品德和能力，赋予想象中的二郎神、王者和张桓侯一类的神仙身上，采取积极浪漫主义的创作方法来表现。而《磨难曲》则径自把打击贪官、为民除害、反抗侵略、解民倒悬的希望，寄托在人民起义的英雄身上，并给以充分的肯定和热烈的赞扬。任义终于走受招安的道路，这样的结局反映了作者思想上的矛盾，他虽然对皇帝不放心，但又不可能超越皇权主义的历史局限和思想局限。

"忠肝义胆何人信?"《磨难曲》回答了这个问题。如果说任义是《磨难曲》中的宋江，那么作者有意将张鸿渐写成张叔夜。"若不是张家叔夜，那梁山如何肯依?"张鸿渐便是任义的知音。

小说《张鸿渐》主要描写主人公命途坎坷的前半生，由此揭开旧社会的重重黑幕。俚曲《富贵神仙》的内容比小说丰富，情节也更曲折。它描写了张鸿渐流亡异乡十余年，一家备受折磨的情景。此外作品也展现了张鸿渐否极泰来，享尽荣华富贵的后半生。在暴露黑暗的同时，流露了作者甘苦相煎，苦尽甘来的思想逻辑；《磨难曲》对张鸿渐所做的个性化描写与小说《张鸿渐》、俚曲《富贵神仙》大同小异。从主人公在贪官的迫害下屡遭磨难的经历来看，这些作品的内容都是一致的。不同的是，《磨难曲》在写到张鸿渐当官以后，增添了忠君爱国，忧民识才，廷争抗奸等情节，使人物形象更加丰满、复杂。

张鸿渐本来是个才华盖世、文章拔萃的文弱书生。他的父亲也是读书人，能写一手好文章。由于"文章憎命"，时运不济，未能中举，只好把希望寄托在儿子身上。张鸿渐严遵家教，一心攻读，在同侪中以才学出众而驰名全县。

张鸿渐早在少年时代就父母双亡，举目无亲，加以世态炎凉，使他为人处世谨小慎微。他明知范秀才死得冤枉并寄予同情，但是又怕马知县凶残贪婪，是非无从辩白。因此他宁愿代拟讼状，为范生申冤，而不肯出头露面在讼状上签名，并规劝学友们："如今世道难言，众兄台也要三思。"但是，尽管如此，张鸿渐仍然未能逃脱噩运的魔掌。他只是主持公道，在众望所归的情形下捉刀代笔，不料竟受到株连和追查。他为此逃亡在外，十五年不敢回家。娇妻幼子也未能幸免而身陷囹圄。有朝一日父子重逢却是对面不相识。张鸿渐半生沦落的背后，表明了无辜者受难，杀人者得逞，这就有力地针砭了封建专制主义的腐朽性和反动性。

"好文章压芦龙，为人义气声名重。"张鸿渐性格上突出的正面素质就是诚挚正义和道德上的高尚。作品从三个侧面来刻画他推己及人，以诚待人的品格。逃亡异地，重病缠身，困于羁旅，盘缠殆尽，其境堪虑，偏偏又遭失驴之厄，窘迫之情可想而知！但是张鸿渐宁可将方娘子临别相赠的金钗卖掉，也不愿让店主人赔偿，此其一。当舜华向他表示爱慕，他宁可婉言谢绝，惹恼舜华，也绝不隐瞒自己娶妻三年的真相，此其二。为了保护心爱的人免受无赖的侮辱，张鸿渐一时性起杀人，事后宁愿自首，也不忍再次连累方娘子，此其三。以上三个片断从不同的角度揭示了张鸿渐道德情操的美。这样一个谨言慎行、光明磊落的文墨书生竟为那个黑暗社会所不容，岂不发人深思？

张鸿渐待人以宽以诚和疾恶如仇是一致的。任凭解差如何折磨自己，也绝不低三下四。且看这段唱词："骂狠贼，我合你何仇何怨？任你杂（怎样，意指解差肆意折磨），我可也只是无钱。完了事，我定然剁你个稀烂！……就不能砍了你乜贼头，忘八羔，我也剜你乜两个眼！"在恶势力面前，他既不奉承，也不行贿，耿介刚直，溢于言表。即使日后发迹变泰，也依然故我。所以人们都称赞"他为人耿直义气，不比那邪僻奸贪"。这正是《磨难曲》着意讴歌的品德。

俚曲中塑造的张鸿渐，又是一位忧国忧民、为民请命的清官形象。张鸿渐与奸佞发生争论，他坚持对三山大王实行招安是从关心国家命运和体恤民情出发的："有益民生和国计，就该当面奏君王，不合众论无妨帐。前已是纷纷争辩，这一回不用商量。"张鸿渐向朝廷申述，并反驳毛尚书等人说："招安有四利，添兵有四害。你这话大不然，虽费不着你家钱，添上兵就得几百万，况且杀人一万个，自家也要损三千，兵到处百姓遭涂炭。贼也有长才可用，我才说不如招安。"这种看法归根到底还是从巩固皇权出发的。但是他能够以人民和国家的利益为重，对三山大王以诚相见，以礼相待，已属难能可贵的了。

作者赋予张鸿渐以耿介正直、敢于廷争的思想品格，并让他作为招安的使者和三山大王联系，这绝非单纯从艺术构思着眼。作者有意把任义比作宋江，把张鸿渐比作张叔夜。不同的是，《水浒传》以宿太尉为首的招安活动中，曾参与其事的张叔夜，在全书的人物画廊中，是个并不引人注目的极其次要的角色，形象模糊，性格干瘪。而张鸿渐却是《磨难曲》中名副其实的主人公，他一生的遭遇和命运构成作品的主要情节。其中穿插了有关三山大王的描绘和歌颂，固然表明作者对人民起义有了新的认识，更重要的是用以衬托张鸿渐为官的"清正"，善于识别贤愚、忠奸和美丑，从而有力地表现了蒲松龄"惟翘白首望清官"的思想。

三

与小说《张鸿渐》和俚曲《富贵神仙》相比，《磨难曲》中的方娘子的个性描写显得更加鲜明了。甚至可以毫不夸张地说，在《聊斋志异》塑造的众多妇女形象中，就反抗官府来说都没有《磨难曲》中的方娘子突出。《张鸿渐》篇只是笼统地说她美而贤，论其性格却不如舜华明朗。《磨难曲》则以细腻的笔调生动地刻画"贤"的独特表现，从而塑造了一位刚烈坚毅而又温柔精细的女性形象。

　　方娘子其实是个见识过人的女子。她熟谙世情和秀才为人。范秀才无辜被知县打死，学友们一起来请张鸿渐出头告状。作品写张鸿渐正左顾右盼，苦于无辞推托之际，方氏悄悄地把他叫出来说："我听了多时了，官人休失了主意。如今伯母就待丧，借此推托，岂不是好？"她指出："秀才做事松，得了胜都居功，人人会耍花枪弄。如今只论钱和势，衙里不合你辩青红。况你孤单无伯仲，若还是万一不好，那时节受苦谁疼？"经方娘子提醒，张鸿渐才有了退身的借口。《富贵神仙》中伯母待葬的托词是由张鸿渐想出来的，《磨难曲》改成出自方娘子之口，不仅艺术上合乎情理，而且可以具体地感受到她对世情观察入微和善于应对的特点。张鸿渐面对县官追捕的危难，无奈何地准备豁出去，"已是如此，杀就杀，充就充"。方娘子一边啼哭，一边对张鸿渐说："这回一跌六个字，明知火坑望里跳，世间那有这样痴？票子没来还好冶，不如从此搬脚，只说是游学山西。"方娘子再次献计亦被张鸿渐采纳。张鸿渐盛怒之下杀了无赖李鸭子，又是方娘子出主意让他出逃。"我替你寻思三十六计，好法还是一个走。"张鸿渐想把自己积攒的二百两银子留家中度日，方娘子却认为"家里庄田虽不多，减省着吃和穿，这可也到还能过"。为了早日团圆，方娘子第四次出主意让张鸿渐去北京谋取功名，"就使银子纳监生"。她希望张鸿渐走举人、进士的道路而解脱灾难。

　　方娘子敢于伸张正义，坚贞不屈，这是她性格的核心。如果说《聊斋志异》中的《梅女》篇借鬼媪之口怒斥典史，大灭贪官的淫威；《仇大娘》中的主人公在公堂上慷慨陈词，据理力争为仇家孤儿寡母辨明是非，都各有动人之处。那么方娘子在堂堂的县衙，当面指控凶残成性的县官而毫无惧色，则更加令人心折。作者用《方氏骂官》标明回目，显然是为了强调方氏的反抗精神。当马知县把惊堂木一拍，喝令方娘子跪下时，方娘子毫无惧色，拒不下跪：

"我是秀才的女儿，秀才的姊妹，秀才的妻室，平生不会跪人。况且那呈子做与不做，是没有凭据的，于我有何罪？" "丈夫就犯了杀人罪，与老婆不相干。" "我今日犯了什么罪？我跪你是敬你的贪哪？还是敬你的赃呢？若是有敕封的剑，就拿出来早早把头割去，我是万不能哀告你，待跪你怎的？"

可谓词锋尖锐，正气沛然！

马知县被驳得理屈词穷，恼羞成怒，只得以投进监牢相威胁。方娘子毫不示弱，索性骂个痛快，"我把你奸佞官！拿人容易放人难。做贼也要真赃犯，影响事情无照对，就把妻子送在监。你也不是人来变，譬如你砍头问罪，也把你老婆牵连"？方娘子理直气壮，寸步不让，直驳得马知县哑口无言，连呼"气死我也"。一个刚强而又机智、热烈而又冷峻的女性形象也就脱颖而出。

方娘子倔强、坚毅，绝不向权势低头。她被囚在监狱里沉冤两年多。方仲起中举后，倘能在知县面前美言几句，方娘子即可解脱。但是方仲起孤高自许，不屑于这样做。方娘子最理解二哥的心情，她表示："央着我出牢，我也不情愿。拿了县官，方才是我出头年。立意不回家，要坐的牢底烂！"匆匆一年过去，方仲起又考中进士。马知县不等方家来信，就想派轿子送方娘子回家，下边的衙役禁子也到方娘子跟前献殷勤，催请上轿。方娘子却拒不出狱，她怒斥马知县为"老奸贼"，斩钉截铁地表示："要我出监门，只等把贼头剁！"官吏的势利，方娘子的刚强，对比何等鲜明！

方娘子性格的丰富性，还表现在她对心上人的深情、温存和体贴上。在任何逆境和困难面前，她都费尽心机为亲人分忧。张鸿渐即将逃亡异乡，方娘子把家中仅有的二两银子都给了他，并赠以珍藏的金钗一对。他唱道："家里贫，不算贫，路上贫贫煞人，他乡难求饭一顿，我有紫金钗一对，或者还值几两银，拿着你只管脱身逃走，也不必挂念家门。"分手十几年，方娘子在其间经受了离别的痛苦、监牢的熬煎和生活的艰辛，可是她既不怨天尤人，也不心灰意懒，而甘愿一人承担。作为贤妻良母的化身，《闺中教子》这一节娓娓动人地体现了方娘子教子成器的苦心和劬劳。她听信奉的"平步直上青云，读书思量中状元"这一类封建说教固然不足为训，但是就其用心良苦、严格要求而言，却处处闪耀着母性的光辉。作品写方娘子的亲子之爱和恨铁不成钢的矛盾心情，跌宕起伏，婉转有致。方娘子有心让儿子读书成材又苦于无钱延师，"本不该离了师傅，千万的只是无钱"。宝儿贪玩惰学，方娘子一心望子成龙，万不得已才打了孩子。这时方娘子内心波澜，感情复杂，半是疼爱半是悔恨，"掩这里手拿针线，寻思起两泪潸潸。娇儿一个最孤单，未曾打他手先战，打他一下，心似刀剜，要他成人，须索把脸来变。"打在孩子身上，疼在母亲心里。宝儿回心转意，黾夜读书，在一旁陪伴的方娘子"细听他书声嘹亮，不觉得怨恨全消"，转而又关切地问道："我儿，你听听几鼓了。"宝儿说："三鼓了。"娘子说："不念罢。这里一壶热酒，你拿了去吃了好睡。"寥寥数笔，言赅情挚，真实而细腻地描绘出普天下母亲的心。

综合以上所做的论述和具体分析，从《磨难曲》同小说《张鸿渐》和俚曲《富贵神仙》的比较中，我们可以清楚地看到蒲松龄的思想已经达到的高度和局限性。因此，如果说《聊斋志异》在中国文言短篇小说中堪称高峰，那么俚曲则是一块迄今尚未受到人们青睐的璞玉。虽然封建时代的禁令早就成为历史的陈迹，但是对于俚曲在蒲松龄创作中的地位、成就和作用的研究，却刚刚开始。本文不揣浅陋，略抒己见，以冀抛砖引玉。

（原载《戏曲论汇》第 1 辑，1986 年）

炎凉世态的一面镜子

——《胡四娘》赏析

在万紫千红的《聊斋志异》百花丛中，《胡四娘》既不像《席方平》以揭露封建官僚机构的黑暗和腐朽著称；又不似《叶生》以撰写落魄文人的血泪史传而感人；更不同于《阿宝》《连琐》等篇，着眼于讴歌坚贞不渝的爱情；也不类《窦氏》命意在披露封建恶霸仗势欺人的劣迹。但是它却以对炎凉世态的针砭和嘲讽而堪称一枝奇葩，沁人心脾，发人深思。《胡四娘》篇自出机杼，别具一格，它有别于《聊斋志异》中某些浪漫主义的篇章，不以波谲云诡的想象、离奇怪诞的情节和鬼狐神妖的幻化来征服读者；而是凭借简洁、质朴的文学语言和白描手法，摹写封建社会的浅薄人情。人物形象惟妙惟肖，人物对话个性鲜明，通篇洋溢着浓郁的生活气息，充分显示了峻切的现实主义特色，与《聊斋志异》其他名篇一样，葆有隽永的艺术魅力。

《胡四娘》围绕着胡银台为四娘招赘程生的情节，揭开了封建家庭温情脉脉的面纱，生动地描绘了胡家兄嫂姊妹以及亲朋婢仆那种俗情眼浅的丑态，活灵活现地反映了封建社会人与人之间的本质关系，揭示出金钱、地位才是这个社会一切关系的枢纽。

《聊斋志异》中的名篇，往往采用传记文学的笔法，一篇作品着重描写一两个主要人物；《胡四娘》却别出心裁地截取家庭生活的横断面，集中写招赘这一件事的前前后后，将上场的八九个人物刻画得栩栩如生，呼之欲出：或寥寥数笔顿使各色人等音容笑貌跃然纸上，或三两句对话便使人物的独特个性皎然而现。

胡银台卓识远见，知人于未遇，他在择婿这个问题上能够突破封建门阀观念的约束，不以对方的地位、财产为联姻的依据，而以人品才能为重，在当时上层官僚中，可谓超群拔俗，难能可贵。然而在作者笔下这一点却写得自然恰切，不悖情理。对佣于自己门下做文书工作的程思孝，胡银台赏识他"少惠能文"，便毅然决然将小女儿四娘嫁给这位赤贫的孤儿。尽管遭到家人和亲朋的非议嗤笑，"以为惛耄之乱命"，胡公却不以为意，反而格外优待，"除馆馆生，供备丰隆"。作为睿智、识人而又成竹在胸不为世俗所囿的这一个开明士绅形象便仿佛立在眼前了。

贯串全篇的主要人物是胡四娘。她无论置身在困境还是处于顺境，都能端庄持重，豁达大度，不亢不卑，坦然自若。程生一旦入赘，备受揶揄。四娘对于来自诸姊妹乃至婢媪的嘲笑，一概置若罔闻，"不怒亦不言"，"殊无惭怍"。曾几何时，程生发迹变泰。从世俗的观点看来，四娘也跟着身价百倍，在家庭中的地位为之一变，举宅人等刮目相待，较前判若两人。呈现在她面前的净是艳羡的眼光，恭维的面孔。四娘从无人理睬变成众星捧月的中心人物。"而四娘凝重如故"，依然不动声色，也毫无矜持、高傲的表现。后来程生历任清高而显要的官职，"凡遇乡党厄急，罔不极力"。有一次，二郎因人命官司被捕。大郎不远万里来到京都求助于四娘。相见时，"大郎五体投地，泣述所来"。四娘接待草草，但颜色温霁，既不炫耀权势以自重，也不表示同情于万一，更不曾说一些愿助一臂之力替二郎解危之类的话来安慰长兄。四娘只是"扶而笑曰'大哥好男子，此何大事，直复尔尔？妹子一女流，几曾见呜呜向人？'"对大哥这样的"好男子"来讲，即使是人命关天，照理也算不得什么大事，犯不着如此屈尊，"五体投地"，而作为"女流"之辈的她，则从来不在人面前啼啼哭哭。

这番话既不失礼，而又语含讥诮。这就进一步丰富了四娘内慧外朴的性格。她虽然"事事类痴"，喜怒不形于色，但在内心深处却对这些俗情眼浅之辈充满了轻蔑和反感。大郎将李夫人求情的书信递上，四娘反诘道："诸兄家娘子，都是天人，各求父兄，即可了矣，何至奔波到此？"大郎无言以对，只好求她可怜二郎，哀恳相助。"四娘作色曰：'我以为跋涉来省妹子，乃以大讼求贵人耶！'"接着"拂袖径入"，给大郎讨了个没趣。四娘愤慨的是在那个社会里即使是亲人和亲人之间也只有赤裸裸的世俗利害关系而无纯真的人情可言。倘若四娘只是一味地纠缠旧恶以牙还牙，以尖酸对刻薄，以无情对无义，乃至撒手不管，那样写固然解气，可就有失于人物的宽厚质朴，从而导致性格的分裂，准确而又具有分寸感地揭示人物性格的复杂性，正是《胡四娘》的艺术魅力所在。尽管四娘让大郎碰了个软钉子，"惭愤而出"，实际上才过了几天就为二郎解除了官司，使其"释放宁家"。如此刻画，固然于深沉、豁达之中显出四娘不计前嫌的品质，但是就作品的客观效果而言，却又暴露了封建社会徇情枉法，官官相护的一面，由此可见，世界观和创作方法的矛盾，在蒲松龄身上也同样是不可避免的。

穷苦又孤独的程生，"少惠能文"，以至他日在事业上有所成就，都是和他坚持刻苦攻读的意志和毅力分不开的。招赘到胡家以后，即使受到种种歧视和凌辱，他也从不懈怠。开始，不仅"群公子鄙不与同食"，而且连仆婢也跟着加以揶揄，程生却一概不予理睬，而研读甚苦；随后"众从旁厌讥之"，程生仍目不转睛地攻读。公子们对他从鄙薄讽刺到公然起哄，"群又以鸣钲惶聒其侧"，程生则宁愿"携卷去，读于闺中"，也不和众人计较。第一次报名参加录科考试，程生尽管"砥志研思，以求必售"，放榜时却发现自己竟然被黜。但是他并不灰心，从此改名换姓，捏造一个假籍贯，去京都"求潜身于大人之门"。由于受到御史的器重和资助，为他捐贡生，让他应顺天举，中举后又考取了进士，再应"朝考"，以成绩优异被选为翰林，程生以顽强的意志刻苦攻读，终于赢得了扬眉吐气的出头之日。就今天的观点来看，程生坚持走八股取士，读书做官的道路固然不足为训，但从刻画人物着眼，作品中表现的程生那种坚韧不拔，自强不息的性格却是具有一定吸引力的。

《胡四娘》篇之所以不同凡响，还在于借助性格化的语言（在作品中几乎精练到惜墨如金的程度）勾勒出一个又一个富于个性特征的陪衬人物。当端庄寡言的四娘受到众人嘲弄时，唯有四娘的婢女桂儿"意颇不平，大言曰：'何知吾家郎君，便不作贵官耶？'二姊闻而嗤之曰：'程郎如作贵官，当抉我眸子去！'桂儿怒而言曰：'到尔时，恐舍不得眸子也！'二姊婢春香曰：'二娘食言，我以两睛代之。'桂儿益恚，击掌为誓曰：'管教两丁盲也！'"听其言而知其人。这段质朴而精彩的人物对话，真可谓声声入耳！读后如临其境，如见其人。这里虽然未曾具体描述上场人物的容貌、年龄和性格特征，但是我们完全可以从对话的语气，腔调想象出和区别开她们当中每个人的神态和气质。桂儿耿直，豪爽，富于正义感。她对忍气吞声的四娘充满了同情，对胡氏家族中嫌贫爱富的世俗习气极表愤慨；但她毕竟是个身不由己的奴才，一旦冒犯了二娘的威严，就势必受到批打。囿于尊卑有序的封建礼教，她即使有天大的委屈也绝不能还手，顶多也只能以噪诉四娘来表示对二娘的反抗。

作为俗不可耐的庸人，二娘在胡氏家庭中可谓俗中之俗。她满脑子金钱利禄，既不懂得姊妹的情义，更不知道人品和才能为何物。在她看来，人的价值全凭贵贱和贫富来决定，像程生这样的赤贫书生，就命中注定不能成为贵官和富人。她正因为"看透了"这一点，居然胆敢以自己的眸子和婢女桂儿打赌；一旦遭到对方的顶撞，则不管自己占理与否，但知以势压人。这篇小说的艺术功力之一在于稍加点染，就把这个势利而又浅薄，愚昧而又倨傲的官宦小姐形神兼备地勾画出来，从而与四娘形成强烈的性格对比。

作为反衬的陪衬，另一个婢女春香，则是二娘性格的补充。作品中有关她的描写前后只有两处：当桂儿针尖对麦芒地顶撞二娘时，她就忙不迭地上去帮腔，自觉地当主子的应声虫，奴才的媚态可掬！当程生果真成了"贵官"，桂儿履行前言执意逼索她的眼睛时，她就啼号挣扎，丑态毕露。仅这两处描写，春香那副愚忠、攀附、欺软怕硬的奴才相，便令人一目了然。她和二娘沆瀣一气，同声相应，成为封建官宦家庭中主奴关系的典型表现。

通过上述分析，我们可以清楚地看到，围绕性格冲突写好对话对于塑造人物形象具有多么重要的作用。《胡四娘》篇之所以能够将人物对话写活，并且在艺术上达到如此炉火纯青的地步，关键在于借人物在特定情境中的对话口吻恰切地反映出人物的心理活动和精神气质。在生活中每个人都有自己的思想感情，人们说话的口吻又往往同秉性各异的心理气质互为表里。从这个意义上讲，独特的心理气质正是人物性格内在的依据。所以文学作品如果能精确地绘声绘色地描写出人物说话时的口吻和语气，那么它对揭示内心世界，刻画人物性格，将会起着举足轻重的作用。《胡四娘》能在有限的篇幅内描写出许多各不相同、互相区别的过场人物，其奥妙就在于此。

　　　会公初度，诸婿皆至，寿仪亢庭。大妇嘲四娘曰："汝家祝仪何物？"二妇曰："两肩荷一口！"四娘坦然，殊无惭怍。

大妇二妇一问一答，似演双簧。而嘲弄奚落的背后，她们的丑恶用心无非是要让四娘在大庭广众中自惭形秽，无法立足。如果细加推敲，就不难发现两人说话的口吻并不相同。大妇明知故问，引而不发，从她询问的口气中，读者分明感到来者不善，颇有点儿咄咄逼人的意味。这位表面雍容华贵实则势利猥琐的少奶奶，完全从寿礼的厚薄来衡量人的价值，即使是她的嫡亲姑子也不例外。被谑称为"贵人"的四娘，在大妇的心目中无疑是人格最低贱的。既然如此，借机嘲讽也就成为她的性格逻辑了。二妇的世俗心理与大妇相同，然而她比大妇却更加尖刻。如果说大妇的发问于俗浅中带有酸气，那么二妇的直言则浸透辣味，愈益鲜明地显示出长舌妇的典型气质。"优秀的作家还有这样一种本事，那就是同是一种罪恶或愚蠢推动着两个人，而他能分辨出这两个人之间的细微的区别。"① 蒲松龄恰恰就具有这种本事，他能从同一情境中两个庸俗不堪的人物口吻中写出她们之间极其细微的差别。

在周围世俗人等中，李夫人堪称鹤立鸡群。她独具慧眼，老于世故。这样一种性格特征同样是通过她自己的言谈举止自然流露的。她经常告诫女儿三娘说，"四娘内慧外朴，聪明浑而不露，诸婢子皆在其包罗中而不自知。况程郎昼夜攻苦，夫岂久为人下者？汝勿效尤，宜善之，他日好相见也。"在这个封建家族上上下下的众妇女中，唯有李夫人"恒礼重四娘，往往相顾恤"。在她的影响下，三娘每当回娘家看望父母时，也就对四娘格外地亲。李夫人目光犀利，不苟人同；特别是她能从发展的观点看人，这正是他人所不可企及之处。她不同于流俗，但又未能免俗。她之所以告诫三娘不要学姊姊的坏样子，而要对四娘亲善，乃是因为她从程郎的"苦读"精神看出他决非"久为人下者"。今天的善待，正是为了他日好相见，归根到底还是离不开他日高升后利害得失的考虑。她这种心理状态符合胡公爱妾所处的地位，既有别于桂儿对四娘纯朴的同情心和豪爽的正义感，也不同于红玉（《红

---

① 菲尔丁：《汤姆·琼斯》第十卷第一章，《文艺理论译丛》1958年第一期。

玉》），娇娜（《娇娜》）等助人为乐，具有侠义之风的女性形象。这些都充分说明蒲松龄在准确地把握和艺术地表现人物心理气质的问题上非常富于分寸感，因此当写到人物之间对话的口吻时，也就能曲尽其妙，各有千秋。

对比和衬托是我国优秀的古典文学作品中惯用的手法。对比是在不同的事物之间进行的，着重于彼此不同点或事物特征的对照，以便把二者鲜明地区别开。"江碧鸟愈白，山青花欲燃。"形象地说明了这类技法所产生的艺术效果。《三国志演义》中曹操对张松的傲慢无礼和刘备对张松的谦恭备至互为衬托。《红楼梦》中"苦绛珠魂归离恨天"与"薛宝钗出闺成大礼"形成强烈的对比，以大喜反衬大悲，则愈显得黛玉死得悲凉凄惨。蒲松龄也深谙此中三昧。《胡四娘》篇以诸姊妹、群公子乃至婢媪对四娘和程生前倨后恭的鲜明对比和相互映衬，深刻地揭示了各色人等的内心世界，有力地针砭了人情冷暖、世态炎凉的社会风气。程生求佣之际，虽蒙胡银台青睐，而众人却待以冷嘲热讽，揶揄起哄。四娘因其父将其赘程，也同样受到嗤笑和奚落；甚至三郎完婚，兄嫂都不招她赴筵。程生功名得遂之日，地位陡变。诸兄弟在婚筵上看到程生寄给四娘的函信，"相顾失色。筵中诸眷客始请见四娘。姊妹惴惴，惟恐四娘衔恨不至。"过了一会儿，四娘翩然竟来，一霎时喧宾夺主，成为众人注目的中心："申贺者，捉坐者，寒暄者，喧杂满屋。耳有听，听四娘；目有视，视四娘；口有道，道四娘也。"并且争着把盏向四娘敬酒。曾几何时，鄙薄代以尊敬，冷淡转为亲热，嘲讽变成阿谀，狎弄化作恭维。特别是作品在"宴笑"中掉转笔头，蓦地插进桂儿逼索眼睛，"春香奔入，面血沾染"，"二娘大惭，汗粉交下"的场面。读到这里，真是令人忍俊不禁、涕笑不得。轻描淡写，急弦促响，强烈的对比和鲜明的映衬，将炎凉丑态尽收眼底。而世俗悠悠，众人出丑又反衬了银台的卓识，程生的力学和四娘的端默。作为一幅世风日下、人情浅薄的风俗画可谓描绘尽致，叹为观止。

　　文艺作品贵在简洁，"简洁——是美的必需的条件。简洁和自然可能不好，但不简洁和不自然不可能是好的"①。而简洁又离不开"熔裁"，也就是从练意谋篇到练辞遣句都要"芟繁剪秽"。正如刘勰在《文心雕龙·熔裁》中所指出的："规范本体谓之熔，剪截浮词谓之裁。裁则芜秽不生，熔则纲领昭畅，譬绳墨之审分，斧斤之斩削矣。"《胡四娘》和《聊斋志异》中的其他名篇一样，繁略悉由情理的内容来决定。因此显得熔裁得体、简洁自然。如同一片雕刻精致的玉叶，以程生的发迹变泰为叶脉，将人物的遭遇和命运分成均匀对称的两半，由于描写逼真，照应得法，不仅使整个作品脉络清晰，结构严谨，而且使艺术形象的个性刻画富于心理深度。譬如前边有二娘及春香和桂儿赌誓抉睛时所表现的趾高气扬，不可一世；后边便有桂儿索眼时春香"面血沾染"，二娘"汗粉交下"的窘迫和羞惭。前边有大妇二妇对四娘极尽嘲讽之能事，后面便有大郎"五体投地"泣求四娘时的卑躬屈膝。前边有李夫人识人于未遇、三娘对四娘"加意相欢"以及娘儿俩对报考的程生"赆遗优厚"的描述，后边便有程生对"家渐贫"的三娘"施报逾于常格"和"迎养"李夫人若己母的佳话。前边有胡公对程生的器重和"除馆馆生，供备丰隆"的优待，后面便有胡公死后，在群公子"日竞资材，枢弗顾"，致使"灵寝漏败"的情况下，程生出来"刻期营葬，事事尽礼"的描写。作品的前后两部分，构成了玉叶总体形象的完整、和谐。

　　蒲松龄所宣扬的神巫知人贵贱和善有善报、恶有恶报，倘从宿命论的报应观点来说是应该扬弃的，但作品中所运用的对比和照应的艺术手法，却是值得借鉴的。照应与对比的区别，在于它是在同一事物自身进行的，这种手法着意表现该事物前后的内在

---

　　① 列·托尔斯泰：《致安德列耶夫》（1908 年 9 月 2 日），《文艺理论译丛》1957年第 1 期。

联系，以便使它的发展更合乎逻辑，从而展示出它的来龙去脉，前因后果。《胡四娘》篇使多种艺术手法互相融合，自然形成首尾呼应，就像玉叶相互对称的支脉从两旁紧紧连接着主脉，化为浑然一体。作品经过熔裁呈现出的简洁美，如同雕塑大师，以镂月裁云的功夫，将玉叶以外的玉石，全都剔去。例如程生如何潜身大人门下等情节只用一笔带过。这才使《胡四娘》成为晶莹润泽，巧夺天工的珍品。

1982 年 6 月

（原载《聊斋志异鉴赏集》，人民文学出版社 1983 年版）

漫笔《晚霞》的艺术美

举凡从《聊斋志异》中撷英取萃,鲜有不选《晚霞》者。遍赏群芳,在琳琅满目的《聊斋》画廊中,《晚霞》以其流光溢彩的艺术美,理应刊为上品。

读《晚霞》,仿佛观摩一幕洞庭扬波、翩若惊鸿的舞姿,倾听一曲凄恻动人、回味无穷的和弦,令人击节兴叹,为之怃然。妙文掩卷自长吟。若要探究《晚霞》为什么具有如此强烈的艺术感染力,美在何处,奥秘之一就在于它以风光旖旎的绘画美动人心弦,令人拍案叫绝。

《聊斋志异》中的作品,常以传记文学的传统写法开头,先点出人物姓甚名谁及其特点。如"直隶慕生,小字蟾宫。"(《白秋练》)"马子才,顺天人,世好菊,至才尤甚。"(《黄英》)《晚霞》篇却独辟蹊径,以气韵生动的风俗画开篇。"五月五日,吴越间有斗龙舟之戏。"端阳节江南赛龙舟的情景,历历在目,令人神往。这里不仅精雕细刻地勾画出龙舟的具体形象,"刳木为龙,绘鳞甲,饰以金碧;上为雕甍朱槛;帆旌皆以锦绣"。而且突出地刻画了舟末龙尾高悬下垂的木板上,有童子"颠倒滚跌,作诸巧剧,下临江水,险危欲堕"的景象。无论是入画的景物,还是随类傅彩,都充分显示出浓郁的民族气派和地方特色。

令人目不暇接的是,小说为我们展现出一幅又一幅格调、色泽迥然不同的画面。龙宫舞蹈的场面,俨然是一帧浓墨重彩的长卷宫廷画。这幅画构思精致，布局匀称，层次分明。在这里主宾、浓淡、远近、动静等关系处理得巧妙而又妥帖。类似中国画的散点透视，先由远而近，再由近而远。龙窝君首按夜叉部，命进乳莺部，次按燕子部，再唤柳条部。燕子部晚霞作散花舞的轻盈与柳条部阿端"喜怒随腔，俯仰中节"的慧悟相互映照，形成近景的中心。两人眉目传情，相视神驰，则由近而远。然后再写到蛱蝶部，以至诸部都考查完毕。在鱼贯而出的稍远方晚霞遗赠信物，暗订盟好。从整个画面的布局来看，燕子部和柳条部都居主位，夜叉部、乳莺部、蛱蝶部等均作为陪衬，处于宾位，对于晚霞和阿端来说，燕子部、柳条部也分别发挥了烘云托月的作用。晚霞、阿端先后起舞，犹如昆山片玉，则是主中之主。

　　这帧比例协调，色彩调和的画幅，有静有动，以静衬动，俨然是一出大型连续性的舞蹈艺术集锦，各部的演员都以别具一格的舞姿、音响和色彩充分显示了自己的艺术个性：鬼面鱼服的夜叉部擂鼓鸣钲，粗犷豪放，"舞起，则巨涛汹涌，横流空际"，乳莺部皆二八姝丽组成，"笙乐细作"，舞步舒缓，"一时清风习习，波声俱静"。燕子部起舞的都是垂髫妙龄女子，她们舞姿婀娜、轻盈、灵巧，而晚霞的表演尤其出众，但见她"振袖倾鬟"；"翩翩翔起，襟袖袜履间，皆出五色花朵，随风飚下，飘泊满庭"，胜似天女散花。如果说柳条部以缠绵和韵律见长，那么蛱蝶部的童男女双舞，则以活泼取胜。这一场场笙歌靡漫、莺歌蝶舞，一方面有力地烘托了晚霞和阿端艺术的高超，另一方面却着意渲染了龙宫内歌舞升平，富丽堂皇而又法治森严的繁华景象。

　　《晚霞》为我们所展现的第三幅画，可称为"莲屏图"。与前两幅画相比，这幅画更富有境界美和抒情性。作者以丰富的想象和夸张的笔法写到"见莲花数十亩，皆生平地上；叶大如席，花大如盖，落瓣堆埂下盈尺。"这是一个多么清雅幽静的幻境啊！一对"凝思成疾，眠餐顿废"的恋人，因有蛱蝶部的童子有心成全，引入其中。不期而遇，自然是惊喜参半，这才"各道相思，略述生平"。他们"以石压荷盖令侧，雅可障蔽；又匀铺莲瓣而藉之"。这番幽会，特意以富于诗情画意的数十亩荷花为屏障，越发显示出爱情的纯贞和美好。对比和衬托，妙在自然、清新。生活在17世纪中国封建社会的蒲松龄，对苦恋中的爱情描绘得竟是那样的心醉神迷，而又是那样的纯朴含蓄！除非大手笔，绝不可能臻此佳境。

第四幅画，则为表现一家团圆的民俗画。晚霞、阿端经历过生生死死的折磨，先后从龙宫来到人间的蒋氏家园，与孤苦伶仃的寡母重逢，又生下传宗接代的爱子。一家三代人生离死别后的大团聚，这在现实生活中几乎是不可能发生的。然而作者却运用云诡波谲的浪漫主义手法将团聚描画得"悲疑惊喜，万状惧作"，极富人情味。宛如黯然销魂、远离故乡的游子，一旦带上将要分娩的娇妻蓦地闯进家门一般，画面捕捉了这一刹那人物和人物之间诸般复杂的感情，予以生动的描绘，洋溢着浓厚的生活气息，分明是一幅色调明朗而又耐看的具有民族气派的年画。

以上所列举的四幅画面，并非各不相关、彼此孤立的存在，而是以晚霞、阿端一生的悲欢离合为描写对象，经过提炼、集中和概括等一系列典型化的过程，精心绘制而成。由对旧社会艺人的痛苦生涯而引起的悲悯和愤懑，被运以巧思，化以彩绣，从而使艺术品得以天衣无缝、浑然一体。因此《晚霞》不仅从艺术形式上呈现出特有的绘画美、舞蹈美和音乐美，而且更重要的是在思想内容上蕴含着隽永的内在美。二者在作品中达到了完美的和谐的统一，表现了真善美的顽强生命力。由于作者爱憎鲜明，感情充沛，作品的思想倾向无疑是健康的、积极的。晚霞和阿端是一对演技高超，身世凄凉的青年艺人。他们早在童年就被王公贵人买去学艺。在斗龙舟之戏中被迫冒险卖艺，不幸堕水身亡；死后仍然摆脱不了被奴役的命运。在法纪森严的龙宫，他们连起码的人身自由都没有保障，哪能谈得上爱情和幸福！在历经生而死，死而再死，死而复生的曲折过程中，他们在情感上也累尝苦辛而备受折磨。篇末写到阿端和晚霞侥幸回到人间，似乎逃出了龙宫的樊篱，但是，人间以王侯为代表的恶势力又向他们吞噬而来，晚霞只好毁容自存。作品热情讴歌了美好、坚贞的爱情，对辗转在痛苦深渊中的小人物寄予深切的同情。

作品中耐人寻味之处，在于含蓄而又深刻地揭示了悲剧所由产生的社会根源。蒲松龄在这里并没有把封建统治阶级的代表人物脸谱化。小说中既不见骄奢淫逸的权贵迫使阿端学艺，也不见凶神恶煞的势豪直接出面干预他们的爱情。但是，作品借助画龙点睛的暗喻和反衬的手法，却让人感到封建社会阶级压迫的残酷性。例如阿端早年便捷奇巧，人莫能过。他的溺死，表面看来似乎纯属偶然失足，实际上作品开篇就委婉地揭示出他惨死的必然性。王公贵人在花天酒地之余，为了满足自己的官能享乐，填补精神上的空虚，往往以金钱作诱饵，事先讲好"堕水而死，勿悔也"的条件，买下穷人家的孩子，加以训练，以供玩乐。当父母的明明知道龙舟卖艺这种行当有性命之虞，但迫于贫穷，也只得如此。这就是说，惨无人道的阶级压榨才是导致阿端早殇的社会根源。

阿端与晚霞在龙宫相遇相爱以后，仙境中幸福生活很快中断了。随龙窝君为吴江王祝寿之际，晚霞被留在吴王府教舞，"数月更无音耗"。宫禁森严的吴江大门对阿端紧闭着，虽有解姥热心帮助亦不能入。"晚霞在吴江，觉腹中震动，龙宫法禁严，恐旦夕身娩，横遭挞楚，又不得一见阿端，"便投江而死。痴想欲绝的阿端，得知晚霞投江，"毁冠裂服，藏金珠而出，意欲相从俱死。"晚霞和阿端，死后再死，似乎与龙窝君无关，实际上又是怎样呢？作品运用对比和反衬的手法，欲抑先扬地揭示了这样的事实：龙宫里鼓钲喤聒，歌舞升平，正是由晚霞、阿端等不幸的艺人苦心孤诣的表演点缀起来的。龙窝君虽然"颜色和霁",嘉奖慧悟,然而龙宫的气氛又是那样压抑、沉闷,如同置身在令人窒息的牢笼一般。阿端和晚霞互相爱慕,由于"法严不敢乱部",只能"相视神驰而已"。在这里年轻艺人那种热烈的情感,非凡的才华同冷酷威严的封建秩序恰好形成鲜明对照。龙宫内乐奏舞起,莺飞蝶狂的豪华排场,反过来又衬托了艺人地位的低下。作为龙宫的统治者——龙窝君之所以嘉许阿端,赐于恩典,完全是按照他的利益和要求施爱于对方,充其量也只是为了装饰门面,借以自娱。至于晚霞、阿端对自由的追求和爱情的执着,龙窝君是根本不予理会的,当然更为等级禁严的法制和尊卑不得逾越的秩序所不容,所以晚霞和阿端死而又死,也就成为必然的了。

　　阿端和晚霞历经艰辛,受尽折磨,侥幸回到家园,不但同老母团聚,而且生下爱子。他们刚刚获得家庭的温暖和人间的幸福,却又遭到第三次劫难:"值母寿,夫妻歌舞称觞,遂传闻王邸。"人间的淮王又想恃权仗势,强夺晚霞。阿端向王说明"夫妇皆鬼",幸免了夺妻之祸,晚霞仍不能解除伎艺的缰锁,"遗宫人就别院,传其技",终篇处写晚霞以毁容为代价而得以摆脱困境。作品到此,戛然而止,情节虽然没有继续展开,同样给读者留下充分想象的余地。《晚霞》的艺术个性突出地表现在它是以腾挪跌宕的曲笔通过主要人物的命运来鞭挞封建势力的。对真善美的讴歌和肯定,对假恶丑的揭露和否定,便是贯穿《晚霞》全篇的一条鲜明的主线,由此,使得作品的艺术形式和思想内容达到和谐的统一。《晚霞》以珠圆玉润、锦心绣口之作给人以高度的艺术享受。

　　"想象是创造形象的文学技巧最重要的手法之一。"[①]"没有联想、想象和幻想,是不可能进行艺术创作的。"[②]《晚霞》篇的浪

---

① 　高尔基:《论文学技巧》。

② 　艾青:《诗论》。

漫主义特色同样离不开丰富的联想、想象和幻想。正是凭借浮想联翩，作家的审美理想才能通过一幅幅生动的画面得到充分的体现。蒲松龄借助"人死后灵魂不灭"的传统观念和神话的形式，幻想不幸的阿端即使死后也仍然摆脱不了被奴役的命运。他的才智和伎艺在另一个世界虽然获得了承认和赞许，但是他又被剥夺了爱的权利。为了补偿这些艺奴在人间不可能拥有的欢乐和幸福，作者振起想象的翅膀，为晚霞和阿端的幽会设置了清丽而恬静的莲亩。但是，囿于森严的法制，这种纯洁的爱情难免有夭折的危险。一旦晚霞被迫投江自尽，阿端痛不欲生，愤而毁冠裂服，相从俱死。"但见江水若壁，以首力触不得入"，"忽睹壁下有大树一章，乃猱攀而上，渐至端杪，猛力跃堕，幸不沾濡，而竟已浮水上"。复死的情节，想象何等奇特！悲剧的浓重性，不在于殉情，而在于极写旧社会艺人命运的悲惨！这正是《晚霞》命意的深刻性所在。这一点同样是靠艺术的想象来完成的。

　　瑰丽的想象要以坚实的生活为基础。作家的阅历和视野越广袤，对生活的观察越细致，想象和联想就越丰富。《聊斋志异》的杰出成就，与蒲松龄过人的想象力分不开，也和他具有深厚的生活基础相一致。我国漫长的封建社会，特别在明清两代，豪门贵族蓄养歌女舞伎的现象相当普遍。多少穷不聊生的人家，当父母的被迫忍心卖掉子女，驱使他们在童年就去学艺。有的过早夭折，死得相当凄惨；而幸存者却依附于权贵，像奴隶一样失掉人身自由。《红楼梦》一书中贾琏从南方买来的戏班子，像芳官等十人的命运就是如此。至于那些艺高貌美的妙龄女子，结局则尤其悲惨！联系那个可诅咒的时代阶级压迫的现实来看，《晚霞》这样的名篇，绝非镜花水月，实为清初艺奴悲剧性命运的一面镜子。由此可见，即使以积极浪漫主义为主导的作品，同样必须植根于生活的土壤，以现实主义为基础。

　　《晚霞》篇无论怎样富于艺术美，毕竟还是语言的艺术。如果说绘画以线条，色彩描绘的艺术形象，直接诉诸人的视觉；音乐以旋律、音调为表现手段，属于听觉艺术；那么《晚霞》篇（以至其他优秀文学作品）的艺术美，则是借助语言文字塑造形象，唤起读者的想象和联想，撼动人的心灵，给人以丰富的美感享受和深刻的思想启迪。刘勰在《文心雕龙·神思》篇中指出："意翻空而易奇，言征实而难巧也。"真正的艺术往往以奇巧和含蓄见长，而与平板和浅露无缘。《晚霞》妙在思致微渺，言在此而意在彼，在有限的形象中包含着无比丰富的内容。蒲松龄驾驭语言艺术的超人的本领之一，就在于运用优美而精练的语言和独特的笔法描绘出能够唤起读者再创造的心理活动的形象，让人们不是简单地接受某种概念，而是从探索、发现和补充中获得审美乐趣。

清人但明伦所说的双提法，就是《晚霞》篇以极其精炼的文字唤起欣赏者丰富想象的方法之一。他说，"叙阿端之死，先插入吴门载美妓一笔，仍是暗用双提法"。本篇描写的是两个同样命苦的小人物，但开头既不写晚霞，也不直接写阿端，而是先以对龙舟的具体描写引出童子冒险卖艺的情景，继则借插叙童子被迫卖艺的由来，交代"吴门则载美妓，较不同耳"，以暗喻美妓和童子的悲惨命运并无二致。由于"双提法"的妙用，作品中虽然未曾明写晚霞沉沦到龙宫前的痛苦经历，然而从阿端堕水惨死的遭遇便可联想到美妓以至晚霞的不幸的命运。第二段明写阿端年方七岁，便作为玩物被王公贵人购去，实际上也是暗写晚霞。所不同的是，阿端死后为龙窝君所赏识，是靠正面描写而来，晚霞初到龙宫时的境况则要靠欣赏者的想象来完成。

晚霞的聪明智慧，也是沿用双提法来表现的。在龙窝君次按燕子部，晚霞出场亮相以前，小说对她的伎艺并没有作任何正面描写，只是写阿端入龙宫后，由解姥教练："已乃教以钱塘飞霆之舞，洞庭和风之乐。"解姥担心阿端新来乍到，不能很快学会，"独絮絮调拨之；而阿端一过，殊已了了。"解姥高兴地说："得此儿不让晚霞矣！"看上去是在描写阿端的才智超群，实际上也是暗写晚霞。欣赏者自然会从想象中对晚霞这段生活进行补充。设想如果作者不用双提法，而是将类似的内容平铺直叙，重复描写，即使用语不同，也会令人感到繁缛、累赘。这样，用极省俭的文字能够引起欣赏者很多的想象和联想，给人以再创造的余地。单就以少胜多的艺术技巧来看，较比那些尽管写得很细，好像很完整，可惜只是生活现象的平板叙述的作品更动人更完整，同时在文字上达到文半功倍的作用。

　　欣赏《晚霞》这类作品，假如我们不能按照作者的原意通过想象加以探索和补充，而局限于就文字本身去理解作品，势必会失掉许多不应该失掉的东西，影响到对作品审美意义的深入理解。所以对《晚霞》以及《聊斋志异》中其他名篇的欣赏，不但能使读者从中受到裨益，获得美的陶冶，而且能启发读者驰骋其丰富的想象力。

1982 年 6 月

（原载《聊斋志异鉴赏集》，人民文学出版社 1983 年版）

浅论《聊斋志异》的艺术风格

　　马克思对布封关于"风格是人"的观点的肯定，对于我们从作家的为人来理解作品的风格，是有着重要意义的。王朝闻主编的《美学概论》一书曾据此对风格的内涵作了如下的概括，"艺术风格作为一种表现形态，有如人的风度一样，它是从艺术作品的整体上所呈现出来的代表性特点，是由独特的内容与形式相统一、艺术家的主观方面的特点和题材的客观特征相统一所造成的一种难于说明却不难感觉的独特面貌"。总的来说，作品的艺术风格也就是作者的思想、性格、情操、品质、审美趣味和艺术修养在创作上的集中体现。任何一种风格的形成，都标志着作家思想、艺术的臻于成熟。风格形成的过程，离不开时代风貌、社会生活、文艺传统和流派的熏陶影响。要想在一篇文章里将《聊斋志异》的艺术风格说准、说全、说细，那将是非常困难的。拙文只是一种尝试，意在抛砖引玉，望大家指正。

　　风格的多样性既表现在不同作家作品中，也表现在同一个作家的不同样式、体裁、形式的作品中。鲁迅先生杂文的风格有别于他的小说和旧体诗，莎士比亚悲剧的风格不同于他的喜剧，陶渊明的诗既有"采菊东篱下，悠然见南山"的恬淡，又有"刑天舞干戚，猛志固常在"的雄壮。苏轼的《念奴娇·大江东去》传诵千古，极豪放之致，而《水龙吟·似花还似非花》则遗貌取神，文笔空灵，兼有婉约派的细腻和含蓄。蒲松龄也不例外。不仅

《聊斋志异》的风格不同于他的俚曲和诗歌，而且《聊斋志异》本身也是多种风格的统一。

从《聊斋志异》的作品实际出发，我认为它的艺术风格主要表现在以下四个方面。

洗练和宏富的统一

《聊斋志异》的题材广阔浩瀚，包罗万象。举凡人间的世俗生活，乃至异想天开的龙宫仙岛，域内海外，天上地下，几乎无美不备。从辽东到海南，从崂山到云南，从福建到西安，从京都到边塞，以山东淄川为中心，作品为我们展示了辽阔的空间和斑斓多彩的社会画面。作者笔走龙蛇，游刃有余，时而发思古之幽情，时而抒今世之孤愤，时而托梦幻以寄怀，时而借讽喻以明志。在众多篇幅短、寓意深、容量大的篇章中，不仅花妖狐魅、神鬼精灵、草木竹石、鸟兽虫鱼等非人形象独具人情，而且连士农工商，兵艺侠医技，僧尼道巫赌，娼盗官吏，也大都呼之欲出。作者奋其妙笔，时而写家庭、邻里之间的微妙关系，入情入理；时而写时代的风云变幻，委曲婉转，时而写壮士斩妖除怪，正气凛然；时而写书生落魄，催人泪下，时而写忠贞爱情，娓娓动听；时而写纯洁的友谊，感人肺腑，时而讽刺贪官污吏，令人称快，时而痛斥豪强权势，淋漓尽致。作者经常借身边琐事加以生发，鲜明地揭示社会的某些本质方面，往往寥寥数笔，通过引人入胜的细节晓以深奥的哲理。如同一部生活的百科全书，人情、世俗、道德、政治、经济、法律等各个领域，无不有所涉及。兼以作者拥有渊博的知识，善于用典，能够从民间流传的故事中开拓新意，将丰富的生活素材提炼为创作的题材。《聊斋志异》堪称洋洋大观，不仅以形象的生动性闻名，而且以宏大的规模、丰富的内容吸引着读者。

　　从类似的题材中发掘不同的思想内容，是《聊斋志异》显得丰富多彩的一个重要特点。例如脍炙人口的《狼三则》，题材、形象基本相同，然而立意却各有侧重，一则表现屠户的智慧，二则突出屠户的警觉，三则描写屠户的勇敢。再看看大量爱情题材的作品，不仅构思、人物、情节毫不雷同，而且所反映的思想内容也大相径庭。同是写牡丹花精与人恋爱的《葛巾》和《香玉》，前者立意在于说明猜疑能使美好的爱情枯萎，幸福的生活中断。后者则重在对生死不渝的爱情的讴歌。同是写虎狼的作品，有的取其残暴的特性，针砭贪官（《梦狼》），有的借其凶猛吃人的特点，让老虎吞噬势豪的头颅（《向杲》），有的则取其刚勇的品格，对为母治病的医生尽卫护之责（《二班》）。

　　《聊斋志异》丰富多彩的内容，是以精粹的语言来表现的。蒲松龄在语言的锤炼上具有千金不易一字的功力。他能在短小的篇幅内，驱遣精炼的文字表现丰富、深刻的思想内容，从而使《聊斋志异》一书在整体上呈现出洗炼和宏富的统一，就像"互相排斥的东西结合在一起，不同的音调造成最美的和谐"①。在《聊斋志异》的不同篇章中，经常出现二三个字的句式。如"至夜，果绝。儿窃喜。"（《贾儿》）又如《罗刹海市》的开篇只用了三十六个字，便将人物的姓氏，身世，外貌，衣着打扮，秉性爱好勾画得栩栩如生："马骥，字龙媒。美丰姿。少倜傥，喜歌舞。辄从梨园子弟，以锦帕缠头，美好如女，因复有'俊人'之号。"作者深谙文体美，有时出以对仗工稳，节奏鲜明的赋体，就能使作品的规定情境隽永夺目。如"山鸟一鸣，则花片齐飞，深苑微风，则榆钱自落"（《西湖主》）。写景如画，极富情韵之美，点染时令，饶于幽趣，乃是为了烘托人物此时此际"怡目快心"的美感。有时一两句话写静夜幽恨，妙在自然浑成，蕴藉深厚。如"沙月

---

　　① 　赫拉克利特：《古希腊罗马哲学》。

摇影，离思萦怀”（《凤阳士人》），出语清丽，即景生情。一"摇"字以动衬静，其境愈静。而愈静则愈感到孤寂难处，一"萦"字虚写月光照人无眠，实写人物离思之苦，不言情而情至深。《聊斋志异》所包含的丰富内容，类似例子极多。

蒲松龄撰写《聊斋志异》，在语言文字上确实是下过苦功的。在穷年累月的创作实践中，他在遣词命意上做到了千锤百炼，字斟句酌，这种刻苦自励的精神，并不亚于杜甫在诗歌创作中的"语不惊人死不休"。从迄今尚存的原作手稿的修改痕迹中，我们可清楚地看到蒲松龄创作态度之严肃和律己之严格。例如《辛十四娘》开篇对冯生的旁介，手稿的原文是："广平冯生，少轻脱纵酒，年二十余，盆丹鼓，偶有事于姻家，昧爽而行。"定稿时将"年二十……于姻家"一句删去，把"而"字改成"偶"字。改定后冯生"少轻脱纵酒"的性格特征就更加鲜明了。又如《续黄梁》篇的第一段，从开头到二十年太平宰相，原稿共一百六十七个字。改定后仅剩七十七个字。原文中的"未便旋里"同曾孝廉求卜星者没有什么关系，"星者望之日：先生新烧龙尾，意颇扬扬，长安花看尽否"一段，无助于刻画曾孝廉这个反面形象，因此统统被作者删去，而改成"星者见其意气"。星者佞谀曾孝廉的话和神态不需要具体描写，星者询问卜者庚甲自属不言而喻；"星者卜算己"句系一般叙述过程，"曾孝廉笑曰：'看终作何官？'星者方凝思，曾又笑。"这一小段话对刻画人物不起什么作用，所以也被删去。"宁无蟒玉"改成"有蟒玉分否？"则更能表现曾孝廉觊觎高位的口气和求卜的目的。

除了字、词、句的修改外，有的作品在情节的提炼上也做了较多的改动。《狐谐》篇在"主客又复朗堂"后面修订稿文字虽省去一半，内容却更加丰富。原稿中狐女所讲的前后两个典故，均隐含讽刺孙得言之意，显得重复累赘。改后不仅前后呼应，逻辑上顺理成章，而且意境新鲜，进一步引申出奚落陈氏兄弟的意思。蒲松龄在艺术上精益求精，真正做到了如刘勰所说的"芟繁剪秽，弛于负担"，"字去而意留"，"辞殊而意显"。他不愧为一位"思瞻""善敷""才核""善删"的大手笔。《聊斋志异》在艺术风格上呈现出宏富和洗练的和谐统一，正是得力于此。

《聊斋志异》之所以能具有"如矿出金，如铅出银"的洗练，是和创造性地继承传统分不开的。清朝几位评论家都先后指出过，《聊斋志异》与古代散文和传记文学的继承关系。冯镇峦认为，"读《聊斋》，不作文章看，但作故事看，便是呆汉，惟读过左、国、史、汉深明体裁作者，方知其妙。或曰：何不迳读左、国、史、汉？不知举左、国、史、汉而以小说体出之，使人易晓也"①。但明伦也确认，"惟喜某篇某处典奥若尚书，名贵若国礼，精峭若檀弓，叙次渊古若左传、国语、国策，为文之法，得此益悟耳"②。这些看法虽然不够全面，却从一个重要的方面阐明了蒲松龄艺术功力的师学渊源。

奇谲和质朴的统一

蒲松龄创造性地继承了我国志怪小说的优良传统，驰骋丰富的想象和联想，采取幻化的形式曲折地反映生活，从而在现实主义的基础上赋予《聊斋志异》以积极浪漫主义的特色。许多作品以奇妙的构思、奇特的形象、离奇的情节和奇幻的场景，显现出奇谲的艺术风格。

在《聊斋志异》五百多篇作品中，直接以人为描写对象的为数并不多，大量是以鬼狐神怪的拟人化来间接反映人和人之间的社会关系的。人幻化为非人的艺术形象而又大都拥有变化莫测的魔法，在阅读和欣赏中就自然给人以"丰赡多姿，恍忽善幻，奇

---

① 《聊斋志异·读聊斋杂说》。
② 《聊斋志异·但序》。

突之处，时足惊人"的审美乐趣。《书痴》篇中夹藏在汉书里的纱篼美人，《白于玉》篇中的"衣翠裳者""衣绛绡者""淡白软绡者""紫衣人"四丽人；《绩女》篇中"所绩，匀细生光；织为布，晶莹如锦"的绩女，等等，都属于神仙类。《黄英》《葛巾》《香玉》《荷花三娘子》等篇则以花妖为描写对象。其他如蜜蜂（《莲花公主》）、鹦鹉、秦吉了（《阿英》）、老鼠精（《阿纤》）、白骥精（《晚霞》）等，可谓无奇不有，而写得更多的是狐和鬼。

蒲松龄笔下的神怪精灵、花妖狐魅，既非万物有灵或灵魂不灭的说教，亦非物的自然属性的图解，而是托物写人。作者运用想象、夸张和拟人化的艺术手法，在摄取物的习性和形体特征的条件下，赋予人的思想感情和性格特点，按照人的习俗、人的社会关系来描写，因而又都具有普通人的人性和人情味。这些形象又具有超凡入圣的神力，他们能不受生活环境的限制，不受时空的束缚，而成为忽敛忽纵、时隐时现、变化莫测的精灵。所以《聊斋志异》中的许多形象，往往具有亦人亦仙亦鬼，或亦人亦狐亦仙，或亦人亦仙亦怪的特点。

谲幻的场景与奇特的形象互相映衬，由此派生出离奇的情节，产生奇谲的艺术效果。《聊斋志异》经常出现"浮云在天，时阖时开，奇峰断处，美人忽来"的境界。《巩仙》篇写巩道人成全尚秀才。"袖里乾坤真个大"，"离人思妇尽包容"。道士展其袖，"中大如屋"，入则"光明洞彻，宽若厅堂，几案床榻，无物不有"。有情人在这里相会，"绸缪臻至"，共同吟诗，互相对句，婚配生子。这里毫无"催苛之苦"，而俨然是世外乐园。幻境描写之奇，令人叫绝。再如"星宿已繁，崖间忽成高第"（《锦瑟》）；"一日，归颇早，至其处，村舍全无……一转盼间，则院落如故，身固已在室中矣"（《张鸿渐》）；深山石室，"光明彻照，无须灯烛"。洞内有大叶类芭蕉，用以剪缀作衣，"绿锦滑绝"，"女取山叶呼作饼，食之，果饼；又剪作鸡、鱼、烹之皆如真者"（《翩翩》）……这一切在实际生活中是不可能发生的。《三国演义》中的"诸葛亮舌战群儒"、《红楼梦》中的"秦可卿出殡"有关场面的铺陈，尽管存在艺术上的夸张，却毕竟是生活的反映。以上列举的《聊斋志异》中有关幻境的描写，则纯属"蜃气五色，结为楼台"的虚幻。

离奇的情节，奇特的形象和谲幻的场景，三者的一致性正是这类作品的一个显著的特点。《书痴》中的颜如玉仙质凡态，亦人亦仙。她的出场就带有浓重的神奇色彩。这篇小说写郎生积好成痴，积痴成魔。"一夕，读汉书至八卷，卷将半，见纱翦美人夹藏其中"。"一日，方注目间，美人忽折腰起，坐卷上微笑。"郎生在惊骇中一再叩拜，美人则"下几亭亭，宛然绝代之姝"。论言谈、举止，美人无异于常人：如伴生下棋，授以弦索，戏谑饮博，谈情说爱，无所不善，只是不赞成郎生读书。她认为徒读无益，而郎生之所以不能腾达，正因为太专心读书了。她有言在先，"若不听，妾行去矣"。果然生一旦"忘其教"，女则渺；生伏以哀祝，矢不复读，女才从书卷上下来。从美人的忽隐忽现和未卜先知来看，却分明不是凡人。

大抵成功之作，莫不植根于社会生活。而如何反映生活，却又取决于艺术的构思。由此可见，构思正是将生活变成艺术的中心环节。在如何反映生活的问题上，大体有两种方式：一种偏重真实地摹写生活。当然在构思过程中不免对生活素材有所取舍，剪裁，集中，生发，也不排斥发挥想象的作用。另一种是以表现理想为主，着重运用艺术的想象，联想和幻想，间接地反映生活。《聊斋志异》中的多数篇章属于后者。作者虽有坚实的生活基础，但他在构思时更多的是充分发挥丰富的想象力，努力开掘题材所蕴含的意义，从而据此安排谲幻的场景，创造奇特的形象，设置离奇的情节。这里不仅有"袖中乾坤"，而且有"腹中武库"（《采薇翁》），采薇翁"脐大可容鸡子，忍气鼓之，忽脐中塞肤，啮然突出剑跗，握而抽之，白刃如霜"。他有个取之不尽，用之不竭的腹中武库。在险遭不测的情况下，头断可复合；腹裂而无血，且"其中戈矛森聚，尽露其颖"。有人认为这是一篇"胸中甲兵"式的寓言，然而从虚虚实实，亦真亦幻，虚幻为主的艺术构思来看，却是作者的独创。

在这里虚幻并非荒诞不稽，虚无缥缈的空想，它不是把人们引向茫茫太空，而是启发人们深化对现实社会的认识。由于作者长期生活在底层，对世俗各色人等无不烂熟于胸，因此笔端富于浓郁的乡土气息和质朴的人情味。仍以《巩仙》为例，如果说"袖中乾坤"的异想天开，正是对封建社会等级森严这一本质的反拨，那么就题材而言，却是对当时社会生活中司空见惯的爱情悲剧的提炼。穷书生尚秀才和曲妓惠哥相恋，"矢志嫁娶"。然而好景不长，惠哥因被鲁王召入供奉遂绝情好。寓质朴于神奇，正是这类作品的风格特色。其中某些情节以白描的手法和朴素的语言描摹人情世态，可谓刻画入神，力透纸背。如开篇写巩道人求见鲁王，"阍人不为通"，"中贵见其鄙陋，逐去之，已而复来。中贵怒，且逐且扑。至无人处，道人笑出黄金二百两，烦逐者覆中贵：'为言我亦不要见王：但闻后苑花木楼台，极人间佳胜，若能导我一游，生平足矣。'又以白金赂逐者。其人喜，反命。中贵亦喜"。如此层层行贿，道士才得以从王府后门进去。侯门似海，欲见之难难于上青天！摄此一瞥，对封建社会的弊端，暴露得何其鲜明！袖里乾坤，中有天地、有日月，离人思妇可任其往复自由，浮思翩跹，神奇色彩盈目。惠哥十八入府，十四年后赖巩道人神力襄助，得以与尚秀才团聚。其间写尚秀才虽白金，綵缎不为所动，王"命偏呼群妓，任尚自择"，尚一无所好，唯坚持初衷："但赐旧妓惠哥足矣！"书生痴情、质朴、纯真之态可掬！奇谲和质朴貌似对立，被作者运以巧思，化为形象，天衣无缝、水乳交融地结合在一起。"看不见的和谐比看得见的和谐更好"，① 因而这类作品呈现出一种独特的风格美。

单纯的奇谲，能使人感到新鲜，激发读者的好奇心，引起强烈的兴趣，从而得到一种审美的喜悦。但是这种审美作用不会持久，一旦读者的好奇心得到满足，随即兴味索然。奇谲和质朴相结合，才能产生系人情思、耐人寻味的艺术魅力。这样的艺术风格在审美价值上不仅超过单纯的奇谲，而且也胜过单纯的质朴。蒲松龄的诗以质朴见长，或状物写景，或直抒胸臆，很少雕琢夸饰。例如"黄沙迷眼骄风吹，六月奇热如笼炊。午时无米煮麦粥，沸汤灼人汗簌簌"这一类诗反映生活艰难，好在本色、自然，有真情实感，然而缺少新奇的美。"诗人所描绘的事物或真实之所以能引起愉快，或者由于它们本身新奇，或者由于经过诗人的点染而显得新奇。"② 《聊斋志异》与蒲诗相比较，尽管体裁、样式不同，但是由于前者能够将质朴和奇谲熔为一炉，因此在艺术造诣和审美价值上都超过了后者的成就。

含蓄和犀利的统一

我国历代诗歌的优良传统，都讲究艺术的含蓄。作为艺术美的一种特质，含蓄对其他样式的文艺作品，同样是必须具备的。《聊斋志异》之所以耐人寻味，能够引起欣赏者的想象和联想，是和作品运用蕴藉深厚，余意不绝的表现手法分不开的。在这里，含蓄既不同于浮躁浅露、竭尽无余，也不等于佶屈晦涩，莫测高深。《聊斋志异》含蓄的独特性表现为寓赏罚于嬉笑，在艺术风格上形成含蓄和犀利的和谐统一，其具体表现如下。

一曰表意在此，蓄意在彼。《八大王》篇写巨鳖报恩；巨鳖为

---

① 赫拉克利特：《古希腊罗马哲学》。
② 缪越陀里：《论意大利诗的完美性》。

报冯生放生之厚德，将鳖宝嵌入冯生臂上。冯生"由此目最明，凡有珠宝之处，黄泉下皆可见"，不久富埒王公，又得肃王三公主为妾。从表面上看，《八大王》的主题思想似为对好生之德的颂扬：冯生因不忍杀生，终得好报。实际上作品更深一层的寓意却在于暴露封建当权者的贪婪，针砭封建制度的腐朽和弊端。作品中的所谓南都令尹，不过是终日沉湎享乐的醉鬼。藩王、王妃以及依附于藩王的中贵，也都是一群贪贿无艺之辈。"福兮祸所伏，祸兮福所倚"，而祸福之间纯靠行贿疏通关节而转化。冯生因得宝镜照三公主影而获罪于肃府藩王，王大怒，原拟问斩，但是冯生却偏偏以罗致"天下之至宝"为诱饵，大贿中贵人使言于王，而得以免诛，生妻亦以珊瑚镜台纳妃而化祸为福，最后生妻"归修聘币纳王邸，赍送者迨千人。珍石宝玉之属，王家不能知其名"，同样也是靠大贿消灾弭祸，因祸得福："王大喜，释生归，以公主嫔焉。公主仍怀镜归，"财宝足以通神，冯生深悉其中三昧，故能化险为夷，人财两得。作为封建社会的暴露文学，这篇作品在《聊斋志异》中具有一定的代表性。从蓄意的深刻性来说，《小翠》同《八大王》也颇有类似之处。全篇写狐仙知恩而报，潜在之意却在于揭露官僚政客之间的两种关系。同派系之间互相庇护，重金贿赂，不同派系之间则互相弹劾、互相倾轧。懂得《聊斋志异》这方面的风格特色，有助于透过蒲松龄的春秋笔法，探索作品的深刻寓意。

二曰主旨在此，副旨在彼。《成仙》篇描述成生和周生之间的深厚友谊是经得住生死考验的。作品通过成、周如何先后看破世情，终于偕隐的本事，重在宣扬"忍事最乐"，这是小说的主旨。此种超脱凡尘的出世思想固然从一个侧面反映了作者不满现实的"孤愤"之情。但是从成生急友之难，奋不顾身地为周生打官司的曲折历程来看，作品在揭露封建社会官场的黑暗、腐败和徇私枉法这一点上，又是触目惊心，具有一定典型意义的，这正是小说的副旨。哪怕是皇帝"着部院审奏"的冤案，只要吏部肯向承办的院台"纳数千金，嘱为营脱"，仍可"得朦胧题免"。黑幕重重，世事可知！难怪成"自经讼系，世情尽灰"，这才"招周偕隐"。将"偕隐"当作避世的遁逃薮，固然有欠积极，却深刻地反映了封建社会的某些本质方面。特别是人物之间的某些对话，不仅富于鲜明的个性特点，而且具有极大的尖锐性，往往能一语道破社会的症结所在。周以黄吏部仗势欺人，"气填吭臆，忿而起，欲往寻黄"。成生劝说道："强梁世界，原无皂白，况今日官宰半强寇不操矛弧者耶？"由于成生谏止再三，周生才不去找黄，但是总咽不下这口气。他以为"邑舍为朝廷官，非势家官，纵有互争，亦须两造。何至如狗之随嗾者？"从而具状告官，呈治其佣，没料到官官相护，县宰不仅将状子"裂而掷之"，而且将周生逮系图圄。成生看透世情，如实地把官宰看成"半强寇不操矛弧者"，正是他见解过人之处。相形之下，周生则显得天真幼稚。但是，百闻不如一见。他不相信的"狗之随嗾"这一类的官场秽闻却是千真万确的事实。他自己在冤狱中几经磨折，逼入死港，就足以警世发聩。《潍水狐》与《成仙》有异曲同工之妙。该篇描述狐化身为老翁，税居李氏别第，彼此友好往来，感情融洽。对友谊的歌颂是其主旨。精彩之处在于借翁之口对邑令极尽挖苦之能事。翁对凡是愿意交好的一律来者不拒，"独邑令求通，辄辞以故"。李追究其原因，翁才悄悄说了实话，"君自不知，彼前身为驴，今虽俨然民上，乃饮糟而亦醉者也。仆固异类，羞与为伍"。驴见"束刍"则帖耳辑首，喜受羁勒，此处活用《教坊记》苏五奴典，"但多与我钱，虽饮糟（粉饵）亦醉"，用以讽喻邑令贪婪虐民的本质，可谓妙语解颐。

三曰寓庄于谐。《聊斋志异》中的讽谕性作品，往往于谈笑风生、谐谑幽默中，包含着对贪官污吏、土豪劣绅等社会邪恶势力的尖锐的抨击和辛辣的嘲讽。《司训》就是这类作品中比较出色的一篇。它描写一位聋教官，不听狐友的劝告，舍不得辞掸教职，结果以聋取罪，仍被免官。有一天，执事文场。唱名毕，学使退场与诸位教官在一起聚餐，"教官各扪籍靴中，呈进关说"。一会儿学使笑问聋子为什么唯有他无所呈进，聋教官茫然不解。"近坐者肘之，以手入靴，示之势。"恰巧聋教官靴内藏着为亲戚寄卖的房中伪器，他还以为学使就是要这样东西，便"鞠躬起对曰：'有八钱者最佳，下官不敢呈进。'一座匿笑"，而聋教官却挨了学使一顿臭骂，被撵了出去，从此罢官。读了这样的作品，谁不哑然失笑呢?! 堂堂学使却公然向教官索贿，已属秽闻，更添一聋教官，畸人快语，适足令人喷饭。作品运用笑的投枪，挑开了学使之流伪君子的假面具。寓庄于谐，正是这类作品批判功能的集中表现。

　　四曰寄锋芒于温馨、哀怒之中。有些作品分明是温情脉脉的爱情故事，然而并不重在讴歌爱情，而是从温柔之乡透露出作者对贪官污吏的无情揭露。有的则在步步生悲的怆恻气氛中潜藏着对封建统治者的怒斥。前者可从人们熟悉的《伍秋月》《阿宝》等名篇得到印证。后者以《公孙九娘》《林四娘》为杰出的代表。《公孙九娘》篇将幻想中鬼界的嫁娶描写得活灵活现，与人世并无二致。莱阳生被朱生的鬼魂拉去为甥女证婚，与公孙九娘邂逅相识。经朱生和甥女的介绍，生入赘其家。从写鬼嫁人的角度来看，这类题材在《聊斋志异》中不在少数。但是作者在《公孙九娘》篇中的着眼点，却在于抒写屈死的冤魂对幸福生活的憧憬和向往，渴望归宿而不可得的怨怼和悲愤。这位才貌出众的九娘，正是受到于七一案的株连横遭杀戮的无辜者。她在血泊中化为死无葬身之地的游魂，甚至对生者的"骸骨之托"都未能如愿。与开篇"碧血满地，白骨撑天"的惨象相呼应，作者在"冷露团团，含意未吐"的曲笔和结穴中，对屠杀者的血腥罪行给予了怒斥和控诉。

　　我们读优秀的古典文学作品，往往感到其中的艺术形象大于作者的主观思想，这显然是现实主义的胜利。作品只要坚持从生活出发，形象本身所蕴含的思想意义，就可能是作者还没有意识到的。比如《红楼梦》通过宝黛的爱情悲剧揭露了封建家族的黑暗和没落，从而显示了封建制度濒于崩溃和必然灭亡的命运。后者当然是曹雪芹所始料不及的。《聊斋志异》虽然也存在与《红楼梦》一类优秀古典作品相似的现象——形象大于思想，但更多的是作者有意将明确的是非和强烈的爱憎镕铸在艺术形象中，以"春秋"笔法或隐曲的方式来表现。尤其是针砭时弊、抨击封建统治者的思想倾向，往往采用"口多微词，如怨如讽"的方式流露，"惟会心人格外领会也"。因而使《聊斋志异》呈现出犀利与含蓄和谐统一的风格特色。

委曲和真挚的统一

　　如同含蓄能启发人对美的探索，委曲也能给人以隽永的审美乐趣。18世纪英国美学家荷迦兹，从对生活细致入微的观察中发现了委曲的美："曲折的小路，蛇形的河流和各种形状，主要是由我所谓波浪线和蛇形线组成的物体……在观看这些时，也会感到同样的乐趣。""他们引导着眼作一种变化无常的追逐，由于它给予心灵的快乐，可以给它冠以美的称号。"[①] 蒲松龄比这位美学家早一个世纪就懂得了委曲美对艺术风格形成的重要意义。在《聊斋志异》中无论是几千字的小说，还是一二百字的小品，从来不屑于平铺直叙，而是在跌宕起伏的文势中，委婉曲折地次第舒展，令人颇感有"登彼泰山，翠绕羊肠"，"湘水九迴衡九面，深情一往更盘纡"之妙。

---

　　① 荷迦兹：《美的分析》，《古典文艺理论译丛》第五册。

《石清虚》篇借佳石的得而复失、失而复得，凡五起五落的曲折经历，表现了邢云飞的遭逢不偶和一生坎坷。《恒娘》篇写恒娘悟透俗情，授朱氏以邀媚专宠微妙秘诀。朱氏屡试屡爽，经过七纵七擒终于和丈夫爱悦如初。《鲁公女》篇写鲁公女生而死，死而生，生而复死，死而复生，历经曲折才同忠诚于爱情的张生结合。这些作品的造境，类似大海回风生紫澜，随着情节的波澜迭出，人物的遭遇就像曲径通幽，渐入佳境。《薛慰娘》篇头绪极繁，多用悬念曲笔，经营惨淡，大费匠心。写丰生贫病交加，勉强捱到沂城南丛葬处。因傍冢卧，梦至一村，由叟作主将义女慰娘许配给他。叟是何人，慰娘究竟是人还是鬼？缘何被叟收为义女？这是作品开端提出的悬念。接着描述丰生梦觉后入村，从村人的反应和丰生的顿悟，交代了生曾死于道旁，而叟即冢中人。适逢李叔向访父墓址，丰生为之引路。至墓所，"审视两坟相接，或言三年前有宦者，葬少妾于此。"至此才点明前言慰娘为鬼叟义女的由来，但也只是说得一半，"扣子"似解非解，却又留下新的悬念。李叔向开冢后，见女尸"服妆黯败，而粉黛如生"。慰娘复活后，为叔向缅述家世，这才抖开"包袱"：原来慰娘是薛寅侯之女，为操舟者拐骗以重金卖于宦者，不堪挞楚遂自缢于沂。女在墓中为群鬼所欺凌，幸有鬼叟李翁时加卫护，慰娘这才认叟为义父。小说在情节的设置中，"鸟迹蛛丝，若断若续"，最后以补笔为倒叙，极尽剥笋之妙。正如前人所评说的："层层卸去，层层生出，如柳塘春水，风动纹生。"①

《聊斋志异》中的情节莫不曲曲引出，耐人寻味。这与作者擅长多种笔法密切相关。清朝的《聊斋志异》评论家但明伦在评点中曾指出，有反逼法、遥对法、挪展法、钩连法、暗点法、双提法、转笔法等十多种艺术手法。冯镇峦也指出有斡旋法、飞渡法、

---

① 冯镇峦评点：《聊斋志异·薛慰娘》。

连接法、追叙法、补叙法、草蛇灰线法以及陡笔、伏笔、救笔、提笔、衬笔等。形成《聊斋志异》委婉纡徐的艺术风格，除上述多种笔法外，还归功于作者具有诸般艺术功力：如幻境和现实的描写穿插得当，系铃和解铃的运用扣人心弦，奇思和巧合贵在自然，夹叙夹议妙在精当，举凡详和略、放和收、正叙、倒叙、插叙都极具匠心。"作文宜曲"，但又不能失之繁缛。委曲手法的运用，归根结底要有利于形象的塑造。

艺术是以情动人的。优秀的文艺作品莫不通过有血有肉的艺术形象在读者的心灵深处引起感情上的强烈共鸣。《聊斋志异》的可贵之处，还在于作者具有真情实感，能够把委曲和真挚水乳交融地结合在一起。无论写人叙事、状物绘景，都可以分明感受到作者把自己的爱憎渗透在曲折的情节和动人的场面里。

《阿宝》篇写孙子楚和阿宝之间纯真爱情的曲折经历。作品的前半部极写书生孙子楚的痴情：闻戏言而不惜断指，魂随阿宝去，再变鹦鹉，得依芳泽，从而使阿宝情篆中心，解绣履为信物，终于结为美满姻缘。"想象力创造了比拟和比喻"（波德莱尔）。此篇运用幻境描写和夸张的手法，通过鹦鹉的拟人化，生动地衬托了孙子楚对爱情的诚笃。但是，故事到此并未结束。"居三年，家益富。生忽病消渴，卒。"文势顿挫，真如一波甫平，一波又起。作品的后半部则主要写阿宝以痴报痴，至以身殉，从而使冥王为至诚所感，赐孙再生，幸福的家庭得以复兴。这篇小说不以题材取胜，而是因叙事曲折，笔法委婉，从而给人以创新之感。尤其动人的是贯注全篇的那种炽烈的情感：对朴诚书生的同情，对忠贞爱情的讴歌，对王侯贵胄的轻蔑，对封建门第的批判，这才使作品具有较高的审美价值。

如果说思想的闪光是作品的灵魂，那么，情感的流露则是作品的精髓。二者的核心在于作家对真理的执着和追求。《聊斋志异》在读者心灵深处唤起正义的崇高感，其实就是"孤愤"在审美情趣上的一种曲折反映。正因为如此透过委婉纡徐的风格特色，往往可以窥见作者的赤子之心。《席方平》篇在席方平艰辛备尝的申冤过程中，洋溢着作者对正直而又不幸的人们的深切同情，寄寓了对黑暗腐朽的封建政治的愤懑。《叶生》篇描写叶生半生沦落，毁于封建科举制。死后魂从知己，将学识悉心授予公子，借福泽为文章吐气。孺子以此成名，而黄钟长弃。叶生的悲剧饱含着多少辛酸和眼泪。《粉蝶》篇从海上狂风、巨浪，舟覆的险境，到岛村鸡犬无声、蓓蕾满树、松竹掩蔼、琴声悠扬的仙乡，无疑是作者对情感流云的抒发，对和平宁静的向往。作品后半部阳曰旦与粉蝶的一段风流韵事都从此变幻而出。

当然任何真挚的情感，都将受到时代和社会的制约。因此对《聊斋志异》中流露的感情也要做具体的分析。《寄生》篇由两条爱情线索交错发展，相互穿插，此起彼伏，手法多变。正如但明伦在评点中所说的："从前而观，似闺秀为重，五可为宾，由后而观，又似五可为主，闺秀为宾。其实玉山并峙，峡龙双飞，中间雾合云迷，连而不连，断而不断"，"事固离奇变幻，疑神疑鬼，文亦诡谲纵横，若离若即，反复展玩，有如山阴道上行，令人应接不暇，及求其运笔之妙，又如海上三神山，令人可望而不可即"。尽管历经曲折，有情人终成眷属。作者对作品中的王孙与郑闺秀、张五可三个主要人物都满怀同情，贯穿全篇的感情是热烈而真挚的。但是两美共一夫的思想观点，在《聊斋志异》中所在都有，显然是封建社会一夫多妻制的消极影响所致。

《聊斋志异》在中国古典小说史上以其独特的风格和艺术造诣，足以彪炳千古而启迪后人。它既宏富又洗练，既奇谲又质朴，既含蓄又犀利，既委曲又真挚。这种独特艺术风格的形成绝非偶然：一则取决于作者广阔的视野、丰富的想象和厚实的生活基础，二则由于作者具有鲜明的是非和强烈的爱憎，三则归功于作者善于取精用宏，他一方面汲取了古代散文"词近""旨远""言约"

"意丰"的优良传统，另一方面把握了志怪、传奇等文言小说的若干艺术手法，不落前人窠臼，勇于创新，四则有赖于作者严肃的创作态度，无论是推敲语言、提炼情节，讲究技法，莫不苦心孤诣，刻意求工，"如蜂采百花为蜜，其味自别，使人莫辨也"①。

（原载吴组缃编《聊斋志异欣赏》，北京大学出版社 1986年版）

---

① 谢榛：《四溟诗话》。

李汝珍及其《镜花缘》

　　李汝珍（1763—1830），字松石，京兆大兴（今北京市）人。乾隆四十七年（1782）他的哥哥汝璜（字佛云）到江苏海州（今连云港市）做官，汝珍跟随哥哥到任所。从此，他便在海州定居。嘉庆六年（1801）到十年（1804）他到河南做过短时期的县丞。他的哥哥卸任后，全家又迁到淮南。他的一生大多数时间是在海州、淮南、淮北度过的。李汝珍聪明好学，兴趣广泛，学识渊博。"壬遁，星卜，象伟，篆隶，靡不日涉。"尤其对音韵学，他有很深的造诣。他的老师凌廷堪是一位著名的音韵家，汝珍在学业之余又学习音韵。一直到凌廷堪被选为宁国府的教授，离开海州，李汝珍才不能向他请教了。他的专著《音鉴》共五卷，又《字母五声图》一卷，是一部具有学术价值的著作，《镜花缘》中从歧舌国得到的那个字母，就是《音鉴》的纲要。另外，李汝珍还写过一部《受子谱》，即围棋谱，搜集有关棋谱共二十余局。刊行于嘉庆二十二年（1817）。他还写了许多诗文，可惜都遗失了。

　　李汝珍为人慷慨豪爽，待人真诚。但他一生郁郁不得志，到了老年，生活更加贫困。他的妻子，即许桂林的姐姐，和他甘苦与共。"耕无负郭田，老大仍驱饥"正是他这时身心困顿的写照。《镜花缘》是他用了十几年的时间写成的长篇巨著。"可怜十数载，笔砚空相随"，"心血用几竭，此身忘困疲。聊以耗壮心，休言作者痴。穷愁始著书，其志良足悲"。真是呕心沥血，艰辛备尝。

《镜花缘》原拟写二百回，结果只写了一百回。前五十回写秀才唐敖、多九公和林之洋三人出海遨游各国及唐小山寻父的故事。女皇武则天在冰天雪地的严冬，乘醉下诏要百花齐放，当时百花仙子不在洞府，众花神无从请示，又不敢违抗，只得按时开放。因此，百花仙子同九十九位花神受天谴，贬降凡尘。百花仙子托生为秀才唐敖的女儿唐小山。唐敖高中探花后，被人告发曾与叛臣徐敬业、骆宾王等人结拜兄弟，而革去探花，只保留秀才。从此唐敖产生了消极隐遁的思想，便跟随到海外经商的妻弟林之洋去四方漫游，路经几十个国家，见识了不少奇风异俗，奇人异事，奇花异草，奇鸟异兽。并结识了由花神转世的十几名德才兼备的妙龄美女。唐敖到小蓬莱山后，吃了仙草，断了尘缘，再没有下山。唐小山思父心切，也跟随林之洋到海外去寻父，历经艰险，一直寻到小蓬莱，从樵夫手中得到唐敖的信。信中嘱咐女儿改名闺臣去应试，约定中了才女后再相见。唐小山在小蓬莱泣红亭碑上看到一百名花神转世后的姓名和身世，唐闺臣为第十一名才女。她抄录碑文后遵父命回国。《镜花缘》的后五十回，重在描写一百名女子才华纷呈。武则天开科考试，所录取的百名才女的姓名、名次恰与泣红亭碑文所镌相符。才女们轮番举行庆祝宴会，在宴会上充分展现了各种才能、技艺。如琴棋书画，诗词歌赋，医卜星象，音韵，算法，灯谜，酒令以及诸般游戏，每次都是尽欢而散。嗣后唐闺臣再度辗转去小蓬莱寻父，进山也不复折返。最后则写徐敬业、骆宾王等人在仙人的帮助下打败武氏军队设下的酒色财气四大阵势，中宗复位。武则天当了大圣皇帝后又下诏前科才女重赴"红文宴"，女试依然保持旧制。但已有十几名才女死难于战争中了。

这部小说思想内容丰富，涉猎的知识面甚广，集中地体现了作者进步的社会理想，平等的道德观念和高度的艺术修养，多侧面地展现了他那渊博的学识和精湛的才华。贯串全篇的主旨则是颂扬女性的才能，充分肯定女子的社会地位，批判男尊女卑的封建意识，倡导男女平权的新思想。作者别开生面地讴歌了一百名才女的智慧、才干、学识和品德。像黑齿国的亭亭和红红，竟把天朝的大贤、满腹经纶的多九公问得"汗如雨下"，"抓耳搔腮"，"满面青红，恨无地缝可钻"，乃至最后不得不心悦诚服地承认自己的学识还不如两位少女。宫娥上官婉儿"才情敏捷"，"学问非凡"，"胸罗锦绣，口吐珠玑"。她出口成章，朝臣无不为之心折。颜紫绡则是女中豪杰，飞檐走壁不下于须眉剑侠。骆红蕖神箭射虎的本领超群绝伦，使男子相形见绌。她们当中还有声韵家、数学家、天文家等。总之，这些女子人人才华洋溢，个个学识过人，而且雅擅某一方面的专长。举凡吟诗作画、挥毫抚琴、丝竹音韵、算学医药无一不晓，样样精通。女皇武则天开科考试，破格录取了百名才女，使她们的卓越才能得以发挥，取得和男子一样平等的权利和社会地位。

作者以谐谑、风趣的笔调描绘出以女子为中心的幻想世界——"女儿国"。在这个女权社会里，男女的地位完全颠倒过来，"男子反穿衣裙，作为妇人，以治内事；女子反穿靴帽，作为男人，以治外事"。国王、大臣都是女性，而男性却只能充当嫔妃、宫娥。作品借国王封林之洋为王妃这一情节，一反男尊女卑的传统封建意识，将封建社会里女人所受的羁束和折磨都留给男人去体验、尝试。他热烈主张男女平等，希望女子和男子一样平起平坐，都有受教育和参加考试的权利，以至女子也能做皇帝、当大臣，主宰国家命运。在我国源远流长的古典文学宝库中，尽管歌颂女子的聪明、才智是传统的主题，然而像《镜花缘》如此大胆地呼吁和提倡男女平等，这样热情洋溢地公然为女权大唱赞歌，痛快淋漓地将摧残女性之道，还治男性之身，却是首创的、空前的。

　　作者想象中的"君子国"，则从另一侧面表现了他的社会理想。这里是"好让不争，礼乐之邦"，城门上俨然写着"惟善为宝"四个大字。"国王向有严谕，臣民如将珠宝献进，除将本物烧毁，并问典刑。"宰相"谦恭和蔼"，平易近人，"脱尽了仕途习气"。士庶人等，无论富贵贫贱，举止言谈，莫不恭而有礼。"耕者让畔，行者让路"。卖主压低价格，售出上等好货，买主争付高价，拿次等品。你推我让，甚至为此而难以成交。综合这些艺术表现，虽系作者的审美理想和良好愿望，但是对于皇权至上，独裁专制的封建社会，争权夺利、贪赃枉法的官场，以及尔虞我诈，苟且盛行的人际关系，却不啻为有力的针砭和大胆的否定。

　　作者用辛辣的、幽默的笔法嘲讽了那些金玉其外、败絮其中的假斯文。在"白民国"有一位学究，他居然将"幼吾幼，以及人之幼"，读成"切吾切，以反人之切"。这位"饱学之儒"连最普通的字都念错了。许多不学无术之徒，正是爱钱如命的吝啬鬼。在"淑士国"中到处竖着"贤良方正"，"聪明正直"等字样的金匾。连酒保都是一副儒巾素服、文质彬彬的样子，说起话来满口之乎者也。可是对照人们的行为，却又是那么猥琐小气，连几粒吃剩下的盐豆也要揣到怀里，即使一根剔过的牙杖都要装进袖子里。小说以对比的手法揭去腐儒的文明面纱，对一介儒生寒酸气质的刻画，可谓入木三分。

　　在这部小说里，李汝珍凭借丰富的想象和漫画的艺术手法，通过种种海外奇谈的描写，无情地抨击了封建社会的腐败习俗和恶劣风气。作者笔下"两面国"的国民，"对着人一张脸，背着人一张脸"，即使对着人的那张脸也是变幻无常，令人莫测的。他们对穿儒巾绸衫者"和颜悦色，满面谦恭"，对着破旧衣衫者则冷若冰霜，话无半句。一旦将他们头上的浩然巾揭去，人们看到的那张恶脸竟是"鼠眼鹰鼻，满面横肉"，狰狞可怕。两面人对男女的要求也自有其"两面标准"：即女子必须恪守贞操，从一而终，男子则可以任意纳妾嫖娼，胡作非为。男子多妻合理合法，女子则连嫉妒都不允许。作品寓教于讽，借世情的一隅，表达了作者对封建社会不平等现象的强烈愤懑。

作者通过对一系列虚幻国度的描绘，以酣畅尖刻的笔触，淋漓尽致地表达了自己对封建社会诸种腐败风气的憎恶和嫌弃，同时由此也可窥视到作者处事、为人方面所提倡的诚实、礼让、轻财、好义、节俭、勤奋、苦学等美德。

这部长达 56 万字的长篇小说，它所包含的思想内容之宏富，知识之渊博，想象之奇特，情节之曲折，是要靠我们反复研读才能体会的。

（原载《文史知识》1988 年第 9 期）

集咏楼赏析

不题撰人。十二回，清代康熙四十一年（1702）坊刊小本，卷首有康熙壬午岁八月既望湖上憨翁序。

这是一部别具一格的才子佳人小说。作品描述明代万历年间，钱塘士子褚良贵，字粹中，胸藏二酉，学富五车，赋性风流，陶情诗酒。他乃唐人褚遂良的后裔，父官拜翰林学士，母受诰封，不幸双双早逝。良贵弱冠娶妻石氏，小字顽顽。石顽顽相貌不俗，但性情奇妒。褚生家置一别墅坐落孤山之阳，傍山依湖又有园圃之胜，圃中广植花卉，四季盛开不断，唯栽种梅花最多，因此称为"梅屿"。每逢初春，日暖风和，骚人韵士纷纷来此吟咏，故建楼命名为"集咏"。

褚良贵常到集咏楼收集诗作，回家与石顽顽共同品评，但好诗不多。褚生偶见一诗，署"丁巳花朝邗江女史"，捧诵之余，十分赞赏，便把它抄录下来，视如珍秘，藏而不露，并亲笔奉和一首，题为"梅屿主人步韵"，过了一年，在他和诗处又见一首，落款"邗江女史上林乔小青"。褚生见此诗有署名，诗中又有"属意于我"之情，乃暗自窃喜，如获至宝。由此，眠思梦想，废寝忘食，日久便怏怏成疾。适逢姑母杨夫人携表妹小六娘前来看望，并试探病因，当褚生对姑母倾吐心曲时，不料一席话被顽顽听到。顽顽为了丈夫病愈，就属意要他把心上人娶过来。褚生心安，逐渐痊愈。便去扬州寻访乔小青。

　　褚生历经曲折，访遍全城，终于探明究竟。原来乔小青乃驰名扬州的才女，堪称诗文宗主。小青自往孤山梅屿集咏楼吟诗归来，也得了重病，如今已是奄奄一息。褚生经华医师引见方识小青，当即婉致来意，并送上和诗。小青一见如故，大喜，病体遂愈。乔母心中欢喜，乃玉成二人婚事。褚生与小青结为夫妻，在扬州度过蜜月，回到钱塘。石顽顽一见乔小青貌美，又见她的诗集《南轩新咏》和评选的《香奁集》，不禁妒性大发，顽顽只准小青"时刻自随"，不许与丈夫私一笑语：接着又扔掉小青的脂粉，焚毁她的书籍，并将她拘禁于内房，不许擅自出入。顽顽还经常打骂小青，把她折磨得遍体鳞伤。

　　褚生请来姑母和小六娘讲情，石顽顽让小青住进梅屿集咏楼，并立下"约法三章"："非我命而郎至不允接见"，"非我命而郎有手札至不许开拆"，"汝有手札必由我看，不许私递于郎"。小青独处集咏楼，聊借吟咏抒发自己的幽愤和悲怨，每有所作必寄给姑母。不久，姑母随夫赴豫章任上，小青便无人可语，只得作画自遣，自藏。每届夕阳落水时分，她就临池自照，嗟叹不已。小青自度不久于人世，乃延请画师为她画相，画师连画了三次，才表达出她那淡雅流动的风采。

　　小青在万分凄清孤寂的处境中，积郁成疾。尚未停止呼吸，顽顽便令人把她埋葬。李穷夜间盗墓适逢虎啸，小青被惊醒，李穷吓跑。恰好杨夫人这天来集咏楼，趁顽顽不知把小青带走，认为义女，改名小红，保姆老妪深知小青之苦，谎答集咏楼有鬼，使褚生夫妻与家人从此不敢再去梅屿；后又假装小青鬼魂附体，夜深啼哭。顽顽闻鬼声愧怍而死。

　　李自成召集饥民十万之众造反，杨夫人、小红在乱中与小六娘离散。褚生在去广陵的路上搭救一落难女子，原来正是表妹小六娘，便携回钱塘。杨夫人与小红到镇江华医师家中避难，在此小青与母亲、弟弟巧相逢。小六娘在钱塘住集咏楼，当时天启皇帝大婚，遴选秀女入宫，大家小户急于拉郎配女。老妪为媒将小六娘配于褚生。杨总制率师勤王凯旋而归，到华医师处就医，与杨夫人、小红相逢。俟江左烽烟少息，杨夫人与小红回钱塘，于是夫妻、母女大团圆。小红与小六娘和睦相处。后来杨总制升为经略大司马；褚良贵考中二甲进士，选入翰林，二女均封为诰命，各举二子。杨老爷因无子、夫人劝说纳妾，老来得一子及第，小红之弟也当了官，从此，三姓世结婚姻。

　　《集咏楼》通过美丑对立、以丑衬美的艺术手法，重在展示人物灵魂的美。"心有灵犀一点通"，才子褚良贵与才女乔小青并非一见钟情，而是"因诗生情"，彼此看中了"诗才"，借诗为媒，以诗传情。读其诗而想其人，由爱诗而爱才及其人。显然，这里偏重赞扬人物的诗才和禀赋。褚良贵固然是家学渊源，乔小青更是誉满扬州的诗文宗主，凡是会写诗的人，无论男女老少，都要向她求教，并且把诗作拿来请她定高下。其中多少诗篇经她过目而落选，但只要她看过两遍的诗，便视为中试，就算占鳌头之作。小青到钱塘后，石顽顽所嫉恨的也正是她的诗才。貌美只是导火线，见了她那才华洋溢的两本诗集，顽顽才妒性大发，而百般凌辱和辖制小青。当小青失掉行动自由被"软禁"于集咏楼时，每天只能靠作诗借以排遣和抒发自己悲愤的情愫，她的知音也唯有杨夫人。耐不住冷清和孤寂而病倒的小青，预感到死亡即将来临，只得请画师画像，作品通过画师三易其稿的具体描写，充分揭示了小青的内秀才是美的奥秘：第一次，只是从形似上画出她的美貌；第二次，虽然画出神似，小青仍不满意；直到第三次，从外在的美与内在的美的统一上，着重描绘出她那种风姿绰约、幽韵动人的流动风采，小青才予以首肯。小说创作的全部关键在于个别的环境，在于分析人物独特的性格和心理。《集咏楼》借画师三易其稿的细节，一方面烘托和表达了小青孤高的性格和悲愤哀怨的心理，另一方面则是自出机杼地表现了美的创造前提在于对美的发现。小青这一艺术形象所蕴藉的灵魂美，即使是高明的画师都要费一番周折，运用神思，善于发现才能捕捉得到的。这位集纯洁、善良、才华、谦和于一身的，具有独特气质和风采的少女，是极富魅力的。她足以使爱慕者痴迷，使嫉妒者疯狂。

《集咏楼》中作为陪衬的杨夫人也是一位以灵魂美引人注目的人物形象。如果说对小青的貌美不能淡忘的话，那么对杨夫人的外貌描写便有意无意地被忽略了。但是作为一个慈祥、宽厚、成人之美、助人为乐的长者杨夫人却给读者留下深刻的印象。艺术的魅力首先是矛盾的魅力，杨夫人之所以引人关注，就在于作者往往把她置身于事物在运动中的对立和差异状态，通过直接描写人物行动的片断和局部，以暗示出潜在矛盾的存在与发展。先是褚良贵因萦念与他和诗的"女吏"而卧病在床的时候，正是杨夫人仁慈的宽慰和爱抚，轻轻地扣开了他恍惚困惑的心扉。接着又是杨夫人亲切委婉的启发，终于使石顽顽允许丈夫到扬州去寻意中人。以后每当乔小青处境危殆之际，同样是杨夫人用心良苦帮助小青脱离了顽顽因嫉恨设置的深渊，从死亡线上把小青拖回人间，悉心照料，疗其痼疾，使小青身心康复，出落得更加娇艳。最终还是杨夫人帮助小青与良贵劫后重新团聚，相爱如初。另外，华医师和保姆老妪，也是作者着意颂扬的人物。他们心地善良、富于同情心和正义感，乐于助人。若无二人鼎力扶持小青和良贵，这对有情人想终成眷属也难。在发现和讴歌人物灵魂美的同时，作者对虽有"不俗之貌"，但内心凶狠毒辣，嫉恨发狂的石顽顽进行了有力的鞭笞和揭露，所谓"虎质羊皮"正是这号女性的生动概括。

情景交融，使《集咏楼》洋溢着浓郁的诗情画意，这是小说的又一显著特色。从艺术表现来看在中国传统艺术中，浓重的抒情性和高度的含蓄蕴藉乃是它们的共同特色。《集咏楼》也不例外。作为外化人物性格的烘托，这里的环境描写不仅有画的斑斓色彩，而且有诗的丰富意境。请看集咏楼所在的孤山之阳是何等的景象，"环山叠翠，一镜平湖，澄波千顷，春兰秋菊，月桂风荷"，在这山水有情、风物不俗的写意画面上，又以冷峭的笔调着重描绘了梅花那种神清骨峻、玉明雪亮的风采。《集咏楼》以和诗传情、互通歌曲开篇，为这对恋人崎岖的爱情谱写了美好的序曲。而梅花则象征着乔小青那冰清玉洁、超尘拔俗的孤傲性格。当小青遭软禁独处集咏楼时，她每天只能以吟诗作画抒发幽愤之情，"夕阳落水"时，她形单影只"临池自照"，自嗟自叹；当预感到死亡的威胁时，她只好请求画师借丹青留真传神。读到这里，仿佛在我们面前展现出一树红梅，在寒气中孤傲冷寂、清香四溢的意象，不禁使人联想到陆放翁那阕有名的《卜算子·咏梅》："驿外断桥边，寂寞开无主。已是黄昏独自愁，更著风和雨。　无意苦争春，一任群芳妒，零落成泥碾作尘，只有香如故。"正如古人所说的"景无情不发，情无景不生"。托物言志，借景抒情，这首词独特的艺术境界同彼时彼地乔小青凄清抑郁、孤芳自赏的情调何其相似！

　　《集咏楼》发扬了我国小说传统"无巧不成书"的特点，在情节的构思和发展过程中，恰到好处地运用"巧"的技法。唯巧，才有机趣。它往往使读者形成期待，而发展过程又偶然性迭出，出人意料之外，却又在情理之中，让人乍看无端，而又寻思有味。这不仅节省如许笔墨，而且显得结构紧凑。例如小青横遭埋葬的当天，杨夫人恰好来到集咏楼。刚从坟墓中逃出来的乔小青这才有了依靠，一"巧"。盗墓的李穷从墓中背出小青，正拟扒衣的时候，因闻虎啸而遁，小青才由此得救而又免受侮辱，二"巧"。褚良贵去扬州探听姑母的安危，路上搭救的落难女子恰为表妹小六娘，由此便决定了小六娘今后的命运，三"巧"。小六娘来钱塘住集咏楼，与表兄良贵本相安无事，偏偏遇上天启皇帝大婚，到处遴选秀女，只好与良贵匆忙成亲，四"巧"。杨总制班师归来，寻医治病，正好遇到华医师，这才与夫人、小红团圆，五"巧"。中国的传统文论，讲究"意翻空而易奇，言证实而难巧"。要想情节奇巧而又经得起证实，事件的发展似乎偶然而又符合生活的逻辑，必须做到合情合理，通情达理。《集咏楼》中的"巧"，由于紧扣人物性格展开情节，使得小说波澜迭出，趣味横生，既增加了情节的生动性，又不违逻辑的合理性。即使是意外的巧合，也具有坚实的心理基础和潜在的心理逻辑。

　　这部小说虽有以上许多值得回味之处，但在总体构思和结尾处，仍摆脱不了才子佳人大团圆的程式和格局。尤其是二美共一男的封建婚姻观念，殊不足取。

（原载《中国通俗小说鉴赏辞典》，南京大学出版社 1993 年版）

蕉叶帕赏析

不题撰人。四卷十六回。有清代坊刊本。

《蕉叶帕》是一部颇有新意的才子佳人小说。书叙南宋高宗时，东吴秀才龙骧的一段离奇的爱情经历。他生得颜如宋玉，貌似潘安，学富五车，才雄七步。这位名门后裔在父母殉国后由父亲僚属胡招讨抚养，与招讨之子胡连相伴读书。胡招讨有一女名弱妹，天资俊雅，性质聪明。龙生倾心爱慕，只是苦于无人为媒。

龙生随胡公一家到临安后，偕好友白元钧、胡连三人游船，被三千岁的老狐精窥见，狐精乃西施托生，因倾覆吴国遭天谴为狐，见龙生玉貌冰姿、仙风道骨，便有意勾引他。狐精来到胡府，先将夫人弄病，然后自己变成弱妹小姐，再把蕉叶变成罗帕，写上藏头诗。等龙骧前来探视夫人时，狐精略施小计把他赚入自己房中，乘机赠予蕉叶帕，并约定晚间在花园相会。龙生欣然应约到花园，恰值真弱妹也来花园为母祈祷。狐精顺手窃取了小姐的金凤钗，待她离去后，乃以假弱妹之身与龙生幽会，从而偷了龙生的真元。次日，弱妹与丫鬟四处寻找金凤钗杳无觅处。狐精却把金凤钗悄悄置于龙骧书房门口，并有意让胡连拾到交给夫人。胡连怀疑弱妹与龙生有私，便拷问丫鬟小英。狐精再次偷去金凤钗，将其变成一朵蔷薇花缀于花园的荼蘼架上。惹得夫人一行遍寻无着。

　　龙骧请白元钧为媒与弱妹联姻，夫人与胡连商量。胡连执意索要夜明珠为聘礼，欲就此难住龙骧。狐精偷来金兀术送给秦桧夫人的夜明珠，转赠龙生以作聘礼。

　　龙骧与弱妹成婚。龙生洞房花烛之夜忆及花园幽会情景，使弱妹大吃一惊。二人发生口角，龙生当即拿出题诗的"罗帕"为凭，没料到罗帕已变成蕉叶，连龙生自己也大惑不解。狐精又在龙生衣襟上题诗一首，约他于端阳佳节在天目山相会，并告发事情的始末。届时龙生偕弱妹去天目山赴约，此时狐精已拜吕洞宾为师，道号长仙子。长仙子赠以《功名录》和《遁甲天书》，从此龙生又学会了呼风唤雨、召神使怪的本领。

　　龙骧应试，万俟卨主考。龙骧的文章字字珠玑，篇篇锦绣，当举状元。万俟卨从中作弊，欲另取秦桧的孙子为状元。长仙子暗中破了万俟卨的诡计，保住了龙骧的状元。秦桧因孙子未获状元迁怒于龙骧，设计派新状元领兵到白鹿冈应策。龙骧与岳父胡招讨会师。长仙子暗中勾去刘豫的真魂，龙骧、胡招讨一战杀死金兀术，活捉刘豫凯旋而归，全家受到封赏。秦桧却被岳飞用铁鞭打死。呼延灼、关胜受招安后，投到岳飞帐下，大破金兵。最后吕洞宾教龙骧识破长仙子的本相，并说破龙骧与胡小姐的前缘：龙骧原系西天王母娘娘的烧香童子，胡弱妹则是王母殿前的执拂侍儿。二仙动了凡心，这才被贬下凡结为夫妇。

　　这是一部以鲜明的倾向性和丰富的想象引人入胜的小说。它依据明代单樨仙的传奇戏曲改编，在祁彪佳《远山堂曲品》一书中已著录"逸品·蕉帕"（即《蕉帕记》）条有"……龙骧、弱妹诸人，以毫锋吹削之，遂令活脱生动"等评语，明清许多戏曲论著也都著录了《蕉帕记》。所以小说《蕉叶帕》中作为戏曲表演艺术留下的痕迹十分明显。例如人物出场采用的自报家门："下官姓胡，名章，襄阳人氏，夫人连氏，孩儿胡连，小女弱妹……"如此等等。让作品中的人物自述姓名、家室、身世，与其他人物的关系，并为主要人物的命运提出"引子"，使情节得以贯穿和延伸。从这一改编可以看到中国传统小说和戏曲的关系十分密切有许多小说来自戏曲，也有不少戏曲依据小说的情节改编。在明代这种不同形式的文艺互相借鉴、互相移植、互相依存的现象极为普遍。小说《蕉叶帕》和传奇《蕉帕记》便是典型的例证。

　　《蕉叶帕》不是一般意义的才子佳人小说，它不限于仅仅歌颂男女主人公纯贞、美好的爱情，它还是一部爱憎鲜明，具有强烈民族意识和爱国情感的小说。在这里才子佳人的爱情纠葛和忠奸矛盾得以巧妙结合。南宋时期，北方国土沦落，忠与奸、战与和的斗争激烈，尽人皆知秦桧、刘豫之流是这一时期丧权辱国，出卖民族利益，对外屈膝投降的代表人物。作者以此为背景，把才子龙骧的个人命运和民族的命运联结在一起，可谓用心良苦。龙生出身于忠臣良将之门，父母都是为国捐躯的先烈。他怀有满腔的报国热忱，正当状元及第，便舍弃新婚之爱，奔赴北方沙场，杀敌立功。他在长仙子的帮助下，为保卫疆土、抵御外侮作出了卓越的贡献，俨然是一位可钦可敬的民族英雄。龙生的岳父胡招讨也是为抗击侵略者终年驰骋战场的一员老将。作者在颂扬这些爱国主战派的同时，无情地揭露和批判了那些主和的投降派。民族危亡之秋，秦桧、刘豫、万俟卨之流沆瀣一气，狼狈为奸，不但公然为秦桧孙子窃取状元之名，而且私下接受异族的贿赂，出卖民族利益，真乃千古罪人，无人不切齿痛恨！从小说字里行间、细枝末节都透露出伸张正义的民族情感，这在才子佳人一类的小说中是尤其难能可贵的。

　　这部小说构思别致，把神魔小说的内容和写法引入才子佳人小说。作者笔下那个三千年的老狐精，不再是祸国殃民的妲己，但也颇有来历。她前身乃是西施，因倾覆吴国，遭天谴脱胎为狐，经过三千年的修炼，又跟吕洞宾学道，成为祛邪扶善的一位长仙子。她不仅在小说的结构上起到了穿针引线的作用，而且她所扮演的具有侠义气质的角色，又是其他人物不能代替的。如同到处游荡的幽灵，神出鬼没，变幻莫测，无所不知，无所不在，但谁也不能识破她的真面目。只因她透过龙骧的"玉貌冰姿，仙风道骨"，特别垂青他的才气和正气，每到紧要关节，就暗中助一臂之力，使龙生得以解除困厄，取得成功。她预知龙骧与胡弱妹有夫妻之分，便先变为弱妹，成其好事，再进一步帮助他排除障碍，以至设法将秦桧通敌所得的夜明珠偷去，悄悄送给龙骧以应聘礼之需，从而成就他和弱妹的美满婚姻。当奸贼万俟卨用偷梁换柱的卑鄙手段将状元龙骧改成秦桧孙子时，她又为龙生鸣不平，暗中破坏万俟卨的鬼把戏，保住了龙骧的状元，连秦桧、万俟卨也莫名其妙。在抗击金兵的战斗中，长仙子完全站在龙骧为代表的宋军一方，以神奇的力量勾走了刘豫的真魂，使之丧魂落魄，一败涂地，进而又帮助龙骧战败金兀术，活捉刘豫，取得抗金的全胜。

在艺术描写上，任何细节和具体描写都要有助于人物的塑造和情节的开展，从而有益于主题的阐明。《蕉叶帕》所设置的两个富有神奇色彩的道具，也和长仙子的形象塑造、情节的开展不可分割。其一是"蕉叶帕"，只因假弱妹将题诗的"罗帕"赠予龙骧，才激发了龙生的爱情冲动和追求弱妹的强烈愿望，促成花园相会以至求婚、成礼一系列情节的发生。洞房花烛之夜，"罗帕"骤然还原为"蕉叶"这一神秘的变化虽证明真弱妹之言属实，但又为二人平添了新的疑惑，促使他们不能不按衣襟题诗所嘱于端阳去天目山与长仙子相会。至此作为第一道具的蕉叶帕已经完成使命，然而小说的情节仍在按照内在的逻辑发展。于是在龙骧夫妻双双赴约天目山时，长仙子所赠的三卷"天书"，便作为一道具，为人物的命运另辟蹊径。《遁甲天书》帮助龙骧掌握了超凡越圣的本领，这才出现了以后拜印领兵、北上抗金，直到夺得全胜，歼灭奸党，最后封妻荫子，合家团圆这一系列情节。由此可见，上述两个道具之所以值得重视和强调，就因为它们既显示了人物鲜明的个性和气质，又能将人物的心理、情绪及其所处环境交融在一起。有关的具体描写不仅精确地勾画了人物性格在不同情境下的表现，而且在情节的跌宕发展中分明感受到作者审美理想的搏动。

狐仙和两个道具的运用，都不是现实生活的反映，而是来自作者丰富瑰丽的想象。正如康德在《判断力批判》一文中所说："想象力是一个创造性和认识功能。"这一想象虽然荒诞离奇，但却曲折地反映了作者美好的理想和崇高的感情，作者在想象中希望奸臣、卖国贼、民族败类受到各种应有的惩罚，受贿落空，捣鬼无效，战争惨败。相反的是忠臣良将、爱国之士、民族英雄得到仙助，事事遂心如意，有美满的婚姻，有为国尽忠的本领，有远大的前程。这就使《蕉叶帕》在才子佳人小说之林中呈现出新意与浪漫主义的风采，令读者不得不刮目相看。

（原载《中国通俗小说鉴赏辞典》，南京大学出版社 1993 年版）

席方平

　　《席方平》在《聊斋志异》中属上乘之作。这是一篇"明阴暗阳"的妙文，作者以其深入底蕴的眼力通过充分展示席方平去阴曹地府为父申冤雪恨的遭遇及其曲折性、艰苦性，生动而又巧妙地揭示出对象潜藏的美，同时深刻而有力地抨击了当时社会的窳败和丑恶。

　　席方平是作者基于一定的审美理想创造的崇高形象，为了替父报仇，他历经千辛万苦，受尽折磨迫害，但是他仍然矢志不移，百折不挠，经过艰难斗争的考验，终于取得胜利。

　　蒲松龄深谙艺术的魅力首先在于矛盾的魅力，他善于深入剖析作品中蕴含的矛盾冲突的力量，发现和把握它们在运动中的对立和差异状态。作品将席方平作为尖锐的矛盾冲突的主导的一方，随着斗争的起伏和波澜万状，层层递进地显示了他的性格特征和灵魂的美。开篇就明确地把矛盾性质揭示出来，席方平之父席廉，为人朴实忠厚，不善言辞，与富人羊某有隙。羊某去世后，在阴间贿赂狱吏，致使席廉无端遭鞭打，"身赤肿"而死。席方平面对强鬼如此欺凌其父，"怒不可遏"，灵魂出窍赶赴地狱向阴官告状。情节的初澜预示了斗争的一波三迭。席方平为父申冤虽属尽人子之孝，但并非仅限于私人之间的恩怨，而具有正义与邪恶，善良与奸狡，贫与富，平民与强权，被压迫者反抗压迫的斗争性质。因此，席方平这个人物一出场，就赢得了读者深切的同情。

席方平那刚毅、坚定的性格，在一系列抗争中随着情节的发展而愈趋丰满。他先向城隍告状，城隍接受了羊氏的贿赂，不但不追究羊氏和狱吏，反而指责席方平无理无据、是非颠倒，使席方平气愤填膺，激起他更强烈的反抗性，这是第一层。席方平步行一百多里路再向郡司告状。郡司迟迟不理，半日后才批示仍令城隍复审。城隍由此施虐更是变本加厉。席方平"备受械梏"后，被吏役押送回家，这是第二层。城隍名为阴官实则人间的县太爷，郡司乃州郡之主，即城隍的上司。一个平民百姓敢于越级上告地方"父母官"已是"冒天下之大不韪"。在官官相护、统治森严的封建社会，没有足够的勇气和胆识，缺乏执着追求真理的坚韧斗争精神是很难做到的。

席方平在权势面前绝不屈服，他决心到阴曹最高统治者——冥王那里"诉郡邑之酷贪"。冥王准了呈状并欲即拘郡对质。郡邑二官得知消息后，密遣心腹与席方平讲和，并许以千金。席不予置理。二官再托人情贿赂冥王，冥王登堂审理此案，顿时嘴脸判若两人、不容置辩，当场勒令将席方平"笞二十"。席方平不服，当面厉声质问冥王，愤而揭露了冥王受贿丑行。冥王恼羞成怒，下令对席施以酷刑，先是过火床，使席"骨肉焦黑，苦不得死"。冥王边用刑边威胁地问道："敢再讼乎？"席方平斩钉截铁地回答："大冤未伸，寸心不死……"大义凛然、宁死不屈的正气与天地共存！大勇者的形象跃然纸上。冥王气急败坏地质问还讼什么，席方平理直气壮地正告冥王："身所受者，皆言之耳。"冥王再施淫威，下令"以锯解其体"。"锯方下"，席方平"觉顶脑渐辟，痛不可忍"。尽管如此，他仍然"忍而不号"。席方平刚正不阿的斗争精神从而使行刑的鬼卒深受感动，居然由衷地赞叹道："壮哉此汉！"并因"此人大孝无辜"而在执行中故意"锯令稍偏，勿损其心。"冥王"令合其身来见"，逼问还敢不敢再讼。

这时，席方平在生死的考验中接受了应有的教训，他显得更加机智、灵活，也更加成熟了。为了免受酷刑，便伪称不再讼。这是第三层。

随着情节的延伸，构成席方平性格的另一侧面得以从容不迫地精心刻画。他不仅在酷刑面前不屈服，而且在种种利诱之下也绝不动摇。他从与三级冥官诉讼的切身遭遇中深刻地认识到"阴曹之暗昧尤甚于阳间！"这是作者借席方平之口发出的诛世之叹。世无阴曹，影射针砭阳间是再明显不过的。从此席方平对阴曹不再抱任何幻想。所谓"不讼"只是应付冥王的权宜之计，而内心早把希望寄托在"灌口二郎"身上。冥王为了封住席方平的口，又恩威并举、软硬兼施，佯称为席父昭雪，用福寿为诱饵，许诺席方平"千金之产，期颐之寿"，将他送去托生；倘再讼则以"提入大磨中，细细研之"百般恐吓。席方平一心想着明理申冤，而不为任何荣华富贵所惑。出于冥王的强迫，他转世后"愤啼不乳"，仅过了三天就回到阴间。精诚所至，金石为开。席方平的一缕幽魂，终于找到了清廉正直的二郎神，告倒了狱吏、城隍、郡司和冥王等各级鬼官，使沉冤得以昭雪，这是第四层。

美不是僵死的躯壳，而是生活的精灵，美常常不在得到之后而在追求之中。席方平的胜利意味着高尚的被损害者，为正义而斗争所夺取的胜利，席方平真理在握，视死如归、不惧权势、不怕酷刑、不受利禄诱惑。邪不压正，从而美战胜了丑。他挺身赴难，凭着胆识、正气和机智，敢于向冥府一整套封建官僚机构宣战，连最高统治者冥王也不放在眼里。作者饱含着对主人公发自内心的同情和爱，借阴间比附人世，以丑的形象反衬美的形象。在这里，丑既是美的否定条件也是美的生存条件。丑掩盖美削弱美，又衬托美强化美。从而使席方平这个美的形象更加典型化、理想化。席方平的灵魂美的核心在于他那种疾恶如仇、抗争到底的坚韧性，和真理不彰、誓不罢休的战斗精神。在席方子身上体现出来的富贵不能淫、威武不能屈的高贵品格，正是中国人民传统美德的集中概括。毫无疑问，这个美的形象自然寄寓着作者的审美理想。尽管席方平那种单枪匹马的个人反抗并不能改变封建王朝的罪恶统治；层层上告，最后仰靠象征清官的二郎神来伸张正义，当时可能绝无仅有，也无助于从根本上改变被压迫者的处境。但是席方平作为美的艺术形象及其所体现的沛然正气和反抗精神，却给人以积极的战斗力量，它鼓舞和激励后人向邪恶的封建势力抗争的勇气，艺术的永恒魅力和强大生命力，反证了席方平这个美的形象是不朽的。

这篇小说中创造的另一个鲜明的艺术形象便是灌口二郎神。二郎神在我国流传久远，最早的记载见于宋朝朱熹的《朱子语录》："蜀中灌口二郎神，当时是（秦）李冰因开'离堆'有功立庙。……乃是（李冰）第二儿子。"李昉等人编辑的《太平广记》第三百一十四，神仙二十四"李冰子"条的故事，记叙了有关李冰义子判阴府的内容。明代长篇小说《西游记》中二郎显圣真君，则是玉皇大帝的外甥，"当年玉帝妹子思凡下界，配合杨君"所生。这里的二郎神姓杨。《封神演义》中的杨戬即二郎神。二郎神在《西游记》中是唯一能识破孙悟空的变幻，在菩萨帮助下降服了孙悟空的神灵，以后又和孙悟空兄弟相称。作为席方平的陪衬，在这里蒲松龄有意舍去了二郎神武艺高强、神通广大之类的描写；而是着重刻画了二郎神的清廉、方正，不徇私情，秉公断案。二郎神的神威从一审、一判中得到充分表现。这位"修躯多髯"的二郎神，将冥王、郡司、城隍全部传到，"当堂对勘"，而且让席廉也到场。二郎神明察秋毫，在他的审问下，"三官战栗，状若伏鼠"。并且二郎神当即援笔立判。在判词中指斥冥王"不当贪墨以迷宫谤……羊狠狼贪，竟玷人臣之节"。并明令"鲸吞鱼，鱼食虾，蝼蚁之微生可悯"的倚势凌人、层层压榨的丑恶现象应予改观。毫不留情地惩治了嚣张跋扈、凶残狠毒的冥王；严厉地指责了"城隍、郡司为小民父母之官","惟受赃而枉法,真人面而兽心"!罚他们"脱皮换革","仍令胎生"。针对鬼役"淫威于冥界""助酷虐于昏官"的恶劣行径,二郎神判决当"剥其四肢","更向汤镬之中,捞其筋骨"。至于羊某,则是"为富不仁,狡而多诈,金光盖地,因使阎摩殿上尽是阴霾;铜臭熏天,遂教枉死城中全无日月","余腥犹能役鬼,大力直可通神"。此外,二郎神判给善良质朴的席廉增阳寿三纪,并抄没羊氏财产尽归席家所有。这一判决乃是作者对豺狼当道、魑魅横行的黑暗社会的沉痛控诉,它以明快犀利的语言,表达了作者潜藏于内心的强烈愤懑,如锋利的匕首,一针见血地击中社会的要害。这一判决又是一篇伸张正义,扶植弱小的宣言,它彰善瘅恶,惩处严明,给读者留下了深刻的印象。

《席方平》和《梦狼》《促织》《续黄粱》等作品一样,以其思想的深度,是非皎然,爱憎鲜明征服读者。这里集中地体现了作者的人生态度和政治理想,以及从审美的角度去独特地认识社会生活和认识独特的社会生活的洞察力和表现力。难能可贵的是他认识到贪官污吏在当时已经不是个别的、孤立的现象。狱吏如狼似虎,有赖城隍的支持;城隍作恶舞弊,缘于郡司的庇护;郡司的贪贿肆虐,更是仰仗冥王鼻息。封建社会之暗昧,正是这官官相护、上下串通的一整套腐败官僚体制所造成的。小说的深刻性还在于赤裸裸地揭示了"钱"和"权"的内在联系。贪官污吏的为非作歹得以通行无阻,因为钱能通神。没有逐级贿赂的前提,也就谈不上官官相护,冥王由准状到变卦,即充分表明了这一事实。它为我们形象地剖析了贪赃必然枉法的辩证关系。贪赃是枉法的根源,枉法又要靠钱打通关节。二者互为因果、恶性循环,这便是封建社会仕途的症结所在。从这类作品中我们可以领略到蒲松龄那疾恶如仇、目光敏锐,与草菅人命的封建统治势力誓不两立的文化品格和高风亮节。至于他理想中的"二郎神",作为清官的象征，虽然标志了他的历史局限，但是这种植根于现实土壤中的丰富想象，却熠熠生辉地使小说焕发出积极浪漫主义异彩和独特的刚健之美。

（原载《佛典道藏圣经文学精华》，团结出版社 1994 年版）

劳山道士

　　《劳山道士》在《聊斋志异》中堪称别具一格的讽刺佳作。它的审美价值在于发掘和剖析了一个渺小而又自大的灵魂,艺术地再现了他所扮演的可笑而不自量的悲喜剧。

　　作品描述王生自幼慕道,听说劳山仙人很多,他就去投奔,拜一道士为师。道士对他有些不放心,"恐娇惰不能作苦",王生却毫不犹豫地回答能够受苦,道士没有即时传授道术,只是给了一柄斧头,让他第二天清早跟着门徒们去砍柴,过了一个多月,王生"手足重茧",果然"不堪其苦",便暗自萌生了回家的念头,可是当他亲眼看到道士接连施展了剪纸为月、樽酒无尽、呼仙下凡、入月逍遥等本领时,心中十分羡慕,又不想回家了。王生依旧过着早樵暮归的劳苦生活,如此勉强地又捱过一个月,尽管苦不堪言,道士仍不传一术。万般无奈,他只好向道士辞行,并恳求说:"弟子数百里受业仙师,纵不得长生之术,或小有传习,亦可慰求教之心;今阅两三月,不过早樵暮归。弟子在家,未谙此苦。"道士授以穿墙小技,并嘱咐说:"归宜洁持,否则不验。"

　　一旦如愿以偿,王生便心满意足地回到家中,并且忘乎所以地在妻子面前"自诩遇仙,坚壁不能阻"。妻子不信,他便当场表演,结果竟是"头触硬壁,蓦然而踣"。妻子忙不迭地把王生扶起来,但见他"额上坟起,如巨卵焉"。受到妻子揶揄的王生,恼羞成怒，大骂道士。

这篇小说以简洁轻快的笔调刻画出一位畏难怕苦，不求真知，浅尝辄止，轻浮健忘，学到一点儿皮毛就自炫自夸的王生。其结果只落得头撞南墙，一事无成，唯有头上的肿包而已。王生的形象愈鲜明逼真，作品的讽刺意味也愈隽永深长，从而使形象的生动性和主题的深刻性，得到和谐的统一。

《劳山道士》喜趣横生，杖富艺术魅力，其成功的艺术经验有四：其一，从发展中显现人物自身的矛盾。凡古今引人入胜，而耐人寻味的佳作，几乎无一例外的都是再现矛盾的艺术。可以说，艺术的魅力首先是矛盾的魅力，蒲松龄的高明在于他正是矛盾的发现者、把握者和再现者。《劳山道士》情节的喜剧性来自人物的悲剧性格。王生既想学道，又不肯吃苦；既想虔诚敬道，又不肯按道长的要求去做；既想炫耀自己，又无真本事；既想讨妻子的赞赏，又无自知之明。这样小说便从王生的主观意愿和实际能力大相径庭的矛盾中，透过一定事件的考验展现出人物的个性特征，使人物形象立体化，更加有血有肉。由此可见，审美对象也包括丑，它一经审美主体的把握，例如这篇讽刺小说对于客观存在的丑的把握，也就创造了对丑的反映的艺术美。

其二，小说委婉有致地写出人物在不同情境下的各种心态。因王生自幼慕道，所以他赴数百里之外求师学道。当他刚到劳山时，见观宇"甚幽"，道士"神光爽迈"，便毅然拜师学道。但他从来未想过学道要付出艰辛的代价，足见王生无知。仅一个多月早出晚归的劳作他便打熬不住转念回家了，王生的心志不坚，自然不言而喻。一旦目睹了道士的真本领又想留下来，恨不得一口吃成胖子，其好高骛远的虚荣心又得以充分展现。再过上一个多月的劳苦生活，旧态复萌，又不想干了，临走前道士教以小技便心满意足了，只要装点、不求真知的浅薄心理昭然若揭。回家后，面对不懂道术的妻子，又是自我吹嘘，又是急不可待地当场表演，欺世盗名的心态和盘托出。如此，层次井然地揭示出王生在不同情境中的内在丑，从而使人物个性渐趋鲜明，作品的立意也愈加深刻。

其三，巧用漫画式的夸张手法。作者准确地把握了王生在妻子面前表演时踌躇满志的心态，神形兼备地予以适度的夸张，王生碰壁后额上"巨卵"格外醒目，寥寥数笔极尽揶揄嘲讽之能事，不但渲染了喜剧气氛，而且使这位玩弄小术的王生自食其果。作品的讽刺效果也就自然而微妙地得以发挥，这正是作者炉火纯青的艺术功力所致。

其四，寓深刻的哲理于轻松的笑声之中。《劳山道士》既是讽刺小说，也是寓言故事。它具有亦庄亦谐，寓庄于谐的特点，饶有丰富的哲理性内蕴。王生既是一个具有独特性格的艺术形象，又是生活中随处可见的众生相，他那种自我吹嘘而又不自量的性格特征，必然导致碰壁的悲剧，正像篇末异史氏所言，"闻此事未有不笑者，而不知世之王生者正复不少"。作者旨在借王生嘲讽世上所有王生的同类。古罗马贺拉修斯在他的名著《诗艺》中说得好："寓教于乐，既劝谕读者，又使他喜爱。""教"也就是某种哲理，其所以引起快感，启迪智慧，给人益处和乐趣，同时又对生活有帮助，正因为美是一种善。

（原载《佛典道藏圣经文学精华》，团结出版社 1994 年版）

"寓赏罚于嬉笑"

——《聊斋志异》的讽刺艺术

　　《聊斋志异》这部杰出的文言短篇小说集，以其深厚博大的思想内容和精湛多采的艺术形式成为我国文言短篇小说的高峰。它问世以后，就受到广泛的注意和热烈的欢迎。不少论者试图从不同的角度进行探索和品评。道光年间段栗玉在《聊斋志异遗稿序》中曾说过："留仙志异一书，脍炙人口久矣。余自髫龄迄今，身之所经，无论名会之区，即僻陬十室，靡不家置一册。盖其学深笔健，情挚识卓，寓赏罚于嬉笑，百诵不厌。"寥寥数语，却切中肯綮。由此可见这部一向深受读者喜爱的作品，确实拥有永久的艺术魅力，尤其是在运用讽刺笔法，刻画反面人物、揭露丑恶现实方面，更可谓匠心独运，卓尔不群。

　　鲁迅先生说得好："'讽刺'"的生命是真实；不必是曾有的实事，但必须是会有的实情。……它所写的事情是公然的，也是常见的，平时是谁都不以为奇的，而且自然是谁都毫不注意的。不过这事情在那时却已经是不合理，可笑，可鄙，甚而至于可恶。"① 在蒲松龄生活的那个可诅咒的时代，到处都充斥着邪恶、虚伪和腐朽的势力。人们对这种现象大都司空见惯和习以为常，作者却怀着强烈的愤懑和不平，将当时社会生活中那些卑劣鄙陋

---

① 鲁迅：《且介亭杂文二集·什么是"讽刺"？》

的人和事，写进文学作品里；在集中、概括的典型化过程中，通过艺术的夸张，使丑类愈显其丑，丑得令人捧腹，却又不失其真；但也决不是让人们一笑了之，而是使你由笑转入沉思，从而在你的内心深处煽起一种强烈的疾恶如仇、鄙夷不屑的感情。谐语横生，处处饱含着正义，笔调幽默，往往寄寓着深刻的哲理。这便是《聊斋志异》某些优秀的讽刺作品的艺术效果。

《聊斋志异》中多种多样的讽刺手法，值得我们认真加以借鉴。有的采用漫画式，寓理于讽喻之中。《劳山道士》篇中的主人公王生，就是这样一个亦庄亦谐、寓庄于谐的喜剧人物。他自幼即幻想学道。听说劳山的仙人很多，他就前去投奔，拜一道士为师。道士对他有些不放心，"恐娇惰不能作苦"。尽管王生硬着头皮答应能够受苦，道士仍然没有即刻传授道术，只是给他一柄斧头，让他第二天清早跟着门徒们去砍柴。"过月余，手足重茧"，王生"不堪其苦"，便暗自萌生了回家的念头。可是当他亲眼看到道士接连施展了剪纸为月、樽酒无尽、呼仙入月等本领时，心里十分羡慕，因此又不想回家了。勉强又捱过了一个月早樵暮归的生活，他感到已经苦得不能忍受了，而道士仍不传授一术。他再也待不下去了，这才向道士辞行："弟子数百里受业仙师，纵不能得长生术，或小有传习，亦可慰求教之心；今阅两三个月，不过早樵而暮归，弟子在家，未谙此苦。"并要求道士授以穿墙小技。当他学得穿墙术，道士曾嘱以"归宜洁持，否则不验"。但是一旦如愿已偿、心满意足地回到家里，他就忘乎所以地在妻子面前吹嘘，"自诩遇仙，坚壁不能阻"。妻子不信，当场表演的结果，竟是"头触硬壁，蓦然而踣"。妻子忙不迭地把王生扶起来，但见他"额上坟起，如巨卵焉"。妻子做手势加以嘲笑。王生却恼羞成怒地在一旁大骂老道士不止。呈现在我们眼前的，岂不分明是一幅绝妙的漫画吗？作者假异史氏之名在篇末画龙点睛地指出："闻此事，未有不大笑者。而不知世之为王生者，正复不少。"王生的愚昧无知、浅薄健忘，而又缺乏自知之明的个性特征，刻画得如此鲜明逼真，使作品的讽喻意义显得愈益隽永，耐人寻味。形象的生动性和主题的深刻性，在这里取得了和谐的统一。像王生这样不求真知、浅尝辄止，学得一点皮毛便借以自炫的人，在现实生活中是没有不"碰壁"的。作品的倾向性恰似春云初展、山泉漱石般的舒卷从容、朴实无华。因为它是通过引人发笑的典型情节自然流露的，这就赋予作品以独特的艺术魅力。

充分揭示讽刺对象自身的矛盾，也是《聊斋志异》经常采用的一种艺术手法。大凡丑恶、衰败、腐朽的事物，都包含着不能克服的矛盾。它们为了掩盖其本质的丑，经常饰以美的外壳，从而给人以假相，殊不知效果却往往适得其反，"欲盖弥彰"所表明的正是这个朴素道理。蒲松龄善于选择富有特征意义的细节，透过现象揭示本质，充分地展现反面事物的矛盾，在矛盾和冲突趋于尖锐化的过程中，使事物的表里不一形成鲜明的对照，于是丑的本质就暴露无遗了。如《考弊司》《嘉平公子》等名篇对反面事物的讽刺，大都采用这种内外照映的方式，《考弊司》篇描写考弊司所在的府署，堂下两旁的石碣上刻着巴斗一般大的字："一云'孝佛忠信'，一云'礼义廉耻'。"外表装演得何等庄严肃穆，而府署内的官员却是"鼻孔撩天""虎首人身""狞恶如山精"，气象又是何等森凛可怖。无钱行贿的穷秀才，只落得在捆绑中惨遭"交臂拶指"及割髀肉"可骈三指许"等酷刑的折磨。强烈的艺术对比揭示了考弊司以"孝悌忠信、礼义廉耻"为标榜的封建衙门，其实却是割穷秀才髀肉的活地狱！蒲松龄通过"少年负义，愤不自持"的闻人生，大声疾呼曰："惨惨如此，成何世界！"这一声正义的呐喊和抗争，适切地透露了作者的心声和愤慨。闻人生目睹的种种惨象，也正是作者的亲身体验和忧愤深广之根由。作者以火一般的激情对当时黑暗势力所作的揭露、控诉和鞭挞，便是《聊斋志异》运用讽刺的真谛所在。不同的只是这里的讽刺对象并不引人发笑，而是令人作呕，使人愤起，促人警醒。

《嘉平公子》篇则是运用表里对照进行讽刺的另一类作品。小说以嘉平公子的"风仪秀美"开篇，紧接着写一丽人（实即鬼妓）如何一见倾心，自言慕公子风流，愿奉终身；甚至冒雨而来，脱靴以示其情痴，用以衬托公子外在的美。中间"小作跌笔"，缀以公子不知风雅，无从续诗，使女大惑不解，清兴为之消然。从而使公子的表里不一初露端倪。以后写公子明知其鬼而相爱，以至亲命戒绝而不能从，百术驱之而不得去。但是，小说通过女方偶然发现公子所写的谕仆帖"中多错谬"，而大为扫兴，使爱情变得并不美满。作品在这里具体地描写了这位"翩翩公子"竟是胸无点墨：不仅对诗词一窍不通，而且连日常用语都不会写，居然将"椒"讹为"菽"，"姜"讹为"江"，"可恨"讹为"可浪"。"女见之，书其后，何事'可浪'，'花椒生江'。有婿如此，不如为娼！"终于导致断然决裂，并且告诉公子说，她万万没想到如此"世家文人"却是"虚有其表"。倘一味以貌取人，岂不为天下人所耻笑?! 话刚说完人就杳然逝去。小说以夭矫跌宕之笔对此类金玉其外、败絮其中的纨绔子弟极尽揶揄挖苦之能事。这和鲁迅先生在有关论讽刺的文章中例举的"洋服青年拜佛""道学先生发怒"是多么相似。可谓嬉笑怒骂，皆成文章。

采用讽刺对象自我画像的手法进行讽刺，是剖析反面人物内心世界的好方法。妙在它不是一般的肖像描绘，而是形神兼备的灵魂写照。作者善于把握被讽刺对象的心理状态，使他那贪婪无厌的私欲在迷离徜恍的幻境中得到满足，从而对其趾高气扬、不可一世的丑态，绘声绘色而又惟妙惟肖地加以针砭。《续黄粱》《公孙夏》等篇都显示了这个特点。《续黄粱》中那个一心向往"高官厚禄""艳妻美妾"的曾孝廉，刚刚"高捷南宫"，便奢想有"蟒玉"的福份。听到算命人的花言巧语，奉承他有"二十年太平宰相"的宿命，就当场向同游的二三新贵摇头摆尾地表演了一出预先封官许愿的丑剧。除了以人物的言行为他自己画像外，作者还驰骋巧思让他在黄粱美梦中发迹变态，一跃而为当朝曾太师。作品写他只因蒙受天子恩宠，位极人臣，便即刻声价十倍，居家固然是"绘栋雕栋、穷极壮丽，乃至"捻髯微呼，则应语雷动"；而"公卿赠海物"，"晋抚馈女乐"，"佝偻足恭者，叠出其门"，凡此皆极言其气焰之盛。为了进一步揭露曾孝廉卑劣的灵魂，作品准确地把握了他那"变色龙"典型特征，从各个侧面加以烘托。"六卿来，倒屣而迎；侍郎辈，揖与语；下此者，颌之而已"；平民百姓，稍有冒犯，"即遣人缚付京尹，立毙杖下"。接着又通过包龙图的奏疏，历数其卖官鬻爵、贪赃枉法，荼毒人民、奴隶官府等"可死之罪"。语言的形象性和高度的概括力，简直把曾孝廉那副得意忘形，擅作威福的神态写活了：岂仅是炎炎赫赫炙手可热，更重要的是由此揭示了一个"饮赌无赖，市井小人"的丑恶灵魂。

《公孙夏》篇写一个"将入都纳赀，谋得县尹"的某位国学生，在梦幻中通过捐客公孙夏买得冥官，最终落得人财两人空的构思，把一个市侩迷信金钱万能的卑劣心刻画得活灵活现。这个市侩连自书乡贯姓名尚且"字讹误不成形象"，却偏偏由于擅长钻营，一仅出半价便买得高官；而殿上巍然高坐的贵官，只要有钱就可以在"勉以'清廉谨慎'"的招牌下，而达成交易，鬻以爵位。明明写的是"阴霾地狱"，立意恰恰在讥刺"真铜臭世界"。如此"明阴洞阳"的妙文，就讽刺的意义而论，较之《续黄粱》则尤其蕴藉含蓄，耐人寻味。

篇幅短小而精悍，风格俏皮清新，貌似轻松谐谑，实则寓有深意，这是《骂鸭》《雨钱》《三朝元志》《沂水秀才》等讽刺小品的鲜明艺术特色。其中数《夏雪》篇幅最短。如将篇末"异史氏曰"一段除外，正文仅百余字："丁亥年七月初六日，苏州大雪。百姓皇骇，共祷诸大王之庙。大王忽附人而言曰：'如今称老爷者，皆增一大字；其以我神为小，消不得一大字也？'众悚然，齐呼'大老爷'，雪立止。由此观之，神亦喜谄，宜乎治下部者之得车多矣。"举其一端，貌似荒诞，由小见大，寓意深长，正是这类讽世之作的特点和优点。所谓"世风之变也，下者益谄，上者益骄"。而"神亦喜谄"，正是极言社会风气之恶浊！同时也是特定历史条件下的"愚氓"还不能掌握自己命运的一种曲折的反映。换句话说，大人先生们的作威作福，其中该是浸透了多少小人物的辛酸和血泪啊！

《骂鸭》更是异想天开、别具韵味的讽刺妙品，就构思和表现手法而言似乎更接近于寓言体小说。它描写了某居民因烹吃偷来的鸭子，浑身茸生鸭毛，又痒又痛。夜里梦见一人告以此病乃上天对他的惩罚。必须得到失主的痛骂，身上的鸭毛才会脱落。而失主偏偏是一位素以雅量著称的宽厚长者，生平丢了东西，是从来不露声色的，当然更谈不到骂人了。盗鸭人不知就里，还自作聪明地诡称鸭是某甲偷的，并说某甲最怕挨骂，骂他也可以替告将来不偷。老汉却笑着说了一句："谁有闲气骂恶人。"根本没有理他。盗鸭人因奇痒难忍只好说了实话。老汉明白真相后这才使劲大骂了一通。而盗鸭人的怪病果真好了。作品采用盗鸭者和失主相互映衬的手法：一方面着意渲染盗鸭者因偷鸭得了怪病，一方面竭力夸张邻翁的雅量。痛痒而思求骂，求骂还得掩盖偷盗；结果是求骂而不可得，痛痒便愈加难忍。最后只有改弦更张，老老实实承认是自己偷了鸭子，挨了老汉一顿痛骂，身上的鸭毛才告脱落。小说的艺术魅力迫使你读后难免要哑然失笑。细加品味方知它所揭示的正是一个平凡而又朴素的真理：对错误采取唯物主义的态度，不讳疾忌医，才是改正错误、治好毛病的前提。由此可见，作品的思想倾向愈是隐蔽、含蓄，它的社会功能和艺术效果也就愈益深刻、隽永。

讽刺当然要顾及社会效果。时代不同了，讽刺毕竟不能机械地袭用。讽刺这类文学样式的社会效果固然与手法有关，归根结底取决于作者的立场观点、生活态度和思想感情。善于运用讽刺艺术的作家，首先是现实主义的信奉者：对他所处的那个时代、社会和人生葆有自己的真知灼见和高度的艺术表现力。在《聊斋志异》里正因为体现了作者对真善美的追求和向往，同时也饱含着他对假恶丑的憎恶和厌弃。因此才使得这部作品产生了广泛深远的影响。蒲松龄在《聊斋志异自序》中说得分明："浮白载笔，自成孤愤之书。"他有一方图章，文曰："满肚皮不合适宜"。"孤愤"和"不合适宜"，集中地表达了作者对当时社会现实的不满和反抗精神。有人认为"聊斋少负艳才，牢落名场无所遇，胸填气结，不得已为是书"，"以自写其胸中磊块诙奇哉"。① 有人认为"风雨闭门非一日，胸中郁结赖此宣"。② 诚然《聊斋志异》是作者一生血泪的结晶，一腔块垒的倾泻。它时而借幻化的鬼狐控诉人间的不平，时而在谐谑嘲讽中对丑类痛加鞭挞，时而向明镜高悬的大人先生大声疾呼，时而将可诅咒的时代尽情地诅咒。在一幅幅形象生动的浮世绘中，往往异彩斑斓，线条明快，在一篇篇尖刻锋利的讽世作里，经常妙语连珠，警句迭出。作者往往借作品人物之口或篇末"异史氏"的评点，直抒胸臆，议论精辟，要言不烦，画龙点睛。不仅切中时弊，痛快淋漓，而且充分表达了作者分明的是非和强烈的爱憎。如《成仙》篇中成生对同生加以劝解："强梁世界，原无皂白。况今日官宰半强寇不操矛弧者耶?"《梅女》篇中老妪怒斥某典史："汝本浙江一无赖贼，买得条乌角带，鼻骨倒竖矣! 汝居官有何黑白? 袖有三百钱，便而翁也!"《梦狼》篇末异史氏曰："窃叹天下之官虎而吏狼者，比比也。"《罗刹海市》篇以幻想的形式对真假不辨、美丑颠倒的现实作了有力的抨击，异史氏在篇末则一针见血地直指当时的社会是"花面

---

① 《聊斋志异·各本序跋题辞·跋二》。
② 《聊斋志异·各本序跋题辞·续题》。

逢迎，世情如鬼"。这些精粹警策、掷地作金石声的语言，极为鲜明，它所揭示的往往是社会现实中某些本质的方面；既是作者思想感情的升华，也充分显示了他那艺术的魄力和功力。辛辣的讽刺正是构成"孤愤之书"的一个重要因素，也是作者敢于直面惨淡人生、针砭锢弊的投枪。

1980 年 6 月

（原载《名作欣赏》1980 年第 2 期）